아돌포 비오이 카사레스

35 세계문학 단편선

아돌포 비오이 카사레스

송병선 옮김

현대문학

차례

일러두기

1. 본문의 주는 모두 옮긴이 주이다.

2. 원문의 이탤릭체가 강조의 의미일 경우 본문에서 고딕체로 표기했음을 밝혀 둔다.

파울리나를 기리며
En memoria de Paulina

나는 항상 파울리나를 사랑했다. 첫 기억 중의 하나는, 파울리나와 내가 두 개의 돌사자상이 놓인 정원에서 월계수 잎이 무성하게 뒤덮인 어두운 정자 안에 숨어 있던 어느 날이었다. 파울리나는 내게 "난 푸른색이 좋아, 난 포도가 좋아, 난 얼음이 좋아, 난 장미가 좋아, 난 흰말이 좋아"라고 말했다. 그러자 나는 내 행복이 이미 시작되었다는 사실을 깨달았다. 바로 그런 취향 속에서 나는 파울리나와 하나가 될 수 있었기 때문이다. 우리는 기적처럼 너무나 똑같았다. 그래서 내 여자 친구는 세상의 영혼 속에서 마지막으로 만나는 영혼들에 관해 쓴 책의 한쪽 귀퉁이에 "우리의 영혼은 이미 하나가 되었어"라고 썼다. 당시 '우리'라는 말은 그녀의 영혼과 내 영혼을 의미했다.

우리 두 사람의 그런 유사성을 설명하기 위해 나는 나 자신이 파울리나의 거칠고 불완전한 초고草稿라고 주장했다. 나는 내 공책에 "모든 시는 완전한 시의 초고며, 각각의 사물에는 하느님이 예시되어 있다"라고 썼다고 기억한다. 그러면서 나는 '파울리나와 유사해서 살아남은 거야'라고 생각하기도 했다. 나는 (심지어 아직도) 파울리나와의 동일성을 내 존재가 이룰 수 있는 최고의 가능성이라고, 천성적인 결함과 우둔함과 게으름과 허영심에서 나를 해방할 수 있는 안식처로 여겼다.

우리의 삶은 달콤한 나날의 연속이었다. 그래서 우리는 미래의 결혼을 자연스럽고 당연한 것으로 여기며 기다리게 되었다. 내가 어린 나이에 너무 이르게 문학적 명성을 누렸다가 잃어버렸다는 사실을 모르던 파울리나의 부모님은 내가 학위를 받으면 결혼을 허락하겠다고 약속했다. 우리는 일하고 여행하고 사랑할 충분한 시간이 있는 정돈된 미래를 수없이 상상했다. 너무나 멋지고 생생하게 상상했기에 우리는 이미 우리가 함께 살고 있다고 믿었다.

우리가 결혼에 관해 이야기했다고 해도, 사랑하는 애인으로 서로를 대한 것은 아니었다. 우리는 어린 시절을 함께 보냈고, 우리 사이에는 아이들의 우정처럼 소심하고 조심스러운 면이 있었다. 나는 사랑에 빠진 애인의 역할을 구체화할 엄두를 내지 못했으며, 따라서 진지한 어조로 "널 사랑해" 같은 말을 하지 못하고 있었다. 그러나 얼마나 그녀를 사랑했던가! 무한한 사랑으로 나는 넋을 잃은 채, 찬란하게 빛나는 그녀의 완벽한 얼굴을 조심스럽게 바라보았다.

파울리나는 내가 친구들을 맞이하는 것을 좋아했다. 그녀는 모든 것을 준비했으며, 초대 손님들을 대접했고, 아무도 모르게 집의 안주인 임무를 수행했다. 고백하건대, 나는 그런 모임들을 좋아하지 않았다. 훌리오 몬테로가 작가들을 만날 수 있도록 우리가 마련해 준 모임도 예외는 아니었다.

그 모임이 있기 전날 밤, 몬테로는 처음으로 나를 찾아왔다. 그때 그는 두툼한 원고를 들이대면서 자신의 미출간작이 다른 사람이 쓴 작품보다 앞서 쓰였다며 말도 안 되는 권리를 주장했다. 그가 방문하고 돌아간 지 얼마 지나지 않아, 나는 수염을 깎지 않아 거의 시커메진 그의 얼굴을 이미 잊어버렸다. 그가 내게 읽어 준 작품에 관해 언급하자면, 몬테로는 비통의 충격이 너무 강하게 나타나 있지는 않은지 솔직하게 말해 달라고 신신당부했다. 아마도 눈에 띄는 점은 그의 작품이 완전히 다른 여러 작가를 모방하려는 의도를 알게 모르게 드러내고 있다는 것이었다. 작품의 중심 생각은 그럴싸한 궤변에서 출발했다. 그러니까 특정한 멜로디가 바이올린과 바이올린 연주자의 동작과의 관계에서 나온다면, 각 인물의 영혼은 행동과 재료의 결정적 관계에서 태어난다는 것이었다. 이야기의 주인공은 영혼을 만들 수 있는 기계를 제작했다. 그 기계는 바로 나무와 밧줄이 달린 일종의 틀이었다. 그런 다음에 주인공은 죽었다. 사람들은 밤새며 장례를 치렀고, 시체를 묻었지만, 그는 틀 속에서 아무도 모르게 살아 있었다. 마지막 부분에서 그 틀은 어느 젊은 여자가 죽었던 방에서 모습을 드러냈는데, 그 옆에는 청진기와 방연석 삼각대가 놓여 있었다.

내가 그의 논지의 문제점에서 벗어나 대화 주제를 바꾸자, 몬테로는 작가들을 알고 싶다면서 이상한 욕심을 보였다.

"그럼 내일 저녁때 와." 나는 그에게 말했다. "몇몇 작가들을 소개해 줄 테니."

그는 자신을 야만인이라고 설명한 후 초대를 받아들였다. 그가 떠나는 것을 보자 기분이 좋았는지, 나는 그를 아파트 건물 입구까지 배웅해 주었다. 우리가 엘리베이터에서 나오자, 몬테로는 아파트 마당에 정원이 있는 것을 처음으로 발견했다. 종종 저녁의 희미한 햇빛 속에서 거실과 마당을 분리하는 유리문을 통해 마당을 내다보면, 이 조그만 정원은 호수 바닥에 있는 숲처럼 신비스러운 이미지를 풍겼다. 밤에는 연보라색 불빛과 오렌지색 불빛을 받으면 끔찍한 사탕 천국으로 변하곤 했다. 몬테로는 밤에 그 정원을 보았다.

"솔직히 말할게." 그는 정원에서 눈을 떼지 못한 채 내게 말했다. "네 집에서 본 것 중에서 이게 가장 내 관심을 끌어."

다음 날 파울리나는 일찍 집에 도착했다. 오후 5시 무렵에 이미 손님들을 맞을 모든 준비가 완료되었다. 그러자 나는 그날 아침 골동품 가게에서 산 조그만 중국 석상을 그녀에게 보여 주었다. 옥으로 만든 석상은 두 발을 공중으로 쳐들고, 갈기를 오뚝 세운 야생마였다. 가게 주인은 그것이 정열을 상징한다고 자신 있게 말했다.

파울리나는 그 말을 서재의 책장에 올려놓고 큰 소리로 외쳤다.

"인생의 첫 열정처럼 너무나 아름다워!"

내가 선물하겠다고 말하자, 갑자기 그녀는 팔로 내 목을 껴안고 키스했다.

우리는 식당에서 차를 마셨다. 나는 2년 동안 런던에서 공부할 수 있는 장학금을 받았다고 말했다. 그러자 우리는 결혼이 임박했으며, 여행을 하고, 런던에서 우리의 보금자리를 꾸미게 될 것이라고―우리는 이런 보금자리가 결혼처럼 금방 다가올 현실이라고 생각했다―굳게 믿었다. 우리는 가계를 어떻게 꾸려 나갈지, 우리가 달콤하게 고통을 누릴 궁핍한 상황과 공부, 산책, 휴식과 일할 시간을 어떤 식으로 분배할지, 그리고 내가 학교 수업을 듣는 동안 파울리나는 무엇을 할지, 우리가 무슨 옷과 무슨 책을 가져갈지 등을 진지하게 생각했다. 이렇게 잠시 계획을 세운 후, 우리는 내가 장학금을 포기하는 편이 좋겠다고 인정했다. 일주일만 있으면 시험이었지만, 파울리나의 부모님이 우리의 결혼을 미룰 것이 분명했다.

손님들이 도착하기 시작했다. 나는 별로 기분이 좋지 않았다. 나는 어떤 사람과 대화할 때마다 어떤 핑계로 그 사람을 놔두고서 자리에서 뜰 수 있을지만 생각했다. 대화 상대방이 흥미를 보일 주제를 제안한다는 것은 내게 거의 불가능한 일 같았다. 그리고 만일 무언가라도 떠올려 보려고 해도 기억이 나지 않거나 혹은 너무 먼 기억처럼 보였다. 불편한 마음으로 아무런 일도 하지 않으면서 기운 없는 표정으로 나는 이 그룹 저 그룹을 왔다 갔다 했다. 그러면서 사람들이 빨리 떠나서 나와 파울리나만 남게 되도록, 그래서 짧은 시간이나마 함께 있고, 그녀를 집까지 바래다줄 시간이 오기를 간절히 바랐다.

내 애인은 창가에서 몬테로와 대화를 나누었다. 내가 쳐다보자, 파울리나는 눈을 들어 나를 향해 완벽하게 생긴 얼굴을 돌렸다. 나는 파울리나의 사랑이 그 누구도 침범할 수 없는 도피처라고 느꼈다. 그곳은 바로 우리 단둘이 있는 장소였다. 얼마나 그녀에게 사랑한다는 말을 하고 싶었던가! 나는 사랑한다고 말하는 행위가 유치하고 얼빠진 창피한 것이라는 생각을 그날 밤 당장 떨쳐 버리겠다고 굳게 다짐했다. '지금 이런 내 생각을 전할 수만 있다면 얼마나 좋을까.' 나는 한숨지었다. 그녀의 시선 속에서 갑작스럽게 고결하고 명랑하며 놀란 감사의 눈빛이 분명하게 느껴졌다.

파울리나는 어떤 남자가 천국에서 여자를 만나고, 그 여자가 인사를 하지 않자 멀리 떠나 버린다고 쓴 시가 있는데, 그 시가 무엇이냐고 내게 물었다. 나는 그것이 브라우닝*의 시임을 알고 있었으며, 막연하게나마 시구를 기억했다. 나는 저녁의 나머지 시간 동안 옥스퍼드판 시집에서 그 시를 찾았다. 파울리나와 함께 있을 수 없다면, 다른 사람들과 대화하느니 차라리 그녀가 원하는 무언가를 찾는 것이 더 좋을 터였기 때문이다. 하지만 이상하게도 갑자기 아찔해지면서, 나는 그 시를 찾지 못하면 불길한 일이 일어나지 않을까 걱정이 들며 초조해했다. 나는 창가를 바라보았다. 피아노를 치고 있던 루이스 알베르토 모르간은 이런 내 초조한 마음을 눈치챘음이 틀림없었다. 그가 이렇게 말했기 때문이다.

"파울리나가 몬테로에게 집을 보여 주고 있어."

나는 어깨를 으쓱하면서 간신히 불쾌함을 감추고는 다시 브라우닝 책에 관심을 보이는 척했다. 모르간이 내 방으로 들어가는 것을 곁눈으로 보면서 '아마 파울리나를 찾으러 간 거겠지'라고 생각했다. 잠시 후 몬테로는 파울리나와 모르간과 함께 모습을 드러냈다.

마침내 누군가가 떠났고, 얼마 후 다른 사람들도 천천히 유유하게 자리를 떠났다. 그러자 파울리나와 나 그리고 몬테로만 있는 시간이 되었다. 그때 파울리나는 내가 두려워하던 말을 했다.

"너무 늦었어. 가야겠어."

그 말을 듣자 몬테로가 재빠르게 끼어들었다.

---

* 로버트 브라우닝(1812~1889). 영국의 시인. 이 시인의 작품과 '파울리나' 사이에는 여러 가지 공통점이 있다. 1833년에 브라우닝은 어느 청년이 여인에게 사랑을 고백하는 시 「폴린Pauline」을 쓰는데, 본문에서 언급하는 대목은 이 시 중에서 "나는 당신을 이전에 알았습니다 / 그러나 우리가 천국에서 만났다면 / 난 당신을 바라보기 위해 내 얼굴을 돌리지 않고 / 그냥 지나갔을 것입니다"인 것으로 보인다.

"괜찮다면 내가 집까지 바래다줄게요."

"나도 함께 갈게." 나는 이렇게 대답했다.

나는 파울리나에게 말했지만, 시선은 몬테로를 향하고 있었다. 내 두 눈이 그를 경멸하고 증오한다는 사실을 전해 주길 원했다.

아래층에 내려오자, 나는 파울리나가 중국 말을 갖고 있지 않다는 것을 알아차렸다. 그래서 말했다.

"내가 준 선물을 잊고 온 것 같은데."

나는 아파트로 올라가 말을 갖고 왔다. 그들은 유리문에 기대어 정원을 바라보고 있었다. 나는 파울리나의 팔을 잡았고, 몬테로가 반대편으로 다가오지 못하게 했다. 그리고 노골적으로 몬테로를 우리의 대화에서 배제했다.

그는 기분 나빠 하지 않았다. 우리가 파울리나와 작별하자, 그는 나를 집까지 배웅해 주겠다고 우겼다. 우리 집으로 가는 도중에 그는 문학에 관해 말했다. 아마도 솔직하고 다소 열정적으로 말했던 것 같다. 나는 마음속으로 이렇게 말했다. '그는 문학도야. 반면에 나는 한 여자에게만 경솔하게 관심을 쏟는 피곤한 남자고.' 나는 육체적으로 힘차게 씩씩하지만, 연약하게도 문학을 좋아하는 그의 모습이 다소 어울리지 않는다고 여겼다. 그러면서 생각했다. '딱딱한 껍질이 온몸을 가득 에워싸고 있어. 그래서 상대편이 느끼는 것을 그는 알아차리지 못해.' 나는 증오의 눈으로, 크게 뜬 그의 눈과 텁수룩한 수염 그리고 굵고 단단한 목덜미를 바라보았다.

그 주에 나는 파울리나를 거의 만나지 못했다. 나는 열심히 공부했다. 마지막 시험이 끝나자, 나는 그녀에게 전화를 걸었다. 그녀는 계속해서 축하한다고 했는데, 어딘지 부자연스러웠다. 그리고 오후가 끝날 무렵 우리 집에 들르겠다고 말했다.

나는 낮잠을 자고, 천천히 목욕한 다음, 밀러와 레싱의 파우스트에 관한 책을 읽으며 파울리나를 기다렸다.

그녀가 모습을 나타내자 나는 이렇게 소리쳤다.

"너, 바뀌었는데."

"맞아! 우린 서로를 너무나 잘 아는 것 같아! 내가 말하기도 전에 넌 내가 마음속으로 무엇을 느끼는지 알아."

우리는 너무나 황홀해서 어쩔 줄 모르며 서로의 눈을 바라보았다.

"고마워." 나는 대답했다.

파울리나가 우리의 영혼이 깊이 하나가 되었음을 인정하는 것보다 나를 감동하게 하는 것은 없었다. 나는 그런 따스한 칭찬을 받자, 순진하게도 행복해했다. 하지만 파울리나의 말들이 또 다른 의미를 숨기고 있는 것은 아닐까 의심했지만, 언제 그랬는지는 잘 기억이 나지 않는다. 어쨌건 내가 이런 가능성을 고려하기도 전에, 파울리나는 혼란스럽게 설명하기 시작했다. 그리고 갑자기 나는 이런 말을 들었다.

"그 첫날 오후에 우리는 이미 미칠 정도로 사랑에 빠졌어."

나는 누가 사랑에 빠진 것인지 생각했다. 파울리나는 계속해서 말했다.

"질투심이 많아. 우리가 친구처럼 지내는 것을 반대하지는 않지만, 나는 당분간 너를 안 만나겠다고 맹세했어."

그때까지만 해도 파울리나가 내 마음을 진정시켜 줄 말을 할 것이라는 불가능한 기대를 하고 있었다. 파울리나가 진담으로 말하는 것인지, 아니면 농담으로 말하는 것인지 전혀 알 수가 없었다. 나는 내 얼굴이 어떤 표정이었는지도 알지 못했다. 그리고 내가 심장이 찢어질 듯 큰 슬픔을 느끼고 있다는 사실도 알지 못했다. 파울리나는 이렇게 덧붙였다.

"이제 가야겠어. 훌리오가 날 기다리고 있어. 우리를 방해하지 않으려고 올라오지 않았거든."

"누구라고?" 나는 파울리나에게 물었다.

나는 아무 일도 일어나지 않은 것처럼 태연했다. 하지만 나는 내가 거짓말을 하고 있으며, 우리의 영혼이 그토록 하나가 아니라는 사실을 파울리나가 알게 될지 몰라 두려웠다.

하지만 파울리나는 솔직하게 대답했다.

"훌리오 몬테로야."

그건 전혀 놀라운 대답이 아니었지만, 그 끔찍한 오후에 그 두 단어처럼 나를 충격으로 몰아넣은 것은 없었다. 처음으로 나는 파울리나와 멀리 떨어져 있다고 생각했다. 나는 거의 경멸하는 표정으로 물었다.

"결혼할 거야?"

그녀가 뭐라고 대답했는지 기억이 나지 않는다. 아마도 결혼식에 나를 초대했던 것 같다.

그 일이 있고서 나는 혼자가 되었다. 이 모든 것은 말도 안 되는 일이었다. 몬테로만큼 파울리나와 (그리고 나와) 어울리지 않는 사람은 없었다. 아니면 내가 잘못 생각한 것일까? 만일 파울리나가 그 남자를 사랑한다면, 아마도 그녀와 나는 닮은 점이 전혀 없었을 것이다. 그러나 파울리나가 나를 거부하겠다는 맹세도 충분치 않았는지, 그 말을 듣기 이전에 그런 끔찍한 진실을 이미 여러 차례나 마음속으로 의심했다는 사실을 깨달았다.

나는 매우 슬펐지만, 질투를 느끼지는 않았다고 생각한다. 나는 침대에 엎드려 누웠다. 손을 뻗자, 얼마 전에 읽었던 책이 잡혔다. 나는 역겨워 그 책을 멀리 던져 버렸다.

나는 밖으로 나가 걸었다. 길모퉁이에서 아이들이 노는 모습을 지켜보았다. 나는 그날 오후를 무사히 넘기고 계속 살아갈 수 없을 것 같은 느낌을 받았다.

몇 년 동안 나는 그녀를 잊을 수 없었다. 이별로 인한 고독보다는 단절로 인한 고통스러운 순간이 더 좋았는데, 그것은 그 순간을 그녀와 함께 보냈기 때문이다. 그래서 나는 그 순간들을 살펴보았고, 자세히 되돌아보았으며, 되살리려고 했다. 이렇게 고통스럽게 곰곰이 생각하면서, 나는 지나간 일들을 새롭게 해석할 수 있었다고 믿는다. 가령, 내게 자기 애인의 이름을 말하던 목소리가 너무도 다정했다는 사실에 놀란 나머지 처음에는 감동했다. 나는 파울리나가 나를 가엾게 여긴다고 생각하면서, 전에 그녀의 사랑이 감동적이었던 것처럼 그녀의 친절한 마음씨에 감동했다. 그러고는 다시 생각을 거듭하고 가다듬자, 그런 다정함은 나 때문이 아니라 바로 그녀의 입에서 말한 이름 때문이라고 추측했다.

나는 장학금을 받기로 했고, 아무에게도 말하지 않고 여행 준비에 전념했다. 그러나 그 소식은 집 밖으로 퍼져 나갔다. 내가 떠나기 전날 저녁에 파울리나가 나를 찾아왔다.

나는 그녀와 멀어졌다고 느꼈지만, 그녀를 보는 순간 다시 사랑에 빠졌다. 파울리나가 말하지는 않았지만, 나는 그녀가 몰래 찾아왔음을 알았다. 나는 고마워 몸을 떨면서 그녀의 손을 잡았다. 그러자 파울리나가 말했다.

"난 항상 널 사랑할 거야. 어쨌거나 그 누구보다도 너를 사랑할 거야."

아마도 그녀는 자기가 배신했다고 믿었던 것 같다. 하지만 그녀가 몬테로에게 충실할 것임을 내가 의심하지 않는다는 사실을 그녀는 익히 알고 있었다. 파울리나는 배신했다는 의도를 말한 것이 마음에 걸렸는지, 급히 이렇게 덧붙였다. 이것이 나에게 한 말이 아니라면, 아마도 상상의 증인에게 한 말이었을 것이다.

"물론 지금 너에게 느끼는 감정은 중요하지 않아. 난 지금 훌리오를 사랑해."

그녀는 다른 나머지는 그리 중요하지 않다고 말했다. 과거는 이미 황량한 지역이었으며, 그곳에서 그녀는 몬테로를 기다리고 있었다. 그녀는 우리의 사랑이나 우정 따위는 기억하지 않았다.

그런 다음 우리는 거의 말하지 않았다. 나는 무척 섭섭한 마음에 짐짓 바쁜 표정을 지었다. 나는 그녀를 엘리베이터까지 배웅했다. 그런데 건물 입구의 문을 열자, 즉시 커다란 빗소리가 사방에 울려 퍼졌다.

"택시를 부를게." 나는 말했다.

그러자 갑작스럽게 격앙된 목소리로 파울리나는 내게 소리쳤다.

"안녕, 내 사랑."

그녀는 뛰어서 거리를 건너더니 멀리 사라졌다. 나는 슬픈 마음으로 집에 돌아왔다. 그런데 눈을 들자 어떤 사람이 정원에 웅크리고 있음을 알았다. 그 사람은 일어나더니, 두 손과 얼굴을 유리문에 갖다 댔다. 몬테로였다.

연보라 불빛과 오렌지 불빛이 어두운 덤불의 초록색 위로 교차했다. 비에 젖은 유리문에 갖다 댄 몬테로의 얼굴은 희고 일그러져 보였다.

나는 수족관과 수족관 속의 물고기들을 생각했다. 그런 다음 변변찮은 쓸쓸한 마음으로 몬테로의 얼굴은 다른 괴물들을, 그러니까 바닷물의 압력으로 일그러진, 심해 속에 사는 물고기들을 떠올리게 한다고 생각했다.

다음 날 아침, 나는 배를 타고 떠났다. 여행 중에 거의 선실에서 나오지 않았다. 나는 열심히 글을 쓰고 공부했다.

나는 파울리나를 잊고자 했다. 영국에서 유학하던 2년 동안, 그녀를 떠올리게 만드는 모든 것을 가능한 한 피했다. 아르헨티나 친구들을 만나지 않았으며, 일간 신문에 아주 가끔 실리던 부에노스아이레스 관련 긴급 소식도 읽지 않았다. 하지만 사실대로 말하자면, 꿈속에서는 그녀가 나타났다. 너무나 집요하고 너무나 생생하게 나타났기에, 나는 잠이 오지 않을 때 그녀를 억지로 잊으려고 했지만, 내 의지와는 정반대로 내 영혼이 움직이는 것은 아닌지 의심하기도 했다. 나는 강박적일 정도로 그녀에 대한 기억을 피했다. 첫해가 끝날 무렵 나는 밤에도 그녀의 존재를 몰아내고 거의 잊을 수 있었다.

그러나 내가 유럽에서 돌아온 날 오후, 나는 다시 파울리나를 생각했다. 나는 집 안에 그녀의 기억이 너무나 생생히 살아 있지는 않을지 내심 걱정되었다. 내 방에 들어서자, 다소 흥분된 감정을 느꼈다. 그리고 경건하게 발길을 멈추고서 그 방에서 알게 되었던 기쁨과 슬픔의 두 극단을 떠올리며 과거를 기념했다. 그러자 창피한 것을 깨달았다. 그것은 가장 은밀한 기억 속에서 갑자기 나타난 우리 사랑의 비밀스러운 업적에 감동한 것이 아니라, 창문으로 들어오는 강한 햇살, 그러니까 부에노스아이레스의 햇빛에 감동한 것이었다.

오후 4시경에 나는 길모퉁이까지 가서 커피 1킬로그램을 샀다. 빵집 주인은 나를 알아보고 요란하게 예의를 갖추어 인사했다. 그러고서 오래전부터, 적어도 6개월 전부터 내가 그 집에서 빵을 사지 않았다고 알려 주었다. 이런 다정한 말이 끝나자, 나는 소심하고 체념한 표정으로 빵 5백 그램을 달라고 했다. 그는 평소처럼 내게 물었다.

"검은 빵으로 줄까요, 아니면 흰 빵으로 줄까요?"

나는 평소처럼 대답했다.

"흰 빵으로 주세요."

나는 집으로 돌아왔다. 마치 수정처럼 맑은 날이었지만 매우 쌀쌀했다.

커피를 준비하는 동안, 나는 파울리나를 생각했다. 오후가 끝날 무렵이면 우리는 항상 블랙커피를 함께 마시곤 했다.

꿈속에 있는 듯이 나는 상냥하고 냉정한 무관심 상태에서 느닷없이 격앙된 상태, 그러니까 광적인 상태로 옮겨 갔다. 그것은 파울리나가 모습을 드러내는 바람에 생긴 결과였다. 그녀를 보자, 나는 무릎을 꿇고 그녀의 양손에 얼굴을 묻고서 처음으로 그녀를 잃어버렸다는 고통과 괴로움에 눈물을 흘렸다.

그녀는 그렇게 내게 도착했다. 문을 세 번 두드리는 소리가 났고, 나는 갑작스러운 침입자가 누구인지 생각했다. 그리고 그 사람 잘못 때문에 커피가 식을지도 모른다고 생각했다. 나는 그렇게 다른 생각을 하며 문을 열었다.

흘러간 시간이 길었는지 짧았는지는 모른다. 어쨌든 그러고서 파울리나는 내게 자기를 따라오라고 지시했다. 나는 그녀가 확신 있는 행동을 통해 우리 과거 관계의 실수를 수정하고 있다는 것을 알았다. 내가 보기에는(하지만 예전과 똑같은 실수를 반복하는 것 이외에도, 나는 그날 오후에 관해서도 부정확하게 알고 있다) 과도한 결단력으로 그 실수를 바로잡았다. 그녀는 손을 잡아 달라고 부탁했고("손잡아 줘! 지금 당장!"이라고 말했다), 나는 그런 행운에 미칠 듯이 기뻐했다. 우리는 눈을 마주 보았고, 합류하는 두 강물처럼 우리의 영혼 또한 하나로 합쳐졌다. 밖에서는 빗물이 지붕 위로 떨어졌고, 벽을 때렸다. 그리고 나는 그 비가 다시 태어나는 온 세상이며, 그것을 무시무시하게 커 가는 우리의 사랑이라고 해석했다.

그렇게 감격스러운 상태에 있었지만, 나는 몬테로가 파울리나의 말투에 영향을 끼쳤다는 것을 알 수 있었다. 때때로 그녀가 말할 때면, 나는 내 경쟁자의 목소리를 듣는다는 불쾌한 인상을 받았다. 나는 그의 특징인 답답한 문구들과 정확한 단어를 찾아내려는 순진하면서도 힘든 시도를 알아보았다. 그리고 아직도 창피할 정도로 그 누구도 흉내 낼 수 없는 저속한 말을 사용한다는 것을 알고 괴로워했다.

정말 힘들게 나는 그런 불쾌감을 자제할 수 있었다. 나는 그녀의 얼굴과 미소와 눈을 보았다. 그곳에 바로 본래의 완벽한 파울리나가 있었다. 그곳에서는 아무것도 바뀌지 않은 상태였다.

거울은 화관과 검은 천사가 새겨진 꽃무늬 틀 안에 있었다. 그러나 내가 어두운 수은 거울 속에서 그녀의 모습을 바라보자, 그녀는 달라진 것 같았다. 마치 파울리나의 다른 판본을 발견한 것 같았다. 마치 내가 그녀를 새롭게 바라보는 것 같았다. 우리가 헤어져 있는 바람에 그녀를 매일 만나던 습관이 깨졌지만, 나는 더 아름답게 변해 내게 되돌아와서 고맙다고 말했다.

그러자 파울리나가 말했다.

"가야 해. 홀리오가 기다리고 있어."

나는 그녀의 목소리에 경멸감과 불안이 이상하게 뒤섞여 있다는 것을 눈치챘고, 그러자 당황스러웠다. 나는 쓸쓸한 마음으로 생각에 잠겼다. '예전이었다면 파울리나는 아무도 배신하지 않았을 거야.' 내가 눈을 들었을 때, 그녀는 이미 떠나고 없었다.

잠시 머뭇거린 후에 나는 그녀를 불렀다. 다시 그녀를 부르고서 현관 입구로 내려가 거리로 뛰어갔다. 하지만 그녀를 찾을 수 없었다. 돌아오는 길은 추웠다. 나는 생각했다. '날씨가 쌀쌀해졌어. 이게 모두 소나기 때문이야.' 그런데 거리에는 비 한 방울도 떨어진 흔적이 없었다.

집에 도착하자, 9시라는 것을 알았다. 밖으로 나가 저녁을 먹고 싶은 생각이 없었다. 내가 아는 누군가를 만날 수 있다는 가능성이 나를 소심하게 만들었다. 나는 약간의 커피를 준비했다. 그리고 커피를 두세 잔 마신 다음, 빵 한쪽 끝을 깨물었다.

나는 우리가 언제 다시 만나게 될지조차 알지 못했다. 파울리나와 말하고 싶었다. 나는 그녀에게 내 의심을 해소해 달라고 부탁하고 싶었다. 갑자기 나는 내 배은망덕한 생각에 소스라치게 놀랐다. 운명은 내게 모든 행운을 주었지만, 나는 만족하지 않았다. 그날 저녁은 우리 인생의 절정이었다. 파울리나는 그렇게 이해했고, 나 자신도 그렇게 받아들였다. 그런 이유로 우리는 거의 말하지 않았다(말하고 질문한다는 것은 어떤 면에서 우리를 구별하는 것일 수 있었다).

나는 파울리나를 다시 보기 위해 다음 날까지 기다려야 한다는 것은 있을 수 없는 일이라고 생각했다. 거북스러운 안도감을 느끼면서 나는 바로 그날 밤 몬테로의 집으로 가기로 했다. 그러나 이내 그런 생각을 떨쳐 버렸다. 파울리나에게 말하지도 않은 채 그들을 찾아갈 수는 없는 노릇이었다. 나는 친구를 찾아가기로 했고, 내가 보기에 가장 적당한 친구는 루이스 알베르토 모르간이었다. 그리고 그에게 내가 아르헨티나에 없는 동안 파울리나의 삶이 어땠는지 아는 대로 모두 말해 달라고 부탁하기로 했다.

그러고서 나는 침대에 누워 잠자는 것이 가장 좋은 방법이라고 생각했다. 휴식을 취하면, 모든 것을 더 잘 이해할 것 같았다. 한편 나는 사람들이 파울리나에 관해 함부로 이야기하는 것을 참고 들을 준비가 되어 있지 않았다. 침대에 들어가자, 고문실에 들어간다는 인상을 받았다(아마도 자신이 잠을 이루지 못한다는 사실을 인정하지 않으려고 침대에 눕는 불면의 밤을 떠올린 것 같았다). 나는 불을 껐다.

나는 파울리나의 행동을 더는 깊이 생각하지 않기로 했다. 그녀의 상황을 이해하기에는 내가 아는 것이 너무도 없었다. 그러나 마음을 비우고 생각을 멈출 수 없었기에, 나는 그날 저녁의 기억으로 도피하기로 했다.

그녀의 행동 속에 이상하고 혐오스러운 점을 발견하면서 그녀와 멀어졌지만, 나는 파울리나의 얼굴을 계속 사랑할 작정이었다. 얼굴은 예전과 마찬가지였다. 몬테로라는 역겨운 존재가 나타나기 전에 나를 사랑했던 순수하고 경이로운 얼굴 그대로였다. 나는 생각했다. '두 사람의 얼굴에는 충실하겠다고 적혀 있지만, 아마도 두 사람의 영혼은 공유하는 게 하나도 없을 거야.'

아니면 이런 모든 것이 속임수였을까? 내가 좋아하는 것과 싫어하는 것으로 막연히 투사된 여인을 사랑하고 있는 것은 아닐까? 내가 파울리나를 제대로 안 적이 한 번도 없던 것은 아닐까?

나는 그날 저녁의 모습―어둡고 매끈매끈한 거울 깊숙이 있던 파울리나―을 선택했고, 그 모습을 떠올리려고 애썼다. 그녀의 모습을 보게 되자, 나는 순간적으로 깨달았다. 내가 파울리나를 잊어버렸기 때문에 의심했다는 것이었다. 나는 그녀의 모습을 응시하는 데 전력을 쏟고자 했다. 그러나 환상과 상상은 변덕스러운 능력을 지니고 있다. 나는 흐트러진 머리카락과 옷의 주름, 그리고 그녀를 에워싼 희미한 어둠을 떠올렸지만, 정작 사랑하는 여인의 모습은 사라지고 없었다.

불가피한 힘 덕분에 살아난 수많은 모습이 내 감은 두 눈 앞을 스쳐 지나갔다. 그러자 나는 갑자기 무언가를 깨달았다. 어느 심연의 어두운 언저리에 있는 무언가처럼, 거울 한쪽 구석에, 즉 파울리나의 오른쪽에 비취옥으로 만든 조그만 말이 나타난 것이었다.

그 환영이 생겨났을 때 나는 전혀 이상하다고 생각하지 않았다. 그러나 몇 분 후에 나는 말 석상이 집에 없다는 것을 기억했다. 내가 2년 전에 이미 파울리나에게 선물했기 때문이다.

나는 그것이 시간상으로 뒤죽박죽된 여러 기억이 중첩된 것(가장 오래된 기억은 말 석상이었고, 가장 최근의 기억은 파울리나에 대한 것이었다)으로 생각했다. 그러자 문제는 명확하게 설명되었다. 나는 마음을 가라앉혔고, 잠을 자야만 했다. 그때 나는 창피하기 그지없는 생각을 했다. 나중에 확인할 관점에서 보면, 애절하고 처량한 생각이었다. 나는 이렇게 생각했다. '내가 곧 잠들지 않으면, 내일 수척해 보일 테고, 그러면 파울리나가 좋아하지 않을 거야.'

잠시 후, 나는 침실 거울 속에 있는 말 석상에 대한 기억이 전혀 옳지 않다는 사실을 깨달았다. 나는 그 석상을 침실에 놓아둔 적이 없었다. 집에서는 다른 침실에서만 보았다(책장 선반 혹은 파울리나의 손, 혹은 내 손에서).

공포에 질린 나는 다시 그 기억들을 보고 싶었다. 그러자 천사들과 나무 꽃잎에 둘러싸인 거울이 다시 나타났다. 한가운데에는 파울리나가 있었고, 조그만 말 석상은 오른쪽에 있었다. 나는 거울이 방 안을 비추고 있었다고 확신할 수 없었다. 아마도 방 안을 비추었지만, 아주 희미하고 간략하게 비춘 것 같다. 반면에 말 석상은 책장 선반 위에서 선명하게 뒷발을 딛고 일어서 있었다. 뒷배경은 모두 책장으로 뒤덮였으며, 옆쪽 어둠 속에서는 새로운 인물이 서성거리고 있었는데, 처음에는 그가 누군지 알아보지 못했다. 무심코 바라보다가 나는 그 인물이 나라는 것을 알았다.

나는 파울리나의 얼굴을 보았다. 그녀의 아름다움과 슬픔이 몹시 강렬하게 나에게까지 투사되었고, 덕분에 그녀의 얼굴을 부분 부분이 아니라 전체를 보았다. 그리고 울면서 잠에서 깨어났다.

언제부터 내가 잠이 들었는지는 알 수 없다. 나는 이런 꿈이 억지로 만들어진 것이 아님을 알고 있다. 꿈은 어렴풋이 내 상상의 연속이었으며, 그날 저녁의 장면을 충실히 재현해 주었다.

시계를 보았다. 5시였다. 나는 일찍 일어나서 파울리나가 화를 낼지도 모르는 위험을 무릅쓰고 그녀의 집으로 갈 작정이었다. 이렇게 결심했지만 내 고통이 완화되지는 않았다.

나는 7시 반에 일어나 오랫동안 샤워를 하고 천천히 옷을 입었다.

나는 파울리나가 어디에 사는지 알지 못했다. 경비원은 내게 인명 전화번호부와 직장별 전화번호부를 빌려주었다. 하지만 그 어느 곳에도 몬테로의 주소는 나와 있지 않았다. 나는 파울리나의 이름을 찾았지만, 역시 아무 곳에도 없었다. 그때 난 몬테로가 살던 집에 다른 사람이 살고 있다는 것을 확인했다. 나는 파울리나의 부모님에게 주소를 물어봐야겠다고 생각했다.

오래전부터 나는 그들 두 사람을 만나지 않았다(파울리나가 몬테로를 사랑한다는 사실을 알게 되면서, 나는 그들과의 관계를 끊었다). 이제는 내가 얼마나 고통스러워했는지 설명하면서 사과할 생각이었다. 그러나 용기가 나지 않았다.

나는 루이스 알베르토 모르간과 말해 보기로 마음먹었다. 그러나 11시 전에 그를 찾아갈 수는 없었다. 그래서 나는 거리를 배회했지만, 아무것도 보지 않았다. 단지 벽에 그려진 그림 종류에만 잠깐 관심을 두거나, 우연히 들은 말에만 잠시 귀를 기울였을 뿐이다. 특히 독립 광장에서 어느 여자가 한 손에 신발을 들고, 다른 한 손에는 책을 든 채 축축한 잔디밭을 맨발로 걷고 있던 모습이 기억난다.

모르간은 침대에 앉아 나를 맞이했다. 그는 양손으로 커다란 머그 잔을 들고서 마셨다. 나는 그 안에 희뿌연 액체가 있고, 빵 조각이 둥둥 떠다니고 있다는 것을 알았다.

"몬테로는 어디에 살고 있지?" 나는 그에게 물었다.

그는 이미 우유를 모두 마셨고, 이제는 컵 바닥에서 빵 조각들을 꺼내고 있었다.

"몬테로는 감옥에 있어." 그가 대답했다.

나는 놀라움을 감출 수 없었다. 모르간은 계속해서 말했다.

"왜 그래? 몰랐어?"

그는 내가 그 사실을 제외한 나머지는 모두 알고 있을 것으로 추측했다. 그러나 말하기를 좋아하는 그는 그동안 있었던 일을 모두 말해주었다. 나는 기절할 것만 같았다. 갑자기 벼랑에서 떨어지는 기분이었다. 그런 상태에서 근엄하고 무자비하며 선명한 목소리가 들려왔다. 그 목소리는 도저히 이해할 수 없는 사건들을 이야기했는데, 내가 이미 그것들을 알고 있다는 소름 끼칠 정도의 절대적인 확신이 배어 있었다.

모르간이 내게 말해 준 바에 의하면 이랬다. 몬테로는 파울리나가 나를 찾아갈지도 모른다고 의심하면서 우리 집 정원에 숨어 있었다. 그녀가 나오는 것을 보자 뒤쫓아 갔고, 거리로 나가자 그녀의 길을 막았다. 구경꾼들이 모여들자, 그는 그녀를 택시에 태웠다. 그들은 밤새 코스타네라 강변도로와 호수를 거닐었으며, 새벽녘에는 티그레* 의 한 호텔에 들어갔고, 그곳에서 총을 쏴 그녀를 죽였다. 그건 그날 아침 전날 밤에 일어난 일이 아니었다. 그것은 내가 유럽으로 떠나기 전날 밤에, 그러니까 2년 전에 일어났던 일이었다.

인생의 가장 어렵고 끔찍한 순간에 우리는 항상 자신을 보호하기 위해 무책임에 빠지는 경향이 있으며, 무슨 일이 일어나는지 생각하는 대신에 하찮은 일에 관심을 둔다. 바로 그 순간 나는 모르간에게 물었다.

"내가 여행을 떠나기 전에 우리 집에서 마지막으로 가졌던 모임 기억나?"

모르간은 기억하고 있었다. 나는 계속해서 말했다.

---

* 파라나강에 있는 삼각주로 식당과 수많은 위락 시설이 갖추어져 있다.

"넌 내가 걱정하는 것을 눈치채고서 파울리나를 찾기 위해 내 방으로 갔었어. 그때 몬테로는 뭘 하고 있었지?"

"아무것도 하지 않았어." 모르간이 기운찬 목소리로 대답했다. "아무것도 하지 않았어. 그런데 이제야 기억이 나. 거울을 바라보고 있었어."

나는 집으로 돌아왔다. 현관 입구에서 경비원과 마주쳤다. 무관심한 척하면서, 나는 물었다.

"파울리나가 죽었다는 사실을 아세요?"

"어떻게 그걸 모를 수가 있나요?" 그는 대답했다. "모든 신문이 그녀의 죽음을 보도했고, 나 역시도 경찰에 진술했어요."

그 사람은 나를 뚫어지게 쳐다보았다.

"무슨 일 있어요? 아파트까지 바래다줄까요?"

그는 내게 아주 가까이 다가오면서 물었다. 나는 고맙지만 괜찮다고 말하면서, 도망치듯이 위층으로 올라갔다. 나는 힘들게 열쇠를 돌렸고, 문을 열고 그 아래에서 편지 몇 통을 집었으며, 눈을 감은 채침대에 엎드렸다는 기억이 희미하게 난다.

그런 다음 나는 거울 앞에서 생각했다. '틀림없이 파울리나가 어젯밤에 나를 찾아왔어. 몬테로와의 결혼이 실수였음을 알면서 죽은 거야. 실수도 아주 지독한 실수였으며, 우리가 진실이었다는 것을 깨달았던 거야. 그녀는 자신의 운명, 아니 우리의 운명을 완성하기 위해 죽음에서 되돌아온 거야.' 나는 오래전에 파울리나가 어느 책에 썼던 "우리의 영혼은 이미 하나가 되었어"라는 구절을 떠올렸다. 나는 계속 생각에 잠겼다. '마침내 어젯밤에 그런 일이 일어났어. 내가 손을 잡던 그 순간에 하나가 된 거야.' 그러고서 속으로 중얼거렸다. '나는 그녀를 가질 자격이 없어. 나는 그녀를 의심했고, 질투를 느꼈어. 그녀는 나를 사랑하기 위해 죽음에서 되돌아왔어.'

파울리나는 나를 용서했다. 우리가 그토록 사랑한 적은 한 번도 없었다. 또 그토록 가까이 있었던 적도.

나는 슬프고 의기양양한 사랑의 중독 속에서 몸부림쳤다. 그러면서 생각했다. 다시 말하자면, 대안을 제시하려는 단순한 습관에 이끌려 내 머리는 어젯밤의 방문에 또 다른 설명이 있을 수 있는지 질문을 던졌다. 바로 그때, 마치 번개가 치듯이 갑작스럽게 진실을 깨달았다.

이제 나는 내가 다시 실수를 저지른다는 사실을 깨닫고 싶다. 불행히도 진실이 드러날 때 항상 일어나는 것처럼, 나의 설명은 끔찍하지만, 신비하게 보이던 일련의 일들을 분명하게 해명한다. 그리고 그것들은 사실을 확인시켜 준다.

우리의 가련하고 불쌍한 사랑 때문에 파울리나가 무덤에서 나온 것이 아니었다. 파울리나의 환영幻影은 없었다. 내가 맞이한 것은 내 경쟁자의 질투로 만들어진 괴물 같은 유령이었다.

일어났던 모든 일의 핵심은 내가 여행을 떠나기 전날 밤에 파울리나가 나를 찾아온 것에 숨겨져 있었다. 몬테로는 그녀를 뒤쫓았고, 우리 집 정원에서 그녀를 기다렸다. 그러고서 밤새 파울리나와 말싸움을 했다. 그는 파울리나의 설명을 믿지 않았고, 그래서 새벽녘에 그녀를 살해한 것이었다. 하기야 그 남자가 어떻게 파울리나의 순수함을 이해할 수 있겠는가?

나는 그날의 방문을 곰곰이 생각하면서 감옥에 갇힌 그의 모습을 상상했다. 그렇게 질투라는 잔인한 망상으로 나는 그런 그의 모습을 그렸다.

그녀가 집으로 들어왔던 모습, 그리고 나중에 그곳에서 일어난 일, 이런 것은 몬테로의 섬뜩한 환상의 투영이었다. 당시 나는 그것을 깨닫지 못했는데, 그 이유는 내가 너무나 감격해 있었고 너무나 행복한 나머지, 파울리나의 지시만 따르려고 했기 때문이다. 그러나 징후들이 없었던 것은 아니다. 가령, 비를 들 수 있다.

내가 여행을 떠나기 전날, 진짜 파울리나가 방문하는 동안, 나는 빗소리를 듣지 못했다. 반면에 정원에 있던 몬테로는 자기 몸 위로 빗방울을 직접 느꼈다. 그는 우리가 함께 있는 것을 상상하면서, 우리가 그 소리를 들었으리라고 생각했다. 그래서 어젯밤 나는 빗소리를 들은 것이다. 그런 다음 나는 거리에 빗방울 하나 떨어지지 않았음을 알게 되었다.

또 다른 징후는 말 석상이다. 그 석상은 하루 동안만 우리 집에 있었다. 그러니까 모임이 있던 그날뿐이었다. 그러나 몬테로에게 그 석상은 우리 집의 상징처럼 남아 있었다. 그래서 석상이 어젯밤에 나타난 것이다.

나는 거울 속에서 나를 알아보지 못했다. 그것은 몬테로가 나를 분명하게 상상하지 못했기 때문이다. 또 그는 침실도 정확하게 상상하지 못했다. 심지어 파울리나에 대해서도 제대로 몰랐다. 몬테로가 투사한 모습은 본래의 파울리나와는 다르게 반응했다. 그것은 그녀가 그처럼 말하던 장면에서 드러난다.

몬테로의 고통과 고뇌가 이런 환상을 만들어 낸 것이다. 그런데 내 고통은 더 현실적이고 실재적이다. 그것은 파울리나가 사랑에 환멸을 느꼈으며, 그래서 내게 돌아오지 않았다고 확신하기 때문이다. 그것은 내가 결코 그녀의 사랑이 아니었다는 확신이기도 하다. 또 몬테로는 내가 다른 사람들을 통해 간접적으로 들었던 그녀의 삶에 관해 알고 있었다는 확신 때문이기도 하다. 그것은 내가 그녀의 손을 잡았을 때, 즉 우리의 영혼이 합쳐졌다고 생각한 순간, 파울리나가 절대로 내게 말하지 않았지만, 내 연적은 수없이 들었던 부탁을 들어주었다는 확신이기도 하다.

하늘의 음모
La trama celeste

이레네오 모리스 대위와 동종요법 전문 의사인 카를로스 알베르토 세르비안이 어느 해 12월 20일에 부에노스아이레스에서 사라졌을 때, 신문들은 이 사건을 거의 언급하지 않았다. 들리는 말에 따르면, 사기당한 이들과 연루된 사람들이 있었으며, 수사는 진행 중이었다. 또한, 탈주자들이 사용한 비행기의 활동 반경이 얼마 되지 않았기에 이들이 그리 멀리 가지 못했다는 말도 있었다. 나는 최근에 소포 하나를 받았다. 거기에는 4절판의 책 세 권(공산주의자 루이 오귀스트 블랑키 전집)과 거의 값이 나가지 않는 싸구려 반지 하나(말의 머리를 한 여신의 모습이 새겨진 남옥藍玉), 그리고 「모리스 대위의 모험」이란 제목이 붙고 C. A. S.라고 서명된, 타자기로 친 원고 하나가 들어 있었다. 나는 이 원고를 그대로 옮겨 쓸 생각이다.

모리스 대위의 모험

이 이야기는 켈트족의 전설로 시작할 수 있다. 이 전설은 어느 샘의 맞은편 나라로 떠나는 영웅의 모험, 혹은 부드러운 나뭇가지로 만들어진 난공불락의 감옥, 또는 착용자를 눈에 보이지 않게 만드는 반지에 관한 이야기나, 신비로운 구름에 관한 이야기일 수 있다. 또한, 희미한 거울의 바닥 안에서 울고 있는 젊은 여자와, 바로 그 거울이 여자를 구원할 기사의 손에 들려 있다는 이야기일 수도 있다. 또는 아무런 희망도 없이 아서왕의 무덤을 끝없이 찾는 것에 관한 이야기일 수도 있다.

이것은 마치의 무덤이며, 이것은 그위티르의 무덤이다.
이것은 그우간 글레디프레이드의 무덤이다.
그러나 아서의 무덤은 알 수 없다.

그리고 내가 놀라면서도 어느 정도 무덤덤하게 들었던 소식, 즉 군사법원이 모리스 대위를 반역죄로 기소했다는 소식으로 시작할 수도 있다. 혹은 천문학을 부정하는 것으로 시작할 수도 있으며, '패스'라고 불리는 것, 다시 말하면 영혼이 모습을 드러내거나 사라지게 만드는 데 사용되는 이동 이론으로 시작할 수도 있다.

그러나 나는 보다 덜 자극적인 시작을 선택할 것이다. 마술적인 것이 다소 부족할 수는 있지만, 적어도 매우 체계적이다. 이것은 초자연적인 것을 거부할 생각이라는 의미가 아니다. 또 첫 번째 단락을 언급하거나 떠올리는 것을 거부하는 것은 더욱 아니다.

내 이름은 카를로스 알베르토 세르비안이며, 라우히에서 태어났고, 아르메니아 사람이다. 8백 년 전부터 내 조국은 존재하지 않는다. 그러나 아르메니아 사람에게는 족보가 있으며, 우리끼리는 서로 단결하고, 모든 아르메니아 후손은 터키인들을 증오할 것이다. "한번 아르메니아 사람은 영원한 아르메니아 사람"이라는 말이 있는데, 이것은 지금도 유효하다. 우리는 비밀 조직과 같으며, 씨족과도 같다. 그리고 모든 대륙에 흩어져 있지만, 우리의 신비스러운 혈통을 간직한다. 우리의 눈과 코는 서로 반복되면서 다른 민족들과 구별되고, 우리 나름대로 이 땅을 이해하고 즐기는 방식을 지니고 있다. 또한, 우리가 지닌 재능과 우리의 관심, 그리고 우리가 서로 알아볼 수 있는 독특한 무질서와 방종이 존재하며, 우리 여인들은 열정적이며 아름답다. 바로 이런 것들이 우리를 하나로 만든다.

그리고 나는 독신이다. 또한 돈키호테처럼 조카딸과 함께 산다. 아니, 살았다고 하는 편이 맞을 것이다. 아주 부지런하고 상냥하며 쾌활한 젊은 여자아이였다. 또 다른 성질 형용사를 덧붙이자면, 침착하고 차분했다. 하지만 솔직하게 고백하건대, 최근에는 그런 형용사를 붙일 만하지 않았다. 내 조카딸은 비서 업무를 즐겁게 했다. 내게는 비서가 없었기에 그녀가 전화를 받고, 환자 병력을 타자했으며, 내가 환자들의 진술(그들의 공통적인 법칙은 무질서였다)을 들으며 마구 적어 놓은 증후들을 훌륭하게 다시 썼고, 내가 지닌 방대한 문서들을 정리했다. 또 거의 비서 일과 마찬가지로 또 다른 것을 순수하게 즐겼다. 그것은 바로 금요일 오후에 나와 함께 영화관에 가는 것이었다. 이 모든 것이 일어났던 날이 바로 금요일 오후였다.

나는 진료실에 있었다. 문이 열렸다. 그리고 젊은 군인이 힘차게 진료실로 들어왔다.

내 비서는 내 오른쪽, 그러니까 책상 뒤에 서 있었다. 그녀는 아무렇지도 않은 표정으로 내게 커다란 종이를 건네주었다. 내가 환자들이 진술하는 내용을 적는 종이였다. 젊은 군인은 주저하지 않고 자신을 크라머 중위라고 소개했으며, 내 비서를 거만하게 쳐다보고서 단호한 목소리로 물었다.

"말해도 되겠습니까?"

나는 그렇게 하라고 말했다. 그러자 그가 말했다.

"이레네오 모리스 대위가 당신을 만나고자 합니다. 지금 체포되어 육군 병원에 있습니다."

내담자의 군인다운 태도에 오염되어 나는 대답했다.

"알겠습니다!"

"언제 가실 겁니까?" 크라머가 물었다.

"오늘 당장 가겠습니다. 이 시간에 면회가 허락된다면……"

"허락될 것입니다." 크라머가 말했다. 그리고 옷 소리가 요란하게 나도록 움직이고는 씩씩하게 경례를 하고서 떠났다.

나는 조카딸을 물끄러미 쳐다보았다. 그녀의 표정이 바뀌어 있었다. 나는 화가 치밀었고, 그래서 무슨 일이냐고 물었다. 그러자 내게 설명을 요구했다.

"아저씨가 관심을 보이는 유일한 사람이 누구인지 알아요?"

나는 순진하게도 그녀가 가리키는 쪽으로 고개를 돌렸다. 나는 거울에서 내 모습을 보았다. 조카는 방에서 뛰어나갔다.

얼마 전부터 그녀는 갈수록 침착성을 잃고 있었다. 게다가 나를 이기주의자라고 불러 댔다. 나는 그렇게 비난하는 일부 이유는 내 장서표에 있다고 여긴다. 거기에는 그리스어, 라틴어 그리고 스페인어로 각각 "너 자신을 알라"라는 말이 적혀 있다(나는 이 격언이 내 삶에 어떤 영향을 끼칠지 전혀 궁금해하지 않았다). 또 내가 돋보기를 통해 거울 속 내 모습을 바라보는 모습이 그려져 있다. 조카는 내 만능 서재에 있는 수천 권의 책에 수천 개의 장서표를 붙였다. 그러나 이기주의자라는 이런 명성을 얻은 데는 다른 이유도 있다. 나는 굉장히 체계적인 사람이었다. 그리고 조직적인 사람들, 즉 알 수 없는 일에 빠져서 사는 사람들은 여자들과 연루되는 일을 항상 뒤로 미룬다. 그래서 우리는 미친 사람이거나 바보 천치거나 이기주의자처럼 보인다.

나는 혼란스러운 마음으로 고객 두 명을 진료하고서 육군 병원으로 갔다.

내가 포소스 거리에 있는 오래된 건물에 도착했을 때, 시계는 이미 6시를 알리고 있었다. 혼자 대기실에 앉아 있다가 간단하고 솔직한 하나의 질문을 받고서 나는 모리스가 있는 방으로 안내를 받았다. 문에는 총검이 달린 장총을 든 보조가 있었다. 방 안에, 그러니까 모리스 침대 아주 가까이에 두 남자가 있었지만, 나를 본 척도 하지 않고 도미노 게임을 했다.

모리스와 나는 오래전부터 알고 지내는 사이였지만, 결코 친구가 된 적은 없었다. 나는 그의 아버지를 몹시 사랑했다. 그는 무척 훌륭한 노인이었다. 머리는 둥글고 백발이었으며, 머리카락은 거의 박박민 상태였다. 눈은 파란색이었고, 과도할 정도로 강인하고 기민했다. 그리고 웨일스 사람임을 보여 주듯이 억누를 수 없는 애국심과 켈트족의 전설을 이야기하려는 억제할 수 없는 충동을 지니고 있었다. 오랫동안(내 인생의 가장 행복했던 시기에) 그는 내 선생님이었다. 우리는 매일 오후 잠깐씩 공부했다. 그는 이야기하고 나는 『매버노기언의 모험』*을 들었다. 그럴 때면 즉시 우리는 흑설탕을 넣은 마테 차를 마시면서 기운을 차렸다. 이레네오는 때때로 마당에서 놀았다. 그는 새와 쥐를 잡았으며, 주머니칼과 실과 바늘로 여러 이상한 시체들을 만들었다. 아버지 모리스는 이레네오가 나중에 의사가 될 것이라고 말했다. 나는 발명가가 되고자 했는데, 그것은 이레네오의 실험을 혐오했기 때문이다. 언젠가 나는 용수철이 있는 폭탄을 그렸었다. 그것은 한 행성에서 다른 행성으로 아주 오랫동안 날아갈 수 있는 행성 미사일이었다. 또한, 한번 시동이 걸리면 절대 멈추지 않는 수력 발동기도 그렸다. 이레네오와 나는 서로 의식적으로 싫어했고, 그래서 소원한 사이였다. 이제 우리가 만나자, 우리는 커다란 기쁨을 느꼈다. 그것은 향수와 진심에서 우러나오는 감정이었다. 우리는 상상의 우정과 상상의 과거를 열심히 언급하면서 짧게 대화를 나누었다. 그리고 나자 우리는 더 무슨 말을 해야 할지 몰랐다.

웨일스의 나라, 완강하고 집요한 켈트족의 힘은 그의 아버지 대에서 끝나 있었다. 이레네오는 철저히 냉정한 아르헨티나 사람이며, 모든 외국인을 무시하고 경멸한다. 심지어 그의 모습도 전형적인 아르헨티나 사람이다(몇몇 사람은 그를 남아메리카 사람이라고 생각했다). 즉 키가 작고 말랐으며 골격이 굵지 않으며, 머리카락은 검은색이다. 그는 윤기 나는 머리카락을 세심하게 빗는다. 그리고 시선은 기민하며 빈틈이 없다.

* 웨일스 지방의 중세 기사 이야기책.

나를 보자 그는 감격한 것 같았다(나는 그가 감격한 모습을 한 번도 본 적이 없었다. 심지어 그의 아버지가 세상을 떠난 밤에도 그런 모습은 보지 못했다). 그는 분명한 목소리로, 마치 도미노 놀이를 하는 사람들이 들으라는 듯이 말했다.

"악수하자. 이 어렵고 중요한 시간에 너는 내 유일한 친구라는 사실을 보여 주었어."

내가 보기에 이 말은 내가 그를 찾아간 것치고는 너무나 과도한 감사의 말이었다. 모리스는 계속 말했다.

"우리는 서로 해야 할 말이 많아. 하지만 두 사람이 지켜보는 이런 상황에서는 그럴 수 없다는 것을 넌 이해할 거야." 그는 심각하게 두 사람을 쳐다보았다. "지금은 입을 다무는 게 나을 것 같아. 며칠만 지나면 난 집에 있게 될 거야. 그러면 기꺼이 너를 맞이해서 이야기하고 싶어."

나는 그게 작별의 말이라고 생각했다. 그런데 모리스는 나에게 "급하지 않으면," 잠시 있어 달라고 덧붙였다.

"이 말을 반드시 하고 싶었어." 그는 계속 말했다. "책을 빌려주어서 고마워."

나는 어리둥절해서 몇 마디 말을 중얼거렸다. 도대체 어떤 책 때문에 내게 감사하는지 알 수 없었다. 나는 살면서 여러 실수를 범했다. 하지만 이레네오에게 책을 보낸 적은 결코 없었다.

그는 비행기 사고에 관해 말했다. 하지만 기류 때문에 사고가 날 수 있는 장소 중에 부에노스아이레스의 팔로마르 공군기지나 이집트의 '왕가의 계곡'이 있을 수 있다는 사실은 부인했다.

그의 입술에서 '왕가의 계곡'이라는 말을 듣자, 나는 귀를 의심했다. 나는 어떻게 그곳을 아느냐고 물었다.

"모로 신부의 이론이야." 모리스가 대답했다. "다른 사람들은 우리 조종사들이 제대로 훈련을 받지 못해서 일어나는 사고라고 말하지. 네가 내 말에 동의하는지는 모르겠지만, 그건 우리 민족의 특성과 반대되는 것이야. 정말이지 아르헨티나 조종사는 우리 국민이 그런 것처럼 비행기에 자부심을 느끼고 있어. 그렇게 생각하지 않는다면, 철사로 얽어맨 통조림 깡통에 불과한 '제비'를 가지고 미라*가 세운 업적을 떠올려 봐……"

나는 그에게 몸 상태는 어떤지, 어떤 치료를 받고 있는지 물었다. 그때 나는 도미노 놀이를 하는 사람들이 듣도록 아주 큰 목소리로 말했다.

"주사를 맞으면 안 돼. 그 어떤 주사도 맞으면 안 돼. 네 피에 독을 넣게 하면 안 돼. 정화제 데푸라툼 6을 먹은 다음 아르니카 10,000을 먹도록 해. 넌 아르니카가 잘 듣는 전형적인 경우야. 잊지 마. 극소량만 먹어야 해."

나는 조그만 승리를 거두었다는 느낌을 받으며 그곳에서 나왔다. 그리고 3주가 흘렀다. 집에서는 별로 새로운 일이 없었다. 이제 되돌아보면 아마도 내 조카딸이 그 어느 때보다도 정중했으며 그 어느 때보다 따뜻하지 않았다는 것을 알 수 있다. 우리 습관에 따라, 이후 두 번의 금요일에 우리는 영화관에 갔다. 하지만 세 번째 금요일에 내가 그녀의 방으로 들어갔을 때, 그녀는 그곳에 없었다. 이미 나가고 없

---

* 비르힐리오 카를로스 미라. 1890년에 이탈리아에서 태어났으나 어릴 때 부모를 따라 아르헨티나로 이주하여 1915년에 조종사가 되었다. 1916년 자신이 만든 비행기 '제비'로 시험 비행에 성공했다.

었다. 그날 오후 우리가 영화관에 간다는 것을 잊어버린 것이다!

그러고 나서 나는 모리스가 보낸 간단한 편지를 받았다. 이미 자기는 집에 있으며, 아무 날이나 오후에 자기를 만나러 와 달라고 말하고 있었다.

그는 책상에서 나를 맞이했다. 솔직하게 말해서, 그는 훨씬 좋아 보였다. 이 세상에는 건강이 균형을 잃지 않도록 꿋꿋하게 나아가는 사람들이 있다. 그런 사람들은 대증요법이 만들어 낸 최악의 독에도 제압되지 않는다.

그 방에 들어가면서 나는 시간이 뒷걸음질 친다는 느낌을 받았다. 말쑥하고 단정하며 상냥하고 마테 잎의 '보급품'을 차분하게 관리하는 아버지 모리스(그는 10년 전에 죽었다)를 거기서 보지 못하자, 나는 거의 소스라치게 놀랐다. 다시 말하면, 아버지 모리스가 사용했던 때와 하나도 바뀌지 않았다. 서재의 책장 선반에는 그때와 똑같은 책들이 놓여 있었다. 로이드 조지와 윌리엄 모리스의 흉상은 나의 즐겁고 걱정 없던 젊은 시절을 지켜보았었고, 이제는 지금의 나를 바라보고 있었다. 벽에는 여전히 끔찍한 그림이 걸려 있었다. 그것을 보고 나는 너무나 놀란 나머지 처음으로 불면증에 시달렸었다. 그 그림은 바로 〈그리피스 압 라이스의 죽음〉인데, 흔히 〈남쪽 남자들의 광채와 권력과 달콤함〉으로 알려져 있다.

나는 즉시 그가 관심을 보이던 주제로 대화를 이끌어 가려고 했다. 그는 자신이 편지에서 밝힌 내용에 몇 가지 세부적인 것만 덧붙이고 싶다고 말했다. 나는 어떻게 대답해야 할지 몰랐다. 이레네오에게서 편지를 받은 적이 없었기 때문이다. 나는 불현듯 결심했다. 그리고 이야기하는 게 너무 피곤하지만 않다면, 처음부터 모든 것을 이야기해 달라고 부탁했다.

그러자 이레네오 모리스는 자신의 이상야릇한 이야기를 들려주었다.

지난 6월 23일까지 그는 공군 비행기 시험 조종사로 복무했다. 먼저 그는 코르도바에 있는 군사시설에서 임무를 완수했으며, 최근에는 팔로마르 기지로 발령받았다.

그는 자신이 시험 조종사로서 중요한 인물이었다고 확신했다. 그 어떤 남아메리카나 중앙아메리카 조종사보다 더 많이 비행했다. 그의 체력은 보통이 아니었다.

그는 너무나 많은 시험 비행을 했고, 그래서 불가피하게도 자연스레 혼자서 시험 비행을 하기에 이르렀다.

그는 주머니에서 수첩 하나를 꺼내더니 백지에 지그재그로 일련의 선을 그었다. 그리고 조심스럽게 숫자(거리, 높이, 각도)를 적고서, 종이를 수첩에서 찢어 내게 선사했다. 나는 급히 고맙다고 말했다. 그는 내가 자신의 '고전적인 시험 비행 계획'을 가진 것이라고 밝혔다.

6월 15일경에 그는 며칠 내로 1인승 전투기인 신형 브레게 비행기—브레게 309—를 시험하게 될 것이라는 통보를 받았다. 그것은 2~3년 전에 프랑스에서 특허 낸 제작법에 따라 만들어진 비행기였다. 시험 비행은 극비로 분류되어 이루어질 예정이었다. 모리스는 집으로 갔고, 수첩을 집었다. 그리고 "내가 여기서 오늘 조금 전에 했던 것처럼, 내가 주머니에 갖고 있던 것과 똑같은" 비행 계획을 그렸다. 그는 그 계획을 더 복잡하게 만들면서 즐겼다. 그러고는 "우리가 함께 행복한 시간을 보냈던 이 책상에서" 자기가 덧붙인 선에 관해 생각했고, 그것을 머리에 깊이 새겨 놓았다.

6월 23일 새벽, 그러니까 아름다우면서도 끔찍한 모험을 하게 될 날은 흐리고 비가 내렸다. 모리스는 공항에 도착했지만, 비행기는 아직 격납고에 있었다. 비행기를 꺼내 올 때까지 기다려야만 했다. 추위에 감기 걸리지 않도록 그는 걸었다. 하지만 그의 발은 빗물에 흠뻑 젖었다. 마침내 브레게 전투기가 모습을 드러냈다. 그것은 저익低翼 단엽기였다. "자신 있게 말하는데, 다른 세상의 것은 아니었어." 그는 대충 살펴보았다. 모리스는 내 눈을 쳐다보았고, 비밀을 이야기하듯이 작은 목소리로 말했다. "의자는 좁았고, 매우 불편했어." 그는 연료계가 'Full'을 가리켰으며, 브레게의 날개에 그 어떤 표지도 없었다는 것을 기억했다. 그는 손을 흔들어 인사했고, 즉시 그런 동작이 위선적으로 보였다고 말했다. 그는 5백여 미터를 달려 이륙했다. 그리고 그가 '새로운 시험 비행 계획'이라고 말한 것을 실행에 옮기기 시작했다.

그는 아르헨티나에서 가장 강인한 비행사였다. "순전히 육체적 강인함이야"라고 그는 내게 확신했다. 그는 사실을 이야기할 준비가 되어 있었다. 나는 믿기 어려웠지만, 갑자기 그의 시선이 흐려졌다. 여기서 모리스는 말을 많이 했고, 흥분하기에 이르렀다. 그리고 나는 앞에 머리를 잘 빗은 친구가 있다는 사실은 잊고 그저 그의 이야기에만 몰두했다. 새로운 비행기의 시험 비행을 시작한 후 얼마 안 되어 그는 다시 눈앞이 뿌예졌다는 느낌을 받았다. 그러고서 "이런 염병할! 의식을 잃을 것 같아"라고 말하는 자신의 목소리를 들었으며, 크고 시커먼 물체(아마도 구름)를 덮쳤다. 그러자 그는 화사하게 빛나는 천국을 본 것처럼 순간적이지만 행복한 광경을 보았고…… 활주로에 부딪히려는 순간, 간신히 비행기를 바로잡을 수 있었다.

그는 의식을 되찾았다. 하얀 침대에 누워 고통스러워하고 있었다. 방의 천장은 높았고, 벽은 희고 아무것도 걸려 있지 않았다. 왕파리가 윙윙거렸다. 잠시 그는 자신이 들판에서 낮잠을 자고 있다고 믿었다. 이어 자신이 다쳤다는 사실을 알았다. 그는 체포되어 군 병원에 수용되어 있었다. 그는 이런 것에 전혀 놀라지 않았지만, 아직 사고를 기억하는 데는 조금 더 시간이 필요했다. 사고를 기억하면서 그는 정말로 소스라치게 놀랐다. 자기가 어떻게 의식을 잃었는지 전혀 알 수 없었던 것이다. 그러나 그는 한순간도 의식을 잃은 적이 없었는데…… 이것에 관해서는 나중에 이야기하고자 한다.

그와 함께 있던 사람은 여자였다. 그는 그녀를 쳐다보았다. 간호사였다.

독단적이고 차별적인 태도로 그는 일반적인 여자에 관해 말했다. 듣기에 거슬리는 말이었다. 그는 여자에게는 한 가지 유형밖에 없으며, 각 남자의 중앙에 있는 동물을 만족시켜 주는 여자도 특정한 한 명이 있다고 말했다. 그리고 무언가를 덧붙였는데, 그것은 그런 여자를 발견하는 것은 불행한 일이라는 의미였다. 그 이유는 남자가 자기 인생에서 결정적인 여자라고 느끼면, 두려움을 갖고 서툴게 여자를 대하면서, 고통과 지루한 좌절감으로 가득한 미래를 준비하기 때문이었다. 그는 점잖고 훌륭한 남자는 나머지 여자들 사이에 있어도 눈에 띄는 차이점이나 위험은 보이지 않는다고 말했다. 나는 그에게 간호사가 그의 여자 유형에 해당하느냐고 물었다. 그러자 그는 아니라고 대답하고서 이렇게 설명했다. "조용하고 차분하며 어머니 같은 여자야. 하지만 아주 예뻐."

그는 자기 이야기를 계속 들려주었다. 몇 명의 장교들이 들어왔다 (그는 그들의 계급을 정확하게 설명했다). 그리고 한 병사가 테이블과 의자를 갖고 왔다. 그러고는 그곳을 나가더니 타자기를 가지고 돌아왔다. 그는 타자기 앞에 앉아 조용히 타자 쳤다. 병사가 타자를 멈추자, 어느 장교가 모리스를 심문했다.

"이름은?"

그는 이런 질문에 놀라지 않았다. '이건 상투적인 질문이야'라고 생각했다. 그는 이름을 말했고, 끔찍한 음모와 책략의 첫 번째 징후를 감지하면서, 자신이 왜인지는 몰라도 그 음모에 연루되었다고 느꼈다. 모든 장교가 웃었다. 그는 자기 이름이 비웃음의 대상이 되리라고는 전혀 상상하지도 못했다. 화가 치밀었다. 다른 장교가 말했다.

"더 믿을 수 있는 이름을 만들어 낼 수도 있었을 텐데." 그는 타자 치고 있던 병사에게 지시했다. "그냥 받아 적기만 해."

"국적은?"

"아르헨티나입니다." 그는 주저하지 않고 진술했다.

"군 소속인가?"

그러자 그는 냉소적으로 대답했다.

"내가 사고를 당했는데, 마치 당신들이 사고를 당한 사람들 같군요."

그들은 약간 웃었다(마치 모리스가 그곳에 없는 것처럼 그들끼리만 킥킥 웃었다).

그는 계속 말했다.

"나는 군인입니다. 계급은 대위며, 제7연대 9대대 소속입니다."

"몬테비데오에 기지를 두고 있나?" 어느 장교가 빈정거리면서 물었다.

"팔로마르에 있습니다." 모리스가 대답했다.

그는 자기 주소를 밝혔다. 볼리바르 거리 971번지였다. 장교들은 떠났다. 그리고 다음 날 이들과 다른 장교들이 다시 찾아왔다. 그는 그들이 자신의 국적을 의심하거나 아니면 의심하는 것 같다는 사실을 알자, 침대에서 일어나 싸우려고 했다. 그러나 상처와 간호사의 부드러운 만류로 인해 그는 분노를 억제했다. 장교들은 다음 날 오후에, 그리고 또 다음 날 아침에 다시 방문했다. 엄청나게 더운 날씨였다. 온몸이 아팠다. 그는 내게 가만있게만 해 준다면 아무 말이나 고백했을 것이라고 털어놓았다.

그들은 무슨 계획을 세웠던 것일까? 왜 그가 누구인지 모르는 것일까? 왜 그를 모욕하고, 왜 그가 아르헨티나 사람이 아닌 것처럼 행동하는 것일까? 그는 당혹스럽고 화가 치밀었다. 어느 날 밤 간호사는 그의 손을 잡고서 그가 현명하고 올바르게 방어하지 못하고 있다고 말했다. 그러자 그는 자신이 방어할 이유가 없다고 대답했다. 그는 온밤을 뜬눈으로 지새웠다. 때때로 분노가 치솟았고, 또 어떤 때는 차분하게 상황과 맞서기로 마음먹기도 했다. 또 과격하고 폭력적으로 반응하면서 "이런 황당한 놀이에 참여하기를" 거부하기도 했다. 아침이 되자 그는 그녀를 함부로 대해서 미안하다면서 용서를 구했다. 그는 그녀의 의도가 자신을 도와주려는 자선적 성격이라는 것을 알고 있었다. "못생긴 건 아니야, 내 말이 무슨 뜻인지 알겠지?" 하지만 어떻게 용서를 구하는지 몰랐기 때문에 그녀에게 화를 내면서 자기가 어떻게 해야 하는지 조언해 달라고 부탁했다. 간호사는 책임자를 불러서 진술하라고 충고했다.

장교들이 돌아오자 그는 자신이 크라머 중위와 비에라 중위의 친구이며, 파베리오 대위의 친구이고, 마르가리데와 나바로 소령의 친구라고 말했다.

5시경에 평생의 친구였던 크라머 중위가 장교들과 함께 모습을 드러냈다. 모리스는 얼굴을 붉히면서 "충격을 받고 나면 우리는 과거와 똑같지 않아"라고 말하고는, 크라머를 보자 눈에서 눈물이 나왔다고 덧붙였다. 그는 크라머가 들어오는 것을 보자 침대에서 일어나 양팔을 벌려 맞이했다고 기억했다. 그는 친구에게 큰 소리로 말했다.

"어서 와, 친구."

크라머는 발길을 멈추고서 냉정하게 그를 쳐다보았다. 어느 장교가 그에게 물었다.

"크라머 중위, 이 사람을 아나요?"

교활한 목소리였다. 모리스는 자기가 기다렸다고, 크라머 중위가 갑자기 정중하게 큰 소리로 자기 행동은 일종의 장난이었다고 밝히기를 기다렸다고 말했는데…… 크라머는 마치 그들이 자신의 말을 믿지 않을지도 모른다고 두려워하듯이 아주 따스한 목소리로 대답했다.

"한 번도 본 적이 없는 사람입니다. 맹세하건대, 결코 본 적이 없습니다."

장교들은 즉시 그의 말을 믿었다. 그러자 두 사람 사이에 잠시 존재했던 긴장감은 사라졌다. 그들은 떠났다. 모리스는 장교들의 웃음소리를 들었고, 크라머의 솔직한 웃음소리를 들었다. 그리고 어느 장교의 목소리는 이렇게 반복해서 말했다. "난 놀라지 않았어. 정말이지 전혀 놀라지 않았어. 정말 뻔뻔스러운 놈이야."

비에라와 마르가리데도 왔지만, 근본적으로 똑같은 장면이 반복되었다. 조금 더 심한 폭력적인 일이 벌어졌을 뿐이다. 책 한 권—내가 보냈을지도 모르는 책 중의 한 권—이 침대 시트 밑에, 즉 그가 손을 내밀면 닿을 수 있는 곳에 있었다. 그런데 비에라가 두 사람이 모르는 관계인 척하자, 그 책이 비에라의 얼굴을 때린 것이다. 모리스는 내게 그 사건을 자세하게 설명했지만, 나는 그의 말을 모두 믿지는 않는다. 여기서 나는 다시 밝힌다. 나는 그의 용기를 의심하지 않는다. 하지만 그가 다쳤는데도 그토록 재빠르게 움직일 수 있었다는 점은 미심쩍다. 장교들은 멘도사에 있는 파베리오를 반드시 부를 필요는 없다는 의견을 냈다. 그때 모리스는 신통한 생각을 떠올렸다. 그것은 바로 젊은 장교들이 협박을 받아 배신자가 되었지만, 집안의 오랜 친구인 우에트 장군에게는 함부로 하지 못할 것이라는 생각이었다. 그는 항상 우에트 장군을 아버지처럼, 아니 아주 엄한 대부로 여겼다.

그러나 그들은 아르헨티나 군대에 그런 우스꽝스러운 이름을 가진 장군이 한 명도 없다고 차갑게 대답했다.

모리스는 두려워하지 않았다. 아마도 두려움을 알았더라면, 그는 상황을 더욱 잘 처리해서 보다 잘 방어했을 것이었다. 다행히 그는 여자들에게 관심을 가졌다. 그러면서 내게 "여자들이 위험을 과장하는 걸 얼마나 좋아하는지, 그리고 그들이 얼마나 의심이 많은지 넌 알 거야"라고 말했다. 지난번에 간호사는 그의 손을 잡고서 그가 위험에 직면해 있다고 설득시켰다. 이제 모리스는 그녀의 눈을 보고서 그에게 꾸민 음모가 어떤 의미가 있느냐고 물었다. 간호사는 자신이 들었던 것을 그대로 말해 주었다. 그것은 23일에 브레게 전투기를 시험 비행 했다는 그의 진술이 거짓이라는 것이었다. 팔로마르 공군기지에서는 그 누구도 그날 오후에 비행기를 시험하지 않았다는 것이었다. 브레게 전투기는 아르헨티나 공군이 최근에 채택한 기종이었지만, 모리스가 비행했다는 비행기 번호는 현재 아르헨티나 공군이 사용하는 숫자 체계에 해당하지 않았다. "나를 첩자라고 생각하는 건가?" 그는 믿지 못하겠다는 표정으로 물었다. 다시 그는 분노가 솟구치는 것을 느꼈다. 간호사가 소심하게 대답했다. "그들은 당신이 인근 형제국가에서 왔다고 여기고 있어요." 모리스는 아르헨티나 사람으로서 맹세하는데, 자기는 아르헨티나 사람이라고, 자기는 첩자가 아니라고 말했다. 그녀는 상당히 감동한 것처럼 보였고, 똑같은 어조로 계속해서 말했다. "군복은 우리의 것과 같아요. 하지만 꿰매는 방식이 다르다는 것을 발견했어요." 그러면서 덧붙였다. "절대로 간과할 수 없지요." 그러자 모리스는 그녀 역시 자기 말을 믿지 않는다는 것을 깨달았다. 그는 분노로 숨이 막힐 것만 같았다. 그러나 그런 감정을 숨기기 위해 그녀의 입에 키스하고서 껴안았다.

며칠 후 간호사가 그에게 이렇게 알려 주었다. "당신이 제공한 주소도 거짓으로 판명 났어요." 모리스는 항의했지만 소용없는 일이었다. 여자는 그 집에 사는 사람이 카를로스 그리말디라는 서류를 증거로 보여 주었다. 모리스는 기억한다는 느낌과 기억상실증의 느낌을 동시에 받았다. 그가 보기에 그 이름은 과거에 그가 경험했던 것과 관련이 있는 듯했다. 하지만 그게 어떤 것인지 정확하게 확인할 수 없었다.

간호사는 그에게 그의 사건 때문에 서로 대립하는 두 개의 그룹이 생겼다고 알려 주었다. 하나는 그가 외국인임을 주장하는 그룹이었고, 다른 하나는 그가 아르헨티나 사람이라고 주장하는 그룹이었다. 더 분명하게 말하자면, 그를 추방하려는 사람이 있었고, 그를 총살하려는 사람이 있었다.

간호사가 말했다.

"당신이 아르헨티나 사람이라고 주장하면, 당신을 처형하라고 요구하는 사람들을 도와주는 거예요."

모리스는 자신이 처음으로 조국에서 "다른 나라를 방문하는 사람들이 느끼는 고립무원"을 느꼈다고 털어놓았다. 그러나 아직 아무것도 두려워하지 않았다.

여자가 너무나 눈물을 흘린 나머지, 마침내 그는 그녀가 요구하는 것이면 무엇이든 하겠다고 약속했다. "네가 보기에는 웃기겠지만, 나는 그녀가 행복해하는 모습을 보고 싶었어." 여자는 그에게 아르헨티나 사람이 아님을 인정하라고 부탁했다. "그건 정말로 끔찍한 충격이었어. 마치 억지로 차가운 물로 샤워하는 것 같았어. 나는 그녀가 원하는 대로 하겠다고 약속했어. 하지만 그 약속을 지키겠다는 생각은 전혀 없었어." 그는 반대 이유를 그녀에게 설명했다.

"내가 어느 국가에서 왔다고 말한다고 가정해 봐. 다음 날 그 나라는 내 진술이 거짓이라고 대답할 거야."

"그건 중요하지 않아요." 간호사가 말했다. "그 어떤 나라도 첩자를 보낸다는 사실을 인정하지 않을 거예요. 하지만 당신이 그렇게 진술하고, 내가 영향력 있는 사람을 몇 명 움직인다면, 아마도 추방하자는 파가 승리할 거예요. 너무 늦지만 않는다면 말이에요."

다음 날 장교가 그의 진술을 적기 위해 그곳으로 왔다. 단둘이 있게 되자, 남자가 말했다.

"이미 해결된 사건입니다. 일주일 내로 사형선고를 받을 것입니다."

모리스는 내게 설명했다.

"난 더 잃어버릴 게 없었어……"

'어떻게 일이 진행되는지 보기 위해' 그는 장교에게 말했다.

"내가 우루과이 사람이라는 것을 자백합니다."

오후에 간호사가 솔직하게 털어놓았다. 그녀는 모리스에게 모든 게 속임수였다고, 자기는 그가 약속을 지키지 않을지 몰라 두려웠다고, 그 장교는 자기 친구이며, 그에게 자백하도록 하라는 지시를 받았다고 말했다. 모리스는 아주 짧게 말했다.

"다른 여자 같았으면, 마구 두드려 팼을 거야."

그의 자백은 제때에 도착하지 않았다. 상황은 갈수록 악화되고 있었다. 간호사에 따르면, 유일한 희망은 그녀가 알고 있는 남자에게 있지만, 그의 신원을 밝힐 수가 없었다. 그 남자는 그를 만나고 나서 도와줄 방법을 찾고자 했다.

모리스가 말했다.

"그녀는 내게 솔직하게 말했어. 나와 만나지 않도록 하려고 애썼어. 내가 나쁜 인상을 줄까 봐 두려웠던 거야. 하지만 그 사람은 나를 만나고자 했고, 그게 우리에게 남은 마지막 희망이었어. 그녀는 완고하거나 강경한 태도를 보이지 말라고 내게 충고했어."

"그 사람은 병원으로 오지 않을 거예요." 간호사가 말했다.

"그럼 우리가 할 수 있는 일이 하나도 없어." 모리스는 가볍게 대답했다.

간호사는 계속 말했다.

"우리가 믿을 수 있는 보초가 처음으로 경비를 서는 밤에 당신은 그를 보게 될 거예요. 이제 몸이 괜찮으니 혼자 갈 수 있을 거예요."

그녀는 네 번째 손가락에서 반지를 빼서 그에게 건네주었다.

"난 새끼손가락에 그 반지를 꼈어. 돌이 하나 있었는데, 그게 유리인지 아니면 보석인지는 모르겠어. 뒤쪽에 말의 머리가 새겨져 있었어. 나는 그 반지를 돌려서 돌이 손바닥 쪽을 향하게 해야 했어. 그래야 보초들이 마치 나를 보지 못한 것처럼 나를 들어가고 나가게 할 것이었거든."

간호사는 그에게 지시 사항을 알려 주었다. 12시 반에 나가서 새벽 3시 15분까지 돌아와야만 했다. 간호사는 조그만 종이쪽지에 그 남자의 주소를 적어 주었다.

"그 종이, 갖고 있어?" 나는 그에게 물었다.

"응, 아마 그럴 거야." 그는 이렇게 대답하고서 지갑에서 종이를 찾았다. 그러고는 내키지 않는다는 듯이 종이를 건네주었다.

파란색 종이였다. 주소 〈마르케스 거리 6890번지〉는 여자 글씨체로 분명하게 적혀 있었다(모리스는 성심학교에서 배운 여자의 글씨라면서 뜻하지 않게 자신의 지식을 자랑했다).

"간호사 이름이 뭐지?" 나는 그저 호기심에 물었다.

모리스는 불편한 기색을 감추지 않았다. 마침내 이렇게 말했다.

"이름은 이디발이야. 그게 이름인지 성인지 모르겠어."

그러고서 이야기를 계속 이어갔다.

그가 나가기로 정한 밤이 되었다. 이디발은 나타나지 않았다. 그는 어떻게 해야 할지 몰랐다. 12시 반이 되자 그는 나가기로 했다.

그는 방문을 지키고 있던 보초에게 반지를 보여 줄 필요가 없을 것으로 생각했다. 보초가 총검을 장착한 소총을 들었다. 그러자 모리스는 반지를 보여 주었고, 자유롭게 그곳에서 나갔다. 그는 문에 기댔다. 멀리 복도 끝에서 병사를 보았기 때문이다. 그러고서 그는 이디발의 지시 사항을 따라 하녀가 쓰는 계단으로 내려가 거리에 접한 문에 도착했다. 그는 반지를 보여 주고서 나갔다.

그는 택시를 탔다. 그리고 종이에 적힌 주소를 알려 주었다. 30분 넘게 차를 타고 갔다. 후안 B. 후스토 거리와 가오나 거리가 만나는 곳 근처에서 열차 정비창을 빙 돌아, 가로수가 줄지어 있는 거리에 들어서서 도시가 끝나는 곳으로 갔다. 대여섯 블록을 지난 다음, 그들은 어느 교회 앞에서 멈추었다. 기둥과 둥근 지붕이 많은 교회는 동네의 1층 주택들 사이로 우뚝 솟은 탓인지, 어둠 속에서 하얗게 보였다.

그는 실수가 있었다고 생각했다. 그는 종이에 적힌 숫자를 보았다. 그것은 교회 주소였다.

"밖에서 기다려야 했어? 아니면 안으로 들어갔어?" 나는 그에게 물었다.

그는 이런 세부적인 것에 관심을 보이지 않았다. 어떻게 해야 하는지 확신이 없었지만, 일단 안으로 들어갔다. 아무도 보이지 않았다. 나는 교회가 어땠느냐고 물었다. 그러자 그는 모든 교회와 똑같았다고 대답했다. 그러고서 나는 그가 물고기가 있는 연못 옆에 잠시 있었다는 것을 알았다. 세 개의 물줄기에서 물이 떨어지고 있었다.

그때 '구세군 사제처럼 평상복을 입은 신부' 한 명이 나타나서 찾는 사람이 있느냐고 물었다. 그는 아니라고 말했다. 그러자 신부는 그곳에서 나갔다. 그리고 잠시 후에 다시 그곳을 지나갔다. 신부는 서너 번 그곳을 오갔다. 모리스는 그 사람의 호기심은 경탄할 만하다고 확신했다. 그는 신부에게 도움을 청해야겠다고 마음먹었다. 하지만 신부는 그에게 '형제단의 반지'를 갖고 있느냐고 물었다.

"무슨 반지요?" 모리스가 물었다. 그러고서 계속 내게 설명했다. "이디발이 준 반지에 대해 말한다고 내가 어떻게 생각할 수나 있었겠어?"

신부는 궁금하다는 표정으로 손을 쳐다보고서 지시했다.

"그 반지를 보여 주시오."

모리스는 손을 감추려고 했지만, 이내 반지를 보여 주었다.

신부는 그를 성물방으로 데려갔고, 그에게 무슨 일로 왔는지 설명해 달라고 했다. 신부는 고개를 끄덕이면서 모리스의 이야기를 들었다. 모리스는 이렇게 말한다. "그건 어느 정도 그럴듯한 설명 같지만 거짓이야. 그는 내가 자기를 속이려 하지 않을 것이라고 확신했어. 그리고 마침내 진정한 설명, 즉 내 고백을 들을 것으로 생각했지."

모리스가 더는 말하지 않을 것을 확신하자, 그는 화를 냈고, 면담을 끝마치려고 했다. 그는 모리스를 위해 무언가를 하도록 노력하겠다고 말했다.

성물방에서 나오자 모리스는 리바다비아 거리를 찾았다. 그의 앞에는 두 개의 탑이 서 있었는데, 그것들은 성의 입구나 고대 도시의 입구처럼 보였다. 실제로 그것은 어둠 속으로 무한하게 펼쳐진 빈 곳의 입구였다. 그는 자신이 초현실적이고 불길한 부에노스아이레스에 있다는 느낌을 받았다. 그는 몇 블록을 걸었다. 그러자 피곤했다. 리바다비아 거리에 도착하자 그는 택시를 탔고, 자기 집 주소인 볼리바르 거리 971번지로 가자고 했다.

그는 인데펜덴시아 거리와 볼리바르 거리가 만나는 곳에서 내렸다. 그리고 집을 향해 걸었다. 아직 새벽 2시가 되지 않았다. 시간이 남아 있었다.

그는 자물쇠에 열쇠를 넣으려고 했지만, 열쇠는 들어가지 않았다. 그러자 초인종을 눌렀다. 아무도 문을 열어 주지 않았다. 그렇게 10분이 흘렀다. 하녀가 그가 없는 틈을 이용해, 아니 그의 불행을 이용해 밖에서 잠을 잔다고 생각하니 화가 치밀었다. 그는 있는 힘을 다해서 초인종을 눌렀다. 소리가 들렸다. 아주 먼 곳에서 나는 소리 같았다. 그런 다음 일련의 부딪치는 큰 소리와 작은 소리가 규칙적으로 들렸다. 갈수록 그 소리는 커졌다. 그때 어둠 속에서 거대한 몸집의 사람 모습이 나타났다. 모리스는 모자챙을 아래로 쓱 잡아당기고, 현관에서 가장 불빛이 약한 곳까지 뒷걸음질 쳤다. 곧 그는 졸음에 취한 채 분개한 그 남자를 알아보았고, 꿈을 꾸는 사람은 바로 자신이라는 인상을 받았다. 모리스는 생각했다. '그래, 절름발이 그리말디, 카를로스 그리말디야.' 이제 그는 그 이름을 기억했다. 이제는 믿을 수 없게도 15년 전에, 아니 더 이전에 그의 아버지가 그 집을 샀을 때 그곳에 살았던 세입자 앞에 있었다.

그리말디가 큰소리쳤다.

"뭘 원하는 거요?"

모리스는 그 사람이 이사하지 않고 그곳에 남아 있기 위해 얼마나 교활하게 고집을 부렸는지, 그리고 자기 아버지가 화를 내고 위협도 했지만 아무 소용이 없었다는 것을 떠올렸다. 당시 그의 아버지는 "시청 마차로 저놈의 세간을 모두 꺼낼 거야"라고 말했다. 또 그가 집에서 퇴거하도록 선물을 보내기도 했다.

"카르멘 소아레스 양이 있나요?" 모리스는 시간을 벌기 위해 이렇게 물었다.

그리말디는 욕을 내뱉고 문을 쾅 닫아 버리고서 불을 껐다. 어둠 속에서 모리스는 고르지 못한 걸음걸이 소리가 점점 희미해지는 것을 들었다. 그때 유리와 쇳소리가 시끄럽게 났고, 전차가 지나갔다. 그런 다음 다시 조용해졌다. 모리스는 의기양양하게 생각했다. '나를 알아보지 못했어.'

즉시 그는 수치심과 놀라움, 그리고 분노를 느꼈다. 발로 걷어차서 문을 부숴 버리고 그 침입자를 끌어내야겠다고 마음먹었다. 마치 술에 취한 것처럼 그는 큰 소리로 말했다. "경찰서에 고발장을 제출하겠어." 그러면서 그는 친구들이 자신에게 가했던 여러 번의 압도적인 공격이 무슨 의미를 지니고 있는지 생각했다. 그는 내게 자문을 구하기로 했다.

내가 집에 있었다면, 그는 아마도 내게 사실들을 설명할 시간이 있었을 것이다. 그는 택시를 타고서 운전사에게 오웬로路로 가자고 부탁했다. 운전사는 그 거리를 한 번도 들어 본 적이 없었다. 모리스는 빈정대면서 어떻게 택시 운전사로 일하면서 모를 수 있느냐고 물었다. 그는 모든 것을 증오했다. 그는 경찰들에 대해서는 우리의 집들이 침입자들로 가득 차도록 놔둔다면서 욕을 퍼부었다. 그리고 외국인들에 대해서는 국가를 바꾸면서도 결코 우리 도시에서 제대로 길을 찾는 법을 배우지도 못한다고 욕했다. 운전사는 다른 택시를 타는 게 어떠냐고 제안했다. 모리스는 그에게 벨레스 사르스피엘드 거리를 잡고서 철길을 건너라고 지시했다.

그들은 철도 건널목에서 멈추었다. 끝도 없이 긴 회색 기차가 천천히 움직이고 있었다. 모리스는 톨 거리에 있는 솔라역으로 우회하라고 지시했다. 그는 아우스트랄리아와 루수리아가 거리가 만나는 길 모퉁이에서 내렸다. 운전사는 자신이 그곳에서 기다릴 수 없으며, 따라서 요금을 내라고 말했다. 또 오웬로라는 곳은 없다고 덧붙였다. 모리스는 아무 대답도 하지 않았다. 그는 자신 있게 루수리아가 거리를 지나 남쪽으로 걸어갔다. 운전사는 차에 탄 채 그의 뒤를 따라오면서 큰 소리로 욕을 했다. 모리스는 그 순간 경찰이 나타난다면, 그와 운전사는 경찰서에서 밤을 보내게 될 거라고 생각했다.

그 말을 듣자 나는 말했다.

"게다가 네가 병원에서 도망쳤다는 사실이 밝혀졌겠지. 간호사와 너를 도와준 사람들은 아마도 위험에 처했을 거야."

"나는 그런 것은 전혀 걱정하지 않았어." 모리스는 이렇게 대답하고서 이야기를 이어 나갔다.

그는 한 블록을 걸었지만, 오웬로를 찾지 못했다. 다시 한 블록을 걸었고, 또 한 블록을 걸었다. 운전사는 욕을 하면서 계속 쫓아왔다. 이제 그의 목소리는 갈수록 작아졌지만, 말투는 더 빈정댔다. 모리스는 왔던 길로 되돌아갔다. 그리고 알바라도 거리로 돌았다. 거기에 로차달레 거리의 페레이라 공원이 있었다. 그는 로차달레 거리로 걸었다. 그 거리 중간에 오른쪽으로 집들 사이에 빈터가 있고, 그곳으로 오웬로가 가로질러야 했다. 모리스는 불길한 것을 예감하듯이 현기증이 나고 배가 아팠다. 집들은 끊어지지 않고 이어져 있었다. 그는 그 블록 끝까지 걸었고 아우스트랄리아 거리로 나왔다. 하늘을 쳐다보았다. 밤의 구름을 배경으로 루수리아가 거리에 있는 인터내셔널사의 탱크가 보였다. 그 앞에 오웬로가 있어야 했지만, 그 길은 없었다.

그는 시계를 보았다. 고작 20분밖에 남아 있지 않았다.

그는 걸음을 재촉했다. 그러다가 금방 발길을 멈추었다. 똑같이 생긴 일련의 음산한 집들 앞에서 그는 길을 잃었다는 사실을 알았다. 그의 발은 진하고 미끈미끈한 진흙탕에 빠져 있었다. 페레이라 공원으로 돌아가려고 했지만, 그곳을 찾을 수 없었다. 그는 자신이 길을 잃었다는 사실을 택시 운전사가 알게 될까 봐 두려웠다. 그는 한 남자를 보았다. 그에게 오웬로가 어디에 있느냐고 물었다. 남자는 그 동네 사람이 아니었다. 모리스는 화가 치민 상태로 계속 길을 걸었다. 다른 남자가 나타났다. 모리스는 그 남자를 향해 걸어갔다. 그런데 운전사가 급히 차에서 내리더니 마찬가지로 달려갔다. 모리스와 운전사는 큰 소리로 오웬로가 어디에 있는지 아느냐고 물었다. 남자는 그들이 자신을 습격한다고 생각했는지 몹시 놀라 있었다. 그는 그 길의 이름을 한 번도 들어 본 적이 없다고 대답했다. 그리고 뭐라고 더 말을 하려고 했지만, 모리스는 그를 무섭게 노려보았다.

새벽 3시 15분이었다. 모리스는 운전사에게 카세로스와 엔트레리오스가 만나는 사거리로 가자고 말했다.

병원에는 다른 보초가 있었다. 그는 두세 번 문 앞을 지나갔지만 들어갈 용기를 내지 못했다. 그러다가 운에 맡기기로 마음먹고서 반지를 보여 주었다. 보초는 그를 들어가게 해 주었다.

간호사는 다음 날 오후가 끝날 무렵에 모습을 보였다. 그러고서 그에게 말했다.

"교회 신부님에게 당신은 좋은 인상을 주지 못했어요. 하지만 신부님은 억지로 당신의 위선과 위장을 수용해야만 했어요. 그는 형제 단원들에게 항상 기만과 위선에 대해 설교하거든요. 그런데 그를 믿지 못하는 당신의 태도에 몹시 기분이 상했어요."

그 남자가 정말로 모리스를 도와줄지는 의심스러웠다.

이제 상황은 더욱 나빠져 있었다. 외국인 행세를 하면 된다는 희망은 이미 사라졌고, 그의 목숨은 언제 죽을지 모르는 위험에 처해 있었다.

그는 사건에 대해 자세하게 써서 그것을 내게 보냈다. 그러고는 자기 행동을 합리화하고자 했다. 그는 여자의 걱정 때문에 짜증이 난다고 말했다. 아마도 그 자신도 걱정하고 두려워하는 것 같았다.

이디발은 다시 교회의 남자를 찾아갔다. 그리고 그녀에 대한—가증스러운 첩자가 아니라—호의로서 "가장 영향력 있는 사람들을 적극적으로 이 문제에 개입시키겠다는" 약속을 얻어 냈다. 그 계획은 모리스에게 그가 전에 했던 비행을 그대로 반복하게 시키는 것이었다. 다시 말하면, 그에게 비행기 한 대를 제공하고, 그의 말에 따르면, 그가 사고 당일에 실시했던 시험 비행을 재연하는 것이었다.

그의 뜻대로 되도록 영향력이 행사되었지만, 시험 비행은 2인승 비행기로 치러지도록 결정되었다. 이것은 계획의 두 번째 부분, 즉 모리스를 우루과이로 도피시키는 일이 다소 어려워진다는 것을 의미했다. 모리스는 자신이 동승자 문제를 해결할 방법을 알고 있다고 말했다. 영향력 있는 사람들은 사고 비행기와 똑같은 기종의 단엽기로 해야 한다고 주장했다.

이디발은 일주일 동안 그를 희망과 고통으로 억눌렀다. 그런 다음 밝은 얼굴로 도착해서 모든 게 해결되었다고 말했다. 시험 비행 날짜는 다음 주 금요일(닷새 뒤였다)로 정해졌다. 그는 혼자 비행기를 조종할 것이었다.

간호사는 걱정스러운 눈으로 쳐다보고는 이렇게 말했다.

"콜로니아에서 기다리겠어요. 이륙하면 기수를 우루과이로 돌려요. 약속하지요?"

그는 약속했다. 그는 침대에서 등을 돌리고서 잠을 자는 척했다. 그는 내게 이렇게 말했다. "내가 보기에 그녀는 내 손을 잡고 결혼을 하려고 했어. 그게 나를 화나게 했어." 그러나 그는 그들이 실제로는 작별하고 있다는 사실을 몰랐다.

이미 이제는 완전히 회복되었기에 이튿날 아침 그는 다시 부대로 돌아갔다.

"아주 행복했던 시간이었어." 그는 말했다. "조그만 방에서 아무 일도 하지 않고 보냈어. 마테 차를 마시면서 보초들과 카드놀이를 하는 게 전부였어."

"하지만 넌 카드놀이를 하지 않잖아?" 내가 물었다.

갑작스럽게 그럴 거라는 영감을 받았기 때문에 나는 그 질문을 한 것이었다. 사실 나는 그가 카드놀이를 할 줄 아는지 모르는지 알지 못했다.

"그래, 이런저런 카드놀이를 했어." 그는 전혀 동요하지 않고 대답했다.

나는 매우 놀랐다. 나는 우연 혹은 상황이 모리스를 모범적인 인간의 전형으로 만들었다고 항상 생각하고 있었다. 사실 한 번도 그가 다른 아르헨티나 사람들처럼 단순한 기쁨이나 쾌락을 즐길 수 있다고는 생각해 보지 않았다. 그는 계속 말했다.

"넌 나를 아마도 빌어먹을 놈이라고 생각할지도 몰라. 하지만 나는 그 여자를 생각하면서 시간을 보냈어. 너무나 그녀에게 미쳐 있어서, 심지어 내가 그녀를 잊어버렸다고 믿기 시작했어."

나는 그의 말을 이렇게 해석했다.

"그녀의 얼굴을 떠올리려고 하는데 그럴 수 없었던 거야?"

"어떻게 알았어?" 그는 내 대답을 기다리지 않고 다시 이야기를 계속했다.

어느 비 내리는 날 아침, 그들은 더블 페이튼 자동차에 그를 태워 데려갔다. 팔로마르 공군기지에는 장교와 관리 일행이 엄숙하게 그를 기다리고 있었다. "중요한 의식을 치르는 날 같았어." 모리스가 말했다. "장례식이나 처형식인 것 같았어." 두세 명의 기술자가 격납고를 열고서 드와틴 전투기를 밖으로 밀었다. "더블 페이튼 자동차와 경쟁할 만큼 오래된 것이야. 정말이야."

그는 시동을 걸었다. 그는 10분쯤 비행할 정도의 연료밖에 없다는 것을 알았다. 우루과이로 간다는 것은 불가능했다. 잠시 그는 실망했다. 슬픔에 잠긴 채 그는 아마도 노예처럼 사는 것보다는 죽는 게 나으리라 생각했다. 그들의 계획은 실패로 돌아간 것이었다. 지금 비행하는 것은 아무짝에도 소용없는 일이었다. 그는 그 사람들을 불러 "여러분, 이제는 모두 끝났습니다"라고 말하고 싶었다. 하지만 그런 것에 관심을 보이지 않고 될 대로 되라고 놔두었다. 그러고는 시험 비행을 다시 하기로 마음먹었다.

그는 5백여 미터를 달려서 이륙했다. 정상적으로 시험 비행의 초반부를 완수했지만, 다시 비행기를 조종하려는 순간 또다시 현기증을 느꼈고, 의식을 잃을 것만 같았으며, 의식을 잃고 있다고 불평하는 자신의 성난 목소리를 들었다. 활주로에 닿기 일보 직전에 그는 기체를 간신히 정상으로 바로잡을 수 있었다.

의식을 되찾았을 때는 하얀 침대에 누워 고통스러워하고 있었다. 방의 천장은 높았고, 벽은 희고 아무것도 걸려 있지 않았다. 그는 자신이 부상당했으며, 체포되어 군 병원에 있다는 것을 알았다. 그는 이 모든 게 꿈이 아닌지 의아해했다.

나는 그의 생각을 보충해 주었다.

"이건 잠에서 깨는 순간에 꾸는 환시야."

그는 사고가 8월 31일에 일어났다는 것을 알았다. 그는 시간 개념을 잃어버린 상태였다. 사나흘이 지났다. 그는 이디발이 콜로니아에 있다는 사실에 기뻐했다. 그는 두 번째 사고 때문에 부끄러웠다. 게다가 여자는 우루과이까지 직접 비행하지 못했다면서 그를 나무랄 것이 분명했다.

그는 생각했다. '이 사고를 알게 되면 돌아올 거야. 이삼일 정도만 기다리면 될 거야.'

새로운 여자 간호사가 그를 담당하고 있었다. 두 사람은 손을 잡고 매일 오후를 보냈다.

이디발은 돌아오지 않았다. 모리스는 불안해하기 시작했다. 어느 날 밤 그의 걱정과 불안은 극에 달했다. 그는 내게 말했다. "넌 내가 미친놈이라고 생각할 거야. 나는 그녀를 너무나 보고 싶어 죽겠어. 나는 그녀가 돌아왔지만 새로운 간호사와의 이야기를 알게 되었고, 그래서 나를 만나고 싶어 하지 않는다고 생각했어."

그는 실습생에게 이디발을 불러 달라고 부탁했다. 하지만 그 남자는 가더니 돌아오지 않았다. 한참 후(하지만 실제로는 바로 그날 밤이었다. 모리스는 하룻밤이 그토록 오랫동안 지속한다는 것이 믿을 수 없는 듯했다)에 돌아왔다. 그는 인사부장에게 물어봤지만, 부장은 병원에 그런 이름을 가진 사람은 일하지 않는다고 말했다. 모리스는 그녀가 언제 일을 그만두었는지 알아보라고 지시했다. 실습생은 새 벽에 돌아와서 인사부장이 이미 퇴근했다고 말했다.

모리스는 이디발의 꿈을 꾸었다. 낮에는 그녀를 생각하고 상상했다. 그녀를 만날 수 없을 것이라는 꿈을 꾸기 시작했다. 마침내 그는 그녀를 상상할 수 없었고, 그녀의 꿈도 꿀 수 없게 되었다.

그때 이디발이라는 이름의 간호사는 그 기관에서 일하지 않을뿐더러, 일한 적조차 없다고 알려 주었다.

새 간호사는 그에게 무엇이든 좋으니 읽는 게 어떠냐고 권했다. 그에게 신문을 갖다주었다. 심지어 스포츠와 경마에도 그는 관심을 보이지 않았다. "나는 짜증을 내면서 네가 보내 준 책을 달라고 했어." 그러자 병원 측은 아무도 그에게 책을 보낸 사람이 없다고 대답했다.

(나는 무심코 경솔한 행동을 할 뻔했다. 내가 그에게 아무것도 보내지 않았다는 것을 인정할 뻔한 것이었다.)

그는 도주 계획과 거기에 이디발이 연루되었다는 사실이 발각되었고, 그래서 이디발이 나타나지 않는 거라고 생각했다. 그는 자기 손을 쳐다보았다. 손가락에 반지가 없었다. 그는 반지를 요구했다. 그러자 너무 늦었다고, 반지가 보관된 원무실은 이미 닫혔다는 대답이 돌아왔다. 그는 너무나 길고 지독한 밤을 보내면서 자기에게 그 반지를 절대로 돌려주지 않을 거로 생각했는데……

그러자 나는 이렇게 덧붙였다.

"반지를 되돌려주지 않으면 이디발의 그 어떤 흔적도 남지 않게 되리라고 생각했겠지."

"난 그렇게 생각하지 않았어." 그가 솔직하게 말했다. "하지만 미친 사람처럼 그날 밤을 보냈어. 다음 날 그들은 내게 반지를 가져왔어."

"지금 갖고 있어?" 나는 믿지 못하겠다는 얼굴로 물었고, 내가 그렇게 생각한다는 것에 나 자신도 놀랐다.

"응." 그가 대답했다. "안전한 곳에 있어."

그는 책상 서랍을 열어 반지를 꺼냈다. 반지의 보석은 밝고 투명했지만, 많이 반짝이지는 않았다. 보석 안쪽에는 높은 부조로 새긴 것이 있었다. 바로 말의 머리를 한 여자의 흉상이었다. 나는 그게 고대 여신의 모습이 아닐까 의심했다. 나는 이 분야의 전문가가 아니지만, 감히 말하건대, 그 반지는 무척 값나가는 것임을 알 수 있었다.

어느 날 아침 그의 방에 몇몇 장교와 한 명의 병사가 들어왔다. 병사는 책상을 가져와서 방에 놓고는 떠났다. 그는 타자기를 갖고 돌아왔다. 그리고 그것을 책상 위에 올려놓고 의자 한 개를 가져오더니 타자기 앞에 앉았다. 그는 타자 치기 시작했다. 한 장교가 구술했다. 이름 : 이레네오 모리스, 국적 : 아르헨티나, 연대 : 3연대, 비행대대 : 9대대, 기지 : 팔로마르.

그는 자기 이름 따위를 묻는 형식적인 진술을 생략하는 건 너무나 당연하다고 생각했다. 이것이 두 번째 진술서이기 때문이다. 그는 내게 말했다. "하지만 약간의 진전이 눈에 띄었어." 이제 그들은 그가 아르헨티나 사람이며, 그가 속한 연대와 대대와 팔로마르 기지와 같은 것을 수용했다. 그러나 이렇게 제정신으로 돌아온 것 같은 그들의 행동은 오래가지 않았다. 장교들은 그에게 첫 번째 시험 비행을 했던 6월 23일 이후 그의 행방에 관해 물었다. 또 브레게 304를 어디에 놔두었느냐고 물었고, 모리스는 브레게의 숫자는 304가 아니라 309라고 설명했다. 그는 장교들이 어처구니없는 실수를 범한 것에 놀랐다. 그리고 그에게 어디서 그 낡은 드와틴 전투기를 손에 넣었는지도 물었는데…… 그는 23일의 사고가 팔로마르에서 일어났으므로 브레게는 그곳 근처에 있을 것이라고, 그리고 그들이 직접 23일의 시험 비행을 그대로 재연하도록 드와틴 전투기를 제공했고, 따라서 그 비행기가 어디서 났는지는 그들이 알 것이라고 대답했다. 하지만 그들은 그의 말을 믿으려 하지 않았다.

그러나 그들은 그가 외국인이거나 첩자라고 더는 거짓말하지는 않았다. 대신 6월 23일부터 그가 다른 나라에 있었다고 고발했다. 그들은 그가 다른 나라에 비밀 무기를 판매했다고 고발했으며, 이런 것을 알게 되자 그는 더욱 분노했다. 도저히 이해할 수 없는 음모가 계속되었다. 하지만 고소인들은 공격 계획을 이미 바꾼 상태였다.

비에라 중위가 손짓하면서 다정하게 방으로 들어왔다. 모리스는 그에게 욕을 퍼부었다. 비에라는 무척 놀라는 척했다. 그리고 마침내 그를 위해 친구들이 싸워야 할 것이라고 선언했다.

"나는 상황이 나아졌다고 생각했네." 모리스가 말했다. "그런데 배신자들이 다시 친구의 얼굴을 하더군."

우에트 장군이 찾아왔다. 또 크라머도 그를 찾아왔다. 모리스는 한눈을 팔면서 다른 생각을 하고 있었고, 그래서 그들의 방문을 적절하게 맞이할 수 없었다. 크라머는 그에게 소리쳤다. "난 고발장의 말을 단 한 마디도 믿을 수 없어." 두 사람은 서로 뜨겁게 껴안았다. 모리스는 언젠가 이 사건이 분명히 밝혀질 것으로 생각했다. 그리고 크라머에게 나를 만나 보라고 부탁했다.

나는 용기를 내서 물었다.

"모리스, 한 가지만 말해 줘. 내가 어떤 책을 너에게 보냈는지 기억나?"

"제목은 기억나지 않아." 그는 심각하게 말했다. "하지만 네 편지에서 책 제목을 언급하고 있어."

나는 그 어떤 편지도 쓴 적이 없었다.

나는 그를 부축해서 침실로 걸어가게 해 주었다. 그는 나이트 테이블 서랍에서 내가 모르는 편지 한 장을 꺼내 내게 건네주었다.

편지 글씨는 내 글씨를 엉터리로 모방한 것 같았다. 대문자 T와 E는 인쇄체를 흉내 냈고, 나머지 글씨는 장식체를 흉내 내고 있었다. 나는 편지를 읽었다.

지난 16일에 보낸 당신 편지를 받았어요. 이 편지는 다소 늦게 도착했는데, 주소가 잘못 적혀 있어서 그런 게 틀림없어요. 나는 '오웬'로가 아니라, 나스카 동네의 미란다 거리에 살고 있어요. 당신에게 분명히 말하는데, 나는 당신 이야기를 매우 흥미롭게 읽었어요. 그러나 지금은 당신을 찾아갈 수 없어요. 지금 건강이 좋지 않거든요. 하지만 열성적인 여성의 손이 보살피고 있으므로 조만간 곧 회복할 거예요. 그때 당신을 만나러 갈게요.

교감의 상징으로 나는 이 블랑키의 책들을 보내요. 3권의 281쪽에서 시작되는 시를 읽어 보라고 권하고 싶어요.

나는 모리스와 헤어졌다. 다음 주에 다시 찾아오겠다고 약속했다. 그의 모든 일에 관심이 있었지만, 동시에 당황스러웠다. 모리스의 진심은 의심하지 않았지만, 난 그 편지를 쓴 적이 없었다. 나는 결코 그에게 책을 보낸 적이 없었고, 블랑키의 책도 잘 알지 못했다.

'내 편지'에 대해 나는 몇 가지를 지적해야만 한다. 1)편지를 쓴 사람은 모리스에게 반말을 사용하지 않는다. 다행히 모리스는 문학적인 문제에 그다지 정통한 사람이 아니다. 그래서 그에게 사용한 문체 '변화'를 눈치채지 못했고, 따라서 기분 나빠 하지 않았다. 난 그에게 항상 공식적인 문체가 아니라 반말투를 사용했다. 2)맹세하건대, '지난 16일 자 당신의 편지를 받았어요'라는 말은 전혀 모르는 이야기다. 3)오웬을 따옴표 안에 쓴 것에 나는 놀랐고, 독자들에게 이목을 집중해 달라고 제안하고자 한다.

내가 블랑키의 책을 잘 모르는 것은 아마도 나의 독서 계획 때문인 것 같다. 아주 젊었을 때부터 나는 터무니없이 많이 생산되는 문학작품에 휩쓸리지 않기 위해, 그리고 피상적으로나마 백과사전적 문화를 획득하기 위해서는 계획적으로 독서하는 것이 꼭 필요함을 깨달았다. 이 계획이 내 삶을 이끌고 있다. 한때 나는 철학에 심취한 적이 있었고, 또 어떤 때는 프랑스 문학에 빠지기도 했다. 또 자연과학에 매료된 시절도 있었으며, 고대 켈트 문학, 특히 캠리*의 문학에(이것은 모리스 아버지의 영향 때문이다) 집중한 적도 있었다. 의학은 이 계획에서 항상 중요한 위치를 차지했지만, 이 계획을 중단시키지는 못했다.

크라머 중위가 내 진료실을 방문하기 며칠 전, 나는 비학秘學 관련 서적들을 읽었다. 파푸스, 샤를 리셰, 샤를 프랑수아 로몽, 스타니슬라스 드 과이타, 라부글, 라로셸의 주교, 로지, 호그든, 알베르투스 마

---

* Kimris. 웨일스를 지칭하는 또 다른 명칭이다.

그누스의 책들을 연구했다. 나는 특히 주술과 출현과 소멸에 관심을 보였다. 출현과 소멸에 관해 나는 다니엘 슬러지 홈 경의 사건을 영원히 기억할 것이다. 그는 런던 물리학 연구회의 요청에 따라, 준남작으로만 이루어진 모임에서 유령을 사라지게 만드는 데 사용되는 몇 가지 마술을 시도하다가 그 자리에서 죽고 말았다. 아무 흔적이나 시체도 남기지 않고 사라지기로 유명한 새로운 엘리야들에 관해서 나는 의심한다는 것을 밝히고 싶다.

편지의 '미스터리' 때문에 나는 내가 모르던 작가 블랑키의 작품을 읽었다. 나는 백과사전에서 그를 찾았고, 정치적인 주제에 관해 글을 썼음을 알게 되었다. 그러자 행복하고 기분이 좋아졌다. 정치학과 사회학은 비학과 근접해 있다는 내 생각과 맞아떨어진 것이다. 내 계획은 그런 추이를 눈여겨보면서 영혼이 오랫동안 잠들지 않게 한다.

어느 새벽에 나는 코리엔테스 거리에 있는 서점으로 갔다. 비실비실한 노인이 운영하는 곳이었다. 거기서 나는 어두운 가죽으로 장정된 먼지 가득한 책 꾸러미를 발견했다. 제목은 금박이었고, 꾸러미를 묶은 끈도 금색이었다. 그것은 블랑키 전집이었다. 나는 15페소에 그 전집을 샀다.

내가 가진 판본의 281쪽에는 그 어떤 시도 없었다. 내가 그의 모든 작품을 읽은 것은 아니지만 나는 문제의 글은 산문시 「행성의 영원성」이라고 믿는다. 내가 가진 책에는 2권 307쪽에서 시작한다.

그 시, 혹은 에세이에서 모리스의 모험에 대한 설명을 발견했다.

나는 부에노스아이레스의 서쪽 지역에 있는 나스카 동네로 갔다. 그리고 그 동네의 상인들과 말했다. 미란다 거리는 두 블록밖에 되지 않았고, 거기에 내 이름을 가진 사람은 그 누구도 살지 않았다.

나는 마르케스 거리로 갔다. 거기에는 6890번지가 없다. 교회도 없다. 그날 오후에는 낭만적인 빛이 비추었고, 그 빛에 목장의 풀밭은 싱싱한 초록색으로 아주 맑아 보였으며, 나무들은 연보라색으로 투명해 보였다. 게다가 거리는 열차 정비창과 가깝지 않았다. 오히려 노리아 교각 근처에 있었다.

나는 열차 정비창으로 갔다. 후안 B. 후스토 거리와 가오나 거리로 우회하는 데 어려움이 있었다. 나는 정비창 반대편으로 가려면 어떻게 해야 하느냐고 물었다. 그러자 이런 대답이 돌아왔다. "리바다비아 거리로 직진하세요. 그러다가 쿠스코 거리가 나오면 철길을 건너세요." 익히 예측할 수 있듯이, 거기에 마르케스라고 불리는 거리는 존재하지 않는다. 모리스가 말하는 거리는 비논 거리일 것이다. 또 6890번지에는, 그리고 거리의 나머지 부분에는 교회가 없다. 아주 가까운 곳에, 그러니까 쿠스코 거리에는 산카예타노 교회가 있다. 하지만 이런 사실은 전혀 중요하지 않다. 그것은 산카예타노 교회가 이야기에 등장하는 교회가 아니기 때문이다. 비논 거리에 교회가 없다는 사실은 그것이 모리스가 언급하는 거리라는 내 추측이 유효하지 않다는 것을 보여 주지는 않는다. 그러나 이 점에 관해서는 나중에 살펴보자.

또 나는 내 친구가 휑히 트인 고립된 장소에서 보았다고 믿은 탑들을 발견했다. 그것들은 프라게이로 거리와 바라간 거리에 있는 벨레스 사르스피엘드 운동 클럽의 입구다.

나는 오웬로를 특별히 찾아갈 필요성을 느끼지 못했다. 내가 거기에 살기 때문이다. 모리스가 길을 잃었을 때, 나는 그가 몬시뇰 에스피노사 노동자 동네에 있지 않았을까 생각한다. 그곳에는 똑같이 생긴 집들이 음산하게 줄지어 있는데, 그는 아마도 그곳에 있었으며, 그의 발은 페르드리엘 거리의 흰 진흙에 파묻혀 있었을 거라고 생각한다.

나는 다시 모리스를 찾아갔다. 그날 밤에 잊지 못할 경험을 하면서 돌아다닐 때, 아밀카르 혹은 아니발 거리를 지났는지 기억이 나지 않느냐고 그에게 물었다. 그는 그런 이름의 거리는 모른다고 말했다. 나는 그가 찾아갔던 교회의 십자가 옆에 다른 상징물이 있었느냐고 물었다. 그는 입을 다물고서 야릇한 표정으로 나를 쳐다보았다. 내가 농담한다고 생각한 것 같았다. 마침내 그는 내게 물었다.

"그런 상황에서 어떻게 그런 것을 유심히 볼 수 있겠어?"

나는 그의 말에 동의했다.

"하지만 중요한 거야……" 나는 재차 요구했다. "기억하도록 해 봐. 십자가 옆에 다른 게 있었는지 기억해 봐."

"아마도, 아마도……" 그가 나직하게 말했다.

"사다리꼴 무늬?" 나는 그에게 암시를 주었다.

"그래, 사다리꼴 무늬였어." 그가 자신 없는 목소리로 대답했다.

"단순한 사다리꼴이었어? 아니면 그 사다리꼴에 줄 하나가 가로질렀어?"

"그래, 맞아." 그가 큰 소리로 말했다. "어떻게 알았어? 너도 마르케스 거리에 있었어? 처음에는 아무 생각도 나지 않았어…… 그런데 갑자기 전체가 보였어. 십자가와 사다리꼴이야. 마치 화살처럼 선 하나가 사다리꼴을 가로지르고 있었어."

그는 흥분해서 말했다.

"눈여겨본 성인 석상은 없었어?"

"이봐, 친구." 그는 짜증을 억누르면서 말했다. "교회 안에 있는 것들을 모두 열거하라는 말은 아니겠지?"

나는 그에게 화내지 말라고 말했다. 그가 차분해지자, 나는 반지를 보여 달라고, 간호사의 이름을 다시 말해 달라고 부탁했다.

나는 매우 행복한 얼굴로 집에 돌아왔다. 조카의 방에서 소리가 났다. 나는 물건을 정리하고 있을 거로 생각했다. 나는 내가 집에 있다는 것을 들키지 않으려고 했다. 내가 하는 일을 중단하지 않고 계속하고 싶었다. 나는 블랑키의 책을 집어 팔 아래에 끼고서 거리로 나갔다.

그러고서 페레이라 공원의 벤치에 앉았다. 나는 다시 이 대목을 읽었다.

아마도 같은 세계는 무한히 많을 것이다. 약간의 변화만 있는 세계도 무한하며, 서로 다른 세계도 무한할 것이다. 지금 내가 토로 요새의 감옥에 갇혀 쓰는 것은 내가 이전에 이미 썼던 것이며, 앞으로도 영원히 계속 쓰게 될 것이다. 책상에서, 종이에, 감옥에서 쓸 것이며, 이런 모든 것은 완전히 똑같을 것이다. 무한한 세상에서도 내 상황은 똑같을 테지만, 아마도 내가 갇힌 이유는 점차로 숭고함을 상실하여 결국 추잡하고 천하게 될 것이다. 또한, 내가 쓰는 글은 아마도 다른 세상에서 명언에 버금가는 부정할 수 없이 탁월한 것이 될 것이다.

6월 23일에 모리스는 여기와 거의 같은 세상의 부에노스아이레스에서 브레게 전투기와 함께 추락했다. 사고 후의 혼란스러운 시간 때문에 그는 분명한 차이점을 알 수 없었다. 그렇지 않은 차이점을 알기 위해서는 통찰력과 다양한 지식이 필요한데, 모리스는 이런 것을 갖추지 못했다.

그는 비가 내리는 흐린 날 이륙했다. 그리고 햇빛이 화사하던 대낮에 충돌했다. 병원에서 윙윙거리던 파리는 여름이라는 것을 암시한다. 심문 동안 그를 짓눌렀던 '끔찍한 더위'는 그것을 확인시켜 준다.

모리스는 그의 이야기에서 자신이 방문했던 세상이 지닌 몇 개의 변별적 특징을 말한다. 예를 들어 그 세계에는 웨일스라는 국가가 없다. 웨일스 국가의 이름을 가진 거리는 그 부에노스아이레스에는 존재하지 않는다. 비논 거리는 마르케스 거리가 되고, 모리스는 밤의 미로와 자신의 몽롱함을 통해 오웬로를 찾지만, 헛수고가 되어 버리고…… 나와 비에라, 크라머와 마르가리데, 파베리오는 그곳에 있다. 그건 우리가 웨일스에서 살지 않기 때문이다. 우에트 장군과 이레네오 모리스는 모두 웨일스 출신으로, 그곳에는 존재하지 않는다(모리스는 아주 우연히 그곳으로 들어갔다). 그 세계의 카를로스 알베르토 세르비안은 편지에서 '오웬'이라는 단어를 작은따옴표에 넣어 사용한다. 그것은 그가 이상하다고 생각하기 때문이다. 모리스가 그의 이름을 말했을 때 장교들이 웃은 것도 똑같은 이유 때문이다.

모리스 가족은 그곳, 그러니까 볼리바르 거리 971번지에 존재하지 않았다. 거기에는 아직 그리말디가 붙박고 살고 있었다.

또 모리스의 이야기는 그 세상에서 카르타고가 파괴되지 않았다는 것을 드러낸다. 이것을 알게 되자 나는 멍청하게도 아니발과 아밀카르라는 거리에 대해 질문했다.

어떤 사람은 카르타고가 사라지지 않았다면 어떻게 스페인어가 존재하느냐고 물을 것이다. 그런데 내가 승리와 전멸 사이에 중간 등급이 있을 수 있다는 것을 그에게 기억시켜 주어야만 할까?

내 수중에 있는 반지는 두 개의 증거를 보여 준다. 그것은 모리스가 다른 세상에 있었다는 것을 확인시킨다. 나는 수많은 전문가에게 조언을 구했지만, 그 어떤 사람도 반지에 있는 보석이 무엇인지 알아보지 못했다. 그것은 그 다른 세상에는 카르타고가 존재한다는 증거다. 말은 카르타고의 상징이다. 라비제리 박물관을 방문한 사람치고 그것과 비슷한 반지를 보지 못한 사람이 있는가?

게다가 간호사의 이름인 이디발은 카르타고 사람들의 이름이다. 의식용 물고기가 있는 샘물과 일종의 활이 있는 사다리꼴도 카르타헤나의 것이다. 마지막으로, 말하는 것만으로도 공포에 사로잡히는데, 형제단, 혹은 그 무리는 탐욕스럽기 그지없는 몰록처럼 너무나 카르타고적이고 불길한 기억으로 존재하며…… 나는 카르타고의 그 그룹들은 부정하고 간악한 조직폭력의 선구자이고 공산주의 세포이며 우리의 문명을 파괴하려는 몇몇 그룹의 일원들이 조직한 비밀 사회라고 고발한다.*

하지만 다시 차분한 마음으로 추측해 보자. 나는 내가 블랑키의 책을 산 것이 모리스가 보여 준 편지에 인용되었기 때문인지, 아니면 이런 두 세계의 역사가 유사하기 때문인지 의문을 품는다. 다른 세상에 모리스라는 이름을 가진 사람들은 존재하지 않는다. 그래서 또 다른 독서 계획에 켈트족의 전설은 포함되지 않았다. 또 다른 카를로스 알베르토 세르비안은 나보다 더 빠른 속도로 나아갈 수 있었고, 그래서 나보다 먼저 정치 서적들을 읽을 수 있었다.

* 이 문장은 1944년 판본에 있지만 1976년 이후의 판본에서는 삭제된 부분이다. 본서에서는 비오이 카사레스의 비평본과 전집에 따라 이 문장을 옮겨 두었다.

나는 그를 자랑스럽게 여긴다. 그는 수중에 몇 가지밖에 없는 자료로 모리스의 알 수 없는 실종을 분명하게 설명했다. 또 모리스도 이해하도록 그에게 「행성의 영원성」을 읽어 보라고 권했다. 그러나 나는 그가 왜 바람직하지 않은 나스카 동네에 살고 오웰로를 모르는 것을 자랑스러워하는지 도저히 이해할 수가 없다.

모리스는 그 다른 세상으로 갔고, 거기서 돌아왔다. 그는 나의 행성 간 미사일에 의지하지 않았으며, 믿을 수 없는 우주 세계를 헤쳐 나가도록 고안된 다른 운송 수단도 사용하지 않았다. 그런데 어떻게 그가 여행할 수 있었을까? 나는 켄트의 사전을 펼친다. **패스**라는 단어에서 나는 '손으로 출현과 실종을 초래하는 일련의 복잡한 이동'이라는 말을 읽는다. 그러자 나는 아마도 손은 불가피한 것이 아닐지도 모른다고, 이동은 다른 물체들, 가령 비행기 같은 것으로도 이루어질 수 있다고 생각했다.

'새로운 시험 비행 계획'이 어떤 이동(두 번에 걸쳐 시험 비행을 하려다가 모리스는 기절하고, 세계가 바뀐다)과 일치한다는 것이 내 이론이다.

거기서, 즉 다른 세계에서 그는 인접 국가에서 온 스파이라는 혐의를 받았다. 한편 여기 이 세계에서는 그가 사라지고, 비밀 무기를 팔기 위해 외국으로 도주했다는 혐의를 받는 이유가 설명된다. 그는 이런 것을 전혀 이해하지 못하며, 자신이 흉악무도한 음모의 희생자라고 믿는다.

나는 집으로 돌아갔고, 책상 위에서 조카가 남긴 메모를 보았다. 그녀는 회개한 배신자인 크라머 중위와 함께 도망쳤다고 알리고 있었다. '아저씨는 내게 한 번도 관심을 두지 않았고, 따라서 그다지 고통받지 않을 걸 알기 때문에 다소 위안이 되네요.' 마지막 줄은 깊은 원한과 증오로 쓰여 있었다. '크라머는 내게 관심을 보이고, 그래서 나는 행복해요.'

나는 너무나 낙담한 나머지, 환자들도 받지 않고, 거의 20일에 걸쳐 집 밖으로 나가지도 않았다. 나는 내 별자리를 시샘하며 생각했다. 그 별자리는 나처럼 집에 처박혀 있지만, '다정하고 세심한 여자 손'의 간호를 받기 때문이었다. 나는 그 손의 은밀한 촉각을 알고 있다고 믿는다. 또 그 손들을 알고 있다고 생각한다.

나는 모리스를 찾아갔다. 내 조카에 대해 말하려고 했다(나는 내 조카딸에 대해 끊임없이 말하는 것을 거의 자제하지 못한다). 그러자 그는 모성애가 많은 여자아이냐고 물었다. 나는 그렇지 않다고 말했다. 나는 그가 간호사에 대해 말하는 소리를 들었다.

나 자신의 새로운 판본과 만날 수 있다는 가능성 때문에 내가 다른 부에노스아이레스로 여행하고 싶었던 것은 아니다. 내 장서표의 그림처럼 나 자신을 재생하거나, 혹은 장서표의 좌우명처럼 나 자신을 알겠다는 생각은 내 관심의 대상이 아니었다. 아마도 나는 또 다른 세르비안이 다행히도 아직 손에 넣지 못한 경험을 즐기고 싶다는 환상을 꿈꿨다.

그러나 이런 것은 개인적인 문제다. 반면에 모리스의 상황 때문에 나는 걱정스럽다. 모두가 그를 알고 있으며, 그를 이해하려고 했다. 그러나 그가 정말로 단조롭게 되풀이해서 거부하고 믿음을 주지 않은 탓에 그의 상관들은 화가 치밀었다. 그의 미래는 총살이 아니라 계급 강등이다.

간호사가 주었던 반지를 달라고 했다면, 그는 결코 내게 그 반지를 주지 않았을 것이다. 일반적인 생각에 완강하게 반발하는 그는 다른 세상의 존재에 대한 증거를 인류가 요구할 권리가 있음을 절대 이해하지 못했을 것이다. 또 나는 모리스가 그 반지에 대해 비상식적으로 집착했다는 것을 인정한다. 아마도 내 행위는 신사(강도의 확실한 별명)적인 감정과는 거리가 멀 것이다. 하지만 나의 인간적인 양심은 기꺼이 수용할 것이라고 나는 확신한다. 마지막으로 나는 뜻하지 않은 결과를 지적하게 되어 매우 기쁘고 행복하다. 반지를 잃어버린 후 모리스는 내 도주 계획을 더 경청하기 때문이다.

우리 아르메니아 사람들은 똘똘 뭉쳐 있다. 우리 사회 안에서 우리는 불멸의 핵심을 형성한다. 내게는 군대에 훌륭하고 좋은 친구들이 있다. 모리스는 자신이 당했던 사고를 다시 반복하려고 노력할 수 있을 것이다. 이번에 나는 용기를 내서 그와 함께 있을 생각이다.

C. A. S.

카를로스 알베르토 세르비안의 이야기는 내가 보기에 그 어떤 것과 비교할 수 없이 환상적이다. 나는 모건의 마차에 대한 고대 전설을 모른다. 승객이 가고 싶은 곳을 말하면, 마차가 데려다준다고 하지만, 그것은 전설이다. 이레네오 모리스 대위가 다른 세계로 떨어졌다고 하더라도, 그 세계에 다시 떨어진다는 것은 너무 과도한 우연이라고 말할 수밖에 없다.

처음부터 나는 그런 생각을 하고 있었고, 이후에 일어난 일들은 내가 옳았음을 확인시켜 주었다.

나와 몇몇 친구들은 우루과이와 브라질이 만나는 국경 지역으로 매년 여행을 계획했지만 항상 연기했다. 그런데 올해는 그 여행을 피할 수 없었고, 그래서 출발했다.

4월 3일에 우리는 들판 한가운데 있는 식당에서 점심을 먹었다. 그러고서 흥미진진한 농장을 방문할 작정이었다.

흙먼지를 일으키면서 끝도 없이 길어 보이는 고급 패커드 자동차가 도착했다. 곧 일종의 경마 기수가 차에서 내렸다. 그는 바로 모리스 대위였다.

그는 동포들의 점심값을 치르고서 그들과 함께 술을 마셨다. 나는 나중에 그가 어느 밀수업자의 비서 혹은 고용인이라는 사실을 알게 되었다.

내 친구들은 농장을 방문하러 갔지만, 나는 그들과 함께 가지 않았다. 그러자 모리스는 자기 모험을 들려주었다. 경찰과의 총격전, 사법 당국의 허를 찌르고 적을 괴멸시키는 전술, 말총을 붙잡고 감행한 도하渡河 작전, 술 취해 벌인 축제와 여자들 등등…… 의심의 여지 없이 그는 자신의 지혜와 용기를 과장했다. 그러나 나는 그의 단조로움과 지루함을 과장할 수 없다.

현기증이 난 것처럼 나는 갑자기 무언가를 깨달았다고 생각했다. 나는 모리스와 함께 조사하기 시작했고, 모리스가 떠나자 다른 사람들과 조사를 계속했다.

나는 모리스가 지난해 6월 중순에 도착했으며, **9월 초순과 12월 말 사이에 그 지역에서 자주 목격되었다는** 증거를 수집했다. 9월 8일 그는 야구아랑오 경마대회에 참가했다. 그러고는 말에서 떨어지는 바람에 며칠을 침대에서 보냈다.

하지만 9월의 그 시기에 모리스 대위는 부에노스아이레스의 군 병원에 입원했고 그곳에 구금되어 있었다. 군 당국과 그의 군 동료들,

그리고 어릴 적 친구들인 세르비안 박사와, 이제는 대위로 진급한 크라머, 또한 집안의 오랜 친구인 우에트 장군이 모두 그 사실을 증언한다.

이제 모든 게 분명하게 설명된다.

몇 개의 거의 같은 세계에서 몇 명의 모리스 대위가 어느 날(여기서는 6월 23일) 비행기를 시험하러 나섰다. 우리의 모리스는 우루과이 또는 브라질로 도주했다. 또 다른 부에노스아이레스에서 출발한 또 다른 모리스는 자기 비행기로 몇 번의 '패스'를 했고, 다른 세계의 부에노스아이레스에 있었다(이곳은 웨일스가 없으며 카르타고가 존재하는 곳이며, 이디발이 기다리는 곳이다). 그 이레네오 모리스는 나중에 드와틴 비행기를 타고 이륙했으며, 다시 '패스'를 했고, 이 부에노스아이레스에 추락했다. 그는 다른 모리스와 똑같았기에 심지어 그의 동료들도 혼동했다. 하지만 동일 인물이 아니었다. 우리의 모리스, 그러니까 브라질에 있는 모리스는 6월 23일 브레게 전투기를 타고 이륙했다. 다른 모리스는 자신이 브레게 309 전투기를 시험했다는 사실을 완벽하게 알고 있었다. 나중에 세르비안 박사를 조수석에 태우고 그는 다시 '패스'를 시도하고 모습을 감춘다. 아마도 그들은 다른 세계에 도착했을 것이다. 그들이 세르비안의 조카딸과 카르타고의 여자를 만났을 가능성은 희박하다.

다수의 세계가 존재한다는 이론을 강조하기 위해 블랑키를 인용한 것은 아마도 세르비안의 공로일 것이다. 제한된 지식을 가진 나는 아마도 권위 있는 대문호의 작품을 권했을 것이다. 가령 '데모크리토스에 따르면, 무한한 세계들이 있는데, 몇몇 세계는 비슷한 정도가 아니라 완전히 똑같다'(키케로, 『아카데미 학파 철학』 2권 17장)나 '우리는 포추올리 인근의 바울리에 있다. 당신은 지금 정확하게 똑같고 무한하게 많은 장소에서 우리와 똑같은 이름을 가진 사람들의 모임들이 있으며, 그들은 우리와 똑같은 서훈을 받았고, 우리와 똑같은 상황을 겪었으며, 생각과 나이와 생김새도 우리와 똑같고, 우리와 똑같은 주제에 관해 논하고 있다고 생각하는가?'(앞의 책, 2권 40장)와 같은 것들을 말이다.

마지막으로 행성과 구체의 세계 개념에 익숙한 독자들에게 다른 세계들의 부에노스아이레스들로 여행하는 것은 믿을 수 없는 사실처럼 보일 것이다. 그들은 아마도 왜 여행자들이 항상 부에노스아이레스에 도착하는지, 왜 다른 지역, 즉 바다나 사막에는 가지 않느냐고 의아해할 것이다. 내 의무와는 상관없는 이런 질문에 내가 할 수 있는 대답은 아마도 이런 세계들은 평행 공간과 시간의 꾸러미와 같을 것이라는 사실이다.

눈의 위증

El perjurio de la nieve

구스타프 마이링크의 작품 중에서
우리는 「세계 비밀의 왕」이라는 제목이 붙은
단상 하나를 기억할 것이다.
울리히 슈피겔할터, 『**오스트리아와 환상시**』(빈, 1919)

대도시처럼 현실은 최근 몇 년 사이에 확장되고 가지를 치듯이 분
산되어 뻗어 나갔다. 이것은 시간에 영향을 끼쳤다. 과거는 냉혹할
정도로 빠르고 신속하게 물러난다. 좁은 코리엔테스 거리에 있는 몇
몇 집은 그 거리에 대한 기억보다 더 오래가고, 제2차 세계대전은 제
1차 세계대전과 혼동되며, 심지어 포르테뇨 극단의 '예쁜 서른 개 얼
굴'*은 우리의 기억상실증 덕분에 다소 고귀해진다. 체스에 대한 열
정 때문에 부에노스아이레스의 수많은 길모퉁이에 허접한 가판대
들이 설치되었으며, 주민들은 머나먼 시절의 체스 대가들과 경쟁했
고, 그들의 솜씨는 (가상의) 텔레비전과 유사한 체스판에서 빛을 발

* 포르테뇨 극단의 여성 단원들이 이 구절로 홍보되었다.

했다. 그러나 그런 것은 모두 완벽하게 잊었다. 또 캄파나와 멜레나, 그리고 시예테로가 저지른 부스타만테 거리에서의 범죄*와 같은 것도 마찬가지로 잊었다. 또 시민 확약 운동,** 그리고 혼란스러운 난투와 아델라 유랑극단의 밀롱가,*** 비를 내리게 하는 기계를 만들었다는 소문의 주인공인 바이고리 씨가 비야 루로에 폭풍을 내리게 했다는 사실을 비롯해 '비극의 주간'****도 완전하게 잊었다. 그래서 몇몇 독자들은 후안 루이스 비야파녜라는 이름을 들어도 그 어떤 기억도 떠올리지 않는데, 그건 그리 놀랄 만한 일이 아니다. 또 이후 옮겨 쓴 이야기가 15년 전에 온 나라를 충격의 도가니로 몰고 간 사건이었지만, 오늘날에는 믿을 수 없는 상상의 비틀린 발명품으로 수용된다는 사실에도 우리는 그다지 놀라지 않을 것이다.

비야파녜는 닥치는 대로 책을 읽는 독서광이자, 만족을 모를 정도로 지적 호기심이 많은 사람이었다. 그는 그리스어와 라틴어에 대한 지식은 부족했지만, 그것을 적절하고 유용하게 대체할 수 있는 것을 지니고 있었다. 그건 바로 프랑스어와 영어에 대한 지식이었다. 그는 《우리들》이나 《아르헨티나 문화》를 비롯해 여러 잡지에 글을 써서

---

* 비오이 카사레스는 이렇게 말한다. "이 〔살인〕 사건은 20세기 초, 그러니까 1912년경에 일어났다. 〔······〕 당대에 이 사건은 많이 회자되었다. 나는 어느 잡지의 과월호에서 멜레나, 캄파나와 시예테로의 사진이 실린 기사를 읽었다."
** 비오이 카사레스에 따르면, 상상의 정치 운동, 혹은 정치 선언이다. 즉 일어나지는 않았지만, 군대가 페론 독재 정책을 지지하던 시기에 일어나기를 바랐던 정치 운동이다.
*** 아르헨티나 탱고의 전신에 해당하는 4분의2 박자의 무곡.
**** 1919년 1월 7일부터 14일까지 부에노스아이레스에서 일련의 폭동과 학살이 일어났던 기간이자 그 사건. 바세나 공장 노동자들이 임금 문제로 파업을 선언한 이후, 파트리시오스, 보카, 바라카스와 폼페야 지역이 무엇보다도 심한 탄압을 받았다. 이내 파업은 거의 모든 노동조합이 참여하면서 총파업으로 발전했고, 결국 필사적인 저항을 하며 일주일을 보낸 끝에 합의에 이르렀다.

기고했으며, 명문들을 신문에 익명으로 발표했고, 상원의 여당과 야당 모두에게 최고의 연설문을 써 준 장본인이었다. 솔직히 말하자면, 나는 그와 함께 있는 것이 즐거웠다. 나는 그가 방탕한 삶을 살았다는 것을 알고 있고, 그가 정직한 인물이라고 확신하지는 못한다. 그는 술고래였다. 술에 취할 때면 줄곧 거친 언어를 써 가면서 자기 모험을 들려주었다. 이건 정말이지 놀랍고 충격적이었다. 그의 가장 친한 친구 중의 하나이며 팔레르모 출신의 작곡가가 말한 바에 따르면, 그것은 그가 '깨끗하게 말하는' 사람이었기 때문이다. 그는 사랑과 여자를 감정에 휩쓸리지 않고 냉정하게, 그리고 경멸적으로 다루었지만, 무례하거나 불손하지는 않았다. 그러나 그는 모든 여자를 소유하는 것이 국가적 의무, 즉 '그의' 국가적 의무라고 여겼다. 그의 육체적인 면에 관해 말하자면, 나는 그가 볼테르의 얼굴과 아주 흡사한 모습이었다고 기억한다. 다시 말하면, 이마는 넓었고, 눈은 고상했으며, 코는 오만했고 신장은 다소 왜소했다.

내가 그의 글 모음집을 출간하자, 어떤 사람은 비야파녜의 문체와 토머스 드퀸시의 문체가 유사한지 살펴보려고 했다. 사람들의 감정보다는 진실에 더 주목하면서, 어느 익명의 평론가는 《푸름》이라는 잡지에 이렇게 썼다. "나는 비야파녜의 모자가 크다는 것을 인정한다. 하지만 이 황당한 그의 상징, 혹은 '큰 모자 쓴 난쟁이'라는 별명, 아니 더 정확하면서도 낭랑한 소리를 내는 '큰 모자 쓴 땅딸이'라는 별명은 드퀸시와의 동일성, 심지어 문학적 동일성도 보여 주기에 충분하다. 그러나 나는 인간으로 간주할 때 우리의 작가가 장 파울(요한 파울 프리드리히 리히터)의 위험한 적이라는 데 동의한다."

계속해서 나는 그가 단순한 구경꾼으로 머무르지 않았던 끔찍한 모험에 관한 이야기를 들은 대로 적을 생각이다. 처음에 살펴볼 때, 그 모험은 아주 단순해 보이지만, 실제로는 그렇지 않다. 이 이야기에 등장하는 모든 인물은 죽은 지 9년이 넘는다. 그리고 적어도 14년 전에 여기에 적는 사건들이 일어났다. 아마도 누군가는 따지면서, 이 서류는 절대 기억되지 말아야 했고 절대 일어나지 말아야 했던 사건들을 아주 당연한 망각에서 부활시킨다고 말할 것이다. 난 이런 의견에 대해 왈가왈부하지 않는다. 그저 나는 내 친구 후안 루이스 비야파녜가 죽던 날 밤에 올해 이 이야기를 출간하겠다고 약속해야만 했고, 그 약속을 지키는 것일 뿐이다. 그러나 있을 수도 있는 반대 관점을 수용하면서, 여러 차례에 걸쳐 나는 교묘하게 날짜를 잘못 적었고, 등장인물의 별명이나 이름과 장소들을 약간 바꾸었다. 또한, 순전히 형식적인 변화, 즉 문체를 변화시키기도 했지만, 이것에 관해서 거의 언급할 필요성을 느끼지 못한다. 그저 비야파녜가 결코 자기 문체에 관심이 없었으며, 그래서 아주 엄격한 규칙을 주의 깊게 살펴보았다는 사실을 말하는 것만으로 충분할 것이다. 그는 무척 신중하게 자기 글이 필요로 할 '무엇'을 제거했다. 그리고 어떤 희생을 치르더라도 단어의 반복적 사용을 피하는 데 전력을 다했으며, 심지어 그런 경우 모호한 결과가 나올지라도 자신의 원칙을 절대 굽히지 않았다. 반면에 나는 모호한 결과가 되면 수정했지만, 그렇다고 그가 그것 때문에 기분 나빠 하지는 않았을 것이다. 그는 셰익스피어와 세르반테스는 완벽했다고 믿었고, 자기 글은 그저 초고에 불과하다는 점도 잘 알고 있었다. 내가 약간 바꾸었다고 말했지만, 도덕적으로 판단해 보면 중요한 변화가 있었던 것은 아니다. 그저 내게만 중요할 뿐이다. 오늘 출간하는 보고서는 그 비극을 정확하고 완전하게 드러내면서 그것을 이해하도록 해 주는 최초의 글이다. 사실 그 비극에 대해서는 결코 원인이 밝혀지지 않았으며 그에 대한 설명도 없었고, 단지 공포와 잔혹함만이 알려졌을 뿐이다.

마지막으로 나는 슬프게도 세상을 떠난 불멸의 카를로스 오리베(매일 나는 그가 내 친구였다는 사실에 갈수록 자부심을 느낀다)에 대한 비야파녜의 몇 가지 의견은 우리 모두, 즉 젊은 세대를 향한 그의 단순히 남성적이면서도 무차별적인 혐오에서 유래된다는 점을 덧붙이고 싶다.

A. B. C.

추부트 직할구의 헤네랄파스에서 일어난
끔찍하고 이상야릇한 사건 보고서

눈에 띄게 적막한 헤네랄파스에서 나는 시인 카를로스 오리베를 처음 만났다. 당시 나는 신문사로부터 정부의 무능력과 비효율성을 밝혀내고, 파타고니아 지방이 완전히 간과되고 있음을 증명하는 기사를 쓰라는 지시를 받고 출장 중이었다. 이런 두 가지 목적을 충족시키기 위해서라면 구태여 내가 출장을 떠날 필요가 없었다. 그러나 경영자의 솔직함과 정직함을 거부할 수 없었기에 나는 여행을 떠났고, 시간을 보냈으며, 갈수록 피곤해했다. 특히 피곤하고 먼지투성이가 된 몸을 이끌고, 나는 어느 뜨거운 점심때 버스를 타고 헤네랄파스의 아메리카 호텔에 도착했다. 마을에는 그 미완성된, 아마도 넓은 건물과, 아르헨티나 국기 색깔로 칠해진 주유기, 마을 의회 회관,

그리고 틀림없이 내 기억 속에 있는 것 외에도 몇 채의 집이 더 있었다. 그 마을의 모습에 대해 나는 거의 기억하지 못한다. 하지만 그것은 끔찍한 경험과 연결된다. 내가 했던 것 그리고 내가 해야 할 것은 이제 전혀 중요하지 않다. 삶에서, 꿈에서, 불면 속에서, 나는 그 사건의 끈질기고 집요한 기억에 불과하다. 모든 게 그렇다. 심지어 하루의 첫인상들—호텔 부속 건물인 가게의 나무와 지푸라기와 톱밥 냄새, 수직으로 내리쬐는 태양 빛을 받아 하얘진 먼지 뒤덮인 거리, 그리고 창문에서 멀리 내다보이는 소나무 숲—도 그렇다. 모든 게 불길하며 어느 정도 정확한 상징적 의미로 오염되어 있었다. 그런데 내가 그 숲을 처음 보았을 때의 느낌을 다시 떠올릴 수 있을까? 내가 그것을 단순한 숲으로, 그 바위투성이의 황량함과 다소 어울리지 않지만, 항상 떠올리게 만드는 공포에 아직도 오염되지 않은 것으로 상상할 수 있을까?

내가 도착했을 때 주인은 다른 여행객의 가방과 옷이 있는 방으로 나를 안내한 뒤, 점심이 준비되어 있으니 너무 지체하지 말라고 부탁했다. 나는 서두르지 않았다. 잠시 후, 내가 천천히 행동하고 있다는 것을 의식하면서 식당으로 들어갔다. 거기서 이 이야기의 시작 부분을 들었다. 아무도 모르게, 그리고 격렬하게 수많은 사람의 삶을 바꾸게 될 이야기였다.

식당에는 긴 식탁이 있었다. 호텔 주인은 의자를 약간 뒤로 밀고서 일어나지 않은 채로 그곳에 있던 사람들에게 일일이 나를 소개했다. 마을 대의원, 출장 온 외판원, 또 다른 외판원…… 다음 날 이후에 그 얼굴 중의 어느 누구도 만나지 않을 것이라는 희망과, 무엇보다도 라디오의 의기양양한 시끌벅적한 소리 덕분에 나는 그들의 이름을 듣지 못했다. 그러나 하나의 이름만은 분명히 들었다. 카를로스 오리베라는 이름이었다. 내가 놀랐다거나 믿을 수 없다는 사실을 아직 자각하지 못한 미소를 지으면서 나는 어느 젊은이에게 손을 내밀었다. 그의 목소리는 날카로웠고 너무나 불쾌해서 마치 꾸민 것처럼 들렸다. 나이는 열일곱 살쯤 되어 보였고, 키는 컸으며, 몸이 굽어 있었다. 머리는 작았지만, 헝클어진 머리카락 때문에 아주 특별하게 큰 것처럼 보였다. 그리고 지독한 근시 같았다.

"아, 당신이 오리베군요?" 나는 이렇게 물었다. "작가인가요?"

"시인입니다." 그가 희미한 미소를 지으며 대답했다.

"이렇게 젊을 것이라고는 상상하지 못했어요." 난 솔직하게 말했다. "내 이름을 들었나요?"

"아니요, 난 소개해 주는 이름을 절대 듣지 않습니다."

"내 이름은 후안 루이스 비야파녜입니다." 나는 이렇게 말하면서, 그에게 내 이름을 정확하게 각인시켰다고 확신했다.

이제는 아마도 내가 몇 달 전에 《우리들》이라는 잡지에 「아르헨티나의 약속」이라는 제목의 글을 발표했다는 사실을 알려 줄 필요가 있을 것 같다. 거기서 나는 오리베의 책을 긍정적으로 평가했다. 실제로 나는 『노래와 이야기』에서 어느 정도 소질이 있는 젊은 작가들에게는 결코 빠질 수 없는 전통과 우리의 국민적 주제에 대해 그가 노골적으로 무지하다는 것을 발견했다. 또 열정적인 모방이라고 말할 수 있을 정도로 외국 문학 모델에 대한 신중하고 면밀한 연구도 내 눈을 사로잡았다. 그리고 상당한 허영심과 몇몇 여성적 글쓰기, 또한 구문과 논리와 관련해서 적지 않은 관심 부족도 눈에 띄었는데, 이것은 나를 실망하게 했다. 그러나 또한 책 전체에서 진정한 시적 본능과 문학에 대한 열정, 아마도 신중하다기보다는 괴롭고 답답하지만 그래도 항상 아름다움을 추구하는 열정도 분명히 눈치챌 수 있었다. 비범한 재능이 있는 사람들이 부족하지는 않다. 아니, 적어도 그런 재능을 가진 것처럼 행동하는 사람들은 부족하지 않다. 나는 오리베를 그런 부류의 사람들과 혼동하는 것은 지극히 당연하다는 점을 인정할 준비가 되어 있다. 그러나 그들 사이의 차이, 즉 그 사람들은 예술에 대해 근본적으로 무관심하다는 사실을 지적할 필요가 있다. 아마도 흥미롭지도 않고 책에 적용되지도 않을 그런 차이점 때문에, 나는 우리 문학에 오리베가 들어온 것을 환영했다.

"그러니까 우리는 서로 아는 사이네요." 오리베는 귀에 거슬리는 날카로운 목소리로 불쑥 말했다. "라디오 때문에 내 기억도 귀머거리가 되었나 봐요."

그가 돌이킬 수 없는 말을 하기 전에, 나는 서둘러 설명했다.

"난 당신이 내 이름을 기억하리라 생각했지요. 《우리들》에 당신 책에 관해 썼거든요."

그의 가식 없는 얼굴이 진심에서 우러난 관심을 보이며 환하게 빛났다.

"아, 유감입니다." 그는 갑자기 아쉽다는 표정을 지으면서 큰 소리로 말했다. "그 글을 읽지 않았습니다. 난 신문이나 잡지를 읽는 법이 없습니다. 내 시가 《라나시온》 신문에 발표될 때나 읽지요."

나는 『노래와 이야기』를 좋게 평한 내 글에 관해 말해 주었다(분명히 말하는데, 나는 당시 그 글을 합리화할 필요성을 느끼지 못했고 지금도 느끼지 않는다). 그리고 내가 보기에 만족스러운 몇몇 소절들을 떠올렸다. 그런데 갑자기 그가 내 등을 여러 차례 가볍게 때리면서 내게 축하한다는 말을 했다.

"훌륭합니다, 멋집니다!" 오리베는 이렇게 여러 차례 반복하면서, 나를 격려하려는 자비로운 소망을 드러냈다.

이 대화 때문에 우리 사이가 멀어졌다고 여겨서는 안 된다. 이틀 후 우리는 함께 바릴로체로 여행을 떠났다. 바로 그사이에 끔찍한 불행이 일어났었다.

바릴로체로 가는 버스의 유일한 승객은 오리베와 나 그리고 상복을 입은 여인뿐이었다. 우리는 침울해 있었고, 말을 할 기분이 아니었다. 반면에 그 불쌍한 노파는 명백히도 무슨 대화든 시작하고자 했다. 버스가 기름을 넣기 위해 멈추자, 우리는 내려서 주변을 걸어 다녔다. 오리베는 노골적으로 까칠하게 말했다.

"난 대화할 마음이 없습니다."

물론 그는 상복을 입은 가련한 여인을 지칭하고 있었다. 나는 그녀와 대화를 나누는 것이 아주 매력적이거나 재미있지는 않을 테지만 그토록 끔찍한 운명은 아니라고 생각했다. 잠시 후 여자는 용기를 내서 내게 다음 마을이 모레노냐고 물어보았다. 나는 그녀에게 대답해 주려고 했다. 그런데 갑자기 오리베가 버스 바닥에 다리를 꼬고 앉더니 두 팔을 들고 내 눈을 바라보며 끔찍스러운 목소리로 소리쳤다.

바닥에 앉읍시다. 어쨌든, 그게 사실이지요.
왕들의 죽음을 슬프게 이야기해 보지요.
그리고 비명碑銘과 무덤과 벌레들에 관해 말해 보지요.

아마도 그의 행동은 유치하고 부적절했다고 말할 수 있을 것이다.

그러나 그의 혼란스러운 동기들 가운데는 아마도 호의적인 의도가 있었던 것 같다. 여자는 실컷 웃었고, 우리 세 사람은 대화하기 시작했다. 아마도 이것은 오리베가 피하고자 했던 상황이라고 말할 수 있을 것이다. 그러나 그는 그 어떤 찬사나 칭찬에도 예민했고, 여자는 그를 알게 된 수많은 사람처럼 굉장히 깊은 인상을 받았다는 사실을 잊지 말아야 한다. 나는 내가 받은 인상을 숨겼다. 그리고 그 시구에는 셰익스피어의 작품을 즉석에서 번역한 것 같은 흔적이 있으며, 오리베의 전형적인 생각에서는 셸리가 그대로 재생되었다고 믿었다.

그러나 나는 오리베의 모든 행동이 표절이라고 말하고 싶지는 않다. 사람들의 초상을 정확하게 그리는 데 도움이 되는 일화들이 있다. 그날 오후 나는 낮잠을 자려고 애쓰는 동안 오리베의 목소리를 들었다. 정원에서 들려오는 듯한 그 목소리는 불사조처럼 완강하게 '트리스탄의 죽음'을 반복해서 이야기했다. 마침내 나는 커피를 마시자고 제안해야겠다고 결심했다. 그래서 정원으로 나갔지만, 오리베는 그 어디에서도 보이지 않았다. 호텔 주인이 문에서 모습을 드러냈다. 나는 오리베를 보았느냐고 물었다.

"아니요." 오리베가 위에서 외쳤다. "나를 본 사람은 아무도 없어요." 그러고서 건방지고 철딱서니 없게 계속 말했다. "난 여기 나무 위에 있어요. 생각하고 싶을 때면 항상 나무로 기어 올라가요."

바로 그날 저물녘에 우리는 몇몇 여행자와 마을 대의원과 이야기했다. 오리베는 대화에 관심을 보이는 것 같았다. 그런데 갑자기 갈수록 초조해지는 신호를 보이기 시작하더니 결국 집 안으로 뛰어 들어가고 말았다. 말하던 사람은 자신이 말하고 있던 것이 무엇인지 잊어버렸고, 나머지 사람들은 놀람과 경악을 숨기려고 했다. 오리베는 행복에 넘친 안도의 표정을 지으며 돌아왔다. 나는 그에게 왜 뛰어갔느냐고 물었다.

"아무 일도 아니었어요." 그는 천연덕스럽고 차분하게 대답했다. "의자를 보러 갔어요. 의자가 어떻게 생겼는지 기억이 나지 않았거든요."

나는 오리베에 관한 내 생각을 부정확하게 전달하지 않았는지 걱정이 된다. 사실 올바르게 표현하는 것보다 더 어려운 것은 없다. 그것은 부족하지도 않고 넘치지도 않아야 한다. 나는 이 글을 읽고 또 읽었으며, 악의적이거나 산만한, 혹은 분명하게 합리화된 결론을 내리자면, 내가 오리베의 것이라고 간주하는 독창성은 어느 정도 기괴하고 괴상한 두 개의 일화에 모두 있지 않을까 걱정이 앞선다. 그러나 우리는 그의 작품 『노래와 이야기』를 잊지 말아야 한다. 독자는 이 시집을 마음에 들어 할 수도 있고 그렇지 않을 수도 있다. 하지만 그것은 의심의 여지 없는 우리 모두의 유산이며, 따라서 우리는 지치지 않고 찬양하고 노래해야 한다. 무엇보다도 그의 열렬한 시적 기질을 잊지 말아야 한다. 카를로스 오리베는 치열한 문인이었고, 자신의 삶이 문학작품이 되기를 바랐다. 그는 자신이 좋아하는 셸리나 키츠를 모델로 삼았으며, 그 모델을 따랐다. 그것의 결과로 이루어진 삶 혹은 작품은 기억의 결합이었지 독창적인 것이 아니었다. 이토록 대담한 지성이나 공들이고 애쓴 환상이 또 다른 결과를 얻을 수 있겠는가? 우리는 판에 박힌 비판적 감각으로 적당히 다정하게 그를 바라본다. 그러면서 그가 길지 않은 우리 문학사에 발을 내딛음으로써 영원히 하나의 상징, 즉 시인의 상징이 될 것이라고 믿는다.

나는 다시 우리가 헤네랄파스에서 점심을 먹던 그날로 돌아간다.

이미 말했던 것처럼 식탁은 창문 앞에 놓여 있었다. 그리고 창문에서는 저 멀리 소나무 숲이 보였다.

"목장인가요?" 누군가가 물었다(나는 그게 오리베인지, 아니면 다른 여행자인지, 혹은 나 자신인지 잊어버렸다).

"그래요, '아델라'라고 불리지요." 대의원이 대답했다. "베르메흐렌이라는 덴마크 사람의 목장입니다."

"아주 올바르고 예의 바른 사람이랍니다." 주인이 말했다. "아주 엄격하지요. 규율만을 생각하는 사람입니다."

대의원이 말했다.

"규율뿐만이 아니지요, 아메리코 씨. 우리는 지금 1933년에, 완전한 문명 세상에 살고 있어요. 그런데 그들은 마치 20년 전인 것처럼, 들판 한가운데 버려진 목장에 있는 것처럼 살고 있어요."

오리베가 일어났다.

"문명을 위해 건배!" 그가 새된 목소리로 외쳤다. "라디오를 위해 건배!"

나는 문명이 우리의 성가시고 짜증 나는 익살꾼을 제외하고는 우리 나라 전국 방방곡곡까지 이르렀다고 생각했다. 나머지 사람들은 그를 무관심하게 쳐다보았다. 오리베는 다시 앉았다.

"아델라 사건은 정말이지 믿을 수 없이 이상야릇한 사건이지요." 대의원이 멍하니 말했다.

1933년도를 20년 전처럼 살고 있다는 점이 믿을 수 없고 이상야릇하다는 것일까? 나는 그에게 설명해 달라고 요청하고 싶었지만, 오리베가 내 궁금증을 눈치채고서 나를 우습게 여기지 않을까 걱정되었다. 주인은 말없이 그곳을 떠났다. 어쨌든 내가 설명을 해 달라고 할 필요는 없었다.

"저 커다란 축사 문이 보이나요?" 대의원이 물었다.

우리는 일어나서 쳐다보았다. 소나무 숲속에 있는 조그만 지붕 아래로 하얀 축사 문이 보였다.

"1년 반 전부터 아무도 그 문으로 들어오지도 나가지도 않지요." 대의원이 계속 말했다. "매일 같은 시간에 베르메흐렌은 흰말이 끄는 조그만 마차를 타고 축사 문으로 오지요. 그는 납품업자들을 맞이하고는 목장으로 돌아가지요. 그들에게 거의 말을 하지 않아요. '안녕하세요'나 '잘 가세요' 정도가 고작이지요. 항상 똑같은 말만 합니다."

"그를 만나 볼 수 있을까요?" 오리베가 물었다.

"5시에 옵니다. 하지만 나 같으면 그의 총탄이 날아올 수 있는 사정거리 안에 있지 않을 겁니다. 사격 얘기가 나왔으니 말인데, 베르메흐렌은 자기가 누군가와 만날 때면 브라우닝을 장전할 것이라고 말했지요. 난 도망치는 데 성공한 일꾼을 통해 그 말을 들었어요."

"도망치는 데 성공하다니요?"

"그래요. 그는 사람들을 목장에 가둬 두고 있어요. 실질적으로 격리하고 있어요. 여자아이들이 딱해요."

나는 누가 '아델라'에서 사느냐고 물었다.

"베르메흐렌과 네 딸 그리고 가사 종업원 몇 명과 어느 목장 노동자지요." 대의원이 대답했다.

"딸들 이름은 뭐지요?" 오리베가 눈을 아주 크게 뜨고서 물었다.

대의원은 대답해야 할지, 욕을 퍼부어야 할지 머뭇거리는 것 같았다. 결국, 그는 대답했다.

"아델라이다, 루스, 마르가리타와 루시아예요."

즉시 그는 숲과 아델라 목장의 정원에 관해 길고 장황하고 완전히 불필요한 설명을 늘어놓았다.

부에노스아이레스에서 나는 루이스 베르메흐렌의 이야기를 알게 되었다. 그는 닐스 마티아스 베르메흐렌의 막내아들로, 닐스 마티아스는 쇼펜하우어의 책이 상을 타도록 표를 던진 덴마크 학술원의 유일한 회원이 되는 영광을 누린 사람이었다. 루이스는 1870년경에 태어났다. 두 형이 있었는데, 작은형인 아이나르는 그처럼 사제 과정을 밟았다. 그리고 큰형인 선장 마티아스 마틸두스 베르메흐렌은 선원들에게 엄격한 규율을 요구하기로 유명했다. 또 단정하지 못한 외모와 끔찍할 정도의 무자비한 동정심, 그리고 '난파된 어느 날 밤에 마치 쥐새끼처럼 배를 버린 다음'(H. J. 몰베흐, 『덴마크 왕립 해군 기록』, 코펜하겐, 1906년), 카를로스왕의 땅에서 자기 손으로 죽은 것으로 유명했다. 아이나르와 루이스 베르메흐렌은 하이퍼 칼뱅주의와 맞선 투쟁으로 어느 정도의 명성을 얻었다. 그 투쟁이 수사학의 한계를 넘어서고 평화로운 덴마크의 하늘이 불타는 교회로 환해지자, 정부가 개입했다(아이나르는 나중에 이렇게 말했다. "자유주의 국가에서 루이스는 3백 년 전부터 잠자고 있던 열정을 되살아나게 했다. 16세기에 살았더라면 그는 칼뱅도 불태웠을 것이다"). 왕실 대표자들은 아르미니우스파의 목사들에게 절충안에 서명하라고 요구했다. 아이나르는 마지막으로 서명한 사람 중의 하나였다. 그리고 한 이야기의 놀라운 결말처럼, 그런 종교 투쟁의 영웅은 사람들의 생각대로 그가 아니라 루이스라는 사실을 알게 되었다. 사실 루이스는 그 어떤 절충도 하지 않았다. 그의 아내가 아픈 상태였지만(딸 루시아를 낳은 직후였다), 그는 덴마크를 떠나기로 결심했다. 얼마 후인 1908년 11월의 어느 해가 저물 무렵, 그들은 로테르담에서 배를 타고 아르헨티나로 향했다. 그의 아내는 항해 중에 세상을 떠났다. 그녀의 죽음은 베르메흐렌에게 예상치 못한 충격을 주었다. 그는 오로지 종교전쟁과 자기 형의 배신만을 생각했었다. 그 죽음은 용서할 수 없는 벌이자 흉악무도한 경고 같았다. 베르메흐렌은 딸들과 함께 아무도 없는 장소에 숨기로 했다. 그래서 아르헨티나의 밑바닥, 그러니까 "그 외롭고 끝없는 나라"의 가장 외딴 지역인 파타고니아로 가기로 마음먹었다. 그리고 추부트에 땅을 샀고, 아무것에나 정신을 쏟기 위해 일하기 시작했다. 이내 그는 모든 열정을 바쳐 일했다. 그리고 많은 돈을 빌릴 수 있었고, 거의 비인간적이라고 말할 정도의 의지로 규율을 지키면서 훌륭한 집을 지었으며, 사막에 정원과 건물을 만들었고, 8년도 안 되는 기간에 엄청난 빚을 모두 갚았다.

그러나 나는 아메리카 호텔에서 보낸 그 첫날 저녁에 관한 이야기를 계속할 작정이다. 차를 마시는 시간이었다. 커다란 토기 잔에 우리는 과자와 함께 마테 차를 마셨다. 나는 베르메흐렌을 몰래 훔쳐보기로 한 계획을 떠올렸다. 그때 그가 축사 문에 모습을 드러냈다.

"거의 5시가 되었어요." 나는 말했다. "즉시 나가지 않으면, 그를 보지 못하게 될 겁니다. 우리는 꽤 멀리 떨어져 있거든요."

"우리 방에서는 더 잘 볼 수 있을 거예요." 오리베가 소리쳤다.

나는 체념하고서 그를 따라갔다. 방으로 들어가자(나는 우리가 함께 방을 쓴다고 말했다고 생각한다), 그는 호텔 라벨이 붙은 가방을 함부로 열고는, 요술사 같은 미소와 표정을 지으면서 먼 곳까지 볼 수 있는 아주 값비싼 쌍안경을 꺼냈다. 그는 내게 가볍게 머리를 숙여서 창가로 가까이 오라는 신호를 보냈다. 그러고서 쌍안경을 들더니 초점을 맞추기 시작했다. 나는 그가 내게 쌍안경을 건네주기를 기다렸다.

내 눈은 멀리 숲속으로 지붕이 있는 조그만 축사 문을, 그리고 그 너머 나무 사이로 어둡게 사라지던 좁은 길을 보았다. 갑자기 하얀 점이 나타났다. 그때 나는 그것이 마차를 끄는 말이라는 것을 알았다. 나는 내 동료를 쳐다보았다. 그는 쌍안경을 내게 빌려줄 마음이 전혀 없는 것 같았다. 그래서 나는 그에게서 쌍안경을 빼앗고서 초점을 맞추고는 노란 마차를 끄는 흰말을 선명하게 보았다. 거기에는 검은 옷을 입은 남자 한 사람이 굳은 자세로 앉아 있었다. 남자는 마차에서 내렸다. 나는 아주 작은 점으로 나타난 그가 축사 문을 향해 부지런하게 걸어가는 모습을 보았다. 그러자 그 하나의 움직임 속에서 과거와 미래의 반복된 행위가 서로 겹쳐졌으며, 쌍안경으로 확대된 이미지가 영원 속에 존재하는 것 같다는 이상한 느낌을 받았다.

나는 그의 쌍안경이 무척 좋다면서 오리베를 추켜세웠고, 우리는 술을 마시러 갔다.

"신사분들." 오리베가 쥐새끼 같은 목소리로 외쳤다. "주목해 주십시오. 오늘 보았던 것 때문에 나는 '아델라'를 방문하지 않고는 절대로 헤네랄파스를 떠나지 않겠습니다."

주인은 그의 말을 진지하게 받아들였다.

"나 같으면 그렇게 하지 않을 것이오." 주인이 차갑게 말했다. "덴마크 사람은 머리가 정상이 아니지만, 맥박은 그렇지 않지요. 거기에 있는 개들이 어떤지 알아요? 만일 당신을 물면, 갈가리 찢어 버릴 때까지 놓지 않을 겁니다."

대화 주제를 바꾸기 위해 나는 오리베에게 부에노스아이레스에 어떤 친구들이 있느냐고 물었다.

"친구가 없어요." 그는 대답했다. "하지만 알폰소 베르헤르 카르데나스 씨에게 그 칭호를 주는 게 과도하게 위험하다고는 생각하지 않아요."

난 더 묻지 않았다. 오리베가 괴물이거나 아니면 적어도 우리가 서로 다른 종류의 두 괴물이라고 느꼈다. 나는 이미 A.B.C.의 책을 살펴보았고, 『색전증』을 쓴 조숙한 작가에 관한 글도 썼으며, 현대 작가가 큰 어려움 없이 쉽게 범할 수 있는 거의 모든 실수에 관해서도 썼다('거의 모든'이라고 말하는 이유는 작품 목록을 살펴보면 아직 준비 중인 몇 개의 단편소설과 에세이가 있기 때문이다). 오늘 내가 다르게 생각한다고 선포하는 것은 내가 보기에 아무 소용이 없다. 베르헤르는 나의 유일한 친구이고, 아마도 내가 남기는 유일한 제자라고도 말할 수 있을 것이다. 그러나 당시에 나는 오리베에게 정보를 주어 고맙다고 말하고는 이렇게 덧붙였다.

"방으로 가서 글을 써야겠어요. 나중에 봐요."

아마도 내가 불안한 마음을 감추지 못하고 그를 대한 것 같았다. 아마도 오리베는 그런 대접을 받아 마땅했을 수도 있다. 그러나 내 기억 속에서 그는 애처로운 인물이다. 나는 그날 밤 파타고니아에 있던 그의 모습을 본다. 명랑하고 적극적이며 기운이 넘쳤지만, 괴로움이라는 의심의 여지 없는 미로 입구에 있었다.

10시 15분경에 그는 호텔에서 나갔다. 그는 걷고 싶다고, 자기가 쓰고 있는 시를 생각할 것이라고 말했다. 너무나 추워서 그렇게 한다는 것은 제정신이 아니었다. 오리베라고 하더라도 그건 별난 행동이라고 말할 수밖에 없었다. 난 그의 말을 믿지 않았다. 그래서 그냥 나가게 놔두었다. 그는 끔찍한 약속을 지키려는 사람처럼 우울한 모습으로 나갔다. 그러고서 나도 나갔다. 어두운 밤이었다. 오랫동안 걸어다녔지만, 그를 만나지는 못했다. 나는 소나무 숲으로 들어갔다. 나는 개들을 무서워하지 않는다. 어릴 때 우리 집에는 항상 개가 있었고, 덕분에 난 개들을 다룰 줄 알고 있다. 그런 다음 달이 떴고, 눈이 내리기 시작했다. 나는 호텔에서 40여 미터 떨어진 곳에 있었지만, 눈이 너무 심하게 내리는 바람에 장화가 엉망진창이 된 채로 호텔에 도착했다. 호텔 안에서 오리베는 추워서 몸이 곱은 채로 나를 기다리고 있었다. 그는 다시 내게 시에 관해 말했고, 나는 다시 그의 말을 믿지 않았다. 우리는 술 서너 잔을 마셨다. 시인은 술이 필요했다. 아마 나도 그랬던 것 같다. 나는 내 여행에 관해 이야기했다. 다소 취했던 것 같다. 내가 보기에 오리베는 훌륭한 친구, 비밀을 털어놓을 수 있는 친구 같았고, 나는 그를 새벽녘까지 붙잡아 놓고서 이야기하고 술을 마셨다.

다음 날 나는 아주 늦게 잠에서 깼다. 오리베는 놀란 눈으로 팔짱을 끼고서 창가에 서 있었다.

"또 다른 신화가 죽어 가고 있어요!" 그가 큰 소리로 말했다.

나는 그게 무슨 의미냐고 묻지 않았다. 그 뜻을 이해하고 싶지 않았다. 그저 잠을 자고 싶었다. 그러나 그는 계속 말했다.

"지금 이 순간 차 한 대가 아델라로 들어가고 있어요. 왜 그런 건지 설명이 필요해요!"

그는 방에서 나갔다. 나는 일어나기 시작했다. 그리고 잠시 후 그는 되돌아왔다. 눈에 띌 정도로, 거의 연극을 하다시피 침울해져 있었다.

"무슨 일이죠?" 내가 물었다.

"숲 입장 금지 조치가 해제되었어요. 이제는 그런 것이 없어요. 여자아이 하나가 죽었어요."

우리는 호텔에서 천천히 나갔다. 주인은 낡은 자동차 안에서 우리에게 인사했다.

"어디 가나요?" 오리베가 평소처럼 뻔뻔하게 물었다.

"모레노로 간다오. 의사를 찾으러. 이 마을 의사는 참고 견딜 수가 없어요. 오늘 아침에 그를 만나 목장으로 와 달라고, 사망 증명서가 필요하다고 말했어요. 그런데 목장 사람들에 따르면, 그가 오지 않았소. 난 한 아이를 그의 집으로 보냈는데, 그 집 식구들은 그가 네우쿈으로 갔다고 말하고 있다오."

어느 여행자가 우리에게 장례식에 가느냐고 물었다. 오리베는 절대 그런 일이 없을 것이라고 확신했다.

"가도 괜찮소." 주인이 말했다. "마을 사람들 모두가 갈 겁니다."

오리베의 결심은 요지부동이었다. 아마도 그가 옳을 수도 있었다. 장례식에 가는 것은 아마도 불쾌한 일이었을지도 몰랐다. 그러나 나는 그가 나 때문에 그런 결정을 하면서 내 문제에 간섭하는 데 화가 치밀었다.

저녁 무렵이 되자 우리는 할 일이 없었다. 하지만 그 마을을 떠날 수도 없었다. 다음 날까지 버스가 없었기 때문이다. 헤네랄파스의 모든 주민은 장례식장에 있었다. 우리는 대화할 마음이 없었다. 나는 죽은 여자아이를 생각했다. 오리베 역시 분명히 그랬을 것이다. 나는 그에게 여자아이의 이름을 아느냐고 물어볼 용기를 내지 못했다(일반적으로 나는 권위 있게 그를 대했다. 그러나 몇몇 경우 나는 그의 의견을 두려워하는 것처럼 수치스러울 정도로 조심스러웠다).

마침내 그가 물었다.

"장례식 가지 않을래요?"

나는 그의 제안을 받아들였다. 우리는 걸어갔다. 헤네랄파스에는 우리가 타고 갈 그 어떤 차도 없었기 때문이다. 거의 밤이 되어서야 우리는 아델라 목장의 축사 문을 조용히 지났다. 우리 두 사람 모두 엄숙했는데, 그 모습은 어리석거나 아니면 불행의 전조처럼 보였을 수도 있다. 오리베가 중얼거렸다.

"개들을 묶어 놓은 것 같네요."

"당연하지요. 당연히 그렇게 해야지요." 나는 대답했다. "사람들이 장례식에 오는데."

"나는 시골 사람들을 그다지 믿지 않아요." 그는 사방을 초조하게 둘러보면서 자신 있게 말했다.

10분 동안 우리는 나무 사이로 뻗은 그 길을 걸어갔다. 그러고서 확 트인 개간지(멀리서 봤을 때 나무로 에워싸인 곳)에 도착했다. 그 뒤에 집이 있었다. 언젠가 한 번 덴마크의 사진 속에서 베르메흐렌의 집과 유사한 것을 보았던 기억이 났다. 파타고니아에서 그것은 놀라운 것이었다. 집은 아주 넓었고, 여러 층으로 이루어져 있었다. 지붕은 초가였으며 벽은 희끄무레했다. 창문과 문에는 검은 나무 널이 둘려 있었다.

문을 두드리자, 누군가가 문을 열어 주었다. 우리는 무척 환하게 불이 밝혀진 커다란 식당으로 들어갔다(시골집치고는 굉장히 밝았다). 문과 창문은 어두운 파란색으로 칠해졌고, 선반은 도자기나 나무로 만든 물건으로 가득했으며, 바닥에는 밝은색의 카펫이 깔려 있었다. 오리베는 집 안으로 들어오면서 외부와 차단된 고립된 세계로, 그러니까 섬이나 배보다 더 외부와 차단된 세계로 들어오는 것 같다는 인상을 받았다고 말했다. 실제로 물건들과 커튼과 카펫, 빨갛거나 초록색 혹은 파란색의 벽이나 액자는 집 안 분위기를 **거의 만질 수 있을 것처럼** 만들고 있었다. 오리베는 내 팔을 붙잡고서 중얼거렸다.

"이 집은 지구 한복판에 세워진 것 같아요. 여기에는 그 어느 아침에도 새의 노랫소리가 들릴 것 같지 않아요."

이 모든 것은 충격을 받아 과장한 말에 지나지 않았다. 불쾌한 과장이었다. 하지만 나는 그 말을 반복하는데, 그것은 그 집에 들어설 때 느낄 수 있는 것을 아주 충실하게 표현하기 때문이다.

그러고서 우리는 커다란 거실을 지났다. 두 개의 큰 벽난로에는 소나무 가지들이 시뻘건 모닥불 모양으로 불꽃을 튀기며 타고 있었다. 먼 구석의 어둠 속에서 나는 사람들이 무리지어 있는 것을 보았다. 누군가가 일어나서 우리를 맞이하러 왔다. 우리는 그가 대의원이라는 것을 알았다.

"베르메흐렌 씨는 깊은 슬픔에 젖어 있습니다." 그가 우리에게 알려 주었다. "아주 슬퍼하고 있습니다. 인사하러 가시지요."

우리는 그를 따라갔다. 베르메흐렌은 커다란 일인용 소파에 앉아, 입을 꾹 다물고 있는 사람들에게 둘러싸여 있었다. 검은 옷을 입었고, 얼굴(내가 보기에는 아주 하얗고 흐늘흐늘한)을 가슴 위로 떨구었다. 대의원이 우리를 소개했다. 아무 움직임도 없었고 아마 대답도 없었던 것 같다. 그것은 그가 우리의 소개를 들었거나, 아니면 베르메흐렌이 살아 있다는 것을 보여 주는 징표였다. 그의 주변에 있던 사람들은 계속 침묵을 지켰다. 잠시 후 대의원이 우리에게 물었다.

"고인을 보고 싶은가요?" 그가 한쪽 팔을 뻗었다. "저 방에 있어요. 자매들이 그곳에 고인과 함께 있답니다."

"아닙니다." 나는 서둘러 대답했다. "나중에 보겠습니다."

나는 위를 쳐다보았다. 거실은 매우 높았다. 한쪽 끝에는 일종의 더그매 혹은 난간이 벽의 가로 폭을 모두 차지하고 있었다. 더그매 앞쪽에는 붉은 난간이 있었고, 뒤쪽에는 두 개의 붉은 문이 보였다. 극장의 휘장처럼 두꺼운 초록색 커튼은 난간부터 시작해서 거실 끝까지 덮고 있었다.

오리베는 베르메흐렌 옆에 있는 독수리 무늬로 장식된 세움대 램프에 무심히 기댔다. 그는 다소 수줍은 목소리로 물었다.

"무슨 생각을 하나요?"

나는 즉시 거짓말을 했다.

"신문에 기사를 쓴 게 오래전이라는 생각을 하고 있었어요. 쓸 주제를 찾지 못했지요."

"그럼 이건……?"

"물론입니다." 대의원이 말했다.

"아니요, 그럴 수 없을 것 같습니다." 내가 대답했다.

대의원은 물러서지 않았다.

"베르메흐렌 씨에게 영광이 될 겁니다."

"좋아요." 내가 말했다. "죽은 여자아이의 사진이 하나 있다면 좋겠군요."

나는 결정적으로 내가 비열한 불한당처럼 느껴졌다. 대의원과 오리베는 내 제안을 기꺼이 수락했다.

"베르메흐렌 씨." 대의원은 큰 소리로 약간 주저하듯 말했다. "여기에 있는 분은 신문 기자입니다. 부고 기사를 쓰고 싶어 합니다."

"고마워요." 베르메흐렌이 중얼거렸다. 그 어떤 몸짓도 하지 않았다. 머리는 가슴 위로 조금 떨궈져 있었다. 나는 죽은 사람이 말한 것처럼 몸을 떨었다. "고맙습니다. 우리가 말하지 않는 게 더 좋습니다."

그러자 대의원이 손가락으로 나를 가리키면서 말했다.

"이분이 사진 한 장을 원하십니다. 기사를 내리려면 필요한 것이지요."

"당신 딸은 그럴 가치가 있습니다." 오리베는 공정하고 무정하게 내 의견을 지지했다.

"좋습니다." 베르메흐렌이 중얼거렸다.

"사진을 주실 거죠?" 오리베가 물었다.

베르메흐렌이 고개를 끄덕였다. 그토록 집요한 사람들과 싸울 기운이 없었던 것이다. 거의 나는 동정심에 이끌릴 뻔했다. 거의 그의 편이 될 뻔…… 나는 그들이 알아서 해결하도록 놔두었다.

"언제면 가능합니까?" 오리베가 물었다.

"우리 딸아이 하나가 오면 부탁해 보지요. 난 지금 피곤해요. 그래서 내가 직접 가지는 못할 것 같군요."

"그때까지 기다릴 수는 없습니다!" 오리베가 근엄하게 말했다. 그러고서 즉시 다시 졸랐다. "사진은 어디에 있습니까?"

"내 침실에 있어요." 베르메흐렌이 우물우물했다.

오리베는 고개를 들고 눈을 감은 채 잠시 경직되어 있었다. 그러고는 갑작스러운 영감을 받은 것처럼 움직이더니 초록색 커튼 뒤로 지나갔다. 그는 더그매 꼭대기에 모습을 드러냈다. 그리고 양쪽 문 사이에서 걸음을 멈추고서 머뭇거렸다. 이윽고 그는 왼쪽 문을 열고서 모습을 감추었다.

대의원은 더그매 쪽을 차분하게 쳐다보았다. 그리고 눈을 크게 떴다.

"왜 그러는 거죠?" 그가 말했다.

나는 갑작스러운 재앙을 피하려면 설명이나 핑계를 만들어 내는 수밖에 없음을 알았다.

"시인입니다. 시인이에요." 나는 얼빠진 사람처럼 똑같은 말을 반복했다.

오리베는 다시 모습을 드러내더니 또다시 아래쪽으로 모습을 감추었다. 그러고는 커튼 뒤에서 나타났다. 손에는 사진 한 장이 들려 있었다. 나는 그 사진을 보려고 했다. 하지만 그는 그 사진을 베르메흐렌에게 내밀었다. 부들부들 떨면서 나는 그가 이렇게 묻는 소리를 들었다.

"이것입니까?"

내게는 길게 느껴진 시간이었지만, 아마도 그것은 수 분의 1초에 불과한 시간일지도 몰랐다. 그동안 베르메흐렌은 고개를 가슴 위에 떨군 채, 마치 고통 속에서 잠든 사람처럼 꼼짝도 하지 않고 있었다. 그런데 사진이 가까이 있다는 사실이 그에게 다시 기운 차리게 만든 것처럼 벌떡 일어났다. 그는 램프의 불을 켰다. 마르고 키가 컸다. 그리고 두툼하고 희며 여성적인 얼굴에서는 부드럽고 가는 입술과 커다란 하늘색 눈이 무모함과 차가움을 드러내고 있는 것처럼 보였다.

그 순간 그의 딸 한 명이 들어왔다. 그녀는 베르메흐렌의 어깨에 손을 올려놓고서 말했다.

"잘 아시잖아요. 동요하는 건 전혀 도움이 되지 않아요."

그녀는 불을 끄고서 그곳을 떠났다.

오리베에 따르면, 대의원은 나중에 내가 그 여자아이를 얼마나 집요하게 쳐다보았는지에 대해 말했다.

나는 소파에 앉으러 갔다. 소파는 죽은 여자아이가 있는 방으로 가는 복도와 연결되는 문 옆에 있었다. 그곳으로 그녀를 보려는 사람들이 지나갔다. 나는 오랫동안 그곳에 앉아 있었다. 아마도 몇 시간은 족히 되었을 것이다. 나는 그의 딸아이 하나가 지나가는 것을 보았다. 나는 오리베가 지나가는 것을 보았다. 나는 그가 나오는 것을 보았다. 그는 내 눈을 피했다. 그의 눈에는 눈물이 고여 있었다. 나는 다른 여자아이가 지나가는 것을 보았다.

마침내 나는 자리에서 일어나 오리베에게 이제 가자고 말했다. 나는 죽은 사람을 보고 싶어 하지 않는다. 나중에 그 사람들이 살아 있던 모습을 기억할 수 없기 때문이다. 나는 그에게 사진을 갖고 있느냐고 물었고, 그는 그렇다고 대답했다. 그의 목소리는 떨렸다. 우리가 밖으로 나오자, 나는 사진을 달라고 했다. 너무 빛이 적어서 우리는 거의 길을 찾을 수 없었다.

호텔에 도착하자 오리베는 아니스 술 한 잔을 시켰지만, 나는 마시고 싶지 않았다. 밤은 빠르게 끝나 버린 듯했고, 그동안 우리는 슬퍼하면서 입을 다문 채 잠을 이루지 못했다. 나는 아침 8시가 되기 조금 전에야 잠들 수 있었다. 오리베는 잠들지 못했다고 나는 믿는다.

잠시 후 나는 잠에서 깼다. 아무것도 할 마음이 없었고, 그래서 점심때까지 침대에 그대로 있었다. 오리베는 장례식에 갔다. 그러고서 우리는 버스를 타고 바릴로체, 카르멘 데 파타고네스, 바이아 블랑카를 거쳐 부에노스아이레스로 돌아갔다. 그 첫날 오후 오리베는 무척 침울해 있었다. 그리고 그 어느 때보다도 멍청한 짓을 했다.

헤어지기 전에 그는 내게 마지막으로 루시아 베르메흐렌의 사진을 보여 달라고 부탁했다. 사진을 조마조마하게 받아 들더니 잠시 아주 세심하게 살펴보았다. 그러고서 갑자기 눈을 감고서 내게 돌려주었다. 그는 정확한 표현을 찾듯이 말을 더듬었다.

"이 여자아이는…… 이 여자아이는 지옥에 있었어요."

솔직하게 말해서 나는 그의 말이 옳은지 아닌지 전혀 생각하지 않았다. 나는 말했다.

"그래요. 하지만 그건 당신 자신의 말이 아니에요."

"그건 전혀 중요하지 않습니다." 그는 차분하게 대답했고 나는 내 영혼의 지독한 결핍을 드러냈다고 느꼈다. "시인들은 정체성이 없어요. 우리는 텅 빈 육체를 점령하고서 생명을 불어넣습니다."

나는 그의 말이 맞는지 알지 못한다. 나는 그의 몇몇 행동이 유명인을 즉석에서 주조하려는, 아마도 무절제한 욕망에 기인한다고 합리화했다. 아마도 문학적 동기에 기인한다고 여기는 편이 맞을지도, 그가 자기 일생의 일화를 마치 책의 일화처럼 다룬다고 생각하는 편이 옳을지도 몰랐다. 그러나 내가 간과할 수 없는 것은 루시아 베르메흐렌의 사진을 보면서 말했던 단어들이 그 자신의 것이 아닌 남의 것이라도, 그에게 고대의 유물이 시인에게 부여했던 예언의 힘을 부여한다는 사실이었다.

부에노스아이레스에서 나는 그를 거의 만나지 않았다. 그러나 내가 없을 때 그가 때때로 전화를 걸었던 하숙집 여자들을 통해 그가 어떻게 사는지 알고 있다. 그가 내게 남긴 마지막 기억, 즉 가장 간절하고 격렬한 기억은 그가 헝클어진 머리를 하고 눈이 동공에서 튀어

나올 듯한 모습으로 신문사로 들어왔던 어느 날 밤이었다.

"당신과 말하고 싶어요." 그가 소리쳤다.

"좋아요. 들어 줄 테니, 말해 봐요."

"여기서는 안 됩니다." 그는 주변을 둘러보았다. "단둘이 있어야 해요."

"미안해요." 나는 대답했다. "아직 써야 할 칼럼이 반이나 남았어요."

"기다리겠습니다." 그가 말했다.

그는 꼼짝도 하지 않고 서서 나를 뚫어지게 쳐다보았다. 아마도 나를 불편하게 만들려는 마음은 없었을 것이다. 하지만 그의 시선은 나를 불편하고 불안하게 만들었다. '이번에는 자네가 이기지 못할 거야'라고 생각하면서 나는 아주 차분하게, 그러니까 아주 천천히 글을 계속 써 내려갔다.

우리가 나갔을 때는 비가 내렸고 날씨는 쌀쌀했다. 오리베는 보도에서 건물 쪽으로 걸으려고 애썼지만, 나는 그가 거리 쪽을 잡게 했다. 나는 그가 비에 젖어 기침을 시작하는 것을 보았다. 나는 그렇게 잠시 있다가 그에게 말했다.

"무슨 말을 하고 싶은 거지요?" 내가 물었다.

"여행에 초대하고 싶습니다. 코르도바로요. 내가 모든 비용을 부담하겠습니다."

그는 돈이 많았을 뿐만 아니라, 돈처럼 오만하고 뻔뻔하기도 했다. 게다가 나는 그가 나를 친한 사람으로 여긴다는 사실에 화가 치밀었다. 내가 왜 그 여행에 그와 함께 가야 하나? 그와 파타고니아로 여행한 것은 우연이었다.

"불가능해요." 나는 말했다.

오늘날 나는 이 대답이 정중했다는 데 만족한다. 나는 이렇게 덧붙였다.

"할 일이 많아요."

그는 애처로운 목소리로 졸랐지만, 단지 나를 갈수록 더 화가 나게 했을 뿐이다. 내가 그와 함께 가지 않을 것을 확신하자, 내게 말했다.

"한 가지 부탁하고 싶은 게 있어요."

내가 보기에는 이미 그는 충분히 부탁하고 애원했다. 그는 말을 이었다.

"내가 코르도바로 간다는 사실을 아무도 몰랐으면 좋겠습니다. 부탁이니 아무에게도 말하지 말아 주세요."

나는 그와 통화를 했던 여자들에게 묻지 않았다. 여행의 비밀에 관해, 나는 내가 그걸 비밀로 지켰는지 잘 모른다. 당시 나는 오리베가 그 누구도 그에게 비밀을 지켜 주기를 원치 않았을 것이라고 믿었고, 때때로 아직도 그렇게 생각한다. 그러나 나는 양심의 가책을 전혀 느끼지 않는다. 그 어떤 것도, 그러니까 내 말이나 내 침묵도 이후에 일어난 일을 바꿀 수는 없었다.

그날 밤, 그러니까 냉담하고 적대적인 내 두 눈이 그가 감격하여 헛된 꿈을 갖고 부에노스아이레스의 화려한 조명 속으로 들어가 사라지는 것을 보았던 밤 이후, 두 달이 지났다. 바로 그날 밤, 그가 고통과 번민의 영역으로 들어갔던 날 밤 이후 두 달이 지났을 때, 한 경찰관이 머나먼 칠레의 안토파가스타에 있는 어느 집 정원에서 그의 시체를 발견했다. 루이스 베르메흐렌은 며칠 후 경찰에 체포되었고, 자신이 살해했다고 자백했다. 하지만 지역 범죄전문가들뿐 아니라 산티아고에서 파견된 전문가들조차 그가 살인을 저지른 동기를 밝힐 수 없었다. 단지 오리베가 코르도바, 살타와 라파스를 거쳐 안토파가스타에 도착했으며, 베르메흐렌 역시 코르도바, 살타와 라파스를 거쳐 안토파가스타에 도착했다는 사실만 확인할 수 있었다.

나는 이 문제를 차분하게 받아들였다. 그러면서 오리베가 베르메흐렌을 성가시게 괴롭혔다는 일련의 글을 쓰고, 교회의 계몽운동 박해를 동시에 언급하려고 생각했다. 이 멋진 생각은 결국 실현되지 못했다. 그것보다 무언가 더 가치 있는 일을 해야 한다는 것을 깨달았기 때문이다. 많은 어려움 끝에 나는 불필요하게 나를 파타고니아로 파견했던 그 국장을 설득했다. 그래서 오리베 살인 사건에 전념하는 조건으로, 신문사가 모든 비용을 부담하고, 국내건 해외건 내가 원하는 곳이면 어디든지 가도 좋다는 허락을 받아 냈다.

목요일이었다. 몇몇 친구들이 일요일에 바릴로체로 가는 공군 비행기에 좌석 한 자리를 얻어 주었다. 그리고 나는 수요일에 칠레로 가는 비행기표를 끊었다.

나는 별 기대 없이 덴마크 여자 친구인 베야를 찾아갔다. 그녀는 트레스 아로요스에서 일하는 어느 기술자와 결혼했다. 내가 보기에 어떤 사람이 덴마크에 태어났다고 해서 베르메흐렌의 이야기를 알 것이라는 보장은 없었다. 하지만 겉으로 보기에는 그럴듯한 이유가 될 수 있었다. 그것은 아르헨티나 내에는 덴마크 사람이 많지 않고, 따라서 모두가 나머지 사람들에 대한 소식을 알고 있거나 혹은 누가 그런 소식을 알고 있을지 알기 때문이다. 베야는 내게 트레스 아로요스에 사는 구릉트비히라는 사람을 소개해 주었다. 그는 부에노스아이레스를 여행 중이었다. 그날 밤 헤르미날에서 탱고를 듣는 동안,

구룽트비히는 내가 베르메흐렌에 관해 알고 있는 거의 모든 것을 이야기해 주었다. 다음 날 밤에 우리는 다시 만났다. 그는 베르메흐렌에 관한 더 많은 정보를 내게 제공했고, 새벽녘에도 우리는 그곳에서 우울한 마음으로 형제애를 느끼며 모두가 정보기관에 가진 헛되면서도 적절한 혐오감에 관해 대화를 나누었다. 그러면서 지구상의 정치, 특히 국내 정치의 미래는 절망적이라는 데 생각을 같이했다. 하지만 우리는 그런 예측을 하거나 체념하면서 불행한 존재라거나 우울하다는 생각은 하지 않았다. 〈술잔치의 밤〉〈돈〉과 〈카부레〉 같은 탱고를 들으면서, 우리, 그러니까 나와 덴마크 사람은 기분이 좋아졌고, 함께 비밀스러운 애국적 열정을 공유했으며, 무조건 행동하려는 의지에 관해 말하면서 기쁘고 즐거운 공격성을 느꼈다.

나는 일요일 저물녘에 바릴로체에 도착했다. 그리고 공항에서 호텔까지 태워 준 운전사와 다음 날 아침 헤네랄파스로 가기로 했다.

우리는 일찍 출발해서 온종일 여행했다. 나는 운전사에게 사야고 박사가 아직도 헤네랄파스에서 진료하느냐고 물었다. 그는 헤네랄파스에 대해서는 아무것도 모른다고 대답했다.

마침내 우리는 목적지에 도착했다. 나는 흙먼지로 뒤덮이고 피로에 지쳐 의사의 집 앞에서 내렸다. 사야고 박사가 대문을 열어 주었다. 그는 내게 인사를 하고는 눈에 띌 정도로 파리하고 축축하며 차가운 손을 내밀었다. 키는 작았다. 머리카락은 가운데로 가르마를 탔으며 수염도 정가운데로 나뉘어 굽이져 있었다. 그는 내게 끔찍하게 맛없는 음료를 주었는데, 그것은 그가 직접 만든 와인이었다. 그리고 콜론 극장의 공연 실황과 수많은 공직자의 연설을 들을 수 있게 해 준다면서 자기 라디오를 극찬하고는, 내게 자리에 앉으라고 권했다.

내가 기자인데 자신에 대한 기사를 쓰려는 것이 아니라는 사실을 알자, 그는 점차로 냉랭해졌다. 나는 그에게 이렇게 부탁했다.

"나는 당신이 왜 아델라 목장에 가서 루시아 베르메흐렌의 사망 증명서를 발급하려고 하지 않았는지 묻고 싶어서 왔습니다."

그는 두 눈을 크게 떴고, 나는 그가 라디오 수신기를 가져가고서 그의 황당한 음료로 나를 토하게 했다면(사실 그건 어려운 일이 아니었다) 아주 만족스러워했으리라고 생각했다. 의심의 여지 없이 그는 중요한 사람처럼 보이면서 말하고자 했지만, 베르메흐렌의 일에 관해서는 전혀 언급하지 않으려고 했다. 그의 행동은 이해할 만했다. 그는 우리의 대화가 어디에 이를지 알지 못했고, 점잖고 교양 있는 사람이라면 그 누구도 경찰과 관련되는 것을 원치 않기 때문이다. 그가 대답하기 전에, 나는 먼저 설명했다.

"나와 말할 것인지, 경찰과 말할 것인지 선택하십시오. 나와 말한다면 분명히 후회하지 않을 겁니다. 나는 자진해서 이 조사를 수행하고 있으며, 그 결과에 대해 그 누구에게도 말할 계획이 없습니다. 그러니 선택하십시오."

남자는 자신이 만든 와인을 벌컥 마시더니 다시 기운을 차린 것 같았다.

"좋아요." 그가 자신만만하게 말했다. "당신이 신중하게 처신하겠다고 약속한다면 말해 주지요. 나는 베르메흐렌 양을 진찰했어요. 그 아가씨가 죽었다고 내게 알려 준 날로부터 1년 반 전의 일이지요. 그녀는 그때부터 3개월 이상 살 수 없었어요."

"그렇다면 사망 증명서를 발부했다면, 그것은 당신이 의사로서 실수를 인정하는 것이······"

나는 별생각 없이 사망 증명서 문제를 해석했다. 그러자 사야고 박사는 손을 비볐다.

"그렇게 생각하고자 한다면, 난 반박할 생각이 없어요. 하지만 한 가지만 미리 알려 주지요. 내가 검사한 날 이후 베르메흐렌 양은 석 달 이상은 살 수 없었어요. 아니, 내가 양보한다고 해도, 넉 달 혹은 기껏해야 다섯 달이오. 그 이상은 하루도 더 살 수 없었어요."

나는 바로 그날 밤 헤네랄파스에서 돌아왔다. 그리고 다음 날 아침 부에노스아이레스로 가는 비행기를 탔다. 여행하는 도중에 나는 꿈을 꾸었다. 내 감정과 아마도 집요한 비행기의 진동과 피곤이 그 끔찍한 환상의 원인이었을 것이다. 나는 시체였다. 그리고 꿈속에서 그 여행을 끝내고 싶다는 소망은 바로 내가 땅에 묻히고자 한다는 바람이었다. 나는 내 모든 친구가 이미 죽은 사람들의 유령이며, 유령들 역시 이른 시간 안에 죽을 것이라는 꿈을 꾸었다. 구체적으로 말할 수 없는 두려움과 공포 때문에 루시아 베르메흐렌의 사진을 제대로 쳐다볼 수 없었다. 이제는 내가 보았고 내가 아꼈으며 내가 만졌던 것은 사진이 아니었다. 그러자 지독하고 흉악한 변화가 일어났다. 나는 그 사진을 멈추지 않고 계속 보다가, 순간적으로 멈춘 다음 사진을 다시 보았는데, 그러자 순간적으로 멈추었다는 이유로 나를 벌주었다. 그녀의 모습은 지워져 있었고, 인화지는 그냥 흰 종이로 남았다. 나는 루시아 베르메흐렌이 죽었다는 사실을 결정적이고 확실하게 알게 되었다.

우리는 저물녘에 도착했다. 나는 피곤했지만, 부에노스아이레스에서 보내는 마지막 저녁이었고, 그래서 칠레로 가기 전에 베르헤르 카르데나스를 만나고 싶었다. 나는 그의 집에 전화를 걸었다. 그가 직접 받았지만, 그는 없다고 말했다. 나는 그에게 밤에 찾아가겠다고 말했다.

그날 밤의 만남 이후 벌써 몇 년이 흘렀다. 그러나 오늘 그 만남을 떠올리면 다시 그때와 똑같은 후회의 감정과 역겨움이 엄습한다. 베르헤르는 상징으로 남았어야만 했다. 그를 떠올리기만 해도 끝없는 공포가 나타나기 때문이다. 하지만 우리의 감정은 불가사의하게 전개되었고, 그 남자는 내 친구 중에서 가장 별난 사람이 되었다. 그리고 감히 덧붙이자면, 내가 오랫동안 질병에 시달리면서 끝없는 고통으로 비참한 신세가 되는 동안, 그는 내 최고의 간호사이자 최고의 하인이었다.

어둠 속에서 조용히 나타났다가 사라지는 커다란 몸집의 개들 사이로 나는 희미하게 보이는 문지기를 따라서 들쭉날쭉한 여러 마당을 지났고, 그런 다음에는 바깥으로 계단이 나 있는 임시 건물 한 동과 밤에는 무한하게 보이는 단 한 그루의 나무가 있는 곳을 지났다. 우리는 계단을 올라갔고, 문을 열었다. 나는 무척 환하게 불이 밝혀지고 벽이 책으로 뒤덮인 방으로 들어갔다. 코맹맹이 소리를 하는 인자하고 자비로운 베르헤르가 금속 팔걸이가 달린 끔찍스러운 의자에서 일어나 앞으로 나와 내게 인사했다.

나는 공손한 인사말을 하면서 많은 시간을 허비하지 않았다. 나는 오리베가 파타고니아 여행에 관한 것을 썼느냐고 물었다.

"그래요." 그가 대답했다. "시 한 편입니다. 아직도 내가 보관하고 있지요."

그는 서랍을 열었다. 더럽고 구깃구깃한 종이들로 가득했다. 그는 서랍 안을 뒤적거리더니, 잠시 후 빨간 표지의 공책을 한 권 꺼냈다.

그러고서 읽으려고 했다.

"내가 베껴 놓은 겁니다." 그가 말했다. "내가 직접 쓴 것이지요."

"그건 중요하지 않습니다." 나는 그에게서 공책을 빼앗았다. "아무리 악필이더라도 나는 읽을 수 있습니다."

제목을 보자 온몸이 전율했다. 「루시아 베르메흐렌 : 나의 추억」이었다. 나는 그 시를 읽었고, 강렬한 감정이 약하게, 그리고 완곡하게 고착된 것 같았다. 그러나 이것은 이후에 생긴 나쁜 습관이었고, 고백하건대 그날 밤 나는 강렬하지만 혼란스러운 감정만을 표현할 수 있었다. 의심할 필요 없이 감정은 아주 겸손한 비평 양식이다. 다시 말하면, 한 작품은 감정에 의해 평가되어서는 안 되는 법이다. 그러나 비평을 받을 만하다는 점에서 그것은 오리베가 쓴 다른 모든 시 중에서 눈에 띈다(셸리를 모방하려고 열정적으로 노력했지만, 우리 시인은 진정성보다는 언어의 행복을 과시했다). 내가 읽은 시구는 형식적 결함이 있었고, 항상 음조가 조화를 이룬 것은 아니었지만, 의미가 담긴 진정성 그 자체였다. 나는 이 시가 포함된, 중상과 비방으로 가득한 그의 유고집이 지금 없으므로, 기억을 되살려 그 시를 인용해야만 한다. 그런데 불행하게도 나는 가장 맥 빠진 한 연만 기억한다. 첫째 행은 형편없다. '숲' '사막' '전설'이라는 단어들은 유사한 시적 가치를 지니지만, 서로 지탱해 주지는 못한다. 둘째 행은 스페인 시인 캄포아모르의 조잡한 승리에 필적하며, 오리베에게는 어울리지 않는다. 마지막 행에서 중간 휴지는 자연스럽게 사용되지 않는다. 마지막으로 나는 단어 '절망'을 선택한 것은 정확하거나 적절하지 않다고 여긴다. 이 형편없는 연을 전체 속에서 살펴보면 그 어떤 영향도 드러내지 않는다. 그러나 적어도 내가 보기에 한 행은 셸리의 흔적을 희미하게 보여 준다. 하지만 기억력이 빈약한 내 귀는 그것들을 정확하게 확인할 수 없다.

나는 사막에서 하나의 전설과 하나의 숲을 발견했고,
숲에서 루시아를 보았다. 오늘 루시아는 죽었다.
기억이여, 일어나 그녀를 찬양하는 노래를 써라!
비록 오리베가 절망 속에서 소멸되더라도.

나는 베르헤르에게 오리베가 여행에 대해 아무것도 말하지 않았느냐고 물었다.

"말했지요." 그가 말했다. "아주 이상하기 짝이 없는 여행에 관해 말했습니다."

베르헤르는 소나무 숲의 '비밀'로 시작하면서 이야기를 계속했다.

"당신은 오리베가 어느 날 밤 10시경에 호텔에서 나갔다는 것을 기억할 겁니다. 자기가 쓰고 있던 시를 생각하고 싶다는 이유였지요. 밤은 아주 어두웠습니다(내게 말한 바에 따르면, 너무나 어두웠던 나머지 호텔에서 자기 장화를 보고 나서야 눈 속을 걸었다는 것을 알았습니다). 그는 있는 힘을 다해 소나무 숲으로 향했습니다. 그가 갈 때 개들이 나와 막지 않았습니다. 그러자 그는 기뻐했습니다. 개들을 다룰 줄 알았지만, 그래도 무서워했기 때문에……"

"그도 역시 개를 데리고 있었던 것으로 압니다." 나는 캐물었다. "그가 어렸을 때……"

"그래요, 그런 말을 들은 것 같습니다…… 그런데 갑자기 그는 자기가 아델라 목장의 목장가옥 앞에 있다는 것을 알았습니다. 그는 남쪽으로 우회했고, 옆문을 열고서, 아무 생각 없이 알지도 못하는 그 집으로 들어갔습니다. 그는 방과 복도를 지났고, 마침내 초록색 커튼 뒤에 있는 달팽이 계단 옆에 도착했지요. 그는 계단을 올라갔고, 난간에서 거대한 거실을 보았습니다. 거기에는 검은 옷을 입은 어떤 남자가 세 여자아이와 대화를 나누고 있었습니다. 그가 집에서 처음으로 본 사람들이었지요. 그는 그들이 자기를 보지 못했다고 확신했습니다. 난간에는 문이 두 개 있었어요. 그는 오른쪽 문을 열었습니다. 거기에 바로 루시아 베르메흐렌이 있었습니다."

나는 현기증을 느껴 중얼거렸다.

"그래서 어떻게 됐습니까?"

"오리베는 두 가지를 지적했습니다." 베르헤르는 체계적으로 설명했다. "첫 번째는 그를 보자 그녀는 놀라지 않았다는 것입니다. 그것은 일반적으로 마치 그녀가 그를 기다리고 있었던 것 같다고 그는 여러 차례 내게 반복했습니다. 나는 그에게 반복하지 말라고, 그의 말이 무슨 의미인지, 적어도 그 구절, 즉 '일반적으로'라는 말이 무슨 뜻인지 설명해 달라고 부탁했지요. 하지만 모두 소용없는 일이었습니다. 당신은 그가 얼마나 고집이 세고 얼마나 무례하고 냉혹한지 알 겁니다. 그러고서 두 번째 것을 지적했습니다. 그것은 그녀가 그에게 넘겨준 처녀의 유순함이었습니다."

얼굴은 붉어지고 무표정한 눈으로 베르헤르는 상세하게 말했다. 나는 역겨웠다. 나 자신과 오리베, 베르헤르 그리고 세상 모두가 혐오스러웠다. 모든 것을 버리고 싶었다. 하지만 나는 꿈 한가운데 있는 것처럼 그 사건의 중심에 있었고, 아마도 내가 아무런 결정도 하지 말아야 한다는 것을 알고 있었던 것 같다. 그것은 그 순간 내 책임감은 내가 꿈꾼 사람의 책임감보다 더 크지 않았기 때문이다. 게다가 나는 사건의 진상을 감지하기(물론 아주 뒤늦게) 시작했고, 내 불확실성에 종지부를 찍기 위해 그것을 확인하거나 거부하기를 원하는 실수를 저질렀다. 다음 날 아침 나는 산티아고로 출장을 떠났다.

나는 오리베를 미워하지 말아야 한다는 사실을 떠올렸다. 어중간하게 냉정한 마음으로 나는 나를 그토록 분노하게 만들어 모험하게 한 것은 그 여자아이가 죽었기 때문이 아닌지 생각했다. 바로 그런 이유로 오리베는 그 이야기를 했었다. 즉 여자아이가 죽었기 때문에, 그리고 자기 인생의 이야기와 그녀의 죽음과 관련된 일화는 낭만적이었기 때문이다. 그는 시를 쓰는 것처럼 현실을 대했으며, 그 일화의 안티테제는 거스를 수 없이 매혹적인 가치를 지닌다고 상상했을 것이다. 그는 꾸밈없이 정직하게 썼지만, 그 결과는 조악했다. 나는 오리베를 너무 엄격하고 가혹하게 평가하지 말아야 한다고 생각했다. 그가 저지른 잘못은 불법행위가 아니라 무능력한 작가였기 때문이다. 나는 그런 생각을 했지만 모두 쓸모없는 것이었다. 나의 뜨거운 증오심이 식지 않았던 것이다.

안토파가스타에 도착하자 나는 경찰서장을 만나러 갔다. 관리는 우리 신문사 편집장이 서명한 소개장에 그다지 관심을 보이지 않았다. 그는 무관심하게 내 말을 듣고서 내가 원할 때마다 베르메흐렌을 만날 수 있도록 허가증을 주었다.

나는 그날 오후에 그를 찾아갔다. 그의 강인하기 그지없는 눈에서 나는 그가 나를 알아보았는지 알 수 없었다. 나는 몇 가지 질문을 했다. 그는 천천히 내게 욕을 퍼붓기 시작했다. 그의 목소리는 거의 중얼거리듯 단어들을 말했고, 그 단어에는 증오의 광풍이 서려 있는 듯했다.

나는 그가 말하게 놔두었다. 그러고서 그에게 말했다.

"마음대로 하십시오. 나는 개인적으로 이 사건을 조사하고 있습니다. 그 결과를 출판할 생각은 없습니다. 하지만 당신은 내 마음을 바꾸었습니다. 나는 사야고 박사가 준 자료를 출판하고 그 누구도 귀찮게 하지 않을 작정입니다."

나는 즉시 그곳을 떠났고, 다음 날 교도소에 가지 않았다.

내가 다시 그를 찾아갔을 때, 그는 거의 정중하고 유순한 태도를 보였다. 지난번 면회에 대해서는 거의 언급하지 않았다. 그는 내게 말했다.

"내 불쌍한 딸을 언급하지 않고는 이 문제를 설명할 수 없습니다. 그래서 말하려고 하지 않았던 것입니다."

그는 의사의 이야기를 확인시켜 주었다. 그리고 어느 날 밤 루시아가 잠을 자러 올라가자 여자아이 하나가 했던 말을 덧붙였다. 그녀는 그들 모두가 매일 똑같은 삶을 사는데, 거기에 한 가지 변화가 들어올 수 있다는 것은 믿을 수 없는 일처럼 보인다고 말했다. 그것은 바로 죽음이라는 결정적인 변화였다. 그러고서 그는 그 딸의 말을 떠올렸고, 잠이 오지 않는 밤에, 즉 쉽게 믿으면서 급하게 계획을 세우는 시간에, 가족 모두에게 세심하게 반복된 삶을 강요하기로, 그렇게 **자기 집에서는 시간이 흘러가지 않도록** 하겠다고 결심했다.

그는 몇 가지 예방책을 취해야 했다. 식구들에게는 외출을 금지했다. 그리고 바깥 사람들은 집 안으로 들어오지 못하도록 했다. 그는 항상 같은 시간에 나가서 먹을 식량을 받았고, 작업반장들에게 지시를 내렸다. 집 밖에서 일하는 사람들의 삶은 예전과 같았다. 어느 목장 노동자가 도망쳤다는 이야기는 사실이다. 아마도 그가 끔찍한 규율에서 자기 자신을 구하고자 그렇게 한 것이 아니라, 이상한 일이 일어나고 있다고, 그가 이해할 수 없는 일이 벌어지고 있다는 것을 깨달았고 그래서 겁을 먹었기 때문이었을 것이다. 집 안에는 항상 엄격하게 질서가 지켜졌고 반복하는 체계는 자연스럽게 이루어졌다. 아무도 도망치지 않았다. 심지어 창문을 내다보는 사람도 없었다. 하루하루가 똑같았다. 매일 밤, 시간이 정지한 것 같았다. 마치 1막의 끝에 항상 끼어드는 비극을 살아가는 것 같았다. 그렇게 1년 반이 흘렀다. 그는 자신이 영원 속에 있다고 믿었다. 그런데 뜻밖에도 루시아가 죽었다. 의사가 예측한 날짜보다 15개월이나 늦어져 있었다.

그러나 장례식을 치르던 날 아주 중요한 사건이 일어났다. 그 집에 한 번도 와 본 적이 없는 한 사람이 그 누구도 가리키지 않았는데 특정한 방까지 갈 수 있었다. 베르메흐렌은 오리베가 루시아의 사진을 보여 주었을 때 비로소 그런 생각을 했다. 하지만 램프를 켜면서 그는 자신이 죽일 사람의 얼굴을 보기로 마음먹었다고 덧붙였다.

며칠 후 나는 부에노스아이레스로 돌아왔고, 베르메흐렌은 교도소에서 삶을 마감했다. 사람들이 말하는 바에 따르면(나는 이 파렴치한 말의 주인공이 누구인지 지금은 밝히고 싶지 않다), 나는 그의 죽음과 무관하지 않으며, 내가 몸수색을 받지 않고 만날 수 있는 상황을 이용해서 그에게 청산가리를 갖다주었다(고백의 대가로 내게 그것을 요구했었으리라는 것이다). 하지만 이렇게 험담꾼들이 예측한 결과는 나타나지 않았다. 나는 아무것도 밝히지 않았고, 칠레 경찰은 나를 구속하지 않았다.

이제 나는 중상모략이 다시 시작될 것 같아 두렵다. 어떤 사람들은 의사가 내게 준 자료와 그것들을 출판하겠다는 하찮은 협박으로는 베르메흐렌의 고백을 유도하는 데 충분하지 않았으리라고 주장할 것이다. 그리고 내가 안토파가스타에서 그 독약을 구하는 일이 얼마나 어려웠을는지는 간과할 것이다. 또 이 이야기를 출판하는 것이 그동안 부족했던 증거라고 우길 것이다. 그러나 독자들은 내 글에서 내가 베르메흐렌의 자살 사건과 연루될 수 없다는 증거를 발견하리라 믿는다. 증거를 입증하고, 헤네랄파스 사건에서 운명이 압도적인 역할을 담당했던 부분을 지적하며, 가능한 한 오리베의 기억을 흐리게 만드는 죄책감을 누그러뜨리는 것, 이것들이 바로 내가 중병을 앓으며 거의 죽기 직전의 상태에 있는데도, 이 사건 이야기와 이제는 더 이상 내게 존재하지 않는 세계와 관련된 뜨거운 사랑 이야기를 정리하게 만드는 동기다.

여기서 후안 루이스 비야파녜의 원고는 중단된다.

나는 "여기서 후안 루이스 비야파녜의 원고는 중단된다"라고 쓰면서, 내가 보기에는 이 이야기가 미완성이라는 것을 지적하고 싶다. 덧붙이자면, 계획적인 미완성이다. 마지막 문장이 허세와 감상주의를 지향하며 이야기를 끝내는 품위 없는 방법이라는 점은 사실이다. 무엇보다도 거짓으로 이야기를 끝내기 때문이다. 그건 비야파녜가 이런 말투로 독자들을 혼동시키려고 노린 것과 같다. 그러면 독자들은 이것이 이야기의 끝임을 알면서도, 아직도 설명이 필요하며 이야기의 상당 부분이 마무리되지 않았다는 것을 기억하지 못한 채 받아들이기 때문이다.

이제 나는 이런 결함들을 고치려고, 다시 말하면, 빈틈을 채우려고 노력할 것이다. 내가 여기서 덧붙이는 것은 사건에 대한 순전히 개인적인 해석이다. 하지만 나는 이 해석이 유효하다는 것을 확신한다. 그것은 모든 전제가 이 서류나, 혹은 이 서류가 오리베와 비야파녜 것임을 보여 주는 문체적 특징에서 발견될 수 있기 때문이다. 나는 문학적 혹은 유치한 목적으로, 그러니까 마지막 페이지에 놀라움을 드러내려는 목적으로, 내 결론을 자제하거나 침묵하지는 않았다. 나는 독자가 나의 모든 암시에서 벗어나 자유롭게 비야파녜를 따라가기를 바란다. 이 후기는 너무나 분명하게 예측할 수 있는 것처럼 보일 수 있다. 또 개별적으로 우리가 같은 결론에 이르렀을 수도 있다. 그렇다면 나는 이것을 내 해석이 옳다는 징후로서 여기고자 한다.

무엇보다도 두 인물을 살펴보자. 그들은 같은 판화에 새겨진 여러 인물처럼 서로를 보완한다. 카를로스 오리베와 후안 루이스 비야파녜는 운명에서 대칭을 이룬다. 그렇다면 이야기의 구조는 너무나 단순해지고, 너무나 완벽한 대칭으로 보일 것이다(이것은 수학적 정리定理나 단순한 현실적 차원이 아니라 예술적 측면에서 그렇다는 말이다).

막후 실력자라는 말로 비야파녜를 설명하는 것은 근본적으로 사실을 왜곡하는 것이 아니지만, 그래도 실수라고 할 수 있는데, 너무나 심한 왜곡이기 때문이다. 나는 이미 비야파녜가 항상 익명을 빌려 간접적으로 글을 썼으며, 그가 쓴 최고의 기사들은 그의 이름이 실리지 않은 채 나왔다고 말한 바 있다. 또 상원에서 있었던 한 번의 훌륭하고 격렬한 논쟁은 상상의 대화, 다시 말하면 비야파녜가 여러 상원의원의 배역을 맡아서 제안하고 반박했던 실질적인 독백이었다고 지적했다.

카를로스 오리베와 관련해서는 많은 사람이 무시하고자 하는 한 가지 문제가 있다. 나는 그들과 의견을 달리한다. 아무도 그 문제를 논의하지 않는다면, 그 이야기는 훼손되면서 과장되거나 잊힐 것이기 때문이다. 나는 다른 사람들이 자신들의 우상을 부끄러워하고, 그들에게서 인간적 자질을 제거하며, 그들을 상징적 인물이나 거리 이름 혹은 학교 축제명이나 학자들에게 끝없는 과제로 만들도록 놔둔다. 나는 카를로스 오리베를 알았다. 나는 그를 있는 그대로 존경한다. 하지만 나는 얼굴을 붉히지 않고 오리베가 몇 번 표절했다고 고백한다. 이 미묘하고 골치 아픈 문제를 다룰 때면, 아마도 콜리지*의 표절에 대해 오리베가 했던 말을 떠올리는 편이 좋을 것이다. 그는 이렇게 말했다. "콜리지는 불가피하게 셸링을 표절해야만 했을까? 그는 극빈자로서 그렇게 했을까? 그건 결코 아니었다. 그것이 바로 수수께끼다." 카를로스 오리베에 관해 말하자면, 그에게 수수께끼는 존재하지 않는다. 오리베는 다른 작가들을 모방했는데, 그것은 풍요로운 창의력에 모방의 예술도 포함되기 때문이다. 그의 작품에서 모방을 비난하는 것은 연극배우에게 모방했다면서 부정하는 것과 같다.

그러나 이야기를 다시 요약해 보자. 헤네랄파스의 호텔 창문으로 오리베와 비야파녜는 멀리 있는 소나무 숲을 본다. 그것이 아델라 목장이다. 1년 전부터 아무도 그곳으로 들어가지 않고 그곳에서 나오지도 않는다. 오리베는 어느 날 오후, 그 목장을 가 보지 않고는 헤네랄파스를 떠나지 않겠다고 밝힌다. 그리고 밤에 믿을 수 없는 핑계

---

* 새뮤얼 테일러 콜리지(1772~1834). 영국 시인이자 비평가. 대표작으로 『노수부의 노래』 『서정 가요집』이 있다.

를 대고 호텔에서 나간다. 비야파네 역시 나간다. 다음 날 아침 루시아 베르메흐렌이 죽고 아델라 목장 출입 금지령이 해제된다. 오리베는 장례식에 가려고 하지 않지만, 결국 나중에 가고 마치 그 집을 알고 있는 것처럼 그 집에서 움직인다. 그러자 베르메흐렌은 오리베를 살해한다.

내 결론은 예측 불가능하지 않다. 그것은 베르메흐렌이 실수를 했다는 것이다. 장례식이 있기 전에 오리베는 그의 집에 들어간 적이 없었다. 그의 집에 들어간 사람이 있다면, 그것은 비야파네였다.

독자들은 이미 눈치챘겠지만, 비야파네의 이야기에는 이런 결론으로 이끄는 사실들이 곳곳에 있다. 이 사건에서 오리베의 개입(a)과 비야파네의 개입(b)은 다음과 같이 설명될 수 있다.

a) 베르메흐렌의 집에 들어갈 것이라고 믿게 하도록 오리베는 그날 밤의 험악한 파타고니아 날씨와 맞선다. 그러나 그는 숲에도 들어가지 못한다. 그는 개들을 무서워하고, 비야파네와 함께 있을 때도 그는 개들을 겁낸다.

장례를 치르던 날, 그는 베르메흐렌의 방까지 갈 수 있었다. 전날 밤 비야파네가 아델라 목장을 방문했다면서 자세하게 이야기해 주었기 때문이다. 이런 주장은 근거 없는 게 아니다. 비야파네는 그날 밤 술을 마셨었다. 그 자신은 이렇게 말한다. "내가 보기에 오리베는 훌륭한 친구야. 비밀을 털어놓을 수 있는 친구지." 우리는 비야파네가 술에 취해 말한 비밀이 무엇인지 알고 있다. 그는 '질서정연하면서도 노골적으로' 그것을 이야기했다. 이 두 단어가 모든 걸 분명하게 밝힌다. 비밀은 질서정연하게 정리되었다. 오리베는 장례식 날 밤에 베르메흐렌의 방으로 갈 수 있었다(비야파네는 루시아의 방에 있었다. 이것은 난간에 있던 두 개의 문 사이에서 오리베가 머뭇거린 이유를 설명한다). 비밀은 노골적이었다. 비야파네는 출처가 의심스러운 오리베의 이야기를 들으면서 혐오와 공포를 느꼈다. 그는 비야파네와 루시아 베르메흐렌의 진짜 이야기를 들었고, 루시아 베르메흐렌이 죽은 후에는 그가 말해 주었던 이야기를 똑같이 들었다. 그것은 그가 범했던 야비하고 불쾌한 행위였다. 아마도 그 행위는 술 때문에, 그리고 아마도 남자들끼리 나누는 전통적인 대화 때문에 음탕해졌고, 그의 승리 때문에 실체를 확인할 수 없었다.

오리베는 루시아의 죽음을 애도하면서 모습을 드러낸다. 그러나 화자는 이렇게 말한다. "눈에 띌 정도로, 거의 연극을 하다시피 침울해져 있었다." 실제로 오리베는 훌륭한 배우 같았고, 자신이 맡은 배역을 분명하게 상상했으며, 자신이 연기하는 인물과 자기 자신을 혼동하곤 했다.

마지막으로 그는 사건들을 왜곡하고 남의 경험을 도용한다. 가령 이렇다.

—창가에서 두 사람은 베르메흐렌이 목장 문에 도착하는 것을 지켜본다. 두 사람은 쳐다보지만, 보는 사람은 비야파네이다. 그것은 그가 쌍안경을 가지고 있고, 오리베는 근시이기 때문이다. 집주인 앞에서 오리베는 말한다. "오늘 보았던 것 때문에 나는 '아델라'를 방문하지 않고는 절대로 떠나지 않겠습니다."

—오리베는 밤이 너무나 어두웠던 탓에 눈 내리는 것을 보지 못했다고 말한다. 그리고 호텔에 돌아와서 눈으로 뒤덮인 장화를 보고서야 비로소 눈이 내렸다는 것을 알았다고 밝힌다. 그러나 우리는 그가

밖에 있을 때 눈이 내리지 않았다고 주장한다. 그것을 보았을 수는 있다. "눈이 내리기 시작했을 때 달이 떴다"라고 비야파녜는 말했기 때문이다. 또 다른 위증은 오리베가 자기 장화에서 눈을 본 것이 아니라, 비야파녜의 것에서 보았다는 것이다.

—비야파녜가 오리베의 성격이 보여 주는 이런 면들을 제시하고자 한 것은 증오 때문이 아니었다. 그것은 또한 진실을 발견하는 데 도움이 될 그 어떤 사실도 독자에게 거부당하지 않으려는 신중함 때문이기도 했다.

b)비야파녜는 오리베가 나가자, 마치 그를 뒤쫓듯이 호텔에서 나갔다. 그러나 비야파녜가 오리베를 염탐하고 있다고 상상하는 건 터무니없는 소리다. 비야파녜는 아델라에 들어가기 위해 나간 것이다.

그는 여자아이와 함께 있었다. 나중에 여자아이 하나가 죽었다는 말을 듣자, 그는 그녀의 이름을 알고자 한다. 그러고는 죽은 여자의 세 자매를 보고 나서야 장례식장을 떠난다(그는 죽은 여자가 전날 밤 자신과 함께 있었던 여자일지도 몰라 두려워한다. 그래서 그녀가 아니기를 바란다). 하지만 처음부터 그는 최악의 일이 벌어진 것 같아서 겁을 먹는다. 그리고 일종의 책략을 꾸미면서, 오리베와 대의원이 자신에게 그녀의 사진을 갖다주게 만든다(그는 유품으로 그걸 갖고자 한다). 그는 죽은 사람을 보는 걸 싫어하는데, 그것은 나중에 그들이 살아 있던 시절의 모습을 상상할 수 없기 때문이라고 밝힌다(그러나 이 경우 비야파녜가 여자아이를 보지 못했다면, 이 말은 아무런 의미도 갖지 못할 것이다). 그는 눈을 못 붙이고 밤을 보내며, 매우 슬퍼하고, 루시아 베르메흐렌과 사랑에 빠져 있다(나는 사진 한 장과 어느 정도 시적인 운명이 그를 사랑에 빠지게 하는 데 충분하다고는 생각하지 않는다). 그러면서 그는 오리베의 이야기를 '그런 공포'라고 말하며, 자신의 후회스러운 감정을 언급한다(비야파네는 자기가 어느 정도 오리베의 운명에 책임이 있을 때만 죄책감에 대해서 말할 수 있었다. 오리베의 이야기에서 죽음으로 잔혹하게 정화된 모험에 대한 무례한 이야기를 들었을 때만 공포에 대해서 말할 수 있었을 것이다).

마지막으로 나는 독자들에게 비야파네의 한 구절에 주의를 기울이라고 말하고 싶다. 베르메흐렌의 삶에 관한 이야기와, 이야기의 놀라운 결말을 비교하라고 권한다. 그것은 당시까지 부차적 인물로 여겨지던 사람이 갑자기 주인공이 되어 버리기 때문이다. 나는 비야파네가 그 구절을 버리지 않고 삽입한 것은, 누군가가 그것을 열쇠처럼 사용해서 모든 이야기를 해석할 수 있도록 하기 위해서가 아닐까 생각해 본다.

나는 내 해석이 이 사실들에 대한 유일한 해석이라고 생각하지 않는다. 그저 유일하게 진실한 해석이라고만 믿는다.

이제 비야파네와 루시아 베르메흐렌에 대해 덧붙일 말은 몇 마디 남아 있지 않다. 아마도 루시아 베르메흐렌은 비야파네를 죽음의 천사로, 그러니까 아버지가 강요한 매우 어려운 불멸성에서 마침내 자신을 구원해 줄 죽음의 천사로 받아들였을 것이다. 비야파네에 대해 말하자면, 운명은 그에게 흉포성을 드러냈다. 그를 죽음의 도구로 만들었지만, 그를 이기지는 못했다. 그 어떤 것도 차분한 그의 남성성, 그가 지닌 불멸의 침착함을 이기지는 못했다. 언젠가 그는 말했다. "나는 오리베의 죽음이 그의 삶과 일치한다고 생각하고자 합니다." 그는 아무런 설명도 하지 않았다. 나는 그가 무엇을 의미하고자 했는지 희미하게 알고 있다고 생각하는데…… 그는 '자신의 죽음'에 관해 무언가를 덧붙였다. 그 시기에 우리는 모두 우리의 죽음과 다른 사람들의 죽음에 관해 말했다. 사실 이 두 개는 그다지 큰 차이점을 보이지 않았다.

베르메흐렌의 자살과 뒤얽힌 중상모략과 관련해서, 나는 그것의 출처는 비야파녜의 원고밖에 없다고 감히 말한다. 그러나 비야파녜가 그 변호할 여지가 없는 중상모략을 만들어 냈으며, 그 이유는 독자가 중상모략을 무시하고, 그것이 그의 결백을 믿게 하려고 했다고 제안하지는 않는다.

그러나 나의 마지막 기억은 카를로스 오리베에게 바쳐질 것이다. 나는 그가 떠났던 날 밤을 상상하면서 그를 본다. 그는 밀짚모자를 흔들면서 무의식적으로 아래의 말을 반복했다.

모두가 나를 잊는 것은 아니다. 모두 잊지는 않아!

시인의 요청은 무시되지 않았다.

A. B. C.

이상하고 놀라운 이야기
Historia prodigiosa

나는 항상 말한다.
하느님 같은 존재는 없다고.
어느 아르헨티나 여자

1

내가 이 글을 쓰는 것은 이런 것들을 말하면서 즐거움을 느끼기 때문이 아니며, 직업적인 본능 때문도 아니다. 사실 직업적 본능이라면, 나는 나중에 일어난 것과 같은 사건들, 그러니까 우울할 뿐만 아니라 놀랍고 경이로우며 끔찍한 사건들을 기록하고 그것을 이용해야 할 것이다. 사실대로 말하면, 나는 양심상 이 글을 써야 한다고 느끼며, 올리비아가 내게 요구하기 때문에, 그러니까 롤란도 데 랑케르의 삶에 대한 몇몇 일화들을 밝히라고 요구했기 때문이다. 이 일화들은 최근에 몇몇 특정한 분야에서 언급되고 유포되었으며 왜곡되었다. 의심의 여지 없이, 그것은 인간들의 정신이 경솔하게 작동했기 때문이다. 롤란도 데 랑케르라는 이름을 들을 때면 나는 가장 먼저 이런 이미지를 떠올린다. 즉 까무잡잡한 피부와 흙탕길로 굴러가는 마차, 베이 비스킷을 담은 하늘색 삼각봉지, 열심히 공부하는 금발의 여자아이, 두 개의 돌사자상이 대칭으로 놓인 버려진 공원, 그리고 그 너머로 비바람이 몰아치면 몸을 떠는 커다란 유칼립투스 나무가 있는 세 갈래 길이다. 이 모든 것에는 불길하거나 불행한 것이 전혀 없다. 오히려 내가 회고할 때만 보게 되는 밝은 면이 있을 뿐이다. 그러나 그의 운명은 그런 모습들이 부적절한 상징처럼 보이게 한다. 아마도 내 펜보다 더 유능하고 능숙한 펜이 그의 운명을 쓴다면, 많은 사람에게 끔찍하고 겁에 질리게 만드는 교훈을 선사할 것이다.

부에노스아이레스의 모든 사람처럼—우리와 같은 직업 세계의 사람을 지칭한다—나는 누가 롤란도 데 랑케르인지 알고 있었다. 그건 내가 그를 구체적으로 잘 안다는 말은 아니다. 그저 그런 사람이 존재한다고, 그가 어떤 책을 출판했는지, 그리고 누구와 미워하는 관계인지 막연하게 알고 있다는 소리다. 그의 사촌 호르헤 벨라르데의 소개로 나는 그를 알게 되었다.

이야기는 이렇게 시작한다. 어느 날 아침 내가 출판사에서 일하고 있을 때 문이 열렸고, 나는 선명한 가죽 가방과 가죽 허리띠 냄새를 맡았다. 나는 눈을 들었다. 물론 그는 거기에 있었고, 너무나 그의 것인 그 냄새의 후광에 둘러싸여 있었다. 그 사람이 바로 아리스토불로 탈라스라는 필명으로 《판단 기준》 신문에 자기 마음대로 개봉영화에 관해 지껄이는 호르헤 벨라르데였다. 그는 '용'이라는 별명이 붙어 있는데, 난 그게 그의 체취 때문인지 아니면 체구 때문인지 잘 모른다. 그러나 몇몇 어릴 적 친구들이 그를 '성 게오르기우스'*라고 부르는 것처럼, 아마도 용이라는 별명은 다른 이유에서 유래되었으리라고 익히 추측할 수 있다. '원고 더미야'라고 나는 생각하면서 단단히 마음을 먹었다. 그런데 놀랍게도 용은 가장 뜻하지 않은 장소에서 시 선집 원고를 꺼내지 않았다. 내가 그토록 두려워하던 새로운 원고, 특히 자유시 원고를 꺼내지 않았다. 마찬가지로 자양분이 가득한 에세이, 그러니까 대중 독자들이 요구하는 것도 아니었고, 모럴리스트 라 브뤼에르의 작중인물들에 대한 심리 해석적인 글도 꺼내지 않았고, 탐정소설을 꺼내 필명으로 출판해 달라고 요구하지도 않았다. 사실 이 작가는 1년 이상 아무 글도 출간하지 않고 침묵을 지켰으며, 그래서 이제 이런 엉터리 작품을 출간한다면 사람들이 뭐라고 말할지를 생각할 수밖에 없었다. 출판사가 이 모든 것을 참고 견뎌야 했기 때문이다. 하지만 그다지 세련되고 능숙하지 못하게 내 방문객은 아직 출간되지 않은 자기 작품에 대한 모든 언급을 삼갔고, 더운 날씨에 관해 말하면서 주님의 기도를 외우며 견뎌 내야 할 폭풍이 불어올 것이라고 언급했고, 그런 다음에는 날씨만큼이나 암울한 현재의 주제로 넘어갔다. 그러고는 이내 그의 입에서 그의 사촌 랑케르의 이야기가 흘러나왔다. 그가 가까이 다가와 말하는 바람에, 하는 수 없이 나는 가죽 냄새를 맡지 않도록 중역 의자의 등에 목덜미를 붙였다. 그는 자기 사촌이 일종의 문학 학교를 조직했다고, 아니 구상했다고, 그리고 내가 협력해 주기를 바란다고 했다. 그 시기에, 그러니까 내 인생에서 가장 열정적인 시기에, 나는 논리라면 무엇이든 가능하며, 예술은 완전히 이해될 수 있고 전달 가능하다는 가공할 만한

---

* 라틴어 이름인 게오르기우스는 스페인어의 호르헤에 해당한다.

확신을 몹시 유감스러워했다. 미래의 학교 이외에도, 롤란도 데 랑케르는 몬테그란데에 조그만 농장을 소유하고 있었는데, 용에게 나를 그곳으로 초대해 주말을 보내도록 해 달라고 부탁한 터였다. 나는 남의 집에서 머무르는 것을 그다지 좋아하지 않는 사람이지만, 즉시 그 초청을 수락했다.

토요일 밤에 굵직한 빗방울이 수드 철도회사(아직도 그 이름으로 불린다)의 낡은 객차 차창을 때렸다. 나는 그 기차를 타고 몬테그란데로 갔다. 빗방울을 바라보면서 '잘못하면 감기 걸리겠어'라고 생각하며 의자에 웅크리고 앉아서 내 옷이 얼마나 얇고 가벼운지 깨달았다. 소스라치게 놀라면서 나는 체스터턴의 극작품 『매직』에 빠져들었다. 그것은 그즈음 서점에 도착한 얇은 초록색 책이었다. 그 여행이 끝날 무렵, 체스터턴의 희극에는 이미 폭풍이 시작되었고, 몬테그란데에는 비가 그친 상태였다. 플랫폼의 그림자 사이로 나는 '용'이라는 별명이 붙은, 기골이 장대한 벨라르데를 보았다. 그는 "신문도 가져오지 않았어"라고 중얼거렸다. 그러고 나서 완벽하게 생긴 조그만 남자가 나타났다. 망토를 걸쳤고, 섬세한 용모를 지녔으며, 생각이 깊은 붉은 눈의 소유자였다. 이어 금발의 여자가 모습을 드러냈는데, 작은 체구의 남자보다 눈에 띌 정도로 크고 건장했다. 그녀의 머리카락은 길고 부드러웠고, 뒤로 넘어가 있었다. 눈은 초록색이었고, 얼굴은 예뻤으며, 피부는 깨끗하지 않은 것 같았다. 그녀는 헐렁한 스웨터를 걸치고서 차분하게 걸었다. 벨라르데는 작은 남자를 내게 소개했다.

"롤란도 데 랑케르예요."

랑케르는 빠르고 힘 있게 말하면서도, 차분한 말투로 여자를 소개했다.

"올리비아예요, 내 제자지요."

그 말을 하자마자 억누를 수 없는 효율성을 발휘하며 내게서 가방을 빼앗았다. 한편 올리비아는 그 가방을 받으려고 했지만, 랑케르가 반지 낀 손을 내밀었고, 한쪽 눈을 살며시 감고는 고개를 한쪽으로 기울이고서 그러지 못하게 했다. 약간 엄숙한 표정을 지으며 우리는 출구로 걸어갔다. 역 밖에는 서너 대의 자동차와 커다란 마차가 대기했다. 마차는 침 흘리는 검은색 말들의 멍에에 매여 있었다. 말들이 귀를 쫑긋 세웠다. 마부석에서 어느 노인이 힘들게 내려왔다. 얼굴은 붉었고, 눈은 동그랬으며, 걸음걸이는 불안정했다. 그는 가방을 싣고서 눈으로 내게 물었다. 나는 짐이 너무나 적어서 미안하다며 중얼거렸다.

"올리비아와 호르헤는 이쪽에 앉아." 랑케르는 승강구를 가리키면서 말했다. "우리는 저쪽에 앉고, 이분은 내 오른쪽에 앉을 거야."

점잔을 빼면서 우리는 마차에 올랐고, 실내에서 그가 지정한 자리에 앉았다. 마부는 목 근육이 아파 고통스러워하는 사람처럼 요란하게 목을 비틀면서 랑케르를 쳐다보았다. 그러자 랑케르가 말했다.

"자, 이제 출발!"

함께 출발한 어느 자동차의 불빛이 순간적으로 마차 안으로 들어와 올리비아의 다리를 비추었다. 우리의 사랑하는 친구이자 에밀리아나 식당의 철학자이며 지치지 않는 여성 논평자를 흉내 내면서, 나는 생각했다. '육감적이고 도발적인 신이 만들어 놓은 것 같아.' 솔직히 말하자면, 그날 밤 나는 올리비아의 다리에 깊은 인상을 받았다. 덜컹 흔들리면서 우리는 출발했다. 나는 마차가 너무나 많이 흔들린 나머지 몸을 웅크린 채 아마도 끝없이 여행할 것으로 생각했다. 하지만 얼마 안 가서 우리는 멈추었다. 우리는 광장을 한 바퀴 빙 돌았던 것이다. 랑케르는 천천히 올리비아를 쳐다보더니, 마치 어린아이의 머릿속에 소중한 가르침을 기억시키려는 사람처럼 이렇게 말했다.

"베이 비스킷 네 봉지."

여자아이는 마차에서 내렸다. 나는 중얼거리면서 그녀를 따라갔다. 주로 동사 '대동하다'와 명사 '여자'라는 말이었다. 가게 안에서 올리비아는 내게 물었다.

"나무 봤어요?"

"아주 예쁘더군요." 나는 본능적으로 대답했다.

"아니에요." 올리비아가 바로잡았다. "그런 적은 한 번도 없었고, 지금은 가지치기하는 바람에 더 끔찍한 모습이에요. 하지만 난 그걸 말한 게 아니에요. 나무에 걸린 종이를 봤느냐는 소리였어요."

가게 점원이 우리에게 과자 꾸러미를 건네주었다. 나는 돈을 지급했다. 그러자 올리비아가 알려 주었다.

"이건 롤란도 것이에요."

"아무렴 어때요. 상관없어요." 나는 대답했다.

희고 둥근 전구가 끼워진 광장 가로등의 불빛 아래서 우리는 나무들을 보았다. 각각의 나무에는 타원형 종이가 걸렸고, 거기에는 재미있는 구절이 적혀 있었다. 올리비아는 웃으면서 몇 개를 읽었다. 나는 이 두 개를 기억한다. "여자여! 좀 더 점잖아져!"와 "추잡하게 옷 입는 것 = 추잡하게 사는 것"이다. 팔다리가 잘린 것처럼 뭉뚝한 나뭇가지들 사이로, 나는 비바람이 몰아칠 것 같은 험하고 복잡하게 뒤엉킨 하늘을 보았다. 젖은 흙냄새가 풍겼다.

"롤란도가 기다려요." 올리비아가 말했다.

마차에 오르자, 나는 그 구절에 관해 말했다. 머리를 흔들면서 눈을 지그시 다정하게 반쯤 감더니, 용이 설명했다.

"오그라디 신부* 부대예요. 그 아이들은 악마예요."

"게다가 생긴 것도 토할 것 같아요." 랑케르가 대답했다.

"아무것도 생각나지 않아요." 용이 자신 있게 말했다.

"심지어 기억술을 이용해도 그들의 멍청한 말은 하나도 떠오르지 않아요." 랑케르가 덧붙였다. "언젠가 오후에 나는 교회 앞에 있는 나무에서 이런 구절을 읽었어요."

> 당신이 옷에서 품격을 보지 못한다면
> 당신이 무모한 시선을 도발한다면
> 그리스도의 모든 상처에서는 피가 흐르고
> 악마는 승리감에 도취해 웃음을 터뜨린다.

그러자 용이 말했다.

"미안해요, 하지만 두 번째 시구는 그리 나쁘지 않아요."

"시인은 태어나는 것이지요." 랑케르가 불가해하게 대답했다. "이 민요 소절을 들어 봐요. 다른 나무에 걸려 있던 거예요."

> 여름과 겨울에
> 너는 긴 양말로 다리를 덮는다.

---

* 앙드레 모루아(1885~1967)의 소설 『브랑블 대령의 침묵*Les silences du colonel Bramble*』에 등장하는 인물.

그렇지 않으면 그 부드러운 살결을

악마가 지옥에서 구울 테니까.

(이제 나는 랑케르를 알게 되었고, 그래서 그가 이 시구를 즉석에서 지어냈을 것이라고 의심한다. 심지어 나는 여자아이가 자기 스승의 도 넘은 발언을 약간 창피해하는 것처럼 뺨을 붉혔다는 것을 기억한다.)

가는 길은 길었다. 그리고 당시 내가 짐작했고 나중에 확인했던 것처럼, 넓게 펼쳐진 들판의 일부를 지나갔다. 이내 소나기가 맹렬하게 쏟아졌다. 오늘날까지도 나는 마음속으로 의기양양하게 마차의 가죽 커튼을 강하게 때리던 빗줄기와 말들이 철벅거린 소리를 떠올린다. 우리는 대문을 지났다.

"월계수 농장이에요." 랑케르가 알려 주었다.

우리는 숲속으로 들어갔다. 처음에는 꾸불거리는 길이었지만, 나중에는 직선으로 되어 있었다. 바퀴 아래로 조약돌 소리가 나더니 이내 마차는 멈추었다. 랑케르가 문을 열고서 뛰어내렸다. 그리고 빗속에 서서 올리비아에게 손을 내밀었고, 올리비아는 그의 손을 잡고 뛰어내리더니, 두 사람은 달려가 현관에서 비를 피했다. 우리는 그들을 따라갔다. 마차는 천천히 돌아 밤 속으로 사라졌다. 우리는 어둠을 지켜보면서 잠시 그대로 있었다. 가끔 내리치는 번개가 세상을 밝혔고, 그럴 때면 그리 멀지 않은 곳에서 키가 껑충한 유칼립투스 나무들이 모습을 드러냈다.

누군가가 말했다.

"이 번갯불 중의 하나가 이곳으로 떨어지지 않는군."

망토를 늠름하고 씩씩하게 움직이면서 랑케르가 대답했다.

그대의 두 관자놀이를 감싸는 월계수가*
번갯불을 부르고서 몸을 피하네. 그대의 관자놀이는
위험하면서도 동시에 찬미받는다네.

나는 랑케르의 코가 조금만 더 길었다면 아동극단의 시라노와 꼭
빼닮았을 것이라고 생각했다. 그가 말을 맺었다.
"'이 소네트의 나머지는 케베도에 있고, 월계수의 가치는 플리니우
스에 있지요.'"**
그가 뒤로 돌아서 문을 열었다. 그러자 복도와 계단이 나타났다.
계단에는 쇠막대가 있었고, 그 위에 청동 글로브 밸브가 있었으며,
흑단 나무 손잡이가 달려 있었다. 그는 손뼉을 쳤다.
"맙소사!" 그가 소리쳤다.
그러자 올리비아도 소리 질렀다.
"페드로!"
하지만 아무도 나타나지 않았다.
올리비아와 호르헤는 계속 소리쳤다. 이들이 열심히 주문을 외치
자, 마침내 흰옷을 입은 남자가 모습을 드러냈다. 얼굴은 불그스레했
고, 동그란 두 눈은 파렴치하게 즐거워하는 표정을 지었으며, 코는
끝이 약간 올라갔고, 억양은 그의 모든 섬세함과는 전혀 어울리지 않

---

* 프란시스코 데 케베도의 시 「로마 제국이 폐허가 된 원인」에 나오는 구절이다.
** 플리니우스는 『박물지』에서 월계수는 벼락을 맞아도 상처 입지 않으며, 이 나무는 성스럽
  기에 제단 앞에서 희생의식을 치를 때에도 불을 붙이는 데 사용되어서는 안 된다고 말한다.

왔다. 그가 페드로였다.

랑케르는 내게 저녁을 먹었느냐고 물었다.

"아니에요." 나는 대답했다. "하지만 괜찮……"

그는 팔을 움직여 내 말을 끊었다. 그러고는 페드로에게 지시했다. "이분이 차를 마실 것이네."

하인은 내 가방을 갖고 그곳에서 나갔다. 우리는 길고 어두운 복도로 들어갔다. 그리고 유리로 된 온실 정원을 지났다. 그곳에는 파란색 도자기 항아리와 전등갓처럼 잎이 큰 식물들이 있었다. 또한, 덮개가 씌워진 가구들이 있는 조용한 방도 지났다. 그렇게 식당에 도착하자, 스무 개가 넘는 의자로 둘러싸인 커다란 식탁이 하나 있었다. 식탁 중앙에는 은 수프 접시가 놓여 있었다. 식당 한쪽 끝에는 균형을 이루듯이 나무를 세공해 만든 금색 난로가 건축적으로 궁궐처럼 세워졌고, 땔감은 포개져 적절히 나누어져 있었다. 또한, 나머지 벽에는 음산한 그림의 금색 액자들이 걸렸으며, 난로와 똑같은 나무로 제작된 단이 놓여 있어서, 까치발을 하거나 억지로 목을 길게 빼지 않더라도 아주 높은 곳까지 볼 수 있었다. 그런 부자연스러운 행동을 하면서 나는 그중의 한 그림을 보았다. 식당으로 들어왔을 때부터 이상하게도 내 관심을 끌었던 것이었다. 올리비아를 대동한 나는 이내 그것이 지옥을 묘사한다는 사실을 깨달았다. 죄인들이 우글거리는 어느 구덩이에서 불꽃 하나가 솟아올라 왔는데, 불꽃의 정점에는 아주 작은 오렌지색의 악마가 춤추고 있었다.

"호세 벤이우레*가 그린 〈테루엘의 연인들〉이지요." 랑케르가 설명

---

* 1855~1937 스페인의 화가로 종교화와 사실주의에 바탕을 둔 풍속화로 유명하다. 스페인의 유명한 조각가 마리아노 벤이우레의 형이다.

했다.

난 그 연인들을 알아보았다. 남자는 검은 프록코트를 입었고, 셔츠 소매에는 레이스가 달렸으며, 바지는 무릎 아래로 단추가 채워져 있었다. 그는 다리를 힘차게 움직이며 다른 죄수 위로 뛰어내리고 있었는데, 아마도 그건 통속적인 움직임 같았다. 그러면서 흰옷을 입은, 아마도 신부복을 입은 그녀를 데려가거나 밀치고 있었다. 그런데 어디로 데려가려는 것일까? 이 세상에서는 그 장소를 알 수 없을 것이다. 나는 다시 구덩이에서 나오는 불길을 보았다. 그리고 예술작품을 감상하는 지식인처럼 머리를 기울였다. 설명할 수 없는 작용으로 인해 내 눈앞에서 불길은 사탄으로 변했고, 작은 악마는 오렌지색의 바이올린이 되었다. 랑케르가 말했다.

"악마는 지옥행을 선고받은 사람들을 위해 바이올린을 연주하지요."

"이봐, 롤란도. 넌 연주회만 가면 따분해하잖아." 용은 경박하고 천한 말투로 소리쳤는데, 그것은 그의 전형적인 말투였다.

다시 나는 고개를 기울였다. 다시 바이올린이 악마가 되었고, 사탄은 불길이 되어 있었다. 무언가를 발견했다는 기대감과, 그리고 내 발견이 바보 같은 짓일지도 모른다는 두려움을 품고서, 나는 조심스럽게 그 그림을 보며 일어난 일을 말했다. 그러자 랑케르는 대수롭지 않다는 듯이 무관심하게 말했다.

"벤이우레가 악마의 불길과 바이올린을 그렸다는 사실을 지적하는 것 같군요. 사소한 지식이지만, 회화의 차원에서 말하자면 그에게 양날의 무기가 되었지요."

페드로는 검은색 재킷을 입고 나타났다. 그가 가져온 은 쟁반에는 나선형으로 세공된 작고 예쁜 은 주전자 하나와 찻잔 두 개, 그리고 베이 비스킷 봉지가 놓인 접시 하나가 있었다.

"이분과 함께 차를 마시도록 하겠네." 랑케르가 말했다.

"이미 찻잔을 가져왔습니다." 페드로가 대답했다.

"이분은 토스트와 차를 마신다네." 랑케르가 말했다. "바게트 토스트랍니다. 요 비스킷은 내가 먹을 겁니다."

그는 아주 특별한 애정을 가지고 '요 비스킷'이라고 말했다. 그건 게걸스러움이 내포된 말이었는데, 우리가 몇몇 먹을 것을 지칭할 때 그렇게 사용하곤 한다.

목소리를 높이자 무척 고음이라는 걸 알 수 있었다. 페드로는 머리를 뒤로 젖히면서 큰 소리로 말했다.

"빵이 떨어졌어요."

우리는 식탁에 앉았다. 난 한쪽에, 랑케르는 쟁반 옆에, 그러니까 주인 자리에 앉았다. 그 자리에서 내게 찻잔과 베이 비스킷 한 봉지를 주었다. 그 남자는 그 작은 비스킷을 보기 드물 정도로 탐욕스럽게 먹어 치웠다. 너무나 특별히 애호한 나머지, 나는 그 맛있는 먹거리에 대해 인상 깊게 기억한다.

페드로가 내게 물었다.

"아침은 어떻게 드십니까?"

"차만 있으면 됩니다. 그리고 토스트하고요." 내가 대답했다.

"검은 빵과 블랙커피를 마시지 않나요?" 랑케르가 정중히 물었다.

나는 차를 더 좋아한다고, 하지만 아무 식사나 가져와도 기꺼이 먹을 것이라고 대답했다.

나의 유일한 저녁 식사는 한 잔의 차와 거의 날아갈 것처럼 가벼운 비스킷이 전부였고, 그래서 내 배고픔을 달래기에는 역부족이었다. 한숨을 내쉬면서 나는 그들과 함께 식당을 나갔다. 그들은 나를 데리고서 갈수록 초라해지는 옆 복도를 지나갔고, 행주 냄새가 풍기는 바깥채를 지났으며, 즉시 구두약 냄새가 코를 찌르는 다락방에 도착했다. 그곳에는 신발이 수북하게 쌓여 있었는데, 특히 승마화가 많았다. 그러고는 회색 나무로 만든 계단으로 나를 이끌었는데, 계단이 끝나는 곳에는 조그만 스테인드글라스 창문이 하나 있었고, 그 창문에는 나무판자가 대각선으로 박혀 있었다. 그것은 맨 위층까지, 그러니까 손님방 창문까지 막고 있었다. 그곳에, 그러니까 물컵이 놓인 나이트 테이블 옆에 나를 혼자 놔두었다. 친구들, 정말 멋진 밤이었어! 그것은 내 취향으로 봐서는 너무나 바그너적인 전조와 같았다. 그러니까 이후 우리를 압도할 신성모독과 경이로운 사소한 싸움의 전조였다. 폭풍우에 창문 유리창이 몸을 떨었다. 성난 세상의 신이 내가 잠을 이루지 못하던 그 방에서 나를 떼어 내려고 하는 것 같다고 말할 수 있었다. 사실 나는 아무 이유도 모른 채, 알지 못하는 그림자들의 가구 사이에서 겁에 질려 있었다. 그나마 다행인 것은 모기장이 먼지 가득한 편하고 작은 집처럼 나를 보호했고, 심지어 감싸 주기도 했다는 것이다. 그것은 아주 적절했다. 처음부터 나는 무릎 위로 옷이 부족하다고, 너무 가벼운 옷을 입었다는 사실을 눈치챘기 때문이다. 마침내 나는 잠들었던 것 같다. 분명한 것은 다음 날 내가 복도로 내려갔을 때는 이미 11시가 넘었다는 사실이다. 그곳에서 나는 랑케르와 함께 보랏빛으로 칠한 밀짚 의자에 앉아서 비 내리는 것을 바라보았고, 프랑스 그림에 나오는 것 같은 잔디밭을 쳐다보았다. 두 개의 사자 석상이 측면에서 지키고 있는 오솔길이 잔디밭을 둘러싸고 있었고, 그 가운데에는 분수 하나와 세 명의 그라티아이가 있었다. 또한 임파르시알레스 담배를 피우면서 유칼립투스 나무를 바라보았고, 나무 끝의 가지가 만든 불안한 파고다를 바라보았으며, 정말로 불행하게도 대화까지 나누었다. 그가 구상하던 문학 학교에 관해서였을까? 어느 정도는 그렇다.

내 탓, 크나큰 내 탓이다. 아이들이 싸움을 언급할 때 말하는 것처럼 나는 시작했다(아니다, 아이들은 '그가 시작했어요'라고 말했을 것이다). 나는 올리비아에 관해 물었다. 그리고 순진하게도 공포의 홍수를 유발했다. 내 생각에 랑케르의 첫마디는 다음과 같았다.

"몬테그란데에 있어요. 용과 함께 미사에 갔어요. 성체를 지치지도 않고 먹어 치워요. 여자들이란 이해할 수 없어요. 당신도 알겠지만, 내 옆에는 한 번도 여자아이가 없었던 적이 없지요. 금발의 곱실거리지 않은 머리카락을 뒤로 넘기고 스웨터를 입은 더러운 여자아이 말이에요. 그래요. 내 옆에 있던 모든 여자아이 중에서 이 아이처럼 어엿하다는 말이 어울린 여자는 없지요. 하지만 이제는 당신 여자예요."

"내 여자라고요?" 내가 물었다.

"그래요, 당신 거예요. 미사에 갔어요. 그게 별것 아닌 것 같나요? 올리비아는 그게 나한테 상처가 된다는 걸 알지만, 개의치 않아요. 내 생각에, 이 가톨릭 신자들은 마음속으로 우리가 믿는다고 믿는 것 같아요. 우리가 자유사상가처럼 행동하지만, 그래도 믿는다고 생각하지요. 그렇지 않다면 훨씬 덜 집요하고 고집을 부리지 않을 거예요. 나한테 어떤 차림으로 왔는지 알아요?"

"몰라요."

"긴 양말을 신고 왔어요."

"이런 안타까운 일이!" 나는 참지 못하고 말을 뱉었다. "다리가 그렇게 아름다운데."

즉시 나는 얼굴을 붉혔다. 랑케르는 아무 말 없이 나를 쳐다보았다. 경멸적인 호기심이 서린 눈길이었다. 그는 씩씩하게 계속 말했다. "나는 한계가 있다고 말했지요. 관례와 규약을 지키고 싶다면, 좋다고, 미사에 가라고 했어요. 난 공자가 이렇고 저렇고 논박하는 사람은 아니거든요. 하지만 아주 근엄하게 내가 하는 말대로 할 것을 약속하라고 덧붙였어요. 그러니까 의도적으로 나를 괴롭히려는 것이 아니면, 즉시 긴 양말을 벗으라고 했지요. 당신은 믿지 못할 겁니다. 그녀는 제대로 말을 하지 못했어요. 두려움이었어요. 아마도 신부나 교황청을, 혹은 모르는 사람들을 화나게 할지도 모른다는 두려움이었지요. 누구를 두려워했는지 그 누가 알겠어요. 나는 내가 책임질 테니 당장 벗으라고 지시했어요. 그 가련한 여자아이는 내 말을 따랐지요. 나는 아주 심하게 대했어요. 그건 나도 알아요. 오그레이디 신부의 무리가 내 집에서 나를 타도하는 건 허락할 수 없지 않나요?"

이제는 내가 말을 더듬는다. 이 궁지에서 벗어날 수는 없다. 내가 랑케르의 말을 그대로 반복한다면, 내가 들려주는 도덕적 이야기는 의미를 상실할 것이다. 그리고 그걸 그대로 말한다면…… 나를 위축시키는 것은 미지의 것에 대한 두려움이 아니다. 물론 실제로 오른손이 따끔따끔하다. 가운뎃손가락*에서 찌르는 느낌을 받는다. 그건 일종의 저림이다. 마치 초자연적인 힘이 나를 방해하는 것처럼 손을 저

---

* 악마의 손가락이라고도 한다.

리게 해서 글을 쓰지 못하게 한다. 아니, 이 모든 것에 나는 신경 쓰지 않는다. 사실 솔직하게 말하자면, 나는 가끔 몇몇 문제는 건드리지 않는 편이, 편을 들지도 않고 반대하지도 않는 게 더 낫다고 추정한다. 하느님의 무한한 자비와 전지전능함에 대한 부당한 해석을 비아냥거리며 논하는 무신론자는 유행을 따르는 소설가와 다름없다. 물론 그 작가는 가톨릭 신자이며, 태양이 비추면 따뜻해지는 덧없고 허망한 계곡에서 우리 행동의 원인과 결과의 관계를 합리화하고, 또한 하느님의 영혼이 구상한 강고한 제도를 설명해서 영원히 우리를 벌주려고 노력한다. 여기에 바로 진퇴양난의 문제가 있다. 이 양도논법* 때문에, 나는 어찌할 수가 없다. 그러나 이야기가 이 정도 진행된 지금, 내가 가야 할 길을 선택할 수 있지 않을까? 아마도 내가 몇 가지 질문 중에서 단언한 것은 진실일 수 있다. 그러나 진실은 경박하다. 내가 랑케르의 이야기를 쓰려고 한다면, 나는 완전하게 써야만 하고, 그러면 내 손은 횃불처럼 활활 타 버린다. 오로지 눈을 감고 첫 번째 것과 부딪치는 수밖에 없다. 자, 시작!

나는 계속 입을 다물고 있지 않기 위해 말했다. "내 생각에 당신은 흔히 완전한 기독교인이라고 설명되는 부류는 아닌 것 같습니다."

이 애절한 한량이자 총사, 저 세상을 끊임없이 공격해 대는 황당한 검객은 내게 뭐라고 답했을까? 뻔뻔스럽게도 그는 이렇게 말했다.

"당신 말이 맞아요. 하지만 내 잘못은 아니에요. 이 땅에서는 감지할 수 없는 환상적인 세상, 신들과 죽은 사람들로 가득하고, 천국과

---

* 보르헤스는 그리스인이 양도논법을 즐겼다고 말한다. 가령 데모크리토스는 압데라 사람들이 거짓말쟁이라고 했다. 그런데 데모크리토스는 압데라 사람이다. 그러므로 데모크리토스는 거짓말을 한 것이다. 따라서 압데라 사람들이 거짓말쟁이라는 것은 확실하지 않다. 따라서 데모크리토스는 거짓말을 했다.

지옥과 연옥이라는 지리적으로 상세하게 이루어진 세상이 있을 수 있어요. 그러나 그 세상에 현혹되지 않으면, 그것에 매료되지 않고, 심지어 그것을 좋아하지도 않아요. 기독교 신화를 봐요. 믿을 수 없는 것처럼 보여도, 난 아무런 감동도 받지 못해요. 너무 '현학적'이라는 것을 인정해야 해요. 하지만 우리가 근본적이라고 여기는 이런 것들이 아주 훌륭한 어조로 이루어져 있다는 사실은 분명해요. 일생의 한순간, 심지어 시인 트리스탄 차라의 한순간이 하늘이 준 것이 아니라면, 신들은 다른 종류일 거예요. 그것을 디아나, 토르 혹은 몰록이라고 부르도록 하지요. 그들은 마을 사진사 앞에서 착한 사람 얼굴로 자세를 취하는 시골 가족의 구성원이 아니에요. 그럼 순하고 조용한 성인들은, 항상 옷으로 감싸고 다니는 성녀들은 어떨까요? 천사들이나 비둘기 때문이 아니라면, 나는 악마를 더 좋아할 겁니다. 물론 이들도 박쥐의 날개와 갈고리, 그리고 꼬리를 갖고 있지만 말이에요. 이것들은 저속한 정신과 싸구려 취향이 만들어 낸 것이 분명해요."

지금 이 틈을 이용해 나는 이렇게 적는다. 그는 이런 모든 것을 말했다. 쉬지 않고 계속해서 자기 무덤을 팠다. 이런 얼간이! 문제는 단순히 이야기를 전하는 내가 이 결과에 대한 책임을 질 수도 있다는 것이다. 이제 나는 저세상에서 오는 전조를 느끼지 않는다. 지금 내게 오는 것은 벌이다. 따끔따끔하다. 예전에는 손가락 전체로 통증이 분산되어 있었다면, 지금은 한 지점으로 집중된다. 그건 불타는 횃불과 같다. 그것은 화산의 분화구다. 글자 의미 그대로 생인손이다. 내가 펜의 순교자가 되는 것은 아닐까? 그러지 않기를 바란다. 이 이야기가 끝나면 나의 선의가 빛을 발하길 바란다.

"이건 종교적 감정에 관한 것이에요. 하지만 도덕은 다른 문제지요. 아마도 그것에 관해서는 우리가 같은 의견일 것으로 생각해요."
나는 우리가 무언가에 공감하도록 서둘러 이렇게 말했다. "도덕적으로 볼 때 기독교인이 아닌 사람이 누구죠?"

"납니다." 그 고집 센 사람이 대답했다. "나는 가톨릭을 권유하는 도덕이 불쾌해요. 너무나 저속하게 상과 벌을 가르치고, 믿음이 없는 사람들을 지옥으로 보내 버리며, 늙고 원한에 사로잡힌 노처녀처럼 사람들의 연애나 좋지 않은 소문에 집착해요. 기독교는 삶 자체와 반대로 가고 있어요. 삶의 폭을 좁히고, 충동을 가라앉히려고 하지요. 이 세상에서 고대의 신들, 그러니까 사는 걸 도와주는 세력인 신들의 세상을 폐허로 만들지 않았나요? 난 이교도 만신전의 몰락을 지치지 않고 유감이라고 여기는 사람이에요. 새 종교는 병적이에요. 그것은 가난 속에서, 질병 속에서, 그리고 죽음 속에서 기쁨을 찾아요. 파우스트의 이야기처럼, 알고자 하고 살고자 하는 사람, 그리고 세상을 보다 충분하게 함께 나누려는 사람에게 벌을 주지요. 어느 여자아이가 말했듯이, 사랑스러운 삶을 살아야 해요. 하지만 영원한 삶에 대해서는 아무것도 알 필요가 없어요. 교회와 괴테는 인간들이 아주 겸손하게 자기들이 있어야 하는 자리에 있으면서 아무것도 의문시하지 않고 바라지도 않는 그 불쌍한 사람들처럼 되기를 원하는 것 같아요."

나는 당혹해하면서 생각했다. '내가 보기에 이 유명한 랑케르는 엄청난 무신론자야.' 아니면 이와 똑같은 내용을 다른 말로 생각했다. 그러면서 하찮은 사람들로 가득한 이 세상에서 극단적인 것을 발견할 때와 같은 순진한 기쁨을 느꼈다. 곧 나는 상당한 환멸을 느낄 것이 분명했다. 랑케르는 말했다.

"시간의 문제지요. 아직 마지막 전투는 시작하지 않았어요. 그때가 되면, 승리는 착한 사람들 편에 있게 될 거예요. 신들은 절대로 죽지 않거든요."*

나는 그 말이 무슨 뜻인지 즉시 감지하지 못했다. 나의 뒤늦은 신경 체계가 그 의미를 받아들이자, 나는 물었다.

"당신은 하느님을 믿지 않는 게 아닌가요?"

"하느님은 믿지 않아요. 하지만 신들은 믿어요."

나는 하느님에 대한 악감정 때문에 그가 잘게 나누어서 그 의미를 약화한다고, 그의 다신론은 무신론의 문학적 표현이라고 해석했다. 아마도 내가 잘못 이해했는지도 모른다.

"다시 히드라의 신화로 돌아가는군요." 나는 그의 거짓말에 굴복하지 않는다는 것을 보여 주기 위해 비아냥거렸다.

그런데 내가 그의 거짓말을 이해하지 못하는데, 어떻게 굴복하겠는가? 그는 계속 말했다.

"제단에는 어린 양이 없어요. 제단은 망가져 있어요. 하지만 용기를 잃지 말아요. 신들은 도망자처럼 다니지 않으니까요."

"크루스와 피에로**처럼 떠돌아다니지 않는군요." 내가 말했다.

"신들은 버려지지 않았어요." 그는 내게 자신 있게 말했다. "신들은 사람들을 필요로 하지 않아요. 사람들이 버려진 거예요!"

---

* 플루타르코스는 티베리우스 시절에 이탈리아로 가는 배의 선원들이 팍시섬을 지날 무렵 어느 목소리가 "위대한 판 신은 죽었다"라고 알리는 말을 들었다고 적는다. 이것은 한 사회의 종말을 의미한다.

** 호세 에르난데스가 1872년에 쓴 장시인 『마르틴 피에로』에 등장하는 인물들로, 이 시는 가우초 문학의 대표작이자 아르헨티나 국민문학 작품으로 평가된다. 피에로는 가우초로 군대에 징집되었다가 탈영하여 사람을 죽이고 쫓긴다. 크루스 상사는 그를 쫓다가 그의 용기를 높이 사서 피에로의 편이 된다.

그날 아침 나는 끔찍한 것들을 들은 터였다. 그러나 그 마지막 말보다 더 끔찍한 것은 없었다. 수치스럽고 부끄러워서 나는 계속 듣지 않았다. 랑케르가 신들은 사원을 필요로 하지 않지만* 인간들은 그렇다고, 신들에게 다가가는 데 필요하다는 따위의 어리석고 우둔한 말을 지껄이는 동안, 나는 무신론자란 오후에 마시는 차처럼, 임대용 주택처럼, 코니**의 책처럼, 그리고 우리 청춘 시절의 아름다운 구석들처럼, 이제는 영원히 멸종된 종족이라고 생각했다. 나는 마지막 무신론자가 바사르 콜론*** 장난감 가게의 주인이었다고 생각한다. 아주 다양한 종류의 책을 읽었던 그는 누군가가 "그런데 신이 있을까요?"라고 말하자, 아주 가슴 아파하면서 "뭐라고요? 당신도 그렇게 생각해요?"라고 외쳤다. 그건 피장파장이라고 말하는 것과 같았다. 장난감 가게 주인은 계속해서 이렇게 말했다. "하느님을 고안해 내면서 인간은 흥미롭고 재미있는 인물을 만들었어요. 아이들처럼 되면 알게 되지요. 아이들은 나무 인형인 피노키오가 책에 존재하는 것으로 만족하지 않고 이 세상에서 살게 해 달라고 요구하지요."

집요하고 단조로운 목소리로 랑케르는 말했다.

"이런 현현顯現—이런 용어를 사전에서 찾는 습관을 지니시오—은 이상한 것이 아니에요."

"솔직하게 말해서 나는 어휘가 풍부해야 한다는 데 반대하는 사람

---

* 성 바울로가 아테네인들에게 말한 "그분은 이 세상과 그 안에 있는 모든 것을 만드신 하느님이십니다. 그분은 하늘과 땅의 주인이시므로 사람이 만든 신전에서는 살지 않으십니다"(『사도행전』 17장 24절)라는 성경의 대목을 지칭한다.
** 파블로 에밀리오 코니(1826~1910). 19세기 중반에 아르헨티나에 정착한 프랑스 태생의 인쇄업자. 아주 멋진 활자체로 인쇄한 것으로 유명하다.
*** Bazar Colón. 지금은 사라진 가게로 피에다드가(오늘날은 바르톨로메 미트레가) 553번지에 있었다.

입니다." 나는 대답했다.

"알았어요, 친구, 당신이 이겼어요." 그가 큰 소리로 외쳤다. "미안하지만 하던 말을 계속하겠어요. 무슨 행동이든 그것을 하는 동안 갑작스럽게 신의 존재를 한 번도 느껴 보지 못한 사람이 있을까요? 가장 전형적인 또 다른 예를 들어 보지요. 앞의 경우는 바로 작가가 뮤즈를 받아들이는 경우지요. 그러니까 영감을 받을 때라고 말할 수 있어요. 다른 경우는 베누스와 연관되어 있지요."

그는 잠시 말을 멈추었고, 나는 내가 질문할 때까지 그 침묵은 이어질 것을 깨달았다. 그래서 질문했다.

"베누스라고요?"

"무슨 말인지 모르겠나요? 아니면 당신은 한 번도……?" 그의 말투에는 놀람과 분노와 경멸이 적절하게 조화를 이루고 있었다.

"물론이지요, 당연합니다." 나는 재빠르게 대답했다.

"그런 걸 한 번도 느껴 보지 못한 불쌍한 악마는 없어요." 그는 나를 나무라듯이 자기 자신을 자세히 살피며 말했다. "사랑하는 동안 베누스가 광채를 발하지요. 올리비아와 함께 있을 때면 시시각각 그런 일이 일어나지요."

이제는 내가 내 눈높이에서, 경멸스러운 호기심을 가지고 그를 쳐다봐야 할 차례였다. 사실 내가 보기에 그런 경솔함과 그런 파렴치함은 최고의 취향이지는 않았고, 신사라는 사람의 대화에서 절실하게 요구되는 것도 아니었다. 이왕 말이 나왔으니, 나는 바로 이 사실이 의심할 나위 없이 전혀 중요하지 않지만, 그 순간 내게 올리비아를 정복해야겠다는 생각이, 그 변덕스럽고 경망스러운 생각이 싹텄다는 것을 밝힌다. 순진한 랑케르는 자신의 허황한 능변에 취한 나머지 둔

감하고 무감각해져 계속 말했다.

"곧 우리는 어느 우주의 힘이 이 장소들을 거닐고 있으며, 우리 가슴의 가장 깊숙한 곳에 이르게 된다는 사실을 깨달을 거예요. 우리는 환희로, 혹은 공포로 흠칫 놀라게 되지요. 그건 바로 위대한 판 신이에요. 스티븐슨은 이 신의 피리에 대해 작품을 썼어요. 그 글을 읽어 보세요."

나는 이 경우에 맞는 인용문으로 그의 말을 끊었다.

그대가 갈기를 세우고 콧구멍을 벌렁거리고,

공간이 위대한 황금의 전율로 가득 차면,

그것은 그대가 벌거벗은 아나디오메네를 보았기 때문이다.

"우리가 같은 작가를 읽은 게 아닌가 보네요." 그가 초조하게 대답했다. "하지만 동의해요. 나도 같은 생각이에요. 언젠가 오후에 콘스티투시온 동네에서 나와 브라질 거리로 돌았어요. 그리고 기관차와 쇠바퀴 소리와 함께 바람이 불었지요. 부에노스아이레스 지방의 머나먼 남쪽에서 불어오는 것 같았어요. 아주 갑자기 불어온 돌풍이 아니라, 지나가면서 기분을 바꾸는 바람과 흡사했어요. 그러니까 마치 불길한 전조를 본 것처럼 사람들을 약간 놀라게 할 뿐만 아니라, 집과 거리 전체도 놀라게 하는 바람 같았지요. 모든 게 컴컴해졌는데, 그럴 때면 순간적으로 더 강렬하고 더 의미 있는 바람처럼 보이지요. 일반적으로 경험할 수 있는 또 다른 경우는 여행할 때예요. 여행자가 어느 도시에 도착하고, 만일 그곳에 머무르면 무언가 끔찍하고 잔혹한 일이 일어날 것이라고 이내 느끼게 되지요. 그런 빛의 변화 뒤에서 어느 신이 우리에게 경고하지요. 그래요, 내 말을 믿어야 해요. 숲과 시내에는 아직도 님프들이 있고, 세상은 신들로 가득해요. 알려진 신이건 그렇지 않은 신이건, 남자 신이건 여자 신이건, 모든 활동을 관장하지요. 내게는 끊임없이 나타나요. 나는 그 신들을 알아보고, 그들을 존경하며, 그들은 나를 지켜 주지요. 저것 좀 봐요!" 그가 손으로 공원을 가리켰다. 그곳 너머로 하늘에 무지개가 있었다. 나는 그걸 즉시 알아보았다. 일반적인 여담이 생각지도 않게 현실 세계로 돌아오자, 나는 거의 감동했다. "봐요, 무지개가 나타났어요. 그건 신들의 전령이지요. 자연 전체가 그녀에게 인사하고 있어요."

마치 새로운 것이 나타난 것처럼, 마치 사방에 영광이 내린 것처럼, 세상이 환하게 빛났다. 유칼립투스의 몸통은 샛노랗고 새빨간 색을 띠었고, 잎사귀에 맺힌 각각의 물방울은 떨리는 은처럼 보였으며, 풀밭의 초록 풀잎은 싱싱한 검푸른색이었다. 내 안의 무언가가 그 희망적인 정원과 같은 색을 띠었다고 고백해야 할까? 흥미로운 것은 창조가 기리고 찬양하는 무지개, 즉 모든 것이 하나같이 강렬했던 것이 마지막 순간에 또 다른 여신으로 대체되었다는 사실이다. 그것은 몬테그란데에 올리비아가 호르헤 벨라르데와 함께 잠시 쉬러 왔기 때문이었다. 믿을 수 없는 일처럼 보일지 몰라도, 그때부터 대화는 하찮고 사소한 것으로 흘러갔다. 나는 우리가 길이 진흙투성이고, 교회에 많은 신자가 있으며, 다른 때도 그것과 똑같은 규모였다는 것을 알게 되었다고 생각한다. 올리비아는 의자의 등에 기대어 말했고, 그런 이유로 그녀 몸의 하반신은 숨겨져 있었다. 초조한 표정이었다. 마치 그곳을 떠나고자 안달하는 것 같았다. 그녀가 말했다.

"너무 늦었어요! 점심 먹으라고 부르지 않았어요? 불쌍해요, 당신은 기운이 빠져 죽을 것 같아요."

물론 마지막 말은 나에게 한 소리였다. 나는 말과 눈으로, 그리고 감격스러운 태도로 감사를 표했고, 아직 식사할 정도는 아니라고 밝히려고 했지만, 애써 참았다. 그날 아침에 내게 아침 식사로 주었던 따뜻한 밀크커피만큼 허기를 없애는 데 좋은 것은 없었다.

"점심을 달라고 해야겠어요." 올리비아가 말했다.

그녀는 마치 단단히 붙잡고 있던 것처럼 보이던 의자를 놓고서 집 안으로 뛰어갔다.

"거기 서!" 랑케르가 외쳤다. "왜 그토록 서두르는 거야? 여기 햇빛 아래서 조금 더 있으면 안 돼? 네 모습을 보고 싶어. 그런데 다리는 왜 그런 거지?"

얼굴을 붉히고 눈을 아래로 하면서, 올리비아는 돌아왔다. 마침내 마지못해 설명했다.

"'주님 자비를 베푸소서'를 할 때 아프기 시작했고, '하느님의 어린 양'을 할 때 무릎부터 발뒤꿈치까지 부어올랐어요."

그녀는 울면서 그곳을 떠났다. 당연한 일이었다. 코끼리 다리 같다는 말이 떠돌았던 것이다. 실제로 그녀의 다리는 내가 전날 경탄하면서 보았던 것과 같지 않았다.

"기적이지요." 용이 용감하게 의견을 말했고, 나는 내심 손뼉 쳤다. "기적이오. 스타킹을 신기지 않고 미사에 보냈기 때문이에요. 그 건장하고 멋진 다리는 정말 진미 그 자체거든요."

"불쌍한 것!" 랑케르가 말했다. 나는 그의 얼굴로 눈물 한 방울이 굴러떨어지는 것을 보았고, 가볍고 새하얗고 상당히 큰 손수건으로 그 눈물을 닦아 주었다. 그 손수건에서 풍기던 장마리파리나 콜로뉴 향내가 우리를 감쌌다. 그러더니 오른손을 가슴으로 가져가면서 물었다.

"기적이라고? 우스꽝스럽고 인색하고 사악한 것에 대한 가장 낡고 새롭지 못한 표현 아닌가! 무슨 증거가 있지? 하늘과 땅에는 나쁜 것들이 지배한다는 것인가? 벼락을 맞아 죽는 한이 있어도, 난 그런 말에 동의할 수 없네."

"지금까지는 다른 사람들이 벼락에 맞았지." 용이 슬픈 표정으로 말했다. "하지만 나도 아주 확신하는 건 아니야. 모든 기적은 가장 가까운 곳에서 일어나거든. 정신 집중!"

랑케르는 조용하면서도 산만한 눈으로 자기 사촌을 뚫어지게 쳐다보았다. 그러고서 올리비아 뒤를 따라갔다.

"가장 가까운 곳에서 일어나다니요?" 내가 물었다. "그게 무슨 뜻이지요?"

"들은 그대로의 의미예요. 이 일련의 기적 중에서 첫 번째 것은 이곳에서 5백 미터 떨어진 곳에 떨어졌지요. 다른 여러 밤에 우리는 아주 조용하고 차분하게 저녁 식사를 끝내고 있었어요. 그러니까 가족 식사였지요. 롤란도는 농담하는 것 말고는 그 어떤 것도 하려고 하지 않아요. 그는 네비올로에게 키스하고서 있는 힘을 다해 일어나고, 자기가 '검은 교황' 즉 예수회 총장이라고 선포하고서 그 끔찍한 자격으로 우유 넣은 쌀밥에 축복을 내리고, 그 쌀밥은 시멘트를 섞어 만들기에 금방 딱딱해지지요. 아무도 맛을 보지 않아요. 사람들은 기운이 다 빠져 의욕이 없지요. 이게 무슨 말인지 알죠? 약간의 차이는 있지만, 얼마 전부터 모두가 틀니를 손으로 툭툭 치고 있어요. 그 염병할 디저트를 돼지에게 주고서, 이 사람들은 발톱으로 배를 긁으면서 오후 시간을 보내지요. 다음 날 이곳에서 기껏해야 5백 미터 떨어진 돼지우리에서 위장염이라고 선포하지요. 두 번째 기적은 성큼성큼 커다란 발걸음을 내딛어요. 그것은 듣고자 하지 않는 사람에게 주는 경고인데, 부엌에 떨어지지요. 그것은 바로 요리사 코의 부푼 살, 그러니까 우리가 혹이라고 부르는 것에서 사실화되는데, 성주간에 먹을 새끼 돼지가 그녀의 코를 후려갈겼기 때문이지요. 로손의 첫 메스가 아니었다면, 그 도둑년은 숨이 막혀 질식해서 죽었을 겁니다. 마지막 기적은 올리비아에게 일어났지요. 그녀는 이미 거주 공간, 그러니까 롤란도의 침실에 있었어요. 이놈은 내 사촌이지만, 정말 이상한 방식으로 모든 걸 합리화하고, 그래서 난 전혀 주저하지 않고 쥐새끼라고 평가하지요. 그는 주관으로 왜곡되어 논란의 소지가 많은 현상에 중요성을 부여해요. 그런 현상에서 그는 고대의 이교도 신들, 그러니까 지금은 악마라고 불리는 것을 보지요. 그러나 그게 전부가 아니지요. 잘 들어 봐요. 그는 사마귀처럼 하느님이 있는 곳을 우수수 보여 주는 공개적이고 유명한 기독교의 작은 기적들을 집요하게 경멸하지요. 나는 하느님에게 기적에서 나를 구해 준 것에 대해 고마워하지요."

"충분히 올리비아를 구할 수 있었어요." 나는 못마땅한 표정으로 말했다.

"정말 멋진 여자였어요!" 벨라르데는 눈을 휘둥그레 뜨면서 말했다. "훌륭하고 똑똑하며 근사한 몸매를 지녔었지요. 정말 훌륭하고 좋은 몸인데…… 기적의 효과는 오래가지 않는다는 것을 믿도록 하지요."

2

그 효과들은 일시적이었다. 사나흘 후 응급 처치한 그 미국 의사의 '기적의 연고'*는 정말 약발이 뛰어났고, 덕분에 그 놀라운 붓기의 흔적이 하나도 남아 있지 않았다. 내 기억이 틀리지 않는다면, 기억할 만한 그 어떤 일화도 그 **주말**에는 일어나지 않았다. 마지막 저녁때 우리는 우리가 구상하던 문학 학교에 대해 길고 광범위하게 대화하면서 차를 마셨지만, 이내 나는 랑케르의 생각과 정신이 머나먼 지역을 떠돌고 있음을 알았다. 힘든 대화를 끊어야겠다고 작심하고서 마침내 나는 물었다.

"지금 다른 것을 생각하고 있죠?"

"다른 것이라니요?" 마치 메아리처럼 그는 똑같은 말로 대답했다. "아니에요, 난 항상 똑같은 것을 생각해요. 다리의 기적에 대해서 생각해요."

"그러므로 회개하고 하느님께 돌아와 여러분의 죄가 지워지게 하는 것이군요. 성경에서 말하는 것처럼 말이에요."

그가 베이 비스킷을 한가득 먹는 것을 보자, 나도 그를 따라 하고 싶은 충동을 느꼈다. 이미 나는 손을 과자가 담긴 세모난 봉지로 내밀고 있었다. 그런데 그때 주인이 교묘하게 사이에 넣어 둔 토스트 접시와 부딪쳤다. 나는 어쩔 수 없이 토스트와 나무딸기 잼을 먹는 것에 만족해야 했다.

"성경이 뭐라고 말하는지는 모르겠지만, 이제 화해는 불가능하다

---

* Maravilla curativa. 이 동종요법 의약품은 위치하젤을 주로 사용한다.

는 것은 알고 있어요." 그가 대답했다. 잠시 침묵을 지키더니 보다 개인적이고 감정이 섞인 말투로 덧붙였다. "아마도 당신은 내가 학교 문제에 그다지 관심이 없다고 여길지도 몰라요. 확실하게 말하는데, 나는 그랬어요. 이제는 단지 기적만, 내가 연루된 것처럼 보이는 전쟁만 생각해요. 전쟁에서 승리하면, 그때 문학을 가르치도록 하지요."

"승리할 것이라고 확신하나요?"

"승리에 대해서 확신하지는 않아요. 하지만 목숨 건 전투라는 것은 확신해요. 이 십자가를 두고 맹세하는데, 나는 항복한 사람을 후대하지는 않을 겁니다."

이것이 바로 '악마를 유혹하기'라는 것이다. 랑케르가 신성모독적인 발언을 계속했기 때문에, 나는 9시 45분 기차를 타고 부에노스아이레스로 돌아갔다. 그러나 내 친구들을 포기하지는 않았다. 그 주에 그 여자아이를 만날 수 있었다. 나는 주로 전화 통화로 그녀와 대화를 나누었다. 나는 그 사람들과의 관계가 왜 올리비아 주변으로 이루어지게 되었는지 알지 못한다. 그런데 왜 그들은 내게 과도할 정도로 반복된 소식을 전하면서 랑케르가 끔찍한 우상숭배에 빠져 있다고 설명하는 것일까? 그게 무엇이든, 랑케르가 집에 없을 때 나는 우연을 가장해서 그녀에게 전화를 걸었다. 난 그런 사실을 걱정하지 않았다. 반면에 올리비아의 바뀐 목소리가 영원히 페드로의 거칠고 교양 없는 목소리로 남게 될지도 모른다는 것은 걱정스러웠다. 그는 특히 이 두 단어를 많이 사용했다. "아가씨 없어요." 의심할 것 없이 나는 그런 초조함으로 이성을 잃고 말았다. 달콤하고 부드러우며 독재적인 올리비아의 정신에 나와 그 어떤 것이라도 비슷한 점이 있다는 확신이 무르익기도 전에, 나는 상냥함과 친절함이라는 굵은 대포로 폭격을 시작했다. 결과는 처참했고, 그래서 교묘한 방법을 써야만 했으며, 나는 그렇게 했다. 우연하게도 나는 내 친절함을 확장하는 데 아주 유리한 분위기 속에서 랑케르를 만나게 되었다. 그곳은 멕시코 거리에 있는 작가회의 고택古宅(신문사의 내 친구들은 이렇게 말하며 기뻐한다)이었다. 공식적으로 봄이 9월 21일에 시작되고, 우리는 20일에 있다는 것을 이용해서 나는 그를 레장바사데 호텔에서 열리는 예술가들의 무도회에 초대했다.

"올리비아를 데려와요." 나는 그에게 제안했다. "맛있는 술도 많고, 피추코*의 탱고 연주와 바르톨리노의 재즈 공연도 있어요. 분위기가 아주 좋을 거야. 젠장! 우리는 함께 봄을 기다려야 해요."

"난 춤추고 즐길 상황이 아니에요." 그가 축 늘어져 대답했다.

그는 자신의 투쟁에 대해, 그리고 기독교를 욕보이려는 단호한 결심에 관해 장광설을 늘어놓고자 했지만, 나는 그의 말을 끊었다.

"올리비아가 원한다면, 데려오겠다고 약속해 줘요."

"약속하지요." 그가 대답했다.

나는 그와 악수를 했고, 문에서 이렇게 큰 소리로 말했다.

"내일 9시에 전화를 걸 테니 그녀가 어떻게 대답했는지 알려 줘요."

나는 이미 알고 있었다. 스코틀랜드 사람들이 말하듯이 그는 '죽음의 전조', 즉 이상하게 흥분해 있었다. 그는 내 덫에 이미 빠져 있었다. 내 전략은 실패할 수가 없었다. 여자들이 당신에게 무도회가 지겹고 따분하고, 사람들에게 지쳤다고 말하지요? 그 말을 절대 믿지 말아요. 말도 안 되는 소리처럼 들릴지 모르지만, 무도회 초대를 거

---

* 본명은 아니발 카르멜로 트로일로(1914~1975). 탱고 작곡가이자 반도네온 연주자이다.

절하는 여자는 없어요. 항상 유치하고 어처구니없어 보이지만, 여자들은 파티는 멋지리라고 상상한다. 나와 관련되어 말하면—이와 유사한 유치함을 보여 주는 다른 말 때문일까요? 아니면 떠올리기도 끔찍한 기억 때문일까요?—정반대라고 생각한다. 나는 파티가 공포감을 선사하며, 무섭고 지독한 불행이 그런 파티에서 일어난다고 믿는다. 그리고 술에 취한 여자들은 예측 불가능한 악마들이고, 가장 독실한 여자 신자들은 애인의 친구 집에서 새벽을 맞이하면서 피곤하며 머리가 아프다고 투덜댄다. 그러나 아무런 죄책감도 느끼지 않는데, 그것은 술 때문에 기억이 없기 때문이다.

내가 익히 예상했던 것처럼, 다음 날 아침 9시에 랑케르는 초대를 받아들이겠다고 말했다. 그러나 그게 전부가 아니었다. 참을 수 없던 올리비아는 너무나 기뻐하면서 그의 전화를 빼앗았고, 우리가 세계관을 공유하기 위해 선택했던 여자 동료들을 감격하게 만든 문제를 나와 토론했다. 이 동료들은 거의 여신과 같은 존재들로, 그들의 제단에는 우리의 영혼과 우리의 시간이 소비된다. 또 점심때까지 우리는 가면에 대해 논쟁했다. 그리고 경멸스러운 태도로 우리는 '도미노' '피에로' '악마'라고 불리는 용서할 수 없는 상상의 패배를 비난했다. 반면에 이질적인 산물들—가령 목덜미에 얼굴을 그리고 물구나무를 선 분명한 사람—, 순전히 겉모습 차원에서 이루어진 재치들, 즉 진짜 곡예와 같은 것들에는 칭찬을 아끼지 않았다. 나는 이런 곡예를 특히 좋아했는데, 이렇게 나의 본질이 보수적이며, 속 좁고 음흉한 시선을 갖고 있으며, 왜 내가 어릿광대와 익살꾼이 입는 고전적인 곰 의상을 좋아하는지 드러냈다. 이제 나는 내 영혼을 발가벗기고, 나는 어릿광대로 변장하고 싶었다고 겸손하게 고백할 것이다. 어렸을 때부터 나는 항상 이런 특징을 갖게 되면 소심함과 양심의 가책을 떨쳐 버리게 될 테고 내 개성을 바꿀 것이라고 상상했다. 그러나 항상 이것은 저속한 꿈이라고 추측했고, 올리비아가 내게 "아니에요, 차라리 천사 옷을, 롤란도의 수호천사 옷을 입으세요"라고 말하자, 그녀의 말을 그대로 따랐다. 그렇게 15분도 안 되는 시간에 내 평생의 이상을 헌신짝처럼 버렸다. 랑케르에게는 급히 야수의 옷을 지정했다. 그리고 그 어떤 토론도 근절하기 위해 나는 이렇게 선언했다.

"미녀와 야수."

올리비아는 당연히 미녀의 옷이 배정될 것이라고 곧바로 직감했다. 그러나 젊은 나이가 원하듯이 욕심이 끝도 없었고, 그녀의 아름다움이 바라듯이 허영심이 많았다. 그래서 그녀는 또한 하와이 여자, 여자 노예, 아파치와 멍청이 여자아이의 옷을 간절히 원했다. 그토록 위험한 실수를 멀리하려는 내 싸움은 길고 복잡했다. 분명한 것은 그날 밤 레장바사데 호텔에 눈부신 미녀와 정신 나간 야수, 그리고 겁먹은 천사가 도착했다는 사실이다.

그리 겁먹은 것은 아니었다. 바에서 우리는 아페리티프를 시음했고, 적어도 나는 제정신을 유지하면서 전략적인 테이블을 골랐다. 오케스트라에서 너무 가깝지도 않고—트롬본이 우리의 귀를 자극하지는 않았다—너무 멀지도 않은 곳이었다. 음악 때문에 대화를 나누기 힘든 곳이 아니었고, 우리가 여자 친구에게 말하는 '하찮은 것'들이 남자 친구 때문에 방해를 받지 않았다. 내가 제안했던 연회에 대해서는 여러분들이 평가할 것이다. 식당 지배인이 메뉴판을 보여 주자, 나는 소리쳤다.

"있는 힘을 다해서 먹을 겁니다!"

거기서 나는 왕의 경박한 음식, 그러니까 다렌버그 콩소메, 감자를 곁들인 페헤레이 생선 요리, 과일과 크래커를 곁들인 구운 칠면조, 캐러멜을 뿌린 푸딩, 티그레 군도의 자두, 커피, 시가를 주문했다. 나는 빈틈이 없어야 한다는 생각을 했다.

"9월은 't'가 들어가는 달이지요." 난 지배인에게 숨김없이 말했다. "다른 요리는 모두 t가 들어가는데 칠면조만 안 들어가네요. 그래도 괜찮겠지요?"

"그렇다면 t가 들어가는 8월의 음식이 어떤가요?"

"좋습니다." 나는 대답했다.

불행을 초래하는 경박함! 그때부터 나는 골똘히 생각한다. 나는 정상이 아니다. 나는 엄청난 양의 폴랑크 베이킹소다를 먹어 치운다.

소믈리에와도 나는 영악한 대화를 나누었다.

"우리의 혈관으로 뵈브가 흐르기를!" 나는 큰 소리로 말했다.

"뵈브 클리코를 말하는 건가요?" 그가 물었다.

"퐁사르당이지요!" 나는 보다 구체적으로 상표를 말했다. "연도가 없는 거로요!"

물론 올리비아는 완전히 반해 있었다. 여자들은 후각이 뛰어나고, 자신들에게 좋거나 맞는 것이 어디에 있는지 섬세하게 찾아낸다. 천박한 작자들이 좋아하는 식상한 속물근성에도 불구하고, 여자들은 멈추지 않는다. 그리고 진정한 '신사' 안에서 그들이 매료되는 것을 발견하지만, 나는 그것이 무엇인지 모른다. 샴페인 덕분에 용기를 내서, 그리고 글자 그대로 진수성찬을 뿌려 댄 탓에, 나는 뻔뻔스럽게 진도를 나갔다. 그러니까 말을 돌리지 않고서 그녀를 환대했고, 갈수록 그녀에게 다가갔고, 부지런히 그녀를 건드렸으며, 5분마다 그녀를 껴안으면서, 실없는 소리로 추켜세웠다. 지금 내가 하는 말 그대로, 우리가 춤을 출 때뿐만 아니라, 랑케르의 턱수염 아래서도 그렇게 했다. 어느 순간 우리 테이블에 한 악마가 합세했다. 나는 그의 안에서 음산하고 우울한 아르헨티나 신사인 실레노 코우토라는 사람을 보았다. 아니, 보았다고 믿었다. 나는 그를 1927년에 파리의 르 루아얄 몽소 호텔에서 소개받았다. 너무 창백하고 상복을 입은 것처럼 보여서, 마치 그의 모든 것이 염색공장을 갔다 온 듯했다. 옷, 머리카락, 수염 모두가 검은색이었다. 붉은 악마였다면 더 자연스럽고 덜 을씨년스러웠을 것이다. 하지만 코우토라는 신사에게 그날 밤 어떤 옷이 어울렸을지, 혹은 우리 테이블에 앉은 한 남자, 아마도 코우토였을지도 모르는 사람의 신분이 나와 무슨 상관이 있다는 말인가! 내가 그에게 암시했던 것처럼, 내 목적은 다른 것이었으며, 따라서 푸줏간 주인들이 말하는 것처럼 앞으로 '악마'라고 부르게 될 그 미지의 사람과 랑케르와의 대화를 부분적으로만 들었다. 랑케르는 무척 초조한 듯한 표정을 보였다. 그 원인은? 의심할 여지 없이, 그것은 나의 가증스러운 행실 때문이었다. 자존심 때문에, 혹은 교양 있는 사람이었기 때문에, 또는 올리비아를 화나게 할지도 모른다는 두려움 때문에, 그는 내게 설명을 요구하지 못했다. 랑케르는 평소의 강한 자부심, 즉 기독교를 공격하는 것으로 자신의 답답함을 해소했다. 유감스럽고도 뻔뻔하게도 그는 베누스가 자신을 지켜 준다고 확신했고, 잠시 하느님과 맞서는 농담으로 악마를 즐겁게 해 주었다. 내가 올리비아와 진도를 나가는 동안, 그들의 대화는 나도 모르는 새 논쟁으로 발전했다. 처음에 악마는 즐겁고 기쁘게 내 친구가 쏘아 대는 빈정거림을 받아 주었다. 그는 성부뿐만 아니라 성자에게도, 그리고 몸서리치게도 성령을 욕했다. 그러나 분명히 그런 골치 아픈 것에 악마는 싫증이 났던 것 같다. 그래서 곧 이렇게 말했다.

"친한 사람들끼리의 모임 같으면, 당신은 얼마든지 당신이 하고 싶은 말을 할 수 있소. 물론 그런 모임에서도 할 말과 하지 말아야 할 말은 구분되오! 나는 당신이 세상의 반을 조롱하도록 놔둘 수 없소. 당신이 전혀 건설적이지 않은 의심을 이 세상에 심고 뿌리도록, 가장 견고한 믿음을 부정하도록 그냥 놔둘 수 없소."

아마도 나는 샴페인을 너무 마시고, 너무 올리비아에게 집착한 나머지 약간 어지럽고 약간 동요한 것 같았다. 생각지도 않게 나는 나 자신이 '목소리로만 평가하면, 이 사람은 코우토가 아니야'라고 생각하고 있음을 알았다. 코우토의 목소리는 걸걸하고 굵었지만, 이 악마는 아주 고음이자 아주 작은 우스꽝스러운 소리를 내고 있었다. 그것은 내가 너무나 잘 알고 있고, 또한 우스꽝스럽기 짝이 없는 어느 친구의 목소리와 똑같았다. 악마가 계속 말했다.

"하느님이 존재하지 않는다고 했소? 악마가 존재하지 않는다고 했소? 인간 본래의 악을 막을 것이 없다고 했소? 아니라오, 친구. 당신은 잘못 생각하고 있고, 그래서 마음이 아프오. 자, 말해 보시오. 우리가 범죄자를 비롯해, 심지어 통탄할 만한 경망한 행동으로 이웃을 모욕한다는 것은 있을 수 없는 일임을 잊는 사람들을 억누르는 곳, 즉 감옥이라는 진정한 교화 기관도 존재하지 않소? 이제 당신의 비아냥과 야유를 중지하고, 내 말을 믿으시오. 천국은 있고, 지옥도 있으며, 지옥은 천국처럼 너무나도 필요한 것이오. 그러니 모든 게 존재한다고 고백하시오. 난 당신이 진심으로 그렇게 말하길 기다리고 있으며, 그 말을 들으면 당신의 손을 굳게 잡아 주겠소."

악마는 테이블 위로 커다란 한 손을 내밀었다. 그런데 랑케르가 그 손을 잡았을까? 예를 들어, 호전적이지 않은 성격인 우리와 같은 사람들은 그가 그 손을 보지도 못했으리라고 생각할 것이다. 그러나 의심의 여지 없이 그는 그 손을 보았고, 경멸하듯이 무시해 버렸다. 그는 말했다.

"이보시오, 내가 믿지 않는 것은 당신이 존재할 수도 있다는 사실이오. 당신은 이 세상에 흩어져 돌아다니지만, 그 누구도 감히 말하지 못한 온갖 멍청한 소리를 지껄이고 있소."

랑케르가 말하는 동안, 상대방의 변신이 이루어졌다. 그의 안색이 변했고, 마치 몸도 커지는 것 같았다.

"내가 내민 손을 잡지 않을 생각이오?" 악마는 재빠르게 물었다. "나를 모욕하는 것이오? 나를 모욕하는 방법을 선택하는 것이오? 좋소, 그럼 도전을 받아들이겠소."

그는 어딘지 모르는 곳에서 장갑 한쪽을 빼 랑케르의 뺨을 때렸다.

"내 대부님들이 당신을 찾아갈 것이오." 그가 말했다.

나는 올리비아를 잊었다. 솔직히 말해서 안절부절못하고 있었다. 반면에 랑케르는 차분함을 되찾은 상태였다.

슬픈 표정의 두 가면, 그러니까 당나귀 머리의 가면과 염소의 가면이 직접 모습을 드러냈다. 두 가면 모두 꼭 조이는 검은 가죽 바지를 입고 있었다. 그들은 앞에서 한 말을 취소시키기 위해, 혹은 그럴 말을 하지 않았다면 무력을 통한 배상을 받기 위해 왔다고 말했다.

"무력을 통한 배상이라." 랑케르의 목소리가 용감하게 울렸다.

"여기 특별한 농장이 있지요, 그렇죠?" 염소 머리의 대부가 물었다. 아주 내밀한 말투에는 외국인의 신중함이 곁들여 있었다.

"맞아요." 랑케르가 대답했다. "카바이토에 농장이 있는데, 모두가 알고 있지요. 별장 주인의 이름이 뭐죠?"

이 질문은 내게 하는 것이었다. 나는 그의 어깨에 기대고서 중얼거렸다.

"악마가 누구인지 알아요? 국제적으로 유명한 결투자예요! 우리는 적당한 핑계를 대어 결투를 무기한 미루고, 결과적으로 그의 시야에서 사라지기에 적절한 순간에 있어요."

나는 당시 그 악마가 위대한 결투자라고 확신할 근거가 없었다고 생각한다. 그러나 아주 의도적으로 거짓말을 만들어 낸 건 아니었다. 나는 내가 안다고 상상하던 것, 혹은 내가 들은 것을 말했을 뿐이다. 반면에 듣지 않았던 것 같은 사람은 랑케르였다. 그는 이렇게 큰 소리로 말했다.

"난 대부 한 명이 필요해요. 당신이 있으니 한 명만 더 있으면 되겠네요. 당신이 결투에 함께 가 주지 않을래요?"

그는 사람들이 모인 곳에서 흔히 발견되는 그런 맹추 중의 한 명에게 말했다. 특별히 이 사람은 후드가 붙은 겉옷을 입고 있었다. 사실 이미 우리가 올리비아와 함께 생각하는 것, 즉 이런 사람들은 상상의 왕위를 내려놓고 고급 환상의 무도회에 솔직히 아무짝에도 쓸모없는 변장을 하고서 나타난다는 것은 너무나 잘 알려진 사실이다. 그 염병할 작자는 랑케르에게 대부처럼 행세하고, 더불어 약간 캐묻는 정도면 더 바랄 게 없는 사람이다. 그는 랑케르의 제안을 받아들였다. 그가 수락한 것은 틀림없는 사실이다.

곧이어 여덟 명―랑케르에게서 떨어지지 않은 올리비아, 랑케르, 나, 후드가 붙은 겉옷을 입은 사람, 악마, 그의 두 대부와 수탉으로 변

162

장한 의사 한 명—은 두 대의 택시를 나눠 타고서 카바이토로 향했다. 밖에서 우리가 어떻게 보였는지 난 알지 못하지만, 다른 택시는 사람처럼 옷을 입은 동물들의 우리처럼 보였다. 솔직히 시인하는데, 이것은 다른 사람들에게 웃음을 선사하는 동기가 될 수도 있었지만, 내게는 그렇지 않았다. 건널목에서 달빛에 비친 그들을 보자, 나는 질겁했다. 사실 그 그림에는 악마적인 부분, 즉 악마로 변장한 사람의 뿔 때문에 암시된 부분이 있었다. 어떻게 그렇게 된 것인지는 그 누가 알까!

농장 앞에서 나는 올리비아와 몸싸움을 해야만 했다. 그 여자아이는 차에서 내리려고 했다. 그러자 주심처럼 랑케르가 행동했다.

"넌 차에 남아 있어." 그가 지시했다.

그 말다툼은 끝났고, 운전사와 다른 말다툼이 시작되었다. 그 역시 우리를 기다리려고 하지 않았다. 곧 돌아오겠다는 약속을 하고서 나는 두 사람과 헤어졌다. 우리는 유칼립투스 나무들이 줄지어 있는 거리를 통해 석상과 복도와 망루가 있는 집까지 들어갔다. 어느 노부부가 우리를 맞이했다. 정말로 다정다감한 노인이었다! 부인이 말했다. 마치 아이들과 함께 권총과 칼에 대해 말하는 것처럼 말하는 것 같았다. 그런 동안 노인은 프랑스와 이탈리아 펜싱 학교의 차이에 관해 설명했다. 그러고는 기술적 측면을 일일이 열거하면서, 가장 감동적이고 애처로웠던 결투를 이야기했다. 부인은 얼굴을 찡그리면서 우리에게 약속했다.

"탕, 탕, 다음에는 말이에요." 그녀는 한쪽 눈을 깜박이고서 손가락으로 겨냥했다. "첫영성체가 끝난 다음처럼, 전통적으로 버터와 설탕을 바른 토스트와 베이 비스킷을 곁들인 초콜릿 한 잔이 최고예요!"

하지만 그녀는 실수했다. 탕, 탕 소리가 나지 않았다. 대신 칼로 싸우는 결투가 있었다. 우리는 꾸불꾸불한 오솔길을 걸어 결투장으로 내려갔다. 향긋한 냄새가 나는 식물들 사이에 있었다. 사자 석상 두 개는 작고 볼품없었지만, 주인이 말한 바에 따르면, 피렌체 표범을 그대로 모방한 것이었는데, 그게 어떤 표범인지는 나도 모른다. 그 석상 너머로 인공바위와 선인장으로 둘러싸인 시합장이 있었다. 나는 그곳을 보자 갑자기 영감을 받아 내 동료인 후드가 붙은 겉옷을 입은 사람에게 이렇게 말했다.

"여기는 지옥 입구가 분명해요."

"지옥이라고요?" 그가 물었다.

"당신 옷에서 그것 이외에 무엇을 기대할 수 있죠?"

여러분들도 기억하겠지만, 나는 천사 혹은 올리비아가 내게 지시했던 것처럼, 우리 친구의 수호천사였다. 그리고 그 순간 나는 무도회 가장복의 화신이 되었다. 그러니까 롤란도를 구하는 것이 내 의무라고 확신했으며, 그의 귓가에 힘주어 속삭였다.

"그냥 농담이었다고 말하지요. 인생은 멋져요. 올리비아도 있고요. 그런데 왜 모든 걸 잃어버리려고 하죠?"

"명분이 있다면 신사는 그 명분을 위해 언제든지 모든 걸 잃어버릴 준비가 되어 있지요." 그가 대답했다.

"그 악마에게 그토록 커다란 희생을 바칠 필요는 없어요." 나는 분명하게 말했다.

"나를 죽은 사람 취급 하는군요." 그가 말했다.

"그건 말도 안 되는 소리요." 나는 즉시 그의 발언에 이의를 제기했다. "하지만, 내 말을 믿도록 해요. 우리가 부인이 약속한 따뜻한 초콜

릿 한 잔을 마시면, 당신은 우리와 함께 있지 못하게 돼요. 왜 그렇게 하려는 것이오? 그건 이제 아무도 관심을 보이지 않는 유치한 짓이오."

그러자 그는 우수에 젖은 미소를 지으며 내게 말했다. "그렇다면 당신이 두 잔을, 내 잔과 당신의 잔을 모두 마시도록 해요."

칼을 들고 완강하게 자신의 의지를 지키는 그를 보면서, 나는 그가 최후의 말을 하는 장본인이 되지 않도록 소리쳤다.

"그러면 체하고 말 거예요."

노인이 즐겁고 쾌활하게 사회를 보며 이끌었고, 결투가 시작되었다. 그런데 그 악마가 위험천만한 결투자라는 생각을 어떻게 했을까? 이제 나는 우리가 이동했던 그날 밤의 초현실적인 난운亂雲에서 비롯되었다고 추측한다. 어쨌든 악마는 맞겨룰 수 없는 존재였다. 아무리 단호하고 확고하게, 그리고 아무리 용감하게 싸우더라도 랑케르에게는 진 싸움이나 진배없었다. 나는 경건한 목표를 포기할 수도 있었고, 위선적인 약속을 저버릴 수도 있었지만, 대다수의 적절한 사람들은 랑케르에게 지금 지어 주는 일종의 비문을 진정한 종교의 비문이라든지 하느님에게 버림받은 사람들의 비난이라면서 얼렁뚱땅 넘어가지는 않을 것이다. 각자 자신들이 원하는 교훈을 고른다. 내 펜은 내 친구가 천국과 지옥에 맞선 전쟁을 벌이게 만든 선명하고 정확하고 올바른 영혼과 항상 희망 속에만 은둔하지 않는 대담한 용기를 기억할 것이다. 용감하고 씩씩한 다른 사람들에 대해서는 그토록 확신할 수는 없을 것이다.

랑케르는 지치지 않고 공격했고, 전투는 일방적이지 않은 것처럼 보였다. 그런데 마침내 악마의 망토가 두 개의 붉은 날개처럼 부풀어

올랐고, 칼이 전광석화처럼 순식간에 치명적인 공격을 감행했다. 랑케르의 몸은 여러 군데 칼에 꿰찔렸다. 특히 심장 부위가 그랬다. 우리는 서둘러 자비롭게 달려갔지만, 이미 구하기에는 때가 늦어 있었다. 이 일련의 기적 중에서 마지막 것이 우리의 발을 멈추게 했다. 우리는 마치 조그만 모닥불에서 나오는 것 같은 연기를 보았다. 시체의 아래에서 나오고 있었다. 우리는 유황 냄새를 맡았고, 사슬이 풀리는 소리를 들었다. 후드가 붙은 겉옷을 입은 사람은 성호를 그으며 중얼거렸다.

"지옥으로 갔어요."

바보들의 입에서는 진실이 나온다는 것은 이미 알려진 사실이다.

그 누구도 눈치채지 못하게 살인자는 우리 쪽에서 모습을 감추었다. 이 사람이 음산한 외모의 소유자이자 파리에서 즐겁고 행복한 시기를 보내던 코우토 씨였을까? 사람들은 아니라고 믿는다. 그는 악마, 진정한 악마였다. 그를 사탄이든 아니면 우리가 부르고 싶은 이름으로 불러도 상관없다. 농장으로 그 가면을 찾으러 가는 것은 아무 소용 없는 일이었다. 그의 대부들을, 염소 머리를 한 사람과 당나귀 머리를 한 사람을 찾는 것 역시 부질없는 일이었다. 세 사람은 이미 사라지고 없었다. 그들은 가면이 아니었다.

시체만 남아 있었다. 그것은 곧 귀찮은 절차를, 심지어 사법적 절차를 밟아야 한다고 제기할 것이었다. 내 관점에서 순전히 정황적인 친구, 가령 내가 그런 일을 처리하는 것은 유감스러운 일이었다. 나는 가끔 작동하는 전화기를 이용해서 '용'이라는 별명의 호르헤 벨라르데와 통화했다. 그리고 그의 사촌이 몹시 안 좋으니 바로 농장으로 오라고 말했다.

"신부님과 함께 갈까요?" 그가 물었다.

나는 화가 치민 나머지, 모호하게 죽은 자를 위한 명복의 기도란 절대로 늦는 법이 없다며 농담하고서 전화를 끊었다. 자동차 안에서 나는 불쌍한 올리비아에게 동화를 한 편 들려주었는데, 그게 무엇이었는지는 모른다. 그리고 그런 모든 슬픔에서 떼어 놓기 위해, 나는 그녀를 내 아파트로 데려왔다.

남의 여종
La sierva ajena

나는 불행으로 촘촘하게 짜인 직물이 첫 여명이 밝아 오던 날부터 인간의 역사를 만들었다는 걸 어디선가 읽은 적이 있다. 나는 개인적으로 조용하고 차분한 시기를 보냈지만, 거스를 수 없는 갑작스러운 우연의 공습으로 혼란스럽고 영웅적인 절정의 순간을 살고 있다고 생각하고 싶다. 아마도 다른 사람들은 이것이 비천한 무명작가의 전혀 철학적이지 않은 외침이라고 말할지도 모른다. 그러나 나는 내가 비천한 무명의 사람이기에 하나 이상의 끔찍한 사건에 관해 증언할 수 있다는 사실이 흥미롭고, 심지어 의미가 있다고 반박하고 싶다. 그 증거로 내가 직접 두 눈으로 어느 훌륭한 부인의 붕괴와 종말, 그리고 영혼 소멸을 보았다는 사실을 말하고 싶다. 항상 그렇듯이(각자 앞을 내다보는 능력을 아무리 예리하게 다듬는다고 하더라도), 뜻하지 않게 배우와 관객인 우리는 비극의 한가운데에 있게 된다.

내 경험에 따르면, 그런 것은 모임에서도 일어난다. 그 모임의 무대는 앞서 언급한 그 훌륭한 부인의 거실이었다. 부인의 이름은 타타라세르나로, 오늘날에 아주 소수의 사람만 기억하는 것으로 보아, 결코 잊을 수 없는 유명인사는 아니었다. 나는 타타를 뚱뚱한 부인으로 길게 묘사하지 않을 테지만, 키가 컸다고 말하지도 않을 것이다. 그러나 한 가지 말할 수 있는 게 있다. 그것은 바로 그녀가 색감色感—이 단어를 사용한다는 것은 오늘날 다소 무모한 것처럼 보이지만, 당시에 유행어였던 이유는 그 단어를 주조한 사람이 용감하고 사랑스러운 사람이자 젊은이들의 스승이었고, 예술 비평가였으며, 일류 작가였기 때문이다—의 소유자였다는 사실이다. 그녀는 뚱뚱하고 키가 작았으며, 상당히 짙게 화장했고, 예술가의 팔레트 혹은 스펙트럼 그 자체를 온전하게 재생하는 아름다운 천을 두르고서, 가쁘게 숨을 몰아쉬고 흥겨워하면서 짧은 비명을 질러 댔으며, 당직 청년의 수행을 받았다. 당연히 우리 모두처럼, 그 불쌍한 여자는 곧 다가올 재앙을 전혀 생각하지 못했다!

"마치 그림 속의 암탉, 수탉 한 마리가 졸졸 쫓아다니는 암탉 같아." 켈러가 큰 소리로 말했다.

나는 '아니야, 전혀 그렇지 않아'라고 생각했다. 그래서 이렇게 고쳐 주었다.

"색깔이 다른 수많은 천 쪼가리로 만든 암탉 같아. '수탉 한 마리'에 관해서는 의심의 여지가 없어!"

나는 교양 있는 사람들을 위해, 오로지 내 친구들을 위해 이 글을 쓰고 이야기한다. 나는 내가 솔직하게 고백한다고 해도, 그 부인의 기억을 어지럽히거나 흐리게 하지는 않는다고 믿는다. 앞서 그 예술 비평가의 말을 다시 반복하자면, 타타는 '명랑한 눈'이었다. 발레 씨(『말 탄 멋쟁이』의 저자)는 이렇게 말했다.

"어떻게 해야 늙은 여자가 저토록 젊은 10대 청년을 손에 넣을까?"

"아주 힘들게 찾아냈을 거예요." 내 여자 사촌 하나가 의견을 냈다.

순결하건 아니건 여자들은 일종의 전문적 질투심, 즉 궁정 여인의 본질인 시기심과 동시에 구제 불가능한 순진함 때문에, 침실에서는 가능성이 무한하다고 상상한다. 그러면서 평이 좋지 않은 인도 처방을 신봉하는 여자들이 행하는 것이라고 여길 것이다.

"돈이 많아." 발레 씨가 말했다.

여기에 또 다른 오류가 있다. 부자들이 가진 매력은 돈이 전부가 아니다. 여기서 내가 '헤아릴 수 없는 요인'이라고 정의하는 것을 잊지 말아야 한다. 모두가 최근에 일어난 사건을 기억할 것이다. 우리 그룹이 흥분하고 분노해서 거부했지만, 가장 지독하고 무서운 기업가와 한 여자아이가 약혼한 사건이었다. 나는 그 여자아이를 알고 있으며, 상상력이 풍부하고 시적인 여자아이라는 것도 알고 있으며, 왕자와 결혼할 것을 꿈꾸었다고 확신한다. 오늘날 왕자는 공장의 높은 굴뚝들과 성을 가진 기업가들이다.

우리는 조용히 까불거리며 말하고 있었는데, 그때 고함이 들렸다. 칼을 갖고 다니는 미카엘 대천사처럼 그렇게 소리를 지른 사람은 벨기에 탐험가 장 와우터즈였다. 그 여행자는(우리는 아직도 부에노스아이레스, 그러니까 아마도 여행자들을 잘 받아 주는 시골 같은 곳에 살고 있었다) 히바로 원주민*들의 나라, 즉 우리 대륙 대부분을 차지하는 어두운 밀림의 한쪽 구석에 있는 나라에서 우리 도시로 내려온 사람이었다. 그의 방문 목적은 널리 알려져 있다시피 강연이었다(우리는 아직도 외국인과 강연이 불가피한 전체를 이루던 시절에 살고 있었다). 중요한 인물을 모른 척하지 않는 타타는 우리 모두를 초대해서 그를 소개했다. 나를 팔꿈치로 쿡쿡 찌르면서, 내 여자 사촌은 속삭였다.

"저 사람이 와우터즈야."

나는 피부가 희고, 눈이 툭 튀어나온 남자를 보았다. 그는 한쪽 주머니에서 하얀 종이로 포장한 것을 꺼내더니, 그것을 열어 시커먼 물체를 보여 주었다. 반사작용에 이끌린 사람처럼, 나는 편안한 안락의자에서 일어나 최대한 가까이 접근해서 구경꾼들의 머리 사이로 그 벨기에 사람이 어쭙잖은 존경의 인사로 타타에게 준 물체를 살펴보았다. 그것은 사람의 피부에 머리카락, 그리고 눈과 이를 가진 완벽한 사람 머리였다. 다시 말하면, 원주민들이 끔찍하게 미라로 만들어 축소한 주먹 크기의 머리였다. 타타는 입을 열었고, 잠시 후 잠긴 목소리로 외쳤다.

"셀레스탕!"

가슴에서 솟아 나오는 그 고통의 외침은 너무나 순수했던 나머지, 야비한 폭력으로 희생된 애인의 비가와 혼동하기에 충분했다. 가장 무감각한 사람들을 포함해 우리는 모두 그 소리가 진정한 한 여인이 임종 때 내뱉는 숨소리와 같다는 것을 즉시 깨달았다. 다시 말하면, 기괴한 최후로 인해 그녀의 명성이 조롱받고 잔인하게 짓밟히며 결국 추락하고 말 것을 알았다.

---

* 에콰도르와 페루 아마존 지역에 사는 원주민. 수아르족이라고도 불린다.

사실 제정신이라면 그 누구도 한 남자의 변덕 때문에 타타의 명성이 처참해지리라고는 생각할 수 없었다. 하지만 무어가 인용한 월터 페이터*가 지적하듯이, 명석하고 총명하며 의기양양한 여자들도 위성과 같은 면이 있다는 것도 사실이다. 부드럽고 절대적인 달은 우리가 볼 수 없는 햇빛 덕분에 빛난다. 마찬가지로 중요한 인물 타타는 가장 중요한 자리를 차지했으며, 그 안에 꿋꿋이 있었다. 그것은 그녀의 명성 덕에 아주 특별한 사람과 연결되었기 때문이다. 그 사람이 바로 현자이며 돈 후안이고 탐험가이자 상류계급의 사교가인 셀레스탕 보르드나브였다. 그는 이 세상의 가장 이상한 지역으로 돌아다닌 사람으로 명망이 높았다. 이 두 명사의 사랑—다른 한편으로 더럽고 탐욕스러운 일—은 1930년에 일어났지만, 타타의 명성은 시간이 흘러도 떨어지지 않았다. 오히려 더욱 기운이 나서 멀리 떨어져 있는 보르드나브의 모든 모험에 갈수록 많은 영향을 끼쳤다고 말할 수 있다. 얼마 전에—하지만 세월은 너무나 빨리 지나가고, 그래서 아마도 몇 년 전일 수도 있다—우리는 파테 뉴스 프로그램에서 기자들과 사진사들, 그리고 사인을 받으려는 아가씨들에게 둘러싸여 그가 히바로 원주민들의 지역으로 떠나는 것을 보았다. 또 나는 천연색 화보에서도 그를 보았는데, 그는 1미터 80센티미터의 근사한 남자였으며, 굽이진 하얀 머리카락이 약간 사나운 붉은색의 피부와 극단적인 대조를 이루었고, 이런 말을 해도 될지는 몰라도 그의 활력이 강조되고 있었다. 이제 그는 육체가 없는 머리만, 그것도 주먹 크기로 축소되어 벨기에 동료에게 운반되어 돌아왔다. 타타는 기절하고 말았다. 사

---

* 1839~1894 영국의 문학가이자 평론가. 대표작으로 『쾌락주의자 마리우스』 『상상의 초상화』 등이 있다.

람들이 그녀를 개인 침실로 옮겼다. "어휴 창피해!"라는 내 외침과 당직 청년의 킥킥대는 웃음소리가 울려 퍼지기 전에 실신했다면 좋으련만! 그놈이 우리 여자 친구의 흰 손에 찌르기(나는 은유적으로 말하고 있다)를 시도했다는 것을 고려한다면, 그의 웃음소리는 음흉하며 배신적이라고 말할 수 있을 것이다.

사람들의 감성 혹은 섬세한 배려의 부족을 볼 때마다 나는 소스라치게 놀란다. 일반 사람은 그 부인을 방으로 데려가고, 부분적이나마 그 집에 질서가 회복되었을 때, 켈러가 무슨 말을 했는지 상상하지 못할 것이다. 아무 일 없었던 것처럼 차분하게 켈러는 와우터즈에게 물었다.

"히바로 원주민들은 산 제물을 항상 죽이나요?"

"물론이죠." 벨기에 사람이 대답했다.

"나는 유독 키가 작은 아프리카의 피그미족에 대해 잘 알아요." 켈러가 말했다. 그는 라틴아메리카를 믿지 않으며, 밖에서 오는 모든 것에 매혹되는 수많은 패배주의자 중의 하나다. "그들은 온몸을 성공적으로 축소해요. 그리고 그게 중요한 것이지요. 죽이지는 않아요."

곧 그는 우리에게 라파엘 우르비나의 이야기를 들려주기 시작했다. 어느 가난한 친척이 조그만 목소리로 말해 달라고, 그리고 요란한 몸짓으로 손수건을 구겨 짓누르면서 우리에게 타타의 실례를 너그럽게 용서해 달라고 부탁했다. 우리는 그 말을 그만 그곳을 떠나 달라는 말로 이해했다. 우리는 '간식'이라는 음식점으로 출발했고, 그곳에서 따뜻한 스튜 요리를 먹었다. 그런 동안 켈러는 장황하게 말했다. 그가 언급한 끔찍한 이야기의 중요한 점을 여기에 적는다.

"깊은 소명의식, 그러니까 의심할 나위 없이 운명에 복종한 사람의 예가 부족하지는 않아요." 그는 말했다. "그러나 젊었던 어느 순간에는 적당하지 않은 길로 나아갔지요. 약제사 키츠, 공무원 모파상, 대서사 우르비나를 누가 상상할 수 있겠어요?"

"나는 우르비나가 생활비를 벌어야 했다는 사실조차 상상할 수 없어요." 내가 대답했다.

켈러는 계속 말했다.

"돈(호아킨이라는, 잊힌 부자 삼촌의 유산)은 사랑과 함께 그에게 왔지요. 우리가 우르비나에 대해 가진 생각은 그가 자산가이며, 속세의 어느 장소에 숨어서 살았고, 시끄러움 속에서 고독을 즐겼으며, 작품이 많지 않은 시인이고……"

"아주 적어요." 어느 청년이 말했다. 그는 내가 사방에서 마주치기 시작한 청년인데, 다행히도 나는 아직 그를 잘 모른다. "너무나 적어서 우리는 그의 작품이 정성스럽게 씌어졌고 더할 나위 없이 훌륭하다고 추측하지요. 하지만 그건 커다란 실수입니다."

"난 그가 아르헨티나 사람이라는 것을 알고 있어요." 내 여자 사촌이 말했다. "하지만 우리 나라에 살았으리라고는 절대 생각하지 않았어요. 나는 그가 우리 나라 경제가 호황이었을 때 자발적으로 망명한 사람 중의 하나라고 생각했거든요."

"지금은 자발적으로 그런 사람이 별로 없어요." 켈러가 주를 달았다. "분명한 것은 우르비나가 배를 타고 떠났고, 프랑스의 빌프랑슈에 내렸다는 거지요. 그리고 평생을 거기에 머물렀어요."

발레 씨가 눈에 띌 정도로 회상의 매력에 푹 빠져서 지적했다.

"나는 로사리오 지역 출신의 어느 사람에 대해 말하는 소리를 들었어요. 검둥이 차베스라는 사람이에요." 그는 목소리를 낮추고 비밀

이야기를 하듯이 속삭였다. "정말이지 아주 까무잡잡하고 아주 배워 먹지 못한 악한이에요. 그는 배를 타고서 마르세유에서 내렸고, 그곳에 정착했지요. 고대 마실리아*에 관해 그가 준비하는 논문을 볼 필요가 있어요. 또 나는 비고에 뿌리를 내린 누군가의 친척에 대한 말도 들었어요."

"우르비나의 경우는 달라요." 켈러가 이의를 제기했다.

"그래요." 내가 말했다. "로사리오나 밀라노와 유사한 마르세유를 빌프랑슈와 비교할 생각은 말아요. 날씨가 얼마나 다른데!"

켈러는 아주 멀리서 나를 보는 것처럼 바라보더니 곧 체념하고서 내 여행 이야기와 불만의 소리가 끝나기를 기다리는 것 같았다. 하지만 네코체아의 주민인 내가 빌프랑슈에 대해 열광하는 것을 이해할 수 있을까?

"우르비나가 대서사로 일했을 때 말인데요." 마침내 그가 말했다. "그는 부에노스아이레스에서 젊은 시절을 보내고 있었어요. 그는 후안 라르키에르의 상속인이 매매하는 부동산 공중서류를 작성하는 일을 했지요. 과부와 그의 딸은 당시 티그레 마을에 있는 별장 '라레타마'에 살고 있었어요. 그런데 언젠가 서명을 받기 위해 우르비나가 그들을 찾아갔어요. 9월의 차갑고 안개가 자욱한 어느 아침이었어요. 물안개와 무성한 수풀에 휩싸여 집은 기억처럼 희미하게 나타났지요. 내가 작년에 빌프랑슈로 우르비나를 찾아갔을 때 그는 내게 『내면의 일기를 위한 비망록』을 읽게 해 주었는데, 거기에 무겁고 삐걱거리는 철문을 밀고 정원을 가로질렀던 순간에 대한 언급이 있어요.

* 지금의 마르세유.

176

'모든 게 심하다 싶을 정도로 초록색이었다. 나뭇잎뿐만 아니라 이끼로 뒤덮인 나무 몸통도 모두 초록색이었다. 나는 수많은 잎사귀 위로 걸었다. 썩은 식물과 함소꽃 냄새가 났다.' 그는 문을 두드렸어요. 기다리는 동안 그는 제복을 입은 하인이 문을 열어 줄 것이라고 확신하면서, 동료를 보내지 않은 것을 후회했어요. 평소처럼 마음이 약한 탓에 그렇게 하지 못했거든요. 그날 아침 동료와 대서소 사무실에서 만났을 때, 우르비나는 동료가 자기처럼 티그레 마을까지 가는 걸 너무나 귀찮아한다고 짐작하고는, '내가 갈게'라고 서둘러 말했어요. 그는 마음 약하고 소심했지만, 또 비사교적이기도 했지요. 모임에 참석하는 법이 없었고, 아무도 모른다는 걸 자랑삼아 말하곤 했어요. 그는 반항아였어요. 소네트와 맞서서 카르보나리 혁명이라는 것을 주도했었어요. 문을 열어 주지 않자, 다시 그는 짜증 나지 않도록 부드럽게 초인종을 눌렀어요. 그는 커다란 집의 하인들은 절대로 품격을 잃지 않는다고, 의심할 여지 없이 수프를 끓이고 있기에 문을 열어 주는 데 시간이 걸린다고, 그래서 손님이 감기에 걸리게 한다고 생각했어요. 아니면 아마도 그가 분업의 희생자일지도 모른다고 추측했어요. 그러니까 각각의 업무에 한 명의 하인이 있고, 문 안쪽으로 먼지떨이를 든 한 하인이 돌아다녔지만, 그 사람에게는 아무것도 기대하지 말아야 한다고, 아무리 초인종을 누르고 도와 달라고 요청해도 소용이 없다고 생각했어요. 그리고 문을 열어 주는 일을 맡은 하인은 안쪽에서 계속해서 전진하고 있지만, 너무나 먼 곳에서 오느라 아직 도착하지 않았고, 언제 도착할지는 아무도 모른다고 생각했어요.

문이 열렸어요. 그런데 그의 앞에 있는 사람은 하인이 아니라 그 집의 아가씨, 플로라 라르키에르였어요. 우르비나는 내게 그 이야기를 상세하게 들려주었어요. 마치 하나의 비밀과 슬픔을 과도하게 간직하는 바람에, 그걸 말해 주면서 행복해하는 것 같았지요. 그는 내게 서정적인 열정으로 말했어요. '문틀에 바로 아테나 여신이 나타났어.'

그는 그 여자아이를 따라서 복도와 가구들이 천으로 덮여 있는 방을 지났어요. 플로라 라르키에르는 깨끗하고 명랑한 목소리로 이렇게 말했어요.

'손을 주세요. 그래야 넘어지지 않을 거예요. 나는 무슨 일이 있어도 불을 켜지 않거든요. 난 당신이 이 방들에 있는 흙먼지를 보느니, 차라리 넘어지는 게 낫다고 생각하거든요.'

그들은 계단이 있는 큰 방에 도착했어요. 위층에서 한 줄기 빛이 비추었지요. 서양 삼나무로 장엄하게 만들어진 계단에는 카펫이 깔려 있지 않았어요. 그리고 또한 몇 년 전부터 왁스칠도 하지 않았다고 말할 수 있을 정도였어요. 그들은 위층의 큰 방까지 올라갔어요. 널찍하고 텅 비었으며, 그래서 우르비나는 슬퍼 보인다고 생각했지요. 채광창으로 빛이 들어오고 있었어요. 바닥은 모자이크 나무 마루였고, 문은 다섯 개 있었으며, 회색 벽지를 바른 벽에는 회색의 긴 가구들이 붙어 있었지요. 벽에는 기념비적인 것을 제외하고는 그 어떤 장식도 없었어요. 그건 바로 벽 밑에서 위까지 완전히 덮고 있는 거울이었는데, 윗부분은 휘어졌고, 극장의 장막을 떠올리게 하는 자줏빛의 무거운 커튼으로 둘러싸여 있었어요. 그 맞은편 맨 끝에는 세 개의 가구가 모여 있었어요. 하나는 등이 아주 높고 좁은 1인용 밀짚 의자였는데, 거기에는 올리브그린 색깔의 상당히 빛바랜 쿠션 하나가 놓여 있었지요. 그리고 흰색으로 칠한 부서질 것 같은 나무 테이블과 등과 의자가 즈크 천으로 된 조그만 1인용 의자와 함께 세트를 이루었어요. 플로라는 우르비나에게 밀짚 의자를 가리켰고, 미안하다면서 그곳을 떠났다가 잠시 후에 아름다운 은 쟁반을 들고 되돌아왔어요. 쟁반에는 셰리주가 담긴 세공된 크리스털 병, 그리고 똑같은 크리스털로 만든 두 개의 잔과, 금색 테두리에 파란색 테가 그려진 흰 도자기 접시가 있었는데, 그 접시에는 동물 모양의 아주 오래된 과자가 담겨 있었어요. 여자아이는 스무 살이 조금 넘어 보였고, 온화하고 그리스적인 아름다움을 지녔으며, 흠 하나 없는 약간 헐렁한 옷을 입었고, 눈은 초록색이었으며, 코는 오똑했고, 손은 아름답고 가냘팠는데, 몸 크기와 비교하면 이상할 정도로 허약했어요. 우르비나는 우리 공화국의 비유적인 모습 같다고 말했지요. 약간의 말다툼이 있었는데, 두 사람 모두 밀짚 의자를 양보하려고 했기 때문이었어요. 결국, 그 의자에는 플로라가 앉았어요. 거기에 앉자, 마치 옥좌에 앉은 것처럼 두 개의 창끝이 있는 조그만 홀을 만지작거렸어요. 우르비나는 그 물건을 양쪽에 창끝이 달린 포세이돈의 삼지창이라고 묘사했어요. 그러자 그녀의 모습은 공화국이 아니라, 여왕, 그러니까 조각품에 새겨진 상징적인 여왕과 같았어요. 즉시 우르비나는 그녀와 함께 있는 것이 편안하게 느껴졌고, 그녀를 조용하고 소탈하며 명랑하고 자신감에 차 있으며, 잘난 체하지 않고, 거리낌 없이 말하는(그런데 집 안을 어둡게 해서 아무도 먼지를 보지 못하게 했다는 것을 몰랐을까요?) 여자라고 평가했어요. 그녀가 자기 어머니는 추위 때문에 류머티즘과 독감을 달고 산다고 말하자, 그는 그 말을 금방 곧이곧대로 믿었어요. 수많은 사람이 그 집의 부인은 미쳤고, 플로라는 자기를 정신병원으로 데려갈 수도 있다는 두려움에 사로잡혀 아무도 만나지 않은 채, 어머니와 함께 그 별장에 틀어박혀 살고 있다고 중 얼댔는데, 그는 그 말을 기억하지 못했어요. 그걸 떠올렸다면 그 말을 믿지 않았을 것이고, 일종의 명예훼손이라면서 거부했을 거예요. 플로라만 쳐다봐도 그녀의 집 안에 광기가 스며들 틈이 없다는 것을 충분히 이해할 수 있었으니까요. 어쨌든 우르비나는 플로라를 믿고서 서류를 건넸고, 그렇게 부인이 침실에서 그 서류에 서명할 수 있도록 했어요. 잠시 후 그는 플로라가 가져온 서류를 받았고, 그가 표시해 놓은 서명과 서류의 서명이 일치한다는 것을 확인했지요. 그러고서 그는 플로라와 함께 계단을 내려와, 문 옆에서 그녀와 악수했어요. 이 방문에 대해 우르비나는 믿을 수 없이 간접적으로 문학적 증언만을 남겨 놓았어요. 이미 언급한 『내면의 일기를 위한 비망록』의 구절과 다음에 인용할 시뿐이었어요.

당신의 저택
은 쟁반과 식기
한쪽 구석에서
쥐가 윙크한다.

이 시구는 대수롭지 않은 상황을 떠올리고 있어요. 우르비나와 플로라는 향긋한 셰리주를 음미하고 있었어요. 그런데 무언가가, 갑자기 불어온 바람이나 쥐가 거울을 감싸고 있던 자줏빛 커튼을 떨게 했지요. 순간적으로 여자아이가 침착함을 잃어버리는 것 같았어요. 마치 방문객이 말할 수 없이 창피한 것을 발견할까 봐 두려워하는 것 같았지요. 이 모든 게 금방 지나갔어요. 쥐가 있었다면 그 쥐도 사라졌고, 플로라의 당혹함도 사라졌어요.

다음 날 보이드 집안의 아가씨들—어릴 적 여자 친구들이었지만 그는 절대로 만나지 않았지요—이 우르비나를 스페인 화가를 기리는 모임에 초대했어요. 그는 자기가 그 화가를 인정하는지 아닌지도 생각하지 않았어요. 그는 그 초대를 비롯해 다른 초대도 수락했어요. 그래서 자신의 카르보나리 반란(소네트의 차원을 넘어선)을 저주했고, 심오한 이성을 따른다는 이유로 이성적으로 논하지 않는 사람처럼 합당한 이유를 찾지도 않은 채 속세의 삶으로 뛰어들었어요. 너무나도 분명한 것은 그가 사랑에 빠졌지만, 자기가 사랑에 빠졌다는 것을 알지 못했다는 거예요. 그러나 '감정 애착'이라는 현상은 즉시 일어나지 않았어요. 처음에 그가 모임에서 만나는 거의 모든 여자는 똑같이 눈부셔 보였어요. 그는 이렇게 털어놓았어요. '내가 보기에는 적어도 사람을 대할 때나 피부에서는 하나의 결점이라고는 찾아볼 수 없는 사람들 같았어. 물론 내가 보기에 화려하고 깨끗하며 우아하고 향내 좋으며 행복한 이런 모든 여자의 본보기는 플로라였어.' 그런데 그가 모르는 것이 있었는데, 그건 자기 여자 친구를 속세의 여자라고 여기면서, 그 어떤 속세의 사람도 범하지 않았을 실수를 범했다는 거예요. 이미 말했던 것처럼, 플로라는 아름답고 젊지만, 별장에 틀어박혀 살았고, 그래서 그녀가 모임에 나타난 것은 우르비나가 모임에 모습을 드러낸 것과 일치한다고 추측할 수 있지요.

우르비나가 첫 번째 모임에서 플로라를 보았을 때, 그는 놀라지 않았어요. 그리고 자기가 그곳에 있는 것이 음모와 책략의 결과라는 사실을 의심하지도 않았지요. 그러나 사실은 이랬어요. 플로라는 친구 중에서 누가 그를 아는지 부지런히 조사했어요. 하지만 화가를 기리기 위한 모임이 어느 정도나 그녀와 우르비나가 만나게 만드는 구실로 작용했는지는 전혀 밝혀진 바 없어요.

세속적인 명사 모임에 참석한 나머지 여자들은 서서히 우르비나에게 개개인으로 존재하지 않게 되었어요. 우르비나는 아주 최근에 그 여자들의 개성에 관심을 보였지만, 이내 그들은 일종의 섬광처럼 순간의 매력적인 존재로만 남게 되었지요. 그들의 목표는 플로라를 부각하고 띄워 주는 것이었거든요.

이런 시기에 두 사람은 각자 전형적으로 행동하지요. 남자는 아무것도 가진 것이 없어서 모든 걸 배워야지요. 그리고 감정의 문제에서는 스물네 살이면서도 여섯 살 내지 여덟 살에 불과해요. 여자에게는 결점과 본능의 힘이 거의 그대로 작용하지요. 그러니까 여자는 모두 세상이 생겼을 때부터 축적된 경험을 물려받아요. 티그레 마을에서 그날 아침 우르비나를 처음으로 보았을 때, 플로라는 자기가 원하는 것을 알았고, 그것에 따라 행동했어요. 여기서 그녀가 신중하지 못한 여자라고 추측해서는 안 돼요. 우르비나는 내게 그토록 진정으로 순수하고 정직한 사람을 직접 만난 적이 없다고 말했어요. 그리고 이렇게 덧붙였지요. '그녀 앞에서 나는 어린아이 같았어. 제대로 교육을 받지 못해 불순하거나 조숙할 수 있는 그런 아이 같았어. 선과 악을 구별하려면 그녀를 쳐다봐야 했어.'

아마도 모든 선집에 수록된 시는—너무나 유명하고 내가 보기에는 너무나 개인적인—그 시기에 씌어졌을 거예요.

사랑의 기쁨을
나는 그대에게 알려 주고자 했네.

그건 예술이 할 수 없는 것.

  여기에서 시인은 아마도 문학의 주제 중에서 가장 힘들고 어려운
것과 마주하면서 교묘하게 피해 가지요. 그건 바로 행복이에요. 분명
한 것은 당시에 우르비나는 아주 행복했다는 사실이에요. 그들은 서
로 사랑했고, 그 사랑은 전술과 전략을 동원한 전쟁처럼 보이지 않았
어요. 또 플로라는 완전히 순수하고 다정했으며, 별장에서 관련된 일
만 빼고는 무한하게 솔직했기 때문이에요. 그녀는 그를 '라레타마'에
서 다시는 맞이하지 않았고, 언젠가 그가 그녀를 데려다주겠다고 고
집을 피우자, 티그레 마을의 기차역 너머로 오는 건 허락하지 않았어
요. 그래서 별장은 금지된 지역, 그러니까 일종의 접근 불가능한 성
으로 약간은 전설 같고 약간은 불길한 성격을 띠게 되었어요. 그러나
우르비나는 그 문제를 심각하게 여기지 않고서, 이렇게 생각했어요.
'내가 골똘히 생각하면 묻게 될 거고, 내가 물으면 플로라에게서 얼
마나 괴롭고 슬픈 대답을 듣게 될지 아무도 몰라.' 물론 그는 그녀 어
머니가 미쳤다는 말을 믿기 시작했어요. 또 그 어떤 것도 그의 행복
을 방해하지 않기를 바랐지요.
  플로라와 만나 런던 그릴에서 차를 마시기로 했던 어느 날이었어
요. 우르비나는 캉가요 거리에서 레콩키스타 거리로 내려오다가 자
기가 늦었다는 사실을 깨닫고는, 걱정이나 불안과 비슷한 당황스
러운 감정, 즉 자기를 기다리는 여자 친구의 모습을 떠올리게 만드
는 감정에서 벗어나 이렇게 생각했어요. '아직 도착하지 않았을 거
야. 그리고 도착했더라도 상관없어. 그동안 내가 수없이 기다렸는데,
한 번쯤 기다리면 어때.' 그는 일부러 천천히 걸었고, 가게의 진열창

을 쳐다보았으며, 자기가 괴물이라는 사실을 깨달으면서 걱정하기보다는 재미있어하는 사람처럼 빙긋 웃었어요. 두 사람은 너무나 사랑에 빠져 있었고, 너무나 상대방을 배려했어요. 그래서 그녀는 그의 사랑을 철석같이 믿었어요. 그런데 이제 그는 무감각의 세계로 추락하고 있었어요. 그건 동기가 없었기에 배신보다도 더 나쁜 상황이었고…… 그는 생각했어요. '이 모든 것은 영혼이 매우 잔인하고 매우 상스럽다는 것을 보여 줘.' 즐거운 마음으로, 마치 자기가 복수심에 불타는 것처럼(그러나 그렇지 않았어요), 그리고 복수를 한 것처럼 (무슨 복수?), 그는 런던 그릴로 들어갔어요.

　낮이 길어지기 시작하는 때여서 거리에는 아직 햇빛이 많이 남아 있었어요. 그는 달려 들어갔는데, 아마도 그렇게 무의식적으로 자신의 위선을 보여 주었던 것 같아요. 하지만 이내 멈추었어요. 환한 밖과 어두운 내부가 너무나 대조적이라 제대로 보이지 않았거든요. 마침내 그는 보았고, 테이블에는 그 누구도 없다는 것을 확인했으며, 플로라가 없다고 믿고서 너무나 놀랐고, 너무나 믿을 수 없었고, 너무나 화가 났어요. 그는 홀의 가운데로 와서 왼쪽으로 돌아 이쪽저쪽을 바라보았어요. 왼쪽 끝에 있는 테이블에서 그녀를 보았어요. 그 장면에서—그는 그녀를 바라보고 있었고, 그녀는 그가 자기를 바라보고 있다는 것을 모른 체하고 있었어요—그는 자신의 불성실을 드러내는 상징과 플로라의 확신하는 사랑의 상징을 발견했다고 믿었어요. 그는 용서를 빌고 싶었고, 이제는 더 무관심하지 않을 것이며 배신하지도 않겠다고 맹세하고 싶었으며, 그녀를 팔로 안아 주고 싶었어요. 하지만 그는 무언가 때문에 그렇게 하지 못했어요. 그건 바로 플로라의 등이 약간 움직이고 있다는 것을, 아마도 떨고 있다는 것을 눈치챘고, 대화하면서 중얼거리는 소리를 들었거나 상상했기 때문이 었어요. 그는 자기 여자 친구가 혼자 말하는 게 아닐까 생각했어요. 그렇지만 나중에 이 말을 분명하게 들었어요.

'사랑해.'

그는 감동해서, 자기가 늦는 바람에 플로라의 마음이 흔들렸다고 생각했지요. 그는 그녀에게 달려가 소리쳤어요.

'내 사랑 플로라!'

억지로 평정을 유지하고, 눈물로 부정하면서도 그것을 닦지 않은 채, 플로라는 초록색 눈으로 그를 노골적으로 뚫어지게 쳐다보았고, 손수건을—크고 별로 여성용 같지 않은—커다란 손가방에 넣었어 요. 그 눈물들, 혹은 플로라가 눈물을 닦지 않고서 손수건을 손가방 에 넣은 상황—우르비나는 '내게 눈물 값을 완전히 받아 내기 위해' 라고 생각했어요—때문에, 그는 어찌할 바 몰랐어요. 그의 기분 상태 는 완전히 바뀌었어요. 그때까지 거의 있는지조차 몰랐던 웨이터에 게 그는 주문했어요.

'아주 뜨거운 차 한 잔, 과자도 함께요.'

그는 생각했어요. '인생은 극적이지 않지만, 극적인 사람들이 있고, 우리는 그런 사람들을 피해야 해. 그녀의 어머니는 미쳤고, 딸은 괴 짜야.' 한편 그는 그런 진귀함을 장려하고 촉진할 마음이 없었어요. 그는 눈물도 눈치채지 못했고, 플로라가 그를 쳐다보면서 느낀 긴장 감도 깨닫지 못했어요. 마치 아무것도 모르는 것처럼 아무 주제에 대 해서나 말할 작정이었어요. 무언가를 눈치챘다는 유일한 신호—플 로라를 피해 가지는 못할 신호—는 소극적인 태도, 그러니까 그가 그 들 두 사람에 대해서나 그들의 사랑에 대해서 말하지 않을 것이라는 사실이었어요. 그 순간 사랑에 대해 말하려면, 아마도 엄청난 노력이나 어릿광대와 같은 천부적인 적성이 필요했을 거예요. 그는 타블라다*의 강연에 대해 말했어요. 그가 로사리오에서 강연했던 작가였지요(오테로라는 친구가 주선하고 칼라브리아 대학 위원회와 모든 걸 조정해서 그에게 몇 푼이라도 벌게 해 주었어요).

차가 나오자, 그는 차를 마시고 과자를 정신없이 먹어 치웠어요.

'내가 그곳에서 보낸 사흘 낮과 사흘 밤 동안 문학을 주제로 토론했어요.' 우르비나가 말했어요. '아주 늦은 시간까지 우리는 이 카페에서 저 카페로 옮겨 다녔으며, 마치 몽유병자처럼 거리를 쏘다니면서 시를 읊고, 기욤 아폴리네르**와 막스 자코브***를 인용했지요. 때때로 나는 내가 어떻게 전차에 치이지 않았는지 생각하면서 놀라곤 해요.'

그는 지난해를 마치 머나먼 황금시대처럼 떠올렸어요. 이 점에서는 모든 젊은이와 비슷해요.

'당신은 지금보다 그때가 더 행복했어요?' 그녀가 묻고는 그의 손을 잡았어요.

그는 짧게 대답했어요.

'아니요.'

그는 웃으면서 그녀를 바라보았고, 계속 생각했어요. 플로라는 듣고 있었어요. 자기가 우르비나의 유일한 사랑이 아니었음을 뜻밖에

---

* 호세 후안 타블라다(1871~1945). 멕시코의 시인이며 스페인어권 문학에 하이쿠를 도입한 것으로 유명하다.
** 1880~1918 프랑스의 시인. 캘리그램이라는 용어를 처음 사용했다.
*** 1876~1944 프랑스의 시인이자 비평가. 20세기 초 프랑스 현대 시를 새로운 방향으로 이끈 인물이다.

깨닫자, 전염성 높은 열정에 이끌려 약간은 못마땅하게, 약간은 질투를 느끼고 있었어요. 우르비나는 아무것도 눈치채지 못하고서 마음속의 비밀에 이르렀지요.

'당신에게 난 책을 쓴다고 말했어요. 책으로 엮을 정도의 분량인지는 잘 모르겠지만요. 나는 하이쿠를 써요. 그건 타블라다가 도입한 일본 시의 한 형식이에요. 시 하나 읊어 줄까요? 자, 잘 들어 봐요.'

꿈의 가로수길
나는 걷고 널 만나리라.
언제?

그녀가 그 시의 영감이라는 걸 깨달을 시간을 주지 않도록 그는 다른 시를 읊었어요.

꽃가루 운반자, 나비
네 안에 미래의
장미가 반짝인다.

'정말 마음에 들어요.' 플로라가 건성으로 말했어요.

'나도 마찬가지예요. 이 시는 타블라다의 엄격한 정전에 딱 들어맞는다는 장점이 있지요. 하나만 더 읊겠어요.' 우르비나가 우겼어요. '하나만 더 읊을게요. 마지막으로 이 시만 읊을게요. 이건 내가 가장 좋아하는 작품인데, 적어도 내가 보기에는 상당히 명랑하고 활기차게 잊을 수 없는 로사리오에서의 모험을 노래해요.'

아, 로사리오의 밤
그대의 아스팔트에 문학의
열정으로 나는 오줌을 누었다.

'마음에 들지 않아요?' 시인이 물었어요. '운이 너무나 일본적이라서 비위에 거슬리는 모양이네요. 미안해요.'

이 시에서 모호한 취향에 대한 비웃음을 볼 필요는 없어요. 그 당시 우르비나는 문학에 너무 흠뻑 빠져 있었고, 문학적인 문제보다 더 현실적인 것은 없다고 믿었으며, 물론 모든 사람이 그렇게 생각할 것이라고 상상했어요. 그는 마지막 하이쿠가 '나약한, 너무나 나약한' 시라면서 변명했어요. 그리고 변명하기 위해 이렇게 덧붙였지요.

'적어도 나는 소네트의 나뭇가지 속으로 도망치지는 않아요.'

그들이 런던 그릴에서 나오자, 그는 자연스럽게 제안했어요.

'티그레로 데려다줄게요.'

'아니에요.' 플로라가 대답했어요. '나중에 나 혼자 가겠어요.' 이 말을 듣자, 우르비나는 자기가 쓰러지고 있다고, 아니 그녀의 말이 자기를 쓰러뜨리는 느낌을 받았어요. 그러자 그는 지적인 여담을 멈추고서 플로라의 되돌릴 수 없는 행위를 깊이 생각했지요. '나를 별장에서 멀리 있게 하고 싶은 거야.' 그는 생각했어요. '아무리 생각해도 알 수가 없어.' 그는 약간 화가 났어요.

그들은 택시를 탔어요.

'팔레르모로 가 주세요.' 그가 지시했어요. '숲으로 돌아서 갑시다.'

플로라의 몸 옆에 있자 그는 분노를 잊고서 다시 문학에 대해 말했고,《우리들》잡지의 비평가를 비웃었어요.

'그 작자는 분류 체계를 몰라요.' 그가 말했어요. '나를 4행시 작가와 혼동해요. 그는 그런 작가들을 '경제 분야에서 울창하며 강인하고 민속적인 관목림의 보잘것없는 잡목'이라고 규정하지요.'

그는 다시 흥분했지만, 플로라의 얼굴에서 기분 나쁘고 멍한 표정을 보았으며, 그래서 나무처럼 견고한 이미지를 풍겼다고 믿었어요. 그는 한숨을 내쉬며 말했지요.

'정말 사랑해!'

그들은 자동차를 타고 숲길을 천천히 돌아다녔어요. 그는 전통에 따라 그녀를 껴안았어요. 그런 동안 플로라는 마치 공을 만지작거리듯이 커다란 손가방을 만졌어요. 정말로 저글링을 하기에는 너무 컸어요. 벌거벗은 기분으로 그는 생각했어요. '내가 그녀를 지겹게 하는 것일까? 우리가 문학에 관해 이야기하면, 특히 우리가 시를 읊으면, 여자들은 인내심을 잃어버려.' 당연히 커다란 손가방을 만지작거리는 동안 초조한 떨림 혹은 경련이 있었지요. 그는 그녀에게 키스했고, 그녀를 낙담한 상태로 놔두지 않겠다고 결심했어요. 그리고 타블라다의 하이쿠 운율과 일본 하이쿠 운율의 차이(후에 부에노스아이레스의 어느 문학잡지에서 별쇄본으로 출간하지요)를 나름대로 열심히 비교하다가, 마지막 순간에 설명에서 벗어나 사랑의 맹세로 나아갔어요. 한숨과 애무, 오후에 잠시만 사랑하는 여인을 보려고 수많은 고통을 받는 것에 관한 생각 등에 대해 말했지요. 이 모든 것이 의심의 여지 없이 큰 손가방에 자극이 되었어요. 그러니까 그 가방이 공중으로 날아갔던 거예요. 플로라는 급히 가방을 되찾고서 그의 품에서 벗어났어요. 그리고 우르비나가 정신을 되찾기 전에 차 문을 열고는 숲으로 마구 뛰어가기 시작했어요. 당황한 우르비나가 소리쳤어요. '미쳤어요?' 그가 그녀를 쫓아갈 기회는 이미 사라졌어요. '운전사는 우리에 대해 뭐라고 생각할까?' 운전사가 이 모든 게 택시비를 내지 않으려는 추잡하고 더러운 전략이라고 생각할지도 모른다는 두려움에 사로잡혀, 그는 뒷좌석에 꼼짝도 하지 않고 앉아 있었어요. 그런 동안 플로라는 나무들 사이로 도망쳤어요.

운전사는 목소리가 조용하면서도 걸걸한 토종*이었어요. 그는 이렇게 말했지요.

'내가 당신이라면, 산속에서 잃어버리든 말든 그 여자를 그냥 놔두겠습니다. 하지만 너무 큰 기대는 하지 마십시오. 내일, 아니 아무리 늦어도 오늘 밤에는 그 여자를 만나게 될 겁니다. 그래요, 내가 보증하는데, 당신 자신을 나무랄 필요는 하나도 없습니다. 난 뒷거울로 당신들을 유심히 보았고, 당신이 올바르고 예의 바르게 그녀를 기습했다는 사실을 증언할 수 있습니다.'

잠시 생각에 잠긴 후, 우르비나는 간신히 입을 뗄 수 있었어요.

'내가 보기에는 잠시 미쳤어요.'

'여자입니다. 미친 것과 여자는 똑같습니다.' 운전사가 너그럽게 대답했어요. '남자는 여자들과 함께 살고, 그들을 진지하게 여깁니다. 그들에게 모든 걸 물어보고 조언을 구하며, 나중에는 세상이 거꾸로 가고 있다는 것을 의아하게 여깁니다. 선생님, 당신은 가장 앞서고 진화된 사람이 일부다처제의 흑인이라고, 아침에 여자들을 조그만 방에 넣어 두고서 당신과 나처럼 직장으로 가는 게 아니라, 코끼리를 타고 호랑이 사냥을 나가는 흑인이라고 생각합니까?'

---

* criollo. 독립 이전부터 아르헨티나에 살고 있던 스페인인과 원주민의 혼혈을 지칭하며, 이후에 도착한 이민자들과 구별된다.

'시내로 돌아갑시다.' 우르비나가 슬프게 말했어요. 그러고는 정확한 장소를 지칭했지요. '산타페와 푸에이레돈이 만나는 사거리로 갑시다.'

'페드리제인가요, 아니면 올모인가요?' 운전사가 물었어요.

'숨무스 바로 가 주세요.' 우르비나가 대답했어요.

'부에노스아이레스의 가장 오래된 수다쟁이 중의 하나가 당신에게 충고 하나 해도 될까요?'

'마음대로 하십시오.'

'술을 너무 많이 마시지 마십시오, 선생님. 여자 때문에 술에 취하는 건 절대로 해서는 안 될 일입니다. 나는 진심으로 선생님과 함께 있어 줄 수 있습니다. 대축일 다음에는 갈증이 심해지지만, 야근하는 일꾼은 차고에서 기다리며, 이미 잘 알려져 있듯이, 폭군에게는 불행한 사람처럼 좋은 건 없습니다. 내가 늦게 도착하면, 여자는 울고, 나는 그녀의 입에서 빵을 빼앗지요.'

우르비나는 생각했어요. '이 사람은 택시 요금을 받지 않고, 오히려 요금 주는 걸 불쾌해할 수 있는 사람이야.' 그러나 요금을 내는 순간, 그는 팁을 두 배로 주었어요.

'내가 틀리지 않았군요.' 운전사가 자신 있게 말했어요. '선생님은 우리 토종에게 용기를 주는 사람이시군요. 그런데, 내 말을 들어 보세요. 사실 우리가 아니면, 이 나라에서 돈은 돌지 않습니다. 이민자가 가난뱅이처럼 2기통 르노를 타고, 그러니까 바퀴 달린 허접한 깡통을 타고 기어 다닐 때, 나는 이스피노나 들로니 벨빌 고급 자동차에 승객을 태우고 다니면서 돈을 펑펑 썼습니다. 물론 오늘날 선생님이 라플라타 박물관에서 그것들을 보면, 웃음을 참을 수 없을 테지만

말입니다.'

숨무스 바에서 우르비나는 친구들 테이블에 앉았어요. 그날 저녁 그곳에서는 로사우라 토펠베르그, 파스쿠알 인다르테와 고인이 된 라몬 오테로가 대화를 나누고 있었지요. 로사우라가 큰 소리로 말했어요.

'라파엘, 넌 목신牧神* 같아. 내륙 지방의 목신 같아.'

'다른 사람들도 내가 시골 촌놈의 분위기를 풍긴다고 했어.' 그가 대답했어요.

'말도 안 되는 소리야.' 오테로가 이의를 제기했지요. '완전히 목신 그 자체야. 여자들이 말하길, 그들을 미치게 만든다고 해.'

'여자들이 우리를 미치게 만들어.' 우르비나가 대답했어요. '그들은 우리의 악마야. 낮에는 원주민들이 '제나나'라고 부르는 방 안에 보관해야만 해.'

'못됐어!' 로사우라가 소리치고서 사랑스러운 눈빛으로 그를 쳐다보았어요.

로사우라의 머리카락은 지푸라기, 거의 은빛의 지푸라기로 만든 것 같아서, 머리에 붙어 있으면 어두워졌어요. 가짜 속눈썹은 무척 길었고, 마찬가지로 긴 손톱에는 새빨간 색을 칠했어요. 키는 작았고, 상체를 세우고 꼿꼿하게 걸었어요. 머리를 약간 뒤로 젖히고, 한 손을 허리에 올려놓고 걸었지요. 30센티미터 길이의 검은 파이프로 끊임없이 담배를 피워 댔어요. 그녀는 고전 발레 교사 자격증을 갖고 있고, 연쇄점의 진열장 장식가로 일했으며, 그런 이유로 그 그룹이

---

* 반은 사람이며 반은 양의 모습을 한 신으로 음탕한 성질을 지닌다.

언젠가 출간할 잡지의 표지를 그리는 데 가장 적당한 사람이 되어 있었어요.

그들은 평소처럼 잡지 출간 계획을 논의했고(무한한 대화를 통해 변함없이 나오는 그 잡지의 특징은 소네트를 배제하는 것이었어요), 맥주를 마셨어요.

9시에 거기서 나왔지요. 인다르테와 오테로는 길모퉁이에서 잡은 차를 타고 출발했어요. 그러자 우르비나는 로사우라에게 물었어요.

'조금 걸을래?'

'좋아.'

'온세 거리로 가지? 그럼 코리엔테스 거리까지 함께 가 줄게.'

그들은 조용히 한 블록을 걸었어요. 그런데 갑자기 우르비나가 멋진 말을 했어요.

'인생은 극적이지 않지만(인생은 이런저런 게 아니야), 인생이라는 말로 드라마를 재연하는 사람들이 있어.'

또다시 침묵이 흘렀어요. 우르비나는 침묵을 깨면서 이렇게 말했어요.

'우리가 그런 드라마로 끌려들어 가는 건 쉬워. 사랑에 빠지는 건 쉬운 일이야. 아니, 사랑에 빠지는 게 아니라, 사랑에 빠진 사람처럼 행동하는 건 쉬워.'

그는 말을 많이 했어요. 플로라와 로사우라와 함께 있으면 그는 항상 말을 많이 했어요. 부에노스아이레스 청년들은 의심이 많고 말이 없으며, 항상 여자들에게만 관심을 두는 것 같지요. 우르비나도 그런 청년 중의 하나였고, 그런 역할을 매우 유감으로 여기면서, 의심의 여지 없이 이상적인 여인을 위해 사용하려고 아껴 두고 있었어요. 그들은 이미 코리엔테스 거리를 지나서 온세 거리에 도착하고 있었어요.

'플로라는 내가 그녀의 집에 가는 걸 원치 않아. 네 생각은 어때? 애인이 있어서 내가 그를 발견할까 봐 두려워하는 건 아닐까? 무슨 비밀을 숨기고 있는 걸까? 가족 안에 바보가 있는 것일까?'

'곧 알게 되겠지.' 로사우라가 자기 생각을 말했어요.

'아니면, 오히려 편견일지도…… 네 생각은 어때? 나를 창피해하는 걸까?'

'그럴 수도 있겠지.' 로사우라가 말했어요. 그러더니 놀라서 발길을 멈추었어요. 그녀가 플로라를 싫어한다는 게 그녀의 말에서 드러났던 것이지요.

'괜찮아, 로사우라.' 우르비나가 안심시켰어요. '내가 모두 알아볼 게. 그렇지 않으면 내 인생의 일부를 이해할 수 없거든. 더 큰 문제는 플로라가 비밀에 싸여 있건 아니건, 더는 내게 매력적이 아니라는 거야. 자, 도착했으니, 난 그만 갈게. 안녕.'

'갈 거야?' 로사우라가 물었어요. '이렇게 이른데 갈 거야?'

'이르다고? 우리 집 저녁 식사는 9시 반이야.'

그는 로사우라가 섭섭해하는 것을 눈치채지 못하고 택시를 향해 달려갔어요. 집에 도착했을 때 식구들은 디저트를 먹고 있었어요. 그에게 저녁을 다시 차려 주었지만, 그는 간신히 입만 댔어요.

'배고프지 않은 게 기적은 아니지.' 그의 아버지가 심각하게 말했어요. '오후 내내 바에서 맥주를 마시니까.'

그러자 그의 어머니가 토를 달았어요. '가끔은 거기에 블랙커피와 파니니 샌드위치를 먹어요. 기가 막힌 혼합이에요! 젊은 애들의 위는

모든 걸 다 받아들이나 봐요!'

그의 부모는 항상 그를 높이 평가했고 존중했지만, 음식(정해진 시간에 많이 먹어야 했다)과 잠(쾌적하게, 그리고 푹 자야만 했다)에 대해서만은 엄격했어요.

그는 밤새 잠을 이루지 못했어요. 생각에 잠겨 반추하는데, 토종 운전사와 불쌍한 로사우라는 반박할 수 없는 악마로 나타났어요. 그런데 오로지 그와 플로라에게만 관련되는 문제들을 어떻게 로사우라가 알게 되었을까요? 인간 말종인 운전사가 플로라에 대해 경멸하듯이 말했는데, 어떻게 그걸 그냥 놔두었을까요? 내일 당장 그 사람을 찾아 그가 생각하고 있던 것을 말해야겠다고 마음먹었어요. 그런데 그토록 거대한 부에노스아이레스에서 어떻게 그를 찾을 수 있을까요? 만일 찾을 방법이 있다면, 논쟁은 틀림없이 치열하고 어려워질 테고, 그로 인한 때늦은 분노는 우스꽝스러울 것이었어요. 분명했어요. 그는 플로라가 자신의 운명이라고 인정하기 시작했고, 그 운명에 따르면, 그는 가장 약한 사람, 그러니까 로사우라를 들볶을 것이었지요. 그리고 로사우라와 운전사를 아무리 미워하더라도, 그들이 잘못한 것이 아니라는 사실을 부정할 수는 없었어요. '각자가 자기 악마에 대한 책임을 져야 해'라고 그는 결론 내렸어요(그는 이 글을 『내면의 일기를 위한 비망록』에 적어 두었어요). 이런 상황에서 벗어날 수 있는 출구가 있었어요. 그건 티그레 마을로 달려가서 플로라에게 용서해 달라고 애원하는 것이었지요. 그런데 생각해 보니 출구는 바로 별장의 닫힌 문이었어요. 플로라는 그를 안으로 들어오지 못하게 할 것이었어요. 사실 그는 괴로워할 필요가 없었어요. 그가 실수를 범한 것은 플로라가 용서받을 수 없는 행동을 하는 바람에 당황해했기 때문이에요. 비밀은 없었어요. 그녀의 가족에서 바보나 애인을 찾는 것은 부질없는 짓이었어요. 단지 버릇없고 아마도 신경질적인 여자아이만이 있었어요. 이런 생각을 하자 그는 안심이 되었지만, 그래도 아무 소용이 없었어요.

다음 날 그는 전날만큼 슬픔에 잠겼어요. 인생과 자기 자신에 대한 불굴의 관찰자인 이 문학도는 향수와 기다림이라는 불행에 빠져 있었어요. 그는 플로라를 생각했고, 전화를 생각했으며, 티그레로 전화거는 것을 미루었고, 그렇게 해야 할지 말아야 할지도 결정하지 못했으며, 티그레에서 전화가 오기만을 학수고대했지만, 그런 일은 일어나지 않았어요.

그런데 어느 날 밤 요리사에게 믿을 수 없는 말을 들었어요.

'이봐요, 여자 친구 전화예요.'

그는 자기도 모르게 급히 전화기가 있는 곳으로 달려갔지만, 전화를 건 사람은 로사우라였어요. 그녀는 우르비나에게 왜 숨무스로 오지 않느냐고 물었어요. 실제로 그는 아무 곳에도 가지 않았어요. 그는 아무도 만나지 않았어요. 친구도 만나지 않았고 세속적인 사람도 만나지 않았어요. 그러자 그는 생각했어요. '믿을 수 없는 일이 일어났어. 난 사랑에 빠졌어.' 그는 거북했고 불안했으며, 약간 아팠고 말랐으며 수척했지요.

어느 날 아침 그는 글을 쓰고 싶었어요. 그는 중얼거렸어요. '아스클레피오스에게 줄 수탉 한 마리. 뮤즈의 희생. 아직도 기도의 불꽃이 탄다.' 그는 한 가지 주제를 찾았어요. 그리고 계속 혼잣말로 중얼댔지요. '난 그녀를 보았다. 평정심을 잃고 헝클어졌다. 그녀만을 생각할 수 있었다.' 그는 공책을 펼쳐서 시를 썼어요. 어느 비평가는 우르비나에게 헌정된 《시작》 잡지의 어느 호에서 우리의 가슴을 찢는 하이쿠로 평가하며, 또 다른 비평가는 이 시를 흑색 다이아몬드와 비교하지요.

잃어버린 정원
모래, 바람, 무無
너를 만났네.

그 순간부터 그는 오래지 않아 건강을 되찾았어요. 매일 일했고, 푹 잠을 잤으며, 배고파서 먹었고, 숨무스에 다시 모습을 드러냈어요. 그리고 어느 날 밤에 로사우라와 함께 영화관에 갔어요. 우르비나가 말하고 그녀를 쳐다보는 방식에 약간의 감성이 있었다면, 로사우라는 완벽하게 승리할 수 있었어요. 그들이 본 것은 코미디 영화였어요. 로사우라는 광고판에서 마리 프레보스트, 해리슨 포드, 판 페보른과 같은 배우들의 이름을 읽었을 때 이미 짐작했음이 분명해요. 그리고 그건 그의 파멸 행위였어요. 철부지 같은 장면을 너무나 좋아하고 감성이 모자란 두 가지 성격이 너무나 남성적으로 뒤섞여, 우르비나는 영화에서 눈을 떼지 못했을 뿐만 아니라, 크게 깔깔대는 극단에 까지 이르렀어요. 로사우라는 금방 화를 내는 성격이었지만, 우르비나와 사귀면서 자기 마음을 통제하는 법을 배웠어요. 하지만 모든 건 한계가 있지요. 그날 밤 그녀는 '더는 참을 수 없어'라고 소리치고서 자리에서 일어나 가 버렸어요. '내 안에 여자들을 화나게 만드는 무언가가 있거나 아니면 여자들이 모두 똑같은 거야'라고 우르비나는 생각했어요. 다음 날 아침 로사우라는 그에게 전화를 걸어 미안하다고 했어요.

어느 정도 시간이 흐른 10월의 후텁지근한 밤, 마당이 있고 포도 넝쿨이 있으며 복숭아가 있고 보체* 공놀이장이 갖춰진 바라카스의 어느 식당에서, 우르비나는 다양한 부류의 사람들(그는 그 사람 중에서 플로라를 보게 될 것을 처음부터 직감했다)과 고기와 과자를 함께 먹고 레드 와인을 함께 마셨어요. 그건 우리의 모임을 방문한 유명한 손님인 안토네스쿠 교수를 환영하기 위한 모임이었지요. 그는 루마니아 수학자로 아인슈타인을 비난하고 반론했어요.《비평》기자의 말에 따르면, 그는 빛의 속도를 부정하면서 마이컬슨과 몰리의 실험**을 부정했으며, 더불어 '그 보람 없는 기념비인 상대성 이론'을 파괴했지요.

식당은 1층짜리 집으로 세 개의 마당이 있었는데, 바닥은 모두 흙이었어요. 모든 방이 마당을 마주 보고 있었어요. 그리고 모든 방 안에는 벽의 덧칠이 부분적으로 떨어졌고, 흰색의 나무 천장널은 석회가 칠해져 있었지요. 길고 좁은 만찬용 테이블은 앞쪽의 거실부터 마지막 마당의 귀퉁이까지, 집 안의 벽이 있는 곳에서만 끊어진 채 길게 펼쳐져 있었어요. 루마니아 수학자 주변에, 그러니까 오테로와 사야고 박사 사이에 우르비나의 자리를 지정해 주었어요. 그때 그는 두 번째 거실, 즉 형편없으면서도 장식이 많은 지역에서 플로라를 보았어요. 심장이 마구 뛰었어요. 그는 식사한 후에 그녀와 말해야겠다고 생각했지만, 루마니아 교수의 말을 들어야 했어요. 교수는 힘들게 떠

---

* Bocce. 하얀색 공을 목적 지점에 놓고 그곳까지 가장 가깝게 공을 굴려 점수를 얻는 경기. 유럽을 비롯해 이탈리아 이민자들이 있는 여러 지역에서 널리 알려져 있다.
** 물리학의 역사상 가장 중요한 실험 중의 하나로, 광학적 에테르 이론을 부정하는 최초의 유력한 증거가 된다.

듬거리며, 주중에 코르도바, 투쿠만과 로사리오를 방문하는 목적이 무엇인지 말했어요.

'난 항구들을 아주 좋아합니다. 로사리오 항구는 그 지방만의 독특하고 멋진 색깔을 갖고 있나요?'

오테로와 우르비나는 즉석에서 즉흥적으로 대답했어요. 회의적인 말투로 루마니아 학자는 자신 있게 말했어요.

'어떤 항구를 가건 똑같은 배들과 술집들과 부두와 선원들이 전부지요.'

그러자 오테로가 끼어들었어요.

'그래서 말인데, 나는 『피셔톤』이라고 이름 붙인 단편집에서 가장 지역주의적인 색채를 보여 주는 것을 통해 보편적 요소를 살펴보고서 발견할 생각입니다. 세계를 벗어나 지방에 칩거할 필요는 없습니다. 오히려 지방을 세계로 활짝 여는 게 내 목표입니다.'

'한 항구를 본 사람은 말입니다,' 다소 화가 난 수학자가 다시 말했어요. '모든 항구를 본 것과 똑같습니다.'

놀라울 정도의 대식가인 사야고 박사에게 빵 쟁반을 갖다줘야겠다는 핑계로 우르비나는 자리에서 일어났고, 문 앞을 지나면서 플로라를 보았어요. 플로라는 순백의 옷을 입고 있었고, 어깨에는 노란 숄을 걸쳤어요. 그녀는 너무나도 분명하게 온화했고, 그것은 그녀의 다양한 아름다움에서 나오는 자연스러운 후광과도 같았지요. 그러자 우르비나는 택시 사건과 자기가 용서를 빌고 조사해 봐야겠다는 자가당착적인 목표를 잊어야만 한다고 생각했어요. 그는 중얼거렸어요. '나는 그녀 옆에 있는 것만으로도 충분해.' 플로라는 그에게 어머니처럼(어느 정도 합당한 이유가 있는데, 그녀 옆에 있을 때면 우르비나가 정신적, 육체적으로 어린애처럼 느꼈기 때문이에요) 달콤한 미소를 짓고 있었어요. 그는 못 본 척하고서 자리로 돌아왔고, 와인 한 잔을 마셨어요. 다시 일어나 용기를 내서 플로라에게 달려가기를 그가 얼마나 염원했는지 알아요? 그는 여자들의 세상—답답하고 불명확하며 심리적이고 해로우며 번거롭고 장황한—이란 그 고귀한 외모뿐만 아니라, 남자들의 마음과도 어울리지 않는다고 생각했어요. 그러고서 항구들의 지방색에 관한 토론을 다시 시작했고, 그 토론이 전개되면서 누군가—우르비나 아니면 안토네스쿠—가 이발소에서 면도하는 것을 더 좋아한다는 말을 했어요. 두 사람은 즉시 활발하게 말했어요. 뜨겁고 정열적인 말투로 서로 의견을 교환했고, 서서히 유사하다는 것을 발견했는데, 그런 유사성은 이발소와 면도칼, 비누와 물의 온도에 한정된 것뿐만 아니라, 같은 문제를 다르게 보는 관점들도 마찬가지였고, 그래서 그들은 놀라지 않을 수 없었어요. 강연이 시작되자, 그들은 입을 다물어야만 했어요.

세 번째 강연이 시작되자 거실로 사람들이 우르르 몰려들었어요. 그는 사람들이 너무 많다는 핑계로 강연에서 빠져나와 다른 방으로 갔어요. 그는 어느 의자로 다가가서 플로라 맞은편에 앉았어요.

'잘 지냈어?' 그가 웃으며 물었어요. 여자 친구의 초록색 눈에서 이상한 빛을 보자 그는 놀랐어요. 당황한 그는 명랑하고 즐거운 말투를 구사했는데, 우리가 환자들에게 이야기하거나, 특히 정신병자에게 이야기할 때 그것은 공격적인 말투가 되기도 하지요. '여기 분위기는 딱딱하지 않아서 내 마음에 들어.' 그는 숨을 내쉬며 말했어요.

한편 플로라는 무아경에 빠진 태도로 미소를 지었는데, 그건 파티에 들어오면서 인사하는 사람들의 태도였어요. 그리고 우르비나만

들도록 그녀는 아주 작은 소리로 말했어요.

'많이 보고 싶었어요. 날 버리지 말아요.'

'이게 뭐지?' 우르비나는 생각했어요. '마치 아무 일도 없었던 것처럼 다시 돌아가자는 거야?' 그는 이런 말에 휩쓸리지 않을 작정이었어요.

'나는 지금이 좋아요.' 그가 말했어요. '아주 열심히 일하고 있거든요.'

'우리는 말해야만 해요.'

'말해야만 한다고?' 우르비나는 머릿속으로 반복했어요. '난 그렇게 생각하지 않아.'

그러자 플로라는 다시 말했어요.

'우리는 말해야만 해요. 난 당신이 우리 집으로 와 주면 좋겠어요. 제발 부탁이니, 날 버리지 말아요. 날 버리면(당신에게 용서를 빌게요, 라고 말하는 게 얼마나 끔찍한지 난 알고 있어요), 난 무슨 짓을 할지 몰라요.'

'그런 말은 하지 말아요.' 그는 중얼거렸어요.

그는 맞은편 거실로 돌아왔어요. 수학자는 종이쪽지를 읽으면서 세 개의 강연에 감사를 표했어요. 그리고 마침내 그의 말이 끝나자 삼삼오오 무리를 이루었어요. 우르비나는 여자들과 외국인들이 짜증난다고 생각하고는 사야고 박사에게 다가갔어요. 테이블에 흩어진 나머지 빵들을 모으는 데 정신을 쏟고 있던 사야고 박사는 빵 조각들을 조심스러운 다람쥐 같은 입으로 먹으면서 연극에 관해 말했지요.

'이제 연극은 없어.' 그가 선언했어요. '셰익스피어의 어느 무대, 그리고 버나드 쇼의 인생극이 전부야.'

'아리스토파네스는요? 플라우투스*는요?' 오테로가 물었어요.

'사람들은 모든 걸 보관해.' 사야고가 말했어요. '사랑보다 더 강한 열정은 문서보관소야! 연극은 과장된 문체나 언론처럼 시간의 공격을 참지 못해. 작가들은 영원하고자 글을 쓰지 않으며, 여러 번 읽게 하려고 글을 쓰지도 않아. 심지어 자기 작품이 읽히리라고 생각하지도 않고, 즉각적인 효과만 찾아.'

'정말 밥맛없게 잘난 체하는 인간이야!' 우르비나는 속으로 말하면서 플로라 때문에 한숨을 내쉰 후 생각했어요. '제발 그녀에게 나쁜 순간이 지나갔으면 좋으련만.' 그는 다른 방을 엿보았어요. 플로라가 있던 장소는 비어 있었어요. 그는 차분함을 잃지 않기로 했지요. 순식간에 집을 돌아다녔어요. 플로라는 보이지 않았어요. 그러자 차분하게, 체계적으로, 그러니까 우선 테이블과 복도를 따라서, 그러고는 마당과 나뭇가지 아래를, 마지막으로 포도 넝쿨 아래를 찾아보기로 했어요. 친구들이 그를 붙잡아 세웠어요. 《카라스 이 카레타스》** 시인의 아들인 곤살레스가 그녀를 찾는 것을 도와주겠다고 약속했어요.

'조건이 있어.' 곤살레스가 말했어요. '이 두 개의 커다란 술잔에 담긴 아니스로 우리를 달콤하게 만든 다음에 찾아 줄게.'

그는 각각의 손에서 커다란 술잔을 보여 주었어요. 코냑을 먹을 때 사용하는 잔이었지요. 우르비나는 아무 이유도 모른 채 그들의 제안을 받아들였고, 단숨에 술을 마셨어요. 그 술은 정말로 아니스 술, 아

---

* 고대 로마의 희극작가. 일반 대중을 위해 대담하게 자유스러운 원작의 변형과 개작을 단행했다. 셰익스피어, 몰리에르 등의 극작가에게 크게 영향을 주었다.
** 1898년부터 1941년까지 출간된 아르헨티나의 주간지.

주 달콤한 술이었지요. 사람들은 나뭇가지 아래에 모여 있었어요. 교양 있고 부드러운 목소리로 늙은 기타 연주자가 노래를 불렀어요.

안토네스쿠 씨는 가우초
내 사랑이여,
나를 버릴 생각이라면,
답례로라도 아첨은 하지 말아요.

시인의 아들이 지적했어요.
'이 노랫말에서는 강변과 초원이 하나밖에 없는 손을 서로 마주 잡아.'
'플로라를 찾아보자.' 우르비나는 이렇게 말하면서 침착함을 잃지 않으려고 했어요.
그들은 그곳에 모인 사람들 사이에서 찾았고, 끝없이 이어진 복도에서도 찾았으며, 마지막 마당에서 그녀를 찾으면서 벤치에 앉아 사랑하고 있던 어느 커플을 소스라치게 놀라게 했어요. '상상력이 부족한 탓에 나는 모든 걸 역사의 결과라고 생각해'라고 우르비나는 생각했어요. '역사를 보면, 일이 일어나는 순간에 결정해야 해.'
'아델리아 스카를라티를 소개해 줄게.' 곤살레스가 말했어요. '코스코라마 그룹의 젊은 아가씨야.'
몸은 비쩍 말랐는데, 얼굴은 크고 화장을 짙게 했으며 포동포동한 여자였어요. 우르비나는 그녀에게 플로라에 관해 물었어요.
'그 여자는 어정쩡하게 있었어요.' 아가씨가 대답하면서 손가락으로 자기 이마를 만졌어요. '난 그 여자를 유심히 살펴봐야겠다고 생각했고, 그래서 눈을 떼지 않았어요. 그녀가 어떻게 했는지 요약해서 들려줄게요. 우선 혼자서 말했고, 손가방을 만지작거렸어요. 그리고 눈물을 흘리더니 마구 뛰어나갔지요.'

다른 그룹에게 열변을 토하면서 사야고 박사는 거의 소리 지르듯이 큰 소리로 말했어요.

'갑작스러운 변화와 아주 극적인 상황의 연속이야. 여기에 중요한 점이 있어.'

아무에게도 작별하지 않고 우르비나는 식당에서 나와 알지 못하는 거리로 5백 미터가량 걸었고, 아무도 없는 넓고 황량한 거리에서 택시를 탔어요. 그리고 레티로역으로 갔고, 거기서 가장 빨리 떠나는 티그레행 열차를 탔지요. 그런데 어느 순간 소침해졌어요. 남의 삶에 간섭하는 행동이 좋은 결과를 낳은 적은 한 번도 없었거든요. 그러자 생각했어요. '플로라가 예상에서 벗어난 짓을 하게 되면, 내가 막아야 해.' 그런데 플로라가 집으로 돌아갔을 것이라고 어떻게 확신할 수 있을까요? 그는 플로라가 강물에 빠져 죽었을 것으로 생각하지는 않았어요. 그건 그녀가 수영할 줄 알았기 때문이에요. 또 기차가 달려올 때, 기찻길에 몸을 던졌으리라고 생각하지도 않았어요. 그건 너무나 잔혹한 일이었기 때문이에요. 이렇게 추측하자 그는 슬퍼졌어요. 티그레역과 라레타마 별장 사이의 구간을 뛰었고, 더는 달릴 수 없게 되자 빠르게 걸었어요. 달빛이 은빛 수증기로 별장을 휘감고 있다고 말할 수 있을 정도였어요. 문이 닫힌 것을 보고 문을 두드리지만 아무도 그에게 열어 주지 않는 것, 이것이 그가 불안해하면서 예측했던 상황이었어요. 하지만 문이 열려 있는 것을 보자, 그는 자신의 두려움이 확인되는 것을 본 사람처럼 몸을 떨었어요.

그는 집으로 들어갔어요. 그곳에 딱 한 번 있어 본 것이 전부였지만 자신 있게 어두운 거실로 들어갔고, 무한하게 보이던 벽 때문에 그는 마침내 발길을 멈추었어요. 불안해하면서 벽을 만져 보았어요. 그때 목소리를 죽인 외침 속에서 플로라의 목소리를 듣는다고 생각했어요. 그는 문을 발견하고서 계속 앞으로 나아갔어요. 그때 무언가를 듣고 간담이 서늘해졌어요. '쥐를 밟아 버리고 있어'라고 그는 생각했어요. 실제로 그가 들은 건 갑작스럽게 격분하는 쥐의 날카로운 비명과 비슷한 것이었어요. 그는 무서움을 이겨 내고 마침내 계단이 있는 큰 방에 도착했어요. 처음 방문했을 때처럼 빛이 위에서 내려왔어요. 그는 올라갔지요.

장면은 1분 단위로 계속되어서 잊을 수가 없었어요. 마치 증인이 없는 것 같았어요. 배우들은 완전히 상황에 몰입해 있었어요. 여러분은 그 커다란 방을 기억할 거예요. 여러 개의 문과 회색 가구가 있으며, 한쪽 끝에는 등이 높은 1인용 밀짚 의자와 조그만 1인용 의자 그리고 나무 테이블이 있었고, 반대쪽 끝에는 자줏빛 커튼으로 둘러싸인 엄청나게 큰 거울이 있었지요. 무대에 있는 것처럼, 흰옷과 마치 환상적인 날개처럼 움직이는 노란 숄이 거울에 맞닿아 있었어요. 플로라는 혼자 서서 양팔을 높이 들고서 외쳤어요.

'부탁이에요, 이제 애정극은 그만해요.'

바로 그 순간 그 장면은 중단되고 말아요. 바닥에 닿을락 말락 할 높이에 있던 물건이 떨어졌어요. 우르비나는 그 물건이 자기가 이미 알고 있던, 두 개의 창끝이 있는 홀이라는 것을 알았어요. 홀이 떨어진 바로 그 자리에서 어둡고 재빠른 조그만 동물이 자줏빛 커튼 아래로 걸레받이와 나란히 달려가면서 살며시 열린 문 방향으로 도망쳤어요. 꿈을 꾸는 사람처럼, 우르비나는 '날카로운 비명을 지르던 쥐야'라고 생각했어요. 거기서 일어난 모든 것은 나중에 꿈 혹은 악몽의 이야기처럼 보여요.

'라파엘!' 플로라가 소리쳤어요. 그녀의 말투는 안심하는 것 같기도 했고 화가 난 것 같기도 했어요. '라파엘!'

두 사람은 천천히 굼뜬 발걸음으로 나아갔고, 서로 만났고, 각자 상대방의 팔에 안겼어요. 그러고는 포옹한 채로 마치 발을 질질 끌 듯이 걸어 밀짚 의자로 갔지요. 플로라는 우르비나의 지시에 따라 그 의자에 앉았어요.

'마침내 왔군요!' 그녀가 한숨을 내쉬며 큰 소리로 말했어요.

우르비나는 그녀 옆에 무릎을 꿇고 그녀의 한 손을 자신의 두 손으로 꼭 잡고서 키스했어요.

'모든 걸 설명해 줄게요.' 플로라가 알려 주었어요. '아무리 힘들더라도 말이에요. 모두, 모두 알려 주겠어요. 이미 당신이 알고 있어서 불필요하겠지만 말이에요. 당신은 진실을 이미 예측했어요.'

우르비나는 자기가 무엇을 예측했는지 생각했어요. 또 자기가 어떤 표현을 사용해야 좋을지, 그러니까 그가 아무것도 모른다는 사실을 어떻게 플로라가 눈치채지 못하고 계속해서 설명하게 할 수 있을지 생각했어요. 그는 조용히 진지하게 그녀를 쳐다보았어요.

'저쪽 문을 닫아야 해요.' 조금 더 기분 좋게 플로라가 말하면서, 약간 열려 있는 문을 가리켰어요. '그래야 우리의 얘기를 들을 수 있거든요.'

우르비나는 문을 닫았고, 다시 무릎을 꿇으려고 하다가 조그만 1인용 의자에 앉았어요. 이런 하찮은 이기적 행동을 하면서 그는 관대하게 생각했어요. 그는 온정적이고 자비롭게 행동하기로 마음먹고 있었어요. 그는 플로라를 사랑했어요. 만일 옳지 못한 비밀이 있을지 모른다는 의심이 들었더라면, 그 비밀을 알지 않으려고 그곳을 떠났을 거예요. 그가 그곳에 그대로 있는 것은 플로라가 비열하거나 천한 것을 하나도 숨길 수 없기 때문이었어요. 그가 그녀를 모를까요? 그녀의 친절과 그녀의 세심함, 그리고 정직함을 모를까요? 그리고 그어떤 것이 드러나더라도, 그는 '비겁한 배신 행위를 생각하지 못했어?'라고 분명하게 대답할 것이었어요.

'그는 무엇이든 할 수 있어요. 아주 나빠요.' 플로라가 웃으면서 말했어요. '난 내가 당신을 얼마나 사랑하는지 말했어요. 그래서 그는 체념해야만 했지요. 그런 것을 이해하고 받아들여요. 아주 똑똑하거든요. 그런데 갑자기 성질을 주체하지 못해 반항해요. 나는 함부로 말하지 못하게 해야 한다는 것을 알지만, 불쌍해서 그럴 수가 없어요. 얼마나 고통받는지 봐야 해요!'

'누군가 때문에 고통받는 건 정말 끔찍해요.' 우르비나가 말했어요. 그 자신도 자기가 위선적으로 말하는지, 아니면 솔직하게 말하는지 알지 못했어요.

'그래, 맞아요. 당신은 아주 좋은 사람이에요. 하지만 자기 자신을 지켜야 해요. 루돌프와 있을 때면 자기 자신을 지켜야 해요. 당신이 손에 주는 것을 먹지만, 나중에는 손과 팔을 먹어 버리거든요.'

'이름이 루돌프구나'라고 우르비나는 생각했어요. '왜 새도 아닌데 손에다 먹을 것을 주는 것이지?'

그는 혼잣말로 중얼거렸어요.

'몹시 나쁜 존재면, 우리 자신을 지켜야 하지요.'

'그리 나쁘지는 않아요. 아니, 아마도 착해요. 우리가 그러면, 우리는 어떻게 할까요? 난 모르겠어요.'

'나도 마찬가지예요.' 우르비나가 인정했어요.

'들었어요? 얼마나 소리를 지르는지 몰라요! 나는 그에게 화가 나면 마치 쥐처럼 비명을 지른다고 말해요. 목소리가 얼마나 귀여운지 몰라요! 난 홀을 가져다줄 거예요. 홀을 손에 쥐면 기분이 좋아지거든요. 몇몇 것에는 아주 인색해요. 옹졸해요.'

플로라는 비난하거나 규탄하는 것이 아니라, 다정하게, 생글생글 웃으며 달콤하게 말했어요. 그녀는 일어나서 홀을 집고서 방에서 나갔어요. 그리고 돌아오자 이렇게 말했지요.

'당신을 만나고 싶어 해요. 사과하고 싶어 해요.'

아무 말도 하지 않고서 우르비나는 그녀 쪽으로 걸어갔어요. 플로라가 그의 발걸음을 멈추었어요.

'누군지 알죠?'

'아마도 그럴 거예요.' 우르비나가 대답했어요.

두 사람은 어느 방으로 들어갔는데, 거기에는 아무도 없었어요. 플로라가 말했어요.

'잠깐 기다려요. 당신이 만나러 왔다고 그에게 알릴게요. 이건 루돌프의 옷방이에요.'

그 방에는 기념품들이 전시되어 있었어요. 한쪽 벽에는 노, 마우저 총, 그리고 엄청나게 큰 엽총이 교차하여 걸려 있었어요. 다른 벽에는 멧돼지 머리와 들소 머리, 그리고 코뿔소와 사슴과 얼룩말의 머리가 튀어나오게 걸려 있었지요. 또 테니스 라켓과 스케이트, 그리고 옛날식 권총, 칼, 방패, 활과 화살과 문장과 더럽고 잔인한 원시적인 모습의 창도 있었어요. 은잔은 벽난로 위에 나란히 정렬되어 있었고, 어느 진열장에는 복잡하게 생긴 허리띠가 번쩍번쩍 빛났는데, 그것은 몇 년 전 시장에 넘쳐흐르던 강장 기능을 개선하는 전기 혹은 방사능 기구와 흡사했어요. 아니 오히려 육상선수의 승리를 상징하는 문장 같았어요. 책상 위에는 검은 돌이 하나 있었는데, 그것은 언젠가 산행하러 갔던 기념으로 가져온 것이었지요. 우르비나는 일종의 식민지풍 기도대로 다가갔는데, 그것은 전신 거울로 바뀌어 있었고, 양쪽에 선반이 있었어요. 선반에는 순진한 창녀의 분위기를 풍기는 여자들 사진이 자랑스럽게 놓여 있었지요. 영화 초기 시절의 배우나 오페라 가수들의 분위기였어요. 다소 외설적인 얼굴에는 손으로 쓴 글씨들이 가로지르고 있었는데, 그것은 수많은 언어로 적힌 사랑의 증거였어요. 아니는 빈에서의 추억을, 올리비아는 본머스에서의 추억을, 안토니에타는 오스티아에서의 추억을, 이베트는 니스에서의 추억을, 로사리오는 산세바스티안에서의 추억을, 카트린은 파리에서의 추억을, 그리고 다른 수많은 여자는 베를린, 라이프치히, 바덴바덴에서의 추억을 기념하며 날짜를 적어 놓았어요. 모든 여자가 추억하는 기간은 1890년부터 1899년까지였지요.

그런데 어느 신사의 사진은 양적인 측면과 다양성의 측면에서 이런 여자들을 능가했지요. 꾸밈없는 사진틀과 돋움체의 글자로 정성스럽게 적은 헌사와 함께 한 사람의 삶을 이야기하고 있었어요. 바덴바덴에서 다른 시대의 희미한 인물들과 함께 찍은 어린아이 사진(이미 성나고 건방진 얼굴임을 암시했어요)이 있었어요. 또 튀링거 호프 맥줏집에서 전형적인 학생모를 쓰고서 멋진 자세로 칼을 높이 쳐들고 있던 학생 시절의 사진(더 분노하고 거의 혐오스러운 얼굴에는 처음으로 흉터가 나타나 있었지요)이 있었어요. 또 그 시절에 라이프 치히의 로스플라츠 광장에서 의기양양하게 스케이트를 타던 모습도 있었지요. 그리고 멋쟁이 청년 시절의 사진들이 있었어요. 하나는 드레스덴에서 열린 '젠틀맨 라이더스' 경주에서 말을 채찍으로 때리는 모습이었고, 다른 하나는 숲에서 지질학자들과 인류학자들 합창단과 함께 노래하는 사진(분명 단체 사진이었지만, 아마도 사진을 찍은 각도 때문인지, 아니면 중심인물이 압도해서인지는 몰라도, 희미한 엑스트라 단원들에게 둘러싸인 성내며 거만한 얼굴의 청년 사진 같았어요)이었어요. 그리고 여행자로서의 사진도 있었어요. 얼굴에 두 번째 흉터를 드러내며 늠름하게 앞을 바라보는 사진이었는데, 어느 배의 갑판에 있는 구명정 옆에서 찍은 것이었어요. 거기에는 '클라라보에르만-보에르만 해운'이라고 적혀 있었지요. 그리고 거만하게 웃는 바람둥이 사진도 있었는데, 거기에서는 그가 비쩍 마른 어느 여자아이의 허리를 붙잡고 있었고, 그 여자는 그의 손에서 빠져나오려고 안간힘을 쓰면서도 웃고 있었어요. 그리고 아프리카에서 찍은 사냥꾼 사진도 있었는데, 그는 쓰러진 들소를 밟고 있었고……

우르비나는 정신없이 그 사진을 바라보았고, 그래서 플로라가 그의 옆에 왔을 때 비로소 그녀의 목소리를 들었어요. 그러자 못된 짓을 하다가 들킨 사람처럼 벌떡 일어났어요. 플로라가 말했어요.

'젊을 때 찍은 이 사진들은 불쌍한 루돌프의 자랑거리예요. 나는 루돌프 때문에 이 사진들을 보지 않아요. 너무나 많이 바뀌어서 이제는 다른 사람이에요!' 그녀는 잠시 말을 멈추고서 이렇게 덧붙였어요. '들어갈래요?'

우르비나는 루돌프의 침실로 갔어요. 정말로 방은 어두웠어요. 위쪽 장식 선반에 놓인 쇠 단지는 램프 용도로 썼는데, 파란색 유리 갓으로 덮여 아주 희미한 한 줄기 빛을 비추고 있었어요. 하지만 우르비나가 처음에 그곳에도 마찬가지로 아무도 없다고 믿었던 것은 정말 확실하게 맞아요. 한쪽 벽에는 유화로 그린 초상화가 커다란 황금 틀의 액자에 걸려 있었어요. 가구는 많지 않았지만, 아마도 크기 때문인지, 아니면 중요성 때문인지, 방과 비교하면 너무 큰 것 같았어요. 장식 선반 이외에도 옷장이 하나 있었는데, 앞에는 거울이 달렸고, 위쪽은 나무를 세공해서 새긴 독수리가 있었어요. 그리고 고딕 스타일의 의자 두 개와 닫집과 기둥이 있는 침대, 또 나이트 테이블이 있었어요. 털이 굵고 반짝반짝 빛나는 어두운 색깔의 묵직한 가죽이 침대를 덮고 있었지요. 마침내 검은 가죽 사이로 그는 보았어요.

그를 보자, 우르비나는 상당히 강한 충격을 느꼈어요(하지만 침대 위에서 쥐를 보았던 것만큼 강하지는 않았어요). 루돌프는 아주 조그만 남자였어요. 정말로 작았어요. 키는 손바닥만 했어요. 대략 히바로 족의 축소된 미라 정도의 크기라고 말할 수 있었지요. 머리카락과 눈이 달린 피부와 관련해 말하자면, 미라와 상당히 달랐어요. 내가 생각하는 바에 따르면, 미라의 피부는 푸석푸석하며 재가 된 것처럼 거무죽죽하고, 머리카락은 광택이 없으며, 눈은 죽어 있어요. 그런데 루돌프의 눈은 자긍심의 불꽃을 내뿜는 듯했고, 머리카락은 박박 깎여 있었으며, 피부색은 약간 반짝여서 마치 오랫동안 사용해서 닳은 생가죽 같았어요. 우르비나는 루돌프를 보니 말채찍의 끈이 떠오른다고(그가 입고 있던 옷은 우스꽝스러울 정도로 작았지만) 말했어요. 목신의 얼굴이 달린 말채찍의 끈이었어요. 실제로 눈과 코와 입을 그린 그림과 같은 얼굴에서 그는 목신의 얼굴을 보고 있다고 믿었어요.

물론 전혀 신 같지 않고 원시적이고 현세적인 표정이었지요. 노랗고 사나운 이빨은 새빨간 입술 사이로 반짝거렸어요. 옷방의 사진에 기록된 흉터들은 두 개의 각도로 뺨을 가르고 있었어요. 루돌프는 담요의 털 위로 아주 위엄 있고 의젓한 자세로 앉았고, 오른손에는 홀을 들고 있었어요. 수줍은 탓에 우르비나는 그를 직접 쳐다보지 못하고 옷장의 거울을 통해 바라봤어요. 그런데 갑자기 그 난쟁이 인간이 홀을 떨어뜨리고 그에게 손을 내밀며 무언가를 달라고 한다는 것을 알았어요. 더 설명할 필요도 없이, 마치 그의 손짓이 자연스럽다는 듯이, 우르비나는 약간의 두려움을 느끼면서 둘째 손가락을 내밀었어요. 난쟁이 인간은 두 손으로 그의 손가락을 잡고는 새된 소리를 내뱉었어요. 그가 집에 들어왔을 때 들었던 소리와 똑같았어요. 그런 소리를 한두 번 반복해서 듣자, 우르비나는 그게 무슨 말인지 알아들었어요.

'Sans rancune(섭섭해하지 마)'라고 루돌프는 께느른하고 앳된 프랑스어로 말했어요.

그들은 잠시 침묵을 지켰어요. 우르비나는 말하고 싶었어요. 아무것이나 말하고 싶었어요. 하지만 무슨 말을 할지 몰랐어요. 그저 거울을 통해 계속 루돌프를 바라보았고, 손가락에 쥐가 날까 봐 두려웠으며, 언제까지 그렇게 있어야 할 것인지 생각했어요. 그런데 금방 그 대답이 성나서 손가락을 힘껏 깨무는 방식으로 도착했어요.

'Tableau(행동 끝)!' 루돌프가 소리쳤어요. 그러더니 깔깔거리고 웃으며 담요 털 위로 펄쩍 뛰어 엎드리더니 흐느꼈어요.

우르비나는 상처에서 심한 통증을 느꼈어요. 그런데 소심한 탓에 루돌프의 치아가 너무나 누레서 깨끗하지 않을까 걱정했지요. 다행히 그가 물었던 부분은 손가락 끝이었고, 그래서 피가 상당히 많이 났어요.

'세상에서 가장 나쁜 놈이에요.' 플로라가 말했어요. '많이 아파요?'

'괜찮아요.' 우르비나는 자신 없이 대답했어요. '소독약 있어요? 그 걸 조금 바르면 피가 멈추고 소독이 될 거예요.'

솜에 소독약을 묻혀 그에게 발라 주는 동안, 플로라는 우르비나에게 루돌프가 들을 수 있도록 말했어요.

'그런 행동의 이점은 당신을 자유롭게 한다는 거예요. 맹수처럼 당신을 공격하는 가증스러운 사람과 무언가를 해야 할 의무가 없어지거든요.'

'미안해.' 루돌프가 애원하는 말투로 말했어요.

'그를 용서해 줘요.' 우르비나가 말했어요.

'그래도 소용없어요.' 플로라가 확신 있게 말했어요. '저놈은 자기 성질을 주체하지 못하거든요. 우리가 상상할 수 있는 온갖 문제들을 모두 갖고 있어요. 사람들에게 용서받도록 노력하지 않아요. 절대 그렇게 하지 않아요. 대신 자기가 아폴로나 유피테르인 것처럼 엉뚱한 폭언을 내뱉으며 분을 삭여요……'

'그렇게 말하지 말아요.' 우르비나가 부탁했다.

'당신들은 다시는 불평을 듣지 않게 될 거야.' 루돌프가 말했어요. '난 착하게 처신할 거야.'

루돌프의 스페인어는 그의 프랑스어처럼 께느른했어요.

'놀라지 말아요.' 플로라는 우르비나를 보며 말했어요. '저놈은 자기 성질을 주체하지 못해요. 이삼일쯤 지나면 다시 못된 짓을 저지를 거예요. 그러면 우리는 합당하게 그를 버릴 수 있게 될 거예요. 우리

는 다른 곳으로 가서 마음 편히 살도록 해요.'

'아니야, 안 돼.' 루돌프가 발끈했어요. '그건 안 돼. 맹세하는데, 정말로 착하게 행동하고, 당신들이 다른 곳으로 가지 않도록 할게. 검은 돌 좀 갖다줘.'

플로라가 건방지게 대답했어요.

'좋아요. 라파엘은 그 유명한 검은 돌의 무언극을 알게 될 거예요. 라파엘도 맹세하고, 우리 모두 맹세하는데, 그는 곧 다시 나쁜 짓을 할 거예요.'

플로라는 다른 방에 있던 돌을 가져와 침대 위에 놓았어요. 우르비나는 이런 복종의 행위와 루돌프에게 너무나 심한 말을 한 행위가 모순된다고 생각했어요. 플로라는 오른손을 펼쳐서 돌 위에 올려놓았고, 난쟁이 인간은 그의 손을 플로라의 손 위에 올려놓았고, 우르비나는 자기 손을 두 사람의 손 위에 올려놓았어요. 난쟁이 인간이 말했어요.

'각자 다른 두 사람을 배신하지 않겠다고 맹세해. 그리고 거짓 선서에 대한 벌은 이 돌처럼 까맣게 되는 거야.'

그는 모두가 '맹세해'라고 말할 때까지 손을 거두지 못하게 했어요.

'꼭 어린애 같아요.' 플로라가 설명했어요. '자기가 원하는 건 모두 해야 해요. 그렇지 않으면 경기를 일으켜요.'

이제 우르비나는 어느 정도 자세히 유화 초상화를 살펴봤어요. 그것은 거만한 시선을 하고 얼굴에 흉터가 있는 어느 신사를 그리고 있었지요. H. J.라고 서명한 화가는 전통적인 배경에 당황스러울 정도의 비정상적인 것으로 그림을 구성했어요. 사실적으로 그린 어느 산봉우리 위로 너무나도 분명하게 비유적인 독수리 한 마리가 날아다

넘어요. 그건 독일 제국의 독수리였어요.

우르비나는 난쟁이 인간을 발견한 것이 아마도 자기 인생에서 가장 특별한 일이 될 것이라는 사실을 명료하게 깨달았어요. 그렇지만 육체는 그 이유를 이해하지 못하지요. 너무나 피곤해서 아주 길게 느껴지던 어느 날, 갑자기 그는 자기가 이런 모든 것에, 심지어 플로라에게도 관심이 없다는 것을 알게 되었어요. 그날 그는 오로지 그의 눈꺼풀을 감기게 하는 개인적인 무게, 즉 꿈에만 관심을 쏟고 있었어요. 스포트라이트를 받는 것처럼 공공연하게 잠을 자는 사람에게는 지혜가 있어요. 우르비나는 졸린 것을 숨기려고 애쓰면서, 자기를 즉시 거기서 떠나게 해 줄 수 있는 핑계를 꿈꾸었어요. 손에 넣을 수 없이 멀지만 사랑스러운 것, 가령 망명자에게 조국과 같은 것처럼, 그는 침대를 떠올렸어요. 플로라와 그 난쟁이 인간에 대해 무슨 생각을 했는지는 다음 날 돌아봐도 늦지 않으리라고 생각했어요.

그때 난쟁이 인간이 말했어요.

'라파엘은 졸려.'

'그래, 맞아요.' 우르비나가 인정했어요.

약간 기운을 차리고, 그러니까 눈을 뜨고 잠시 남아 있는 데 필요한 기운을 차린 다음, 거의 마술적 혹은 초자연적인 이런 끔찍한 발견이 현실이라는 느낌을 품고 아마도 다시 돌아오지 않을 마음으로 떠날 작정이었어요. 그는 생각했어요. '생각했을 때 즉시 끝내야 해. 사랑 때문에 승강이를 벌일 때뿐 아니라, 모든 것에서 그렇게 해야 해. 하지만 난 얼간이야. 감각만 중시하는 얼간이야.' 그러고서 말했어요.

'집에 갈게요. 너무 늦었어요.'

플로라가 놀라서 그를 바라본 뒤 루돌프에게 말했어요.

'라파엘을 문 앞까지 배웅해 주고 올게.'

'나도 함께 갈 거야.' 루돌프가 소리치면서 침대에서 몸을 일으켜 팔을 내밀었어요. 어린 아기처럼 자기를 일으켜 달라는 것이었지요. '이제 우리는 떨어질 수 없는 관계야, 하, 하.'

'넌 여기서 기다려.' 플로라가 엄한 목소리로 대답했어요. '나 혼자 라파엘을 배웅해 주고 오겠어.'

루돌프는 홀을 집고서 다시 담요의 털 속에 앉아 두 사람에게 등을 돌리면서 말했어요.

'여기 있을게.'

플로라와 우르비나는 침실에서 나갔어요.

'미안해요.' 플로라가 한 손으로 우르비나의 팔을 잡으며 말했어요 (우르비나는 재빨리 침실 문 쪽을 쳐다봤어요). '내 극악무도한 비밀 때문에 당신을 너무 힘들게 했어요. 당신 눈이 지금처럼 슬퍼 보이는 건 한 번도 보지 못했어요!'

그녀는 졸음을 슬픔과 혼동하고 있었어요. 그러면서 덧붙였어요.

'여자의 직감으로 말하는데, 당신은 이제 영원히 여기로 오지 않을 것 같아요.'

'아니에요, 절대 그렇지 않아요.' 우르비나가 대답했어요.

그는 플로라에게 확신을 주려고 했어요. 그래야 그가 떠나도록 놔둘 테니까요. 그가 조급해하는 것에는 아랑곳하지 않고, 플로라는 루돌프에 대해 말했어요.

'두려워하지 말아요.' 그녀가 말하기 시작했어요. '당신이 들은 말은 전적으로 사실이에요. 그는 자기 성질을 주체하지 못해요. 내일 혹은 모레 다시 나쁜 짓을 저지르면, 우리는 떠나기로 해요. 맹세한 것에 대해서는 걱정하지 말아요. 가장 먼저 맹세를 어길 사람은 바로 그놈이거든요. 우리는 평생 그에게 얽매여 살 수는 없어요. 우리는 그가 문 것을 용서해 주었어요. 아마 또다시 그런 짓을 할 거예요. 물론 그 불쌍한 놈에게 일어난 일을 생각할 때면, 그럴 수밖에 없다고 인정하게 되지요. 내가 그의 입장이라면 난 자살할 거예요. 하지만 그는 삶을 포기하지 않아요. 다른 사람들은 당신 손가락을 문 것 같은 그의 격노한 행위를 증오할 테지만, 루돌프에게 그런 행위는 솔직하게 어느 정도 훌륭한 것이에요. 그건 인정해야만 해요.'

'나도 인정해요.' 우르비나는 이렇게 대답하면서 손가락을 만지작 거렸어요. '하지만 실제로 그에게 무슨 일이 있었던 거죠? 루돌프가 누구죠? 물론 옷방의 사진에 있는 사람은 아니겠지요?'

'그 사람이에요. 사진은 그가 아프리카로 가기 전에 찍은 것이에요.'

'아프리카에 언제 있었죠?'

'1900년경이에요. 사람들이 내게 확인해 준 바에 따르면, 그 당시 독일은 루돌프가 '식민지 갈증'이라고 부르는 것을 발전시켰어요. 그는 순전히 모험가 기질 때문에 첩보부대에 들어갔어요. 그는 아프리카로 파견되었고, 그래서 '보에르만 해운'이라는 아주 멋진 배를 탔어요. 그 회사의 모든 배에는 여자 이름이 붙여져 있었어요. 나중에 어떤 사람은 P&O 영국 선박으로 여행하는 것이 더 근사하게 위장되었을 것이라고 말하기도 했어요. 그러면 루돌프는 애국심이 없는 사람과는 이야기하지 않는다고 대답하지요. 그는 영국의 지배를 받던 우간다로 파견되었고, 그곳에서 해리 존스턴* 경을 알게 되었어요. 그는 보통 사람보다 키가 작았지만, 혈기왕성하고 활동적이었으며, 아프리카를 돌아다니면서 형편없는 그림을 그렸고, 영국을 위해 영토를 정복했지요. 루돌프는 애국심 넘치는 첩보 활동에서 벗어나지 않은 채 교활한 계획을 꾸몄고, 불쌍한 해리 경을 속였어요. 그래서 해리 경은 그를 동료로 삼아 아프리카를 원정했지요. 그들은 뿔이 다섯 개 달린 얼룩말을 발견했어요. 해리 경은 무사히 돌아왔어요. 아마 그가 흑인들과 긴밀한 유대를 가진 것으로 유명했기 때문이었을 거예요. 하지만 루돌프는 피그미족의 마을에 남아 있었고, 이들은 동의를 구하지도 않은 채 당신이 본 것처럼 그를 축소했어요.'

'그런데 당신은 그를 어떻게 알게 되었지요?' 우르비나가 물었어요.

'루돌프는 피그미족들과 상당히 힘든 시간을 보냈어요. 그들은 유럽 의학이 부러워하는 몇몇 결과를 얻었지만, 그들이 아주 세련된 사람들이라고는 생각하지 말아요. 그런 모습으로 루돌프를 축소하기 위해 그들은 특별한 치료법을 사용했는데, 그것은 잔인함과 황당한 미신, 그리고 솔직히 말하면 반론의 여지가 있는 예방법을 혼합한 것이었어요. 이제 당신에게 말하는데, 그는 누구도 파괴할 수 없는 인간이고, 그래서 살아남은 거예요. 몇 년 후 다른 탐험가들이 영국에서 여섯 명의 피그미족 사람들을 전시했고, 그들을 보자 영국인들은 웃음을 참지 못했어요. 그러니 피그미족의 의사와 마법사들의 손에 있다는 것이 어떨지 상상해 보세요. 마침내 남편과 함께 우간다 밀림의 탐험에 동행했던 메리 소니크로프트가 그를 구해 냈어요. 그 불쌍

---

* 1858~1927 영국의 식물학자이며 탐험가이자 화가. 19세기 후반에 '아프리카 분할'에 적극적으로 참여한 인물이다.

한 인간은 구조되자, 다시 다른 문제와 마주치게 되지요. 우리 어머니와 나는 그를 그래스미어에 있는 메리의 집에서 알게 되었어요. 돌아오는 여행에서 우리는 짐이 너무 많아 거의 미칠 지경이었어요. 우리가 구매한 모든 것 이외에, 사냥 전리품, 무기, 사진, 심지어 루돌프의 가구까지 추가해야 했거든요. 그러나 난 후회하지 않아요. 오늘날 나는 그 모든 것에 그의 성격이 표현되어 있다는 것을 알아요. 그러니까 결점투성이지만, 의심의 여지 없이 아주 매력적이지요. 그는 자기가 독일로 갔다면 철십자 훈장을 받았을 것이라고 자신하지만, 그래도 독일로 돌아가려고 하지 않아요. 예전에 알았던 사람을 만나고 싶어 하지 않아요. 정말 믿을 수 없는 것처럼 보일지 몰라도, 그는 사람들이 자기의 그런 모습을 보는 게 창피하다고 느껴요. 아마 그들이 정상인이었을 때의 그를 알기 때문인 것 같아요…… 그 이유를 누가 알겠어요! 어쨌든 루돌프는 겁쟁이가 아니에요. 그는 많은 고통을 겪었지만 불평하지 않아요. 그는 자기에게 일어난 일은 하나의 교훈이라고, 자기는 영원히 기억할 것이라고 말해요.'

우르비나는 생각했어요. '잊을 수 없는 교훈은 쓰여 있어. 플로라의 숭고한 순수함 안에서 그걸 읽을 수 있는 사람이라면, 루돌프의 크기에서 우습거나 익살스러운 점은 전혀 볼 수 없어. 사람이 몇 센티미터에 불과하거나 아니면 1미터라도 무엇이 우습거나 익살스러울 수 있을까? 이 경우에는 대략 똑같지 않을까? 그런 상황에서 웃음은 가장 조악하고 어리석은 것이야. 그건 물질적인 우스움, 그러니까 누군가가 거리에서 넘어지거나 혹은 절름발이가 지나갈 때 몰상식한 놈에게 선사하는 웃음이야.' 또한 우르비나는 자기가 플로라의 순결한 정신적 수준에 결코 이르지 못할 것이며, 교묘한 계략이나 속임수를

남의 여종 219

통해 자신의 목표를 이루는 것은 저속한 본성의 본질이고, 가능한 한 빨리 집으로 가는 방법을 찾아야 한다고 생각했어요.

'갈게요.' 그가 말했어요. '루돌프가 괴로워하고 있을 거예요. 얼른 그에게 돌아가도록 해요.'

'당신은 정말 좋은 사람이에요.' 플로라가 대답했어요.

그들은 서로 뺨에 키스를 한 번 하고서 헤어졌어요.

부에노스아이레스로 돌아오는 기차에서 우르비나는 자기 집에 너무나 돌아가고 싶었어요. 피난처와 같은 곳에 있고자 한 것이었어요. 세상의 잔혹하고 거친 환경에서, 그러니까 비밀이 존재하고 사람을 증오하는 끔찍한 난쟁이들이 있는 곳에서, 그를 쫓아다니는 고상한 여자들이 있는 곳에서 벗어나고 싶었어요. 또 자기 부모님을 보고 싶었고—아주 멀리 있다고 상상하고 있었어요—그의 침대의 차가운 시트 속에서 자고 싶었어요. 이런 실없는 생각 속에는 그의 집과 별장의 모습이 뒤범벅되어 있었어요. 아마도 피곤했기 때문인지, 마치 꿈속에 있는 것처럼 말하면서, 거의 극적일 정도로 강조하는 표정을 짓는 자신의 모습을 보고 있었어요. 그는 상상 속에서 소리쳤어요.

'상상도 못 할 사람이 내 연적이야!' 그는 웃으며 고개를 저었어요. '하지만 내가 보기에 나는 루돌프라는 사람처럼 그다지 믿음이 없어. 그들이 내게 등을 돌리자마자, 나는 벌써 플로라의 감정을 비웃고 있어. 사랑을 구원하는 것은(모든 사랑은 어느 정도 맹목적이고, 상당히 우스꽝스러우며, 과도하게 비위생적이며 개인적이라는 사실을 인정하도록 하자) 순수한 감정이야. 플로라보다 더 순수하고 더 세심한 사람이 있나?' 즉시 그는 그런 연적을 갖는 게 우스꽝스러울 테지만 재미있다고 생각했어요. 두 사람이 그곳에 함께 있었다는 것만으로 충분했어요. 시간이 지나면 비교를 하게 될 것이고, 루돌프가 아주 모범적인 아이처럼 행동할지라도, 누가 마침내 승리할 것인지에 대해서는 거의 의심의 여지가 없었어요. 냉소적으로, 또한 한 여자를 책임지는 남자들의 본능적 두려움을 느끼면서, 그는 갑자기 '이런 상을 받아도 괜찮을까?'라고 생각했어요. 그러고는 조금 덜 냉소적으로, 그리고 더 철학적으로, 정말로 그런 상을 받을 가치가 있을지 생각했어요. 그는 자기의 승리를 상당히 확신했어요.

그러고서 아침 6시에 집에 도착했어요. 부모님이 그를 기다리고 있었어요.

'우리 생각은 전혀 하지 않는구나. 도대체 몇 시에 돌아오는 거야?' 어머니가 말했어요. '오늘 아침은 어떻게 할 생각이니?'

'이미 아침이라오.' 아버지가 알려 주었어요.

'그 이상한 여자애와 밤을 보냈구나.' 어머니가 말했어요.

'누구 말이에요?' 우르비나는 정말로 깜짝 놀라 이렇게 물었어요.

그는 부모님이 플로라에 대해 말하리라고는 전혀 생각하지 않았어요. 부모님이 그녀를 알지 못하고, 절대로 그녀와 자기를 연결하지 못할 것으로 생각했지요. 그런데 어머니가 그런 꿈에서 깨어나게 했어요.

'플로라 라르키에르 말이야.' 어머니가 정확하게 말했어요. '우리가 모른다고 생각했니? 모두가 그걸 알고 있어.'

'모두가 알고 있다니, 뭘 알고 있다는 거죠?'

'그 여자가 미쳤다는 걸 모두 알고 있어.' 아버지가 말했어요. '넌 사람들에게 웃음거리가 되고 싶니?'

그를 가장 화나게 만든 건 비난이 논리적으로 허약하다는 사실이었어요. 몹시 화가 나서 그는 대답했어요.

'그게 무슨 말이죠? 내가 웃음거리가 된다고요? 플로라 라르키에르가 왜 미쳤다는 거죠? 이런 것에 대해 말해 주실 수 있나요?'

'넌 바보거든.' 아버지가 대답했어요.

'왜 그렇다는 거죠?' 우르비나는 물러서지 않았어요.

'모두가 알고 있는 걸 너만 모르고 있으니까.' 어머니가 설명했어요. '플로라는 한 남자와 살고 있는데, 그 남자를 별장에 숨겨 두고 있어. 하인이거나 소년 요리사야.'

'말도 안 되는 소리예요!'

'그 아이는 그 누구보다도 잘 알고 있다오. 하지만 바보라오.' 아버지가 다시 말했어요. '플로라는 우리 아들을 완전히 속이고 있다오. 아마 호아킨 아저씨의 유산이 있다는 것을 알았을 거요.'

'난 바보가 아니에요.' 우르비나가 따졌어요. '플로라는 나를 속이지 않아요. 난 유산에 대해서는 아는 게 없고, 플로라도 그걸 모르며, 하인은 있지 않아요.'

그러자 어머니가 물었어요.

'어떻게 없을 수 있어? 저택 규모인데 하인이 없다는 말이니? 그건 최악의 구두쇠 짓인데.'

'우리 아들을 감쪽같이 속이고 있다오.' 아버지가 다시 말했어요.

'날 속이고 있지 않아요.' 우르비나가 자신 있게 말했어요. '나를 완전하게 믿는다는 증거를 주었어요. 여자들이 거의 주지 않으려고 하는 거지요.'

'비밀이 있다는 것을 인정하는 거지.' 아버지가 말했어요.

'비밀이라고요?' 어머니가 아버지의 말을 반복했어요. '그 하인 말

이군요.'

'하인이 아니에요. 이 정도 크기의 난쟁이 인간이에요.' 우르비나가 대답하면서, 오른손을 활짝 펴서 보여 주었어요.

'너 미쳤어?' 아버지가 그에게 물었어요. '제발 부탁이니, 눈을 떠. 눈을 뜨란 말이야. 너한테 그걸 믿게 했어?'

'나한테 믿게 만든 건 아무것도 없어요.' 우르비나가 대답했어요. '오늘 그를 보았어요. 이름이 루돌프예요. 내 손가락을 깨물었어요. 여기 그의 이빨 흔적이 있어요.'

'소독약 발랐니?' 어머니가 물었어요.

'타락한 여자야!' 아버지가 소리치고서 손으로 얼굴을 잡고 흔들었어요. '더러운 여자야!'

'아주 귀여운 연적이겠네.' 어머니가 큰 소리로 말했어요. '손가락만 하다는 거니?'

'이건 우리에게 너무 잔인하오.' 아버지가 흐느꼈어요. '그토록 젊은 나이에 학교를 졸업하고, 우리의 모든 희망이었던 아들이…… 사람들이 얼마나 비웃겠소! 지금 우리가 꿈꾸는 것은 아니지요?'

희끗희끗한 머리는 헝클어지고, 잠옷을 입고 있는 부모님의 모습이 그렇게 늙어 보인 적은 없었어요. 우르비나는 아버지가 울고 있을지도 모른다고 생각하면서 집에서 나갔어요. 그는 두 사람이 거실 한가운데에서 서로 껴안고 있을 것이라고 확신했지요.

거리로 나가자 아침이 어두워진 것 같았어요. 그는 짙은 구름이 낀 하늘과 회색의 집들, 닫힌 블라인드, 대문 앞에 놓인 쓰레기통을 보았어요. 그러면서 부모님에게 너무 심한 말을 했다고 생각했고, 괴로워하자 놀랄 정도로 피로해졌어요. 그는 로사우라에게 전화를 걸어 그녀의 집에서 잠시만 눈을 붙이게 해 달라고 부탁해야겠다고 생각했지요. 로사우라는 그것뿐만 아니라 더 많은 것도 허락할 것이 분명했어요. 그러나 오늘은 그녀의 다정한 눈을 견딜 수 없을 것이었어요. 그는 생각했어요. '로사우라에게 도움을 청하면, 플로라에게 무례하고 상스러운 짓을 하는 거야.' 그러자 그는 오테로가 아침에 일찍일어나 공부한다고 말했던 것을 떠올렸어요. 그의 집으로 가는 게 좋을 것 같았어요. 하지만 즉시 우르비나는 오테로가 자기에게 거짓말을 했고, 그에게 왜 그 시간에 그를 깨웠는지 설명해야만 할 것이라고 생각했어요. 친구는 그의 상황을 웃긴다고 여길 테고, 비아냥거리면서 그의 연적의 '크기'와 플로라의 취향에 대해 말할 것이었어요. 그러자 무척 화가 났어요. 가족에게 실망하고, 친구에게 넌더리 난그는 레티로역을 향해 걸어갔고, 자신의 세계는 플로라와 난쟁이의세계라고, 명예라는 것이 존재한다면, 검은 돌 위에서 맹세한 서약을지키겠다고 다짐했지요. 그리고 가장 빨리 출발하는 기차를 타고 티그레로 갔어요.

그는 별장 문 앞에 도착했어요. 문을 열어 주기를 기다리는 동안그는 불안한 마음으로 '나를 기꺼이 맞아 줄까?'라고 스스로 물었어요. 그러고는 생각했지요. '상관없어. 일이 이 정도까지 된 마당에, 그런 건 상관없어. 진짜 문제는 대화를 피하고 얼른 잠자는 거야.'

플로라가 문을 열어 주었어요. 그녀는 하늘색 가운을 둘렀고, 금발의 머리카락은 약간 흐트러져 있었어요. 그녀의 얼굴과 목에 한 줄기황금빛이 비추고 있었어요. 우르비나는 그녀가 대단히 아름답다고생각했어요.

'당신이 여기에 웬일이에요?' 플로라가 물었어요.

'부모님과 언짢은 일이 있었어요.'

'아무 말도 하지 않은 거죠?'

'그래요, 아무 말도 하지 않았어요.' 우르비나는 급히 둘러댔어요. '늦게 왔다고 화를 내셨어요.'

'맞아요. 아주 늦었어요. 무슨 일인지 모르겠는데, 지금 졸려 죽겠어요. 잠시 자야겠어요. 나중에 내게 모두 말해 줘요.'

위층의 큰 방에서 그들은 루돌프를 보았어요. 그는 홀을 잡고서 조그만 왕처럼 의젓하고 위엄 있게 바닥을 걸어 다니고 있었어요. 그의 태도에는 야만적이고 잔인한 면이 있었어요.

'나 왔어요.' 우르비나는 변명을 하는 사람처럼 말했어요.

'반가워.' 루돌프가 대답했어요.

플로라는 문을 열면서 우르비나에게 말했어요.

'오늘은 여기에 있도록 해요. 담요 필요해요?'

'고마워요. 없어도 괜찮아요.'

그는 회색 방으로 들어갔어요. 그곳의 가구는 긴 장밋빛 소파밖에 없었어요. 그는 소파에 드러누웠어요. 그가 마지막으로 본 것은 그 색깔, 그러니까 회색과 장미색이었고, 그는 깊이 잠들었어요. 그리고 악몽을 꾸었어요. 부모님이 울고 있었는데, 아주 멀리 있어서 그는 그들을 만나지 못할 것이라고 여겼어요. 그런데 마침내 주체할 수 없는 행복을 느끼며 어느 꿈속에서 아버지를 만났어요. 아버지는 그에게 명령적인 말투로 우르비나가 자기를 알아보지 못했다고 말했어요.

'눈을 떠, 눈을 뜨란 말이야.'

눈을 뜨자마자, 그는 지독한 통증과 믿을 수 없이 마구 찔러 대는 물건을 느꼈고, 춥고 더운 느낌을 받았어요. 공포에 질려 그는 도움을 청했어요.

어쩔 줄 몰라 하면서 말하는 플로라의 목소리가 들렸어요.

'홀로 당신의 눈을 찔렀어요.'

이후 모든 것은 혼란스러웠어요. 플로라는 산이시드로에서 의사를 데려왔어요. 그녀 가족의 친구인 그 의사는 상처가 감염될 위험은 없다고 확신했어요.

'아직도 앞을 보지 못하는 게 익숙하지 않아요.' 우르비나가 말했어요. '허약하다고 느껴져요. 솔직히 말하면, 루돌프가 두려워요.'

'엄마 방에 가둬 놨어요.'

'거기서 도망칠 수 없을까요?'

'그렇게 하지 못할 거예요.'

플로라는 그의 곁에서 거의 떠나지 않았어요. 하지만 유럽으로 떠나기로 하는 바람에, 그녀는 때때로 그를 놔두고 여행 준비를 해야 했어요. 혼자 있게 되면, 그는 루돌프가 공격할까 봐 두려워했어요. 하지만 더 두려운 것은 플로라가 돌아오지 않을지도 모른다는 생각이었어요. 그리고 마침내 그 공격의 위험에서 벗어날 수 있었어요. 출발이 임박해서 외출할 때, 플로라는 루돌프를 커다란 손가방에 넣어서 데리고 다녔거든요. 이런 방법은 플로라가 팔레르모 숲속으로 드라이브할 때를 비롯해 다른 때에도 수없이 확인되었듯이, 여러 불편한 점이 있었어요. 루돌프는 너무나 당연하게 화를 냈고, 그런 동안 그녀가 아무리 두 손으로 손가방을 꽉 잡고 있어도, 손가방은 진동했고 경련을 일으켰으며, 깡충깡충 뛰기까지 했지요. 오테로는 우르비나의 집에서 여행에 필요한 서류와 수표장을 가져왔어요. 부모님이 별장에 전화를 걸자, 그들은 그가 이미 로사리오로 출발했으며, 그곳 학술원에서 강연할 것이라고 말했어요. 우르비나는 자기가 시력을 잃어버렸다는 사실을 부모님이 알기를 바라지 않았거든요. 그는 유럽에서 편지를 보내 눈에 질환이 생겼으며, 바르셀로나의 안과 의사를 찾아갈 것이라고 미리 알려서 부모님을 준비시킨 후, 그 불행을 전할 생각이었어요. 이 거짓말의 일부는 사실이었어요. 플로라는 산이시드로 의사가 희망을 주지 않았지만, 그 의사는 우르비나의 눈을 치료할 수 있다고 믿은 것 같았거든요.

마침내 그들은 배를 탔어요. 배는 소란스럽고 퉁명스러운 사람들로 가득했어요. 우르비나는 마음 편히 있는 것처럼 보이려고 애썼지만, 사실 플로라에게서 해방되어 사람들 사이에 혼자 있게 될까 두려워하고 있었어요. 배 안의 관현악단이 행진곡을 연주했어요. 그때 누군가가 그들을 밀치고서 갑자기 떼어 놓았어요. 그는 순간적으로 두려웠어요. 가슴이 불안해서 터질 것 같은 느낌을 받았어요. 배는 계속 항해했어요. 시간이 흐르면서 우르비나는 그 불안감을 억누르고서 고독하게 살아갈 수 있었어요. 플로라는 그를 버리고 자신의 난쟁이 남자에게로 돌아갔어요.

항해가 시작되고 첫 번째 일요일이 되자, 우르비나는 사람들의 손에 이끌려 어느 커다란 홀로 갔어요. 미사가 집전되는 곳이었어요. 신부의 강론은 성 바울로가 다음과 같이 말하는 대목을 다루고 있었어요. '그대가 누구이기에 남의 종을 심판합니까? 그가 서 있든 넘어지든 그것은 그 주인의 소관입니다.'"

파리와 거미

Moscas y arañas

두 사람은 사랑해서 결혼했다. 라울 히헤나는 부모님의 집처럼 안전한 장소는 이 세상 어디에도 없을 것이라고 믿었지만, 그의 아내 안드레아는 그 사랑을 절대로 잃어버리지 않으려면 따로 살아야 한다고 말했다. 그는 아내의 소망을 결코 거스르려고 하지 않았고, 그래서 시골 마을을 떠나 새로운 삶을 모험해 보기로 했다. 술 도매상에서 일하는 친척의 도움으로 그는 와인 가게를 하나 사들였다. 그리고 은행에 저금해 놓은 돈을 찾아서 안드레아와 함께 부에노스아이레스로 떠났다. 그곳에 도착하자 집 한 채를 사고자 했다. 그것은 안드레아를 기쁘게 해 주기 위해서였을 뿐만 아니라, 건전한 투자 목적도 띠고 있었다. 당시 그는 월세나 숙박비로 지급한 돈은 좀처럼 회수할 수 없다고 생각했기 때문이다. 아는 사람이 아무도 없었지만,

사랑에 빠진 두 젊은 부부는 함께 도시를 돌아다녔다.

살 집을 찾는 일은 그들에게 행복한 기억을 남겼다. 라모스 메히아 지역에서 그들은 오래된 마차 차고를 발견했다. 어렵지 않게 아주 편안하고 만족스러운 주택으로 만들 수 있을 듯했다. 그곳은 누군지 모르는 부자의 부동산 일부로, 당시 꽃으로 뒤덮인 거의 완벽한 오렌지 나무 한 그루가 있는 조그만 정원과 함께 팔고 있었다. 여드레 동안 두 사람은 마차 차고를 두고 어떻게 개축할지, 그곳에 어떻게 가정을 꾸릴지에 대해 말했다. 그들에게 요구한 가격은 꽤 높았지만, 라울은 그 가격을 수락할 작정이었다. 그런데 그때 크라메르 거리에 있는 부동산이 매물로 나왔다. 콜레히알레스 기차역에서 몇 블록 떨어지지 않은 곳에 있는 크고 쓸쓸한 집이었다. 그는 매우 매력적인 조건이라고 평가했다.

마침내 그는 커다란 집을 사겠다고 결심했다. 많은 결점이 있었지만, 그것보다는 더 많은 장점이 있었기 때문이다. 철길이 내려다보이는 전망은 그다지 좋지 않았고, 기차가 끊임없이 오가면서 시끄러운 소리를 내며 집을 흔들어 댔지만, 그건 적응하면 해결되는 문제였다. 하지만 냉정하고 객관적으로 생각한다면, 이런 문제가 있는 집은 오히려 그들에게 일종의 행운이 아니었을까? 즉 시내로 나갔다가 돌아오는 데 어려움이 없다면 오히려 구매자에게 훨씬 유리한 것이 아닐까? 그 저택의 침울한 외면에 관해 말하자면, 오히려 그것은 다른 장점이 될 수 있는 상황이었다. 아르헨티나 수도의 가장 좋은 위치에 있는 데다가 널찍한 대지를 가진 그 집을 싸게 사는 데 틀림없이 도움이 될 수 있었기 때문이다.

안드레아는 남편의 생각에 설득되었고, 다시는 라모스 메히아 지역의 마차 차고를 떠올리지 않는 대신, 단지 그 저택을 어떻게 정리할지에 대해서만 골똘히 생각했다. 그녀는 이렇게 말했다.

"집의 한쪽 부분만 수리하도록 해요. 하지만 그 부분은 완전히 바꾸도록 해요. 여기에 살았던 사람들의 흔적이 남지 않았으면 좋겠어요. 이곳에 어떤 귀신들이 떠돌아다니는지 모르니까요."

그들은 방 세 개만 정리하고서 나머지 방들은 폐쇄했지만, 많은 돈을 썼다. 그들이 사용하는 방들은 매우 쾌적했지만, 닫힌 채 텅 빈 방들이 있다는 사실만으로도 안드레아는 괴로워했다. 그러자 곧 라울은 해결책을 제시했다.

"당신이 느끼는 감정을 이해해." 그가 말했다. "마치 우리가 유령들이 돌아다니는 집에 사는 기분일 거야. 그런데 해결책을 찾은 것 같아. 잠시 그 방들을 빌려주면 어떨까? 그러면 무엇보다 빈방도 남지 않을 거고, 게다가 우리가 쓴 돈도 상당 부분 메꿀 수 있을 거야."

그들은 물건들을 위층으로 옮겼다. 그러고서 아래층은 숙박인들이 사용하도록 했다. 안드레아는 그 상황을 마지못해 수용했다. 이제는 단둘이 있을 수 없기 때문이었다. 그러나 모르는 사람들과 집을 함께 쓴다는 것은 우리의 삶을 이끌 권리를 갖고 있다고 믿고 모든 것에 관해 이러쿵저러쿵 의견을 내면서 간섭하는 가족과 함께 쓰는 것과는 달랐다. 남편의 꼼꼼한 지침을 따르면서 안드레아는 경제적으로 숙박집을 운영했다. 이내 그들은 상당한 수입을 거두게 되었다. 그것은 조직과 정돈에 일가견이 있는 라울의 정신 때문만이 아니라, 방을 놀라울 정도로 훌륭하게 정돈하고 꾸미는 안드레아 덕분이기도 했다. 그녀는 훌륭한 주부이자 관리인이었고, 뛰어난 요리사였다. 하지만 아마도 무엇보다도 중요한 것은 아주 매력적인 여인이라는 사실일 것이다. 다정하고 젊고 아름다웠기에 그녀를 만나는 모든 사람은 그녀에게 매료되었다. 또한, 차분한 성격이었으며 절대로 불평을 늘어놓지 않았다. 하지만 단 한 번 그녀는 라울을 나무랐다.

"나를 너무 오랫동안 혼자 놔두고 있어요."

남편이 와인 가게를 접겠다는 약속을 지키는 날이 오면, 그들은 절대 헤어진 채 저녁 시간을 보내지 않아도 되었다. 숙박집이 아주 훌륭한 사업으로 자리 잡은 덕에 이제는 남편이 와인 가게를 운영할 필요가 없었지만, 라울은 그 사업을 접으려고 하지 않았다. 그것이 그에게 수많은 길을 열어 주기 때문이었다. 안드레아가 공감해 주기를 바라면서, 그는 설명했다. "내가 아무 노력도 하지 않고 너무나 쉽게 버는 돈이야." 물론 이건 거짓말이었다. 그는 매일 밤 피로에 지친 몸으로 돌아와 침대에 있는 아내 옆에 간신히 기어들어서는 즉시 잠에 곯아떨어졌다. 하지만 그가 초조한 마음으로 불행과 몰락을 추구하는 사람이라는 생각은 하지 말아야 한다. 그에 따르면, 그는 완벽하게 행복했다.

그들이 처음으로 맞이한 숙박인은 아틸리오 갈림베르티였다. 헤르츠라는 또 다른 숙박인이 붙여 준 별명에 따르면 '우아한 아틸리오'였다. 상대적으로 젊고, 근사하게 생긴 갈림베르티는 어느 가게에서 일했고, 일주일에 두 번 테니스를 쳤으며, 노동조합에서는 분명히 중요 인물이었고, 동네에서는 '돈 후안'이라는 명성을 누렸다. 헤르츠는 냉소적으로 "그는 레이디킬러, 즉 여자 사냥꾼이에요"라고 지적했다. 갈림베르티는 애인들의 사진을 걸어 놓으려다가 못으로 벽지를 찢었다. 그것은 안드레아가 용서할 수 없는 일이었다. 그러자 잘못한 측이 비웃으며 말했다.

"여자들은 모두 똑같아요. 여주인이 난리를 떠는 것은 자기 사진이 아니기 때문이지요."

그러자 라울이 안드레아에게 소리쳤다.

"당신에게 찝쩍거리는 그 어떤 숙박인이나 벌레들을 들이지 마. 이 세상은 거미와 파리로 나뉘어. 우리는 거미가 되어 파리들을 먹어 치워야 해."

"너무 징그러워요!"

얼마 후 만시야 박사가 왔다. 그는 까무잡잡하고 튼튼하며 텁수룩한 수염을 기르고 라틴 분위기를 풍기는 사람이었다. 그는 자기가 의사이며, 약초요법을 시행했으며, 원자 너머로는 아무런 생명체가 없다는 이론을 정면으로 반박했다고 주장했다. 그의 좌우명은 '항상 무언가가 있다'였다. 그는 매일 기차로 투르데라로 가서 어느 점쟁이요가 수도자의 가르침을 들었다. 수도자는 카드를 던져 꿈을 해석하고, 미래를 점쳐 주었다.

당시에 몇몇 숙박인이 집을 떠나는 일이 발생했다. 다른 숙박인들은 그들을 모질게도 '야반도주자'라고 이름 붙였다.

9월의 어느 쌀쌀한 아침, 어느 젊은이가 미는 휠체어를 타고 푸들 애완견을 데리고서 헬레네 야코바 크리흐 양이 들어왔다. 초인종을 누르지도 않고서 젊은이는 복도까지 들어왔고, 그녀의 짐을 놔두고는 문을 열어 둔 채 그곳을 떠났다. 동네의 그 누구도 그 청년을 다시는 보지 못했다. 늙은 아가씨의 머리카락은 금발이었고, 두 눈은 파란색이었지만 이상할 정도로 가깝게 붙어 있었고, 피부는 분홍빛이었으며, 입은 컸고, 빨간 입술은 떨고 있었으며, 비뚤비뚤한 치아를 드러내면서 많은 침을 흘리고 있었다. 그녀는 중풍 환자로, 적어도 예순 살은 넘어 보였으며, 네덜란드 사람이었고, 직업은 번역가였다.

라울은 자신이 헬레네 야코바 크리흐를 맞이할 수밖에 없음을 알고서 이렇게 말했다.

"당신을 거부하고 싶지는 않지만, 이곳은 애완견 출입이 금지되어 있습니다. 개들은 비위생적이고 이 집을 망가뜨릴 수 있습니다."

그러자 크리흐 양이 말했다. "호세피나 때문에 하는 말이라면, 실수하시는 겁니다. 당신이 불평하실 일은 없을 겁니다. 당신이 안심하도록 시범을 보여 주지요."

그녀는 호세피나를 쳐다보았다. 거의 즉시 그 암캐는 뒷발로 일어나 기분 좋게 걷더니 문밖으로 나가고서 되돌아왔다.

"어떻게 하신 겁니까?" 라울이 놀라서 물었다.

헬레네 야코바는 가운데로 몰린 두 눈으로 그를 뚫어지게 쳐다보고서 침으로 축축해진 입으로 빙긋 웃었다. 마침내 그녀가 대답했다.

"인내심이에요. 그게 믿어지나요? 처음에 이 개는 나를 사랑하지 않았어요. 처음에는 아무도 나를 좋아하지 않았어요. 하지만 점차로 나는 이 개를 정복했어요. 내게서 무언가를 본 것이 분명하지, 호세피나?"

라울은 자기가 이 불구의 나이 든 여자에게 방을 주지 않겠다고 거부할 수는 없지만, 만일 그녀를 받아들이면 자기 돈으로 둘을 먹여 살려야 한다는 것을 알았다. 그는 새 숙박인들에게 아래층의 방을 배당했고, 그래서 특별한 가격을 정했다.

내가 잘못 아는 게 아니라면, 헤르츠 부부는 라울이 첫 번째 꿈을 꾼 때에 나타났다. 그들은 길모퉁이에 살았으며, 라울 히헤나와 협의를 하고는 숙박집에서 점심과 저녁을 먹었다. 몇몇 사람들은 늙은 헤르츠가 비아냥거리며 성마르고, 카빌도 거리에 있는 제과점에서 계산원으로 일하는 것을 참을 수 없이 자랑스럽게 여긴다고 생각했다. 하지만 그는 단순한 희생자가 아니라, 오히려 공처가의 완벽한 본보기였다. 한편 막달레나 헤르츠는 너무 젊은 아내처럼 보였다. 매우 예뻤고 항상 말끔하고 깨끗해 보였다. 하지만 집안일을 게을리했고, 빨래도 하지 않았으며, 일주일에 한 번만 침대를 정리했고, 히헤나와 협상하기 전에는 남편에게 세 끼 모두를 싸구려 식당에서 해결하도록 했다. 그녀는 항상 팔짱을 끼고는 현관문 앞에 서서(정말 맵시 있는 팔이었다!) 엄청나게 큰 눈으로 행인들을 무관심하게 쳐다보았다. 하지만 내가 말한 것처럼, 사람들은 다르게 생각했다. 그러니까 그녀의 남편을 전형적인 더럽고 추잡한 늙은이로 여기면서, 그가 젊은 여자, 즉 실제로는 미성년자인 여자를 속여서 결혼하게 했다고 생각했다.

"잘 어울리는 커플이지요." 갈림베르티는 빈정거렸다. "저 사기꾼은 철없는 처녀를 먹으면서 아직도 독일어 억양으로 불평만 늘어놔요."

시간이 흐르면서 숙박집의 세계는 평범한 가족의 세계와 유사하게 발전했다. 안드레아는 단둘이 살지 않으면 행복이 위험해질지도 모른다면서 예방조치를 취했지만, 그런 위험한 일은 일어나지 않았다. 그것은 적어도 한참이 흐른 후 라울이 아무런 분명한 이유 없이 꿈을 꾸기 시작할 때에야 비로소 감지되었다. 라울은 꿈들을, 마치 초자연적인 힘에 이끌린 것처럼 그의 주위를 맴돌면서 그를 유혹하려는 꿈들을 중요하게 여기지 않았다. 그 꿈들이 반복되었지만, 그것들은 그가 전혀 모르는 것에서 나온 생소한 것이었기 때문이다. 의지가 약한 사람이었다면 그 꿈속에서 계시를 보고자 하는 유혹을 거스를 수 없었을 것이다. 사실대로 말하자면, 마침내 라울은 굴복하기 시작했다. 처음에 그는 안드레아가 전혀 눈치채지 못하도록 자신의 의심을 숨기려고 했지만, 가장 미세한 속임수도 종종 드러나기 마련이었다. 그는 아내를 몰래 감시하면서 그녀를 급습하려고 했다. 낮 동안 아내의 행동은 그녀가 고귀하며 정숙한 아내라는 사실을 입증하고도 남았다. 하지만 밤에는 그의 꿈들이 전혀 다른 아내의 모습을 보여 주었다. 한번은 그가 잠에서 깨면서 이상한 표정으로 아내를 쳐다보며 중얼거렸다. "마치 위선자처럼 잠을 자."

하루 스물네 시간을 집에서 머물기 위해 라울은 와인 가게를 팔아야겠다고 진지하게 고민했다. 그는 밖에서 끝없는 오후 시간을 보내고서 기분 나빠 하며 집으로 돌아왔고, 갈수록 그가 의심한다는 사실은 분명해졌다. 이제 그는 아내를 다정하게 대하는 일이 거의 없었다. 그리고 그녀가 갈림베르티에게 전구를 갈아 주던 밤에 갑자기 들이닥쳤을 때처럼 그가 다정한 모습을 보일 경우에도, 그의 목소리에서는 위선임을 보여 주는 약간의 변화가 일어났다. 며칠 후 처음으로 불쾌한 사건이 일어났다. 식품점에서 돌아오면서 안드레아는 헤르츠의 집 앞을 지났는데, 거기서 현관문 앞에 서 있는 막달레나를 보았다. 두 사람은 잠시 대화를 나누었고, 안드레아는 좀처럼 보기 드물게 막달레나에게 비밀을 털어놓았다.

"왜 그가 바뀌었는지 추측할 수가 없어." 그녀는 말했다. "하지만 바뀌었어."

"그래, 그래도 넌 그를 잘 알잖아." 막달레나는 관심을 보이면서 물었다. "그가 다른 여자에게 눈길을 줄 사람이라고 생각해?"

"물론이지."

"그래, 네 말이 맞아. 난 그걸 한 번도 생각하지 못했어. 정말 바보야." 막달레나가 눈을 휘둥그레 뜨면서 말했다.

"어떤 때는 그가 내게 모든 걸 말할 것처럼 보여. 하지만 용기를 내지 못하는 것처럼 이내 입을 다물어. 무슨 일이 있었는지는 모르지만, 그는 바뀌었어. 나를 싫어해. 불쌍하게도 그는 착한 영혼과 동정심으로 숨기려고 해도 그럴 수가 없어."

바로 그때 라울이 나타났다. 그는 막달레나에게 인사를 하는 둥 마는 둥 하면서 아내의 팔을 움켜잡고 집으로 데려갔다. 두 사람은 아무 말 없이 걸었다. 마침내 라울이 소리를 지르지 않은 채 분노로 가득한 목소리로 말했다.

"평판이 좋지 않은 여자와 거리에서 다정하게 시시덕거릴 시간이 아니야."

안드레아는 대답하지 않았지만, 당황스럽고 불안한 눈빛으로 그를 쳐다보았다.

라울이 바뀌었다는 사실은 의심의 여지가 없었다. 그 자신도 그걸 느꼈다. 그는 기계적으로 와인 가게에서 일하면서 안드레아를 생각했고, 밤이면 밤마다 그의 꿈속에 나타나는 안드레아를 생각했다. 때때로 그는 멀리 떠나고 싶었다. 그녀를 다시는 보지 않고 잊고 싶었다. 그리고 어떤 때는 그녀를 응징할 계획을 세웠고, 그럴 때면 그녀의 뺨을 때리거나 심지어 죽이는 상상을 했다.

이발소에서 잡지를 훑어보다가 "우리가 입을 다무는 근심이 최악의 것이다"라는 글을 읽었다. 소심한 나머지 그는 그 페이지를 찢지 못했지만, 그 문구가 머릿속에 그대로 새겨졌다는 것을 확신했다. 그

글귀를 읽자마자 그는 희망이 있음을 알았다. 그는 그 문제에 관해 말하면서 해결책을 찾게 될 것이라고 믿었다. 하지만 누구와 말할 수 있을까? 그는 자신이 부에노스아이레스에서 많은 고객을 알고 있지만, 친구는 없다는 사실을 깨달았다. 아마도 가장 믿을 수 있는 사람은 숙박인들일 것 같았다. 그들에게 아내에 관해 말하기는 싫었지만, 그들에게 도움을 청할 수 있으리라고 때때로 생각했다. 그러나 갈림베르티는 결코 그의 문제를 이해할 것 같지 않았다. 오히려 어리석고 엉뚱한 문제라는 것을 알고, 나중에 그의 등 뒤에서 그의 약점을 비웃을지도 몰랐다. 그렇다면 불쌍하고 가련한 헬레네 야코바 크리흐가 있었지만, 그토록 역겨운 사람에게 어떻게 비밀스러운 이야기를 털어놓을 수 있을까? 게다가 그의 불행을 짐작하려는 듯이, 아니 아마도 그를 갈망하는 것 같은 분위기로 그를 응시하던 그녀의 모습을 보지 않았는가? 자기 가정조차 관리하지 못하는 헤르츠에게 조언을 구한다는 것은 말도 안 되는 일이었다. 그나마 가장 매력적인 대안이 막달레나였다. 비록 다른 사람들과 말해 보고서 그는 주저하지 않고 그녀를 비난했지만, 마음속 깊은 곳에서는 다르게 느끼고 있었다. 어쨌든 안드레아를 배신할 수는 없다는 생각에 막달레나에게도 아무 말도 하지 않기로 마음먹었다. 마침내 그는 만시야도 믿을 수 없다고 여겼다. 그것은 그 의료인이 신비주의 요법에 푹 빠져 있었기 때문이다. 그는 만시야가 자신의 마음에 어두운 생각을 심을지도 모른다고 의심했다.

그런데 새로운 사건이 일어났다.

어느 날 오후 그가 와인 가게로 일하러 가는데 안드레아가 창백한 얼굴로 몸을 떨면서 힘들게 입을 열어 물었다.

"얘기 좀 해요."

"그래 얘기하도록 하지." 라울은 비꼬는 말투로 대답했다. 그는 눈을 감고서, 안드레아의 말을 마지못해 듣기 위해 기다리고 있다는 표정을 지었다.

그러면서 그는 자기가 상당히 불리한 처지에 있다고 생각했다. 완전히 바보처럼 보이지 않으면서 어떻게 그의 모든 불평과 증거들이 꿈에 바탕을 두고 있다고 설명할 수 있을까? 그는 팔로 안드레아를 붙잡고 제발 이런 모든 미친 짓을 잊으라고 애원하고 싶었지만, 그 충동을 간신히 참았다. 하지만 그가 오쟁이 진 남편이 될 가능성은 존재했다. 그 가능성이 전혀 없는 것이 아니었기 때문에, 좋든 싫든 그는 자기 자신을 지켜야만 했다. 안드레아가 말했을 때, 그는 이미 그녀를 증오하고 있었다.

"다른 여자를 사랑하고 있다면 내게 숨기지 말아요." 안드레아가 말했다.

그러자 라울이 대답했다.

"비꼬지 마."

그 어떤 다른 욕도 그녀의 기분을 그토록 상하게 만들지는 않았을 것이다. 라울은 그런 사실을 잘 알았다. 그는 자신이 너무 부당하게 처신했다는 것을 깨달았다. 그녀의 얼굴을 쳐다볼 용기가 나지 않고, 그래서 그곳을 떠났다.

"나를 쳐다보지도 않고 가는 거예요?" 그녀가 물었다.

오랜 세월을 통해 수없이 라울은 자기 아내의 그 외침을 기억하게 될 것이었다. 그 책망하는 말투의 괴롭고 슬픈 외침을.

그는 역에서 만시야를 만났다. 두 사람은 함께 기차에 올라탔다.

생각지도 않게 라울이 물었다.

"만일 당신이 어떤 사람을 알고 있는데, 그 사람의 행동이 당신에게 무언가를 증명한다고 가정해 보지요. 그런데 당신이 밤에 꿈을 꾸는데 그 꿈이 완전히 반대의 것을 드러낸다면……?"

그는 말을 멈추었다. 자신과 안드레아의 문제를 너무나 분명하게 보여 주었다고 여겼다. 만시야가 대답했다.

"정말 사실대로 말하자면, 지금 무슨 말을 하는지 전혀 감을 잡지 못하겠어요."

그러자 라울이 다시 말했다. "그 사람은 여자 친구처럼 행동하는데, 꿈에서 당신이 그 여자를 적으로 본다면, 당신은 어떤 것을 믿을 것 같아요?"

"당연히 꿈속의 것이지요!" 만시야가 웃으면서 대답했다.

라울의 얼굴이 백지장처럼 하얘졌다. 그런 대답을 듣자 그는 그 문제를 솔직하게 털어놓는 것이 가장 좋은 방법이라고 생각했다. 만시야를 쳐다보고 만시야의 생각을 추측하려고 애를 쓰면서 그는 모두 설명했다. 이제 만시야의 얼굴에서는 웃음이 사라진 상태였다.

기차가 도착했다. 하지만 그들은 레티로역에 있는 제과점에서 대화를 계속했다.

"하나씩 차근차근 다뤄 보지요." 만시야가 말했다. "꿈이 어떻죠?"

"무섭고 끔찍해요. 그걸 떠올리라고 말하지는 말아요. 그녀가 집에 있는 모든 사람과 함께 나를 속여요."

"집에 사는 모든 사람과 함께 말인가요? 알겠어요. 그리고 집 밖에 있는 사람들과도 그렇게 하겠지요?"

"그래요, 그들과도 나를 속여요. 내가 전혀 모르는 사람들이에요."

"자, 좋아요. 그들 중의 한 사람을 떠올릴 수 있나요? 그것 역시 아주 힘든가요? 그럼 이 사람들이 어떤 옷을 입었죠? 그걸 말해 줄 수 있나요?"

"지금 생각해 보니, 그들의 옷이 조금 이상한 것 같아요."

"이상하다고요? 좀 더 분명하게 말해 봐요. 예를 들어 봐요."

"설명할 수가 없어요. 마치 다른 시대의 사람들, 다른 장소의 사람들 같아요."

"로마인들인가요? 중국 관리들인가요? 갑옷 입은 기사들인가요?"

"그렇지 않아요. 금세기 초의 사람들처럼 옷을 입었어요. 또한, 농부들이기도 해요. 이제 난 확신해요. 나막신을 신은 농부들이에요. 나는 그들의 품위 없는 웃음소리를 들어요. 그리고 나무 바닥에서 딱딱거리는 나막신 소리를 들어요. 그럴 때면 내 배 속이 뒤집히는 것처럼 얼마나 역겨운지 당신은 상상할 수도 없을 거예요."

"이 모든 게 어디서 일어나죠?"

"우리 방이에요. 당신은 꿈들이 어떤지 알고 있어요. 난 우리 방에 있지만, 모든 게 낯설어요."

"차근차근 말해 봐요. 가구는 어떤지 말해 줄 수 있나요?"

·"생각해 볼게요. 나는 꿈이 아닌 곳에서는 그런 가구들을 보지 못했어요. 매일 밤 꿈에서만 봐요. 찬장을 보면, 나는 무슨 일이 벌어질지 알아요. 악몽은 찬장에서 시작해요."

"그건 어떻죠?"

"어두운 색깔의 나무로 만들어졌어요. 물레 옆에 한 여자가 앉아 있는 시골풍의 실내를 그린 조그만 그림들이 기억나지 않아요? 내 악몽에서 우리의 방은 그런 그림 중에 있는 방이 될 수 있어요. 그것은 누군가가 '여기에서는 그 어떤 일도 일어나지 않아'라고 말하지만, 그것은 나중에 일어날 일보다 더 끔찍한 것이기 때문이지요."

"알겠어요. 주의를 기울여야 할 다른 상황이 있나요?"

"내가 창문을 내다볼 때면, 대부분 철길을 보지 않아요. 오히려 수로나 물에 잠긴 저지대, 혹은 멀리 바다가 있어요."

"그 해변에서 혼자 살았나요?"

"무슨 해변요? 난 산골 사람이에요. 해변이나 바다를 본 적이 없어요. 나는 이곳에 처음 왔을 때 비로소 라플라타강을 보았어요."

"솔직하게 말하겠어요. 난 당신에게 해 줄 수 있는 게 하나도 없지만, 동시에 모든 걸 해 줄 수 있어요. 당신이 판에 박힌 생활을 하고 있다는 사실을 깨달아야 해요. 그런 삶에서 벗어나고 싶나요?"

"물론이죠. 당연히 그러고 싶어요."

"그렇다면 지금 당장 투르데라로 가도록 해요. 미리 말해 주는데, 당신은 스콜라미에리를 실망하게 하지 않을 거예요. 당신 꿈에서 내가 무엇을 보았는지 알아요? 나는 당신이 누군가에게서 그 꿈들을 훔쳤다고 말하고 싶어요. 그리고 또 뭐가 있을까요? 배신은 충성이고, 수로는 나쁜 친구들이에요. 나막신은 당신이 탐욕스럽다는 것을 의미하지요. 하지만 나는 그런 것을 판단하거나 의견을 낼 수 있는 사람이 아니에요."

"스콜라미에리가 누구지요?"

"투르데라에 사는 남자이자 내 친구예요. 요가를 하며, 꿈을 해석할 수 있는 사람이에요. 나도 잘 모르지만, 그는 당신에게 올바르게 숨을 쉬는 법을 가르쳐 줄 거예요. 그에게 자문을 구해요."

"이봐요, 친구." 라울이 대답했다. "화내지 말아요. 하지만 나는 투르데라까지 갈 기분이 아니에요. 그리고 그를 요가 수도자라고 불러야 하는지는 잘 모르겠지만, 그에게 내 비밀을 털어놓고 싶지도 않아요."

만시야는 고집을 부렸고, 라울도 자기 뜻을 굽히지 않았다. 그래서 자문을 구하는 일은 다음 기회로 미뤄 두었다. 그들이 작별했을 때, 라울은 자기가 와인 가게로 갈 기분도 아니라는 것을 깨달았다. 그는 돌아오는 기차를 탔다. 이제 그는 자신이 절대로 요가 수도자를 찾아가지 않을 것을 알았다. 이제는 그를 찾아갈 필요가 없었다. 대화한 탓에 그는 몹시 피곤했다. 오후 내내 부에노스아이레스를 걸어 돌아다니면서 주문을 받는 것보다 더 피곤했지만, 대화는 그에게 도움이 되었다. 암울한 분위기가 사라져 버렸다.

피곤하면서도 행복한 그는 객차 좌석에 등을 대고 꼿꼿하게 앉았다. 그러고는 약간 멍한 정신으로 최근에 그를 엄습했던 위험에 대해 생각했다. 이제 부서진 껍데기의 조각들처럼 그는 자기를 삼켜 버린 광기를 제대로 보는 것 같다고 여겼다. 이제 그 광기는 마침내 그에게서 빠져나갔다. 그는 평생을 안드레아에게 용서를 빌어도 부족하리라 생각했다.

콜레히알레스역에 내리면서 그는 사람들이 자신을 이상하게 쳐다본다고 믿었다. 그는 자기 길을 갈 생각이었지만, 사람들이 이상하게 쳐다본다고 여기는 것 자체가 광기의 증상이라고 생각했다. 그래서 그 문제를 명확하게 해결하기 위해 그는 신문 가판대로 갔다. 신문 판매원이 그를 이상하게 쳐다보았다.

"히헤나 씨, 아직 몰라요?" 그는 잠시 침묵을 지킨 후 손을 들면서 말했다. "호르헤 뉴베리 거리를 건너고는 돌담에서 기찻길로 떨어졌는데, 그때 레티로행 전차가 지나갔어요."

다른 사람들이 모여들었다. 그들은 구급차와 경찰서, 두 명의 구급대원에 관해 언급하면서, 한 사람은 코맹맹이 소리를 하는 대원이었고, 다른 사람은 라모스 부인의 아들이었다고 말했는데, 그는 처음 들어 보는 여자의 이름이었다. 그들은 한 사람이 라모스 부인의 아들이라고 줄기차게 주장했다.

라울은 경찰서에 가야 한다는 사실을 깨달았지만, 억누를 수 없는 힘에 이끌려 집으로 향했다. 페데리코 라크로세 거리를 건널 때, 트럭 운전사가 욕했다는 것만을 제외하고는 돌아오는 길을 하나도 기억하지 못했다. 그는 계속해서 갈 길을 갔고, 마침내 사람들이 가까이에서 부드럽게 말했다. 그는 크리흐 양의 방에 있었지만, 자신이 어떻게 그곳에 있게 되었는지 알지 못했다. 크리흐 양은 입을 약간 벌리고서 비뚤비뚤한 치열을 보여 주었다. 그녀는 모들뜨기 눈으로 그를 뚫어지게 쳐다보면서 축축하게 젖은 입술로 미소 짓더니, "슬프지요? 곧 지나갈 거예요."라는 말을 반복했다.

그가 물었다.

"당신이 어떻게 알아요?"

"내가 알면 안 된다는 법이라도 있나요?" 늙은 여자가 대답했다. "사랑하는 친구, 내가 말해 줄 테니 동요하지 말아요. 당신과 나 사이에는 그 어떤 의견 차이도 없을 거예요. 라울, 나는 당신을 사랑해요."

그러자 그가 투덜댔다.

"지금은 그런 말을 할 순간이 아닌데……"

그는 자신이 그 방에서 나가야만 한다고 생각했지만, 이유도 모른 채 그곳에 그대로 머물렀다.

"아, 그래요, 지금이 그 순간이에요." 크리흐 양은 달콤하게 말했고, 그는 이미 그녀의 숨결을 느꼈다. "나는 처음부터 당신이 모든 것을, 그러니까 좋은 것과 나쁜 것을 모두 알기를 원했어요. 당신도 알겠지만, 나는 오래전에 거미줄을 쳤고, 당신은 거미줄에 걸렸어요. 당신은 이쪽저쪽으로 날개를 휘저으며 날아다닌다고 생각하죠? 하지만 그건 쓸데없는 생각이에요. 말하자면 당신은 내 그물에 걸려 있고, 지금뿐만 아니라 과거에도 내 것이었어요. 실제로 완전히 내 말을 듣기 위해 존재하는 것이죠. 투덜대지 말고 화내지 말아요. 사랑하는 라울, 생각 전송이라는 것을 아나요? 당신이 내 말을 믿을 수 없다고 여긴다면 그건 슬픈 일이에요. 하지만 사실대로 말하자면, 당신이 무엇을 하든 나를 슬프게 만들어요. 호세피나 같은 개에게, 혹은 당신 같은 사람에게, 또는 당신 아내에게 생각을 전송하고 꿈을 전송하는 것은 모두 같은 하나의 것이지요. 물론 반항적이고 완고한 사람들이 있지만, 그들은 결국 우리를 짜증 나고 피곤하게 만들지요. 난 단지 당신 아내가 우리 둘만을 남겨 두기를 바랐어요. 하지만 그녀는 그렇게 할 마음이 없었어요. 이 세상에서 그녀와 당신을 떼어 놓을 수 있는 것은 없었어요. 하지만 두 사람은 내가 조화로운 결혼이라고 평가하는 것을 이루지는 못했어요. 나는 현실, 그러니까 돈 문제와 깊이 관련된 당신의 영혼과 죽이 맞지만, 안드레아는 너무나 낭만적이어서 그렇지 못해요. 하지만 이런 고집불통의 주장에 시간을 낭비하지 말아요. 당신을 그 고집 센 여자와 떼어 놓을 방법은 이 세상 어디에도 없어요. 물론 극단적인 조치를 선택하지 않을 때 그렇다는 거예요. 사실 이런 부류의 성격을 지닌 사람들은 극단적인 수단에 손을 뻗는 경향이 있어요. 그래서 나는 안드레아가 철길로 향하게 했어요. 내가 사랑스러운 라울을 더욱 순하게 만드는 법을 발견한 건 그나마 다행이에요. 나는 당신이 꿈속에서 네덜란드의 수로와 내 젊은 시절의 근사하고 건장한 젊은이들을 보면서 무언가를 의심할까 봐 두려웠어요. 나는 그런 것들에게서 벗어나고 싶었지만, 조금만 방심해도 그 기억들은 돌아왔지요. 의심의 여지 없이 내 영혼에 가장 깊은 흔적을 남긴 것들이지요. 내가 당신에게 부여한 꿈 때문에 내게 원한을 품고 있는 건가요? 곧 그런 감정은 사라질 거예요. 아직도 당신은 나를 사랑하지 않아요. 처음에는 아무도 나를 사랑하지 않아요. 천천히, 하지만 확실하게 나는 당신을 정복할 거예요. 당신은 당신의 헬레네 야코바에게서 그녀를 사랑할 무언가를 발견하지 않을까요?"

그늘 쪽

El lado de la sombra

거리를 건너자마자
너는 그늘 쪽에 있다.

후안 페라리스, <더 여기로, 더 저기로>(밀롱가 노래), 1921

항해 중의 삐걱거리는 소리에 너무나 익숙해져 있던 나는 낮잠에
서 깨면서 조용한 뱃소리를 들었다. 현창을 내다보았다. 아래로는 잔
잔한 바닷물과 멀리서는 초록 식물들이 우거진 해안을 보았다. 거기
서 나는 그것들이 야자수라는 것을 확인했고, 아마도 바나나 나무일
수도 있다고 생각했다. 나는 즈크 옷을 입고서 갑판으로 올라갔다.

우리는 정박해 있었다. 좌현 쪽으로 보이는 항구*에는 흑인들이 돌
을 깐 길에 잔뜩 모여 있었다. 철길과 커다란 크레인들도 있었고, 회
색의 헛간들도 끝없이 늘어서 있었다. 그리고 그 너머로는 가파르고
울창한 산비탈로 에워싸인 도시가 펼쳐졌다. 내가 알게 된 바에 따르

---

* 비오이 카사레스에 따르면, "(브라질) 산투스항에 대한 생생한 기억"이며, 그는 1949년 1월
에 뉴욕으로 가던 중 그곳을 들렀다.

면, 부지런히 화물이 배 안으로 들어오고 있었다. 우현에서—우현이 오른쪽, 그러니까 뱃머리 쪽이라면—나는 현창으로 보았던 해안을 발견했다. 우리가 정박한 곳은 섬이었고, 그것을 보자 나는 내가 한 번도 있어 본 적이 없던 교역소, 그러니까 콘래드 소설에 등장하는 장소를 떠올렸다. 나는 언젠가 한 등장인물에 관해 읽은 것 같다. 그는 영혼이 갈망한 것과는 반대로, 의지가 점차 죽어 가면서 그런 어느 장소에, 즉 말레이반도, 수마트라섬, 혹은 자바섬과 같은 곳에 남게 된다. 나는 배에서 내리자마자 그런 책의 세계로 들어가겠다고 생각했고, 기쁨과 두려움으로 몸을 떨었다. 기쁨으로 한 번, 두려움으로 한 번 몸을 떨었는데, 그것은 내가 그런 것을 믿으려는 성향이 그리 강하지 않았기 때문이다. 섬으로 항해하는 일종의 모터보트 엔진에서 단조롭게 쾅쾅 소리가 났고, 나는 그 소리에 관심을 기울였다. 모터보트에는 흑인이 한 명 타고 있었다. 그는 버들가지로 만든 새장 하나를 높이 들고 있었고, 새장에는 파란색과 초록색의 새 한 마리가 들어 있었다. 그는 웃으면서 배에 타고 있던 우리에게 소리쳤는데, 나는 그 말을 간신히 들을 수만 있었을 뿐, 알아듣지는 못했다.

흡연실(문 위 명판에는 'Fumoir'와 'Smoking Room'과 같은 말이 아니라 스페인어로 〈흡연실〉이라고 적혀 있었다)에 들어가자, 나는 어둡고 시원하며 조용하다는 것을 깨닫고 안심했다. 바텐더가 내가 항상 마시는 박하 술을 만들어 주었다.

"아무리 생각해도 믿을 수가 없어요." 나는 말했다. "이것을 놔두고 난 저 아래의 지옥으로 들어갈 겁니다. 이런 건 모두 관광 때문이에요."

나는 관광이 세계인들의 유일한 보편 신앙이라고 열심히 설명했다. 그런데 바텐더가 내 말을 끊었다.

"이미 모두 배에서 내렸습니다." 그가 말했다.

"예외도 있지요." 나는 이의를 제기했다.

나는 폴란드의 망명자이며 늙은 장군 풀만이 카드놀이를 하고 있던 테이블을 의미심장하게 바라보았다.

"그는 인생이 끝난 사람입니다." 바텐더가 지적했다. "하지만 장군은 카드놀이를 하면서 지치지 않고 자신의 운명을 확인하지요."

"카드놀이에서만 그렇지요." 나는 대답했다.

나는 박하 술을 마셨고, 술잔 바닥의 얼음물이 초록색에서 투명한 색으로 바뀌자, "계산은 내 방으로 달아 놓으세요"라고 중얼거리고서 내려갈 준비를 했다. 선창 옆의 칠판에는 분필로 우리가 다음 날 아침 8시에 출발한다는 내용이 적혀 있었다. '시간은 충분해.' 나는 생각했다. '배를 놓칠지도 모른다는 두려움은 버려도 되겠어.'

바깥의 햇빛이 너무 강하고 눈부셔서, 한 손으로 눈을 가리며 나는 육지에 발을 내디뎠다. 렌터카를 찾았지만 헛된 일이 되었고, 한 흑인은 '택시'라는 단어와 아니라는 동작을 거듭 반복했다. 그런 동안 세관 저 너머로 소나기가 퍼부었다. 가게들과 접한 길을 따라가자, 덮개 없는 오래된 전차(지붕은 있지만, 양쪽 창문에 유리가 없는 전차)가 나타났다. 나는 비에 젖지 않도록 그 전차를 탔다. 맨발의 흑인 매표원도 젖고 싶지 않았는지, 발판 대신 의자를 밟고 의자 등을 뛰어넘어 전차를 돌아다니며 표를 팔았다. 소나기는 금방 그쳤다. 희뿌연 햇빛은 한 번도 색깔을 바꾸지 않았다. 전찻길과 나란히 나 있는 골목길로 어느 흑인이 여러 색깔이 칠해진 짐을 머리에 이고서 빠르게 내려갔다. 나는 그 모습에 매료되어 쳐다보았다. 짐은 야생 난초로 뒤덮인 관이었다. 흑인은 장례 행렬의 운구자였다.

거리의 아우성에 나는 당황하여 허둥댔다(의심할 나위 없이, 내가 보기에 그들의 억양과 말이 너무도 이상했고, 그래서 나는 특별히 그 아우성에 주의를 기울였다). 전차를 타고 가는 내내 사람으로 붐볐고, 이제는 도시 전체가 사람으로 넘쳐흘렀다.

"중심가로 가는 거죠, 그렇죠?" 나는 매표원에게 물었다.

그가 설명했지만, 그걸 누가 알아들을 수 있을까! 나는 전차에서 내렸다. 교회를 보자 그 안은 시원할 것이라고 상상했기 때문이다. 입구에서 얼굴이 파란색과 희끄무레한 색과 붉은색의 종기로 뒤덮인 거지들이 나를 에워쌌다. 마침내 나는 금으로 장식된 제단이 놓인 교회 안에 도착했다. 나는 회중석을 돌아다니며 어설프게 비문碑文을 해석했다. 대리석으로 제작되었지만, 그 장소의 죽은 사람들을 보고, 나는 죽음이 고독하고 가난하다는 것을 확신했다. 우울해지지 않도록, 나는 우리가 기차를 탈 때면 차창에서 바라보는 마을 사람들과 그들을 비교했다.

다시 거리로 나오자, 나는 전차가 다니는 곳으로 갔다. 그 도시는 뭔가 모를 매력이 있었다. 이런 생각을 하자마자, 내 눈은 현대식 전시관과 마주쳤다. 상당한 크기였지만 모양은 조악했고, 완전히 마무리되지 않고서 낡아 버린 건물이었다. 나는 마음속으로 그것이 전시회에 사용하기 위해 세운 것이라고, 관료주의적 게으름 탓에 오래 유지되는 수많은 임시 건물 중의 하나라고 생각했다. 전시관 맞은편에는 진한 녹색의 원과 반원들이, 그러니까 청동과 구멍들이 주춧돌 속에서 기념비를 이루고 있어서 어딘지 모르게 슬퍼 보였다. 그러자 갑자기 언짢아졌고, 그걸 비웃기 위해, 내가 그곳 주민이라면 어떻게 할까 생각하며 장난했다. '신문에 편지를 쓰겠어.' 나는 이렇게 생각했다. '그래서 마침내 우리의 독립과 독재 1주년 기념 유물을 철거하도록 해야 해. 이건 도시의 품격과 맞지 않아.' 그러나 영혼은 너무나 헤아릴 수 없고, 그래서 이런 쓸모없는 비웃음은 나를 더욱 우울하게 만들었다.

나는 어느 가게의 진열장 앞에서 걸음을 멈추었다. 거기에는 두꺼비와 도마뱀 사이에 방부 처리한 뱀들을 멋지게 모아 놓고 있었다.

"이 뱀들은 어디서 구한 거죠?" 나는 영국인 분위기가 물씬 풍기는 한 남자에게 물었다.

"곳곳에 널려 있습니다." 그가 영어로 대답했다. "전부 여기 겁니다."

흥겨운 행진곡의 화음이 나를 감쌌다. 나는 모여 있는 사람들을 보았고, 아무 생각 없이 화사하게 꽃 피운 꽃밭을 갖춘 조그만 광장의 오솔길을 지나서 그곳으로 걸어갔다. 개울 하나가 석조 건축용 바위와 식물과 풀 사이를 꾸불꾸불 흘러가고 있었다. 그 개울 위로 놓인 허름한 다리에서 나는 불투명한 초록빛 물속으로 누런 거품을 보았다. '여긴 내가 있을 곳이 아니야.' 나는 생각했다. '살모사가 너무 많고, 꽃도 너무 많으며, 질병도 너무 많아. 무언가가 우리를 붙잡아 여기에 있게 만든다는 생각만 해도 몸서리쳐져.' 나는 빠르게 걸었다. 내가 결코 잊지 못할 흰 각반을 찬 군악대가 조그만 흉상 앞에서 금관악기를 불며 북을 치고 있었다. 그러자 나는 생각했다. '배로 돌아가 긴 소파에 드러누워, 열람실에서 찾아낸 라이더 해거드*의 짧은 소설을 읽는 게 더 나을 거야.'

---

* 헨리 라이더 해거드(1856~1925). 영국의 소설가. 아프리카를 배경으로 삼는 모험소설로 유명하다. 대표작으로 『그녀』 『솔로몬왕의 동굴』 등이 있다.

바로 그때였다. 나는 조금 전에 내 친구 베블런을 보았던 것인지 아니면 떠올린 것인지 의심이 들었다. 뜨거운 태양 아래서 만화경처럼 계속 변하고 환각적인 시끄러운 거리가 밀림과 뒤섞이면, 우리는 어떤 환상이나 꿈도 꿀 수 있다. 그러나 영국인 베블런의 모습은 전혀 개연적이지 않았다. '지금 그처럼 부적절한 사람은 없어.' 나는 생각했다. '난 그를 떠올렸을 거야. 그가 여기에 있다는 건 있을 수 없는 일이야.' 나는 배로 돌아가고 싶었지만, 약간 방향을 잃고 있었다. 주변을 둘러보며 경찰을 찾았다. 경찰 한 명이 보였지만 자동차들이 빠르게 모여드는 지점에 있어서 다가갈 수 없었다(게다가 그의 제복은 어딘지 모르게 빌려 입은 것 같았다).

"항구는 어디죠?" 나는 신문팔이에게 물었다.

남자는 나를 난감하다는 표정으로 쳐다보았다. 여자아이들—아마도 길거리 여자들 혹은 창녀들—이 웃으면서 내게 한쪽을 가리켰다. 배로 돌아간다는 생각을 하는 것만으로도 기분이 좋아지는 데 충분했다. 그런데 4백 미터도 채 걸어오지 않았을 때, 영화관 앞을 지나다가 그곳에 〈외인부대〉 상영을 알리는 영화 간판으로 뒤덮인 것이 눈에 띄었다. 사실 광장에서 적지 않게 놀란 터라, 몇 분 전만 하더라도 나는 그냥 지나갔을 것이었다. 그때 나는 분명히 제 상태가 아니었다. 나는 지정된 먹이의 얼을 빼앗는 억누를 수 없는 행위를 열대의 탓으로 돌렸는데, 나는 숙명적으로 그런 먹이 중의 하나였다.

다시 정상적인 사람으로 돌아왔기에 나는 발걸음을 멈추고서 간판을 읽었다. 나는 바로 그날 저녁에 리메이크된 것이 아니라, 최초로 제작된 〈외인부대〉가 상영된다는 것을 알고서 적지 않게 당황했다. 주인공으로 프랑수아즈 로제, 피에르 리샤르 빌름, 샤를 바넬이 등장하는 작품이었다. 나는 바닷길로 여행하다가 형편없는 서점에서 오랫동안 찾아 헤매던 바로 그 책을 찾는 책 애호가와 나를 비교했다. 알지 못하는 이유로, 혹은 내 친구들은 보지 못하고 나만 보았다는 이유로, 그 영화는 몇 년 동안 우리의 대화에서 내가 휘둘렀던 상투적 어구였다. 밤에 내 친구들이 나를 영화관으로 끌고 가려고 하면, 나는 으스대면서 "나한테 또 다른 〈외인부대〉를 보여 줄 거야?"라고 묻곤 했던 것이다. 그런데 리메이크 판본이 도착했다. 이제야 인정하지만, 나는 울화통을 터뜨렸고, 아마도 칭찬을 받아도 괜찮을 작품에 화를 냈으며, 그것을 모든 것이 몰락하고 있음을 보여 주는 증거라며 비난했다.

영화 상영 시각은 6시 반이었다. 아직 5시밖에 되지 않았지만, 나는 기다리기로 했다. 내 인생의 가장 행복한 순간으로 기억되는 그 영화 내용의 상당 부분을 잊어버린 상태였기 때문이다(어떤 사람은 우리가 가진 최고의 기억 중에서 영화를 생각하는 것은 우리의 삶에 흥미로운 빛을 비춘다고 말할 것이고, 그건 일리가 있는 소리다). 그대로 있어야 하는지 아닌지 머뭇거리다가 나는 다시 길을 잡았다. 그러고서 '미리암'이라는 이름의 또 다른 영화관을 보았다. 간판을 보고 평가하자면, 그곳에서 상영되는 영화는 가난한 사람들, 낡은 외투, 재봉틀과 전당포를 다루는 것이 틀림없었다. 이제는 관광객이 되겠다는 의지를 되찾았고, 그래서 모든 것을 찬찬히 살펴보다가, 비정상적인 것 하나를 눈치챘다. 그것은 그 극장의 입구가 두 개라는 사실이었다. 하나는 극장 앞에 있었고, 다른 하나는 극장과 이웃한 카페에 있었다. 나는 카페로 들어갔는데, 다시 갈증으로 목이 너무 말랐기 때문이다. 나는 대리석 테이블 앞에 있는 의자에 털썩 주저앉았고, 주문을 받으러 오자, 천천히 박하 술을 시켰다. 왼쪽 벽에 입구가 있었다. 입구는 해진 초록색 우단으로 일부가 덮였고, 그 안으로는 영화관의 어둠이 깔려 있었다. 때때로 여자들이 오가자, 커튼은 펄럭이면서 몸부림쳤다. 대부분은 흑인 여자들이었는데, 그 입구로 혼자 들어가서는 남자와 함께 나오곤 했다. 계산대 옆 오른쪽 벽에서 두세 명의 여자가 앵무새와 대화했고, 앵무새는 생각지도 않게 울음소리로 화답했다. 카페는 안쪽으로 오렌지색 타일이 깔린 깨끗한 마당과 연결되었다. 그곳은 하늘을 향해 터져 있고, 세 개의 자줏빛 벽으로 둘러싸였으며, 가로막대에 숫자가 적힌 작은 문들이 나 있었다. 겉으로는 정원사처럼 보이는 한 사람이 손에 물뿌리개를 들고 아주 조용히 카페 테이블 사이를 돌아다녔다. 그는 커다란 밀짚모자를 쓰고 짧은 파란색 리넨 상의를 입고 샌들을 신고 있었다. 희석한 세정액을 삐걱대는 나무 바닥에 뿌리면서, 먼지투성이에 회색빛이었던 것을 검게 만들고 있었다. 솔직히 말해, 내게 가져온 박하 술은 배에서 주는 것보다 아주 형편없었다.

나는 다시 영국인 베블런을 떠올렸다. 나는 상당히 문명화된 지역에 있는—그에게 뉴욕은 밀림의 형태를 취한다—그를 상상했다. 또한, 엑스레뱅 혹은 에비앙과 같은 온천지, 로마의 베네토 거리, 파리의 8구역이나 런던의 웨스트엔드에 있는 그를 떠올렸다. 베블런은 틀림없이 고상한 체하는 속물근성을 갖고 있지만, 그 누구도 내 말에서 그가 그렇다고 추정하지는 못한다. 그것은 그가 농담이나 장난하듯이(고상한 체하는 속물은 드문 경우를 제외하고는 절대로 다른 방식으로 표현하지 않는다), 자기 습관의 규범에서 벗어나는 모든 것을 혐오한다는 사실을 숨겼기 때문이다. 사실대로 말하면, 그는 항상 일종의 이중적인 삶을 살았다. 그 삶의 반은 변덕스러운 속물근성이라고 여기지 않는다면 상대적으로 설명할 수 없다. 그것은 내 친구가 고양이에 대해 많이 알고 있었고, 한 번 이상 나는 그를 믿기 어려운 신문 사진에서 보았기 때문이다. 거기서 그는 여자들에게 둘러싸여 있었는데, 그들은 그가 이런저런 장소에서 개최되는 전국 고양이 전시회의 심사위원으로 일할 때 도움을 주는 사람들이었다. 이런 활동이 그의 나머지 삶을 오염시키지는 않았다. 베블런은 박식한 사람이었고, 의지보다는 애정을 갖고 교육을 받았으며, 18세기 건축과 프랑스 장식 예술의 세속적 요소를 잘 알고 있었는데, 이것은 바토, 부셰, 프라고나르*의 그림에서 잘 다루어져 있다. 몇몇 사람이 원하는 바에 따르면, 그는 1960년대 말까지 지속한 1920년대의 근대 회화에 대해서도 안식이 부족하지 않았다.

밀짚모자를 쓴 남자는 이미 카페 바닥에 세정액을 한 번 뿌리고서 이제는 테이블 옆에 있는 의자에 앉아 쉬고 있었다. 돌연 나는 그의 다리 사이에 앉아 있는 고양이를 보았다. 내가 보기에는 흰색 털에 커다란 커피색과 검은색 얼룩이 있는 집고양이였다. 우리는 눈길을 교환하며 그 고양이를 쳐다보았다. 고양이의 얼굴은 가운데로 나뉘었는데, 검은색 쪽에 한 개의 눈이 있었고, 흰색 쪽에 다른 한 눈이 있었다. '이건 동물원이야.' 나는 생각했다. '앵무새 한 마리, 고양이 한 마리, 백조 한 마리가 있어.' 나는 "백조 한 마리"라고 말했는데, 그것은 그 남자가 손수건을 꺼내 이마를 닦으려는 순간, 셔츠 왼편으로 그 동물을 표현하는 모노그램을 드러냈기 때문이다. "너무 많

* 모두 18세기 프랑스 로코코 회화의 대표적인 화가들이다.

은 기억이야"라고 나는 아무것도 이해하지 못한 채 중얼거렸다. 젊은 시절 전체의 기억들이 우르르 몰려오면서 감지할 수 있었지만, 아직 그것이 무엇인지는 알 수 없었다. 그래, 맞아, 라고 나는 생각했다. 나는 베블런이 똑같은 모노그램을 갖고 있었다고 확신했다. 고양이는 마치 내게 무슨 소식을 전하려는 것처럼 계속 나를 쳐다보았다. 그래서 나는 눈을 아래로 내렸다. 내가 눈을 들었을 때, 테이블에는 밀짚모자가 있었고, 그 남자에게는 영국인 베블런의 얼굴이 있었다. 나는 그 사람에게서 다른 사람의 얼굴을 발견하는 건 참으로 이상한 일이라고 생각했다. 여행으로 생긴 사건들 때문에, 아마도 나는 같은 얼굴을 가진 여러 명이 전 세계에 흩어져 있다는 것을 깨달은 듯했다.

"이봐, 친구!" 베블런이 소리치면서 양팔을 활짝 벌린 채 내게 다가왔다.

우리는 감격에 젖어 서로 얼싸안았다. 그에게서 역한 냄새가 났다.

나는 어안이 벙벙한 채 그를 쳐다보았다. 아직도 확신이 없었고, 그 친숙한 얼굴이 숨기고 있는 어지럽고 아찔한 불가사의 앞에서 약간 현기증을 느꼈다. 우리는 얼굴을 보고 사람을 확인한다. 내 앞에는 베블런의 다른 상황이 아니라, 바로 베블런의 얼굴이 있었다. 난 개괄적으로 다시 생각해 보았다. 내 친구에게 그런 상황—옷, 몸에 멋 내기, 그가 움직이는 장소, 약간 잘난 체하며 아는 체하는 행동—은 개성을 드러내는 주요 요소들이었다(상황이 바뀌면, 아마도 누구에게라도 비슷한 일이 일어날 것이다).

우리는 틀림없이 거의 늙은 두 남자가 서로 껴안고서 눈물을 흘릴 찰나에 있는 것처럼 보였을 것이다. 내가 그에게 아주 근사하게 보인다고 실없는 소리를 하자, 그는 웃으면서 대답했다.

"그래, 맞아. 사람들은 나를 부러워하지. 하지만 네게 자신 있게 말하는데, 넌 눈을 크게 뜨고서 내게 무슨 일이 있었는지 생각하고 있어."

"그래, 맞아." 나는 대답했다. "여기서 널 만나리라고는 기대하지 않았어."

"소설 같아, 그렇지? 나한테 무슨 일이 있었는지 말해 줄까?"

"물론이지."

"좋아." 그는 말을 이었다. "소설에서와 마찬가지로 넌 내게 술을 한 잔 갖다주라고 하고, 나는 이야기를 들려주면서 술을 마실게."

"뭘 마실래?" 나는 종업원을 부르고서 그에게 물었다.

"나한테는 모든 술이 똑같아." 그가 말했다.

그는 나를 뚫어지게 바라보았다. 종업원이 술잔 한 개와 술병 하나를 가져왔다.

"여기에 놓을까요?" 종업원이 그의 언어로 물었다.

"그래요, 놓도록 해요." 베블런이 대답했다.

나는 두 손으로 술병을 잡았다. 그리고 병목으로 냄새를 맡았다. 알코올 냄새가 아주 강했는데, 어떤 때는 달콤하게 느껴졌고, 또 다른 때는 씁쓸한 냄새가 났다. 나는 상표를 살펴보았다. 눈 덮인 산을 경치로 삼아 달과 거미줄 안에 거미가 있었다. 상표 이름은 '실바플라나'*였다.

"이게 뭐지?" 내가 물었다.

"여기서 먹는 술이야." 그가 대답했다. "맛있다고 추천하지는 못하겠어."

---

* 니체는 1881년 스위스의 실바플라나 호숫가에서 '영원한 회귀' 사상을 떠올린다.

"그럼 다른 거로 시킬까?"

"그런 생각은 하지도 마. 나한테는 모든 술이 똑같아." 그가 똑같은 말을 반복했다. "그 이야기는 약 3년 전에 에비앙에서 시작했어. 아니, 그것보다 더 조금 전에 런던에서 시작했어. 그 당시 나는 돈 많은 사람이었고, 레다는 나를 사랑했어. 레다와 나의 사랑 이야기는 알아?"

"아니." 나는 말했다. "한 번도 들어 보지 못했어."

내 대답을 듣자, 그는 그리 기뻐하지 않았다.

"난 그녀를 런던의 어느 무도회에서 만났어. 눈이 부시게 아름다웠지. 나는 그녀의 긴 흰 장갑을 보면서, 그녀는 백조이고 레다라고 말했어. 그런 쓸데없는 소리를 하지 말아야 했는데…… 어쨌든 그녀는 내 말을 이해하지 못하고 웃었어. 자신 있게 말하는데, 그녀는 그 파티에서 가장 젊고 아름다운 여자였어. 음, 어떻게 묘사할까? 아주 행실이 바르고 완벽했으며, 금발의 곱슬머리에 눈은 파랬어. 그녀는 스스로 내게 자신의 완벽함은 한계가 있다고 밝혔어. 그것은 무릎이 더럽기 때문이라면서, 이렇게 말했어. '무릎을 닦으면, 혹은 최고의 속옷을 입으면, 남자와 관련해서 항상 행운이 따르지 않아요'(사실대로 말하자면, 더 노골적으로 말했어). 아주 명랑한 성격이었어. 나는 그토록 인생을 즐기는 여자를 한 번도 만난 적이 없었어. 아니 '인생'이라고 한 건 내가 잘못 말한 거야. 자기 자신의 삶과 사랑과 거짓말을 즐겼어. 그녀가 당시 나한테 관심을 보였던 건 틀림없는 사실이야. 그녀는 책을 읽을 정도의 인내심도 없으며, '문화'라고 부르는 것에 대해서는 한 마디도 아는 게 없었거든. 하지만 그녀를 바보라고 추측한다면, 그건 실수야. 적어도 내가 보기에는 나보다 훨씬 똑똑했거든. 자기 전공이 뭔지 잘 알고 있었어. 그녀는 한 남자와의 사랑, 여러 남자와의 사랑, 그리고 남자와 여자들의 자존심, 속임수, 계략과 술책, 사람들이 말하는 것과 입 다무는 것에 대해 이미 생각했었어. 네게 자신 있게 말하는데, 나는 그녀의 말을 들으면서 프루스트를 떠올렸어. 열여섯 살 때 그녀는 자신의 의사와 상관없이 오스트리아 외교관과 결혼했어. 남편은 교양인이었고 똑똑했으며 의심이 많았지만, 그녀는 너무나도 쉽게 그를 속였어. 아마도 그 남자는 자기가 일종의 고양이와 결혼한다고 믿었던 것 같아. 그래서 처음부터 주인으로서 그녀를 다뤘고, 그녀를 교육하고 이끌려고 했어. 처음부터 그녀는 남편의 뜻을 따르려고 노력했어. 무엇보다도 속이면서 그랬던 거야. 그녀의 부모는 남편이 레다의 적수가 되지 못한다고—그녀가 그를 피하고 그가 그녀를 붙잡으려는 이런 전쟁에서—생각했기에, 마치 질투심 많은 또 다른 두 명의 남편처럼 그녀를 감시했어. 넌 상상할 수 없겠지만, 이런 의도 속에서 그녀가 삶의 기쁨이나 부모님에 대한 애정을 잃어버렸어. 그녀는 모두를 사랑했고, 모두를 속였어. 그녀는 복잡하고 까다로운 거짓말과 속임수를 계획하면서 얼마나 큰 기쁨을 느꼈는지 몰라.

　내게 남편을 소개하기 전(나중에 나는 그를 상당히 많이 만나게 되었어), 그러니까 우리의 사랑이 시작될 무렵이었어. 어느 날 밤 나는 그녀에게 물었어. '우리가 항상 함께 있는 걸 보았는데, 경계심을 품지 않을까요?' 내 기억에 따르면, 그녀는 이렇게 대답했어. '걱정 말아요. 내 남편은 아주 남성적인 남자 유형, 그러니까 여자 얼굴을 잘 기억하는 유형이라서, 절대로 남자 얼굴은 기억하지 못해요. 남자들의 얼굴을 쳐다보는 법이 없거든요.'

내가 감탄한 것은 그녀의 아름다움과 젊음, 그리고 매력과 지성(특별하고 제한적이지만, 아주 세련되고 내 지성보다 훨씬 더 명석한)뿐만이 아니었어. 나는 그녀가 나를 사랑한다는 믿을 수 없고 여러 번 확인된 사실 때문에도 감탄을 금치 못했어. 그녀는 내게 모든 걸 이야기했고, 아무것도 숨기지 않았어. 마치 그 멋진 거짓말 기계를 내게는 절대로 사용하지 않으리라고 확신하는 것 같았어. 나도 그녀의 말을 존중하며 들었고, 그녀 생각이 성숙했다는 것을 인정했기에 그녀의 말을 의심하지 않았어(하지만 조금은 의심했어). 나는 운명의 관대함에 고마워했고, 어느 날 밤 사랑과 자부심에 취해서 이렇게 말했어. '당신이 나를 속인다고 해도, 나는 당신을 찬미하지 않을 수 없어.' 착한 마음으로 나는 철학에 필수적인 기질을 갖고 있다고 믿었어. 한편 레다는 나쁜 행동을 하지 않았어. 그런 행동을 하더라도, 그건 재미를 주려고 한 것이었어."

"난 라비니아를 잊었어." 영국인 베블런은 자기 다리 사이에 앉아 있던 고양이의 머리를 사랑스럽게 툭툭 치며 말했다. "라비니아, 그러니까 레다의 암고양이는 집고양이였어. 털이 아주 부드러웠고, 커피색과 검은색의 얼룩이 있었어. 그리고 얼굴은 두 색깔로 나누어져 있었는데, 한쪽은 검은색이었고, 다른 한쪽은 흰색이었어. 외모는 가난한 사람들의 고양이였지만, 레다의 영혼을 갖고 있었어. 넌 둘이 얼마나 비슷했는지 몰라. 무척 알랑거리고 아양 떨면서 거짓으로 가득한 고양이는 항상 속이고 농락했지만, 내가 그런 것을 알게 될 때면, 나를 현혹했어. 아주 우아하고 예민했으며, 더러움은 참지 못했어. 밥을 먹은 후에 고양이 아가씨는 모든 훌륭한 부인들이 입을 닦듯이 수염을 닦았어. 어느 날 애정의 증거를 보여 주며 나를 맞이했고, 그러자 나는 매우 기뻐했어. 나는 그것을 라비니아가 집 안에 들어와도 좋다고 허락하는 증명서를 내미는 것과 같다고 이해했거든. 언젠가 한번은 내 파란색 양복을 염색집으로 보내게 되었는데, 그때 나는 암고양이가 나를 친절하게 대하면서 속였고, 그렇게 내 바지를 냅킨처럼 사용했다는 것을 알게 되었어. 라비니아는 레다를 제외하고 그 누구도 중요하게 생각하지 않았어. 아마 레다도 똑같이 사랑하는 대상은 하나였을 거야.

레다였는지 나였는지 잘 기억이 나지 않아. 어쨌든 둘 중의 하나가 먼저 프랑스의 어느 지역을 골라서 함께 며칠을 보내자고 말했어. 난 레다가 에비앙을 골랐다고 확신해. 그건 틀림없어. 그곳을 선택하자 나는 깜짝 놀랐어. 나는 내가 레다를 잘 알고 있다고 믿었고, 그녀가 극히 세속적인 장소를 선택하리라 의심치 않았거든. 또 약간 실망하기도 했는데, 그건 내가 내 여자 친구와 팔짱을 끼고 몬테카를로나 칸의 화사한 햇빛을 받으며 걷는 것을 상상했기 때문이야. 나는 잘되었다고 여기면서 이렇게 혼자 생각했어. '무엇을 더 바라는 거야? 우리는 이 파티 저 파티에 다닐 것도 아니고, 내가 불가피하게 이루어야 할 정복에 고민할 것도 아니야. 나 혼자 그녀를 차지하게 될 테니.'

그 당시 가장 즐거운 일 하나는 우리 여행에 관해 이야기하는 것이었어. 그러나 날짜를 비롯해 명확하게 정해야 할 때, 즉 모든 것이 현실이 되었을 때, 나는 내가 제대로 준비가 되지 않아서 런던에서의 우리 생활을 멈출 수 없다는 것을 알았어. 하지만 나나 그 누구도 레다의 욕망을 거스를 수 없었고, 그래서 출발해야겠다는 마음이 곧 다시 생겼어. 여러 가지 어려운 문제가 생겼어. 그녀의 부모님은 의심했고, 이미 우리 여행을 좋은 눈으로 보지 않았어. 더 심한 것은 남편이 아내와 함께 가겠다고 말했다는 사실이었어. 이런 뜻하지 않은 사건들에 대해 레다는 내게 계속 알려 주었어. 반면에 다른 사람들은 의심스럽고 분개할 만한 이상한 일 앞에서 조심했는데, 그건 아마도 본능적인 행동이었을 거야. 그녀의 부모님, 그러니까 두 명의 위선적인 노인네들은 나를 헛갈리게 하려고 여행에 찬성한다고 했고, 남편은 너무나도 교활하게 레다가 없는 동안 자기를 혼자 버려두지 말라고 애원하면서, 그녀가 없는데 누가 자기를 초대하겠느냐고 말했어. 이런 희극에 레다는 화를 냈고, 나한테 대단한 거짓말쟁이처럼 보일까 봐 두려워했어. 여행 준비는 계속되었고, 내 여자 친구는 양장점에 가고, 손톱 손질을 하고, 미용실에 가고, 쇼핑하는 데 너무나 바빠서 낮에 나를 만날 시간이 1분도 없었어. 그리고 밤에는 가족과 함께 보냈어. 무슨 말인지 알겠지? '그래도 전화가 있는 게 어디야?'라고 나는 체념하고서 한숨을 내쉬었어. 여기서 인정할 것이 있는데, 내가 전화하면, 레다는 항상 직접 전화를 받았고, 우리는 간단한 인사를 나누었어. 여행에 대한 희망, 그러니까 우리는 떨어져 있지만, 마침내 우리를 하나로 만들어 줄 것이라는 희망이 점점 멀어지고 있었어. 모든 게 사라졌다고 생각했을 때, 레다가 말했어. '우리 떠나요. 그런데 불행하게도 내 사촌 동생 아델라이다 브라운 세커드와 내 조카 벨린다가 함께 가요. 그들이 함께 가지 않으면, 우리는 에비앙에 갈 수 없어요. 당신과 나는 각자 여행하고, 로열 호텔에서 만나기로 해요. 그리고 당신이 완전히 혼자 외롭게 여행하지 않도록 당신에게 라비니아를 맡길게요. 당신이 데려오도록 해요. 내가…… 당신 다음으로 가장 사랑하는 것을 당신에게 맡겨요.' 나는 행복해했다가 풀이 죽었고, 또 그걸 이겨 냈어. 나는 마음속으로 우울하게 이렇게 말했어. '레다, 조카와 함께라고! On aura tout vu(이건 너무한데).'

내가 먼저 떠나기로 되어 있었어. 그래서 사실 나는 고양이와 함께 당분간 에비앙에서 보낼 것 같아 두려웠어. 하지만 우리는 계획을 바꿨어. 그녀가 먼저 비행기를 타고 가고, 내가 제네바에 라비아나와 함께 착륙하면, 레다가 공항에서 우리를 기다리기로 했어.

우리 자동차는 저녁 무렵에 에비앙으로 들어갔어. 호텔에 늦게 도착할지 모른다면서 왜 마음을 졸였는지 나도 모르겠어. 난 그 구간을 더 천천히 운전해서 레다를 내 옆에(애처롭게도 운명적으로 헤어지는 연인들이 포옹하는 것처럼) 더 붙잡아 둘 수도 있었거든. 내가 보기에 그녀는 의자에 꼿꼿하게 앉아서 내게 여행의 상세한 일정을 말해 주었어. '그런데 당신은 왜 이렇게 예뻐?'라고 말하면서, 나는 초조하게 그녀의 손을 잡았고, 내 말에서 그녀가 관대한 말투를 느끼게 하려고 했어. 그녀는 그 어떤 비난이나 질책에도 예민했지만, 그 질문에 담긴 비난은 그냥 무시하고, 자기의 아름다움을 찬양하는 말에 관심을 기울였어. 그녀는 즐거워하면서 더 꼿꼿하게 몸을 세웠어. 그런 동작과 긴 목, 그리고 머리 모양과 정말 믿을 수 없이 아름다운 눈을 보자, 순간적으로 그녀가 한 마리 새처럼 보였어. 내 동반자가 새라면 얼마나 좋을까! 그러나 그녀는 레다, 내가 사랑하는 여자였어. 처음으로 그녀의 아름다움이 내 가슴을 아프게 했고, 그녀가 멀리 있다는 생각이 들었어. '내리자.' 나는 호텔의 정원 입구에서 말했어. '호텔까지 걸어서 가자.' 그녀가 싫다는 말을 하지 못하도록 나는 핑계를 댔어. '불쌍한 라비니아가 운동해야 해.' 우리는 말없이 걸었지만, 곧 내가 두려워하던 말을 들었어. '우리 방이 다른 층에 있어요.

오늘 밤에는 함께 잘 수 없어요. 내일은 아마도……' 나는 아무 말도 하지 않았어.

호텔 접수처 직원이 내게 서명할 서류를 내밀었고, 내가 방 번호를 가리켰어. '호수 쪽인가요?'라고 나는 물었고, 그는 '호수 쪽입니다'라고 대답했어. 그러자 내가 말했어. '아, 그쪽이 아니라, 난 남향인 산 쪽을 원해요.' '정말 고집불통이네요.' 레다가 투덜거렸어. 난 생각했어. '사랑하는 사람을 화나게 하는 건 불길한 징조야.' 레다와 함께 있으면서 그런 일이 일어난 건 처음이었어. 나는 충분히 그걸 요구할 자격이 있다고 믿고서 물었어. '층을 바꾸지 않고 산 쪽 방을 줄 수 있죠?' '물론입니다'라고 담당자는 대답했어. 그러자 레다는 즐거운 표정으로 우리가 아침을 먹을 테라스에 대해 말하기 시작했어. 우리는 모두 짐승 우리와 같고 갓 페인트칠한 야릇한 승강기 안으로 들어갔고, 1층으로 올라갔어. 그리고 티 하나 없는 초록색 카펫이 깔린 넓은 복도(이 호텔은 세상에 아직 공간이 남아돌던 시기에 건설되었다)로 걸어갔지. 내 방은 널찍했고, 그러자 머나먼 젊은 시절에 살았던 별장(라벤더 향내가 났다고 난 확신한다)의 침실이 떠올랐어. 회색 벽지는 청동 세미더블 침대의 판벽 널을 덧씌운 장미색의 실크와 절묘하게 조화를 이루고 있었어. 순간적인 영감에 이끌려 나는 소리쳤어. '이 방에서 난 행복할 거라고 확신해.' 레다는 그날의 가장 긴 키스를 해 주었고, 암고양이를 안더니, 내게 다음 날 만나자고 말했어.

나는 짐을 정리했고, 샤워했으며, 이발사들이 말하듯이 '향긋한 물'을 조금 뿌리고는 식당으로 내려갔어. 호텔은 거의 비어 있었어. 나는 문 쪽을 바라보았어. 레다와 그녀의 사촌과 조카가 도착하기를 관심 있게 기다리고 있었거든. 나는 푸짐하게 저녁을 먹었어. 그리고 마침내 나는 방으로 돌아왔지. 테라스에서 담배를 한 대 피웠어. 깎은 풀 냄새가 풍겼고, 개구리 혹은 귀뚜라미 소리가 들렸어. 난 침대에 누웠지만, 계속 깨어 있었어. 자기가 옳았는지 아닌지 몰라서 아무것도 불평하지 못하며 고통받는 연인처럼 괴로운 사람은 아무도 없어(그런데 거짓말 같지만, 내가 이렇게 되어 버린 것이야). 상상의 대화를 하면서, 나는 에비앙에서의 우리 휴가를 망쳤다면서 밤새 레다에게 불평했어. 나는 결혼한 여자는 조심해야 하며, 친한 친구들, 심지어 사촌들과도 조심스럽게 다녀야 한다는 것을 인정했어. 하지만 괴로움이 다시 표면 위로 떠올랐고, 나는 단호한 구절 하나 이상을 만들어 외우고서 다음 날 말해야겠다고 다짐했어.

나는 다음 날 새들의 노랫소리에 잠을 깼어. 그리고 테라스를 쳐다보았어. 산기슭에서 숲을 보았고, 호텔 근처의 아래쪽에서 커다란 낫을 들고 풀을 베는 여자아이들을 보았어. 테라스에 아침 식사를 가져온 남자가 설명했어.

'지금 정원 잔디를 다듬고 있습니다. 곧 사람들이 도착합니다.'

사람들이 도착하건 말건, 그건 내게 중요하지 않았어. 레다에 대해 말하자면, 나는 그녀가 테라스에서 아침을 함께 먹자고 했지만, 그녀를 기다리지 않는 게 낫다는 것을 알았어.

그러고는 정원을 걸었고, 숲으로 들어갔어. 아마도 나무 몸통에 앉아서 우수에 젖어 있었다고 생각해. 가장 유감스러웠던 것은 레다의 사랑을 잃어버리는 게 전부가 아니었다는 사실이야. 나는 흰머리가 났기 때문에, 점점 늙어 가고 있었기 때문에, 내게 남은 시간이 얼마 되지 않기 때문에, 엄청나게 비싼 호텔에서 얼마 남지 않은 시간을 낭비하고 있기에, 슬픔에 젖어 하루하루를 보낼 때마다 엄청난 돈을 쓰기 때문에, 슬픔에 젖어 있었어. 나는 항상 정리정돈과는 거리가 먼 사람이었어. 나는 모든 것을 대리인 라파엘 콜롬바티(평발에 얼굴은 창백하고 검은 옷을 입는)의 손에—정말로 엄청나게 커다란 손에—맡겼어. 마치 소설 같지만, 나는 때때로 하룻밤 사이에 빈털터리가 될지도 모른다는 두려움 때문에 괴로워했어.

난 호텔로 돌아가야만 했어. 그렇지 않으면 점심시간에 맞춰 도착할 수 없었거든. 식당은 컸지만, 거기 테이블에 앉아 있는 사람은 얼마 되지 않았어. 식사하는 손님들은 전날 밤과 똑같았어. 리옹의 유력한 기업가 가족, 상당히 유명한 프랑스 배우(호텔 지배인이 이름을 말하지 않았다면 난 그가 누구인지 알아보지 못했을 거야), 그리고 한 명의 젊은이가 있었는데, 최근에 나는 그를 한 번 이상 얼핏 보았어. 토실토실한 뺨은 불그스레했고 약간 처져 있어서 바보 같다는 분위기를 풍겼고, 내 눈에는 정말로 역겨워 보였어. 그리고 랑케르라는 여자가 있었는데, 정말 아름다운 금발이었어. 나는 즉시 그녀를 알아보았는데, 아주 한참 전에 몬테카를로의 테니스 클럽에 있는 카페에서 잠깐 이야기를 나눈 적이 있었거든.

나는 내 방으로 올라가기 위해 승강기를 기다리면서, 내게 라비니아를 맡겼다면 번거롭고 거북스럽겠지만, 어쨌든 지금보다는 더 재미있을 것 같다고 생각했어. 그런데 그때 레다가 나타났어. 큰 소리로 내게 중얼거렸어.

'우리 오늘 제네바로 가요. 지금 당장 가요.'

나는 너무나 겁이 난 터라, '우리'라는 말에 누가 포함되는지 알지 못했어. 그러니까 나인지, 아니면 사촌과 조카인지 몰랐어. 그런데 레다가 덧붙였어. '왜 그래요? 지금 움직여야 해요.' 그러나 나는 내 운명이 나아졌다는 것을 알았어.

나는 비옷을 들고서, 마치 악마가 우리를 뒤쫓는 것처럼 여행을 시작했어. 목적지에 도착하자, 나는 초조함은 마음에서 비롯된다고 생각할 수 있었어. 그래서 그런 초조함을 합리화할 이유를 찾는 것은 쓸모없는 일이고, 단지 핑계만 찾게 된다는 거야. 그러니까 내 말은 레다는 제네바에서 해야 할 일이 아무것도 없는 것처럼 보였다는 거야. 그저 맑게 갠 날 내내 나와 데이트하면서 아주 멋지고 아주 행복하게 보내고자 했던 것이지. 우리는 호수에서 물줄기를 보았고 론강에서 물고기를 보았어. 우리는 코라테리 거리에서 서점들을 둘러보았고, 그랑드 뤼에서는 서점들과 골동품 가게(나는 레다에게 유리로 만든 문진文鎭을 사 주었는데, 그 내부의 석류석은 불사조 모양이었어)를 둘러보았어. 우리는 오 비브 공원에서 쉬었고 베른식 식당에서 저녁을 먹었어. 아마도 아직 우리가 공원에 있었을 때였을 거야. 나는 근처 호텔로 가자고 제안했어. '미쳤어요?' 그녀는 대답했어. '그러려고 로열 호텔이 있는 거잖아요.' 에비앙으로 돌아오자, 정말로 그녀는 나와 함께 있었고, 다음 날 아침 테라스에서 함께 아침 식사를 했어. 그녀는 로잔으로 가자고 제안했고, 내가 떠날 준비가 되어 있다고 말하자, 너무나도 매혹적으로 웃으면서 말했어. '마지막 밤배로 가도록 해요. 선착장에서 기다릴게요.' 그녀는 내 이마에 키스하고서 나갔어.

나는 앞으로 남은 시간이 아무리 길더라도 우울해하지 않기로 마음먹었어. 곧 행복이 다가올 것이라는 생각으로 기운을 차리고서 밤 11시까지 기다릴 작정이었어. 우선 나는 한참 샤워를 했고, 천천히 옷을 입고서 호텔 정원으로 내려갔어. 호텔을 떠나기 전에, 나는 바비 윌리어드와 만났어. 그가 누군지 알아? 몰라도 손해 볼 건 없어. 멍청이거든. 기분이 좋았는지 마구 지껄이기 시작하면서, 에비앙을 '두 번째 죽음'이라고 부르더니, 권할 곳이 못 된다고 했어. '첫 번째 죽음, 그러니까 최악은 바스예요.' 그는 낄낄거리고 웃으면서 솔직하게 말했어. 그리고 로열 호텔은 텅 비어 있다고 설명하더니, 또 다시 그 말을 반복했어. '아무도 없어요, 아무도.' 나는 사랑하는 여인에 대해 말하는 즐거움을 만끽하고 허풍을 떨기 위해 이렇게 대답했지. '레다가 있어요.' 하지만 그 말을 하지 않는 편이 더 나았어. 바비는 굳은 용기를 내서 내게 말했어. '내가 무슨 말을 들었는지 알아요? 그녀는 걸레…… 아무하고나 그걸 하는 것 같아요.' 나는 있는 힘을 다해 그에게서 벗어나 피아노가 있는 방으로 들어갔어. 그곳에는 아무도 없었어. 나는 잠시 그곳에 있으면서 정신을 차렸어. 그 바보의 말이 나를 얼마나 견디기 어렵게 했는지 믿을 수가 없어. 드디어 다소 기운을 차리자, 나는 호텔 접수처 담당자에게 로잔 호텔들의 광고지를 달라고 했어. 서너 개의 전단을 들고 나는 방금 깎은 잔디밭 한가운데에 있는 천 의자에 털썩 주저앉았어. 나는 아주 차분하게 시간과 맞설 만반의 준비가 되었기에, 광고지를 읽기 시작하면서 무심코 주변을 쳐다보았어. 그러다가 눈을 레다 방의 난간에 멈추었고, 잠시 후 창틀에서 내 여자 친구의 모습을 발견했어. 또 다른 모습이 방 안의 어둠 속에서 나타났어. 그리고 창문에서 두 사람이 하나가 되었어. 나는 생각했어. '레다가 조카에게 키스하고 있어.' 나와 키가 똑같은 관객이 내가 있던 각도에서 관찰한다면, 아주 흥미로운 시각적 현상이 나타난다고, 즉 레다와 여자 조카가 나타난다고 생각하면서 즐겼지. 그런데 그런 생각을 하다가 언제 레다가 한 남자에게 키스하고 있는 것을 발견했는지는 나도 모르겠어. 정말이지 내 말을 믿어 줘. 그 순간은 희미하게 본 경계석 같았어. 어쨌든 희미하게라도 보았고, 즉시 두 세계의 경계선으로 해석되는 경계석과 같았어. 그 두 세계는 내가 레다와 함께 있던 평소의 세계와 피할 수 없는 숙명의 법 때문에 들어가게 될 다소 불쾌한 미지의 세계였어. 갑자기 눈앞이 캄캄해지면서, 나는 해로운 벌레인 양 광고지를 떨어뜨렸어. 그런데 정말 흥미로운 현상이었어. 나는 정말이지 혼돈의 상태에 있었는데, 내 정신은 맑고 명석하게, 그리고 신속하게 작동했어. 우선 나는 호텔 접수처로 갔어. 그리고 브라운 세커드 양이나 부인, 그리고 그녀와 동행하는 여자아이에 대해 물어보았어. 그러자 로열 호텔 손님 명단에는 그런 사람들이 없다고 대답했어. 나는 방값을 계산해 달라고 요구했고, 돈을 지급했으며, 내 방으로 올라갔어. 거기서 진짜 슬픔이 빗발치듯 쏟아졌어. 가방을 싸면서 나는 벽에 마구 부딪히는 눈먼 박쥐처럼 방 안을 돌아다녔어. 화가 치밀어 그 빌어먹을 방에서 나갔고, 호텔 버스를 타고 선착장으로 내려갔어. 기나긴 한 시간을 기다려야만 했기에 이 생각 저 생각을 했어. 그러다가 내가 정말로 레다가 남자와 키스하는 것을 보았는지 나 자신에게 묻기 시작했어(아직도 나는 그 결론을 내지 못했어). 나는 그곳에 그대로 있어야겠다는 유혹을 느꼈어. 나는 혼잣말로 중얼거렸어. '아마도 남아 있는 게 현명하고 신중한 선택일 거야.' 그러나 잠시 후 이렇게 생각했어. '남아 있는 건 비겁한 행동이야.' 아마도 내 영혼 깊숙한 곳에서 나는 이제 내가 레다와 있을 수 없다는 것을, 단지 불안과 슬픔만 있을 것을 알고 있었다고 생각해. 네게 자신 있게 말하는데, 그래서 나는 떠났어(어떤 여자든지 내가 자존심 때문에 그렇게 했다고 말할 거야). 조그만 배를 타고 호수를 건너면서, 내가 내 운명의 주인이라고 생각했다는 것은 분명한 사실이야. 또 배를 타고 얼마 안 되어 내 머리 위로 커다란 하얀 새들이 날아다녔고, 나는 불길한 징조에 몸을 떨었다는 것도 사실이야.

우리는 모두 배를 타고 알지 못하는 방향으로 가지. 하지만 나는 당시에 내가 아주 특별하게 적절한 방식으로 상징을 형상화했다면서 즐겁게 상상해. 로잔의 어디에 내가 머물렀는지는 묻지 말아 줘, 기억을 할 수 없으니까. 그래, 내 방의 창문으로, 그 어떤 것도 일관성이 없던 그 이상하기 그지없는 날 온종일 나는 반대편 호숫가를 홀린 채 바라보았다는 것을 기억해. 로열 호텔을 네게 그려 줄 수도 있을 것 같아. 너무나 오랫동안 봐서 말이야. 밤이 되자 여러 점선이 천천히 호텔을 밝혔어. 그 모습을 보면서 나는 눈을 감았고, 창문 앞의 테이블에 팔을 괴고서 잠들었어. 아주 피곤했던 것 같아. 다음 날 아침 같은 자세로 잠에서 깼거든.

눈을 감자마자 로열 호텔은 불길에 휩싸였어(잘 들어 봐. 나는 호수와 마주 보고 있던 창문 앞의 테이블에서 머리를 팔로 괴고 있었어. 그래서 내가 잠시라도 눈을 떴다면, 불이 난 것을 봤을 거야). 틀림없이 나를 제외한 그 누구도 그날 밤에 잠을 자지 못했을 거야. 그런데 난 그 호텔 안에 레다를 두고 있었어.

어떤 사람은 누군가가, 그러니까 내가 작은 배에 발을 내디뎠던 그 시간부터 내 인생을 조종하는 바로 그 사람이 나를 잠재웠다고 말할지도 몰라. 아침에 그 사람은 내가 앞을 내다보지 못하게 하고서 나를 방 안으로 데려갔어. 그는 레다에게서 나를 떼어 놓기로 마음먹고 있었거든. 그리고 나를 여러 가지 문제에 휘말리게 했어. 아침 식사를 하기 전에 런던에 전화를 연결해 달라고 하는 건 내게 아주 이상한 일이야. 그런데 그날 난 전화를 걸어―운명이 이 모든 것을 이끌었어―낮에 집에 도착할 것이라고 알렸어. 뒤로 돌아가지 않도록 나는 나 자신을 동여매려고 애썼고, 생각한 것보다 더 튼튼한 줄을 만났어. 그날 내게 알려 준 바에 따르면, 전날 밤 콜롬바티가 총으로 자살을 시도해 병원에서 죽음으로 신음하고 있었어. 그러자 나는 대답했어. '가장 빨리 있는 비행기를 타고 갈게.' 그러고는 호텔 보이와 얘기해서 표를 예약했어. 11시에 나는 공항에 있어야만 했어. 시계를 보았어. 8시 반이었지. 아침 식사를 요청하자마자 어느 스위스 여자가 가져왔어. 아주 산만하고 아주 젊었어. 그 문제에 대해 너무나 관심이 많았던 나머지, 내가 그걸 아는지 모르는지도 생각하지 않고서 여자는 쉬지 않고 말했어. 그러면서 마지막 말을 두세 번 반복했어. '모두 죽었어요'라는 말이었어. 나는 물었어. '어디를 말하는 거죠?' 넌 내가 '그 불행한 로열 호텔이에요'라는 그녀의 말을 듣자, 어떤 상태가 되었는지 충분히 짐작할 거야.

그 이후 머리가 백지가 된 순간, 그러니까 내가 아무것도 기억하지 못하는 순간이 있어. 나는 내가 창문을 내다보았고, 저 멀리 떨어진 앞에서 약간의 연기를 보고 최악의 사건을 확인하기에 충분했다고 생각해. 나는 가장 이른 시간에 떠나는 작은 배를 타고 에비앙으로 가려고 했지만, 엘리베이터 걸은 '아무도 죽지 않았어요'라고 자신 있게 말했어. 나는 호텔 보이에게 물었고, 그는 엘리베이터 걸과 호텔에서 내가 물어본 모든 사람의 말에 용기를 얻어 똑같이 반복했어. '아무도 죽지 않았어요.'

어쨌든 나는 호수를 건너 가능한 한 빨리 레다의 목을 팔로 안고서 매달릴 작정이었어. 일어날 수 없는 재앙이 일어난 후, 그녀를 직접 보고 만지고 싶었어. 화재, 그러니까 가짜 소식은 인생에는 속임수보다 더 심각하고 중대한 고통이 있다는 것을 내게 떠올려 주기 위해 보낸 표시일 것이라고 여겼어. 나는 레다가 죽은 것을 알자 내가 얼마나 고통스러워했는지 어슴푸레하게 보았어. 살아 있는 그녀를 품에 안고 사랑을 믿는 것은 그런 운명에 도전하는 행위일 수 있었어.

호텔 보이가 나를 짜증 나게 했어. 자기가 11시 비행기에 좌석을 구했다는 것을 으스대며 자랑했어. 그리고 마치 내 마음을 읽은 것처럼 다른 주제로 돌아가더니 큰 소리로 말했어. '로열 호텔에서는 단 한 명도 죽지 않았어요. 내 말을 믿지 못하나요?' 한편 나는 그녀의 목에 매달리는 계획은 내가 일찍 도착해서 레다를 화나게 한다면 실천 불가능하다고 추측했어. 그렇게 하면 심지어 그녀가 자기의 두 연인을 차례대로 숨길 거점도 확보할 수 없을 것이기 때문이야(이유는 모르겠지만, 나는 내 연적이 뺨이 통통하고 불그레하며 약간 처진 청년이라고 단정했어). 또 내가 에비앙으로 돌아가는 여행을 하게 되면, 그러니까 부적절한 시간에 마음에 들지 않는 여행을 하게 되면, 내가 그토록 신임하는 콜롬바티는 내게서 고맙다는 말을 듣지도 못한 채, 작별하는 내 손을 보지도 못한 채, 런던의 병원에 버려진 채 죽을 것이었어. 그는 오랫동안 내 재산을 관리했고, 마당과 접한 창문이 있고 책상 하나가 덩그렇게 놓인 감옥과 같은 곳에서 열심히 일하면서, 내가 전 세계로 돌아다니며 여자들과 즐겁게 보내도록 해 준 사람이었어.

다시 운명은 나를 레다와 떨어뜨려 놓았어. 나는 11시 비행기를 탔어. 그리고 제때 도착해서 콜롬바티에게 감사의 말을 할 수 있었어. 그러나 자살을 시도한 그는 내 작별의 손을 민첩하게 피했어. 바로 그 시간에, 그러니까 나를 그곳으로 데려왔던 바로 그 비행기가 돌아가는 편에, 그는 두 리베이라*와 몬테카를로를 향해 도망쳤는데, 나는 후자일 것 같아서 몹시 두려워. 아마도 머리에 붕대를 감고 나간 것 같아. 하지만 분명한 것은 내가 내 판단력에 붕대를 감고 있었다는 사실이야. 넌 믿지 못할 거야. 나는 내 전 관리자가 뜻밖에 도주한 것을 보고 그가 무슨 짓을 한 것인지 잠시 불안해했어. 물론 바보 멍청이가 아닌 이상, 현실에서 벗어날 수 있었던 시간은 얼마 없었어. 점심을 먹은 후 나는 콜롬바티가 경주마들을 갖고 있었고, 철갑상어 알을 즐겨 먹었으며, 고급 매춘부와 놀았다는 것을 알게 되었어. 그리고 책상에서 그가 횡령했다는 것을 확인했어. 그러니까 내가 하루 아침에 돈 한 푼 없는 알거지가 되었다고 말할 수 있어. 내게 남은 것을 모두 팔아도 빚을 질 것이 분명했어.

그날 밤 나는 레다를 완전히 잊었어. 경제적 어려움이 내게 얼마나 충격을 주었는지 넌 상상하지 못할 거야. 아마도 그 어려움을 이해하지 못했기 때문인지, 아직도 나는 그걸 떠올릴 때마다 우울하고 소스라치게 놀라. 나는 내 불행을 내가 받아야 할 벌이라고 해석했고, 수많은 내 잘못을 직감했으며, 후회하며 양심의 가책을 느꼈어. 레다가 시커멓게 타 버려 죽은 것보다 더 슬픈 마음으로 나는 침대에서 뒤척거렸고, 다음 날까지도 잠을 이루지 못했어. 아마 흑인이 도착하는 순간까지 그랬던 것 같아.

---

* 프랑스의 코트다쥐르와 이탈리아의 리베이라를 지칭한다.

분명히 그는 완전히 침묵하고 있었어. 하지만 분명히 무슨 소리를 냈고, 난 그 소리에 잠에서 깼어. 그는 아주 가까이에 있는 의자에 앉아 고급 자케 시계를 차고 있었어. 그의 용모는 흠잡을 데 없었고, 피부는 검은색이었어. 나를 불안하게 만든 건 너무나 동그란 그의 눈이었던 것 같아. 나는 초인종 손잡이를 눌렀지만 쓸모없는 일이었어. 충성스러운 하인들은 내 상황을 너무나 잘 알고 있던 나머지, 우리 집을 버리고서 침몰할 배의 쥐처럼 도망쳤거든.

그는 내 환상 속의 흑인이 아니라, 살과 뼈로 이루어진 현실의 흑인이었어. 너무나도 분명히 현실적이고 평범한 사람이었으며, 솔직하고 의욕적인 흑인이었어. 그렇게 현실 속의 사람이었지만, 하느님이 내게 보낸 사람이라는 것은 의심의 여지가 없었어. 일종의 천우신조였어. 그는 새로 생긴 어느 아프리카 공화국의 외교관, 더 정확하게 말하자면 문화 담당관이었는데, 정부를 대표해서 박물관을 이끌어 달라는 계약을 맺으러 온 거야. 이런저런 말을 하는 가운데, 나는 내게 선지급할 액수를 듣게 되었어. 비록 그가 그 액수를 빠르게 말했지만, 난 어려움 없이 머릿속에 새겨 두었어. 나는 아파트와 두 채의 집, 그리고 콜롬바티가 손대지 않은 약간의 땅을 팔고 난 후에 얼마나 빚이 남을지 계산했었는데, 선지급 액수는 바로 내가 질 빚과 같았거든. '박물관을 이끈다고요?'라고 난 물었어. '미술관입니다.' 그가 대답하고는 확인하듯이 덧붙였어. '현대미술관입니다.' '그런데 거기서 내가 할 일은 무엇이죠?'라고 난 물었어. 나는 교양 없게 말했는데, 그는 그런 것에 큰 관심을 두지 않고서 대답했어. '우리는 그림을 구매했고, 건물을 지었습니다. 자랑스럽게 밝히자면, 우리의 조그만 수도에서 미술관은 가장 중요한 건축물입니다. 그리고 지금 당신이

해야 할 일은 그림을 걸고, 우리가 가진 것들을 배치하는 겁니다. 그렇지만 우리가 새로운 것들을 구매하게 될 날이 올 것을 의심하지 마십시오. 그때가 되면……' '서두르지 마십시오'라고 번역될 수 있는 손동작을 하면서 나는 계속 말하라고 부탁했어. '우리 대통령이 말한 것처럼, 우리는 내일의 세상입니다. 시간은 아프리카로 흘러갑니다.' 나는 그 마지막 생각이 대통령의 것인지, 아니면 그의 수확물인지 잘 몰라. 그 흑인은 주장했어. '우리가 선호하는 모험은 내일을 위해 투자하는 것입니다.' 그러고서 '아마도 잘못 교육받은 눈으로 보면 상당히 추한' 그 모든 예술이 엄청나게 커다란 금괴를 금고에 보관한 것과 마찬가지라는 사실을 언젠가는 눈을 떠서 깨닫게 될 것이라고 예언했어. 그러면서 말했어. '우리는 성 바울로보다 피카소와 그리스*의 그림을, 특히 그 누구보다도 페토루티**의 그림을 수집하고 있습니다. 이런 것만으로도 부족하다는 듯이, 미술관 앞에 세워진 조국의 여신상은 당신의 동포인 조각가 무어의 작품입니다. 나는 이런 상황을 당신이 흐뭇하게 생각할 것임을 의심하지 않습니다.' 앞서 언급한 예언에 대해 그는 실수할 가능성이 있다고 인정했지만, 이렇게 덧붙였어. '이런 실수는 관심 있는 예술가와 미술작품을 판매하는 화랑의 주인들만 범할 수 있는 것이 아니라, 이 분야에 정통한 모든 사람과 사업가들, 훌륭한 상류층 귀부인들, 은행가들과 힘 있는 기업가들도 우리처럼 실수할 수 있습니다! 아마도 깨어날 때 우리는 금이 아니라 엉터리 화가들의 작품, 그러니까 아무런 가치도 없고 유동성도 없는

---

* 후안 그리스(1887~1927). 입체파를 대표하는 스페인의 화가. 주로 파리에서 활동했다.
** 에밀리오 페토루티(1892~1971). 아르헨티나의 화가. 남아메리카 추상미술의 선구자로, 그의 그림에서는 입체파, 미래주의와 초기 르네상스 그림의 흔적을 볼 수 있다.

조악하게 위조된 종이 지폐만을 발견할 수도 있습니다. 그 결과를 보고서, 혈관의 탄력성과 더불어, 새로운 예술을 인정하는 데 필수 불가결한 유연하고 탄력적인 정신을 상실한 노인들은 아주 기뻐할 것입니다!' 이런 열변이 끝나자 그는 기품 있게 자기 혹은 대통령은 반동주의자들과 식민주의자들과 흑인매매업자와 조국을 찬미하느니, 젊은이들과 함께 조국을 수몰시키는 편을 택할 것이라고 밝혔어.

나를 찾아온 방문객이 지극히 현실의 인물일 수 있어. 그러나 연옥을 열어 주어 내 죄를 씻게 만든 상황, 그리고 무엇보다도 내게 지급할 돈과 내가 빚진 돈의 양이 같다는 것은 그의 제안이 신의 섭리에 따라 이루어진 것임을 드러내고 있었어. 솔직히 말하자면, 두 번째 사실, 즉 내가 받을 돈과 내가 빚진 돈이 똑같다는 사실이 나를 감동하게 했고, 진정한 마술적 마무리처럼 보였어. '좋습니다.' 나는 말했어. '언제 출발해야 합니까?' '아무 때나 편하신 시간에 출발하시면 됩니다.' 그는 상습적인 외교관의 태도처럼 크게 손짓하면서 대답했고, 그렇게 내게 당장 가도 좋고, 이 세상의 모든 시간을 써도 괜찮다고 했어. '오늘이 수요일이죠?' 그가 계속 말했어. '음, 토요일 비행기로, 아니, 선생님이 괜찮으시다면 내일 비행기로 가도록 하죠.' 나는 내가 대답하는 소리를 들었는데, 마치 내 입으로 모르는 사람이 말하는 것 같았어. '오늘부터 토요일까지 할 수 있는 일이 거의 없으니, 그것을 내일까지 모두 처리하겠어요. 그러니 내일 만나도록 하지요.' 외교관은 내게 수표장을 건네며, 비행기가 새벽 1시 20분에 떠나니 자정에 자동차로 나를 데리러 오겠다고 알려 주었어. 그리고 열대지방에서는 두꺼운 옷이 그다지 필요하지 않다고 지적하고는 떠났지.

그날 아침 나는 영사와 변호사를 찾아갔고, 오후에 다시 변호사를 찾아갔어. 부동산 판매와 부채 지급을 승인하는 서류에 서명하기 위해서였어. 현금화하기 위해 나는 그림과 가구들, 그리고 내 아파트에 남은 모든 걸 경매에 부쳐 달라고 부탁했어.

거의 모든 게 남아 있었어. 내가 가져갈 것은 여행 가방 하나인데, 거기에 옷 몇 벌과 내가 가진 레다의 유일한 사진을 넣을 생각이었어. 조금 있다가 내가 창고로 가서 너에게 갖다줄게. 내가 말한 것처럼 레다가 얼마나 예쁜지 보게 될 거야. 그 사진이 2층에 있는데, 불행하게도 이제는 약간 흐릿하지만, 앞에 있는 암고양이는 아주 선명해.

좋아, 생각할 시간도 없이 나는 나를 태우러 온 비행기 안으로 들어갔고, 멀미약을 먹은 탓에 잠든 채 목적지에 도착했어. 공항에는 당국자들이 군악대와 함께 나를 기다렸어. 그리고 그런 모든 사람에게 하는 것처럼, 나를 대통령에게 데려갔고 우리는 환영 포도주를 마셨어. 그리고 조국의 아버지 무덤으로 가서 꽃다발을 놓았어. 마지막으로 내가 근무할 미술관으로 데려가서 나를 자유롭게 놔두었지. 거기서 나는 깨어났고, 거기서 슬픔과 고통이 시작되었어.

그 그림들과 석상들은 우리 자신을 되돌아보게 하거든. 나는 내가 어디에 있었고, 무엇을 했으며, 무엇을 남겨 두었는지 깨달았어. 내 결정이 아니라 뜻밖의 사건들 때문에 나는 레다를 버렸고, 그녀에 대해서는 아는 게 하나도 없었어. 런던에서 나는 신문을 읽지 않았고, 콜롬바티의 횡령과 아프리카 여행 때문에 넋을 놓고 있었어. 일을 처리하는 데 몇 시간을 사용했어. 믿을 수 없어 보이겠지만, 나는 로잔 호텔 직원의 말, 그러니까 로열 호텔의 화재에서 사망자가 없다는 말을 확인해 보지 않았어. 의심은 도착한 날부터 시작되었어. 먼저 레다가 살아 있을지 의심이 들었고, 내가 정말로 그녀가 다른 남자와 함께 있는 것을 보았는지에 대해 의심이 들었어. 또 한 번의 간계가 사랑보다도 더 중요한 것인지도 의심이 들었어. 이 모든 것도 부족해서, 나는 내가 영국으로 돌아갈 수 없을 것이라고, 나는 여기 계약에 얽매여 있다는 생각도 했어. 넌 내가 어떤 기분으로 콘크리트 갤러리를, 조형미술의 갤러리를 돌아다녔는지 짐작할 거야. 죄수가 감방의 벽을 쳐다보는 것처럼, 나는 그림을 쳐다보았어. 내가 지금 그것들을 증오하는 건 전혀 이상한 일이 아니야.

너한테 내가 깨어났다고 말했지. 하지만 그건 꿈속에서 깨어난 것에 불과했어. 사물들이 현실의 모양을 취할 때까지는 상당히 오랜 시간이 걸렸어. 넌 믿지 않을지도 몰라. 미술관 오른쪽 동에 내 숙소가 있었어. 그런데 처음 며칠을 기억할 때면, 나는 그것이 왼쪽 동에 있다고 상상해. 분명히 아무도 눈치채지 못했지만, 나는 정신착란의 상태에서 살면서 무언가를 기다렸지만, 그게 무엇인지는 아무도 몰라. 어쨌든 나는 어느 날 아침 뜻밖의 소식을 받았어. 그날 내 책상 폴더 위에서 내 이름 앞으로 온 전보를 보았어. 난 전보를 펼쳐 읽었어. '라비니아는 화재에서 목숨을 잃음. 난 무척 외로움. 내가 갈지 당신이 올지 내 우체국 보관 창구*로 알려 주기 바람. 레다.'

전보를 읽고서 나는 내 의심은 어느 지점에서 근거가 부족하다는 것을 깨달았어. 레다는 죽은 상태가 될 수 없었어. 레다와 죽음은 양립할 수가 없거든. 그래, 사랑의 증거로서 그 여자는 정말 의외로 내 눈앞에 있었어. 그건 내가 에비앙에서의 사건을 기억해서가 아니라, 처음부터 항상 레다가 나를 사랑한다는 것이 믿을 수 없는 일처럼 보

---

* 우편 서비스를 받는 사람이 우편물을 본인이 지정한 우체국에 맡겨 두었다가 찾아가는 제도.

였기 때문이야. 믿을 수는 없지만 사실임을 우리는 알아야 해. 그 호의적인 사건은 내가 자랑할 수 있는 장점 때문이 아니라, 우연의 작품이었어.

이제 런던에서는 콜롬바티의 횡령과 나의 파산을 모르는 사람이 없었어. 그래서 레다는 가난뱅이를 받아들이려고, 혹은 아프리카로 그를 따라가려고 했던 것이지. 난 잘 알고 있는데, 순간들을, 그러니까 각각의 순간순간을 즐기는 여자들이 있어. 그들은 과거를 잊고 미래를 믿지 않는 것 같아. 그런 여자들은 우리를 위해 배를 불태워 버릴 수도 있지만, 그것이 우리와 함께 있겠다는 보증수표는 아니야. 시간이 되면 그들은 헤엄쳐 떠나 버리거든. 그러나 레다를 그런 여자 부류에 포함하는 건 부당한 일일 거야. 그렇게 하려면, 정신적 혼란, 심지어 자발적인 정신적 혼란이 꼭 필요하거든. 나는 그녀처럼 정신이 명민한 사람은 보지 못했어. 그녀와 비교하면, 내 정신은 혼란스러워. 예를 들어, 전보를 읽고서 나는 내 상황을 마술적 차원으로 가져가는 운명의 선물이라고 해석했어. 그래서 그녀와 같은 정신 수준을 유지하지 못하거나, 그녀의 말을 그대로 따르지 않거나, 그녀가 요구한 전보 대신 설명조의 편지를 보내면, 불행이 올 것 같았어.

물론 실질적인 어려움과 이점을 이겨 내는 것은 아무나 할 수 있는 일이 아니야. 내게 어려운 문제가 생겼고, 난 그걸 잘라 내야 했어. 좋아, 그런데 어떻게 잘라야지? 전보에는 긴 설명을 할 수가 없어. 가장 먼저 해야 할 일은 내가 절대적으로 가난하다는 사실에 대해 레다가 최소한의 의심도 하지 않게 하는 것이었어. 나는 이미 빌어먹을 가난뱅이가 되었고, 유럽에서 우리의 삶은 과거와 같을 수가 없었어. 또 나는 계약 때문에 이곳에 매여 있다는 사실도 설명하고 싶었어. 1년 동안 여권을 손에 넣을 수가 없었어. 나는 도망칠 수도 없을 것이고, 그걸 시도한다면, 아마도 감옥에 갇힐 게 분명했어. 마지막으로 그 나라에 관해서도 설명해야만 했어. 아무리 그녀가 헌신하고 희생한다고 해도, 너무나 지겹고 따분해서 나를 미워하게 될 것이 분명했어. 서너 번 짧게 여행한 다음, 그녀는 술에 빠지거나 아니면 아마도 흑인들에게 빠질 것 같았어. 그녀를 거부하는 것처럼 보이지 않게 어떻게 이 모든 것을 이해시킬 수 있겠어?

나는 주말 내내 편지를 작성했어. 썼다가 찢고 다시 쓰기를 네댓 번 반복했지. 마침내 나는 그 편지를 보내고서 기다리기 시작했어. 레다가 직접 보낼 거라고 생각하면서, 전보나 편지를 기다렸어. 수많은 기나긴 낮과 기나긴 밤을 보내며 기다렸어. 처음에는 자신만만했지만, 얼마 안 되어 겁먹고 말았어. 그녀에게 기댈 수 있다는 확신이 이내 그녀의 기분을 상하게 했을 수도 있다는 불안감과 당혹감 그리고 두려움이 된 것이야. 나는 '부탁이니 내가 가야 하는지, 당신이 올 것인지 전보로 알려 줘요'라고 전보를 보냈어. 만일 레다가 오라고 했다면, 내가 어떻게 했을까?

나도 몰라. 그녀는 그 전보에 답하지 않았으니까. 아무 답도 하지 않았어. 다시 오랜 기다림 끝에 드디어 편지로 답이 왔어. 얼핏 보면 레다와 똑같은 글씨체였는데, 아델라이다 브라운 세커드라는 이름으로 서명되어 있었어. 그렇다면 그녀의 사촌 아델라이다 브라운 세커드는 실제로 존재하는 사람이었지. 지금 당장 편지를 찾아와서 네게 보여 줄게. 나는 그 편지를 읽었지만 이해하지는 못했어. 왜 레다가 직접 편지를 쓰지 않았을지에 대해 의문이 들었어. 편지는 단호하면서도 자비로웠고, 나를 질책하는 말투였어. 그녀의 사촌은 만일 자존심 때문에 내 눈이 멀지 않았더라면, 레다가 얼마나 많이 나를 사랑하는지 알았을 것이라고 말했어. 자존심 때문에 사랑을 희생한다는 점에서 남자는 모두 똑같아. 그러고서 그녀는 레다가 유혹에 한번 약했지만, 나는 그 어떤 유혹에도 굴복하지 않고 그녀를 벌주었다고 말했는데, 그건 사실이었고, 그 말은 내 마음을 몹시 아프게 했어. 난 그녀를 에비앙에 버렸어. 화재에서 그녀의 운명이 어떻게 되었는지 난 불안해하지 않았어. 난 그곳으로 돌아가지 않고 런던으로 날아갔어. 다음 날 레다가 도착했고, 내가 이미 아프리카로 떠났다는 것을 알았어. 그녀는 내 목적지를 알자마자 전보를 보냈어. 그런데 나는 전보로 답신을 보내지 않았고, 며칠이 지난 뒤 편지로 보냈지. 그 시간 동안 레다의 인내심은 한계에 다다랐어. 그리고 그걸 숨기지 않았어. 그녀의 부모님과 남편은 그녀가 절망에 빠졌다는 사실을 알았고, 아마도 그 원인을 눈치챘을 거야. 하지만 그건 이제 전혀 중요하지 않아. 정말 바보처럼—마치 이해할 수 없는 것처럼 나는 여러 번 그 부분을 읽었어—어느 날 아침 우체국을 나오면서(아침과 오후에 우체국 보관 창구로 온 것이 있는지 물어보러 가곤 했어), 한눈팔며 길을 건너다가 트럭이 달려오는 것을 보지 못했어. 증인들 말에 따르면, 그녀가 바퀴 아래에 깔렸고, 그래서 정말로 황당하게 죽음과 만났던 것이야.

나는 편지를 바닥에 떨어뜨린 것 같아. 너무 놀라 어쩔 줄 몰랐어. 나는 죽는 방법에 어떤 것이 있는지 여러 가지를 추측했지만, 레다의 죽음과 같은 건 전혀 준비하지 못하고 있었어. 나는 레다가 죽었는데 내가 아프리카에서 무엇을 하는 거냐고 정말로 진지하게 나 자신에게 물었어.

나는 방황하며 술에 빠졌어. 아마 나도 죽음을 선사할 트럭을 기다리고 있었던 것 같아. 아니면 저지의 동네들 혹은 근처에 있는 밀림이 나를 먹어 치우기를 기다렸을지도 모르지.

나는 내가 맡은 일을 관뒀어. 그러자 그들은 나를 찾았고 발견했으며, 나를 미술관으로 데려갔고 훈계했으며, 재판에 넘기겠다고 위협했어(흑인은 정말로 못된 악덕 변호사였어). 그러다가 지쳤고, 결국 나를 잊어버렸어.

술에 취해 있을 때, 나는 밀림으로 먹고사는 이 거대한 외곽 지역에는 모든 게 있으리라 생각했어. 시간이 지나면서 우리는 무엇이든 발견하리라 생각했어. 무슨 말인지 알겠지? 무엇이든 말이야. 어느 날 나는 발길 가는 대로 가다가 이곳으로 왔고, 거리에서 레다를 보았어.

나는 주인이 누구냐고 물었어. 그러자 거대한 몸집의 흑인 두 명이 나타났지. 그들의 별명은 '공동체'였어. 나는 그들에게 일을 달라고 부탁했어. 그들은 '없어'라고 대답했어. 하지만 슬쩍 쳐다보기만 해도 그들이 거짓말한다는 걸 알 수 있었고, 그래서 그냥 남았어. 일자리는 넘쳐흘러. 나는 술잔을 닦고, 나무 바닥에 물을 뿌리며, 여자들이 자신들의 업무를 보고서 떠나는 방을 정리하며 3년을 보내고 있어. 그리고 지금까지 난 세상이 어떻게 돌아가는지 관심을 보이지 않았어. 그들은 내게 한 푼도 지급하지 않아. 주인이라는 직책에서 '공동체'는 자기 성격을 그대로 드러내고 있어. 음식은 썩고 고약한 냄새를 풍기지만, 항상 먹다 남은 것들이 있어. 그래서 나는 불평하지 않아. 익히 알려진 것처럼, 밤이 되면 나는 잠자기 위해 장작 창고를 이용해. 내가 바에서 살기 때문에 너는 이상하다고 생각할지 몰라도,

나는 술을 제대로 마시지 못해. 여기서는 돈을 내지 않으면 마시지 못해. 내가 술에 취한 게 언제인지도 기억이 나지 않아.

네게 분명하게 밝히는데, 그 여자는 레다가 아니었어. 우선 옷이 그녀와 비교할 수 없었어. 레다는 항상 정숙한 아가씨처럼 입었어. 그런데 여기 여자는 알록달록하고 가난한 여자들이 입는 싸구려 옷을 입고 다녔지. 또 별명도 달랐어. 그녀 이름이 무엇인지는 모르겠지만, 사람들은 레토라고 불렀어. 촌스럽고 우스꽝스러운 별명이지. 그건 다른 사람들도 마찬가지로 생각해. 그녀는 레다보다 젊지 않았고 예쁘지도 않았어. 그래, 해가 질 때 술을 마시고서(나는 아직도 어느 정도의 돈은 갖고 있어) 쳐다보면, 그녀는 영락없이 레다였어. 나는 완벽히 그런 환각에 사로잡혔어. 하느님, 용서하소서! 어느 날 오후 그 얼굴을 보면서, 나는 그녀를 진짜 레다와 바꿀 것인지, 그렇게 바꾸면 나한테 무슨 이득이 있는지 생각해 보았어. 그런 신성모독적인 생각은 금방 끝났지만, 그러고 나서 나는 몸을 떨기 시작했어.

그 여자 또한 오래가지 않았어. 눈이 멍청해 보이는 젊은 남자와 떠났거든. 이제 그녀를 떠올릴 때면, 아무리 노력을 해도 레다와 혼동하지는 않아.

이제는 그런 것에 습관이 되어 이 추잡한 곳에 붙어 있지만, 나는 마치 무언가를 기다리는 사람처럼 남아 있었어. 몇 년이 흘렀고 올해 2월, 우리 동네에서 '반세상'이라고 알려진 큰 집에서 불이 나고 나서, 훌륭한 라비니아가 모습을 드러냈어.

넌 고양이들은 모두 똑같다고 생각할 거야. 그건 네가 고양이를 모르기 때문이야. 무언가를 잘 아는 사람은 그걸 볼 줄 알아. 의사는 환자를 볼 줄 알고, 기술자는 기계를 볼 줄 알아. 약간 얼빠진 소리 같지만, 나는 고양이를 볼 줄 알아. 그래서 네게 말하는데, 이 고양이는 라비니아지 그것과 비슷한 동물이 아니야.

암고양이의 나이를 측정하려고 너무 애쓰지 마. 이 고양이는 에비앙의 화재에서 목숨을 구했고, 또 다른 화재에서 목숨을 구하고서 이 아프리카의 카페까지 왔을 테지만, 어떻게 왔는지는 그 누구도 몰라. 난 이 문제를 곰곰이 생각했어. 그 라비니아는 늙었을 테지만, 이 고양이는—입을 보면 확인할 수 있을 거야—두 살 반 정도 된 젊은 고양이야. 바로 에비앙에 있었을 때의 나이야. 하지만 두 고양이가 다르다고 성급하게 결론 내리지 마. 내가 확실하게 말하는데, 여기 있는 고양이는 라비니아야. 나는 먼저 레토와 함께 느끼고 경험했는데, 그건 라비니아였어. 같은 것과 유사한 것은 엄청나게 달라. 네가 설명해 달라고 하면, 나는 니체를 비롯해 많은 사람이 말하는 영원한 회귀를 떠올려 주고 싶어. 지금은 암고양이로 제한된 영원한 회귀만 생각하도록 해. 고양이를 원래 이루고 있던 요소들이 호텔이 타면서 흩어졌는데, 갑작스러운 우연 때문에 그것들이 모여 똑같이 된 것이라고 말할 수 있지.

순전히 물질적인 설명을 하면 내 희망이 끝난다는 것을 말해 줄게. 내가 인생을 살면서 그토록 짧은 시간에 그토록 특별한 현상이 두 번이나 일어날 가능성은 없다고 봐야 해. 네가 라비니아를 재생하는 것은 레다를 재생하는 것과 똑같은 방법이라고 생각한다면, 내가 받은 벌의 크기를 잴 수 있을까? 죽음에서 내게 돌아오는 건 내 애인의 고양이지, 내 애인이 아니야. 그러고서 오르페우스의 신화에 내가 얼마나 감동했는지 알아? 적어도 오르페우스에게는 잔인함에 빈정거림이 덧붙여지지는 않았어.

이 테이블이 유럽이나 우리의 어떤 카페든 흉내 내지만, 우리가 밀림 언저리에, 즉 헤아릴 수 없는 것을 주는 실험실에 있다는 것을 기억해. 몇 년 전에 나는 그런 경계를 지났고, 그때부터 미지의 땅으로 깊이 들어가고 있어. 모든 사람은 그런 땅을, 즉 운명의 땅을, 다시 말하면 행운과 불행의 땅을 들여다보지만, 나는 그런 땅에 살고 있어. 그래서 돌아오는 것이나 모습을 드러내는 것을 자연적인 일로 해석하지 않아. 난 그것들을 신호로 봐. 우선 비슷한 레토가, 그러고서 바로 그 암고양이인 라비니아가, 그리고 이제는 네가 나타났어. 초자연적인 문제로 너를 복잡하게 만들어서 불편하게 하거나 놀라게 한다면 용서해 주기 바라. 하지만 너희 모두는 항상 움직이는 그림을 구성하는데, 그것은 레다에게서 끝나게 돼."

"난 말이야." 나는 급히 대답했다. 내가 왜 그곳에 있는지 가능한 한 빠르게 밝히려는 것 같았다. "난 유람선을 타고 도착했어. 이제 다시 배로 돌아갈 거야. 한 가지 제안해도 될까, 베블런? 나와 함께 가면 내가 선장과 함께 배표와 여권 문제를 해결해 줄게."

"난 레다가 올 때까지 여기에 있을 거야." 베블런이 공언하더니 새된 소리를 내뱉었다. 그 소리는 나를 두 번 오싹하게 했는데, 앵무새가 벽에서 그 소리를 반복했기 때문이다.

원인은 어느 뚱뚱한 흑인의 둘째 손가락이었다. 그 손가락이 베블런의 갈비뼈를 세게 찌른 것이다.

"'공동체'의 반이야." 영국인이 설명했다. "내가 일을 게을리하고 있다는 사실을 일깨워 주고 있어. 여자 하나가 방에서 나갔고, 난 그 방을 정리해야 해. 가지 마. 금방 돌아올게. 가는 길에 창고로 달려가 여자 사촌의 편지와 레다와 암고양이가 함께 찍은 사진을 가져올게."

"질문 하나만 할게, 베블런. 이게 라비니아야?"

"응." 그는 대답하면서 흑인의 시선 아래서 마당을 향해 종종걸음으로 걸어갔다.

암고양이는 그를 따라가지 않았다. 내 다리 위에 앉아 몸을 비볐다. 나는 내가 고양이를 원한다고, 데려가야 한다고 생각한다.

나는 내 불쌍한 친구를 기다리지 않았다. 나는 영원히 그를 버렸다. 내 기억이 맞는다면, 나는 돈을 냈고, 거리로 나왔으며, 빈 택시를 발견하는 행운을 누렸고, 배로 돌아갔다. 선상의 독특한 분위기의 냄새를 맡자 나는 편안해졌고, 안도와 기쁨을 느낀 나머지 엄청난 무력감이 밀려들었다. 나는 베블런이 틀리지 않았다고 믿는다. 나는 두려웠다. 그러나 그 이유는 나도 모른다.

팔레르모 숲속[*]의 사자

Un león en el bosque de Palermo

섬뜩한 동물이여, 물러가라!

오스카 와일드, 「스핑크스」

스탄들 사니첼리 박사는 여기에서 서론 역할을 한다. 그건 모든 게 수요일 저녁이 끝날 무렵 아틀레티코 클럽에서 시작되었기 때문이다. 시간은 동물원에서 사자가 도망치기 몇 분 전이었다. 탈의실 관리자인 다니엘은 피로에 지쳐 있었다. 클럽이 만원인 관계로 아침부터 정신없이 바빴던 날이었다. 회원들은 물이 차갑다고 항의했고, 그러면 그는 내려가 보일러에 물을 채워야 했다. 또 회원들은 수건을 몰래 갖고 달아나거나, 그가 위층에 없고 빨간색 종이비누를 나누어주지 않았다며 고래고래 소리 지르기도 했다. 이제 밤이 되고 있었

---

* 이 작품은 숲속에서 전개되는데, 여기서 '숲'은 아르투로 프론디시 대통령(재임 1958~ 1962)을 암시한다. 팔레르모 숲에는 후안 마누엘 데 로사스(재임 1829~1852)의 관저가 있는데, 비오이 카사레스는 로사스 대통령을 후안 도밍고 페론(재임 1946~1955, 1973~ 1974)의 선구자로 여긴다.

다. 초조하고 불안한 마음에 불쌍한 다니엘은 손에 입김을 불며 다녔고, 마테 차를 마시고 싶은 간절한 소망으로 침을 꿀떡꿀떡 삼켰다. 그런데 멜라니아는 왜 미적지근한 물로 마테 차를 만드는 것일까? 조금만 있으면 기다리고 기다리던 최고의 순간이 올 것이었다. 그것은 바로 탈의실을 닫고 자기 방으로 가는 순간이었다. 이제 남은 사람이라고는 스탄들 사니첼리 박사(항상 마지막까지 남는 사람)와 다른 한 명의 회원이었다. 그 회원은 오늘 저녁 박사와의 두려운 시합을 거부할 핑계를 찾지 못한 터였다. 박사는 하의만 입은 채 거울에서 눈을 떼지 않았다. 거울은 그의 곱슬머리를 정확하게 양분하는 가르마를 보여 주었다. 그렇게 그는 두 명의 관객 앞에서 열변을 토했는데, 그 관객은 앞서 언급한 그의 동료 회원과 다니엘이었다. 동료 회원은 머리를 끄덕이며 동의했지만, 그의 눈은 갈수록 점차 빠르게 움직이면서 안쪽에 있는 벽시계와 바로 옆벽에 붙은 기차 시간표를 번갈아 쳐다보았다. 한편 다니엘은 겸손하게 웃고 있었고, 한 마디도 알아듣지 못했다. 단지 그 신사들이 떠나기를 기다릴 기운만 남아 있었다. 그러면 그는 열쇠로 잠그고 방으로 달려가서, 너무 늦지 않은 시간이라면 멜라니아에게 마테 차를 만들어 달라고 부탁할 생각이었다. 물론 따뜻한 마테 차를, 그리고 그녀만 괜찮다면 아침에 사용했던 마테로 차를 만들어 달라고 하고 싶었다. 어쨌든 그 차를 너무나 마시고 싶었다. 그런 다음에는 시간이 되면 맞은편에 있는 데포르티보 클럽으로…… 시들고 홀쭉한 스탄들 사니첼리 박사는 이렇게 주장했다.

"당신들은 인간의 자연환경이 문명이라고 말하지만, 나는 이렇게 묻고 싶소. 인간은 지성을 갖추고 스스로 목숨을 끊도록 예정된 맹수라서 문명이라는 것을 만들어 낸 장본인이 아닐까요? 문명이란 길고 구불구불한 길이며, 무자비하고 야비한 하이에나처럼 그 길을 통해 결국 자기 자신을 먹어 치우는 게 아닐까요? 이 부분에서 우리는 수천 년 동안 본능을 억눌러 왔어요. 공격성, 야만성 등등을 말이에요. 그러니까 문명이 승리했다고 말할 수 있겠지요. 하지만 그렇지 않아요. 곳곳에서 범죄가 일어나고, 소년 범죄도 증가하며, 정신분석가들은 이웃에게 수많은 악마를 풀어놓지요. 본능이 자기 영역을 되찾고 있으며, 문명의 풍조는 결국 감소하게 된다는 것을 보여 주는 증거는 차고 넘쳐요."

"난 지금 내려가야 해요." 동료 회원이 용기를 내서 솔직하게 말했다. "당신이 충동을 억제하는 위험에 관해 설명하는 동안, 나는 기차를 다섯 편째 놓치고 있어요."

"잠깐이면 되오." 박사가 근엄하게 부탁했다. "계단까지 함께 가 줄게요. 내 편안한 자동차에 타라고 권하지는 않겠어요. 그 차를 집에 놔두고 왔거든요. 나는 '건강한 삶'이라는 내 계획을 충실히 이행하고 있지요. 그래서 나는 내 푸조 자전거 페달을 밟고, 민첩성을 유지하지요. 그래서 스탄들 사니첼리는 아직 쓸 만해요!"

불쌍한 다니엘은 탈의실 문을 닫았다. 세 사람이 급하게 우르르 계단으로 내려가자 계단은 북처럼 소리를 냈다. 술집 주인이자, 늙었지만 평소에는 예의 바른 스페인 갈리시아 출신의 로렌소는 불평하면서 중얼댔다.

"당신들 때문에 라디오가 안 들려, 염병할 놈들. 조용히 다니란 말이야."

"이 불평불만덩어리야!" 스탄들 사니첼리가 소리쳤다.

"덩어리 같은 소리는 하지 마시오." 동료 회원이 대답했다. "저 갈리시아 놈은 주먹 한 방으로 박살 낼 수 있는 사람이거든요."

그러자 다니엘이 물었다.

"그런데 왜 선생님들은 스스로 목숨을 끊지 않죠?"

레트너 가족의 유모이자 '모범 소년'인 오를란도의 어머니는, 그 아이의 진짜 아버지가 카로니아 유람선을 타고 카리브해를 돌아다니는 동안, 이에로키나* 술병을 휘두르면서 알려 주었다.

"사자가 동물원에서 도망쳤어요."

그들은 모두 술집으로 들어갔다. 그곳은 어느 조그만 튜더 양식의 성에서 떨어져 나온 거실 같았다. 그곳에 있던 라디오에서 이런 설명이 흘러나왔다.

"신원이 확인되지 않은 어느 자동차 운전자는 사자가 대로를 마구 건너서 숲속으로 들어가는 것을 목격했습니다. 경찰 대변인에 따르면, 지금쯤 사자가 아틀레티코 클럽 언덕에 이르렀으리라고 예상됩니다."

"우리 나라 만세!" 오를란도가 중얼거렸다.

"클럽 정문을 닫아야 할 것 같아요." 동료 회원이 지적했다.

"기마경찰 책임자는 제거 작전을 하겠다고 약속하고 있어요." 로렌소가 대답했다.

그러자 유모가 안심시켰다.

"경찰서장은 커플들과 전혀 영향받지 않고 있던 주민들에게 동요하지 말고 차분하게 있어 달라고 직접 부탁하고 있어요."

* 식전술로 유명하다.

라디오는 계속 말했다.

"밤 12시 정각에 제거 작전이 종료되면 위험 요소가 사라질 겁니다."

"사자 한 마리가 내 계획을 바꿀 수는 없어." 스탄들 사니첼리가 말했다. "난 자전거를 타고 가야겠어!"

"그렇게 나가는 김에 클럽 정문을 닫으면 되겠네요." 동료 회원이 말했다.

스탄들 사니첼리는 모호한 미소로 대답하고는 손을 흔들더니 그곳을 떠났다.

"내가 닫을게요." 오를란도가 소리쳤지만, 계산대에 기어오르면서 레미 녹말 통을 쓰러뜨렸다.

"칼라모차의 새끼 돼지가 나를 귀찮게 굴면, 난 지금 당장 그걸 오븐에 넣어 버리겠어요." 로렌소가 분명하게 말했다.

다니엘은 자기 방으로 갔다. 매일 석양이 질 때면 똑같은 상황이 반복되었다. 그가 문을 열자마자, 방에 딸린 주방에서 정신없이 바쁜 멜라니아는 세 아이에게 둘러싸여 막내를 목에 매단 채, 뒤를 돌아보지도 않고 말했다. "금방 해 줄게요!" 더블 침대에 앉아 마테 차를 간절하게 기다리면서, 다니엘은 머리카락이 헝클어지고 비쩍 말랐으며 구겨진 옷을 입고 있는 자기 아내를 쳐다보았다. 그는 조용히 수행하는 하찮은 일을 생각했고, 고개를 끄덕이면서 다정하게 중얼거렸다. "좋은 사람이야." 그때 차가운 마테 차가 도착했다. 멜라니아는 슬픈 미소를 지으며 물었다. "갈리시아 사람과 보드게임 하러 가지 않아요? 내가 음식을 준비하는 동안 주변에서 어슬렁거리면 공연히 초조해져요." 갈리시아 사람이 보드게임을 하는지 확인해 보겠다고(만일 그 게임을 하지 않으면, 가능한 한 빨리 가르쳐 줘야겠다고) 생각하면서, 그는 맞은편 클럽인 데포르티보로 가서 웅크리고 앉았고, 비밀의 숲과 같은 수국 화단으로 들어갔다. 잠시 후—상당히 긴 '잠시'였는데, 그것은 여자들이 심지어 쾌락을 즐길 때도 시간을 제대로 지키지 않기 때문이다—부스럭거리는 소리가 들렸다. 수국 사이로 잎사귀가 흔들리는 소리였다. 그러고서 수사나, 그러니까 데포르티보 클럽의 동료 부인이 모습을 드러냈다. 그를 몰래 만나러 온 것이었다. 그리고 얼마 안 되어 두 사람은 서로 "잘 가, 자기야"라고 말했고, 각자 조심스럽게 집으로 돌아갔다.

그날 저녁 상황이 바뀌었다. 다니엘이 살며시 문을 열자, 양손에 강아지를 든 멜라니아가 그 앞에 있었다. 그녀가 소리쳤다.

"마테 차 달라고 하지 말아요. 그랬다간 돼지처럼 털을 다 뽑아 버릴 테니까요."

"그러니까 오늘은 물을 데웠다는 소리야?" 다니엘이 물었다. "내가 당신이라면, 그 물로 샤워를 하겠어."

"수사나가 나보다 냄새가 좋아요?"

그들은 그렇게 무지막지하고 잔인하게 말한 적이 한 번도 없었지만, 다니엘은 오늘 그런 대접을 받는 건 너무나 자연스럽다고 생각했다. 뜨거운 물이 두려워서 그는 멜라니아를 덮치지 않았다. 그는 더블 침대에 드러누웠다. 그리고 침대 등에 기대 하품을 했고, 양말을 신지 않은 발을 어루만졌으며, 수사나를 갈망했고, 헉헉거리며 숨을 쉬었다. 그리고 오른발을 잡고서, 우리에 갇힌 동물처럼 몸을 흔들며 움직였다. 그는 몸을 웅크린 채 두 발과 두 손으로 수국 사이를 달려가는 자기 모습을 상상했다. 그러고는 누워서 기다리는 모습을, 그다음에는 멀리서 보이는 수사나의 양 머리처럼 곱슬곱슬한 머리를, 그 후에는 자기를 만나러 두 발과 두 손으로 달려오는 수사나를 상상했다. 그런 모습들은 그를 동요시켰고, 그래서 그는 사납게 소리치면서 벌떡 일어났다. 그리고 멜라니아가 그에게 뜨거운 물을 퍼붓지 못하도록 당장 방에서 나가 데포르티보 클럽으로 가야겠다고 생각했지만, 갑자기 사자가 떠올랐다. 그는 다시 성나서 소리쳤지만, 이번에는 약간 가엾고 처량한 목소리였다. 그러자 그는 즉시 침대로 들어가 발을 어루만지면서 다시 몸을 흔들었다.

"당신이 오늘 수사나에게 가지 않으면 말이에요." 멜라니아가 분명하게 말했다. "내가 가겠어요. 그리고 그 여자의 두 눈을 빼 버릴 거예요."

아주 단호한 표정으로 그녀는 앞치마 매듭을 만지작거렸다.

그런 동안 데포르티보 클럽에서는 수사나가 주방 창문을 내다보며 생각했다. '저 겁쟁이는 오지 않아. 내가 집 앞으로 가서 즉시 아내를 버리고 나와 함께 살지 않으면, 남자가 아니라고 말하겠어. 마침내 내가 생각하는 것을, 그러니까 그 여자와 사는 것은 타락한 삶이라고 말할 거야. 그 여자가 입을 열면, 나는 나한테 말하기 전에 샤워부터 하라고 말하겠어.'

아틀레티코 클럽의 술집에는 벽난로에서 그리 멀지 않은 테이블에 유모와 동료 회원이 앉아서 술을 마시고 있었다. 로렌소는 계산대에 팔꿈치를 괴고서 알아들을 수 없는 말을 중얼거렸고, 오를란도는 증오의 눈길로 그들을 위아래로 훑어보면서 기웃거렸다.

"우리는 여기서 밤을 보내야 해요." 동료 회원이 이렇게 말하면서, 유모가 목둘레선을 내리며 자기를 이상할 정도로 흐린 눈으로 쳐다본다는 것을 알았다. "나와 아가씨는 두툼하고 육즙이 푸짐한 비프스테이크를 달걀부침과 함께 드리겠습니다."

"육즙이 푸짐하건 아니건 난 싫소." 로렌소가 거부했다. "빌어먹을!"

동료 회원이 손을 눈으로 가져가더니 소리쳤다.

"아!"

유모가 팔꿈치로 그의 옆구리를 찌른 터였다. 그녀는 맹렬하게 자기 목둘레션을 지키고는 바보처럼 웃었다. 마치 기운을 잃어버린 것 같았다.

"내 이름은 레나타예요." 그녀는 이렇게 알려 주면서, 축축하게 젖은 입술을 키스하듯이 뾰족 내밀었다.

"그래서 말인데," 로렌소가 알려 주었다. "말 많고 심술궂은 여자는 항상 운이 따르지 않아. 난 오늘 더 일하지 않아요. 절대 일하지 않아요. 레나타 같은 여자들은 코를 킁킁거리며 쫓아다니고, 망나니 남자들이 투덜대더라도 말이에요. 밖에서는 다시 태어난 누만시아의 사자가 울부짖고 있어요."

동료 회원은 일어나더니, 모욕을 당한 것처럼 도전적으로 앞으로 나아갔다.

"난 원숭이다!" 오를란도가 붙박이 책장 위에서 고함쳤다.

그는 친차노 베르무트병과 카바요 블랑코 위스키병을 쓰러뜨렸다.

"식사하러 가세요." 로렌소가 알려 주었다. "비프스테이크를 먹거나, 적어도 멧돼지 새끼 정도는 먹을 겁니다."

긴 막대기로 그는 아이를 내려오게 하려고 했고, 그런 동안 레나타는 달콤한 목소리로 말했다.

"내가 아이에게 가장 부드러운 고기를 알려 주겠어요."

그 순간 라디오에서 사자가 생포되었으며 다시 우리에 갇혔다는 소식이 흘러나왔다. 술집에 모인 사람들이 그 소식에 대해 제대로 평하기 전에, 자연의 가장 활기찬 표현 중의 하나인 사자의 포효 소리에 그 소식은 묻히고 말았다. 그 큰 소리는 너무나 가까이 나서 마치 라디오에서 나오는 소리, 혹은 그곳에 있는 한 사람이 내는 소리 같았다. 물론 그것은 숲에서 나는 소리였다. 그리고 너무나 커서 클럽 전체가 거대한 사자의 입 안에서 무너지는 것처럼 모두 함께 지르는 소리 같았다. 술집은 어둠에 잠겨 있었다.

"아, 병마개들! 저런 총소리에 어떻게 튀어 오르지 않을 수 있지요? 그래, 지금은 더 잘 들리는 것 같아요!" 로렌소가 큰 소리로 말했다.

"너무 추워요!" 레나타가 앓는 소리를 내고는 동료 회원에게 안겼다.

그러자 그녀를 안으면서 동료 회원이 알렸다.

"사자가 바로 저기에 있어요. 그래서 나는 어두운 게 싫어요."

생각에 잠긴 로렌소는 벽난로의 죽어 가는 불빛을 바라보았다. 그런데 갑자기 기적이 일어난 것처럼 미친 듯이 불길이 일어나더니 활활 타올랐다. 그러자 대화가 빠르게 이루어졌다.

"홀을 봐요."

"저기 불빛이 있어요."

"그런데 병마개가 튀어 오르지 않았어요."

"저 꼬맹이, 저건 죽여야 해! 전등 스위치를 움직였어요."

"정말 귀엽고 재치 있어."

오를란도는 웃었다. 로렌소는 불을 켰다. 동료 회원이 말했다.

"귀엽지 않아요, 레나타. 우리 옷 때문에 다시 불길이 타오른 거예요. 어떻게 불타는지 봐요!"

"아이가 모두 불에 던졌어요! 우리 옷 뭉치를 던졌어요." 레나타가 인정했다. 그녀는 로렌소를 쳐다보고서 말했다. "당신이 그랬다면, 나는 최선을 다해 빨리 새끼 돼지를 요리했을 거예요." 그러면서 한쪽 눈을 찡긋했다. "그리고 우리 테이블에서 함께 먹었을 거예요."

다니엘이 술집으로 들어왔다.

"날 잡지 마." 오를란도가 소리쳤다. "날 놀라게 하지 마."

"하지만 널 놀라게 하는 건 사자야." 다니엘이 생각에 잠겨 말했다. "숲으로 나갈 생각일랑 하지 마."

"좋아요! 이것보다 더 훌륭한 계획은 여태까지 보지 못했고, 앞으로도 보지 못할 거예요!" 로렌소가 손뼉을 쳤다.

"잘했어요." 동료 회원이 말했다.

"난 먹고 싶어요." 레나타가 슬픈 표정으로 어리광을 부리며 투덜댔다.

"나 역시 배고프다는 걸 알아주었으면 좋겠어요, 레나타." 로렌소가 설명했다. "하지만 정당한 벌이라는 신기루가 배고픔보다 먼저예요."

"곧 알게 될 거야. 곧 알게 될 거야. 난 무섭지 않아." 오를란도가 양팔을 높이 들고 소리치면서, 붙박이 책장의 코니스로 걸어갔다.

그들은 오를란도를 잡으려고 했지만, 아이는 도망쳤다. 또 레나타와 동료 회원도 사람들이 눈치채지 못하게 도망쳤다. 본능적인 감각으로 로렌소는 그들을 주방에서 찾아냈다. 그들은 소 다리를 발기발기 찢어서 먹어 치우고 있었다. 그 먹거리 위로 분노한 시선이 교차했다. 전투는 피할 수 없는 것처럼 보였다. 동료 회원과 레나타는 그 곳에서 나왔는데, 이미 배불렀기 때문이다. 로렌소는 소 다리를 먹었다. 그리고 잠시 후 모두가 코를 골았다.

아침 10시 반에 라디오 뉴스에 잠을 깼다. 특별 포고령이 선포되었다면서, 사자가 조금 전에 완전히 생포되었으며, 동물원 우리에 넣어졌다는 소식을 전하고 있었다. 익히 예상할 수 있었듯이, 즉시 맹수가 엄청나게 포효하는 소리가 울렸다. 모든 사람의 생각에 따르면, 클럽 인근이었다. 이후 사람의 끔찍한 비명이 이어졌는데, 이 비명은—커다란 기념물 옆에서 자기 사진을 찍는 사람들처럼—맹수의 대단히 큰 울음소리를 강조해 주었다. 의심의 여지 없이 자신은 사자에 동요하지 않았다는 것을 증명하기 위해 다니엘이 말했다.

"이건 정말 이상한 일이에요. 10시 반이 지났는데, 아직 스탄들 사니첼리 박사님이 도착하지 않았거든요."

"체스에 대한 열정보다 사자가 더 두려웠나 보지요." 레나타가 자기 생각을 밝혔다.

"오늘 시합하자고 날 붙잡지는 말아요. 귀찮게 굴지 말아요." 동료 회원이 말했다.

"이것 봐, 이것 봐." 오를란도가 소리쳤다.

원숭이나 마멋처럼 고개를 숙이고 커튼 봉에 매달린 채, 아이는 문 위 창으로 쳐다보면서 밖을 가리켰다. 모두가 창문으로 떼 지어 모여들었다. 철책 너머로 그들은 거리를 보았는데, 그것은 파란색 띠 같았고, 그 띠에는 기하학 도형, 그러니까 두 개의 원이 있는 것 같았다. 몇몇 사람은 그것이 정사각형처럼 보인다고 했고, 또 어떤 사람은 사다리꼴이라고 생각했으며, 또 삼각형이라고 여긴 사람도, 자줏빛 얼룩이라고 생각한 사람도 있었다.

그러고서 그들은 동물들처럼 관심을 계속 기울이지 못하고 정신을 딴 데로 쏟았으며, 레나타를 두고 싸우기 시작했다. 동료 회원은 손에 테니스 라켓을 들고서 자기 여자 친구를 비롯해 모두 골고루 때렸다. 전투는 계속되었고, 서서히 쟁탈하고자 한 트로피가 바뀌었다. 이제는 레나타가 아니라 버터와 잼 그리고 영국식 푸딩이었다. 이제 그들은 분노가 아닌 다른 것에 다시 관심을 기울였다. 이제는 아침 식사를 향하고 있었다. 다니엘은 오를란도가 없다는 것을 눈치챘다. 레나타가 훌쩍훌쩍 울면서 말했다.

"숲으로 간 것 같아요!"

그녀를 진정시키려고 동료 회원이 대답했다.

"먹을 게 부족하지는 않을 거예요."

"비축해 놓을 음식이 있어야 해요." 유모가 정정했다.

"벌거벗은 여자가 이토록 진지하고 꼼꼼한 적은 없었고, 눈치가 빠른 적도 없었어요. 난 오늘 고양이보다도 형식에 구애받지 않고 잠에서 깼다는 것을 잘 알아요. 하지만 싸움을 하지 않고 사자의 커다란 입과 만나는 아이 오를란도의 그림을 보자고 장난질할 사람이 있을까요?"

"아마 우리는 그를 못 볼지도 몰라요." 동료 회원이 깊이 생각했다. "무슨 일이 일어났는지 알게 된다면 다소 위안이 되겠지요."

"난 오를란도를 보고 싶어요." 레나타가 부탁했다.

"오를란도가 집에 있는지 보고 오겠어요." 다니엘이 말했다.

그는 단숨에 온 집을 돌아다니며 살펴보았다. 그러고서 다른 사람들이 그를 놀라게 할까 두려워, 그리고 자신의 충동적인 행동이 부끄러워, 그는 아이를 구하러 숲으로 달려갔다. 길에서 그는 멀리서 봤을 때 기하학 도형이자 하나의 자줏빛 얼룩처럼 보이던 것과 마주쳤다. 그건 스탄들 사니첼리 박사의 산산이 조각난 자전거와 피 웅덩이였다. 다니엘은 멈추지 않았다. 그는 불쌍히 여기듯이 고개를 젓고, 두려움에 떨면서 이쪽저쪽을 바라보고는, 숲으로 들어갔다. 유칼립투스의 향내가 코를 찔렀다. 울창한 숲에서 환하게 빛나는 어느 나뭇가지에서 새 한 마리가 노래했다. 다니엘은 자기 아이들을 떠올렸고, 그 아이들은 그의 옆에서 조금씩 생명을 되찾고 있었다. 그는 자기 반려자인 멜라니아를 기억했다. 그리고 숨겨 둔 쾌락인 수사나도 떠올렸다. 그토록 아름다운 세상을 버리는 것은 슬픈 일일 것이라고 그는 생각했지만, 누군가는 길 잃은 아이를 구해야 했기 때문에 그는 계속해서 길을 갔다. 그러고는 범선들의 호숫가에서 아이를 발견했다. 두 사람은 손을 잡고 돌아왔다. 오는 길에 그들은 남의 옷을 입은 레나타와 만났다. 또한, 테니스 운동복을 입은 동료 회원과 로렌소도 만났다. 그들은 각자 오를란도를 찾기 위해 사자와 원치 않는 만남도 개의치 않고 달려 나온 사람들이었다.

사실 그들은 위험하지 않았다. 다니엘이 아이를 구하러 달려갔을 때, 사자는 시에서 운영하는 동물 운송 차량의 우리에 실려 숲을 벗어나고 있었다. 그런 상황이었다고 해도, 그들 모두의 가치와 공로가 줄어드는 것은 아니다. 그들은 그 사실을 전혀 모르고 있었기 때문이다. 그들은 멜라니아와 수사나의 입술에서 첫 소식을 들었다. 두 여자는 아이들에게 둘러싸여 아틀레티코 클럽의 현관에서 그들을 기다리면서 그 소식을 신바람 나게 전했다.

그 일화는 그렇게 끝을 맺었다. 씩씩하고 활기차며 무감각한 성격의 신사인 스탄들 사니첼리를 제외한 사망자는 더는 없었다. 다른 사람들은 사자와 가까운 곳에 있었지만, 사자의 영향을 받아 인간의 영혼 깊숙한 곳에 있는 고대의 동물적 본성을 따랐다. 그들은 공격적이고 잔인했으며, 비겁했고 멍청했다. 시청 직원들이 맹수를 생포하자, 모든 사람의 안에서 다시 인간의 기준과 척도가 널리 퍼졌다. 의심의 여지 없이 그 기준은 위선으로 더러워졌지만, 마찬가지로 동정심과 용기로 찬란하게 빛났다.

오징어는 자기 먹물을 고른다
El calamar opta por su tinta

이 마을에서는 지난 과거의 사건을 모두 합친 것보다 최근 며칠 동안 더 많은 일이 일어났다. 내 말이 어느 정도나 합당한지 알아보려면, 여러분들은 내가 지방의 오래된 한 마을에 대해 말하고 있다는 사실을 기억하기 바란다. 이런 마을에는 유명한 사건들이 넘쳐흐른다. 마을은 19세기에 창건되었고, 약간 시간이 흐른 후에는 콜레라―다행스럽게도 그 싹은 널리 번지지 않았다―와 원주민 습격의 위험을 견뎌 냈다. 그런 위험이 결코 구체화되지 않았을지라도, 5년 동안 원주민의 위협은 계속됐다. 그러나 인근 지역들은 실제로 원주민의 공격을 받아 슬픔과 고통을 겪었다. 이제 이런 영웅적인 시기에 대해서는 그만 말할 것이고, 주지사, 국회의원을 비롯해 온갖 종류의 후보들이 수없이 방문한 것도 무시할 것이며, 코미디언들과 한두 명의 스포츠 거물들의 방문도 건너뛸 것이다. 중언부언하지 않도록, 나는 이 간단한 목록을 웅변과 찬사의 진정한 시합이라고 말할 수 있는 마을 창립 백 주년 축제로 마무리하고자 한다.

나는 가장 중요한 사건을 이야기할 예정이고, 따라서 독자에게 내 경력과 자격을 보여 주고자 한다. 나는 마음이 넓고 공감성이 뛰어나며 진보적 사상을 지니고 있고, 내 친구인 갈리시아 사람 비야로엘의 서점에서 구스타프 융 박사의 책부터 빅토르 위고, 월터 스콧과 카를로 골도니에 이르기까지 손에 집히는 책은 모두 탐독한다. 물론 라몬 데 메소네로 로마노스*의 『마드리드 풍경』 마지막 권도 당연히 포함된다. 나는 문화에 관심이 많지만, '빌어먹을 서른 살'에 가깝고, 그래서 정말로 내가 알고 있는 것보다 배워야 하는 게 더 많이 남아 있을지 몰라 두려워한다. 요약하자면, 나는 현대의 문화 운동을 모두 따르고, 이웃 사람들에게 문화를 가르치고자 한다. 그 사람들은 모두가 훌륭하고 멋지며 사랑스럽지만, 유전적으로 중세와 반계몽주의 시대부터 행해져 왔던 습관인 낮잠 자기를 좋아한다. 나는 교육자, 즉 학교 선생님이고 언론인이다. 나는 마을의 조그만 기관의 간행물에 글을 쓴다. 다시 말하면, 《해바라기》(이 제목은 잘못된 선택으로, 음담패설을 초래하고 엄청나게 많은 잘못된 서신이 오게 만드는데, 그것은 우리를 곡물 관련 간행물로 오인하기 때문이다)라는 잡지에 허드레 기사를 쓰거나 때때로 《새 조국》이라는 신문에 글을 쓴다.

이 글의 제목은 매우 특별해서, 나는 이것과 관련된 설명을 빠뜨리고 싶지 않다. 사건은 내 고향에서 일어났을 뿐만 아니라, 내가 평생

---

* 1803~1882 스페인 작가이자 언론인. 마드리드의 역사와 관습에 대한 글로 유명하다.

을 보내고 있는 동네에서 일어났다. 그곳은 내가 사는 집이 있고, 나의 두 번째 가정인 내 학교가 있는 곳이다. 또한, 거기에는 기차역 맞은편에 호텔 술집이 있는데, 그곳은 우리가 밤마다 아주 늦은 시간에 모이는 곳이자, 마을 젊은이들이 끊임없이 오가는 핵심 장소이다. 이 현상의 진원지, 다시 말하면 중심점은 후안 카마르고 씨의 저택이었다. 그곳의 동쪽 면은 호텔과 맞닿아 있고, 북쪽 면은 우리 집 마당과 맞닿는다. 두 번의 상황에서 그 사건은 예고되었지만, 그 누구도 그것을 서로 연결할 수 없었다. 한 번은 책 주문이었고, 다른 한 번은 스프링클러가 제거되었을 때였다.

'라스 마르가리타스'는 후안 카마르고 씨 소유의 작은 호텔로, 거리와 맞닿은 정원에 꽃이 만발한 진정한 '별장'이다. 그 호텔이 저택 정면의 반을 차지한다. 또한, 저택의 안쪽 땅 일부도 호텔 부지인데, 거기에는 마치 바다 숲에서 건져 낸 난파선의 유물인 것처럼 셀 수 없이 많은 자재가 수북이 쌓여 있다. 스프링클러에 관해 말하자면, 그것은 앞서 언급한 정원에서 항상 돌면서 물을 뿌렸다. 그렇게 그것은 우리 마을에서 가장 오래된 전통 중의 하나이자 가장 흥미로운 특색의 하나가 되었다.

어느 달 초순의 일요일에 미스터리하게도 스프링클러가 그곳에서 없어졌다. 그 주가 끝날 무렵에도 다시 나타나지 않았고, 정원은 색이 바랬고 빛을 잃었다. 많은 사람이 그 장치가 사라졌다는 사실을 모른 채 정원을 보았지만, 처음부터 호기심에 사로잡힌 사람이 한 명 있었다. 그 사람이 다른 사람들에게 호기심을 옮겼고, 기차역 맞은편에 있는 술집에서 밤이 되면 청년들이 질문하거나 평하면서 법석 떨었다. 그래서 순진하고 자연스러운 궁금증의 열기 때문에 우리는 그리 자연스럽지 못한 점이 있다는 것을, 아무도 예상치 못한 일이 일어났다는 것을 알게 되었다.

우리는 후안 씨가 건조한 여름에 실수나 부주의로 정원의 물을 끊어 버리는 사람이 절대 아니라는 사실을 잘 알고 있었다. 무엇보다 우리는 그를 마을의 대들보로 여겼다. 이 50대 남자의 특징은 그런 초상에 충실했다. 다시 말하면, 키가 컸고 뚱뚱했으며, 희끗희끗한 머리카락은 반가르마로 고분고분하게 갈라져 있었다. 물결 모양의 머리카락은 아치형을 그렸는데, 그 모습은 마치 수염과 그 아래쪽의 시곗줄 아치와 유사했다. 또한, 근사한 옛날 스타일의 신사임을 보여 주는 또 다른 세세한 것도 있었는데, 승마용 바지와 가죽 각반 그리고 반장화가 바로 그것이었다. 그의 삶은 철저하게 절제와 질서로 지배되었다. 내가 기억하는 한 그에게서 하나의 결점이라도, 그러니까 술에 취했다든지, 여자를 밝혔다든지, 아니면 서투른 정치적 의견을 표명했다든지 따위를 간파하거나 탐지한 사람은 아무도 없었다. 심지어 우리가 당연히 잊어버리는 과거에도—사실 우리 중에서 미숙한 젊은 시절에 혈기를 못 이겨 난봉 부리지 않은 사람이 있을까?—후안 씨는 깨끗했다. 좌우간 협동조합 감사관들을 비롯해 그다지 존경할 만하지 못한 사람들, 솔직히 말해서 무책임한 건달들도 무슨 이유 때문인지 그의 권위를 인정했다. 그 배은망덕한 시절에도 무엇 때문인지 긴 콧수염 달린 신사는 마을의 훌륭한 가족들이 항상 따르고 존경하는 중추적 인물이었다.

여기서 반드시 인정해야 할 사실이 있다. 그것은 본보기가 되는 고독한 신사가 과거 사상을 추종하며, 관념론자들인 우리 같은 사람은 아직 과거의 위인들과 비교할 만한 지도자들을 만들어 내지 못했다는 것이다. 새로운 국가에는 새로운 사상의 전통이 없다. 그리고 익히 알려져 있듯이 전통 없이는 안정성도 존재하지 않는다.

관례에 따른 계급제도에서 이 인물을 뛰어넘는 사람은 그 누구도 없다. 예외가 있다면, 그토록 커다란 몸집을 지닌 아들의 어머니이자 유일한 자문위원인 레메디오스 부인이다. 그녀는 일어나거나 일어나지 않은 모든 문제를 무력으로 해결하기 때문에, 우리끼리는 그녀를 '철의 여인 레메디오스'라고 부른다. 비록 이 별명은 그녀를 놀리기 위한 것이지만, 그래도 다정한 면을 지니고 있다.

이 '별장'에 사는 사람들의 그림을 완성하려면, 이제는 의심할 여지 없이 사소한 부록 하나만 덧붙이면 된다. 그 사람은 바로 대자代子인 타데오로, 우리 학교에서 야간 수업을 듣는 학생이다. 레메디오스 부인과 후안 씨가 협력자이건 손님이건 어떤 외부인도 집 안에 들어오는 것을 거의 참지 못하기 때문에, 그 학생은 본체의 일꾼이자 직원이며 라스 마르가리타스 호텔의 종업원이라는 직함을 모두 갖는다. 이것 이외에도, 그 가련한 청년은 내 수업에 출석한다는 사실을 추가해야 한다. 여러분들은 왜 내가 아주 악의적인 의도건 원한 때문이건, 그에게 꼴불견의 별명을 붙여 준 사람들을 건성으로 대수롭지 않게 다루는지 이해하게 될 것이다. 그 사람들은 거들먹거리면서 그가 병역 불합격 판정을 받았다고 말하지만, 난 그런 것에 개의치 않는다. 난 시기하거나 샘이 많은 사람이 아니기 때문이다.

문제의 일요일, 오후 2시부터 4시 사이에 몰래 학교에서 빠져나와 쉬고 있는데, 누군가가 내 집의 현관문을 두드렸다. 두드린 강도로 판단하건대, 문을 부숴 버리려는 계획적인 목적이 있는 것 같았다. 나는 비틀거리면서 일어나 중얼거렸다. "다른 놈이 아니야." 그러면서 나는 선생님의 입으로 말하기에는 부적절한 말을 했고, 그 시간에는 마음에 들지 않는 사람의 방문을 받지 않아도 되는 것처럼 툴툴대면서 문을 열었다. 내가 확신한 것처럼 그는 타데오였다. 내 생각이 옳았다. 거기에 내 학생이 웃고 있었다. 너무나 말라서 내 눈으로 가득 들어오는 햇빛을 가릴 수도 없는 얼굴이었다. 내가 이해한 바에 따르면, 그는 단도직입적으로 말했다. 그러나 그의 목소리는 이내 쉰 새끼만 해지면서 1학년, 2학년, 3학년 교과서를 부탁했다. 화가 치밀어 나는 따지듯이 물었다.

"왜 필요한지 설명해 줄 수 있겠어?"

"대부님 부탁인데요." 그가 대답했다.

나는 즉시 그 책들을 건네주었고, 마치 꿈을 꾼 것처럼 즉시 그 사건을 잊어버렸다.

몇 시간 후 나는 기차역으로 향했다. 시간을 죽이기 위해 멀리 있는 길로 우회해서 어슬렁어슬렁 걸었다. 그러면서 라스 마르가리타스 호텔에 스프링클러가 없다는 것을 알았다. 나는 그 사실을 플랫폼에서 이야기했다. 우리는 저녁 7시 반에 떠나는 급행열차를 기다렸지만, 열차는 8시 54분에야 도착했다. 그리고 그 사실을 밤에 술집에서 이야기했다. 나는 교과서를 빌려 달라고 했다는 말은 하지 않았고, 그 사건을 다른 것과 연결할 수도 없었다. 이미 말했던 것처럼, 첫 번째 일은 내 기억에 거의 기록되지 않았기 때문이다.

나는 그토록 바쁘게 보낸 다음 날에는 일상적인 리듬으로 돌아가야 한다고 생각했다. 월요일 낮잠 시간에 나는 즐거운 마음으로 생각했다. '이번에는 제대로 낮잠을 잘 수 있겠어.' 그런데 아직 판초의 술 장식 때문에 내 코가 간질간질할 때, 그러니까 잠이 막 들려고 할 때,

굉음이 나기 시작했다. 나는 중얼거렸다. '오늘은 도대체 무슨 일 때문에 이러는 거야? 문을 발로 차는 게 걸리기만 하면, 피눈물을 흘리게 해 주겠어.' 그러고서 샌들 끈을 묶고 현관으로 갔다.

"이제는 선생님 낮잠을 깨우는 게 습관이 되었나?" 나는 호통치면서 책 꾸러미를 돌려받았다.

그런데 예상치 못한 대답에 나는 완전히 혼란에 빠졌다. 내가 들은 그의 대답은 다음과 같았다.

"대부님이 3학년, 4학년, 5학년 교과서도 부탁합니다."

나는 간신히 이렇게 말했다.

"왜 그런 거지?"

"대부님의 요청입니다." 타데오가 설명했다.

나는 책을 건네주고서 잠을 자려고 침대로 돌아왔다. 솔직히 고백하건대, 나는 잠을 잤다. 하지만 공중에서 잠을 잔 것 같았다는 사실을 믿어 주기 바란다.

그리고 나서 역으로 가는 길에 스프링클러가 아직 제자리로 돌아오지 않았으며, 정원에는 누런 색조가 번지고 있다는 것을 확인했다. 당연히 나는 온갖 억지스러운 생각을 했다. 플랫폼에서 나는 경망스러운 아가씨들에게 내 육체를 자랑스럽게 과시했지만, 내 마음은 아직도 그 미스터리한 사건을 어떻게 해석해야 할지 고민하고 있었다.

저 멀리 하늘에 뜬 커다란 달을 보면서, 우리 중의 하나가 말했다. 내가 기억하는 바로는, 디 핀토였다. 그는 시골 사람으로 남는 것이야말로 그 어떤 것보다도 낭만적이라고 항상 생각했다(제발 평생의 친구들 앞에서 그런 말을 하면 좋으련만!).

"달이 말라비틀어졌어. 그러니 그 장치를 제거한 것이 비가 올 거라는 예보 때문이라고 생각하지는 말자. 후안 씨는 틀림없이 이유가 있어서 그랬을 거야."

바다라코는 사마귀가 있고 머리가 좋은 청년이었다. 그렇게 말하는 이유는 그가 과거에 은행에서 받는 월급 이외에도 비밀 정보를 누설해서 어느 정도의 돈을 받았기 때문이다. 그는 내게 물었다.

"그 멍청이를 붙잡아서 그걸 물어보는 게 어때?"

"누구를 말하는 거야?" 나는 점잖게 물었다.

"네 학생 말이야." 그가 대답했다.

나는 그의 생각을 수용했고, 그날 밤 수업이 끝나고 그걸 적용했다. 우선 비가 식물에 도움이 된다는 상투적인 말로 타데오를 현혹해, 마침내 직접 본론으로 들어갔다. 우리의 대화는 다음과 같았다.

"스프링클러가 고장 났나?"

"아닌데요."

"정원에서 보이지 않던데."

"왜 보려는 건데요?"

"왜 보려는 거냐고? 내가 볼 수 없는 건가?"

"지금 창고에서 물을 뿌리고 있어요."

여기서 설명해야 할 것이 있다. 우리가 '창고'라고 부르는 것은 마당에 있는 헛간, 그러니까 후안 씨가 거의 팔리지 않는 자재들, 예를 들어 망가진 난로와 석상, 비석과 돛대들을 쌓아 놓는 곳이었다.

스프링클러에 대한 새로운 소식을 젊은이들에게 알려 주고 싶은 소망에 이끌려, 나는 다른 점에 대해서는 묻지 않고 내 학생을 보내려고 했다. 그때 나는 기억이 떠오르는 동시에 큰 소리로 말했다. 현관에서 타데오가 나를 곁눈으로 쳐다보았다.

"후안 씨는 그 교과서로 무엇을 하지?"

"글쎄요……" 그는 뒤로 돌아 소리쳤다. "창고에 놔둬요."

너무나 황당해서 나는 호텔로 달려갔다. 내가 예상했던 대로, 내 말을 듣더니 젊은이들이 당황해하는 기색이 역력했다. 모두가 자신의 의견을 밝혔다. 그 순간 입 다물고 아무 말도 하지 않는 것은 유감스러운 행동이었기 때문이다. 그리고 다행히 아무도 다른 사람의 생각에 귀를 기울여 듣지 않았다. 아니, 아마도 주인, 그러니까 배에 물집이 잡힌 거구의 폼포니오 씨는 귀를 기울였을지도 모른다. 그 그룹의 젊은이들은 그를 기둥과 테이블 그리고 그릇과 거의 구별할 수 없었다. 그것은 지성의 교만이 우리의 눈을 멀게 하기 때문이다. 폼포니오 씨의 귀에 거슬리는 목소리가 진의 홍수 속에서 약해졌고, 그렇게 우리에게 질서를 지키라고 지시했다. 일곱 개의 얼굴이 위를 쳐다보았고, 열네 개의 눈이 빛나는 빨간 얼굴을 뚫어지게 바라보았다. 그 얼굴에서 입이 열리더니 이렇게 물었다.

"단체로 그리로 가서 후안 씨에게 직접 설명해 달라고 요구하는 게 어때?"

그의 비꼬는 말을 듣더니 우리 중의 한 사람이 깨달았다. 별명이 알디니이고, 통신으로 공부하며, 흰 넥타이를 매고 다니는 청년이었다. 그가 눈을 치켜뜨고서 내게 말했다.

"네 학생에게 레메디오스 부인과 후안 씨가 나누는 대화를 엿들으라고 지시하는 게 어때? 그런 다음에 소몰이 막대를 사용하도록 해."

"그게 무슨 말이지?"

"학교 선생님으로서의 권위를 이용하라는 의미야." 그가 증오의 눈빛으로 설명했다.

"타데오의 기억력은 좋아?" 바다라코가 물었다.

"그래, 좋아." 나는 단언했다. "그의 머릿속으로 들어가는 것은 어느 정도 깊이 새겨져 있어."

"후안 씨는 말이야," 알디니가 계속 말했다. "무슨 일이든 레메디오스 부인에게 자문을 구해."

"대자와 같은 증인 앞에서라면 그들은 아주 자유롭게 이야기할 거야." 디 핀토가 말했다.

"미스터리한 것이 있으면 드러나게 될 거야." 톨레도가 예측했다.

시장에서 점원으로 일하는 차사레타는 툴툴댔다.

"미스터리가 없다면 뭐가 있는 거야?"

대화가 곁길로 빠지고 있었다. 그래서 침착하고 냉정하기로 유명한 바다라코가 논쟁자들을 제지했다.

"얘들아!" 그가 꾸짖었다. "너희는 헛되게 기운을 낭비할 나이가 아니야."

자신의 말이 최종적인 말이 되도록 톨레도는 반복했다.

"미스터리한 것이 있으면 드러나게 될 거야."

그것은 드러나게 되었지만, 며칠이 지나야 했다.

다음 낮잠 시간에 내가 깊이 잠들려고 할 때, 다시 현관문을 두드리는 소리가 울려 퍼졌다. 물론 큰 소리였다. 심장의 고동으로 판단해 보건대, 현관문과 내 심장에서 동시에 소리가 났다. 타데오는 전날 빌려준 책을 가져와서 중학교 1학년과 2학년과 3학년 교과서를 요구했다. 중고등학교 교과서는 내 영역이 아니었기에 우리는 비야로엘의 서점으로 가서 문을 힘껏 두드려 그 갈리시아 사람의 낮잠을 깨우고는, 후안 씨가 책을 요청했다는 사실을 알려 주어 그를 진정시켜야만 했다. 우리가 두려워했던 것처럼, 갈리시아 사람은 물었다.

"어떤 모기에 물렸기에 그 사람이 책을 요청하는 거지? 개 같은 삶을 살면서 그는 책을 한 권도 산 적이 없어. 그런데 그 나이에 갑자기 무슨 일이지? 말할 필요도 없이 그는 빌려주기를 바라는 거겠지."

"너무 심각하게 받아들이지 마, 친구." 나는 그의 등을 탁탁 치면서 말했다. "미워하고 증오하는 말을 들으니, 네가 아르헨티나 사람 같아."

나는 그에게 초등학교 교과서를 먼저 빌려 달라고 부탁했다는 사실을 말해 주었고, 스프링클러에 대해서는 한 마디도 하지 않았다. 그가 내게 말한 바에 따르면, 그것이 사라진 일에 대해 그는 잘 알고 있었다. 책을 팔 밑에 끼고서 나는 덧붙였다.

"오늘 밤 호텔 술집에 모여서 이 모든 문제를 논의할 거야. 네 의견을 밝히고 싶으면, 거기서 만나."

서점으로 갔다가 돌아오는 동안, 우리는 단 한 사람도 보지 못했다. 유일하게 본 것은 푸줏간에 있는 녹슨 빛깔의 개뿐이었다. 그 개는 다시 소화불량에 시달리는 게 분명했다. 제정신이라면 가장 보잘것없고 비이성적인 동물이라도 오후 2시의 이글거리는 햇빛에 자기 몸을 드러내지는 않기 때문이다.

나는 내 제자에게 후안 씨와 레메디오스 부인의 대화를 그대로 보고하라고 지시했다. 흔히 죄를 지으면 벌을 받는다고 말하는데, 그건 일리가 있는 말이다. 바로 그날 밤 강력한 호기심 때문에 내가 전혀 예상하지 못했던 고문을 받게 되었다. 그것은 내 학생이 자세하게 들려주는 정말 재미없는 그들의 대화를 듣는 것이었다. 때때로 나는 노란 비누의 마지막 조각이나 후안 씨의 류머티즘에 면플란넬이 좋다는 레메디오스 부인의 생각 따위는 전혀 관심이 없다면서 비꼬고 싶어 혀가 간질간질했다. 그러나 나는 참아야만 했다. 어떻게 내가 무엇이 중요하고 중요하지 않은지를 그 청년의 판단력에 맡길 수가 있겠는가?

말할 필요도 없이, 다음 날 그는 내 낮잠을 방해하면서 비야로엘에게 돌려줄 책을 가져왔다. 거기서 처음으로 새로운 소식을 접하게 되었다. 타데오가 말한 바에 따르면, 후안 씨는 이제는 더 교과서를 원치 않으며, 대신 오래된 신문을 원했다. 그래서 그는 방물 가게, 푸줏간과 빵집에서 휴지값으로 그것들을 입수해야만 했다. 그의 이야기를 들으면서 나는 예전에 책들의 운명이 그랬듯이, 신문도 창고에 있게 될 것을 알았다.

그러고서 아무 일도 일어나지 않은 시기가 있었다. 그렇지만 마음의 감정은 우리 마음대로 되는 것이 아니다. 나는 내 낮잠을 깨우던 시끄러운 노크 소리를 그리워하고 있었다. 좋건 나쁘건 무슨 일이라도 일어나길 바랐다. 강도 높은 삶에 익숙해진 탓인지, 나는 게으르고 나태한 삶을 살아갈 수 없었다. 그런데 어느 날 밤이었다. 레메디오스 부인의 신체에 소금과 다른 영양소들이 미치는 효과를 지루하고 장황하게 보고하고서, 드디어 내 학생은 목소리를 조금이라도 바꾸어 주제를 바꿀 것을 암시하지도 않은 채 다음과 같이 말했다.

"대부님은 레메디오스 부인에게 창고에 사는 손님이 있으며, 며칠 전에 그가 거의 죽을 뻔했다고 말했어요. 그 손님은 일종의 놀이공원에 있는 그네를 쳐다보고 있었는데, 대부님은 그게 책에 수록되어 있지 않다고 설명했어요. 그리고 그 손님의 상태가 영 좋지 않았고, 물밖으로 나와 숨을 제대로 쉬지 못하는 메기와 같은 모습이었는데도 전혀 동요하지 않고 차분했다고 말했어요. 또 대부님은 자기가 물이 가득 든 양동이를 가져다주었다고 말하면서, 전혀 생각하지 않았지만 자기에게 물을 달라고 한다는 사실을 알았고, 그 손님이 그런 상태로 죽는 것을 팔짱 끼고 바라만 보고 있을 수 없었기 때문이라고 했어요. 하지만 구체적인 결과를 얻지 못하자, 방문객에게 여물통을 갖다주는 편이 좋다고 여겼지요. 그는 양동이로 여물통에 물을 가득 채웠지만, 구체적인 결과를 얻지 못했어요. 그러자 갑자기 스프링클러를 떠올렸고, 죽어 가는 환자를 살리기 위해 모든 방법을 시도하는 의사처럼 스프링클러를 찾으러 가서 그것을 창고에 연결했다고 말했어요. 즉각적으로 눈에 보이는 결과를 얻었어요. 죽어 가던 사람이 마치 자기에게 가장 좋은 것이 축축한 공기를 들이마시는 것인 양 되살아났기 때문이지요. 대부님은 방문객과 잠시 시간을 보냈다고 말했어요. 그러면서 그에게 필요한 것이 없는지 최선을 다해 물어보았다고, 그리고 손님은 아주 똑똑했다고 말했어요. 불과 15분이 지났을 뿐인데 손님이 이미 여기저기로 다니면서 스페인어 단어 두어 개를 말했고, 자기에게 어떻게 공부해야 하는지 기초를 부탁했다고 했지요. 대부님은 대자를 선생님에게 보내 초등학교 저학년 책들을 가져오게 시켰다고 말했어요. 그런데 손님이 무척 똑똑해서 이틀 만에 초등학교와 중학교 교과서를 모두 익혔고, 다음 날에는 고등학교 공부를 하고자 했다고 말했어요. 그러고서 대부님은 그 손님이 신문을 읽으면서 세상에서 무슨 일이 일어나고 있는지 알려고 했다고 말했어요."

나는 과감하게 물어보았다.

"그 대화를 오늘 한 거야?"

"물론이지요." 그가 대답했다. "커피를 마시면서 대화했어요."

"네 대부님이 다른 말은 안 했어?"

"물론 더 했지만, 기억이 나지 않아요."

"기억이 나지 않는다니, 그게 무슨 말이야?" 나는 화를 내며 따졌다.

"선생님이 내 말을 끊으셨어요." 학생이 설명했다.

"그래, 인정하지. 하지만 궁금해서 죽을 지경으로 나를 놔두지는 마." 나는 말했다. "자, 어서 떠올리려고 노력해 봐."

"하지만 선생님이 내 말을 끊으셨어요."

"나도 알아. 내가 네 말을 끊었어. 모두 내 잘못이야."

"모두 선생님 잘못이에요." 그가 반복했다.

"타데오는 착해." 내가 말했다. "선생님을 이렇게 대화하다가 말고 놔둔 채 내일 계속하자면서, 아니면 더는 그 대화를 하지 않겠다고 작정하면서 떠나지는 않을 거야."

그는 몹시 괴로워하면서 깊은 한숨을 내쉬며 내 말을 반복했다.

"아니면 더는 그 대화를 하지 않아요."

나는 당황스럽고 난처했다. 마치 누군가에게 값비싼 무언가를 빼앗긴 것 같았다. 이유는 모르겠지만, 나는 우리의 대화가 반복으로 이루어졌다고 생각했고, 그러자 갑자기 거기서 한 줄기의 희망을 보았다. 나는 타데오가 들려준 이야기의 마지막 구절을 반복했다. "신문을 읽으면서 세상에서 무슨 일이 일어나고 있는지 알려고 했지."

내 학생은 무관심하게 계속 말했다.

"대부님은 손님이 이 세상의 정부가 최고의 사람들 손에 있는 것이 아니라, 완전히 쓸모없는 망나니는 아닐지라도 결정적으로 평범한 사람들의 손에 있다는 것을 알고 충격을 받았다고 말했어요. 손님은 그런 하찮은 인간이 원자폭탄을 관리하고 있다면, 놓쳐서는 안 될 흥미진진한 게임이 될 것이라고 말했대요. 그리고 최고의 사람들 손에 관리된다면, 그들은 그걸 투하할 것이라고, 그것은 누군가가 그 폭탄을 갖고 있다면 떨어뜨릴 것이 분명하기 때문이라고 말했어요. 하지만 완전히 쓸모없는 망나니들이 그걸 갖는다는 것은 거의 있을 수 없는 일이라고 지적했지요. 그는 지금 이전의 다른 세상에서 폭탄이 발견되었는데, 그 폭탄들이 모두 터지면서 치명적인 결과를 낳았다고 말했어요. 그러면서 그들은 폭발해 버린 그 세계에 관심을 두지 않았는데, 그것은 멀리 있었기 때문이라고, 하지만 우리 세상은 가까이 있고, 그래서 그들은 연쇄 폭발로 자신들의 세상도 폭발해 버리지 않을까 두려워한다고 말했어요."

타데오가 나를 비웃고 있다는 믿을 수 없는 의심이 들었다. 그러자 나는 아주 심각하게 그에게 물었다.

"융 박사의 『비행접시 : 하늘에 나타나는 현대 신화』를 읽고 있었어?"

다행히 그는 내 질문을 듣지 못한 채 계속 말했다.

"대부님에 따르면, 손님은 특별히 제작된 로켓을 타고 홀로 행성을 떠나 여기로 왔대요. 그곳에 적당한 자재들이 부족해서였다고요. 그러면서 그것은 수년에 걸친 연구와 작업의 결과였다고 덧붙이며, 자신이 친구이자 해방자로 왔다고 말하고는, 대부님에게 세상을 구할 계획을 실행에 옮길 수 있도록 전적인 지원을 요청했대요. 대부님은 손님과의 만남이 오늘 오후에 이루어졌고, 이런 중대한 상황 앞에서 레메디오스 부인에게 의견을 구하고자 주저하지 않고 그 사실을 말했다고 했어요. 그리고 부인의 의견은 대부님 자신의 생각으로 인정한다고 말했어요."

즉시 이야기가 중단되었지만, 끝난 것은 아니었다. 그래서 나는 부인이 어떻게 대답했느냐고 물었다.

"아, 난 모르겠어요." 그가 대답했다.

"어떻게 난 모르겠다는 말을 할 수 있어?" 나는 다시 화를 내며 그의 말을 반복했다.

"두 사람이 말하게 놔두고서 나는 여기로 왔어요. 수업 시간이 되어서요. 나는 혼자 생각했어요. '내가 늦지 않게 도착하면, 선생님이 좋아하실 거야.'"

그는 멍청이 같은 얼굴을 우쭐대면서 칭찬해 주기를 기다렸다. 나는 감탄스러울 정도의 침착한 마음으로, 술집에 있는 내 친구들은 내가 증인으로 타데오를 데려가지 않으면 내 이야기를 믿지 않으리라 생각했다. 나는 그의 팔을 마구 움켜잡고는 떠밀면서 술집까지 데려갔다. 거기에 친구들이 있었다. 그들 이외에도 갈리시아 사람인 비야로엘도 함께 있었다.

내 기억이 지속하는 한, 나는 결코 그날 밤을 잊지 못할 것이다.

"얘들아!" 나는 큰 소리로 말하면서 타데오를 우리 테이블로 밀었다. "내가 모두 설명해 주겠어. 정말로 아주 중요한 소식이야. 또 여기 증인도 데려왔으니, 난 거짓말할 수도 없어. 후안 씨는 모든 이야기를 아주 자세하게 그의 어머니에게 했고, 나의 성실하고 정확한 제자는 단 하나의 단어도 놓치지 않고 모두 들었어. 저택의 창고에, 그러니까 바로 옆에, 그러니까 이 벽 건너편에 누군가가 묵고 있는데, 그게 누구인지 짐작해 봐. 바로 다른 세계에서 온 주민이야. 너무 놀라지 마. 그 여행자는 우람한 체격이 아닌 게 분명해. 우리 마을, 그러니까 코르도바와 버금가는 이곳의 건조한 공기를 잘 견뎌 내지 못하고 있거든. 그리고 그가 물 밖으로 나온 물고기처럼 죽지 않도록 후안 씨는 스프링클러를 연결했고, 그렇게 창고의 공기를 축축하게 만들었어. 그것뿐만이 아니야. 그 괴물이 왜 찾아왔는지 우리가 걱정할 필요 없는 건 분명해. 그는 우리 세계가 원자폭탄으로 파괴될 수 있는 길을 가고 있다고 확신하고서 우리를 구하러 왔어. 그리고 그는 자기 생각을 솔직하게 후안 씨에게 알려 주었어. 물론 후안 씨는 커피를 마시면서 레메디오스 부인과 이 문제에 대해 논의했지. 지금 여기에 있는 이 청년은—나는 타데오가 헝겊 인형인 것처럼 그를 마구 흔들었다—유감스럽게도 바로 그때 그곳에서 나오는 바람에 레메디오스 부인의 생각을 들을 수 없었어. 그래서 우리는 그들이 어떻게 결정했는지 알 수 없어."

"우리는 알고 있어." 서점 주인이 두껍고 축축한 입술을 샐쭉거리면서 말했다.

나는 새로운 소식을 나 혼자만 알고 있다고 믿었는데, 그런 나의 믿음을 고쳐야만 한다는 사실에 깜짝 놀랐다. 나는 물었다.

"우리가 뭘 알고 있다는 거지?"

"너무 발끈하지 마." 교활하기 그지없는 비야로엘이 말했다. "네 말마따나, 스프링클러를 제거하면 손님이 죽는다는 게 사실이라면, 후안 씨는 그에게 죽음을 선고했어. 집에서 오면서 라스 마르가리타스 앞을 지났는데, 달빛 속에서 스프링클러를 완벽하게 볼 수 있었어. 예전처럼 정원에 물을 뿌리고 있었다고."

"나도 봤어." 차사레타가 확인해 주었다.

"내가 가슴에 손을 얹고 말하겠어." 알디니가 중얼거렸다. "너희들에게 말하는데, 그 여행자는 거짓말하지 않았어. 조만간 우리 지구는 원자폭탄 때문에 폭발할 수 있어. 그걸 피할 방법은 없어."

마치 혼잣말을 하듯이 바다라코가 말했다.

"그 늙은이들끼리 우리의 마지막 희망을 빼앗아 버렸다고는 말하지 마."

"후안 씨는 자기 삶의 방식이 바뀌는 걸 원치 않아." 갈리시아인이 자기 생각을 말했다. "다른 사람들에게 구원을 받느니, 이 세상이 폭발해 버리는 걸 더 좋아할 거야. 생각해 보면 알겠지만, 그것은 인류애의 한 가지야."

"자기가 모르는 것은 혐오하지." 내가 말했다. "일부러 의도를 애매하게 표현하는 방법이야."

흔히들 두려워하면 머리가 더 명석해진다고 한다. 사실대로 말하자면, 무언가 이상한 것이 그날 밤 술집 안을 떠돌고 있었고, 우리는 모두 각자의 생각을 말하며 토론했다.

"용기를 내. 우리는 무언가를 해야 해." 바다라코가 설득했다. "인류애를 위해."

"바다라코, 왜 너는 그토록 인류를 사랑하지?" 갈리시아인이 물었다.

얼굴이 새빨개지면서 바다라코가 말을 더듬었다.

"모르겠어. 우리 모두 알고 있잖아."

"우리가 뭘 알고 있다는 말이지, 바다라코? 사람에 대해 생각한다면, 너는 그들이 존경할 만하다고 봐? 나는 정반대라고 생각해. 사람들은 멍청하고 잔인하며 비열하고 인색하며 시기심이 강해." 비야로엘이 공언했다.

"선거가 있을 때면 특히 그래." 차사레타가 동의했다. "네가 말하는 그 아름다운 인류는 급히 옷을 벗고서 있는 그대로의 모습을 보여 주지. 선거는 최악의 사람들이 이기는 법이야."

"그렇다면 인류애란 공허한 말인가?" 내가 물었다.

"아니야, 선생님." 비야로엘이 대답했다. "우리가 인류애라고 부르는 것은 타인의 고통을 불쌍히 여기고, 우리의 위대한 정신들이 만든 작품을, 그러니까 불멸의 외팔이가 쓴 『돈키호테』 혹은 벨라스케스와 무리요의 그림들을 존경하는 것이지. 어떤 의미에서도 인류애는 세상의 종말을 늦출 수 있는 주장으로 사용될 수 없어. 이런 작품들은 오로지 인간을 위해 존재해. 그리고 세상이 끝난다면—원자폭탄이건 아니면 자연적인 원인이건 그런 날은 언젠가는 올 겁니다—그것들은 정당화될 수도 없고 그 어떤 지지도 받지 못할 거야. 정말이야. 동정심과 관련해서 말하자면, 종말이 임박하면 승리할 거야……그 누구도 절대로 죽음에서 벗어날 수 없으니, 어서 종말이 오라고해! 모두에게 말이야! 그래야 고통을 모두 합하면 최소가 될 테니까!"

"우리는 지금 학술 토론에 열중하는 바람에 시간을 낭비하고 있어. 바로 여기에, 그러니까 벽 하나를 사이에 두고 우리의 마지막 희망이 죽어 가고 있어." 나는 설득력 있게 말했는데, 말로 마음을 움직이게 하는 힘을 높이 평가한 첫 번째 사람이었다.

"우리는 지금 당장 행동해야 해." 바다라코가 말했다. "조금만 지체해도 너무 늦을 거야."

"저택으로 쳐들어가면 후안 씨가 화를 낼 거야." 디 핀토가 지적했다.

그때 폼포니오 씨가 아무 소리도 내지 않고 우리에게 다가왔고, 그 바람에 우리는 놀라서 거의 쓰러질 뻔했다. 그는 이렇게 제안했다.

"이 타데오 청년을 전위 병사로 파견하는 게 어때? 아마도 이게 가장 현명하고 실용적일 것 같아."

"좋아요." 톨레도가 동의했다. "타데오에게 스프링클러를 창고 안에 연결하게 하고서 무슨 일이 일어나는지 몰래 살펴보자. 그러면 다른 세계에서 온 여행자가 어떤 사람인지 알 수 있을 거야."

우리는 무리를 지어 밤거리로 나갔다. 아무 감정도 없는 달이 거리를 비추고 있었다. 거의 울다시피 바다라코가 애원했다.

"이봐, 우리는 관대해야 해. 우리의 목숨이 위험에 처하더라도 그건 중요하지 않아. 이 세상의 모든 어머니와 자식들이 우리의 손에 달려 있어."

저택 앞에서 우리는 서로 밀치며 웅성거렸다. 앞으로 나아가려는 사람도 있었고 뒤로 물러서는 사람도 있었으며, 눈에 띄지 않게 움직이는 사람도 있었고, 노골적으로 싸우는 사람도 있었다. 마침내 바다라코는 용기를 내서 타데오를 집 안으로 밀어 버렸다. 내 학생은 잠시 후에 돌아왔지만, 그 시간은 영원과도 같았다. 그러고서 우리에게 이렇게 알려 주었다.

"메기는 죽었어요."

우리는 슬픈 마음으로 해산했다. 서점 주인은 나와 함께 돌아갔다. 그가 함께 가 주자, 나는 기운이 났다. 그러나 그 이유는 내가 전혀 이해할 수 없었다.

라스 마르가리타스 앞에서 나는 소리쳤다. 스프링클러는 단조로운 소리를 내며 정원에 물을 뿌리고 있었다.

"난 그에게 호기심이 없다고 눈앞에서 비난했어." 그러고는 별들을 뚫어지게 바라보면서 덧붙였다. "오늘 밤에 우리는 수많은 아메리카와 무한히 많은 '새로운 땅'을 잃어버렸어."

"후안 씨는 사람은 한계가 있다는 자신의 법칙 속에서 살고자 할 거야." 비야로엘이 말했다. "난 그의 용기를 존경해. 우리 둘은 이 울타리를 기어 올라가서 이 집으로 들어갈 용기를 낼 수도 없는 사람이거든."

그러자 나는 말했다. "늦었어."

"그래, 늦었어." 그가 내 말을 되풀이했다.

열망
Los afanes

내 첫 번째 친구는 엘라디오 에예르였다. 그다음은 페데리코 알베르디였는데, 그는 세상을 맑지만 빛나지 않는다고 여겼다. 그 친구 다음은 에스파렌 형제와 '염소' 라우치였는데, 라우치는 모든 사람의 결점을 찾아내는 데 일가견이 있었다. 그러고서 한참 후에 밀레나가 내 친구가 되었다. 우리는 9월 11일가街에 있는 에예르 부모님의 집에서 모임을 했다. 그 집은 지붕에 프랑스식 기와를 얹은 별장풍이었다. 또 정원도 있었는데, 우리는 붉은 벽돌이 깔린 오솔길이 있는 그 정원을 어마어마하게 크다고 상상했다. 정원 안에는 초록색 화단이 있었는데, 거기에는 병든 장미꽃들이 자랐고, 그 위로는 잎이 무성하여 시커멓게 보이는 목련 나무가 그늘을 드리웠다. 내 기억으로 그 나무에는 청초하게 하얀 꽃들이 가득 달려 있었다. 우리가 가장 좋아하던 장소는 안쪽에 있는 차고였다. 더 정확하게 말하면, 그곳에 보관되어 있었고, 끊임없이 해체되고 재조립되는 과정에 있던 스토다드 데이튼 자동차였다. 그 당시, 그러니까 밀레나를 알기 이전에 에예르 가족은 다섯 식구로 이루어져 있었다. 우선 가장이자 그의 아버지는 스토다드 데이튼의 주인이었으며, 긴 누런 플란넬 외투를 입고 다닌 신사였다. 그리고 그의 어머니인 비시타시온은 작지만 쾌활하고 수다스러웠으며, 가족을 위해서라면 언제든지 싸울 만반의 준비가 된 여자였다. 그리고 여동생 크리스티나는 두 개로 땋은 금발 머리처럼 나무랄 데 없었으며, 항상 엘라디오의 뒤를 졸졸 쫓아다녔고, 마음을 죄고 자기희생적인 수호천사처럼 항상 신중하고 조심스러웠다. 그러다가 어느 정도의 분노를—세월이 흐르면서 분노했던 상황은 아주 짧게 느껴졌다—신랄하고 야비하게 폭발시켰다. 아버지가 실종되기 얼마 전에—그는 일주일 예정으로 칠레의 산티아고에서 열리는 로터리 클럽 모임에 참석하기 위해 출발했지만, 그 이후 그에 대해서는 아무도 아는 사람이 없었다—디에고가 태어났다. 하지만 그 아이는 너무나 어렸기에 우리와 함께 어울리지 않았다.

엘라디오 에예르는 그의 부유함과 발명품들로 우리를 사로잡기도 했고 내쫓기도 했다. 어느 날 밤 나는 집에서 에예르 씨가 엘라디오에게 선물했던 태엽 기차를 끊임없이 생각했다. 바로 그 주의 어느 날 밤, 나는 정말로 놀라서 고개를 흔들었고, 우리 부모님도 동의할 것이라고 확신하고서 말했다.

"이건 아니에요. 이건 아니에요. 엘라디오가 뭐라고 말했을 거예요. 분명한 것은 에예르 씨가 오늘 커다란 상자를 들고 집에 왔다는 사실이에요. 거기에는 새 선물이 있는데, 그건 바로 새 기차예요. 전기 장난감 기차예요."

다음 날 밤 나는 슬픈 얼굴로 돌아와서 말했다.

"엘라디오는 다른 방법이 없었어요. 두 기관차를 해체했어요."

(곧 우리는 함께 있는 것을 자랑하는데 그곳에 없는 사람을 모욕하고 무시하는 것보다 좋은 것은 없다는 사실을 깨달았다.)

우리 어머니는 직관적으로 깨달았다.

"그 아이 안에는 수염 달린 공산주의자, 아니 무정부주의자가 숨어 있어."

우리 아버지는 어머니의 말을 보충했다.

"파괴를 위해 파괴하지. 미래에 또 다른 급진파 대통령이 될 거야."

스물네 시간이 지나기도 전에 나는 일종의 짜증 나는 후퇴를 감행하면서 인정해야만 했다.

"두 기관차는 제대로 작동해요. 전기 기관차였던 것에는 태엽을 감았고, 다른 기관차에는 전기 엔진을 장착시켰어요. 이젠 완벽하게 작동해요."

9월 11일가의 차고에서 나는 내 인생에서 처음으로 무선전화 수신기와 휴대용 무전기를 보았다. 에예르가 오로지 나무와 쇠만 가지고 작업했다면, 한 차례 이상 떠돌았던 불쾌한 뒷공론을 피할 수 있었을 것이다. 그러나 사실대로 말하면, 차고에서 우리는 피가 튄 흔적을 발견하곤 했다. 기계와 자연과학을 사랑한 나머지, 때때로 우리는 역겹고 비열한 행동에 빠지곤 했다. 에예르가 열두 살, 혹은 열세 살이 된 지 얼마 안 되었을 때였다. 그는 전서구들의 구조 변경을 시도했다. 즉 그 비둘기들의 뇌를 열어서 구멍을 뚫고는 방연석이 첨가된 것을 넣었는데, 그렇게 비둘기들이 발신기에서 보낸 지시를 받게 했다. 나는 그 불쌍한 비둘기들을, 그러니까 그 집의 어두운 지하실에서 잠시 힘들게 날개를 펄럭거린 비둘기들을 절대로 잊을 수 없을 것이다.

우리는 밀레나를 무도회에서 만났다. 그녀뿐만 아니라 우리에게도 그 무도회는 처음이자, 얼마 동안 마지막이기도 했다. 우리는 무도회에 눈이 부셨지만, 더욱 우리 눈을 부시게 만든 것은 밀레나였다. 무도회가 시작하자마자 우리는 "오로지 우리 사회의 바보 멍청이들만 무도회에 가는 거야"라는 그녀의 생각을 들었다. 그러자 마음 깊이 괴로워하며 다시는 무도회에 가지 말아야 한다는 것을 알았다. 내 기억이 틀리지 않는다면, 그 무도회는 벨그라노 클럽에서 열린 신년 축하 행사였다. 밀레나는 우리에게 변화를 가져왔다. 그때를 되돌아보면서 나는 그녀의 절대적인 규칙 아래서 우리는 과거로 돌아가야만 했다고, 어른처럼 행동하려는 우리의 애처로운 소망을 포기해야 했다고, 짓궂은 무리가 추구하던 광적인 쾌락으로 우리의 전부를 쏟아부어야 했다고 말할 것이다. 나는 그런 무리가 수많은 멍청한 짓과 못된 짓을 범한다는 사실을 잘 알고 있다. 그러나 나는 우리 그룹이 우리에게 주는 쾌락을 잊을 정도로 늙은 사람도 아니다. 그것은 단체정신의 쾌감, 위험의 쾌감, 무엇보다도 밀레나에게 복종하는 쾌감, 그리고 그녀와 비밀스러운 행동에 참여하는 쾌감과 그녀 옆에 있는 쾌감이다.

밀레나는 밤색 머리카락을 항상 짧게 자르고 다녔다. 피부는 까무잡잡했고, 초록색 눈(아일랜드 혈통을 지닌 부에노스아이레스 여자들의 파란 눈을 업신여겼다)은 큼직했으며, 손은 상처로 뒤덮여 있었다. 키가 크고 건장했다. 우리는 그토록 융통성 없고 공격적인 사람은 그때까지 보지 못했다. 물론 그녀는 기존의 취향이나 관습, 가족과 친구, 우리 각자의 세계를 모두 공격했다. 그녀가 있을 때면 우리는 함부로 의견을 내지 못했다. 그러나 그녀에게 마구 다뤄지는 것이 즐거웠는데, 그것은 그녀가 믿을 수 없을 정도의 활력과 힘으로 그렇게 했기 때문이다. 그녀는 강인했고 용감했다. 지금 생각해 보면 아주 고상했다. 한편, 나는 그토록 발랄하고 강력한 여자를 본 적이 없었다. 페데리코 알베르디는 최근에 이렇게 말했다.

"그렇게 불편한 여자를 사랑하는 것은 최악의 불행이야. 남자는 그녀를 결코 잊을 수 없거든. 반면에 합리적인 여자들은 기억에서 지워지는 것 같아."

사실대로 말하면, 그 당시 실제로 두 배나 큰 엉덩이를 제대로 발전시키지 못했던 '염소'도 그녀를 흠모하고 있었다. 에예르는 그녀를 쫓아다니느라 공부를 게을리했다. 그리고 알베르디는 그녀를 사랑했고, 에스파렌 형제와 나는 그녀를 위해서라면 목숨도 바칠 수 있었다. 그녀를 성나게 만들지도 모른다는 두려움에 그 누구도 그녀에게 사랑한다고 말하지 않았다. 그것은 밀레나가 그런 열정을 우스꽝스러운 약점으로 치부하면서 거부했기 때문이다. 우리 모두가 그녀에게 느끼던 감정을 우리에게 알려 준 사람은 에예르의 여동생이었다. 어느 날 오후 우리는 차고에서 우리의 여자 친구를 기다리고 있었는데, 그때 크리스티나가 말했다.

"불쌍해요. 그런데 부정할 수 없어요. 모두가 밀레나를 사랑하고 있다는 사실을." 그리고 화를 내면서 덧붙였다. "암캐 뒤를 졸졸 쫓아다니는 수캐들 같아요."

여기서 난 마르코니를 언급하고자 한다. 마르코니는 커피색 털이

북슬북슬하고 귀가 커다란 워터도그로, 에예르가 파스퇴르 연구소에서 데려온 녀석이었다. 내 생각이지만, 에예르는 당시 메치니코프*에 관심을 보였고, 그래서 세균에 관한 조언을 구하러 그 연구소에 갔던 것 같다. '팔자 다리' 에스파렌과 내가 그와 함께 갔다. 그 개가 어떻게 모습을 드러냈는지는 기억나지 않는다. 개 주인은 그 개가 광견병에 걸렸을까 두려워 그곳에 놔두었는데, 개가 그 병에 걸리지 않았는데도 아무도 녀석을 찾아가지 않았다. 그래서 연구소는 안락사를 시킬 작정이었다. 이런 것을 우리에게 설명하는 동안, 개는 아주 슬픈 눈으로 에예르를 쳐다보았다. 그러자 에예르는 개를 데려가도 되느냐고 물었다. "아주 예민한 개예요"라고 연구소 사람들은 대답했다. 너무 예민해서 선물하는 것보다 죽이는 것이 더 낫다는 소리였다. 하지만 결국 그들은 동의했다. 처음부터 에예르와 개는 눈에 띌 정도로 서로를 사랑했다. 밀레나는 이렇게 주장했다.

"비위생적이야. 둘은 항상 함께 붙어 있어. 정상이 아니야. 염병할 것, 비가 오나 천둥이 치나 개와 산책하는 건 빼놓지 않아. 내가 볼 때면, 손에 개 줄을 들고, 나무 옆에서 오줌을 싸기를 기다려. 그건 우리의 명예를 더럽히는 일이야. 그래서 난 곧 권총을 살 거야. 그러면 마르코니와는 영원히 작별이야."

에예르는 전적으로 개와 함께 있는 것은 아니었다. 그런 적은 한 번도 없었다. 밀레나가 우리와 함께 있을 때, 그 또한 밀레나와 함께 시간을 보냈지만, 방에 혼자 있을 때는 의학과 물리학을 공부했다.

* 일리야 메치니코프(1845~1916). 러시아의 생물학자이며 세균학자. 인간의 노화 현상을 연구하여 유산균을 섭취하면 노화를 방지할 수 있다고 주장했다. 보르헤스와 비오이 카사레스는 메치니코프 방법에 따라 발효된 유산균의 장점을 높이 평가했다.

밀레나는 이렇게 투덜댔다. "잠을 자지 않을 때면 그는 공부해. 무슨 공부를 하느냐고? 아무도 보지 못하도록 하느님이 육체의 어두운 구멍에 놓아둔 염병할 것을 공부해."

어느 날 밤 나는 마침내 말했다. 에스파렌 형제조차 용기를 내서 말하지 못했던 것이었다. 내가 그녀를 사랑한다고 말하자마자, 밀레나에게 엄청난 변화가 일어났다. 솔직히 말하는데, 우리에게 그녀는 예측 불가능한 인물이었다. 우리가 그녀를 안 지 얼마 안 된 게 아니었다. 그녀는 거친 태도로 나를 당혹스럽게 한 것처럼, 다정한 모습으로도 나를 어리둥절하게 만들었다. 유감스럽게도 나는 너무나 젊었기에 여자들을 너무나 예민하다고 상상했고, 그래서 천천히 진도를 나아갔다. 그녀에게 가장 작은 상을 받기도 전에 그렇게 12월이 찾아오며 가족과 함께 네코체아로 가야 할 시간이 되었다. 나는 이런 의무적인 일을 피하려고 잔꾀를 부리는 사람이 아니다. 어쨌든 나는 에스파렌 형제 중의 하나가, 아마도 '키다리'가 내가 멀리 떨어져 있는 상황을 이용할 것이라고 두려워했고, 그래서 피서를 제대로 즐길 수 없었다. 그런데 내가 나중에 알게 된 새로운 소식은 내 생각과는 다른 것이었다.

어느 토요일에 나는 부에노스아이레스로 돌아왔다. 축구 경기를 보러 가기 위해 일요일 오후 2시에 바랑카스 카페에서 젊은이들과 만나기로 약속했다.

"에예르와 밀레나는 왜 안 와?" 나는 물었다.

"뭐라고? 아직 몰라?" '염소' 라우치가 대답했다. "약혼해서 지금 아주 바쁘게 돌아다녀."

나는 내가 제대로 이해한 것인지 확신하지 못했다.

"약혼했다고?" 나는 그의 말을 반복했다. "밀레나와 에예르가?"

염소는 말했다.

"밀레나가 그를 선택했어. 그가 돈이 가장 많은 사람이라서."

"내가 이놈의 얼굴을 박살 내겠어." '키다리' 에스파렌이 협박의 말을 다정하게 했다.

"아니야." '팔자 다리'는 염소의 목을 움켜잡으며 말했다. "내가 박살 낼 거야."

그러자 알베르디가 끼어들었다.

"염소는 음흉해. 그런데 왜 그래?" 그가 물었다. "너희들은 20년 전부터 그를 참고 견뎠는데, 왜 지금 갑자기 화를 내는 거지? 게다가 돈이 많다는 건 매력적인 장점이야. 에예르가 가진 수많은 장점 중의 하나지."

나는 알베르디를 정면으로 쳐다보았다. 그리고 애원하는 말투로—나 자신도 내가 무엇을 애원했는지 모른다. 내 친구들의 행복은 내게 희망이다—물었다.

"그들이 행복할 거라고 생각해?"

알베르디는 주저하지 않고 대답했다.

"아니."

그 문제를 논의하면서 우리는 광장을 지났고, '사자들의 성'*이 있는 블록을 빙 둘러 걸었으며, 마지막으로 두꺼운 차카리타 벽을 보았다. 그리고 그다음 날 아침에 신문을 펼치고서야 비로소 우리가 축구

---

* 벨그라노 동네의 호세 에르난데스 거리에 있던 저택으로 1907년에 지어졌다. 그러나 얼마 안 되어 그곳에서 어느 흑인 여자가 살해되었고, 그녀의 영혼이 밤마다 '매혹적인 궁전'을 돌아다닌다는 소문이 났다.

경기를 보러 가려고 했다는 사실을 떠올렸다고 생각한다.

그들은 그해 중반에 결혼했다. 그리고 거의 즉시 하녀들과 상인들은 불행하게도 알베르디의 예측을 확인시켜 주는 소식을 전했다. 우리는 우리 친구들이 비시타시온과 크리스티나와 함께 살고 있던—디에고는 미국에 장학생으로 떠났다—9월 11일가의 집을 찾아갔고, 거기서 그 소식이 거짓이 아니라는 것을 추측할 수 있었다. 우리는 첫아이가 태어나면 모든 게 해결되리라 생각했다. 그 집에 네 명이 있었지만, 평화는 없었다.

밀레나는 에예르를 제외한 나머지 모든 사람을 자극했음이 분명했다. 에예르는 싸움이 벌어지는 동안 유령처럼 그곳을 배회했다. 물론 쫓기고 무자비하게 공격받은 유령이었으며, 그의 그림자 위로 두 무리가 충돌했다. 한쪽은 밀레나였고, 다른 쪽은 비시타시온과 크리스티나로, 이들은 계속해서 전투를 벌였다.

"아무리 애써도 피하는 게 상책이야." 알베르디가 말했다. "그런 상태로는 공부할 수 없어."

"밀레나가 화를 내는 이유는 말이야," 팔자 다리가 대답했다. "그가 피하기 때문이야. 유령과 싸우는 것처럼 사람을 화나게 만드는 건 없어."

"왜 싸우려고 하는 거야? 왜 그를 가만 놔두지 않지?" 혼잣말하듯이 알베르디가 물었다.

"헤어지는 게 낫지 않아?" 염소가 덧붙였다.

그들은 이런 대화를 거리에서 나누었다. 에예르와 밀레나가 결혼한 이후, 우리는 9월 11일가의 집으로 거의 가지 않았으며, 대화하고 싶을 때면 집이나 카페 혹은 클럽에 틀어박혀 있는 것보다는 거리를 걷는 것을 더 좋아했다.

"밀레나가 왜 헤어지지 않는지 알아?" 염소가 물었다. "돈 때문이야."

염소는 겁쟁이라기보다는 악독한 놈이었다. 그러나 알베르디가 말한 진실 때문에 우리의 분노는 사그라졌다.

"밀레나가 돈을 원하는 것은 그녀 때문이 아니라 아이들을 교육하기 위해서야."

"이 결혼 때문에 망한 것은 개야." 팔자 다리가 말했다. "밀레나는 이미 죽이겠다고 결정했었어. 그런데 기적적으로 살아남았지. 이제 밀레나는 개가 늙었다고, 집에 늙고 게다가 뚱뚱한 개를 데리고 있는 건 비위생적이라고 말하고 있어. 그러니 무슨 일이 일어나는지 우리는 지켜보게 될 거야."

키다리 에스파렌은 내 팔을 잡고서 그들에게서 나를 떼어 놓았다.

"내가 보기에는 이제 행동할 시간이 되었어." 그는 조그맣게 속삭였다. "알베르디는 가장 적당한 인물이 아니야. 그는 머리로만 생각해서 밀레나를 짜증 나게 하거든. 넌 두 사람에게 어리석은 짓은 그만하라고 설명해야 해. 에예르에게는 고집부리지 않도록 해야 해. 제기랄, 어쨌든 그놈은 굉장한 여자를 아내로 데리고 있으니까. 내가 에예르라면, 맹세컨대 테스튀*의 책에서 해부학을 공부하며 시간을 허비하지는 않을 거야. 그리고 밀레나에게는 그녀가 선각자와 결혼했다는 것을 깨닫게 해야 해. 그녀가 조금만 격려하고 고무하면, 그는 우리 나라 과학계에서 유명한 인물이 될 수 있다고 알려 줘야 해."

* 장 레오 테스튀(1849~1925). 프랑스의 의사이며 해부학 교수.

나는 반대하지도 않았고 그렇게 하겠다고 약속하지도 않았다. 집으로 돌아오자 나는 프리머스 버너를 내 방으로 가져와 마테 차를 만들었고, 홀로 밤늦은 시간까지 깊이 생각했다. 예측하지 못했던 모든 일처럼, 그 경우에도 나는 무조건 밀레나를 편드는 사람이었지만, 에예르의 잘못도 아니었기에 그를 비난할 수도 없었다. 밀레나가 이런 불행의 반, 아니 그 이상에 책임이 있더라도, 나는 그녀를 나무랄 수 없었다. 놀라울 정도로 인내심이 없는 그녀가 즉시 나를 배신자 혹은 변절자로 낙인찍을 것이 뻔했기 때문이다. 나머지 반을 해결하기 위해서는 에예르의 어머니와 크리스티나와 말해야만 했다. 물론 두 사람에게 그들의 부부 생활에 참견하지 말라고 말할 사람은 내가 아니었다. 나는 안심하면서 잠을 잤다.

다음 날 아침, 눈을 뜨자마자 나는 전화기에서 염소의 젠체하며 과장하는 목소리를 들었다. 그가 나쁜 소식을 전할 때 내는 목소리였다. 그가 내게 말했다.

"불쌍한 에예르는 명백한 정신착란의 단계로 들어간 것 같아. 들리는 말에 따르면, 그는 어젯밤에 심령술사들의 모임에 갔어. 이제 프리메이슨 단원이 되는 것만 남았어."

나는 소문 따위에 설득되지는 않는다. 그래서 즉시 에스파렌 형제에게 전화를 걸었다. 팔자 다리가 전화를 받았다. 나는 말했다.

"어젯밤에 에예르가 심령술사들의 모임에 갔다는 말이 있어."

"그래." 그가 하품하며 대답했다. "이제 프리메이슨 단원이 되는 것만 남았어."

두 개의 진술이 정확히 일치했다! 토할 것 같았다. 나는 그런 모임이 어떤 것인지 알고 있었다. 몇 년 전에 에예르와 함께 벨그라노

R.의 심령술 센터에서 열린 모임에 참석했기 때문이다. 거기서 나는 어두운 마호가니 나무로 만든 불룩한 콘솔이 한 걸음 한 걸음 계단을 내려오는 잊을 수 없는 광경을 목격했다. 배운 사람들이—우리는 라우손 병원의 책임자와 공중보건당의 시의원과 함께 참석했다—콘솔이 스스로 내려왔다는 데 동의한다는 사실을 확인하고서 나는 정말로 소스라치게 놀랐다. 그때의 충격으로 나는 오랫동안 위험한 고비에 처했고, 내 정신이 균형을 잃을 뻔했다. 우리에게 또 다른 삶이 있다면, 우리가 영혼들 사이를 돌아다닌다면, 어떻게 열망이나 일상의 약속, 사람을 움직이게 만드는 야망을 진지하게 여길 수 있을까? 나는 그때가 마치 오늘인 것처럼 생생하게 기억한다. 알베르디와 에예르는 나를 위로하기 위해 이 세상 너머의 확신이 감정과 열망의 깊이를 설명한다고 주장했다. 나는 그들 중 한 사람에게 그가 콘솔을 보지 못했다고, 그리고 다른 사람에게는 아마도 제대로 보지 못했거나 중요성을 간파하지 못했을 것이라고 대답하면서 기운을 차렸다.

나는 다시 에스파렌 형제에게 전화를 걸었고, 키다리와 말했다.

"내가 알게 된 것이 있는데, 에예르가 심령술사의 모임에 갔어. 내가 절망에 빠지지 않는 한, 나는 그런 모임에 다시는 가지 않을 거야. 그래서 말인데, 에예르는 절망적이었을까? 그랬다면 나는 어젯밤에 네가 요구한 것을 지금 당장 실천할 거야."

9월의 화창한 아침이었다. 내가 에예르의 집에 도착했을 때, 그는 이미 나가고 없었다. 밀레나가 어두컴컴한 거실에서 나를 맞이했다. 우리의 이야기와 일부 관련된 방은 푸르스름한 색을 띠고 있었다. 바닥에는 노란 꽃무늬가 있는 파란색 카펫이 깔렸고, 벽에는 장미꽃과 노란 클로버가 위에서 아래로 새겨진 벽지로 장식되었다. 벽난로 위에는 테라코타로 제작된 프란츠 갈*의 커다란 흉상이 놓였다. 뇌의 회색질이 정신작용을 하는 곳이라는 이론을 확립시킨 사람이었다. 그리고 같은 벽의 오른쪽에는 책장이 있었는데, 유리문으로 닫힌 데다 도금한 청동 그물로 보강되어 있었다. 또 왼쪽에는 헤엄치는 사람이 그려진 그림이 걸렸는데, 그는 바위 사이의 바다 바닥에서 금잔을 집어 들고 있었다. 물론 테이블과 의자와 1인용 소파도 있었다. 그리고 천장에는 도금한 나무로 만든 샹들리에가 걸렸고, 조그맣고 둥근 테이블에는 유리구슬이 달린 파란색 실크 갓이 씌워진 책상등이 있었다. 그리고 몇 개의 석상(실물 크기 혹은 그것보다 조금 작은 메르쿠리우스**와, 광장에서 볼 수 있는 것과 같지만 크기는 훨씬 작은 산마르틴 석상)과 몇몇 그림(거의 벗은 채 여종과 함께 말을 타고 언덕으로 도망가는 이탈리아의 미녀 줄리아 곤차가, 하나는 피사의 사탑처럼 보이는 세 개의 기울어진 탑, 촛불이 켜진 동굴에 있는 정결한 처녀들 등등)이 기억난다. 나는 가구로 가득한 그 방에서 너무나 낮고 너무나 허름한 의자를 골라서 앉았는데, 그것은 예기치 않은 불운이 아니라, 나와 밀레나의 관계를 상징적으로 보여 주는 피할 수 없는 숙명적인 사건이었다. 그녀는 차분하게 테이블에서 집은 조그만 테라코타 미라를 멍하니 만지작거렸고, 나는 내 손을 어디에다 둘지 모르고 있었다. 마침내 내가 말했다.

"주제넘은 행동처럼 보이지 않는다면, 그러니까 무례한 행동이 아니라면, 몇 가지 이야기해도 괜찮을까? 그건……"

(이제 이 모든 것을 곰곰이 생각하면서, 나는 밀레나가 나를 모른

---

* 1758~1828 독일의 신경해부학자이며 생리학자이자 골상학의 창시자.
** 로마신화에서 신의 사자이다.

다는 사실을 깨닫는다. 그녀와 함께 있으면 나는 말하지 않고, 심지어 분명하게 생각하지도 않는다. 난 그저 겁만 집어먹는다. 아, 내가 그녀에게 "내 안에 다른 내가 있는데, 그는 바보가 아니야"라고 외친다고 하더라도, 그녀를 이해시킬 수 없을 것이다.)

"마음대로 해." 그녀가 대답했다.

"그래, 내 생각인데, 사람은 싸우면서 살아서는 안 된다고……"

"엘라디오와 나에 대해 말하는 거니? 다른 식으로는 도저히 살 수 없어."

"흠이 많을 거야. 그런데 흠 없는 사람이 있을까? 그래도 넌 똑똑하고 전도양양한 사람과 결혼했다는 걸 부인할 수는 없을 거야."

"그게 문제인 거야. 여자는 똑똑한 남자가 아니라 남편을 필요로 해. 아이들은 똑똑한 사람이 아니라, 아버지를 필요로 하고."

분노한 탓인지 그녀는 막힘없이 당당하게 말했고, 나는 웃으려고 했다. 그때 나는 위험에 대해 깊이 생각했다. 그런 동안 밀레나는 내 말을 잘못 이해하여 미라 인형을 꽉 쥐어 잡은 것 같았다. 이마에 갖다 댄 테라코타 인형은 분명히 딱딱했을 것이다. 나는 주변을 둘러보았다. 그리고 군사용어로 '양동작전'이라고 불리는 것을 시도했다.

"그래, 네 말이 맞아." 나는 말했다. "넌 이 집에서 숨이 막혔을 거야. 가구 몇 개 바꿔 보는 게 어때?"

"가구를 몇 개 바꾸라고? 왜? 난 그 이유를 모르겠어. 내가 그것들을 본 건 처음으로 여기 왔을 때야. 그리고 지금은 그걸 사용하고 있어. 그걸 다른 가구로 바꾸는 수고를 하라고? 절대 그런 일은 없을 거야. 더 예쁜 가구라 할지라도, 그걸 보면 불편할 것 같아. 내가 이 집에 왔을 때 이 가구들은 집에 있었고, 내가 있는 한 영원히 여기에 있게 될 거야."

확실히 밀레나는 다른 여자들과 달라 보였다. 나는 양동작전을 종결해야만 한다고 평가했다. 나는 원래의 문제로 돌아왔다.

"사실대로 말하면, 난 왜 너희들이 싸우지 않고 살지 않는지 모르겠어. 에예르는 온화하고 합리적인 사람이야."

"그래, 물론이야. 하지만 나는 폭력적이고 독단적인 여자야. 모든 사람처럼 넌 내게 잘못을 전가하고 있어. 너는 온화하다는 게 뭔지 모르겠어? 그건 그의 마음을 그 어떤 것도 움직일 수 없다는 거야. 그리고 합리적이라는 것은 위선자이기 때문이야. 내가 폭력적이고 멋대로라는 것은 그가 나를 화나게 만들기 때문이야. 네가 합리적인 것처럼 보이려고 작게 말하는 그의 목소리를 듣는다면, 그런 바보 같은 소리는 하지 않을 거야. 한 가지만 말해 줄까? 나는 많이 생각하는 사람들을 믿지 않아. 그들은 삶을 좋아하지 않아. 삶에 등을 돌리고, 그것이 무엇인지 알지도 못해. 그들은 자기들이 모르는 것에 대해 너무 많이 생각하고, 그래서 결국 기괴하고 엄청난 실수를 저지르게 돼."

"에예르는 기괴하지 않아."

밀레나는 그가 기괴한 괴물이 맞는다고 말했고, 내 손을 잡고서 이리저리 흔들리는 작은 의자에서 일어나게 도와주었다. 그러고는 나를 차고로 데려갔다. 그녀는 선반 위에 놓인 틀을 가리켰다. 그러고서 명령했다.

"저 물건 쪽으로 다가가 봐."

나는 걱정스럽게 그걸 쳐다보았다.

"널 물지는 않을 거야." 그녀가 자신 있게 말했다.

그 틀은 두 개의 기둥으로 이루어져 있었다. 아마도 니켈 기둥 같았는데, 높이는 20센티미터 정도 되었고, 상부는 길고 가느다란 금속 판으로 연결되어 있었다. 나는 한 발짝 다가갔다. 밀레나는 더 부추겼다.

"조금 더 가까이 가."

나는 그녀의 말을 따랐다.

"더 가까이." 그녀는 똑같은 말을 반복했다. "거의 닿을 정도로 가. 그럼 지금 무엇을 느끼지?"

바로 그 순간, 파스퇴르 연구소를 방문했던 머나먼 시절이 떠오른다고—더 정확하게 말하면 그 순간을 재현하고 있다고—어떻게 말할 수 있겠는가? 개의 짖는 소리뿐만 아니라, 냄새, 심지어 내 옷에 달라붙은 털과 희망적이었지만 아주 슬픈 눈빛을 기억하고 있었다. 밀레나가 다시 물었다.

"무엇을 느껴?"

"뭘 느끼냐고? 내가 뭘 느끼냐고? 아마도 개인 것 같아."

밀레나는 분명하게 빈정거리는 말투로 지적했다. "그래, 맞아. 이 멋진 작업을 이루어 내기 위해서, 틀에 개를 앉히기 위해, 엘라디오는 몇 년 동안 아이들과 아내를 소홀히 했고, 친구를 희생시켰어."

너무나 당황스럽고 혼란스러운 상태로 나는 대답했다.

"내가 아는 한 친구들 중에서 그런 일을 겪은 사람은 없어."

"난 친구들이라고 말하지 않고, 친구라고 말했어. 그의 최고의 친구였어. 이제 네 두 눈으로 똑똑히 보게 될 거야."

그녀는 다시 내 손을 잡았다. 그러고서 안쪽의 얇은 벽에 난 문을 열었다. 나는 그 안을 들여다보았다.

"마르코니구나." 나는 마치 꿈을 꾸듯이 중얼거렸다.

스탠드 옷걸이에, 아니 그냥 옷걸이에(제대로 구별할 수 없었다) 불쌍한 개의 가죽이 걸려 있었다.

"이게 뭐지?" 나는 물었다.

"네가 보는 그대로야. 이제 엘라디오는 파울 집에 독약을 사러 갔어. 가죽을 무두질하려고 말이야. 양이 죽으면 시골에서 하듯이 말이야."

"에예르는 이 개를 무척이나 사랑했어. 아마 늙어서 죽었을 거야."

"아니야." 그녀는 냉혹하게 대답했다. "엘라디오가 말했듯이, 과학을 위해 죽었어. 나는 그 개가 역겨웠고, 그 개를 죽이고 말 것이라고 말했지만, 결코 개한테 나쁜 짓은 하지 않았어. 엘라디오는 그 개를 무척 사랑했어. 특히 누군가가 틀에 가까이 가면 개를 느끼게 하고자 했어."

"그래서 그가 개를 죽인 거야?"

"그래, 그래서야. 그는 괴물이거든. 괴물이고 변태야."

나는 말했다.

"그게 사실일까 봐 두려워."

그리고 그녀의 얼굴에 키스했다.

"엘라디오가 올 때까지 기다리지 않을 거야?" 그녀가 물었다.

"응."

내가 그녀를 집에 두고 나오자 그녀는 미소 지었다고 나는 생각한다. 밖으로 나오자 아침의 화사한 햇살 아래서, 나는 내가 약간 떨고 있다는 것을 알았다. 나는 생각했다. '그 집에 더 있지 않아서 다행이야. 불쌍한 밀레나. 에예르 때문에 악몽의 삶을 살고 있어.'

매일 나는 젊은이들과 만나서 이 문제를 다루었다. 당시에도 몰랐던 것처럼, 지금도 나는 우리가 어떻게 해결할 수 있는지 모르지만, 우리가 만나는 것이 불가피함을 알았다. 나는 전적으로 밀레나의 편이었다. 너무나 절대적으로 그녀를 옹호했기에 항상 여자 편을 드는 키다리 에스파렌조차 내게 "거기까지는 함께하지 못하겠어"라고 말하는 것 같았다. 모든 잘못은 에예르에게 있다는 내 확신에 친구들도 동의하지 않았다. 내가 확신을 굽히지 않자, 염소는 관대하게 고개를 좌우로 흔들었다. 그래서 염소를 보면, 그 누구도 나쁜 사람은 없다는 것을 나는 떠올리지 않을 수 없었다! 나는 운명의 강요를 받은 것처럼 계속 고집을 굽히지 않았다. 얼마나 시간이 흘렀을까? 일주일은 조금 넘었고, 20일은 조금 안 되었던 것 같다. 나는 완벽하게 기억한다. 밤이었고 더웠으며, 우리는 벨그라노 동네의 바랑카스에 있었다. 나는 열변을 토했다.

"그를 그냥 놔두면, 개한테 했던 짓을 밀레나에게 할 거야. 어쨌든 그는 개를 더 사랑했어. 너희들에게 알려 주는데, 나는 그를 비난하고, 그가 괴물이라고 선언해."

염소가 의기양양하게 도착했다. 그는 고개를 한쪽으로 기울이고는 다른 사람이 듣지 못하도록 알베르디에게 말했다. 그러자 알베르디가 소리쳤다.

"그럴 리가 없어."

"그럴 리가 없다니, 무슨 소리야?" 내가 물었다.

나를 가엾게 여기듯이, 그는 즉시 대답하지 않았다.

"그럴 리가 없다니, 무슨 말이야?" 나는 다시 물었다. "왜 말하지 않는 거야?"

알베르디가 대답했다.

"에예르가 죽은 것 같아."

"9월 11일가로 가자." 팔자 다리 에스파렌이 명령했다.

마치 나막신을 신은 것처럼 우리의 발소리가 크게 울렸다. 아무 어려움 없이 여러분들은 내가 무엇을 생각했는지 익히 짐작할 것이다. 나는 생각했다. '왜 이런 일이 나한테 일어나는 거지'(그것은 내 인생의 상황, 그러니까 내가 그토록 심하게 저주한 것에 대한 복수로 내 앞에 나타난 에예르의 죽음이었다). 또 나는 그가 똑똑하고, 끊임없이 창의적이며, 사근사근한 친구로서 그 누구도 그를 대체할 수 없음을 뒤늦게 깨달았다. 에예르가 밀레나와, 그리고 우리와 함께 살았고, 아이들 사이에서는 훌륭한 인물이었다는 것을 왜 나는 깨닫지 못했을까?

우리가 그 집에 도착했을 때, 거실에는 이미 사람들이 도착해 있었다. 차례대로 한 사람씩 밀레나를 포옹했다. 우리는 그녀를 둘러쌌다. 알베르디가 물었다.

"무슨 일이 있었던 거야?"

"아픈지 몰랐어." 밀레나가 대답했다.

"어떻게 그럴 수 있지?" 염소가 물었다.

"이상한 걸 상상하지 마. 자살한 게 아니야. 그냥 살기를 그만둔 거야. 나와 싸우는 데 지쳤고, 그래서 살기를 그만둔 거야."

그녀는 두 손으로 얼굴을 가렸다. 아이들이 그녀를 껴안아 주었다. 그 전만 하더라도, 나는 그녀가 어머니 역할을 하는 걸 한 번도 본 적이 없었다. 밀레나가 어머니가 된다는 것은 내가 보기에 에예르가 죽은 사람이 되는 것만큼 터무니없었다. 너무나 황당하고 거의 소름 끼치는 것이었다. 우리는 책상으로 이동했다. 거기에 우리의 친구가 누위 있었다. 나는 마지막으로 그를 보았다. 내가 얼마나 의자에 앉아 있었는지는 모른다. 새벽에 사람들이 뜸해지자, 나는 한쪽 벽을, 그러니까 줄리아 곤차가의 그림이 걸린 곳과 벽난로 사이를 오갔다. 마찬가지 리듬으로 내 생각도 오가기 시작했다. 어머니가 된 밀레나의 모습을 보자 나는 역겨움을 느꼈고, 감동했으며, 매력을 느꼈고, 존경하게 되었다. 에예르의 죽음과 관련해서 나는 그것을 내 배신 탓으로 돌렸으며, 무한한 불행으로 여겼다. 그리고 모든 죽음은 자연 과정의 일부며, 사물의 질서 속에서 행해지는 것이라고, 마치 태어나고 자라며 늙는 것과 마찬가지라고, 해마다 오는 사계절보다 더 극적이거나 특별한 것이 아니라고 생각했다.

이제 집 안에는 몇 사람만이 남았다. 집주인들과 우리가 전부였다. 우연히 우리는 벽난로로 가까이 갔다. 방 한쪽 끝에서 밀레나가 말했다.

"불 꺼진 벽난로 옆에 있으면 몹시 더울 거야."

크리스티나가 대답했다.

"추워."

"핏줄에 피가 없어서 그래." 밀레나가 화를 내며 대답하고는 내 옆에 와서 앉았다.

잠시 후 그녀는 그곳을 나가더니 땔감을 갖고 돌아와 벽난로에 불을 붙였다. 크리스티나를 보고 그녀는 큰 소리로 말했다.

"그래, 맞아. 춥네."

크리스티나는 커피를 만들었다. 그리고 첫 번째 잔을 밀레나에게 주었다. 한편 염소는 나와 알베르디에게 말했다.

"이제 그들이 평안하게 사는 걸 보니 정말 이상해. 에예르가 불화의 씨앗을 제공했다는 것을 이제야 알게 되었다니 정말 이상해."

"아마도 지금은 싸우지 않고 조용히 살 거야. 하지만 그것이 예전에는 에예르가 불화의 씨앗이었다는 것을 증명하지는 않아." 알베르디가 말했다. "오히려 에예르가 죽으면서 밀레나와 다른 여자들이 눈을 떴다는 것을 보여 주지."

그 이후 며칠 동안 어느 정도 갑작스럽다고 말할 수 있는 몇몇 행동 변화들은 알베르디의 의견을 확인해 주는 것처럼 보였다. 팔자 다리 에스파렌은 내게 말했다.

"눈여겨봤어? 여자들이 부드러워졌어. 밀레나, 그리고 위선자 크리스티나 혹은 마녀의 축소판인 비시타시온 부인은 싸우며 야단법석을 피우기 시작하더니, 갑자기 무슨 마음을 먹었는지 부드러워졌고, 심지어 합리적이고 이성적으로 되었어."

그건 사실이었다. 나는 그에게 나도 유사한 변화를 눈치챘다는 사실을 털어놓지 않았다. 밀레나를 보면서 나는 생각했다. '에예르가 죽은 지금 홀몸이라는 것을 이용해야 해.' 그러나 곧 그런 천박하고 비열한 생각을 창피해하면서 우정의 감정만을 품었다. 키다리 에스파렌이 말했다.

"난 그걸 잘 지켜보고 있어. 각자 자기 방식대로 하려고 해. 에예르의 기억이 개입되면, 당사자는 급히 자기 자신을 억제하지. 무슨 말인지 알겠지?"

그즈음에 장학금이 끝나자 디에고는 공부하고 있던 뉴욕에서 돌아왔다. 밀레나는 "너무 똑같아"라고 말했고, 그가 돌아온 순간부터 그와 싸우기 시작했다. 나는 디에고에게서 우리 모두 엘라디오를 찾았다고 생각한다. 우리는 그의 동생의 생활 방식과 사고방식, 심지어 행동 방식에서도 우리 친구의 흔적을 찾고자 했다. 그렇게 우리는 아주 뛰어난 청년과 만났지만 그는 엘라디오와 비슷하지는 않았는데, 그건 그가 모든 사람과 흡사했기 때문이다. 이 점에 대해 염소와 에스파렌 형제, 심지어 알베르도 나와 일치했다. 디에고를 엘라디오와 비교하면서, 우리는 흥미로운 사실을 발견했다. 항상 지적인 표정을 띤 사람이 디에고라는 것이었다. 엘라디오가 어떤 식으로 쳐다보았는지 내게 묻는다면, 나는 아무렇게나 쳐다봤다고 말할 것이다. 반면에 디에고의 시선은 팔팔하고 기민하고 예리해서 당황스러웠다. 그러나 방심할 때는 그렇지 않았다. 그런 순간이 형편없는 그의 지성을 드러낼 것이라고는 아무도 생각하지 않았다.

벌써 11월 중순이었다. 더위가 너무나 심해 나는 내가 어떻게 코감기에 걸릴 수 있었는지 알지 못한다. 우리가 햇빛을 받으며 축구를 보다가 관람석에서 녹아 버리고 있던 어느 날 오후였다. 며칠 후 몸이 나아지기 시작했을 때, 일요일이 되었고, 몸을 단단히 감싸고서 또 다른 경기를 보러 갔다. 그리고 머리가 펄펄 끓으면서 집으로 돌아왔다. 마치 끓는 시멘트 한 봉지를 뒤집어쓴 것 같았다. 그건 사실이었다. 감기가 재발하면서, 나는 고열과 오한을 동반한 독감에 걸리고 말았다. 이런 경우처럼 병에 걸릴 때 내가 뛰어난 점은 놀라울 정도로 침착하다는 것이다. 그래서 나는 세상에 등을 돌리고서 완전히 건강이 회복될 때까지 이불에서 머리도 꺼내지 않기로 했다. 처음에는 이런 엄격한 행위가 필요했지만, 나중에는 침대에 있는 것을 좋아하게 되었다. 그런 사실을 부정할 필요는 없지 않을까? 나는 항상 여유로운 삶을 즐긴다. 어느 날 오후 이집트 총독처럼 침대에 누워 라디오에서 큰 소리로 방송하던 축구 경기를 들었다. 석간신문은 바닥에 떨어져 있었고, 조간신문은 침대에 있었다. 나는 손에 전화를 들고 밀레나에게 전화를 걸 만한 그럴듯한 핑계를 찾았다. 그때 손님이 들어왔다. 디에고였다.

나는 그가 초조해하고 있다는 것을 알았고, 그래서 무슨 일이 있었느냐고 물었다.

"아무 일도 아니에요." 그는 이렇게 말했지만, 계속 초조해하고 있었다. 솔직히 말하자면 보기에 딱할 정도로 초조해했다.

"무슨 일이 있어. 네가 아무리 부정해도, 무슨 일이 있는 거야." 나는 다시 그에게 말했다.

그러자 조금 있다가 그가 대답했다.

"난 엘라디오와 함께 있었어요."

그 대답은 나를 엄청나게 화나게 했다.

"미친 척하지 마."

"미친 척하는 게 아니에요."

"그럼 뭐지?"

"사실대로 말해 줄게요. 엘라디오가 나타났어요."

"유령인가?" 나는 물었다. "9월 11일가의 집이 '사자들의 성'과 경쟁하는 거야?"

"난 사자들의 성에서 무슨 일이 있었는지 몰라요." 디에고가 말했다. "하지만 9월 11일가의 집에서는 엘라디오가 나타났어요. 정말로 맹세할게요."

"흥." 나는 콧방귀를 뀌며 다른 쪽으로 시선을 돌렸다.

"정말이에요, 맹세할게요." 디에고가 똑같은 말을 반복했다.

"그를 봤어?" 나는 물었다.

"아니요, 보지 못했어요. 하지만 내게 말해요."

"잔 다르크*군." 나는 중얼거리면서 다시 뒤를 돌아보았다.

"밀레나는 치욕적인 말로 나를…… 나를…… 꾸짖어요. 내가 대답하려고 하면, 엘라디오는 내 생각을 고치게 하지요."

나는 머뭇거렸다. 너무나 분명하게 진실을 말할 때의 말투가 들렸기 때문이다.

"이런 모든 것에 대해 밀레나에게 조금이라도 말했어?"

"아니에요. 제발 밀레나에게 아무 말도 하지 말아요. 엘라디오가 아무 말도 하지 말라고 부탁하고 있어요."

"엘라디오가 또 무슨 말을 했지?"

"내게 중요한 것을 설명해 주겠다고 했어요. 그런데 도대체 무슨 말을 듣고 싶은 거죠? 난 무섭고 두려워요. 난 거리로 도망치거나 다른 사람들과 꼭 붙어 있어요. 그래야 그가 나를 가만히 놔둬요."

"솔직히 말해서 나 같으면 무서워하지 않을 거야. 에드거 앨런 포의 작품을 읽고 있었어?"

그의 얼굴이 다시 갈피를 잡지 못하는 표정을 지었다. 그는 아직 애, 정직한 애였다. 나는 계속 말했다.

"그래, 나도 알아. 넌 키플링의 『이 세상에서 가장 아름다운 이야기』를 읽었어."

그는 기분 나빠 하면서 대답했다.

"난 단편소설을 읽지 않아요. 믿을 수 없는 일처럼 보일지 몰라도, 내 직업은 그렇게 황당하지 않아요."

---

* 1412~1431 프랑스의 성녀. 그녀를 보호하고 조언하는 천사와 성인들의 목소리를 듣고서 조국을 지키고자 전쟁터에 나갔다고 한다.

"나는 단편소설을 읽는 게 황당하다고 생각하지 않아. 물론 그건 소일거리지."

"알겠어요." 그가 큰 소리로 말했다. 그의 눈이 지성으로 생기를 띠었다. "그러니까 우리가 살아가는 동안 취미가 있어야 한다는 소리네요."

"음…… 당연하지 않을까?" 나는 이렇게 대답하면서, 그의 말을 반박하지 않으려고 했다.

"우리는 그 점에서 일치해요. 난 취미가 있어요. 사진이에요. 내가 미국에서 가져온 기계를 보겠다고 약속해 줘요. 정말 멋져요. 사진작가로서 난 그다지 대단하지는 않아요. 하지만 아주 형편없지도 않아요. 게다가 나는 취미로 하니까요. 그게 중요한 거예요, 그렇지 않아요? 내가 깊은 생각에 잠겨 그런 얼굴을 하더라도—난 나 자신을 완벽하게 알고 있어요—몽상에 빠져 있다고 생각하지 말아요. 나는 '이 빛으로 어느 정도 노출하고 어떤 구경의 렌즈를 써야 할지' 생각하는 거예요. 내가 그 누구에게도 말하지 않는 게 있는데, 내 생각을 확인해 보기 위해 수많은 감광판을 못 쓰게 만들면서, 시야 안에 들어오면 최선을 다해 수천 번이나 사진을 찍었어요."

에스파렌 형제와 알베르디가 경찰구조대처럼 도착하지 않았다면, 사진과 관련된 주제는 한참 지속했을 것이고, 그게 얼마나 오래갔을지는 아무도 모른다.

나는 디에고가 말한 것에 대해 한 마디도 하지 않았다. 아마도 그는 즉시 그런 사실을 알아채지 못한 것 같았지만, 나는 걱정되었다. 잠이 오지 않는 밤이면 나는 다른 삶이 있는지 확인할 기회가 나타나고 있다고 생각했다. 나는 숙고했다. '심령술 센터에 있었을 때처럼 놀라지 않을 거야. 어쨌든 난 그 유령의 친구니까. 에예르에게 놀라지 않을 거야. 난 얼마 전에 그를 만났어. 지금은 그가 사라졌다는 사실이 이상한 거지, 나타난다는 사실은 그렇지 않아.' 나는 용기를 냈고, 일주일이 지난 다음 무척이나 좋은 결과를 갖고 9월 11일가의 집에 찾아갈 수 있었다. 나는 밀레나와 정원에서 차를 마셨다. 여러분이 짐작하는 것처럼, 죽은 사람이나 유령은 우리 관심의 대상이 아니었다. 나는 그날 내가 마신 차와 비교할 수 있는 차를 마셔 본 적이 없으며, 그날 먹은 딸기잼을 바른 토스트와 같은 것을 먹어 본 적이 없고, 내가 그토록 좋아하는 여자를 그렇게 오래 쳐다본 적도 없다. 한창 작별 인사를 나누는 중에, 나는 내가 밀레나와 결혼할 때까지 물러서지 않기로 마음먹었다. 물론 네코체아로 떠나는 날이 되었고, 나는 내 가족만 여행을 보내는 성격이 아니었다.

네코체아에서 나는 햇빛과 바다를 마음껏 즐겼다. 그러니까 여러분이 해변에서 일곱 시간 동안 너무 흥분하고, 멧돼지의 식욕으로 하루에 네 번 게걸스럽게 먹으면, 호텔 방의 어둠으로 돌아오는 즉시 잠에 곯아떨어진다. 그러나 사람은 모든 것에 적응하기 마련이고, 새 환경에 적응하는 시기가 끝나면서 나는 엘라디오의 출현과 가능한 한 빠르게 그것을 확인하는 게 중요하다는 사실에 대해 생각하기 시작했다. 나는 피서 기간을 단축하지는 않았지만, 불안하게 그 시간을 견뎌야 했다.

부에노스아이레스에 도착한 날 오후 2시에 나는 바랑카스에서 디에고를 만났다. 그는 천으로 만든 여행 가방을 가져왔다. 그가 큰 소리로 말했다.

"미안해요. 지금 난 미친놈처럼 다니고 있어요."

"어디로 가?" 나는 물었다.

"베르티스 거리로 가요. 시내 중심가까지 가는 것을 타려고요."

"야오야오 술집으로 가서 내 갈증을 달래 줄 만한 것을 함께 마시자. 그런 다음 내가 시내 중심가로 함께 가 줄게."

단지 나의 상상이었을까? 아니면 불안의 그림자가 그의 표정을 흐리게 한 것일까? 왜 디에고는 나를 피하려고 했을까? 우리가 술집의 테이블에 앉는 동안 이런 성격의 의문이 내 머리에서 떠나지 않았다.

"난 저 버스를 타야 해요." 그는 뜻밖에도 '저'라는 단어를 강조하면서 큰 소리로 말했고, 창문 너머로 그 차를 미친 듯이 가리켰다. "난 미친놈처럼 다니고 있어요."

"미쳤다고? 그 이유를 말해 줄 수 있어?"

"순전히 급해서 그래요."

"버스나 서둘러 가라고 해. 그런데 다른 것에 대해 말해도 될까?"

그는 억지로 미소를 지으며 대답했다.

"엘라디오에 대해 말하도록 하지." 나는 말했다.

표정이 다시 흐려졌다. 디에고는 속이는 법을 몰랐다. 나는 '불쌍한 아이야'라고 생각했다. 또 '개 냄새가 나'라고도 생각했다.

나는 계속 질문했다.

"다시 나타났어?"

"내게 말했어요. 여러 번 내게 말했어요. 내가 거실에 갈 때마다 그랬어요."

"왜 항상 거실에서 그러는 거지?"

"그가 거기에 있기 때문이지요."

"숨어 있어?"

"틀에 있어요. 니켈로 만든 두 개의 기둥이 있는 기구인데 높이는 20센티미터 정도예요."

"마르코니가 있는 틀과 같네." 내가 중얼거렸다.

"그 틀을 알고 있어요?"

나는 어깨를 으쓱하면서 그건 중요하지 않다고 알려 주었다. 그리고 손짓으로 그에게 계속 말하라고 부탁했다.

"다른 사람들이 잠들면 나는 매일 밤 그곳으로 갔어요." 그가 설명했다. "엘라디오가 나를 불렀어요. 상당히 불가사의하게(정신감응, 혹은 그와 유사한 것) 나를 불렀어요. 나는 뛰어나가고 싶었지만, 그는 떠나곤 했지요. 그런 다음 나는 그를 믿게 되었어요. 당신은 내 말을 믿지 않을 거예요. 하지만 나는 그와 말을 나누었던 그 순간을 소중하게 여기고 있어요. 나는 내가 형과 함께 있다고 느꼈어요."

"내 생각에 엘라디오는 무언가 중요한 것을 너에게 말하고 싶었어. 그걸 설명했어?"

"그래요. 하지만 그 문제는 내가 잘 알고 있는 분야가 아니에요. 그게 사진과 관련된 것이었다면……"

"그게 다른 주제였다니 유감이야."

"엘라디오가 말한 주제는 무선통신과 관련되어 있어요. 그는 지난 몇 년에 걸쳐 그 틀들을 완성했다고 말했어요. 거기에 영혼을 전이하고자 했지요. 마치 소리가 라디오 안테나에, 혹은 영상이 텔레비전 안테나에 전송되듯이 말이에요. 말 잘 듣는 대상으로 그는 동물들을 사용했고, 그 동물들은 모두 죽었어요. 영혼에는 독특한 것이 있고, 심지어 소리와 영상과는 다른 것 같아요. 잘 들어 봐요. 그가 내게 말했어요. '너는 하나의 영상에 대한 여러 개의 사본을 가질 수 있거나 소리를 음반으로 기록할 수도 있어. 하지만 개나 고양이의 영혼을 틀에 전이하면, 그 동물은 죽어 버려.' 내가 보기에 아주 이상한 말을 했어요. '그건 개 안에서 죽거나 고양이 안에서 죽지만, 틀에는 계속 살아 있어.' 그러면서 그 불쌍한 짐승에게 새로운 삶은 거의 중요하지 않은데, 그것은 대체로 앞을 보지 못하기 때문이라고, 하지만 사람은 틀에서 생각할 수 있다고 말했어요. 더 분명하게 말하자면, 틀은 사람에게서 생각하는 능력을 얻는 것이지요. 이 능력은 개의 영혼과 동떨어져 있지 않은데, 그건 정신이나 생각의 감응이 존재하기 때문이에요. 아무도 입을 열지 않은 채, 나는 엘라디오와 대화했어요. 무슨 말인지 알겠죠? 또 그는 집에 좋은 영향을 끼쳤어요. 크리스티나와 밀레나의 싸움이 시작되었는데, 그들이 가까이 있을 때면 그들을 설득해서 서로 타협하거나 화해하도록 했어요. 그들이 그가 개입하고 있다는 사실을 의심하지 않게 이 모든 게 이루어졌어요. 마치 우리 모두의 생각에 수없이 영향을 끼친 것 같았어요."

디에고는 자리에서 일어났다.

"계속 설명해 줘." 내가 말했다.

"지금 가야 해요." 그가 투덜댔다. "그렇지 않으면 늦게 도착하게 돼요. 아니면 더 나쁜 일이 일어날 수도 있어요. 더 이야기해 달라고 부탁하지 말아요. 남은 부분은 별로 중요하지 않아요."

"앉아서 말해 봐." 나는 그에게 지시했다.

그는 초조하게 눈을 움직였다. 나를 바라볼 때는 놀란 눈이었고, 밖을 향할 때는 두려움에 가득 차 있었다. 의자에 털썩 주저앉으면서 그는 물었다.

"두 사람이 밀레나와 그다지 사이가 안 좋았다는 걸 알죠?"

"그걸 모르는 사람이 누가 있겠어?"

"그렇다면 말하기가 수월하겠네요. 입 다물고 있는 게 더 나은 문제들이 있거든요." 그는 한숨을 쉬었다. "엘라디오에 따르면, 그의 원래 계획은 그 발명품에 관한 글을 써 놓는 것이었어요. 그는 그 발명품이 위대한 작품이라고 생각했으며, 그것을 인류 전체에게 알리고 싶어 했어요." 디에고는 목소리를 낮추었다. "하지만 밀레나가 너무나 못살게 굴어서 그는 참을 수가 없었고, 언젠가 크게 싸움을 하고서 자기 영혼을 틀에 옮겨 놓았어요."

나는 생각하면서 중얼거렸다.

"그 전에는 개 마르코니의 영혼을 옮겨 놓았는데, 그것 역시 밀레나에게서 녀석을 구하기 위해서였어."

"아니에요, 그건 잘못 알고 있는 거예요. 개를 구하기 위해 개의 영혼을 틀에 옮겨 놓은 것은 맞지만, 밀레나가 아니라 늙는 것에서 구하기 위해서였어요. 개는 늙어서 죽어 가고 있었어요."

그런 동안 나는 코를 씰룩거리면서 생각했다. '마르코니는 그의 모든 냄새를 유산으로 남겨 놓았어. 그 개 냄새는 지독해.' 나는 큰 소리로 말했다.

"자기 영혼을 옮겨 놓았다니, 그 발명품에 대한 신뢰가 절대적이었고, 용기도 대단했군. 필사적으로 벗어나려고 한 거야!"

"계속 생각만 할 수 있다면, 그것으로 만족한다고 했어요. 계속 생각하는 것이 죽은 것보다 더 낫다고 말했어요. 불멸성으로서의 생각은 확실히 보장되어 있다고 했어요. 내가 외운 그의 말을 그대로 반복하면, 나는 실수를 범하지 않고 그의 생각을 전하게 될 거예요. 그는 인간이 물질과 영혼으로 이루어진 이상한 결합체며, 항상 파괴와 죽음이 물질적으로 위협하고 있다고 했어요. 그러고는 자기가 어떻게 그 일을 진행했는지 하나하나 말해 주었어요. 그는 그 틀을 거실 벽난로 위에 있는 갈의 흉상에 달린 머리(텅 비어 있었다) 안에 숨겼고, 자기 영혼을 그 틀에 전이했어요. 그는 자기가 잃어버린 것을 분명히 얻으리라 생각했어요. 그는 밀레나가 가구나 실내 장식을 바꾸지 않을 것이라고 확신했어요. 그 일이 있고 난 뒤에 나는 미국에서 돌아왔어요. 그러자 나를 불렀고, 내게 말했어요. 틀에서 내게 그 발명품에 대한 글을 구술하려고 했지요. 그러면 내가 그 발명품을 구할 것이고, 그것을 지킬 것이고, 그를 구원할 수 있을 테니까요."

디에고는 두 손으로 얼굴을 가렸다. 그는 잠시 그렇게 아무 말도 하지 않았다. 나는 당황해서 그를 바라보며 생각했다. '우는 것일까? 사람들은 무슨 생각을 할까? 난 무엇을 해야 하나?' 그가 얼굴에서 손을 떼자, 그의 표정에는 단호함이 깃들어 있었고, 또한 위기가 억제된 승리의 피로감도 엿볼 수 있었다.

"밀레나는 내게 이런 모든 것을 다시는 생각하지 말라고 말했어요." 그가 밝혔다.

"밀레나가?" 나는 이렇게 물으면서, 짐작하는 바가 있어서 화가 치밀었다. "나한테 밀레나에게 한 마디도 하지 말라고 하지 않았어? 엘라디오가 그녀에게 아무 말도 하지 말라고 네게 말하지 않았어?"

"그래요, 처음에 나는 엘라디오에게 지배되었어요. 하지만 내가 밀레나를 사랑하게 되자, 그는 힘을 잃어버렸어요."

"네가 밀레나를 사랑한다고?"

"믿을 수 없는 일이라고 생각하나요? 내가 어떻게 바보 멍청이를 사랑하게 되었는지 의아해하는 건가요? 나 역시 그녀가 바보라고 믿었지요. 나를 믿는다면, 내 말을 믿어 줘요. 그녀는 충동적이고 싸움 꾼이지만, 바보는 아니에요."

"난 그럴 거라고 생각하지 않았어." 나는 불쾌해하면서 투덜댔다.

"다행이네요." 그가 대답하더니 내 손을 꼭 쥐었다. "그녀는 내가 자기를 사랑한다는 사실을 알게 되었어요. 나는 그녀의 사진을 엄청나게 많이 찍었는데, 그것으로 알게 된 것이죠. '왜 그렇게 많이 내 사진을 찍었어?' 그녀가 물었어요. '나를 사랑하고 있는 거지?'"

나는 중얼거렸다.

"정말 똑똑하고 날카로워."

"항상 그런 것은 아니었어요. 그녀는 엘라디오의 죽음을 철석같이 믿었거든요. 어젯밤에 내가 틀에 대한 것을 설명하자, 그녀가 어떤 표정을 지었는지 모르죠?"

"왜 그걸 설명했어?"

"숨기는 건 좋은 일이 아니니까요. 그녀가 어떤 표정을 지었는지 당신은 모를 거예요. 나는 그녀가 그렇게 화난 얼굴은 한 번도 보지 못했어요. 처음에는 내 말을 믿지 않았지만, 나중에는 분노의 폭소를 터뜨리면서, 20센티미터 높이의 그 니켈 틀에 옮겨 가서 살아남으려는 행위는 그의 성격을 있는 그대로 드러낸다면서 소리를 질렀어요. 그녀는 내게 그런 행동이 보여 주는 빌어먹을 체념과 포기가 무엇인지 아느냐고, 인생의 모든 아름다움에 눈을 감는 행위가 무엇인지 아느냐고 물었어요. 그러고서 엘라디오는 생각을 많이 하며, 모든 걸 이해하고, 절대로 화내지 않으며, 아무것도 느끼지 않는 끔찍한 인간 부류에 속한다고 말했어요. 그런 부류에 속하는 사람들은 높이 20센티미터짜리 니켈 틀에서 살아가는 사람처럼 너무나 이상한 것은 혐오스럽다는 사실을 깨달을 능력이 없지요. 그녀는 그런 부류의 사람들이 생명과 자연의 질서를 존중하지 않고 아름답고 예쁜 것들을 칭찬하지 않으며, 추한 것들을 혐오하지도 않는다고 자신 있게 말했어요. 그녀는 한 인간이—자기 의지에 따를지라도, 그 사람이 엘라디오일지라도—그런 우스꽝스러운 불멸의 존재가 되는 것을 참고 견디지 않을 거라고 말했어요. 나는 그녀를 진정시키려고 노력하면서, 엘라디오는 그가 있는 틀에서 좋은 영향력을 발휘하고 있다고, 특히 우리 모두에게 그렇다고 주장했지요. 당신은 아마도 내 말을 믿으려고 하지 않을 거예요. 나는 그녀에게 '당신을, 당신이 우리 어머니와 크리스티나와 싸울 때 의심의 여지 없이 여러 번 당신을 진정시켰어요'라고 말했어요. 그러자 그녀는 더 화를 내면서, 엘라디오는 자기나 하느님을 비웃을 자격이 없다고 맹세했어요."

"그게 무슨 의미지?"

"당신도 여자들이 어떤지 잘 알 거예요. 똑똑하고 예리하지만, 밀레나는 엘라디오의 발명품이 그녀와 맞서기 위한 것이 아니라는 사실을 이해하지 못해요(그리고 설명하지 않는 편이 더 나아요)."

"그래서 어떻게 됐어?"

"밀레나는 내게 틀이 어디에 있느냐고 물었어요. 내가 대답하지 않자, 앞으로 걸어 나와 내 코앞에 우뚝 서더니 손을 들어 따귀를 때리려고 했어요. 하지만 생각을 바꿔 내게 '좋아요, 도와 달라고 하지 않겠어요'라고 말했어요. 그토록 단호하고, 그토록 예쁘고, 그토록 고상한 모습은 본 적이 없었어요. 그리고 곧 본능적으로 거실로 향했지요. 굶주린 맹수처럼 거실을 샅샅이 뒤졌어요. 얼마 동안이나 그렇게 했는지는 모르겠어요. 아마도 한 시간 정도 그랬던 것 같아요. 그런 동안 나는 차고로 몸을 피하면서, 어떻게 해야 엘라디오를 구할지 생각했어요. 거실에서 큰 소리가 났고, 나는 갈의 흉상이 떨어졌을 거라고 추측했어요. 나는 그곳으로 달려갔지만, 이미 늦어 있었어요. 바닥에는 흉상의 조각들 사이로 틀이 부서진 채 있었어요. 밀레나는 그걸 짓밟아 납작하게 만들었어요. '있는 힘을 다해 싸워 봐요.' 그녀는 숨을 헉헉거리면서 말했어요. '누가 이기는지 봐요. 엘라디오, 당신이 나를 멀리할 수 있는지, 아니면 내가 당신을 찾아낼 수 있는지 한번 싸워 보자고요. 내가 이겼어요. 이게 우리의 마지막 싸움이었어요.' 그녀는 울면서 내 품에 안겼어요. 잠시 후 나는 그녀에게 열이 있다는 것을 알았고, 그래서 침대로 들어가는 게 좋겠다고 했지요. 밤새 그녀는 고열로 헛소리를 했어요. 그리고 오늘 건강하게 아침을 맞았지만, 나는 일어나는 것을 허락하지 않았어요. 나는 그녀에게 악당처럼 행동했어요. 그녀가 침대에 있는 틈을 이용해 차고로 달려가 마르코니의 틀을 이 가방에 넣었어요. 내가 이 가방을 금고에 보관하려고 은행에 가려는데, 당신이 나를 붙잡은 거예요."

그는 절망적인 눈으로 시계를 보고서 덧붙였다.

"이미 늦었어요. 이미 은행 문은 닫혔어요. 난 이 가방을 들고 집으로 가지는 않을 거예요. 그래야 밀레나가 나를 찾지 못할 테니까요…… 나는 엘라디오의 발명품을 구해야 해요!"

"괜찮다면 내가 보관할게." 내가 제안했다.

그는 안심하면서 내 제안을 받아들였다. 나는 가방을 들고(그리고 냄새가 났는데, 나는 황당하게도 그것이 디에고의 냄새라고 생각했다) 집으로 걸어갔다. 그러면서 이런 것에 관해 알베르디에게만 이야기하겠다고 단단히 결심했지만, 나중에 우리가 모두 똑같이 알 권리가 있다는 것을 깨달았다. 그래서 그날 오후 알베르디, 에스파렌 형제, 염소 라우치와 나는 우리의 친구를 기리기 위해 조용히 개의 틀에 가까이 갔다.

팔자 다리는 미래는 크고 위대하며, 틀에 대해 생각하면서 잃어버린 발명품을 되찾을 사람에게 미래가 있을 것으로 생각한다. 알베르디는 믿을 수 없다는 듯이 고개를 가로젓는다. 나는 이 동네를 지나가는 모든 중요하고 훌륭한 사람을 초대해서 틀을 보여 주며 환대한다. 오늘날 그것은 이 보잘것없는 집이 자랑하는 진기하고 기묘한 물건이다. 밀레나에 대해 말하자면, 그녀는 내게 인사하지 않는다. 그녀는 디에고와 결혼했고, 나는 내가 그녀를 잊어야만 한다는 것을 너무나 잘 알고 있다.

위대한 세라핌*
El gran Serafín

그는 벼랑을 따라가면서 약간 외딴 해변을 찾았다. 그 탐사는 얼마 지속되지 않았다. 그곳은 고독했을 뿐만 아니라, 세상과 동떨어져 있었기 때문이다. 낚시용으로 사용되는 조그만 방파제 옆의 두 해변에 서조차(호텔 여주인은 두 해변에 네그레스코와 미라마르라고 이름을 붙였다) 사람들이 거의 없었다. 알폰소 알바레스는 그런 상태에

---

* 『이사야』에 등장하는 초자연적인 존재로, 스랍 혹은 치천사熾天使라고도 불린다. 천사 계급에서 가장 높은 천사들이다("나는 야훼께서 드높은 보좌에 앉아 계시는 것을 보았다. 그의 옷자락은 성소를 덮고 있었다. 날개가 여섯씩 달린 스랍들이 그를 모시고 있었는데, 날개 둘로는 얼굴을 가리고 둘로는 발을 가리고 나머지 둘로 훨훨 날아다녔다"(『이사야』 6장 1~3절)). 한편 비오이 카사레스는 『회고록』(1994)에서 이렇게 밝힌다. "「위대한 세라핌」 이야기는 무자비하게 햇볕이 내리쬐던 어느 날 아침 산타클라라 해변의 낮은 벼랑 옆에서 상상한 것에서 출발한다. 나는 바닷물이 빠지면서 바다 밑바닥에 무지갯빛 물방울이 맺힌 동안 커다란 고래 무리가 해변에 죽어 있는 것을 상상했다."

있던 그곳을 발견했다. 그곳은 다소 놀라울 정도로 그의 마음이 갈 망하던 것과 일치했다. 다시 말하면, 낭만적이고 방탕하며 문명에 물들지 않은 작은 만이었고, 이 세상에서 가장 머나먼 지점 중의 하나라고 여겨도 손색이 없는 곳이었다. 울티마 툴레, 마지막 희망의 중심지 혹은 그런 것을 넘어 길고 멋진 해변인 푸르두르스트란디*였다. 알바레스는 이제 매혹적인 혼잣말로 헛소리를 중얼거렸다. 바다는 거무스름하고 가파른 벼랑과, 그곳에 뚫려 있는 동굴 안으로 차올랐다. 그 바깥으로는 물거품과 허리케인과 세월에 부식된 곡괭이나 바늘 모양의 바위들이 양쪽으로 우뚝 솟아 있었다. 그곳의 모든 것은 모래사장에 드러누운 관찰자에게는 크고 웅장하게 보였다. 사실 그곳은 하찮고 작았지만, 그는 아무 어려움 없이 그 경치의 크기를 잊었다. 알바레스는 생각의 몰두에서 깨어나 조그만 흰 발에서 신발을 벗었다. 야외에서 보니 그것은 처량할 정도로 헐벗어 있었다. 그는 거친 천으로 만든 가방을 뒤적거리며 찾았고, 파이프 담배에 불을 붙였고, 바다를 응시했으며, 기운을 차리고 그 완벽한 축복의 맛을 오랫동안 음미했다. 그런데 소스라치게 놀라면서 자신이 행복하지 않다는 사실을 깨달았다. 그는 막연한 불신이나 의심을 보여 주는 불쾌한 기분에 휩싸였다. 주변을 둘러보고서 그는 자신했다. 아무 일도 일어나지 않을 것이라고. 그는 공격을 당할지도 모른다는 황당한 가정을 떨쳐 버렸다. 그리고 자기 양심을 꼼꼼히 점검하고는 하늘을, 그리고 드디어 바다를 세밀하게 살폈다. 하지만 자신이 왜 그토록 불안해하는지 그 이유를 발견하지 못했다.

* 전설적인 바이킹인 에이리크 힌 라우디 토르발드손의 무용담에서 언급되는 해변.

다른 생각을 하려고 애쓰면서, 알바레스는 우리에게 열심히 응시하도록 요구하는 바다의 숨겨진 장점에 관해 생각했다. 그는 생각했다. '바다에서는 작은 거룻배거나 잘 알려진 고래 떼가 아니라면, 아무 일도 일어나지 않아. 고래 떼는 시간표에 따라 일사불란하게 나아가. 정오에는 남쪽으로 갔다가 나중에는 북쪽을 향해 나아가. 그런 장난감은 해변에서 사람들이 손가락으로 가리키면서 탄성을 지르게 하기에 충분해.' 관찰자는 위조 동전만을 손에 넣는데, 그건 여행과 모험과 조난의 꿈, 침략과 뱀과 괴물의 꿈이다. 그러니까 우리가 결코 이를 수 없기에 갈망하는 것이다. 알바레스는 그런 것에 전념했다. 그가 가장 좋아하는 일은 계획을 수립하는 것이었다. 의심의 여지 없이, 그는 자신이 무한히 살 것이며, 항상 모든 것을 할 시간이 있으리라고 믿었다. 비록 그의 직업은 과거와 관련되었지만—그는 리브레 학교의 역사 교수였다—항상 미래에 호기심을 느꼈다.

때때로 그는 자신의 걱정과 불안을 잊었고, 그렇게 어느 날 거의 기분 좋은 아침을 맞았다. 그에게 필요한 것이 바로 오전과 오후를 즐겁게 보내고 밤에는 잠을 푹 자는 일이었다. 의사는 이렇게 자기 생각을 밝혔다.

"당신이 입을 열 때마다 이런저런 약을 먹으라고 하지는 않겠소. 내 말을 잘 들어 봐요. 부에노스아이레스를 떠나시오. 일과 당신이 해야 할 의무에서 벗어나시오. 내 말을 잘 들어요. 이 도시를 떠난다고 해도 마르델플라타나 네코체아의 군중과 같아지면 아무 소용이 없어요. 당신에게 줄 처방은 안정, 아아안정이오."

알바레스는 교장과 대화해 휴직 허가를 받았다. 학교에서 모든 사람은 마치 전문가인 것처럼 조용한 해변에 관해 말했다. 교장은 클라로메코를, 경비소장은 마르델수르를, 스페인어 선생은 산클레멘테를 추천했다. 동양과 그리스와 로마 전문가이자 그의 동료인 F. 아리아스는(무뚝뚝한 표정으로 아랫입술에 줄곧 붙어 있는 담배꽁초에 불을 붙이지도 않았고 떼어서 던져 버리지도 않았다) 기운을 차리고서 설명했다.

"마르델플라타까지 가. 그리고 마르델플라타에서 나와 미라마르와 마르델수르를 왼쪽에 끼고서 네코체아로 가는 길을 잡아. 중간쯤에 산호르헤델마르, 그러니까 자네가 찾는 해변이 있어."

어떤 이유에서인지 그는 F. 아리아스의 능변에 이끌렸다. 그는 표를 샀고, 가방을 꾸렸고, 버스에 올라탔다. 그리고 기나긴 밤 내내 여행했다. 그 밤의 유일한 이미지는 꾸벅임과 선잠 속에서 분명하게 남아 있었다. 바로 지붕에 한 줄로 걸린 등불의 불빛을 받은 무한한 통이었다.

아침의 해가 빛날 때, 그는 멀리서 홍예문을 보았다. 거기에는 다음과 같은 글이 쓰여 있었다.

산호르헤델마르— 환영합니다.

문구가 걸린 벽은 양쪽으로 쭉 뻗었고, 군데군데 무너져 내리기 시작하고 있었다. 홍예문 아래를 지나 단단하게 다진 흙길로 들어가서 근처 숲으로 향했다. 사람들 설명에 따르면, 왼쪽으로 바다가 있었다. 마을은 슬픔에 잠긴 것 같지는 않았다. 이런 첫 번째 인상은 희고 붉은 조그만 집들과 초록색의 풀밭 때문이었다. 그는 혼잣말로 중얼거렸다. 희망의 초록색, 희망의 색이라고. 그걸 시골 저택이라고 부를 수는 없었다. 오히려 들판에 몇몇 집들이 흩어져 있는 것이라고 보는 편이 옳았다. 그 집들 중에서 유독 높은 집이 눈에 띄었다. 그것은 주택이라기보다 임시 헛간처럼 보였다. 박공널은 비대칭적이고 날카로웠으며 지붕은 한쪽으로 기울어져 있었다. 녹슬었기 때문이 아니면, 건축물의 비정상적인 움직임 때문인 것 같았다. 십자가를 보기 전에 알바레스는 그것이 예배당임을 알았다. 모든 사람처럼 그의 눈이 소위 근대적 양식이라는 것에 익숙했기 때문인데, 당시에 본당 사무직이나 성직자 혹은 평신도들에게는 아주 엄격하고 딱딱해 보였다. 작은 조개껍질이 깔린 하얗고 조그만 길을 따라가면서, 그들은 작은 관목 숲—몸을 떠는 유칼립투스와 밝은 버드나무—으로 들어갔다. 그리고 이내 그는 밀크티 색깔로 칠해졌고 베란다로 둘러싸인 커다란 단층 목조 주택을 보았다. 그것이 바로 알바레스가 머물게 될 '영국 해적'*이라는 호텔이었다. 그와 함께 버스에서 내린 사람은 반투명의 희멀건 피부, 즉 흰색과 하늘색 톤의 비늘 같은 피부를 지닌 노인 한 사람, 그리고 시커먼 안경을 쓰고 신문 사진에서 이혼 소송 관계자들이 보여 주는 모호하면서도 매력적인 분위기를 띤 젊은 여자였다. 그 순간 호텔에서 물고기를 짊어진 어부가 나오면서 자동으로 물었다.

"생선 살 겁니까?"

그의 피부는 햇볕에 그을려 까무잡잡했고, 입에는 파이프 담배를 물었으며, 가슴은 넓었고, 파란색 스웨터를 입었으며, 고무장화를 신고 있었다. 모든 지역에서 보이는 것처럼 기계적이면서도 거짓 없는 전형적인 수많은 인물 중의 하나였다.

* 산타클라라델마르에 있는 '늙은 밀수꾼'이라는 호텔을 지칭한다. 이 작품이 쓰였을 때, 이 호텔은 마리아 베르트 말러의 소유였다.

어부에게서 조금 떨어진 곳으로 가서 젊은 여인은 힘껏 숨을 들이마시고는 외쳤다.

"공기가 정말 좋아요."

어부는 파이프를 들고 있던 손으로 가슴을 치더니 얼빠진 사람처럼 말했다.

"깨끗한 공기지요. 바다 공기예요. 그래, 바다지요."

버스가 남긴 매연 냄새가 사라지자, 알바레스는 힘껏 들이마시면서 평했다.

"정말 공기 좋군요."

그것은 그의 기억 속에 있는 공기 냄새와 일치하지 않았다. 정확하게 규정할 수 없는 냄새, 아마도 무거운 짐 같은 냄새가 배어 있었기 때문이다. 생선일까, 해초일까? 아니야, 라고 알바레스는 혼잣말로 되뇌었다. '아마도 몸에 아주 좋을지는 모르지만, 결코 아니야.'

"정말 예쁜 꽃이에요." 젊은 여자가 호들갑 떨며 말했다. "여기는 호텔이 아니라 마치 전원주택 같아요."

"이토록 많은 꽃이 한데 있는 건 처음 봐요." 노인이 말했다.

그러자 알바레스가 거들었다.

"나 역시 보지 못했어요. 하지만……"

그는 갑자기 뜻하지 않은 슬픔을 느꼈고, 자신의 말을 끝맺지 못했다. 그러자 젊은 여자가 볼멘소리로 말했다.

"죽은 집 같아요. 아무도 우리를 맞이하러 나오지 않네요."

그러나 죽은 집이 아니었다. 안에서 피아노 소리가 울렸고, 손님들은 잘 알려진 미국 선율을 들었지만, 알바레스는 그것이 무슨 노래인지 확인할 수 없었다. 순간적으로 회춘해서 노인이 흥얼거렸다.

그는 가볍게 신발로 바닥을 탁탁 치면서 춤을 추더니 평소의 무기력한 모습으로 돌아갔다. 그때 용수철 달린 문이 두 번 소리를 내더니, 그 문으로 두 여자가 모습을 드러냈다. 독일 여자인지 스위스 여자인지는 몰라도, 한 명은 금발이었고 분홍빛 피부를 지녔으며, 아주 달콤한 미소를 짓는 젊은 하녀였다. 그리고 다른 한 명은 여주인이었다. 그녀는 50대의 절정에 있는 아름다운 여인이었고, 거만하고 위엄이 있었으며, 솟아오른 가슴과 게이샤 머리 모양 때문에 선박 혹은 요새 같은 분위기를 풍겼다.

손님들은 부인의 뒤를 따라갔고, 짐을 든 하녀가 아주 늠름하게 그 뒤를 따라왔다. 여행자들은 호텔로 들어갔다. 그리고 알바레스는 숙박부에 서명했다.

"알폰소 알바레스." 여주인이 큰 소리로 읽으면서 매혹적이고 세속적인 미소를 보냈다. "A. A. 정말 흥미롭네요."

"나라면 단조롭다고 말할 겁니다." 알바레스가 단호하게 말했다. 그는 그런 말을 들은 게 한두 번이 아니었다.

"전화는 여기 있어요." 마치 어려운 문제를 내는 사람처럼 여주인은 계속 말했다. 손을 흔들자 초록색 빛이 반짝였다. 에메랄드 반지에서 나는 것이었다. "저 위에 있는 방이 남자분의 숙소입니다. 13호실이에요. 일다가 안내해 줄 겁니다."

그들은 금방이라도 부서질 듯이 요란한 소리를 내는 계단으로 올라갔다. 방은 선실과 흡사했다. 그러니까 좁았다. 소나무 원목 탁자, 의자, 세면대가 있어서 거의 빈 곳이 남아 있지 않았다. 알바레스는 영원처럼 보이는 그 순간 동안 움직이지 않고 그대로 있었다. 그와 아주 가까운 곳에 여자아이가 있었던 것이다. 그 불편한 정적을 깨기 위해 그는 몸을 구부려서 한 손을 세면대 모서리에 갖다 댔고, 다른 한 손으로 수도꼭지를 열었다. 그리고 불안정한 곡예사처럼 미소를 지으려고 했다. 물이 흘러나오자마자 그는 물 냄새를 맡았고, 그러자 희미한 기억이 떠올랐다.

"유황 냄새예요." 하녀가 설명했다. "주인님 말에 따르면 이제는 온천물이 나온답니다."

그는 물줄기에 손가락을 갖다 댔다.

"따뜻하네요." 그가 알려 주었다.

"이제 모든 물이 따뜻해졌어요. 저쪽에서만," 그녀는 창문 쪽을 가리켰다. "그냥 물이 나와요. 땅에서 엄청난 물줄기가 솟구치지요."

하녀가 말을 하자 공기가 움직였고, 그는 목덜미에서 간지러움을 느꼈다. 적어도 알바레스는 그렇다고 믿었다. 그는 있는 힘을 다해서 세면대 반대쪽으로 가 창문을 내다보았다. 꽃밭을 보았고, 하얀 자갈길을 보았으며, 들판 저 너머의 관목 숲에서 하나의 빈 곳을 보았다. 그리고 멀리서 한 무리의 사람들과 희미한 연기를 보았다.

"저 토지는 주인님의 땅이에요." 하녀가 계속 말했다. "일꾼들을 보내 저 아래에 무엇이 있는지 파 보라고 했어요."

"내장 안에 말이군요." 알바레스가 중얼거렸다.

"뭐라고요?"

"아무것도 아니에요."

그때 그는 종업원을 정면으로 쳐다보았다. 어린 독일 여자는 눈을 가리던 머리카락을 작은 손으로 올렸고, 강아지 같은 얼굴을 기울여 아주 상냥하고 달콤하게 미소 짓더니 그곳을 떠났다. 알바레스는 눈으로 방을 훑어보았다. 처음으로—언제부터인지 이제 그는 기억하지 못했다—행복하다는 것을 알았다. 모든 남자가 지닌 약간 유치한 허영기도 그렇게 느끼게 하는 데 도움을 주었으며, 또한 그에게 배정한 침실, 그러니까 감방이자 피난처와 다소 유사한 침실 덕분이기도 했다. 그리고 들판을 향해 열린 창문도 한몫했다. 그러나 그가 왜 행복하고 흡족해하는지는 중요하지 않다. 시간 순서로 볼 때 중요한 것은 사건, 즉 해변에서의 불쾌감과 두려움을 느끼기 바로 직전에 일어난 사건이다. 어쨌든 알 수 없는 이유로, 회복기 환자는 행복한 상태에서 우울증으로 나아간다. 그러나 사실대로 말하자면, 알바레스는 기쁜 마음으로 바다로 내려갔다.

그는 바다에 세 시간 넘게 있었다. 처음에는 햇볕을 쬐다가 그다음에는 벼랑의 그늘에 있었다. 그것은 행락객들의 근거 없는 이야기들을 떠올렸기 때문이다. 불가피하게 새우와 비교되는 그들은 잠시 방심하거나, 혹은 자연과 너무 은밀하게 소통하는 바람에 2도 화상을 입어 밤에 의약용 화이트 오일을 잔뜩 발라야만 했고, 헛소리를 중얼거리면서 환상적인 이야기들을 들려주었다. 알바레스는 그토록 널리 알려진 불행한 사고로 휴가를 망치고 싶지 않았다.

또한 여주인과 말다툼을 하거나 서로 불쾌해지기 싫었기에 그는 12시 45분에 호텔로 돌아오는 길을 나섰다. 후각이 익숙해졌지만, 그는 이상한 바다 냄새가 점점 심해지고 있음을 깨달았다.

끝없이 긴 식탁에서 그들은 점심을 먹었다. 알바레스와 희끄무레한 피부의 노인—그의 이름은 린치였고 킬메스의 어느 고등학교 교사였다—그리고 여주인이었다. 여주인이 설명한 바에 따르면, 그녀의 딸뿐 아니라 갓 도착한 여자 그리고 나머지 투숙객들은 해가 진 다음에야 호텔로 들어올 것이었다. 모두가 젊은이들이었다.

"그러니까 킬메스에서 선생님으로 일하시는군요?" 알바레스가 린치에게 물었다. "혹시 산수나 기하학을 가르치시나요?"

"당신은 리브레 학교에서 가르치죠?" 린치가 알바레스에게 물었다. "역사 선생님인가요?"

두 사람은 수업 계획과 젊은 시절, 그리고 선생님이 생각하는 젊은 세대와 그들의 결과물을 비롯해 교사로 일한 기간 등에 대해 말했다.

"난 가르치는 걸 좋아하지만……" 알바레스가 시작했다.

"다른 일을 하고 싶었군요. 나도 마찬가지요!" 린치가 말을 맺었다.

두 사람은 자신들이 똑같이 생각한다는 사실에 놀랐다.

식당은 중앙에 철제 샹들리에가 달린 커다란 응접실이었다. 샹들리에에는 색색의 화관들이 걸려 있었는데, 아마도 연말 파티 때부터 그랬던 것 같았다. 식탁은 벽 쪽으로 치우쳐져 있었는데, 그건 춤을 출 커플에게 공간을 마련해 주기 위함이었다. 벽에는 술병들이 가지런히 놓여 있었다. 그리고 문 하나가 열려 있어서 부엌과 쇠그릇이 놓인 탁자를 비롯해 접시닦이로 변장하고서 부지런히 일하는 들판의 일꾼이 보였다. 식당의 다른 한쪽 끝에는 업라이트 피아노가 있었다.

어린 독일 하녀가 식사 시중을 들었다. 한 음식이 나오고 다른 음식이 나오는 사이에 그녀는 바 뒤에 앉았다. 그녀가 물 주전자를 가져오자, 여주인이 말했다.

"오늘 나는 화이트 와인을 마실 거야, 일다. 여러분은 뭘 마실 거죠?"

"나 말인가요?" 정신을 팔고 있던 알바레스가 물었다. "물 한 잔 주세요. 그리고 부인과 함께 마실 수 있도록 화이트 와인을 주세요."

"난 물이면 충분하오. 항상 물만 마셔요." 늙은 린치가 말했다.

"이제 온천수가 나와요." 여주인이 흡족한 표정으로 설명했다. "다소 강하지만 익숙해져야 해요. 유황 소금이 풍부하죠. 난 개인적으로 이 물을 좋아해요."

"하지만 마시지는 말아요." 노인이 선을 그었다.

"내게는 큰 계획이 있어요." 여주인이 설명했다. "외국자본을 들여와야만 할 것 같아요. 그 자본으로 온천 단지를 만들어 그것을 우리의 비시라고, 우리의 콩트렉세빌, 심지어 우리의 코트레*라고 부를 생각이에요."

"부인," 노인이 인정했다. "호텔업이 당신에게 딱 맞는 직업이군요."

"여기까지 냄새가 풍기네요." 알바레스가 술잔을 놓고서 말했다.

"온천수라기보다는 썩은 물이군요." 술잔을 비우고 채우는 사이에 린치가 예리하게 지적했다.

"잘 들어 보세요." 여주인이 고개를 거만하게 흔들면서 상냥하게 말했다.

알바레스가 물었다.

"부인, 그 이름의 어원이 뭡니까?"

"어떤 이름을 말하는 거죠?" 여주인이 물었다.

"호텔 이름 말입니다."

"'영국 해적'은 돕슨이라는 사람이에요." 여주인이 설명했다. "18세기 말에 이 해변에 도착했어요. 어깨에 '환상'이라는 앵무새를 얹고

---

* 모두 프랑스의 유명 휴양지이다.

서 말이에요. 그러고서 추장의 딸과 사랑에 빠졌는데……"

"앵무새 이야기는 그만합시다." 린치가 단호하게 말했다. "그 이야기는 도덕 우화 같고, 또 어느 우화 책에서 베낀 우화 같거든요."

"잘 들어 보세요." 여주인이 다시 반복했다. "어느 화창한 날 여러분이 도착했어요. 점심 식사 후에 여러분은 경주를 보러 갈 거예요. 로마 때나 보았던 장관이지요. 바다를 옆에 두고 말들이 경주를 벌여요. 그리고 저녁이 되면 산책을 해요. 이 쾌적한 산책길을 걸으면, 연기와 물줄기가 새롭게 솟아나는 곳에 이르게 돼요. 진정한 간헐천이지요. 일종의 솔파타라 화산*과 같으며, 관광지와 온천지로 충분한 가치가 있다는 사실을 부정할 수 없지요. 연기가 나오는 틈에서 여러분은 땅을 파는 내 일꾼들을 볼 거예요. 그런데 도대체 무엇을 발굴하려는 것일까요? 지하 화산일까요?"

당연히 소심하기 그지없는 알바레스가 물었다.

"땅 아래 화산이 있다면, 그 틈을 벌리는 것은 경솔한 행동이 아닙니까?"

아무도 그에게 대답하지 않았다. 알바레스는 생각했다. '모든 겁쟁이는 혼자 사는 사람들, 그러니까 일종의 로빈슨이야.'

"내일은 아주 멋진 날이 될 거예요." 여주인이 말을 이었다. "다시 말하면 멋진 밤이 될 겁니다. 내 딸 블란체타의 열여덟 살 생일 파티가 있을 겁니다. 진수성찬이 차려지고 초대 손님들이 올 테며, 정중하고 친절한 파티가 될 거예요. 여러분은 이 파티를 진정으로 느끼게 될 거예요. 우리의 이 온천 도시는 작지만, 아직 썩지 않은 천국입

* 이탈리아의 캄피 플레그레이 칼데라에 있는 화산 분화구로 유황 성분이 매우 많다.

니다. 우리는 산호르헤에서 모두 다정한 가족과 같습니다. 우리는 파렴치한도 아니며 흉악범도 아닙니다. 우리가 이발사와 싸운 젊은 범법자들을 원하지 않는다는 말을 내가 언제까지 계속해야 합니까? 꺼져, 이 더러운 놈아!"

이런 신랄한 욕설에 당황하고 놀란 나머지, 두 투숙객은 유황 맛이 진하게 나는 따뜻한 나바랑 음식 씹기를 멈추었다가 다시 급히 씹었다. 그들 뒤로 남자 목소리가 울려 퍼졌기 때문이다.

"화내지 말아요, 부인. 블란체타가 살코기를 달라고 부탁했어요."

"블란체타가 당신에게 부탁할 건 하나도 없어요. 만일 그놈이 내 딸과 함께 있는 걸 보면, 이 두 손으로 비틀어 죽여 버리겠어요."

여주인을 그토록 화나게 한 사람은 굉장한 청년이었다. 그는 옷을 둘둘 껴입었지만 헐벗었고, 머리털은 많으면서도 피부에는 털이 없었으며, 의심의 여지 없이 매부리코이면서도 여성적인 것 같았다. 그의 둥근 머리는 꼽슬꼽슬한 금발로 뒤덮였고, 피부의 털과 수염도 길고 텁수룩했다. 더벅머리에 박힌 두 개의 조그만 눈은 과장된 충동 혹은 은밀한 충동에 따라 움직이는 것 같기도 했고, 혹은 냉정하고 차분해 보이기도 했다. 그리고 붉은색의 짧은 허리 두르개 아래로는 여자 다리처럼 털이 없는 다리가 보였다. 하지만 그의 전체 모습에서 가장 두드러진 면은 아마도 뒤엉킨 머리카락과 더러운 양털이었을 것이다.

엉거주춤하게 상체를 일으키고서 여주인이 물었다.

"젊은이 테라노바, 스스로 물러갈 거야, 아니면 내가 귀를 잡아서 여기서 끌고 갈까?"

그 커다란 짐승이 떠났다. 그러자 여주인은 의자에 털썩 주저앉고서 두 손으로 얼굴을 가렸다. 하녀가 걱정스러운 표정으로 물 잔을 들고 달려왔다.

"아니야, 일다." 이미 평정을 되찾은 여주인이 투덜댔다. "오늘은 화이트 와인을 마실 거야."

마침내 점심 식사가 끝났고, 각자 자신의 방으로 향했다.

'몸이 안 좋은 게 아니면 공기가 너무 강해.' 알바레스는 생각했다. 그는 입에 칫솔을 물고 잠들 뻔했다. 침대에 눕자 잠시 잠들었지만, 발에서 무게를 느껴 잠을 깼다. 일다였다. 그녀는 침대 모서리에 앉아 있었다.

"당신을 보러 왔어요." 그녀가 설명했다.

"나도 알아요." 알바레스가 대답했다.

"당신이 원하는 것이 있는지 알고 싶었어요."

"난 자고 싶어요."

"자는 거라고요?"

"그래요."

"정말 다행이네요. 내일 밤에 블란체타의 파티가 있어요."

"나도 알아요."

"테라노바는 오지 않을 거예요. 마담 메도르가 개 쫓아내듯이 그를 쫓아낼 테니까요."

"마담 메도르가 누구죠?"

"주인님이에요. 불쌍한 블란체타는 사랑에 빠져 있어요."

"테라노바와 말인가요?"

"그래요. 그런데 그는 그녀를 사랑하지 않아요. 그는 돈을 사랑해요. 나쁜 놈이에요. 영혼 없는 악한이지요. 마르틴과 떼려야 뗄 수 없는 사이예요."

"마르틴은 누구예요?"

"피아노 연주자예요. 테라노바를 참지 못해 마담 메도르는 집 안에 공모자를 끌어들였어요. 그는 피아노를 아주 잘 쳐요. 그들이 미라마르 조직의 일원이라는 사실은 모두가 알고 있어요."

그때 여주인의 목소리가 들렸다. 아래층에서 소리쳤다.

"일다! 일다!"

그러자 여자아이가 말했다.

"가야겠어요. 내가 여기에 있는 걸 보면, 창녀라고 부르면서 온갖 추악한 말을 뱉어 낼 거예요."

독일인 하녀는 삐걱거리는 계단으로 내려갔다. 그러자 마담 메도르가 고함치며 꾸짖는 소리가 올라왔다. 모든 것을 침묵시키면서 피아노에서 〈성도들이 행진할 때〉 행진곡이 울려 퍼졌다.

알바레스는 일어났다. 더 잠자고 싶은 마음이 없었다. 전보다 더 상태가 좋지 않았다. 해변에서 예방조치를 취했지만, 온종일 햇볕을 쬔 것처럼 머리가 아팠다. 무언가 마시고 싶었다. 유황 맛을 제거하고 갈증을 달래고 싶었다. 갈증이 너무 심했다. 그는 식당으로 들어갔다. 마르틴은 피아노로 〈성도들이 행진할 때〉를 죽어라 연주했고, 여주인은 식탁에 팔을 괴고서 영수증에서 눈을 떼지 않았으며, 일다는 바에 기대어 다정한 눈빛으로 쳐다보았다.

"화이트 와인, 아주 차갑게." 알바레스가 요구했다.

그러자 여주인은 생각에 잠겼다.

"정말 멋진 낮잠이었어요! 시간이 흘렀고 나는 생각했어요. 이 햇볕과 와인 때문에 오늘 아침은 아직 13일이 되지 않았다고요. 이건 기정사실이에요. 그건 서둘러 도착하지 않아요. 아직 햇빛이 있고, 간헐천에서 즐길 수 있으니까요."

일다는 와인의 코르크 마개를 뽑았다. 알바레스는 두 잔을 마시고서 말했다.

"고마워요."

여주인이 지시했다.

"나머지는 보관하도록 해. 이분이 밤에 남은 술을 마실 수도 있으니까."

알바레스가 물었다.

"여기서 어떻게 가야죠?"

여주인은 그를 문까지 배웅하고서 길을 알려 주었다. 그는 들판으로 난 가장 넓은 가로수길을 걸었다. 때때로 임대용 주택인 방갈로가 있었다. 바닷바람은 썩은 냄새를 풍겼다. 해가 지고 있었다.

그 장소에 도착했을 때, 이미 그날의 일정은 끝나 있었다. 일꾼들은 삽을 어깨에 메고 돌아오는 참이었다. 신부는 따뜻한 물줄기를 점검했고, 알바레스는 연기가 모락모락 나는 굴착기를 둘러보았다. 두 사람은 대화를 나누었다.

"그렇게 깊으리라고는 생각하지 못했어요." 그가 큰 소리로 말했다. "현기증이 나요."

"바닥 온도는 어떨 것 같소?" 신부가 외쳤다. "손을 대 보시오."

"탈 것 같아요. 그런데 무엇을 찾는 거죠?"

"그들이 무엇을 찾는지는 중요하지 않소. 발견하는 게 중요할 뿐이라오." 신부가 대답했다.

"발견하는 게 있나요?"

"거의 없소. 저걸 보시오!"

소리칠 때는 세련됨이나 점잖음이 스며들 수 없다. 어쨌거나 쳐다보라는 단호한 권유가 '거의 없소'라는 말 다음에 나왔고, 그래서 냉소적인 의도가 엿보였다.

"어디를 말인가요?" 알바레스가 물었다.

신부는 가까이 다가오더니 아버지처럼 그의 어깨를 잡고서 유칼립투스 나무가 있는 곳으로 데려갔다. 두 사람은 나무 몸통에 기댄 채 바닥에서 두 개의 커다란 날개와 몇몇 검은 깃털을 보았다.

"맙소사!" 알바레스가 소리 질렀다. "신부님, 죄송합니다. 하지만 이 날개는 크고 추악한 지옥의 새가 가진 것이에요. 이걸 부정할 수는 없을 겁니다."

"난 모르겠어요." 신부가 대답했다. "솔직히 말해 보지요. 어떤 새를 마음에 두고 있나요?"

"독수리일까요?"

"그건 이렇게 크지 않아요."

"그럼 콘도르라고 말해도 될까요?"

"이 지역에서 말인가요? 그건 있을 수 없는 일이라고 생각하지 않나요?"

"괜찮으시다면, 난 호텔로 돌아가겠습니다." 알바레스가 말했다.

"데려다줄게요." 신부가 말했다. "어떤 종류인지 결정하는 일이 전부가 아니에요…… 내 말을 믿어요. 다른 어려움이 있답니다."

"말도 안 됩니다." 알바레스는 이미 그 대화 주제를 지겨워하면서 말했다.

"그것들이 땅에 있다면, 왜 썩지 않았겠소?"

알바레스는 과감하게 말했다.

"불의 활동 때문인가요?"

신부는 관대한 시선으로 그를 바라보더니 기분 좋게 말했다.

"이 문제에 대해서는 그만 말하지요. 모두가 화학을 알아야 할 필요는 없지만, 도덕은 모든 사람과 관련되어 있지요. 남자들의 호기심 때문에 세상이 어떻게 되는지 보도록 해요. 아니면 여자들의 호기심이라고 해도 괜찮소. 그건 마찬가지니까요. 이런 구제 불가능한 호기심에는 정체를 알 수 없는 모호한 우승컵을 줘야 하오. 처벌과 같은 것 말이오. 그렇지 않소?"

"누구의 호기심을 말하는 겁니까?"

"믿지 못하겠지만, 마담에게는 적들이 있어요. 멀리 갈 것도 없이 테라노바라는 청년이 있지요. 걸핏하면 농담하는 애송이지요."

"그러니까 신부님은 그게 농담이라고 생각합니까?"

"그렇지 않을 이유라도 있나요?"

알바레스는 용기를 내서 물었다.

"그럼 온천물과 연기도 그렇다는 말인가요?"

도전적으로 질문하면서 그는 온화한 시선으로 신부를 바라보았다.

"몹시 피곤하네요." 신부가 투덜댔다. "인제 그만 가요. 내 말을 믿어요. 나는 평화를 사랑하는 사람이며, 1년 전부터 여기서 전투를 벌이며 살고 있어요. 성당 건립 위원회의 두 무리 사이에서 말이에요."

"그냥 자기들끼리 싸우도록 놔두면 어떻습니까?" 알바레스가 제안했다.

"난 놔두고 있어요." 신부가 말했다. "내일 난 내 개 톰을 데리고 사냥하러 가요. 위원회가 열리든 말든 상관없소. 전통주의자들은 현대 양식을 주장하고, 혁신주의자들은 고딕 양식으로 지어야 한다고 우겨요. 그리고 이 봉사자인 베요드 신부는 순교자의 절제하는 마음으로 때때로 내 집의 씨앗을 뿌리지요. 그런데 내가 낭만주의 양식을 선호한다는 사실을 알아주었으면 좋겠어요. 이 두 무리가 의견을 하나로 모으면, 아마 성당을 짓지 않을 겁니다."

그들은 헤어졌다. 호텔에 들어서자마자 알바레스는 독일 하녀가 계단 아래에 있는 것을 보았다. 그녀는 위를 쳐다보더니 위층으로 달려갔고, 알바레스는 잠시 멍하니 서 있다가, 마침내 식당 쪽으로 돌아 단호하게 노인 린치를 향해 돌진했다.

"무슨 일이죠, 친구? 무슨 생각을 하는 거죠?" 노인이 물었다.

"잠언을 생각합니다." 알바레스가 대답했다. "총알 없는 사냥꾼……"

그때 마담 메도르가 말했다.

"내가 소개해 주겠어요. 13호실……"

"알바레스예요." 알바레스가 겸손하게 덧붙였다.

"내 딸 블란체타예요."

부드럽고 긴 금발의 머리카락과 우윳빛 피부를 지녔고, 눈은 거의 슬프다고 말할 수 있을 정도로 우수에 젖어 있었으며, 코는 섬세하게 그린 것 같았다. 작고 예쁜 여자아이였다.

"여기는 11호실 부인이에요." 여주인이 말을 이었다.

"비앙키 비오네트 부인이에요." 당사자가 여주인의 말을 고쳐 주었다.

"이쪽은 마르틴이에요. 우리 오케스트라 연주자지요." 여주인이 자신 있는 목소리로 말했다. "우리 오케스트라의 전부인 그와 피아노는 우리 무도회에 흥을 돋운답니다. 부탁이니 주목해 주세요. 흥이 부족하다거나 음악이 좋지 않다는 이유로 불평을 들은 적이 한 번도 없답니다."

"이 청년이 있다는 것을 잊지 말아요." 노인이 지적했다.

그는 멧돼지 털처럼 짧게 자른 머리카락과 작지만 둥근 눈, 그리고 항상 미소 지으면서 슬픈 표정을 띠는 젊은 청년이었다.

"아킬리노 캄폴롱고예요." 여주인이 이름이 아니라 입에 담을 수 없는 말을 하듯이 입술을 움직이면서 말했다.

"경제학을 공부합니다." 캄폴롱고가 밝혔다.

조금 떨어진 곳에서 소리치는 정도는 아니지만 어쨌든 큰 소리로—노인들은 아무것도 기대하지 않기에 꿋꿋하며, 또한 귀머거리이기에 그 어떤 공격에도 꿈쩍하지 않는다—린치가 말했다.

"각자 자기 생각만 하시오."

"왜 그런 말을 하시죠?" 알바레스가 물었다.

"왜라니요? 당신은 아르헨티나 사람인데 왜라고 묻는 거요? 애덤 스미스가 경제학 박사들인 자신의 후손을 보았다면, 무덤에서 몸을 비틀 것이오. 뉴스가 들리시오?"

노인은 라디오를 틀었다. 뉴스가 이미 시작된 상태였다. 선명한 목소리가 들리더니 이렇게 설명했다.

"……전시의 비극적 소개疏開와 비교될 수 있는 대량 이주 움직임이……"

생각의 연상 작용이 영향을 끼친 탓인지는 몰라도, 전시라는 말이 나오자마자 기상나팔이 시끄럽게 울리면서 군인 행진곡이 시작되었다. 노인은 양손으로 라디오를 다시 잡았다. 승강이하는 것은 소용이 없었다. 모든 프로그램이 이미 같은 행진곡을 틀고 있었다.

"〈야자수 거리〉*를 엄청나게 좋아하는군." 노인이 말했다.

알바레스는 생각에 잠겨 큰 소리로 말했다.

"교양 있는 노인이군요. 사실 나는 이 행진곡과 다른 행진곡을 구별하지 못해요."

"또 다른 혁명일지도 모릅니다." 캄폴롱고가 슬픔에 잠겨 예언했다. "이 군인들은……"

마담 메도르가 냉소적인 말투로 반론했다.

"차라리 볼셰비키주의자들과 있는 편이 나을 것 같아요." 상승하는 나선 모양으로 움직이면서 그녀는 단단하고 건장한 몸을 일으켰고, 변변치 못한 인간에게 등을 돌리더니 성난 듯이 발로 바닥을 찼다. 그리고 피라미드나 탑처럼 생긴 머리 모양의 얼굴에 다소 성난 표정을 짓더니 그 얼굴을 투숙객들에게 돌렸고, 세속적인 미소를 달콤하게 지으면서 말했다. "괜찮다면, 식탁에 앉으세요."

투숙객들은 그녀의 말을 따랐다. 식사 동안 모두가 말했다. 정치에 대해 말하면서 모두가 흥분했지만, 국가 상황으로 주제가 바뀌자 흥분을 가라앉히고 화해했다.

"여기서 일하는 사람은 누구죠?"

"능력껏 훔치는 거죠."

"윗사람들이 본보기가 되지요. 그들은 공공의 대도예요."

반대 의견도 감지되었지만, 관대하게도 그런 사람들 모두 자기 생각을 억눌렀고, 우리 나라의 파산에 대한 일련의 일화와 분명한 사실

---

* 아르헨티나 군대의 주요 행진곡인 〈동백꽃 거리〉의 패러디.

을 말하면서 친한 분위기를 유지했다.

"다른 지역이 훨씬 더 나으리라 생각하지 마세요." 마르틴이 말했다.

"멀리 갈 필요도 없이 검은아프리카를 보세요." 비앙키 비오네트 부인이 인정했다.

알바레스는 한숨을 내쉬었다. 대화가 지겹고 따분했다. 그는 자기가 쓴 책처럼 그 내용을 외울 정도로 잘 알았다. 그는 이제 돈의 가치에 대한 수사적 질문이 나올 것이라고 정확히 예측했다. 또 이제는 세상 모든 곳을 휩쓰는 탐욕과 악의 승리를 보여 줄 일화들이 이야기될 것이라고 상상했다. 그리고 이제는 탱고의 불한당처럼 '싸울 의욕'을, 즉 용기를 잃어버렸다고 말할 것이었다.

"믿지 않으실 겁니다." 알바레스가 노인에게 속삭였다. "난 이런 일련의 이야기들을 낱낱이, 그리고 자세히 들었어요."

노인이 입을 열었다.

"우리 나이가 되면……"

"그런 말씀 마세요." 알바레스가 대답했다.

"우리 나이가 되면," 다시 노인이 말했다. "우리는 모두 택시 운전사나 우연히 만난 사람과 얼마든지 대화를 나눌 정도로 풍요로운 과거를 갖고 있다오."

"나는 해변에서 느낀 것을 여러분들에게 말하고자 합니다."

"자, 그럼 해 봐요."

"난 린치 씨에게 말했습니다." 목소리를 높이면서 알바레스가 밝혔다. "오늘 아침, 해변에서……"

그는 두려웠다고, 마치 누군가의 공격을 받을 것 같았다고, 아니면 그것보다 더한 일이 일어날 것이라는 예감을 했다고 언급했다. 그러고서 말을 맺었다.

"이 고정관념 때문에 완전히 아침을 망쳐 버렸어요."

"공격이라고…… 뒤에서 말인가요?" 마르틴이 캐물었다.

"그러지 말아야 하는 법이라도 있나요?" 알바레스가 대답했다. "혹은 바다 쪽에서인지도 모르죠."

"뭐가 두려웠죠?" 블란체타가 물었다. "괴물이 나와서 먹어 치울까 봐서 겁났어요? 해변에 있을 때마다 나는 황당한 것을 꿈꿔요."

그러자 여주인이 끼어들었다.

"괴물이 나올 수 있지요, 그래요, 하지만 아마도 기술자일 수도 있을 거예요. 캄폴롱고 씨, 어떻게 생각해요?"

그러자 캄폴롱고는 기분 나빠 하면서 물었다.

"나 말인가요? 내가 무슨 관련이 있죠?"

"바로 그거예요." 여주인이 대답했다. "그게 바로 내가 생각하는 점이에요. 매일 오후 해변에서 캄폴롱고 씨는 무엇을 보려는 것일까? 아니 당신들이 원하는 대로 표현하자면, 그는 무엇을 볼까? 아니면 누가 그를 볼까? 바다를 보면서 스웨덴식 체조를 하지요. 아니면 스웨덴 사람인 척하면서 신호를 보내요. 캄폴롱고 씨, 황새치에게 보내나요? 아니면 잠수함에 보내는 건가요?"

"아마도……" 비앙키 비오네트 부인이 의견을 냈다. "알바레스 씨가 영문도 모른 채 잠수함을 보았고, 그래서 놀란 것일 수도 있어요. 이런 일은 얼마든지 일어날 수 있어요."

"더 이상한 일도 일어날 수 있소." 린치가 말했다. "존 윌리엄 던의 이론을 아나요? 나는 그 이야기를 하면서 인생을 보낸다오. 과거와 현재와 미래가 동시에 공존하는데……"

"난 관심 없어요." 캄폴롱고가 말했다. "나와 아무런 관계가 없어요."

"있을 수 있소." 린치가 말했다. "시간은 때때로 서로 연결되기 때문이오. 특별한 사람들, 그러니까 진짜 예언자들은 과거와 미래를 봐요. 당신에게 알려 주고 싶은 게 있는데, 미래가 존재하지 않는다면 예언은 수용될 수 없다오. 없는 것을 어떻게 볼 수 있겠소?"

캄폴롱고가 질문했다.

"당신은 알바레스 씨를 예언자라고 여기나요?"

"절대 그렇지 않소." 린치가 단언했다. "가장 일반적인 사람들, 심지어 가장 세속적인 사람들도 조건이 되면 다른 시간에서 서로 연결된다오. 무슨 말인지 알겠소? 오늘 아침 알바레스 씨는 해적 돕슨이 배에서 내리는 것을 예감했을 수도 있어요."

"있을 수 없는 일이에요." 여주인이 의견을 피력했다. "돕슨이 살아 있다면 오늘날 150살 이상 되었을 거예요. 아무도 그 나이만큼 살 수는 없어요."

린치는 여주인의 의견을 무시하고서 계속 말했다.

"알바레스 씨의 안색을 보면 너무 많이 햇볕을 쬔 것 같지 않소? 난 그걸 정확하게 파악했다오. 전문가들에 따르면, 일사병, 감염, 고열은 이런 특별한 환상으로 가는 문을 열어 준다오."

"왜 그렇게 좋지 않은 것을 생각하지요?" 비앙키 비오네트 부인이 물었다. "잠깐만이라도 당대의 해적이 얼마나 무례하고 몰상식한지 상상해 보는 게 어때요?"

"상스럽고 추잡한 사람은 모두 이해관계에 따라 행동하지요." 마담 메도르가 말했다.

"린치 씨, 현대 것을 다뤄 보세요." 블란체타가 부탁했다. "나는 현대적인 것을 원해요. 오늘날 사람들은 비행접시에 관해 말해요."

"그래요." 마르틴이 인정했다. "머리가 깬 젊은이들은 그룹을 만들어 비행접시를 관찰합니다. 이미 클라로메코에 한 그룹이 있어요. 난 회계 담당자의 친구예요."

그러자 가슴을 내밀고 머리를 거만하게 치켜들고서 마담 메도르가 예고했다.

"테라노바도 친한 친구인 것을 보면, 아마도 클라로메코 친구들의 기금도 곧 바닥날 것 같네요."

그날 밤 알바레스는 마치 술에 취한 사람처럼 힘겹게 잠을 잤다. 다음 날 시원한 공기를 찾아 창문을 활짝 열었다. 하지만 금방 닫고 말았다. 창문을 열자마자, 배 속이 텅 빈 탓인지 밖의 냄새 때문에 구역질을 느꼈던 것이다. 밀크커피도 그다지 맛있지 않았고, 심지어 달콤한 꿀에서도 유황 냄새의 흔적을 느꼈다. 그는 오래된 과자로 아침 식사를 했다. 그리고 최선을 다해 독일 아가씨, 그러니까 그와 말하고 싶다면서 고집을 피우던 하녀를 멀리했다. 복도의 거울에서 그는 색 바랜 소프트 모자*를 쓰고 수영복을 입은 중년 남자의 우수에 젖은 모습과 만나자, 의기양양하게 "재앙이군"이라고 말했다. 계단을 내려가자 숨이 막혔다. 혹시 몰라서 계단 난간을 한쪽 손으로 잡았다. 아래에 마담 메도르가 있었다.

"창문을 열어야 할 것 같아요." 알바레스가 말했다. "이곳 안의 공기

* chambergo. 챙이 늘어진 중절모.

를 들이마시기가 조금 힘드네요."

그러자 여주인이 대답했다.

"환기해 달라는 건가요? 아니면 기류가 그렇다는 건가요? 미치지 않는 한 그렇게는 할 수 없어요. 어떻게 말해야 할지 모르겠지만, 밖의 공기는 강한 냄새를 풍겨서 더 숨이 막혀요."

"바다 냄새인가요?"

여주인은 어깨를 으쓱하고서 몸통과 가슴을 똑바로 세우고는 자기가 할 일을 하러 갔다.

문이 열리자 알바레스는 다시 뒤로 돌려고 했다. 그날 아침 밖으로 나간다는 것은 마치 온실로 들어가는 것과 같았다. 실외 공기는 실내 공기보다 더 숨 막혔다. 냄새에 관해서 말하자면, 그것은 그에게 일종의 환상을 갖게 했는데, 그 환상은 거대한 썩은 고기로 가득한 원형 모양의 수평선이었다. 비바람이 몰아치는 날이었다. '강풍을 동반한 폭우였어'라고 떠올렸다. '아마도 세상을 정화했을지도 몰라.' 하지만 그는 해변에서의 아침을 잃고 싶지 않았고, 게다가 이번 휴가는 짧고 많은 돈이 들었기에 용기를 내 호텔에서 나와 거친 날씨와 악취 속에서 산책하려고 했다. 화단에서 시든 꽃들을 보자, 그는 혼잣말했다.

모든 정원의 꽃 같아.

그 시구가 어디에서 나온 것일까? 그는 기억이 떠오를 듯한 인상을 받았다. 그에게는 멋지고 흥분된 기억이었는데…… 잠시 혼란스러운 순간이 지나자, 점심시간에 린치에게 물어봐야겠다고 마음먹으

면서 생각했다. '그 노인은 많은 책을 읽었어.'

해변 근처에 오자 악취는 놀라울 정도로 심해졌다. 알바레스는 조금만 시간이 지나면 사람은 그 어떤 냄새에도 익숙해진다고 생각했다. 그리고 벼랑 언저리에 오자, 그런 시간이 될 때까지 참아 낼 수 있을지 의문을 품었다. 그는 조류潮流용 세로 홈통이 튀어나와 있으며, 희미하게 보이는 해변의 한 구간을 자신이 발견했다는 사실을 알았다. 바닷물 표면에서 그는 덩어리와 물거품을 보았다. 소스라치게 놀라면서 덩어리와 물거품이 가만히 있다는 것을, 그리고 바다도 가만히 있다는 것을 깨달았다. 그리고 마지막으로 가장 분명하게 드러난 이상한 현상을 살펴보았다. 그것은 바로 바닷소리가 멈추었다는 사실이었다. 단지 성난 갈매기들의 꽥꽥 우는 소리만이 음울한 침묵을 깨고 있었다. 알바레스는 신발을 벗었다. 그리고 전혀 차이가 없는 장소에서 자기가 있을 곳을 세심하게 고르는 개처럼 드러누울 장소를 찾아 백사장에 야영했다.

그는 햇빛을 피하려고 절벽 쪽으로 가지 않았다. 더럽고 시커먼 구름이 하늘을 뒤덮고 있었던 것이다. 그는 눈을 감았다. 잠시 후 전날의 모호한 의심이 엄습했다. 당황한 그는 아침의 무거운 공기가 자기 위로 쏟아져 내려오고 있다는 것을 알았다. 그는 아무렇게나 단어들을 중얼거리면서, "무기력한 나는 잠들고 말 것이다"라고 말했다.

그는 해변 한가운데에 있었다. 벼랑과 바다 사이였다. 그는 생각했다. '노출된 몸. 마치 쟁반에 있는 것 같다. 벼랑 옆에 있으면 적어도 등은 햇빛에서 보호될 것이다. 그건 하나의 생각에 불과하다. 공격자가 갑자기 위에서 나타나 떨어질 수 있기 때문이다. 하지만 아니다. 지금 내게 오는 것은 바다에서 온다.' 그가 결론을 잊었기 때문인지, 아니면 졸려서인지, 그는 제자리에서 움직이지 않았다. 갈매기들이 그토록 많았던 적은 없었다. 그 갈매기들이 점점 내려오더니, 마지막 순간에 미친 듯이 날갯짓을 하고 성난 울음소리를 내며 다시 하늘로 돌아갔다. 새로운 소리가 났고, 그 소리가 갈매기들의 소리를 잠재웠다. 알바레스는 그 소리를 듣고서 배수관으로 물이 흘러가다가 마지막으로 공기와 뒤섞이는 소리를 떠올렸다. 그는 바다가 아직도 거기 있다는 사실을 알았고, 바다 표면의 흔치 않은 움직임 속에서 끓기 시작할 때 나타나는 거품을 보았다. 그리고 잠시 후, 물이 그토록 요동치는 원인은 극단적으로 긴 몸 때문이라고 여겼다. 그것은 얼마나 깊은지 아무도 모르는 바닷속에서 모습을 드러내 움직이면서 물속을 마구 휘젓고 다녔다. 그는 두려움보다는 관심을 보이면서 '바다뱀이야'라고 추론했다. 그 신비스러운 육체 아래로 많은 것들이 우글댔고, 그것들이 움직이는 것을 보면서 그는 서로 숫자를 부르면서 그물을 들어 올리는 어부들이나, 서커스에서 우리를 이동하는 부지런한 일꾼들을 떠올렸다. 그런 활동은 앞으로 나아가는 경향, 즉 육지를 향해 나아가는 경향이 있었다. 그것은 아래에서 위로만 움직여, 라고 그는 결론 내렸다. 곧이어 엄습한 적막함 속에서 알바레스는 활 모양의 아치를 보았다. 그러고서 그것이 심해의 바닥으로 가라앉는 긴 터널의 입구라는 것을 깨달았다. 그 입구의 어둠 속에서 여러 색깔이 잇따라 나타나 정돈되더니 수행 행렬을 이루었다. 그것들은 그를 향해 천천히, 하지만 단호하게 다가왔다. 맨 앞에는 화려하게 옷을 입은 이국적인 모습의 뚱뚱한 사람이 걷고 있었다. 푸르스름한 어둠이 드리워진 얼굴과 손을 갖고서 요란한 색깔의 의상을 입은 그 왕은 바로 바다의 신인 넵투누스*였다. 의식과 축제가 벌어지더니, 이제는 커다란 경주 시합이 바닷가에서 벌어졌다. 기분 좋게 알바레스는 그 광경을 찬미했다. 왕은 슬픈 표정으로 화답했다.

"마지막이라오."

바다의 신이 말한 이 단어는 아주 중요한 것을 드러내고 있었다. 그것은 이제 세상의 종말이 다가왔다는 것이었다. 고삐 풀린 검은 말이 그를 스쳐 지나가자, 그는 소리를 지르며 잠에서 깨어났다.

그는 반짝이는 어두운 표면, 마치 땀 흘린 덩치 큰 말과 같은 것 옆에서 눈을 떴고, 본능적으로 그것에서 멀어졌다. 그의 눈에 물고기가 들어왔다. 그는 완전히 도취한 상태로 두려움과 역겨움을 최대한 억누르고서 농담하듯이 생각했다. '이것도 아무 일 없이 지나갈 거야.' 마지막 호흡을 하면서 기괴한 큰 덩어리는 죽어 갔다.

알바레스는 진짜 악몽을 일깨운 터였다. 벼랑부터 바다까지 병들거나 죽은 어마어마한 물고기들이 만을 가득 채우고 있었다. 흙냄새가, 또한 썩은 냄새가 진동했다. 가능한 한 빨리 그곳에서 도망치는 것이 그의 유일한 염원이었다. 그는 일어났고, 교묘하게 괴물들을 피했으며, 얼마 전에 내려왔던 오솔길로 기어 올라갔다. 완전히 혼란스럽고 두려운 가운데 그는 '겉모습은 물고기지만, 이것은 고래야'라고 구체적으로 생각했다. 높은 곳에 이르자 돌출부에 서서 그는 모든 해변에—몇몇 지역에서는 지금껏 한 번도 보지 못한 규모였으며, 아마도 바다로 들어가려면 몇 킬로미터에 걸쳐 있는 커다란 물고기들을 지나야만 했다—살진 고래들과 거대한 물고기들, 그리고 수많은 작은 어치들을 널어 말리는 곳 같은 장소들이 무한하게 반복되면서 펼

* 그리스어로는 '포세이돈'이다.

쳐져 있다는 것을 깨달았다.

　그는 반대 방향, 즉 내륙 쪽을 쳐다보았다. 새들 때문에 공기가 혼탁했다. 정신이 혼미한 상태에서 그는 순간적으로 그 새들이 저쪽 아래에 있는 갈매기들이라는 것을 확인했다. 그 새들이 검은색으로 변해 있었지만, 이유는 알 길이 없었다. 그것들은 해변에 늘어져 죽은 무수한 물고기 때문에 그곳으로 유인된 까마귀들이었다.

　그는 종종걸음으로 돌아가는 길을 재촉했다. 세상 종말의 시간이 되면 노천보다는 호텔에 있는 것이 더 안전하다는 부적절한 확신이 그를 지배했기 때문이다. 위험에 처하자 그는 집으로 돌아가고자 했다. 그리고 고아가 어른 남자라면 아무나 자기 아버지라고 여기듯이, 행자가 집이라는 성격을 호텔 방에 부여한다는 것은 익히 알려져 있다. 방갈로 옆에서 그는 교회 찬송가를 들었고, 그러자 오래전 코르도바 산맥에 있는 아주 조그만 마을에 도착했던 때를 떠올렸다. 달빛을 받아 환히 빛나던 허물어진 교회에서 아이들이 미사 합창곡을 부르고 있었다. 그 기억처럼 멀고 희미했지만, 그는 갑자기 그것이 바로 어제라고 생각했다. 그때만 해도 아직 모든 것의 종말이 되돌릴 수 없이 임박했다는 것을 전혀 모르고 있었다.

　식당에서는 여자들이 무릎을 꿇고 라디오 앞에서 기도하고 있었다. 라디오에서는 모차르트의 레퀴엠이 흘러나왔다. 알바레스는 마음속으로 중얼거렸다. '내게 필요한 것이야. 마치 충분히 두려워하지 않는 것처럼 말이야. 아, 아니야.' 그러고서 그는 정정했다. '내게 필요한 음악이 바로 이거야.' 실제로, 블란체타는 전화실에서 나왔고, 까치발로 식당에 들어와 무릎을 꿇었다. 일다는 앞머리를 모으고서 의미심장한 눈길로 알바레스의 눈을 바라보았다.

미사가 끝나자 여주인이 일어나 지시하기 시작했다.

"일다, 음식 가져와. 우리의 삶은 계속되고 있어."

알바레스가 말했다.

"음."

"배는 가라앉았지만, 선장은 함교에서 자리를 지키고 있지." 린치 노인이 말했다.

"알바레스 씨, 괜찮다면 내가 알려 드리지요." 캄폴롱고가 제안했다. "정부는 가면을 벗었어요. 라디오는 미사와 자애로운 조언을 번갈아 방송하면서 노골적으로 반칙이라고 전하고 있어요."

"왜 반칙이죠?" 린치가 따졌다. "평정을 잃지 말아야 해요."

알바레스는 캄폴롱고의 말을 반박하고 싶지 않았고, 그래서 노인에게 귀엣말로 속삭였다.

"평정이라고요? 그 단어는 비꼬는 것 같네요. 난 우리의 기계 전체가 우리를 망가뜨리고 있는 게 아닌지 의심되네요."

"의심하지 마요." 린치가 대답했다.

"바다가 썩는 것 같아요." 블란체타가 말했다. "악취 풍기는 물이 넘쳐 나는데, 그건 분명히 건강에 몹시 안 좋을 거예요. 내 말을 믿지 않겠지만, 난 물에서 악취가 나면, 이유는 모르겠지만 몸이 영……"

"정말 불결해요!" 비앙키 비오네트의 목소리가 소리쳤다.

"그건 일반화된 현상이에요." 마르틴이 자세하게 설명했다. "니스에서 온 전보 얘기 못 들었어요? 유럽 해변 전체가……"

가슴 아파하면서 캄폴롱고가 주장했다.

"니스와 유럽 얘기는 그만해요. 아르헨티나 사람은 항상 외국에 시선을 고정하지요. 언제까지 그래야죠? 마르틴 씨, 여기에, 아주 가까이에, 네코체아나 마르델수르, 혹은 미라마르나 마르델플라타에 모든 게 있어요. 그러니 개미들은 공포에 질려 이미 위대한 탈출의 길을 시작했을……"

"비극이지요. 내 가슴이 찢어지는 것 같아요!" 블란체타가 말했다. "가난한 사람은 최대한 무거운 짐을 짊어지고, 목적지 없이 행진하는 부대에 합류하지요. 보세요, 내 얼굴로 눈물이 떨어져요."

"허풍쟁이지만 정이 많은 여자군." 노인이 차갑게 진단했다.

"목적지 없는 부대가 이곳으로 오지 못하게 해야겠네요." 비앙키 비오네트가 손짓하면서 한숨을 내쉬었다.

"기발하게도 행진 방향은 내륙 쪽이에요." 마르틴이 자신 있게 말했다. "이런 점에서 니스는 시골 기차역들과 같아요."

"니스 이야기는 그만해요." 캄폴롱고가 투덜댔다.

그러자 마르틴이 경고했다.

"한 번만 더 따분해하면 세상 끝이 어떤지 보여 주지 않고 그냥 놔둘 겁니다."

"친구 알바레스, 여기서 바로 흉악범이 진실을 직관하는군." 린치가 가리켰다. "이런 구경거리를 직접 보는 것은 좀처럼 오지 않는 특권이지. 적어도 나와 당신 같은 사람에게는 말이야."

마지못해 알바레스가 대답했다.

"흠."

"나는 내가 있는 곳에 그대로 있게 해 달라고 부탁하고 싶어요." 비앙키 비오네트가 속마음을 털어놓았다. "우리 역시 집시 극단을 만들어 거리를 점령한다면 난 죽을 것 같아요."

"이유가 뭐죠?" 여주인이 물었다. "당신이 어디를 가든 그는 당신을 원하고 있어요."

"바다 공기가 다시 숨쉴 수 없을 정도로 되는지 지켜봐야 할 거예요." 노인이 말했다.

그러자 비앙키 비오네트 부인이 반박했다.

"길게 보면 사람은 무엇에든 적응해요."

"바다가 썩고 대지의 물이 대안이 되는 동안에는," 여주인이 말했다. "'영국 해적'의 고객은 마지막 순간까지 최고의 술과 고급 음료수를 맛볼 거예요. 집으로 돌아가면, 당신 친구들에게 그 이야기를 꼭 해 주세요. 그것보다 더 나은 홍보는 요구하고 싶지 않아요."

우주적 현상에 기대어 세상 종말이라는 주제는 점심 내내 지속하였지만, 식후 커피를 마실 시간이 되자 이미 현실성을 상실하고 있었다. 어머니와 딸은 심한 논쟁을 벌였다. 블란체타는 분석했다.

"내가 행운아며 젊고 아름답다고 그러지는 마세요."

그러자 마담 메도르가 대답했다.

"그래, 네가 젊은 건 사실이야, 블란체타. 그리고 네겐 앞으로 살아갈 날이 아주 많이 남아 있어." 거친 숨을 몰아쉬면서 그녀는 덧붙였다. "내가 아무리 씩씩거려도, 괴물도 널 망가뜨리지는 못할 거야."

"이봐요." 린치가 말했다.

밖의 햇빛이 멋지게 바뀌고 있었다. 마치 시간을 착각한 오로라가 쉬지 않고 나타나는 듯했다. 나머지 사람들이 창문으로 쳐다보는 동안, 마르틴은 까치발로 식당에서 나가 전화실에 들어가 버렸다. 손가락이 짧은 손으로 일다는 앞머리를 모으고서 다시 알바레스의 눈을 쳐다보았다. 그리고 잠시 후 그녀 역시 식당에서 나갔다.

"이럴 줄 알았어요." 마담 메도르가 확신하며 말했다. "돈에 대한 광기가 절정에 이르렀어요. '라레구아' 여주인은 소나무 숲을 팔았어요. 자신 있게 말하는데, 입구의 거리에 있는 것들은 수령이 백 년은 되었을 거예요. 그런데 여러분은 정치에 대해서 어떻게 생각하죠? 마을 청사에서 누가 영향력을 행사하는지 알아요? 이 마을의 미친놈인 팔라딘이에요. 위대한 팔라딘이라는 이름으로 더 잘 알려져 있지요. 그 작자는 어제까지만 해도 솔직히 눈 뜨고 볼 수 없는 말을 타고서 동냥을 하던 사람이에요."

"도덕적 명분을 제시하는군요. 여기에서는 그 누구도 세상 종말을 진지하게 고려하지 않아요." 알바레스가 유감을 표했다.

"아무도 세상 종말을 믿지 않아요." 노인도 긍정했다. 그리고 잠시 후에 물었다. "무슨 생각을 하는 거죠?"

"아무 생각도 하지 않습니다." 알바레스가 대답했다.

거짓말이었다. 그는 이렇게 생각하고 있었다. '사람들과 함께 있으면 혼자 있고 싶고, 혼자 있으면 사람들과 함께 있고 싶어.' 그는 다시 거짓말을 했다.

"금방 돌아올게요."

그는 식당에서 나갔고, 입구 현관에 도착하자 무엇을 해야 할지 몰랐다. 일다를 보자, 그곳에서 도망쳐야겠다고 단호하게 결심했다. 일다는 그보다 먼저 현관문 손잡이를 잡았다.

"무슨 일이죠?" 알바레스가 물었다.

"마르틴과 테라노바가 나누는 대화를 엿들었어요. 책상에 있는 수화기를 들면 모두 들리거든요. 오늘 밤 12시 생일 파티에서 마담 메도르는 블란체타에게 반지를 선물할 거예요. 그러면 잠시 후 블란체타는 파티에서 도망쳐서 벼랑 아래의 해변으로 내려갈 테고, 그곳에서 테라노바가 그녀를 기다리고 있을 거예요. 그녀는 자기의 위대한 사랑과 도망치게 될 거라고 굳게 믿고 있지만, 저 불한당들은 다른 걸 계획하고 있어요. 단숨에 에메랄드를 빼앗고 그녀를 발로 걷어찰 거예요. 그들이 어디서 말했는지는 말하지 않겠어요. 그리고 두 명의 유한계급자처럼 부에노스아이레스로 곧장 갈 거예요. 불쌍한 블란체 타!"

"그녀처럼 허영으로 가득한 여자는 보지 못했어요."

"착한 애예요. 그녀가 얼마나 실망하고 좌절할지 아시나요?"

"당신은 전혀 바보 같지 않아요. 그런데 지금 그녀가 실망하고 안 하고가 왜 중요하죠? 이제는 그 어느 것도 중요하지 않아요." 그는 손 등으로 일다의 이마를 여러 번 만지면서 물었다. "도대체 세상 종말 이 왔다는 것을 언제나 깨달을까요?"

"아무것도 중요하지 않다면……" 일다는 묻는 투로 따졌다.

알바레스는 말했다.

"아주 가까이서 보니 혼란스러워하는 얼굴이군요."

그는 초조하게 웃으면서 그녀를 피했다. 그녀의 손이 손잡이에서 떨어진 상황을 이용해 문을 밀어 열고서 밖으로 뛰쳐나갔다. 그는 달 리면서 생각했다. '다행히 용기를 냈어.' 놀라울 정도로 빠르게 그는 집에서 20~30미터 떨어진 공터에 이르렀다. 거기서 또 다른 두려움 이 그를 진정시켰다. '이건 정말 끔찍해.' 그는 말했다. '정말 소름 끼 치는 색깔이야. 모든 게 자줏빛이 되었어. 그리고 정말로 고약한 냄 새가 나. 그런데 내가 왜 일다에게서 도망치는지 모르겠어. 나처럼 나이 먹은 남자가…… 내가 미친 걸까?'

바로 그때 그는 나무 사이에서 움직이는 그림자 하나를 보았다. 신부였다. 신부는 어깨에 엽총을 메고 그의 개 톰과 함께 있었다.

"신부님." 알바레스는 냄새와 놀라움에 약간 목이 막혀 말을 더듬 었다. "오늘 같은 날 사냥을 나가세요?"

"사냥하면 안 되나요?" 베요드 신부가 물었다.

"난 신부님이 이 세상 사람의 반에게 종부성사를 주느라 정신없을 줄 알았어요."

"아직 그 시간이 되지 않았어요. 그 시간이 오면 모두에게 종부성 사를 주어야 할 겁니다. 그러기 위해서는 신부 한 사람으로는 부족하 지요. 그래서 나는 각자 평상시처럼 삶을 살아야 한다고 설교합니다. 인간의 활동에는—이 순간에 나는 당신에게 그 어떤 것도 말하고 싶 지 않아요!—간절한 소망이나 기도 같은 측면이 있지요. 그건 바로 창조주에 대한 믿음의 증거이기 때문이지요."

"예를 들어 설교하고 사냥을 나가는군요."

"아는 척하지 말아요. 항상 인간은 완전히 결백한 상태에서 피조물 을 죽였지요."

"불쌍히 여기는 것이 현학적인 건가요?"

"아니지요. 문제는 내가 내 무덤을 팠다는 거지요. 나는 '아무 일도 없었던 것처럼, 그대로 해야 해'라고 말했는데, 그때 성당 건축 위원 회와 약속했다는 것을 잊었어요. 오늘 내가 도망가는 것은 옳지 않지 만, 내 마지막 오후를 저 짐승들에게 바칠 정도로 나는 건강도 좋지 않고 기독교인의 인내도 없어요. 난 내 사냥개 톰과 함께 들판으로 갑니다. 톰은 너무나 놀라 말할 능력을 상실했어요. 그래서 내가 자 기를 버렸다고 말하지도 못할 거예요."

"신부님, 정말로 세상 종말이 왔다고 생각하세요?"

"그건 그 누구도 마음속으로 믿지 않는 것이지요. 하지만 아마도 썩은 바닷물과 유황 냄새가 나는 민물이 우리의 믿음보다 더 중요할 지도 몰라요."

"그게 루시퍼의 냄새인가요?"

"진지하게 말한다면, 나는 당신들이 액체의 문제에서는 나보다 낫 다고 생각해요. 마담은 훌륭한 포도주 창고를 갖고 있다고 으스대기 때문이지요. 내가 보관하고 있는 것은 모두가 '라크리마 크리스티' 포도주인데, 사나흘 이상은 마실 수 없는 양이거든요."

"우리가 보관하고 있는 것도 분명히 나흘이나 닷새 정도 마실 분량 일 겁니다. 그런데 그게 왜 중요한가요, 신부님?"

"인간의 목숨은 항상 날로 계산되었거든요."

"그렇게 며칠 안 되는 숫자로 계산되지는 않았어요. 이제 하루 더 산다면, 아마도 죽으려고 하지 않는 사람들의 공격에 노출될 겁니다. 아마도 세상의 종말이 아닐 수도……"

"각자에게 죽음은 항상 세상의 종말이었어요. 이번에는 모두에게 영혼을 준비할 시간이 되었어요. 라플라타의 기상대처럼 믿을 수 있 는 정부 기관이 이런 기상천외한 소식을 전한다면, 모두가 거의 의심 하지 않을 거예요. 당신들은 라디오에서 이 소식을 들었나요?"

"며칠 내로 기상대도, 라플라타 도시도, 공공기관도 없어질 거로 생각하니 슬퍼지네요."

"당신이 비웃는 것은 당신이 용감하기 때문이지요. 영혼은 살아남 을 것이고, 그러면 우리의 모든 용기를 도와줄 시간이 오게 될 겁니 다."

"그냥 심심풀이로 농담한 겁니다. 난 겁쟁이거든요. 신부님에게 사실을, 그러니까 중요하지 않지만, 내가 보기에 아주 이상한 것을 말해 드릴까요? 세상에서 일어나고 있는 일을 보면서, 나는 끊임없이 잊힌 시구들을, 너무나 잊혀서 내가 시를 지을 능력이 있다면 내 작품이라고 믿고도 남을 시구들을 떠올려요. 예를 들어, 지금 머릿속에서 단조로운 노랫가락을 듣고 있고, 나는 이렇게 말하지요. '친구들이여, 이제 나는 종말이 가까워져 오는 걸 보고 있소.'"

"훌륭해요, 훌륭해요. 나는 당신의 자질이, 그러니까 완벽한 시인으로 제대로 평가받는 날이 곧 올 거라고 예상해요."

"내가 세상 종말을 말하고 있다고 생각하시나요?"

"마음대로 생각하시오."

"어쨌거나 나는 이 시구들이 누구의 것인지 노인에게 묻지 않고는 세상 종말을 붙잡고 있을 생각은 없어요. 하지만 내 기억력이 너무 나빠서……"

"나는 톰과 내가 오늘 한 마리라도 잡을 것인지 생각하고 있어요. 평소처럼 메추리들이 날아다닐까요?"

"당신 둘을 보면 아마도 그렇게 할 겁니다. 물론 솔직히 말해 이런 햇빛으로는……"

두 사람은 함께 약간 걷고는 작별했다. 알바레스는 호텔로 발걸음을 옮겼다. 비록 호텔이 시야에서 사라지지 않았지만, 빛의 색조가 바뀌면서 그날의 땅거미가 지며 어두워지자 그 장소의 모습이 변했기에 엉뚱한 길로 빠질까 싶어 두려웠기 때문이다. 곧이어 근처에서 말이 울부짖는 소리가 울려 퍼졌다. 그러자 알바레스는 놀랐고, 초조하게 다가오던 말을—머리와 귀를 쫑긋 세웠고, 눈은 무뚝뚝했으며, 입술은 열린 채 가쁜 숨을 몰아쉬었다—보았다. '개들에게서 도망치지 말아야 해'라고 떠올렸고, 스스로 '도시 사람인데 누가 너를 들판으로 나가라고 지시하지?'라며 자신을 타일렀다. 이제 말은 그를 따라잡고서 그의 옆에서 걸었다. 마치 그와 함께 가면 기운이 나고 위로가 되는 듯했다. 알바레스와 말은 상당히 긴 구간을 함께 걸었다. 그 역시 마음을 진정시키고, 심지어 밖에 있게 될 자기 동료를 불쌍히 여기기에 충분한 거리였다.

호텔에 도착하기 전에 그는 〈성도들이 행진할 때〉를 들었다. 사람들은 식당에 있었다. 창문으로 일다를 보았다. 식탁 위에서 신발을 벗은 채 손에 깃털 먼지떨이를 들고서 화관의 먼지를 떨어내느라 정신이 없었다. 그는 생각했다. '어린 여자아이야. 그런데 그럴 수는 없어.' 그러면서 그는 신속하게 덧붙였다. '그런데 내 눈에 가장 먼저 들어온 게 저 여자아이야.' 마르틴은 피아노를 치고 있었고, 린치와 비앙키 비오네트 부인은 청중처럼 앉아서 대화를 나누었다. 블란체타는 식탁에 접시와 냅킨과 빵을 나눠 주었고, 마담 메도르는 우뚝 솟은 고상한 머리 모양을 하고서, 손가락에는 반짝이는 진짜 에메랄드 반지를 낀 채 지시를 내렸다. 말에게서 벗어나자 안심하며 그는 집으로 들어갔다. 살그머니 삐걱거리는 계단을 올라가 자기 방으로 갔다. 문을 닫자마자—그는 아무 이유도 없이 열쇠로 잠갔다—상황과 직면했다. 그러면서 그는 무언가를 제대로 이해하려면 혼자 있어야 해, 라고 생각했다. 그런 동안 한기가 등을 타고 내려왔다. 그러자 그의 생각은 재빨리 다소 뜻밖의 이미지로 바뀌었다. 그것은 어릴 때의 길모퉁이로, 그곳에는 첨탑이 있는 학교가 있었다. 그래서 뾰족한 회색의 디저트 같거나 아니면 뱃머리 같았는데, 그 뱃머리에는 그 누구도 부정할 수 없는 벤하민 소리야*의 조그만 흉상이 붙어 있었다. 혹은 쇠로 만든 암탉 같기도 했는데, 그 암탉은 동전을 넣을 때마다 '로스 라고스' 전시관에서 설탕 입힌 달걀을 낳곤 했었다. 그런데 그것을 기억하는 사람이 아무도 없을까? 그 순간 역사의 현실은 죽어 가는 사람의 꿈과 흡사했다. 그리고 부모님의 기억과 그의 집에 대한 기억이 멈춘다고, 아마도 어느 여자아이(에르실리아 비욜도)의 얼굴이 완전히 잊힌다고 생각하자, 진정한 보편적 자산—마리아노 모레노가 공해에서 죽은 것이나, '우리와 우리의 후대와 세상의 모든 사람을 위한' 헌법 서문처럼—이 사라진다는 생각이 들었고, 그러자 참을 수 없이 슬프고 애처로운 느낌을 받았다. 그는 침대에 드러누워 잠을 자려고 했다. 물론 잠을 잔다는 것은 가능하지 않았다. 이것을 생각하면서 그는 거울이 달린 어둡고 커다란 옷장의 라벤더 향내를 꿈꾸었다. 어머니가 가까이 있음을 줄기차게 떠올리게 만드는 냄새였다. 그것은 너무나 완전한 확신을 주었기에 그는 자기가 꿈을 꾸지 않고 있는 것인지 의아했고, 괴로워하며 잠에서 깼다. 동시에 일종의 애절한 부르짖음도 그의 잠을 깨우는 데 한몫했다. 처음에 그는 그것이 어느 개가 멀리서 문을 긁으며 밤에 우는 소리라고 생각했다. 그런데 갑자기 자기 침실 문에서 긁고 우는 소리가 났는데 그것이 너무 순하고 부드러워서 마치 멀리서 나는 소리처럼 들린다는 사실을 깨달았다. 알다가 여주인을 무서워하고 있었던 것이다! 그 여자아이는 문을 열어 달라고 애원하면서 울고, 숨 막힐 듯이 웃으며 반말을 썼고, 말로 응석을 부리면서 애무를 약속했고, 말로 갑자기 키스를 퍼부었다.

다행히도 바로 그때 마담 메도르의 목소리가 울렸다.

* 1840~1896 아르헨티나의 법조인이자 정치인으로 살타 지방 주지사, 내무부 장관 등을 역임했다.

"일다, 어서 와! 어디에 있어, 빌어먹을 년!"

하녀는 급히 아래로 달려갔다. 물론 그녀를 불쌍히 여기면서 알바레스는 다음과 같은 말을 확인했다. '쫓겨난 불쌍한 짐승. 그냥 놔두면 고집쟁이가 된다는 것은 분명한 사실.' 또한 그는 가능한 한 빨리 방에서 나가는 게 좋다고, 다시 포위되지 않는 게 좋다고 생각했다. 그러자 그는 침대에서 뛰어내렸고, 블란체타를 축하하기 위한 저녁 식사를 떠올렸으며, 자기가 미치지 않았다는 사실을 확인하면서 기뻐했고, 새 속옷을 만졌으며, 조그만 목소리로 '용기'라는 단어를 반복했고, 두려움을 갖고 문을 살며시 열었으며, 조심스럽게 사방을 둘러보았고, 한 번에 세 계단씩(거의 무너질 지경이었다) 성큼성큼 내려갔다. 그런데 식당에 들어가자마자 일다와 마주쳤다. 여자아이는 울었던 흔적이 있는 눈으로 그를 정면으로 바라보면서 말했다.

"당신은 매정하기 짝이 없어요. 왜 당신은 사람들이 블란체타에 대해 말하는 것을 원치 않는 거죠?"

"아, 여자들이란." 그는 이렇게 중얼거리면서, 여자들이란 이해할 수 없는 존재라는 보편적인 사실을 덧붙였다.

정말로 일다는 여주인의 딸에 대해 좋게 말하기 위해 그의 방으로 왔던 것일까? 그는 다른 이유가 있다고 생각했다. 아마도 그녀 자신의 욕망이 영향을 끼쳤을 것이라고 여겼다. 그러나 이제 그 모든 것은 하나의 기억에 불과했다. 하녀의 말을 어떻게 확인하거나 대조할 수 있을까? 그는 아무것도 확신하지 못했다. 오로지 블란체타가 멍청하고 허영심이 많은 여자라 그 어떤 희생도 할 가치가 없다는 사실만 확신했다. 잠시 후면 세상이 그들과 함께 끝날 텐데, 블란체타의 환멸과 좌절이 중요할까? 아직도 일다가 위협과 협박을 받고 있다면…… 그는 생각했다. '정상적인 행동을 유지하거나, 죄를 저지르거나, 혹은 유혹에 빠지려면, 최소한의 미래가 있어야 해. 세상은 미래를 부정하지만, 이 사람들은 그걸 버리지 않고 있어.'

여주인이 말하면서 그런 생각을 확인해 주었다.

"난 당신에게 자문받고 싶어요." 그녀는 에메랄드 반지를 낀 손가락을 높이 들고서 말했다. 그리고 자기도 모르게 남자 같은 목소리를 냈다. "저축 계획에 대해서 어떻게 생각해요? 여기에 회사 설립 취지서(불법 금융업자들임을 나는 의심하지 않는다!)가 있어요. 내가 꿈꾸는 시설 확장, 즉 온천 단지를 확장하기 위해서 말이에요."

"내가 당신이라면 난 술 마셔서 취하는 편을 택할 겁니다." 알바레스가 말했다.

"나를 바보로 알아요? 지금 내가 뭐 하는 거죠?" 부인은 딸꾹질했고, 매력적인 표정을 짓더니 그에게 등을 돌렸다.

"사실 우리는 모두 적당히 기분 좋게 취해 있어요." 비앙키 비오네트 부인이 설명했다. "그런데 당신은 왜 나를 원하지 않아요? 따분하게 굴지 말아요. 난 좋은 여자고, 서로 적이 되는 건 장기적으로 볼 때 좋지 않아요."

"인류는 고쳐지지 않아요." 알바레스가 노인에게 말했다.

"고쳐질 수 없지요." 노인이 동의했다. "하지만 당신에게 부탁 하나 하고 싶소. 혹시 빛의 속도에 대해 말하는 소리를 들었소? 난 세상 모든 사람이 의심하는 것을 발견했어요. 그것은 빛에는 속도가 없다는 것이오. 상대성 이론이니 아인슈타인이니 하는 것은 모두 악마의 소행이라오."

"이 재앙에서 잠시 눈을 돌리게 만드는 훌륭한 주제군요." 알바레스가 동의했다.

그러자 거의 화가 치밀어 노인이 대답했다.

"난 기분 풀이 같은 것에는 전혀 관심이 없소. 부탁이니 빛은 속도가 없다는 말을 머릿속에 단단히 새겨 두시오. 세상 종말에 내가 죽으면, 린치가 빛에는 속도가 없다는 것을 발견했다고 사람들에게 말해 주시오."

"당신도 마찬가지요." 알바레스가 중얼거렸다.

"잘 들을 수 없어요." 캄폴롱고가 예의 바르게 말했다.

"잘 들리지 않아요." 알바레스가 고쳐 주고서, 자기 자신에게 덧붙였다. "나는 더 참을 수가 없어요. 어쨌거나 나는 우리가 혼자 죽을 것이라는 사실을 항상 알고 있어요."

구운 고기 요리를 가져오면서, 일다는 그의 귀에 대고 속삭였다.

"자신만만한 블란체타를 보세요. 불쌍히 여기세요."

알바레스가 물었다.

"내가 할 수 있는 일이 뭐죠?" 그는 짜증 내면서 덧붙였다. "더 참을 수가 없어요."

그는 블란체타의 운명을 걱정하지 말아야 한다고 자기 자신에게 설명했다. 세상 종말을 고려하면, 어쨌든 모두의 운명은 유사했고, 그런 동안 일어날 수 있는 일도 되돌아보면 의미를 상실할 것이기 때문이었다. 그는 결론 내렸다. '걱정은 내가 여자아이를 동정한다는 사실을 증명하는 게 아니라, 내가 강박적인 정신을 가졌다고, 내가 고쳐야만 하는 결점을 지녔다는 것을 보여 줘.'

오른손으로 의자 등을 잡고, 왼손으로는 린치의 어깨를 잡고서 여주인은 일어났다. 그러고는 진지하게 술잔을 잡고서 높이 들어 건배

했다.

"우리 딸 블란체타를 위하여."

박수 소리가 울리는 가운데 딸이 어머니의 품으로 달려갔다.

"오랫동안 건강하게 지내기를." 이미 광포해진 린치가 외쳤다.

"마르틴, 음악!" 마담 메도르가 거스를 수 없는 위엄을 갖고 지시했다.

그것에 대한 대답으로 부인은 첫 순간에 완전한 침묵을 맛보았다. 모두가 고개를 돌려 피아노 의자를 바라보았다. 마르틴은 그 의자에 앉아 있지 않았다. 아무도 눈치채지 못하게 피아노 연주자는 사라졌던 것이다! 의미심장하게 일다는 알바레스의 눈을 쳐다보았다.

캄폴롱고는 공손하고 민첩하게 라디오를 틀었다. 라디오에서는 베토벤 7번 교향곡의 아주 음산한 화음이 귀가 먹먹할 정도로 크게 울렸다. 군주와 유사한 거만함을 유지하면서, 마담 메도르는 손가락에서 에메랄드 반지를 빼 블란체타의 손가락에 끼워 주었다.

캄폴롱고는 주의 깊게 쳐다보았다.

"때때로 싸우지만, 두 사람이 얼마나 사랑하는지 보세요. 이게 사람이에요!"

"우스꽝스러워요. 완전히 미친 사람들 같아요." 알바레스가 투덜댔다.

"난 모르겠어요. 불쌍한 아이 같으니. 정말 유감이에요." 비앙키 비오네트 부인이 인정했다.

"제발 부탁해요!" 알바레스가 주장했다.

"난 감동했어요." 비앙키 비오네트 부인이 말했다.

"영화 같아요. 영화를 우습게 여기면서도 우리는 울어요. 난 더 참을 수 없어요."

"그게 영화와 무슨 관계가 있죠? 어머니와 딸, 그건 너무나 자연스러운 관계예요."

"잘 보세요." 알바레스가 불현듯 자존심을 내세우며 말했다. "틀림없이 나는 겁쟁이예요. 그런데 지금은 상황을 정면으로 바라볼 용기를 가진 유일한 사람임을 깨달았어요. 당신은 내가 맥없는 인간이 되고자 한다고 생각하나요? 절대로 그렇지 않아요. 나는 끝까지 이렇게 계속할 겁니다. 어떻게 생각하나요?"

"성숙하지 못했다고, 지금도 어린아이라고 생각해요. 용기가 있다고 으스대는 사람보다 더 나를 우울하게 만드는 것은 없어요."

알바레스는 그녀를 천천히 바라보면서 그녀가 한 말의 의미를 이해할 시간을 가졌다.

"아, 당신은 동정심을 가져야 한다는 쪽이지 않나요? 내가 사귀었던 어느 여자, 젊은 여자는 항상 내게 동정심을 가지라고 부탁했지요."

직관적이고 갑작스럽게 비앙키 비오네트 부인이 대답했다.

"그 아이는 위선자예요. 나는 이웃에 대한 희생을 믿지 않아요."

알바레스가 부드럽게 대답했다.

"언젠가는 스스로 생각해야만 해요. 나는 동정심을 믿어요. 그것이 가장 훌륭한 인간의 장점이에요."

"나쁜 사람!" 비앙키 비오네트 부인이 어리광 부리며 앓는 소리를 냈다. "왜 그 여자아이를 그토록 좋아하는 거죠?"

알바레스는 그 질문을 듣지 않았다. 식당과 현관을 거쳐 옷방으로 가는 블란체타를 계속 쳐다보았기 때문이다.

"곧 돌아올게요."

그는 자리에서 일어나 옷방으로 향했고, 문을 살며시 열었다. 그리고 손에 빗을 들고서 거울 앞에서 우쭐거리며 정신을 팔고 있는 여자아이를 보았다. 그는 방 안쪽으로 있는 자물쇠에서 열쇠를 뺐고, 거의 들리지 않을 만한 소리로 중얼거렸다.

"발을 구르고 소리를 쳐도, 베토벤 음악 때문에 들리지 않을 거야."

그는 부드럽게 문을 닫고 열쇠로 잠갔다. 돌아오면서 그는 일다와 만났다.

"만일 신부님을 보게 되면," 알바레스가 밖으로 향하는 문으로 다가가면서 말했다. "시구는 내가 지은 게 아니라고 말해 줘요. 내가 기억을 떠올렸는데, 그것들은 내 동명이인의 것이라고 말이에요."

"어디로 가요?" 하녀가 놀라서 물었다.

알바레스는 문고리를 잡고서 대답했다.

"해변으로 가요. 무뢰한들에게 내가 경찰에 알렸으니 어서 산호르헤에서 꺼지라고 말하려고요."

"당신을 죽일 거예요."

"일다, 당신은 결코 이해하지 못하겠죠? 그 어느 것도 중요하지 않아요."

알바레스는 문을 살며시 열었고, 일다는 지난번에 했던 질문을 똑같이 반복했다.

"아무것도 중요하지 않다면……?"

"나도 마찬가지예요." 알바레스가 대답했다.

일다는 초조하게 손을 내밀었지만, 그는 밖으로 한 발짝 내디디고서 그 끔찍한 밤 속으로 숨어 버렸다. 그는 또다시 한 발을 내디뎠고,

자기가 길을 잃었다고 생각했다. 그리고 멀리서 너울거리는 불빛을 보았다. 그러자 방향을 잡고서 그곳으로 걸어갔다.

기적은 복구되지 않는다

Los milagros no se recuperan

콘스티투시온역의 잡지 가판대 앞에서—여행하는 동안 읽을 좋은 책이 있을지도 모른다는 희망이 있던 시절에—나는 그레베라는 청년을 만났다. 그는 리브레 고등학교에서 나와 함께 공부했던 동료였다. 그는 내게 거기서 무엇을 하고 있었느냐고 물었다.

"라스플로레스로 가는 기차를 타려고 해." 나는 말했다. "그런데 믿기지 않는 실수 때문에 한 시간 5분이나 일찍 도착했어."

"나도 네 실수를 바로잡아 줄 수 있는 사람이 아니야." 그가 대답했다. "나는 코로넬 프링글레스로 가는 기차를 타야 하는데 믿기지 않는 실수 때문에 50분이나 일찍 도착했어. 함께 커피 마시러 갈까?"

우리는 그곳으로 가서 마실 것을 시켰고, 나는 이렇게 말했다.

"나는 우리의 삶에서 모든 것이 연속적으로 일어난다는 것을 알았어. 우리에게 오늘은 일련의 의미 없는 동시성으로 가득한 날이 될 거야."

"의미 없다고?" 그가 물었다.

"의미 없어." 나는 서둘러 설명했지만, 그의 기분을 상하게 하고 싶지는 않았다. "아무것도 입증하지 않는다는 의미에서 말이야."

"난 그렇다고 확신하지 않아." 그가 대답했다.

"뭐가?"

"아무것도 입증하지 않는다는 것을. 결코."

잠시 쉬고서 말한 '결코'라는 부사는 마치 설명 같았다. 아마도 수수께끼 같은 설명, 그러니까 내게는 질문을, 그리고 그레베에게는 더 많은 것을 요구하는 설명 같았다. 이 모든 것이 너무나 복잡하고 힘들어서 나는 맥이 빠졌다. 정말로 내가 중요하다고 여긴 것은 우리의 우연한 만남을 쓸모없거나 따분하다고 평가하지 않았다고 그를 설득하고 확신시키는 일이었다. 그래서 나는 서머싯 몸의 증식에 관한 일화를 언급했다. 아니, 아마도 그 일화를 꺼낸 것은 내가 대화 상대방이 그것을 문학적으로 이용할 방법을 가르쳐 줄 것이라는 희망을 품고 있었기 때문인지도 모른다. 혹은 내가 내 이야기를 자꾸만 반복하는 습관에 빠져들고 있기 때문인지도 몰랐다.

"여행할 때였어." 내가 말했다. "뉴욕과 사우샘프턴을 오가는 큐나드 라인의 배였지. 식당에서 나는 그 배를 탄 유일한 우리 나라 여자와 같은 테이블에 앉았어. 꽤 나이 먹었고, 으스대면서도 활달하고 사교적인 여자였어. 난 그 여자와 상당히 친하게 지내게 되었어."

***

나는 승객 명단을 나눠 주었던 그 밤을 기억해. 각자 그 명단을 주의 깊게 읽으면서 자기 이름을 찾느라고 정신이 없었지. 이름이 빠진 것을 알자, 나는 마치 경찰 나부랭이가 된 것처럼 얼떨떨해졌어. 나는 마법과 같은 세 단어를 발견하지 못했어…… 난 생각했어. '침착해. 차분히 생각해야 해.' 그러자 갑자기 생각이 떠올랐어. 이 무식한 놈들이 내 이름을 B로 시작하는 승객 그룹이 아니라 C로 시작하는 승객 명단에 넣은 것은 아닐까? 물론 거기에는 카사레스, 아돌포 B.라는 이름이 있었어. 나는 잠시 망설인 후 그게 내 이름이라고 인정했지. 이것과 유사한 어려움을 겪지 않았던 우리 나라 여자는 천천히 느긋하게 자기 이름을 찾았고, 마침내 한쪽 손가락으로 승리의 손짓을 지으며 정확하게 인쇄된 자기 이름을 가리켰어. 나는 큰 소리로 읽었어.

"몸, 미스터 윌리엄 서머싯."

내가 잘못 읽은 것을 고쳐 주려고 목소리를 높이면서, 내 옆에 앉은 여자는 자기 이름을 읽었어.

"아니에요, 부인. 나는 당신의 이름을 알아요." 나는 투덜댔어. "승객 명단에서 유명한 소설가 서머싯 몸을 보자 놀랐던 것뿐이에요."

나는 그녀의 눈에서 그것을 인정한다는 눈빛을 보았어. 누가 나이 먹은 과거의 아르헨티나 여인을 요즘의 어린 여자아이들과 비교하겠어? 그건 다른 문화와 다른 지성에서나 있을 수 있었어.

"서머싯 몸이라." 그녀가 대답했어. "하지만 분명해요. 나는 그의 책을 읽었어요. 그건 태평양에서 일어났지요. 동양의 그런 모든 미스터리에 왜 내가 그토록 매력을 느끼는지 모르겠어요."

그녀는 몸이 식당에 있었다면 알아보았겠느냐고 물었어.

"그래요." 나는 말했어. "사진으로 보았어요. 하지만 여기에는 없어요."

되돌아보면 그를 만나지 못했던 것이 그나마 다행이었어. 부인이 이렇게 밝혔기 때문이야.

"그가 나타나게 되면, 나는 그에게 가서, 그를 어느 아르헨티나 작가에게 소개해 주겠다고 말하고 싶어요. 그것보다 그가 더 원하는 게 있을까요? 나는 그에게 당신이 훌륭한 작가라고 말할 거예요."

"제발 그런 말은……" 나는 말을 더듬었어.

"우리 아르헨티나 사람들의 문제는……" 그녀가 말했어. "너무 겸손하다는 것이에요."

"겸손해서 그런 게 아니에요. 우리는 두 작가 지망생처럼 보일 수 있기 때문이에요."

"모르겠어요?" 그녀는 마치 아이를 지도하는 것처럼 내게 물었어. "겸손, 거짓 겸손, 자존심이에요. 우리는 항상 똑같아요. 그게 아르헨티나 사람들의 병이에요."

나는 그녀가 나를 몸에게 소개할까 봐 무척 두려웠고, 그래서 다음 날 가능한 한 부인을 피했어. 그러나 이런 예방책은 결과적으로 불필요했어. 서머싯 몸이 마치 자기 선실에 숨어서 여행하는 것처럼 그 어디에도 모습을 드러내지 않았기 때문이야.

도착하기 전날 밤, 나는 내 동포와 함께 배의 관리실과 상점에 갔어. 나이 든 여인은 지치지 않았고, 그래서 내려갈 때도, 올라올 때도 우리는 승강기를 타지 않았지. 1층과 2층 사이의 중이층은 음산했어.

그곳은 항구에 도착할 때면 마치 입구 현관처럼 바뀌며 활기를 띠었어. 그곳에는 영국 왕실의 어린 왕자들 사진이 걸려 있었고, 그 맞은편에는 1인용 가죽 소파가 있었어. 바로 그 소파에 80일 동안 세계 일주를 떠나려는 필리어스 포그*처럼 옷을 입고 앉아서 혼자 사색에 잠긴 노인이 한 명 있었어. 나는 즉시 그가 서머싯 몸이라는 것을 확인했어. 그 사람과의 만남을 너무 오래 미루었기에, 아마도 그 사람과 인사하는 걸 그토록 두려워했다는 사실이 대수롭지 않으며 심지어 거짓말처럼 보일 수도 있었어. 그런데 사실대로 말하면 나는 속삭였어. 아니, 소리쳤어. 부인의 청각이 아주 안 좋았기 때문이야.

"그 사람이에요."

말하지 말았어야 했어. 한순간도 주저하지 않고서, 마치 깃발처럼 펄럭이는 여행용 망토를 걸치고서 내 여자 친구가 앞으로 돌격했어. 나는 그런 그녀를 보자 '마이푸와 나바로, 그리고 라베르데 전투에서 싸운 우리 군인들의 정신이 완전히 없어진 게 아니야'**라고 생각했다는 기억이 나. 자기가 영어에 서투르다는 것을 까마득히 잊고서 여인은 요란하게 설명했어.

"우리는 당신을 만나고 싶었어요. 만나게 되어 큰 영광이에요. 이분은 아르헨티나 작가예요. 우리 두 사람은 당신을 존경합니다."

생각에 잠겨 있던 남자가 차분하고 교양 있는 태도로 정신을 차렸

---

* 쥘 베른의 『80일간의 세계 일주』의 주인공.
** '마이푸 전투'는 1818년 칠레의 산티아고에서 스페인 제국 군대와 호세 데 산마르틴이 이끄는 독립군이 벌인 유명한 전투이다. 그리고 '나바로 전투'는 1828년 12월 9일에 산 로렌소 데 나바로 지역에서 일어났으며, 후안 라바예 장군이 이끄는 군대와 도레고 대령이 이끈 군대가 싸웠고, 나흘 후 도레고 대령은 그 전쟁터에서 총살당했다. '라베르데 전투'는 1874년에 일어났으며, 여기서 미트레 추종자들은 사르미엔토가 이끄는 군대에 패배한다.

어.

"왜 나를 존경하는지 알 수 있을까요?" 그가 물었어.

그는 너무나 독특한 그만의 오만한 표정을 지으며 우리의 말을 들었어. 배신적이지는 않지만 오만불손한 뱀 무리의 표정이었는데, 그건 사진작가들이 널리 퍼뜨린 표정이었어.

염려나 배려와는 거리가 먼 부인은 재빠르게 애국적 내용의 불평을 들려주었어. 아르헨티나 사람이 보이는 것과는 달리 깃털을 꽂은 원주민이 아니며, 부에노스아이레스에는 외국 소설이 들어온다는 말이었어. 그리고 격양된 자신의 말을 다음 질문으로 끝냈어.

"서머싯 씨, 당신은 나처럼 동양에는 매혹적인 신비로움이 있다는 것을 믿지 않나요?"

모든 건 한계가 있고, 나는 나를 작가로 오인하지 않기를 바랐어. 허영심에 나는 급히 이렇게 대화했어.

"『과자와 맥주』는 잊을 수 없는 소설입니다." 나는 상세하게 말했어. "당신의 마지막 책인『작가 노트』의 풍부한 내용은 아무리 칭찬해도 모자랍니다."

그 영국인은 무언가를 중얼거렸지만, 나는 그에게 (마치 내 여자 동포가 귀먹음을 내게 전염시킨 것처럼) 다시 말해 달라고 부탁해야만 했어. 그는 부인을 쳐다보면서 우쭐대며 말했어.

"나를…… 다른 사람과 혼동하는군요. 나는 그 어떤 소설도 쓰지 않았어요. 나는 퇴역 대령이에요."

그에 대한 대답으로 부인은 엉터리로 번역하려고 애썼어. 우리는 잔뜩 화가 났어. 나는 차갑게, 그리고 상투적으로 미안하다고 했고, 우리는 그 자리를 떠났지.

"대령의 얼굴." 부인이 말했어. "어디서 봤을까요? 음…… 난 독립 공화국의 후손인데, 왜 나를 속이려고 하는 것일까요?"

그녀는 이런 우스꽝스러운 일에 책임이 있었고, 그래서 나는 그녀를 화나게 하려고 이렇게 밝혔어.

"하지만 당신이 실수한 거예요. 우리를 속이려고 한 것이 아니라, 정반대예요."

다음 날 아침, 셰르부르 정박항에서 우리는 갑판에 서서 승객들이 육지로 데려가는 예인선으로 옮겨 타는 것을 바라보았어. 저 아래로, 예인선에서 우리 배와 가장 가까운 쪽을 가리키며 부인이 말했어.

"저기 있어요."

반대쪽을 가리키면서 나는 부인했어.

"아니에요, 저기에 있어요."

"양쪽에 있네요." 부인은 멋쩍어하면서 인정했어.

실제로 바닷물의 이해할 수 없는 신기루 현상 때문에 우리는 예인선에서, 그러니까 말하자면 두 개의 서머싯 몸을 보았던 것이야.

"동일인이에요." 나는 당황해서 솔직히 말했어.

"옷이 달라요." 부인이 고쳐 주었어.

* * *

한편 그레베는 마치 공평한 재판관처럼 허공을 바라보았다. 부드러운 외압이나 독촉에 전혀 영향을 받지 않으려고 애쓰는 재판관 같았다. 말하는 데 시간이 너무 오래 걸렸던 것이다. 그래서 내가 말했다.

"그게 전부야."

아직도 그는 입을 여는 데 시간이 걸렸다.

"그래, 네 말이 옳아." 마침내 그가 인정했다. "완전히 의미 없는 동시성이야. 네가 말한 것은 내 이야기와 비교가 되지 않아. 아니면 그 어떤 것이라도 일어날 수 있는 순간이 있다는 것을 증명하는 것일까?"

나는 뭐라고 답해야 할지 몰랐다.

"아마도." 나는 무모하게 대답했다.

"그건 회복될 수 없는 순간들이야. 즉시 과거로 들어가기 때문이지." 그가 계속 말했다. "진짜 순간들인데, 그것은 또 다른 세상의 것이야. 그곳에서는 자연의 법칙이 적용되지 않아."

나는 그의 헛소리를 멈추기 위해 질문했다.

"네 이야기라고 말한 거야?"

"그래, 나한테 일어난 일이야. 네 말을 들으면서 희망을 품었어."

"나 때문에 실망한 거야? 미스터리에 대한 설명을 기다렸던 거야?"

"나도 내가 뭘 기다리고 있었는지 모르겠어. 아마도 우리가 말하는 그 유일한 순간 중의 하나였다고 추정하는 것 이외에는 다른 설명이 없을 것 같아. 나한테 아주 희귀한 일이 일어났어. 그러나 그것은 우리가 모두 느끼는 것, 아주 마음속 깊이 가진 확신에 해당해. 그리고 황당한 확신이기도 하지. 카르멘 실베이라 기억나?"

"물론이지, 불쌍한 아이. 정말 활동적이던 아이였지. 그녀는……"

나는 그녀가 루이스 브룩스와 닮았다고 말하려고 했다. 내가 어릴 적에 몹시 사랑한 영화배우였다. 마음속으로 나는 섬세하고 우아한 달걀형의 완벽한 얼굴을 여러 번 보았다. 그리고 그녀의 흰 피부와 검은 눈과 머리카락, 양쪽 관자놀이에 붙은 애교머리도 보았다.

"어떤 모습이었어?" 그는 다소 초조한 말투로 물었다.

"잘 모르겠어. 감탄을 금할 수 없을 정도로 젊고 예뻤어."

"네 마음에 들었다니 기뻐." 그는 이렇게 대답하고서 급히 덧붙였다. "네게 모욕적인 말을 하나 하겠어. 그건 그녀가 나를 사랑하고 있었다는 거야. 나 역시 그녀를 사랑했지만, 난 그걸 깨닫지 못했어. 정말 멍청했어! 그녀와 함께 즐겁게 지냈다는 것은 한 번도 의심해 본 적이 없어. 넌 여자들이 어떤지 잘 알고 있어. 그녀는 항상 나와 데이트하거나 여행을 갈 기회를 찾았어. 아니, 그런 기회들을 만들어 냈지. 물론 그녀의 특별한 상황 때문에, 나와 함께 있는 게 들키지 않도록 조심해야 했어."

"불가피한 상황이었겠지. 여자는 모두 조심해야 할 상황이 있으니까. 특히 위험한 것은 그렇지."

나는 별안간 깔깔거리며 웃었다. 내 경구, 아니 모든 촌철살인의 구절은 내게 기운을 돋우었지만, 그레베에게는 힘 빠지게 한 것이 분명했다.

"난 몰랐어." 그가 말했다. "아마도 난 다른 사람들보다 더 순진했나 봐. 난 카르멘의 상황을 믿었고, 수없이 그녀의 계획을 단념시켰어. 하지만 가끔 그녀의 생각을 따르기도 했어. 난 후회하지 않아. 그 여자는 인생을 멋지게 살아야 한다는 믿음을 갖고 있었어. 어느 곳에서든, 밤에 식당을 가든, 파라나강으로 배를 타고 데이트를 하든, 혹은 주말에 호텔에 함께 있든지, 우리는, 그러니까 어떻게 말해야 할지 모르겠지만, 아주 소중하게 즐길 거리가 있을 거라고 예견했어. 그리고 우리는 그런 것을 발견했어. 항상 그랬어. 우리는 언젠가 마르델플라타로 여행 갔어."

* * *

그 당시 나는 자동차를 팔았고, 그래서 우리는 기차를 탔어. 그건
일종의 위험을 의미했어. 우리가 누구와 만날지 몰랐으니까. 맞은편
의자에 앉은 사람은 젊은 여자였어. 나중에 우리는 그녀가 치과 의사
라는 것을 알게 되었지. 그녀는 우리와 말하고자 했어. 그러자 조그
만 소리로 카르멘이 내가 단단히 마음먹도록 해 주었어.

"강하게 처신해야 해. 양보하면 안 돼. 한순간이라도 약한 면을 보
이면 어김없이 다섯 시간을 대화해야 해. 정말 따분하고 지겨운 일이
야."

얼마 안 되어 카르멘은 그 기차에서 유일한 위험 요소는 앞에 앉아
있다는 것을 확신하기에 이르렀어.

"위험하지 않아." 나는 대답했어. "약간 지겨울 뿐이지, 그 이상은
아니야. 하지만 다른 칸에 가더라도 우리에게 무엇이 기다리고 있는
지 모르잖아?"

"아무도 오지 않아." 그녀가 내게 자신 있게 말했어.

그 말은 우리가 아는 사람이 아무도 없다는 뜻이었어.

"어느 호텔로 가는 거야?" 내가 물었어.

나는 방을 예약할 시간이 없었어. 바로 그날 점심을 먹는 동안 우
리는 여행을 가기로 했거든. 각자 집으로 갔고, 가방을 꾸렸고, 5시에
콘스티투시온역에서 만났어. 마지막 순간에 카르멘은 토요일과 일요
일에 자선모금회에 참석해서 도와주기로 약속했다는 것을 떠올렸어.

우리는 서둘러 전화를 찾았어. 카르멘은 통화할 수 있었고 핑계를 댔어. 그러고서 내게 말했어. "정말 다행이었어. 대표가 전화를 받을까 봐 두려웠거든. 그녀는 부에노스아이레스에서 가장 존경스러운 여자지만 동시에 가장 엄하거든. 그런데 사랑스럽기 그지없는 비서가 전화를 받았어. 그래서 내가 아파서 침대에 누워 있다고 말했어. 그런데 그녀가 뭐라고 말했는지 알아? 대표가 아파서 침대에 있다는 거야. 그래서 모든 게 잘되었어."

호텔에 대한 내 질문에 그녀는 이렇게 대답했어.

"프로빈시알 호텔 어때?"

"제정신이야?" 나는 동의하지 않았어. "눈에 안 띄는 조그만 호텔을 찾아야 해."

되돌아보면 제정신이 아닌 사람은 나였어. 시원찮은 광기에 이끌렸기에, 나는 신중함의 이름으로 그녀의 충동을 항상 억제했어. 내 생각에 오늘날 그녀와 데이트를 할 수만 있다면…… 내 생각이라고 말하는 것은 아마도 그 누구도 자기 자신을 고칠 수 없기 때문이야.

"정말 지겹고 따분해." 그녀가 말했어. "레온이라는 사람이 운영하는 곳에 난방시설이 있고 음식도 훌륭한 호텔이 있다고 말하지 않았어?"

"모두가 그곳으로 가."

"이렇게 추운데, 누가 거기까지 가려고 할까?"

나는 대답하지 않았어. 내가 학생에게 충고하는 선생님의 역할을 하고 있다는 것을 알았거든. 난 그 여자아이의 사랑이 내 분수에 넘친다는 사실을 모르지 않았어. 그녀의 인내심은 존경스러워. 아니, 이미 존경하고 있었어.

나는 우리 여행의 전반부에, 앞에 옮겨 적은 대화를 놓을 거야. 중간에 무슨 일이 있었는지는 내게 묻지 마. 난 마지막 구간에 그 맞은편 여자가 용기를 내서 자기가 평소에 가던 케켄이라는 호텔을 우리에게 추천했으며, 자기는 전문직에서 일한다고(아주 간단하게 이렇게, 이런 말이면 충분하다고 여긴 것처럼) 알려 주었다는 사실을 말해 주겠어. 그러나 잠시 후 '치과 의사'라고 정확하게 말했고, 그 이후의 장면과 기억은 꿈과 비슷해. 예를 들어, 그 치과 의사가 우리 입과 함께—더 정확하게 말하자면 우리 입으로—들어왔을 때가 그랬어. 그 구강 검사에서 카르멘은 당당히 합격점을 받았고, 나는 불합격되면서 놀림을 받았지. 애원의 눈길을 보냈지만 아무 소용이 없었고, 그래서 나는 화가 치밀어서 말했어.

"제발 부탁이니, 자세하게 말하지는 말아요."

나는 내가 잘못한 대가를 치른다고 생각했어. 우리의 대화에 치과 의사가 들어온 것은 내가 그녀에게 말한 것과 달랐고, 그녀가 자유롭게 말할 수 있도록 내가 무언가를 했다는 것을 보여 주는 증거라고 여겼던 거야. 우리 남자들은 겁쟁이가 되어 사랑하는 사람을 희생하면서 제삼자를 아무렇게나 선택하는 경향이 있지.

우리는 기차에서 내렸어. 차갑고 음산한 밤이었어. 사람들이 밖에 길게 줄을 서서 택시를 기다리고 있었어. 우리는 치과 의사와 함께 있었어. 그녀가 굳은 의지로 자기 호텔로 우리를 데려가려고 했거든. 나는 이미 굴복하고서 카르멘을 끌고 갈 준비를 했어. 그런데 갑자기 내 팔을 놓았고, 명령조의 말이 울려 퍼졌어.

"가!"

카르멘은 나를 끌고 갔고, 우리는 헤아릴 수 없는 어둠 속으로 달려갔어. 그렇게 자동차들이 전조등을 켜고서 마구 달리는 루로 길의 한복판까지 갔어. 나는 아직도 킥킥거리며 웃는 그녀의 웃음소리를 들을 수 있어. 한쪽 팔을 높이 들고서 그녀는 택시를 잡았어. 나는 부끄러운 얼굴로 투덜거렸어.

"그런데 줄을 서야 해!"

어느 택시 운전사가 우리를 지나치려고 했지만—줄을 잘 지키는 또 다른 사람이었는데, 그 규칙은 그에게 줄을 서지 않은 어느 승객이든 무시해도 좋다는 핑곗거리가 되었어—카르멘을 보자 멈추었어. 어떻게 멈추지 않을 수가 있겠어? 네가 말했듯이 너무 예쁘고 젊은데.

"어디 가지?" 내가 물었어.

"네가 말한 레온이라는 사람의 호텔로." 그녀가 말했어. 내가 운전사에게 주소를 가르쳐 주자, 그녀는 이렇게 말했어. "케켄 팰리스로 가 주세요. 미쳐도 레온의 호텔로는 가지 않겠어. 마르델플라타에 있는 호텔이라면 그 이름 정도는 되어야 하는 것 아니야? 그 호텔의 등급에 대해서는 의심의 여지가 없어. 그런데 넌 무슨 생각을 하는 거야? 호텔에 도착하자마자 떠나야겠다는 생각을 일깨우려는 거야?"

사실대로 말하자면, 나는 너무나 멍청한 짓을 많이 했고, 그만큼 낙담하고 실망했어. 이건 전혀 과장이 아니야. 호텔 매니저를 알게 된 상황, 내 상황에서 그걸 말하고 싶지 않았는데…… 내 상황이 어땠는지 알아? 정말 믿을 수 없는 일처럼 보일 거야. 카르멘! 그녀를 자랑스럽게 여기는 게 아니라, 나는 그녀에게 설명하고 변명해야 했어.

호텔에서는 우리를 환영하며 맞이했지만, 주방을 수리 중이라 음식을 제공할 수 없으며, 난방장치도 망가졌다고 알려 주었어. 그 시간에 추위를 무릅쓰고 밖으로 나가서 다른 호텔을 찾고 싶지는 않았고, 그래서 우리는 그냥 그곳에 있기로 했어. 그러자 방 안에 전기난로를 가져다주었어. 우리가 선택할 방법은 난로에서 약간 떨어져 얼어 죽거나, 아니면 아주 가까이 가서 타 죽는 것밖에는 없었어. 우리는 담요를 더 달라고 요구했고, 옷을 입은 채 침대 안으로 들어갔어. 머리가 춥지 않도록 카르멘은 수건을 터번처럼 머리에 묶었어. 확실하게 말하는데, 그녀는 눈이 부시게 아름다웠어.

다음 날 창백한 태양이 빛났고, 우리는 해변으로 내려갔어. 방갈로의 차양 아래에 돗자리를 깔고 누워서 우리는 아침을 즐길 수 있도록 충분히 몸을 데웠지. 우리는 바다를 보았고, 여행에 대해 말했어. 마치 모래사장에 도랑을 새기듯이 한 노인 커플이 바람을 맞으면서 몸을 앞으로 구부린 채 지나가는 것을 보았다는 기억이 나. 카르멘은 성수기를 제외하면 그 어떤 해수욕장도 시적이라고 말했어.

오후가 되자 우리는 산티아고 델 에스테로와 산마르틴가가 만나는 길모퉁이 카페에서 차를 마셨어. 몇 년 후 이 카페는 철거되고 말았어. 누군가가 들어오거나 나가기 위해 커다란 유리문을 밀 때면, 마치 유빙이 그 공간의 한가운데로 미끄러지는 것처럼 보여. 우리는 오로지 추위만을 걱정하면서, 그 문을 뚫어지게 쳐다보았어. 아마도 사람들과 멀리 떨어져 있으려는 마술적 희망을 품고 그랬을 거야.

"하느님 맙소사!" 카르멘이 속삭였어.

덩치 큰 여자가 들어와 있었어. 마치 건방지고 도도한 바다사자처럼 의기양양하게 서 있었어.

"저건 괴물이야." 나는 인정했어.

"아니야, 그 여자야." 그녀가 내 말을 고쳐 주었어.

"누구?"

"대표야."

"아마도 널 보지 못한 것 같아."

내가 말을 끝내기도 전에, 우리 테이블을 뚫어지게 쳐다보던 그 부인이 걸음을 멈추었어. 기대감으로 가득한 순간이 있었는데, 내게 그 순간은 아주 길게 느껴졌어. 나는 들어 올린 집게손가락을 보았어. 아마도 나는 연극적 상상력을 발휘한 것 같아. 아마도 나는 그 손가락이 카르멘을 가리키면서 나무라기를 기대한 것 같았어. 나는 깜짝 놀라 있었어. 부인은 자기 집게손가락을 입술로 두 번 가져갔어. 카르멘은 눈을 깜박거리고서 말했어. 난 그녀가 한 말을 확인해 줄 수도 부정할 수도 없어. 내가 말할 수 있는 건 거구의 몸 뒤로 초라하고 작은 노인이 나타났다는 것뿐이야. 빨간 코에 축축한 수염을 한 노인이었는데, 그곳에서 일어나고 있던 일과는 전혀 상관없는 사람이었지. 조그만 소리로 카르멘이 내게 물었어.

"내가 미친 거야, 아니면 저 여자가 내게 조용히 하라고 한 거야?" 그러고서 명랑하게 덧붙였어. "나처럼 아프다는 핑계를 댔어. 그리고 우리처럼 마르델플라타로 왔어."

"다른 점이 있어." 내가 지적했지. "그녀의 파트너는 감기에 걸려 있어."

그때부터 모든 게 바뀌었어. 아마도 소스라치게 놀란 여자의 모습, 틀림없이 익살맞은 표정을 보자, 나는 신중해야 한다는 생각에서, 혹은 그것보다 더 천박한 것, 그러니까 불편한 상황이라는 생각에서 해방되었던 것 같아. 그 순간부터 나는 모든 걸 운에 맡겼어. 내가 맹세하겠는데, 밤이 되었더니 추위가 약해졌어. 어쨌든 나는 옷을 입고 침대 안으로 들어가지는 않았어. 온기가 부족했지만, 나는 그것을 카르멘의 몸에서 찾았어.

우리 둘은 늙은 여인의 몸짓을 흉내 내면서 그것을 우리만의 농담으로 삼았어. 우리가 비밀을 듣거나 아니면 아무것도 이야기하지 말라는 부탁을 받으면, 우리는 아주 엄숙하게 그 황당한 손가락을 흉내냈어. 모두가 알고 있듯이, 이런 장난을 반복하면 바보처럼 보여. 우리의 장난은 생애 최고의 주말을 우리에게 떠올려 주었어.

기억은 변덕스럽고 신뢰할 수 없어. 순서대로 이야기하면, 오랫동안 잊고 있던 기억들이 떠올라. 난 우리가 오후 1시에 기차를 탔다고 기억해. 하지만 카르멘이 돌아가는 시간을 늦추자고 부탁했던 건 기억이 나지 않아. 이제 침대에 엎드려서 머리를 베개에 댄 그녀의 모습이 떠올라. 나는 그녀의 머리를 들어 키스했어. 카르멘은 웃지 않고서 심각하고 진지하게 부탁했어.

"그냥 여기에 있자."

그녀는 나를 초조하게, 마치 놀라서 겁먹은 것처럼 나를 쳐다보았어. 아마도 나를 단호하고 완고하게 만든 것이 바로 그 뜻하지 않은 초조함 때문인 것 같아. 나는 이렇게 말했어.

"모든 사람은 여자가 주기적이고 순환적이라는 걸 알고 있어. 그래서 달과 비교하는 것 아니겠어? 하지만 그것을 기억하고 갑작스러운 울음을 내분비계나 신경 탓으로 돌리는 남자는 멍청한 사람이지. 그리고 그걸 잊는 남자는 여자에게 버림받을 때 '나 때문에 얼마나 울었는데!'라고 말하지 않아. 그리고 그는 꿈꾸었다는 말을 듣게 되지."

"당신은 못됐어." 카르멘이 웃으면서 속삭였어.

"떠날 시간이 다가오면, 왜 비극적으로 되는 것일까?"

"좋아, 그렇다면 영원히 여기에 있도록 해." 그녀가 대답했어.

나는 가방을 싸는 것으로 대답했어. 일단 결정을 하면—나는 가끔 이것을 내 장점으로 자랑해—나는 절대 바꾸지 않아.

며칠 후 부에노스아이레스에서 나는 마르델플라타에서 우리가 함께 보낸 시간을 그리워하고 있으며, 또 카르멘이 평소처럼 도도하고 달콤하지만, 이제는 나에게 필사적으로 달라붙지 않는다는 것을 동시에 깨달았어. 그녀는 우리 집으로 찾아왔고, 우리는 데이트하며 농담했고, 그 부인의 손동작을 떠올렸어. 우리는 모든 것을 즐거워하며 즐겼지만, 나는 그녀에게 과거보다 나를 덜 사랑하느냐고 묻고 싶었어. 이것은 우리에게 전적으로 새로운 현상이었어.

봄에 몇몇 친구들이 우수아이아로 여행을 가자고 제안했어. 티에라델푸에고*는 항상 내 관심의 대상이었지. 나는 그 섬을 갈 기회를 날려 버리고 싶지 않았어. 유일한 장애물은 카르멘이었어. 이번 여행에 함께 가는 것은 그녀에게 바람직하지 않았어. 나 혼자 간다고 하면 보내 줄까? 나는 이런 어려움을 피했어. 그러니까 간다는 말도 하지 않고 떠난 것이었지.

남쪽에서 돌아온 날 오후, 나는 대문에서 두 남자를 만났어. 그런데 참으로 이상한 일이야. 두 사람의 얼굴이나 키를 비롯해 그들을 구별할 만한 그 어떤 것도 내게 남아 있지 않거든. 그들은 내 기억에서 지워졌고, 한두 개의 단어와 일종의 현기증만 남겨 두었어. 그들은 어느 하녀에 관한 정보를 주면서, 내가 전혀 들어 보지도 못한 어

---

* 마젤란 해협을 경계로 아르헨티나 본토와 완전히 떨어져 있는 섬 지역.

떤 조사를 그녀가 피했다면서 나를 불편하게 했어. 사실 내가 요구한 것은 따뜻한 물에 목욕하고, 잠시 혼자 있게 해 달라는 것이 전부였어.

"그게 나와 무슨 상관이 있죠?" 나는 투덜댔어.

그들은 내 말은 들은 척도 하지 않고 계속해서 설명했어. 나는 피곤했지만, 그들이 어떤 사고에 대해 말한다는 것을 알았고, '사망한'이라는 단어를 들었어. 그런 다음 중립적이고 확고한 목소리로 말한 두 단어를 들었지. 그들의 목소리는 멈추지 않았고, 단조롭게 "카르멘 실베이라"라는 말을 했어. 그들은 함께 시체 안치소로 가자고 부탁했지만, 하녀는 자기 방에 들어가 나오지 않았다고 말했어. 그들이 말하는 하녀는 누구일까? 그들은 죽은 여자의 아파트를 청소하러 아침마다 오던 하녀에 관해 말하고 있었어. 그러면서 내게 시체를 확인해 달라고 부탁했어. 하느님, 제발 저를 용서하소서. 나는 슬픔과 고통 속에서 일종의 뿌듯함을 느꼈어.

* * *

"난 너를 장례식장에서 봤어." 나는 말했다.

루이스 그레베는 대답했다.

"난 거의 아무것도 기억나지 않아."

"엄청난 충격이었을 거야." 나는 동정했다. "카르멘은 정말 예쁘고 아름다웠어. 그런데 갑자기 죽은 모습을 본다는 건……"

"충격이었다고? 나도 그 말을 하려고 했지만, 지금은 내가 느꼈고 아직도 느끼고 있는 감정을 충실하게 표현하지 못한다는 생각이 들어. 이제 그녀를 절대로 보지 못할 것이라는 생각이 그녀의 죽은 모습을 보는 것보다 더 충격적이었어. 누군가 죽었을 때 정말 믿기지 않는 것은 그 사람이 사라진다는 사실이야."

"어떤 죽음은 정말로 믿을 수가 없어." 나는 동의했다. "우리는 쉽게 미신에 빠지고 죄책감에 사로잡히지. 네게 일어난 일은 진짜 끔찍하지만, 그렇다고 너 자신을 나무랄 이유는 하나도 없어."

"난 잘 모르겠어." 그레베가 말했다. "내가 무슨 말을 더 해 줘야 할까? 내 삶은 거의 바뀌지 않았어. 그렇다고 내가 카르멘을 그리워하지 않는다고 생각하지는 마. 낮에는 그녀를 떠올리고, 밤에는 그녀를 꿈꿔. 하지만 과거는 이미 지나간 거야. 나는 시골을 좋아하게 되었어. 그래서 코로넬 프링글레스로 더 자주 가게 되었고, 그곳에 머무르는 시간도 갈수록 길어졌어. 지금 내가 타게 될 바로 이 기차의 식당칸에서 나는 어느 남자를 알게 되었는데, 그는 해외의 너무나 멋진 것들에 관해 이야기했고, 내게 세계여행을 시작하라고 권했어. 그 남자는 여행사 주인이었고, 그래서 나는 어려움 없이 표를 구했지. 카르멘이 죽은 이후 난 장소에 얽매이지 않아. 그런데 어느 날 오후 바다 위를 날아가는 도중에 내 실수를 깨달았어. 세상은 멋지고 경이로웠지만, 나는 아무런 의욕도 없이 무감각하게 바라보았던 거야. 내가 극도의 슬픔에 잠겨 있었다고 생각하지 마. 난 그저 무관심했을 뿐이야. 관광객은 관광하고 유람해. 바로 그런 이유로 일종의 꿈이라도 가져야 하는 거야. 나는 여행의 마지막 여정을 부리나케 처리했어. 한 도시에 이틀 혹은 사흘간 머무르는 대신, 나는 내 여정의 다음 번 목적지로 가장 빠른 비행기를 타고 여행했어. 하루에도 여러 차례 시곗바늘을 앞으로 돌리거나 뒤로 돌려야 했지. 그런 시차로, 그리고 피로 때문에, 나는 모든 것, 그러니까 시간과 나 자신이 비현실이라고 느끼게 되었지. 나는 뭄바이에서 파리의 오를리 공항으로 날아갔어. 그리고 잠시 후 공항을 떠나지 않고서 부에노스아이레스로 돌아가는 또 다른 비행기를 탔어. 우리는 세네갈의 다카르에 착륙했어. 새벽이었던 것 같아. 난 졸고 있었어. 기운이 없었고, 몸 상태도 엉망이었어. 난 거기서, 아니면 나중에 시곗바늘을 뒤로 돌렸다는 것을 알고 있어. 우리는 비행기에서 내려야만 했어. 그리고 마치 소와 말에게 소인을 찍는 긴 틀처럼 생긴 나무 울타리 사이로 걸어갔고, 흑인들이 시중드는 술집에 도착했지. 그곳에 들어가자 케이프타운으로 가는 비행기 탑승을 알리는 목소리가 들렸어. 우리의 나무 울타리와 나란히 있던 또 다른 나무 울타리로 비행기를 타러 사람들이 나왔고, 우리는 그들을 뚫고 지나갔어. 그런데 나는 그 역류 속에서 소용돌이를 눈치챘어. 마치 누군가가 다른 사람들 사이로 숨으려는 것 같았어. 정말로 한가롭게 나는 쳐다보았어. 자기가 발각되었다는 사실을 알자, 그녀는 내게 인사하는 편을 택했어. 나는 사람을 제대로 알아보지 못하고 혼동할 수 있었지만, 그녀는 그 누구와도 혼동될 수 없었어. 정말 아름다웠어. 나는 아무것도 깨닫지 못하고 그녀를 멍하니 쳐다보았어. 그러자 그녀는 집게손가락을 두 번 들면서, 마르델플라타에서 보낸 아득한 주말의 나이 든 부인의 행동을 모방했고, 내게 비밀을 간직해 달라고 부탁했어. 나는 망설였어. 카르멘은 케이프타운으로 가는 무리의 사람들을 따라갔고, 나는 우리가 여행을 재개할 때까지 그곳에 남아 있었어."

지름길

El atajo

무한하게 곧게 뻗은 길로
서너 시간을 여행하자 힘이 빠졌지만,
최고의 전성기에 있는 것처럼 거만한 노부인은
마부에게 지시했다.
"들판으로 가서 가로질러요."

G. 메시나, 『마부석에서』

6월의 그날 정오에 현관 덧문을 지나면서, 구스만은 자신이 불안해한다는 사실을 분명하게 깨달았다. 그것은 1년 전부터 그가 여행하러 나갈 때면 엄습하던 것으로, 순간적으로 가볍게 가슴을 억누르는 것 같은 느낌이었다. 그는 단순한 습관이라고, 습관적인 기분 상태라고, 그러나 자기와 같은 직업을 가진 사람, 즉 사업상 자주 출장을 떠나는 사람에게는 꺼림칙한 느낌이 분명하다고 말했다. 또 그런 현상에는 무언가 원인이 있으리라 생각했고, 급히 추적해 보면서 그 원인이 아내에게 있다고, 나아가 아내의 이탈리아 조상들에게 있다는 것을 깨달았다. 그의 아내는 복도로 그를 바짝 따라오면서, 여행을 떠날 때 불가피하게 모든 사람이 추천하는 익히 알려진 노래를 흥얼거리고 있었다.

"천천히 운전해요. 한눈팔지 말아요. 그리고 도둑놈들 조심해요."

구스만은 눈을 감았고, 위안과 도피처를 찾으면서, 의심할 여지 없이 다른 사람들이 보는 것과 똑같은 모습으로 그녀를 상상했다. 얼핏 덩어리처럼 보이는 억센 금발, 청춘의 신선함이 피부뿐만 아니라 도전적으로 헝클어진 머리카락과 지나치게 큰 브래지어에서도 드러나는 여자로 머릿속에서 그렸다. 이것과 관련된 전문가인 바틸라나는 젊은 여자란 편견에서 해방된 한가한 동물이라고 말하지 않았던가? 구스만은 자기를 한시도 가만두지 않는 아내보다, 아마도 남편을 혼자 놔두는 한가한 여자를 더 좋아하는 것은 아닐까 생각했다. 이미 그에게는 카를로타가 있었고, 그녀는 곧 다가올 잠깐의 이별이 마치 영원히 결정적인 것처럼 그를 꼭 껴안았다. 그래서 그는 그 딜레마를 나중에 생각하기로 미루었다. 마지막으로 그녀의 팔에서 벗어나 허드슨 자동차를 바라보았다. 모든 여행자에게 (콩팥과 허리 때문에 고통받는 사람들은 잘 알겠지만) 자동차는 조만간 고통의 도구가 된다. 그러나 사람은 경험으로만 사는 것이 아니다. 이웃의 의견과 젊은 시절의 망상도 무언가 의미가 있다. 1935년형 허드슨 8—이 자동차의 장점은 모든 자동차처럼 현실적이라는 것은 물론이고 평범하다는 것이다—에 대해 깊이 생각하는 바람에, 그는 속아서 자랑스럽고 행복한 표정으로 그 차를 바라보았다. 그러나 흠 없이 관리되었고 그가 너무나 잘 알고 있는 이륜 짐마차의 가련한 분위기도 다소 띠고 있었다. 한편 그가 만족해하는 것은 당연하고 타당한 근거에 바탕을 두고 있었다. 그것은 허드슨 자동차가 행복이 요구하는 두 개의 불가피한 조건을 만족시키고 있기 때문이었다. 그 조건이란 그를 멀리 떠나게 했다가 데려오는 것이었다. 그는 '각자 어리석거나 엉뚱한 짓을 할 권리가 있어'라고 혼잣말로 중얼거렸다. 그러고서 나이가 지긋해지면 교활하게 거짓말한다고 생각했다. 그의 아내는 밤에 여행하는 것을 알면 불안해하는 터라, 그는 이렇게 말했다.

"지금 당장 라우치*로 갈게."

란세로 고급품 판매부에서 일하는 구스만의 영업 구역은 2번 국도를 따라서 돌로레스**까지, 그리고 해안도로를 따라 살라도***까지였다. 그런데 그날 오후에는 판매부장의 부탁과 휴가 중인 동료의 업무를 대신하기 위해 3번 국도를 타고 라스플로레스와 카차리****로 여행해서 라우치 방향을 잡을 예정이었고, 아야쿠초*****로 가다가 엘페르디도강 너머의 지역에서 가장 중요한 고객 하나와 만날 예정이었다. 그는 계속해서 시큼한 마르멜루 잼, 벌레 먹은 허브 사탕, 벌레 먹은 파스타가 배달된다고 불평을 하고 있었다. 자동차에 앉자 그는 몇 분간 엔진을 가열했고, 검은 털로 아주 가는 선이 생긴 한 손을 으스대면서 즐겁게 흔들었다. 그리고 수없이 탄로 나는 거짓말을 재확인하려는 열망에 이끌려, 그는 소리쳤다.

"라우치로!"

"라우치로 간다니, 그게 무슨 소리예요?" 카를로타가 물었다. "먼저 바틸라나를 태우러 가야 하는 것 아니에요? 바틸라나와 함께 가지 않아요?"

그는 재빠르게 공언했다.

---

* 부에노스아이레스 지방에 있는 읍으로, 주도州都 라플라타의 남쪽에 위치한다.
** 부에노스아이레스 지방에 있는 읍으로, 라플라타의 동남쪽에 있다.
*** 라플라타강의 지류.
**** 라스플로레스 남쪽에 있는 내륙 마을.
***** 마르델플라타 인근에 위치한, 수도 부에노스아이레스의 남쪽에 있는 마을.

"까마득히 잊고 있었어. 항상 당신의 충고는 감탄스럽기 짝이 없어."

그가 잊은 것은 다른 것이었다. 그는 그들이 여행할 동료에 관해 이야기했던 대화를 기억하지 못했다. 그러나 말했거나 말하지 않은 것에 대해 다시 돌아갈 가치는 없었다. 그것은 일종의 실수하기 좋은 지역이라서, 조금이라도 방심하면 거짓말쟁이는 나락으로 굴러떨어질 수 있었기 때문이다.

"내가 가장 불안해할 때는 언젠가 하면……" 카를로타는 그 대화에서 멀어져야 한다고 생각하면서 인정했다. 그것은 아마도 그 대화가 위험하게도 그녀의 거짓말을 들추는 방향으로 나아갈 수도 있었기 때문이다. "아무도 당신과 함께 가지 않는데 무슨 일이라도 일어나면, 당신을 도와줄 사람이 아무도 없어요. 그리고 다른 사람과 함께 가면, 대화를 나누고 기분도 전환하다가, 갑자기 불행이 닥칠 수도 있어요."

구스만은 그녀를 쳐다보았지만, 그녀의 말을 듣고 있지는 않았다. 단지 걱정과 두려움에서 놀라울 정도로 오염되지 않는 그 젊은 얼굴에 대한 기억만을 갖고 갈 작정이었다.

그의 집이 있는 차카부코 700번지부터 콘스티투시온역 근처의 레스토랑까지 믿을 수 없는 환상의 놀이를 즐기면서, 그는 카를로타가 한 마리의 새처럼 공중에서 자기를 따라오다가, 이제는 완벽하게 행복해하고 완전히 속아서 돌아갈 수도 있으리라고 생각했다. 그리고 실제로 그는 자동차를 헤네랄오르노스에 있는 바틸라나의 아파트 앞에 놔두었다. 나중에 그곳에서 라우치로 갈 생각이었다. 인생에는 조그만 승리들이 있어야 더욱 풍요로워진다. 그런 삶의 씨앗을 뿌리기 위해 현명하고 똑똑한 인간은 행운에 만족하지 않고 자신의 솜씨를 발휘한다.

창고처럼 널찍한 레스토랑에서 남자들은 테이블 옆에서 기다리고 있었다. 여덟 명이었다. 대부분이 동기생들이었다. 모두가 중년의 유부남이었고 머리카락은 희끗희끗했다. '기존' 회원들이 데려온 '신입' 회원 중에는 그가 보증하는 바틸라나와, 폰데비예의 친구인 나르디가 있었다. 원래 그룹은 모두 열다섯 명이었는데, 죽거나 병에 걸리거나 혹은 다른 이유로 줄어들어 있었다. 각자 본능적으로 특정한 의자로 향했다. 그러나 '젊은 노인' 코리아는 그렇지 않았다. 우리는 그를 '핸들'이라고 불렀는데, 그는 주인 없는 장소를 존중하지 않았다.

저녁 대신 점심을 먹는 것의 이점과 단점에 관한 토론이 벌어졌다. 몇몇은 바틸라나에게 상황을 설명하면서 자기편으로 끌어들이려고 노력했다.

"말해 봐." 폰데비예는 한쪽 눈을 깜박거리며 물었다. "이런 진수성찬을 먹은 다음 사무실에서 내가 소용이 있을까?"

"그럼 내게 말해 봐. 일찍 잠자리에 든 노인들은 쓸모가 있나?"

"큰일을 하는 데는 도움이 되지 않죠." 바틸라나가 정확하게 지적했다.

그러자 벨베데레가 말했다.

"우리는 매주 목요일에 모여요."

누군가가 이 모임의 사람들을 '젊은이'라고 불렀다.

"젊었을 때부터 지금까지 남은 건 이름밖에 없어." 사우로가 인정했다.

"그런데 가장 슬픈 것은 정신이지." 구스만이 동의했다.

"드높은 기상이지요." 바틸라나가 변론하고는 회고하듯이 덧붙였다. "광장에 모이던 그 노인들이 기억나네요."

구스만은 대답해야 할지, 아니면 와인 한 잔을 더 마실지 머뭇거렸다. 그는 와인을 마시기로 했고, 그런 뒤 초조한 표정으로 빵을 먹었다.

"얼마 전에 우리는 어느 카페에서 저녁 무렵에 만났어요." 사우로는 바틸라나에게 설명했다. "시내 4인조 그룹이 우리가 신청하는 탱고를 연주하는 곳이지요. 8시가 되자 우리는 우리가 전적으로 신뢰할 수 있는 식당으로 가서 음식을 먹고 밤을 보내며…… 맞지 않아요?"

"토마토소스를 너무 많이 먹어서 아팠지요." 망설이지 않고 바틸라나가 대답했다.

바로 그 순간, 허비할 시간이 없다면서 비난하는 말투로 부탁하던 종업원이 라비올리 접시를 들고 머리들 사이로 길을 열었다.

"아니에요. 그때 거기서 우리는 바에서 베르무트를 마셨고 카드놀이를 했어요. 하지만 지금은 늙은이들처럼 대화하는 것을 더 좋아하고, 베르무트보다는 피스타치오 아이스크림이 몸에 맞는다는 데 동의했지요."

그때 폰데비예가 끼어들었다.

"모두가 그 아이스크림을 얼마나 좋아하는지, 정말로 감탄스러워. 산후안 거리에 있는 아이스크림 가게로 가자. 거기는 열심히 일하기 때문에 신선한 아이스크림을 팔아. 당신은 식중독에 걸리지 않으리라고 확신하고 계산대로 가게 될 거예요."

"보툴리누스균이 전파하는 전염병을 생각해 봤어?" 나르디가 물었다.

순간적으로 기운을 되찾으면서 코리아가 권고했다.

"바틸라나에게 아이스크림 가게 주소를 주는 게 어때? 난 정말로 그 가게를 추천해요. 당신이 우리처럼 아이스크림 마니아라면 말이에요."

사우로가 다시 말했다.

"누군가가 피스타치오(아마도 완전한 거짓말일 가능성이 가장 크다)는 남자의 활력을 자극한다고 말했어. 이게 무슨 뜻인지 알겠지? 그래서 이런저런 농담을 하면서 각자 자신의 아이스크림에 관해 설명하지만, 한 사람만이 예외야." 그는 코리아를 가리켰다. "가장 사랑스러운 늙은이지. 우리 모두의 짐이 되는 사람이지. 우리는 이 사람에게 2인분을 주면서, 그가 아주 급히 필요로 한다는 것을 알려 주지."

존경심이 깃든 말투로 폰데비예는 말했다. 그는 바틸라나를 가리키고는 한쪽 눈을 깜빡거렸다.

"반면에 이 사람은 피스타치오가 필요 없을 거야."

그러자 바틸라나는 겸손한 미소를 지으며 인정했다.

"솔직히 말해 지금은 그렇습니다."

사람을 좀처럼 판단하려고 하지 않는 구스만은 자기 시절의 사람이 세상에서 가장 훌륭한 사람들이었다고, 하지만 새로운 세대에 대해서는 말하지 않는 편이 더 좋다고 생각했다. 무엇보다도 실수할 수 있기 때문이었다. 예를 들어, 바틸라나는 서부 철도회사의 분위기에서는 신랄하면서 편견 없는 영혼의 소유자로 빛을 발했지만, 젊은이들과 함께 있으면 그 빛을 잃어버렸다. 구스만은 그를 친한 사람들 모임에 데려오는 게 실수는 아니었는지, 그리고 그에게 여행에 대해 말한 것은 더 큰 실수가 아니었는지 생각했다. 실제로 바틸라나는 나라의 현실을 분명하게 알고 싶다고 주장하면서 사무실에서 휴가를 얻었고, 기적이 일어나지 않는 한, 이제 그들은 라우치 너머까지의 왕복 여행의 동반자가 될 것이었다. 그런 이유로 그는 기뻐해야만 했다. 그것은 아무리 흠이 있고 문제가 있다고 가정하더라도, 절대적 고독보다는 훨씬 낫기 때문이었다.

벨베데레와 사우로는 유쾌한 듯 웃고 있었지만 집요하게도, 태곳적부터 내려온 보수주의자와 급진주의자의 논쟁을 재개했다.

"제발 부탁이에요." 바틸라나가 애원했다. "멸종된 종에서 아마도 두 개의 본보기가 라플라타 박물관에 있을 겁니다. 그것들은 바로 당신 두 사람이지요."

'그런데 그를 그냥 놔두면?' 구스만은 생각했다. '작별 인사를 나누느라고 혼란스러운 틈에 나를 잊는다면? 그럼 여행은 전혀 다른 게 되겠지.'

디저트로 피스타치오 아이스크림이 나왔다. 이 뜻밖의 일에 모두가 즐거워했다.

"누군가가 부탁한 거야." 사우로가 과감하게 말했다.

그들은 이내 코리아가 약간 시치미를 떼며 웃는다는 것을 알았다.

"저 사람이야, 저 사람이야." 몇몇이 외치며 손가락으로 가리켰다.

그리고 그들은 그의 어깨를 다정하게 툭툭 쳤다. 사우로는 종업원에게 지시했다.

"코리아 씨에게 2인분 갖다줘요."

바틸라나의 접시를 보더니 코리아가 말했다.

"이 사람은 자기 자신에게 상을 주는군. 이 아이스크림이 필요 없는 사람인데, 그래도 싫어하지는 않는 모양이군."

"젊은 피는 2인분을 먹어요." 폰데비예가 말했다.

벨베데레는 차분하게 쳐다보았다.

"이 피스타치오 아이스크림을 산후안 거리의 것과 비교하지는 말아요."

끼리끼리 모여 보도에서 작별 인사를 하는 바람에 시간이 지체되었다. 구스만은 바틸라나가 없는 것을 보고 자기와의 약속을 잊어버렸을지도 모른다고 생각했다. 그곳에서 떠날 순간이 되었지만 아직도 동료가 모습을 보이지 않았다. 그러자 그는 천천히 걸으면서 오르노스 거리를 일직선으로 똑바로 나아갔다. 기운이 빠져 있었다. 그런데 얼마 걷지 않아서 다른 사람의 숨 막히는 듯한 목소리가 들렸다.

"구스만 씨, 날 버리고 갔다고 생각했어요. 어느 여자가 전화로 나를 귀찮게 굴면서 정신을 팔게 했어요. 여자들이 어떤지 잘 아시죠? 순전히 충고하거나 약속하는 말만 하지요. 내가 나왔을 때 식당에는 한 사람도 남아 있지 않았어요. 하지만 본능에 이끌려 이곳으로 왔지요."

"나를 구스만 씨라고 부르지 말아요." 구스만이 대답했다. 그리고 바틸라나에게는 하나도 부족한 것이 없다고 생각했다. 그는 베레모를 썼고, 영국식 파이프 담배를 입에 물었으며, 여러 색의 목도리를 목에 둘렀고, 비옷을 입었다. 식당에서 보았던 양털 재킷도 걸쳤으며, 밤색 바지를 입었고, 노란 구두를 신고 있었다. 그를 공평한 눈으로 바라보면서 구스만은 단언했다. "내 허드슨 자동차에 대해 안 좋게 말하지 말아요. 그러면 여행하지 못할 테니까요."

"그런 일은 없을 겁니다. 예전 자동차는……" 바틸라나가 강조했다.

허드슨의 엔진은 힘센 비행기처럼 요란한 소리를 냈다. 의심할 여지 없이 배기관이 약간 부식된 탓이었다. 구스만은 헤네랄이리아르테 거리에서 돌았고, 푸에이레돈 다리를 건넜으며, 식육 가공공장 '라네그라'를 오른쪽에 두고서 최후의 방향으로 향했다. 바틸라나가 베레모를 벗자, 구스만은 날씨가 추웠지만 창문을 아래로 완전히 열어 바깥 공기가 바틸라나의 머리 냄새를 희석하게 했다. '여자들의 귀염둥이야'라고 그는 생각했다. '더럽고 추잡한 여자들이 좋아하는 남자야.' 죽은 사람들처럼 바보 같은 표정을 지으며 동행자는 소화불량을 잠재웠으며, 도로 상황에 대한 말 대신, 씩씩거림과 윙윙거리는 소리, 혹은 코 고는 소리를 냈다. 한참을 달리자, 양쪽으로 도시 변두리의 모습이 희미해졌다. 마침내 그들은 들판으로 나온 것이었다. 긴 구간을 지날 때마다 울타리 출입구 혹은 전봇대에는 농장 이름이 적힌 간판이 붙어 있었다. 〈봄〉〈연결 농장〉〈쓸모없는 농장〉〈언덕〉〈리그〉〈투우〉 등의 이름이었다. 구스만은 생각했다. '지금까지 이렇게 슬퍼 보이지는 않았어.'

바틸라나는 자기가 내뱉은 코골이 소리에 깜짝 놀라 잠에서 깨어나서 말했다.

"식당에서 내가 버릇없이 굴었다면 용서해 주세요. 하지만 난 그런 분위기를 참을 수 없어요."

"거기 분위기가 어때서요?"

"난 까다로운 성격이 아니에요. 절대 그런 사람이 아니에요. 하지만 그토록 우쭐대는 멍청한 짓을…… 그들은 가장 훌륭한 가능세계에 있어요. 아니, 그렇다고 믿고 있지요."

"가능세계가 여러 개인가요?" 구스만은 거드럭거리며 물었다.

"여러 세계, 여러 아르헨티나, 여러 미래가 우리를 기다리지요. 곧 우리는 이런저런 세계로 들어가게 될 겁니다."

바틸라나의 그런 생각을 더 듣고 있을 수 없어서 구스만은 구체적인 주제로 한정하면서 말했다.

"당신에게 알려 주는데, 거기에는 아주 소중하고 훌륭한 사람들이 있어요."

"난 그 점에 대해 이견이 없습니다. 그들이 모이면 대단한 일을 할 수 있지요. 그런데 내가 왜 그들을 참고 견디지 못하는지 솔직하게 말해 줄까요? 그들은 우리 공화국을 보여 주는 생생한 그림이에요. 우리 정부에서 자주 발견되는 부류지요. 정말 끝내주는 사람들이에요."

"그게 민주주의지요. 어떤 독립 영웅인지는 기억이 나지 않는데, 혹시 잉카 시대에 관심이 있는 건가요?"

"아닙니다. 역사는 뒷걸음질 치지 않습니다. 우리는 크게 도약해야 합니다. 크게 돌아야 합니다. 위원회의 철면피들이 지배하는 정부는 그만 되어야 합니다."

"그들이 그리워질지도 몰라요."

"두려워 마십시오. 다른 정신을 가진 정치인과 기술자들에게 권력을 주고 사회 구조를 바꾸며 희망을 품고 미래를 바라보십시오. 알겠습니까?"

그가 말하는 것을 그다지 많이 이해하지 못한 채 구스만은 말했다.

"인생은 혼란스러워요."

그는 깊이 생각하고서 놀라운 결론에 이르렀다. 그것은 자기가 행

복한 사람이라는 사실이었다. 그는 휴식을 취하기 위해 여행하거나,
또는 예전에 동네의 클럽이었던 서부 철도회사로 가거나, 혹은 텔레
비전 앞에서 멋진 책을 읽으며 집에 있곤 했다. 친구들도 절대 부족
하지 않았다. 젊은이들, 바틸라나가 포함된 '페로'의 동료 회원들, 새
동네의 친구들, 그가 잘 어울리지 못한, 뿌리 내리지 못한 사람들 등
이 있었다.

바틸라나는 "실례합니다"라고 말하고서 라디오를 켰다. 그들은 바
르가스의 삼바*를 들었다. 어느 트럭 운전사가 길을 양보하지 않았
다. 마침내 그 차를 추월하자, 거의 버스와 충돌할 뻔했다. 구스만은
큰 소리로 욕했지만, 버스 운전사는 멀리 있었기에 그 욕을 듣지 못
했다. 바틸라나는 너그럽게 말했다.

"그들의 입장이 되어 보세요. 직업이 운전하는 사람들, 피로에 절
어 있을 거예요."

"그럼 나는 뭐지요?" 구스만은 못마땅한 듯이 물었다.

몬테에서 그들은 15분 이상을 주유소에서 허비했다. 주유원이 없
었던 것이다. 구스만은 바틸라나가 주유소 건물 안으로 들어가는 것
을 보자, 직원을 찾고 있다고 생각했지만, 그는 화장실로 갔다. 마침
내 별로 중요하지 않은 축구 경기를 중계하는 휴대용 라디오를 귀에
댄 한 노인 주유원이 휘발유를 가득 채우더니, 돈을 받자마자 그곳에
서 나가 다시 축구 경기를 들었다.

너무 늦은지라 구스만은 라스플로레스 지역의 두세 고객 방문을
돌아오는 길에 하기로 늦추었다. 그들은 오늘날 '도밍고 아로스테기

---

* 아르헨티나의 민속 음악이며 춤. 브라질의 '삼바'와는 매우 다르다.

박사'라고 불리는 콜로라다의 농촌 마을, 유명한 파르도 마을, 그리고 미라몬테를 지났고, 카차리에서 조금 더 가서 동쪽으로 돌아 비포장도로로 접어들었다. 바틸라나는 기침을 했고, 소심하게 말했다.

"흙먼지가 조금 들어와요."

"다행히도 새 차에 있는 것만큼은 아니네요." 구스만은 기침을 하면서 대답했다.

약 50킬로미터를 달린 후 그들은 로스우에소스강 위로 놓인 다리를 건넜고, 길모퉁이 직전에 있는 식료품 가게 앞을 지났다. 그곳이 바로 라우치 마을 입구였다. 도매시장과 장터를 지나 그들은 아주 천천히 죽은 나뭇가지가 널려 있는 길을 지났다. 바틸라나가 말했다.

"가야 할 길을 손바닥처럼 잘 알고 있군요."

구스만은 마음속으로 기쁘게 이런 찬사를 음미하면서 그럴 만하다고 여기고는, 자기가 길을 잘못 들어선 것이 아닌지 의심을 품었다. 마을을 지나가면 길을 잘못 잡을 가능성이 없었지만, 가야 할 길은 더 길었다. 시간을 벌기 위해 그는 농장가옥 동네 주변으로 지나가고자 했다. 하지만 결정적으로 그 길은 힘들게 절약한 몇 분이라는 시간을 허비할 위험을 내포하고 있었다. 이내 기차역이 모습을 드러내야 했다. 그리고 자기가 길을 잘못 들었을 수도 있다는 의심을 털어놓으려는 순간, 기차역이 나왔다. 그들은 기차역 왼쪽으로 돌았다. 구스만은 생각했다. '3백 미터 더 가서 철길을 지나야 해.' 그런데 이해가 가지 않을 정도로 3백 미터가 길어졌다. 그의 계산에 따르면, 이미 천 미터 이상을 지나왔다. 개인 트럭을 타고 가던 사람에게 그는 이 길로 가는 게 맞는지 물어보려고 했다. 그러나 그는 묻지 않고 지나쳤고, 자기가 자신의 새로운 이미지, 그러니까 바틸라나가 제안한 것처럼 길을 잘 아는 사람의 이미지를 지키려고 마음먹었다는 것을 깨달았다. '이건 미친 짓이야'라고 그는 마음속으로 생각했다. 그가 그토록 학수고대하던 길을 지나자 그는 도저히 옹호할 수 없는 주장을 세웠다. '오늘 난 나와야 할 모든 것을 보고 있어. 하지만 사람들이 거리를 갖고 장난을 쳤어. 과거처럼 그대로 놔두지 않았어. 거리를 줄이거나 늘여 놓았어.'

두 여행자는 라우치부터 잡은 길이 "전혀 고르지 않고 심지어 웅덩이로 가득"하다는 데 의견의 일치를 보았다. 짧게 소나기가 내렸다. 저녁이 되자 햇빛 색깔이 바뀌었다. 그것은 풀밭의 초록색과 소들의 시커먼 색에 아주 강렬한 빛을 불어넣었다. 이내 하늘은 컴컴해졌다.

"이제는 잘 보이지 않아요." 구스만이 인정했다. "우다키올라로 가는 길을 가리키는 화살표 표시를 지나치지 않았으면 좋겠네요. 그 마을을 왼쪽에 두고 길을 잡아야 해요. 그러고는 아야쿠초에서 엘페르디도 다리를 건널 것이고, 학교 앞에 있는 라캄파나 식료품 가게에 도착하게 될 거예요."

그들은 한참 달렸지만, 화살표 표시가 나타나지 않았다. 멀리서 천둥소리가 울렸고, 자동차 위로 칙칙하고 단단한 빗방울이 급하게 쏟아졌다. 구스만은 여행을 중단하고 뒤로 돌아가는 게 어떨까 생각했지만 이내 떨쳐 버렸다. 그는 전조등을 켰지만 아무 소용도 없었다. 흙길이 아주 미끄러웠기에 그들은 엔진브레이크를 걸면서 아주 천천히 나아갔다. 그가 말했다.

"우리 조국의 비네요." 그러면서 그는 라우치로 돌아가자고 제안했다면(물론 그는 무관심하고 냉담한 말투로 말했을 것이다), 어떻게 노련한 여행자라는 명성을 들을 수 있겠느냐고 생각했다. 그는 그럴 용기가 나지 않았다. 그래서 계속 앞으로 나아갔고, 마침내 동료에게 적절한 대답을 유발하려는 희망으로 용기를 내서 말했다. "정말 대단한 비군요!"

"곧 그칠 겁니다." 바틸라나가 대답했다.

구스만은 그를 초조한 눈길로 쳐다보았다. 그가 입을 벌린 채 비에 젖은 유리창의 희끄무레하고 칙칙한 색깔 속에 몰입한 모습을 흘끗 보았다. 그리고 생각했다. '무감각의 껍질을 쓴 벌레 같은 놈이야.' 그리고 자기 동료가 몇 년 전 라스플로레스에 있는 리가몬티 호텔에서 기억해 냈던 아르헨티나 사람의 말, "곧 지나갈 거야…… 한심한 놈들아"를 인용하려고 했다. 사악한 의지에 사로잡힌 것처럼, 바틸라나는 자기가 했던 말을 되뇌었다.

"곧 그칠 겁니다. 이런 소나기는 오래가지 않습니다."

"맞아요, 오래가지 않아요." 구스만은 다른 생각을 하면서 동의했다. 그러면서 마음속으로 동료를 나무랐다. '그런데 네가 뭘 알아?'

천천히 비가 내렸다. 밤새 계속해서 내릴 듯한 태세였다. 그런데 갑자기 빛이 바뀌었다. 다시 들판이 환하게 빛났고, 모든 상황 혹은 모든 세세한 것이 생생하고 선명하게, 무언가가 극적으로 의미 있게 확인되었고, 관찰자는 그것을 이해할 찰나에 있었다. 혼잣말로 구스만이 중얼거렸다.

"오늘 저녁의 마지막 햇빛이에요."

"그 빛이 어디에서 나오는지는 아무도 모르지요. 땅에서 솟아나는 것 같아요." 바틸라나는 다소 흥분해서 빠르게 말했다. "빛이 모든 걸 어떻게 바꾸는지 봤어요? 이제 들판은 조금 전과 완전히 달라요."

"나는 양쪽을 쳐다볼 수 없어요." 그는 화를 내며 대답했다. "하얀

흙은 비누여서, 조금만 한눈을 팔아도 도랑으로 굴러떨어져요."

반대쪽에서 오던 군인 트럭이 길 한가운데에서 한쪽으로 비키지 않았고, 그래서 구스만은 자신의 실력을 모두 발휘해 굴러떨어지지 않고서 그 트럭을 피해야 했다.

"번호판 보지 못했어요?" 바틸라나가 물었다. "보세요, 고개를 돌려 보세요. 저 번호판은 어디서 나온 것일까요?"

"난 번호판에 관심 없어요. 그런 사람들이 있어요. 그들은 아무것에도 관심을 두지 않지요. 우리를 지나간 자동차의 번호판 따위에는 말이에요. 우리는 간신히 목숨을 구했어요. 그건 내가 왕처럼 운전을 잘하기 때문이에요. 그런데 고개를 뒤로 돌려서 번호판을 보라고요?" 그는 더욱 목소리를 높였고, 화가 치밀어 물었다. "내가 지금 무슨 생각 하고 있는지 알아요? 아직 햇빛이 남아 있을 때 열심히 운전해서 라우치로 돌아가는 게 최선일지도 모른다고 생각하고 있어요."

"그게 좋을 것 같나요?" 바틸라나가 물었다.

"당신은 영웅인가요, 아니면 생각이 없는 사람인가요? 둘 중에서 누구인지 결정해요. 허드슨 자동차의 헤드라이트는 그리 대단하지 않아요. 당신이 곧 그칠 거라고 말하는 이 비는 내가 보기에 내일 아침까지 계속 내려요. 도로는 비누칠한 막대기와 같아요. 난 심각한 사고를 당하고 싶지 않아요. 자, 여기 길은 더 넓은 것 같네요. 그러니 돌아서 오던 길로 가겠어요."

그는 완벽하게 운전했지만, 다시 라우치로 가는 길을 잡자, 자동차가 위험하게 도랑 쪽으로 미끄러졌다.

"이봐요, 당신은 내려요. 내가 시동을 걸겠어요. 당신이 밀면, 내가 똑바로 방향을 잡을게요." 구스만이 지시했다. "약간만 제대로 밀어도 제방으로 올라갈 수 있을 거예요."

즉시 바틸라나는 빗속으로 나갔다. 구스만은 그에게 뒷좌석에 있는 베레모를 건네주려는 동작을 취했다. 그러나 그는 구스만의 손짓을 알아채지 못했고, 얼굴 위로 흘러내리는 빗방울도 느끼지 못한 게 분명했다. 구스만은 생각했다. '제발 날씨가 개었으면 좋겠는데. 어쨌든 그가 고집을 부려서 이런 일이 일어난 거야. 그런데 비에 젖은 개 냄새를 풍길 텐데, 그걸 어떻게 참고 견디지. 조금 전만 같아도 난 그에게 신경 쓰지 않을 거야. 하지만 이제 우리는 라우치 호텔 주인의 딸이 시중을 드는 두 신사와 같은 신세야. 난 저 돼지 같은 놈이 그 여자를 정복하는 데 돈을 걸겠어.'

"준비되었어요?" 그가 물었다.

"예." 바틸라나가 말했다.

구스만은 1단 기어를 넣고서 부드럽게 가속 페달을 밟았다. 자동차가 바틸라나를 끌어당겼다(자동차를 놓자 그는 진흙탕에 넘어지며 무릎을 꿇었다). 하지만 제방으로 올라가는 대신, 위로 가지도 않고 아래로 벗어나지도 않은 채, 길 모서리에서 계속 헛바퀴를 돌았다. 구스만은 시동을 껐다.

"이런 일에는 거의 소용이 없군요." 그가 차갑게 진단했다. "재주도 없는 것 같네요." 그러고는 바퀴와 그 흔적을 보면서 덧붙였다. "이렇게 계속할 수는 없어요. 그랬다가는 아래로 곤두박질칠 테니까요. 도움을 청할 곳이 없을까요?"

오른쪽으로, 길에서 멀지 않은 곳에서 허름한 집이 보였다. 아마도 시골 별장 같았다.

"도와 달라고 할까요?" 바틸라나가 물었다.

구스만은 생각했다. '마구 대하면 온순해지는 놈이야.'

"우리 두 사람이 함께 갑시다." 그가 말했다.

물웅덩이를 피하느라 그들은 바닥에서 눈을 떼지 않았다. 마침내 눈을 들었을 때 그들은 높고 넓으며 네모반듯한 집 앞에 있었다.

문 두드리는 노커가 없었다. 구스만은 주먹으로 문을 두드리면서 소리쳤다.

"은총을 베푸소서!"

"우리는 지금 극장에서 연기하는 게 아닙니다, 구스만 씨."

"그래요, 우리는 들판에 있어요, 바틸라나 씨. 그런데 내가 뭘 하길 바라는 거죠? 내가 씩씩거리길 바라는 건가요? 내가 당신을 완전히 믿을 때면, 당신은 쓸데없는 소리를 해요. 저 탑을 봐요."

탑은 오른쪽에 있었다. 시멘트로 지어진 아주 높은 탑이었다. 마치 사람들이, 아마 보초들이 희미하게 보이는 포좌로 둘러싸인 듯했다. 탑은 한 줄기의 회전 불빛을 투사하고 있었다.

"맹세하지요." 바틸라나가 곰곰이 생각에 잠겨 말했다. "맹세하는 데……"

그런데 그때 문이 살며시 열렸고, 그래서 그는 입을 다물었다. 가슴이 오뚝 솟은 젊은 금발 여자가 모습을 드러냈다. 올리브그린 색깔을 띤 일종의 제복, 즉 의심의 여지 없는 군복(칼라를 잠근 셔츠와 치마)을 입고 있었다. 진지하고 거만한 표정으로, 그리고 차가운 파란 눈으로 그들을 쳐다보았다.

"이유는?"

"이유라고요?" 구스만은 놀랍고 의아해하면서 그녀의 말을 반복했다. 그러고는 느긋하고 명랑한 표정으로 말했다. "여기에 있는 분이 잘못하는 바람에……"

바틸라나는 자기가 책임지고 모든 설명을 하겠다는 생각으로 구스만의 말을 끊고서 이렇게 밝혔다.

"죄송합니다." 실제 허풍쟁이가 미소를 지었다. "자동차가 움직이지 않아서 번거롭게 해 드리게 되었습니다. 말을 빌려주시면, 차에 묶어서 두 걸음만 움직이면……"

"말이라고요?" 여자는 마치 믿을 수 없는 것을 들은 듯 화들짝 놀란 표정으로 물었다. "자, 안전통행권 보여 주세요."

"안전통행권이라고요?" 구스만이 말했다.

바틸라나가 설명했다.

"우리는 도움을 청하러 왔습니다. 도와줄 수 없다면, 그건 다른 문제입니다."

"안전통행권을 갖고 있나요, 아닌가요? 자, 들어와요."

그들은 회색 벽 사이로 나 있는 복도로 들어갔다. 여자가 문을 닫았고, 자물쇠에 열쇠를 꽂고 두 번 돌리더니, 열쇠 꾸러미를 주머니에 넣었다. 두 사람은 무슨 일인지 이해하지 못한 채 서로를 쳐다보았다. 바틸라나가 유감스럽다는 듯이 말했다.

"우리는 당신과 장난하려는 게 아닙니다. 말을 빌려줄 수 없다면, 우리는 가겠습니다."

무표정하게 피곤한 말투로 여자는 분명하게 말했다.

"서류 보여 주세요."

"우리는 당신과 장난하려는 게 아닙니다." 바틸라나가 정중하게 주장했다. "우리는 그만 가겠습니다."

여자는 목소리를 높이지 않고서(순간적으로 그들은 그녀가 자기들과 말한다고 믿었다) 호출했다.

"하사, 이 두 사람을 대령에게 데려가시오."

그러자 작업복을 입은 하사가 달려와 그들의 팔을 움켜잡고서 신속하게 복도로 이끌었다. 급히 가는 길에서 구스만은 평정을 유지하려고 애썼지만, 사실 그러기는 쉽지 않았다. 그러면서 그는 물었다. "이게 무엇을 뜻하는 거죠?" 그러는 동안 바틸라나는 높은 지위에 있는 사람들과 친하다고 으스대면서, 본의 아니게 실수를 저지르는 것이겠지만, 그 책임자들에게 값비싼 대가를 치르게 하겠다고 말했다. 그러면서 이미 그곳을 떠난 여자와 그의 말을 듣지도 않는 하사에게 자기 신분증을 보여 주려고 했다. 하사는 그들을 어느 조그만 방으로 들여보냈다. 그 방에서는 어느 여자아이가 등을 돌린 채 서류를 정리하고 있었다. 하사는 그들을 풀어 주면서 경고했다.

"꼼짝 말고 있어."

문이 반쯤 열렸고, 여자는 옆방에 머리를 내밀며 알렸다.

"대령님, 두 사람을 데려왔습니다."

그 말에 대한 대답으로 단지 한 단어만 들렸다.

"감방."

바틸라나는 대들었다.

"아, 안 돼요. 내 말 좀 들어 봐요." 그는 불쑥 말하면서 약간 소리쳤다. "대령님은 우리 상황을 이해할 것이라고 난 확신해요."

"어디로 가는 거지?" 하사가 묻더니 그를 몸으로 밀쳤다. 그러자 그는 눈에 띄게 몸을 떨었다.

구스만은 행동해야 할 순간이 되었는지 아닌지 생각했다. 하사는 이제 그들을 더욱 세게 붙잡고서 다시 데려갔다. 그 방에서 나가자,

구스만은 서류를 정리하고 있던 여자를 흘낏 쳐다보면서 바틸라나를 놀라게 했고, 감탄해 마지않으면서 생각했다. '일하는 데 전혀 흐트러짐이 없어.' 바틸라나도 그녀를 쳐다보았다. 뒤로 돌아 있던 그녀는 뒤에서 보면 젊은 여자처럼 보이는 역겨운 늙은 여자였다.

감방은 작았지만 아주 깨끗했고, 벽은 모두 희었다. 한쪽 벽에 조그만 침대가 있었다.

"우리 둘을 함께 놔둔 게 그나마 다행이야." 구스만이 말했는데……

바틸라나의 반항 때문에 이런 무의식적이면서 진심 어린 말들, 혹은 이전의 힘든 순간들은 끝나 버렸다.

"우리가 어디에 처박힌 거죠, 구스만 씨?" 그는 울음을 터뜨리려고 하면서 물었다. "난 엘비라와 딸들이 있는 우리 집으로 돌아가고 싶어요."

"곧 돌아가게 될 거예요."

"그렇게 생각하세요? 솔직히 말할까요? 우리는 영원히 여기에 있게 될 거예요."

"그런 말은 하지도 말아요."

"솔직히 말할까요? 아내에게 나는 파렴치한이에요. 내 아내는 나를 사랑하고, 나를 보는 것만으로도 웃음을 터뜨려요. 구스만 씨, 하지만 나는 다른 여자들을 탐내며 다니는 금수와 같은 놈이에요. 말해 보세요. 이게 괜찮은 건가요? 무엇보다도 모든 것을 가질 가치가 있는 아내가 집에 있는데 말이에요. 그런데 말해 보세요. 우리는 어디에 있는 거죠? 이게 뭐죠? 난 하나도 모르겠어요. 하지만, 한 가지 말해 줄까요? 난 이런 게 마음에 들지 않아요. 솔직히 한 가지만 말할게요. 난 내 도시 부에노스아이레스가 그리워요. 내가 그곳에서 멀리 떨어진 느낌이에요. 아주 멀리, 그리고 다른 시대에 있는 것 같아요. 아주 끔찍한 느낌이에요. 마치 우리에게 절대 돌아가지 못할 것이라고 말하는 것 같아요. 당신은 알겠지만, 내 딸아이들은 일곱 살과 여덟 살이에요. 나는 그 아이들의 숙제를 도와주고, 그 아이들과 함께 놀아주고, 매일 밤 그 아이들이 잠들면 침대로 가서 키스를 해 줘요."

"그만해요." 구스만이 지시했다. "아이들은 거짓말하지 않아요. 야비한 짓이에요. 도대체 무슨 말을 하려는 거죠? 불쌍히 여기게 만들어 나를 혼란스럽게 해서 나 자신도 지키지 못하게 하려는 건가요? 아니, 우리라고 하는 편이 낫겠네요. 당신은 이런 점에서 그다지 소용이 없으니까요."

"여자는……"

"여자라, 좋아요."

"나는 여자에 대해 말하고 싶어요. 잘 들어 보세요. 내 여자가 아니에요, 구스만 씨. 당신 여자에 관해 말하고 싶은 거예요. 그런데 별로 내키지 않네요."

"그런데 내 여자와 무슨 상관이 있단 말인가요?"

"나는 우리가 어디에 있는지 몰라요. 우리가 여기에 있는 건 정말로 불행이에요. 모두 내 잘못이에요. 내가 차를 잘못 밀었으니까요. 나를 미워하지 말아요. 나라도 그렇게 쉽게 용서하지는 않을 거예요. 나는 양심을 품고 사는 사람이에요. 난 이런 게 전혀 마음에 들지 않아요. 이제 무슨 일이 일어날까요? 난 양심의 짐에서 벗어나고 싶어요. 나는 지금 카를로타를 보고 있어요."

문이 열리더니 하사가 명령했다.

"따라와."

그들은 하사의 말에 복종했다. 구스만은 바틸라나의 말이 자기에게 아무런 영향도 끼치지 못했다는 것을 알았다. 그러자 생각했다. '나는 아무 말도 듣지 않은 것 같아. 그러나 내가 들은 말은 사소하거나 무의미한 것이 아닌데…… 내가 제대로 들은 것일까?' 그런데 그가 '믿을 수 없어'라고 생각하는 순간, 그의 시야가 흐려졌고, 그는 문틀에 기대야만 했다. 하사는 그들에게 복도로 따라오게 했다. 그들은 어느 거실로 들어갔는데, 그 방을 보자 그는 학교 교실을 떠올렸다. 책상 뒤에는 군인 한 명과 얼마 전에 그들을 맞이했던 여자가 앉아 있었다. 이 두 사람의 머리 위로 벽에는 수염을 기른 인물의 초상화가 걸려 있었다. 군인은 상당히 젊고 창백하며 입술이 가느다란 사람이었다. 그는 거만하고 적의가 서린 눈으로 두 사람을 바라보았다. 그를 가장 기분 나쁘게 놀라게 한 것은 아마도 바틸라나의 입에서 카를로타의 이름을 언급한 것이었다. 책상 뒤에 있던 두 사람을 보자 그는 중고등학교의 시험과 재판을 떠올렸다. 순간적으로 구스만은 바틸라나가 했던 말을 잊었다. 생각하고 평하는 행위를 멈추고서 그는 자기가 처한 상황에 완전히 몰입했다.

하사는 그들을 안쪽 벽에 기댄 두 개의 작은 벤치로 데려갔다. 책상에서 상당히 떨어진 곳이었다. 군인과 여자는 작은 소리로 대화했다. 여자는 한 손으로 열쇠 뭉치를 만지작거렸다. 기다림이 길어지고 있었기에 구스만은 다시 관찰하고 생각했다. 그런데 갑자기 무언가가 그의 관심을 사로잡았다. 그는 겁을 먹고서 완전히 그 사건에 몰입해 있었지만, 그 자극 때문에 깨어났다. 여자가 다소 집요하게 바틸라나를 쳐다보고 있는 것 같다는 의심이 들었던 것이다. 한편 바틸라나는 눈을 아주 크게 뜨고서 그녀를 바라보았다. 더듬이처럼 거의 느낄 수 없을 정도로 미세하게 움직였다. 자기가 깨달은 것에 온 정신을 쏟은 구스만은 다시 상황을 잊고서 생각했다. '눈으로 그녀를 먹어 치우고, 그녀는 그에게 화답하고 있어. 의심의 여지 없이 그는 이 분야의 전문가야. 심상치 않은 전문가야.' 군인은 여자에게 무언가를 중얼거렸다. 여자는 하사를 불렀다. 그들은 그가 책상으로 와서 지시를 받고 다시 자신들에게 오는 것을 보았다. 하사는 바틸라나에게 말했다.

"당신, 책상 있는 곳으로 가시오."

이어서 광대극 같은 가짜 장면이 벌어졌다. 바틸라나는 방을 가로질렀고, 신분증을 제시했다. 군인은 그것을 살펴보더니 책상 위로 던졌고, 몸을 꼿꼿하게 세우고는 얼굴을 내밀고 턱을 들어 위협적인 자세로 가만히 있었다. 그에게도 불편한 자세임이 틀림없었다. 여자는 신분증을 집고서 살펴보았고, 바틸라나를 쳐다보더니 고개를 흔들었다. 가짜 장면의 바로 그 지점에서 목소리(생기가 없었는데, 그건 사실이다)가 덧붙여졌다. 바틸라나는 맞서면서 설명을 요구했고, 군인은 경멸적인 표정을 지으며 그의 말을 끊었으며, 여자는 그에게 질문했다. 들으려고 애를 썼지만, 구스만은 산발적으로 몇 개의 단어만을 들을 수 있었다. 여행자, 기차역, 란세로, 동료 회원 등의 단어였다. 바틸라나는 되돌아왔지만, 혼란스러운 상태임이 분명했다. 구스만은 생각했다. '이제는 내 차례야.' 그는 바틸라나에게 어땠느냐고 물으려다가 카를로타를 떠올렸고, 그러자 그에게 말할 마음이 사라졌다.

"당신." 하사가 명령했다.

아마도 재판소 사람들이 그를 쳐다보고 있었기 때문인지, 그 거리는 끝이 없어 보였다. 그들이 인사를 하지 않았기에 그도 인사하지 않았다.

"거주지?" 여자가 물었다.

잠시 낭황스러워한 나음, 그는 대답했다.

"부에노스아이레스입니다."

"거주 증명서는?"

그는 이해할 수 없다는 표정으로 쳐다보았다. 여자는 불쾌하다는 듯이 다시 요구했다.

"거주 증명서를 가졌는지 아닌지 대답하시오. 아니면 다른 서류가 있소?"

"감독관, 미리 알려주는데 나는 건강이 허락하지 않아서 다른 신분 증은 없네." 대령이 덧붙였다.

여자 감독관이 말했다.

"지당한 말씀입니다, 대령님. 그런데 아십니까? 처음에 나는 대령 님이 신분증에 대해 말씀하신다고 생각했습니다."

"자동차가 있는 곳으로 갈까요?" 구스만이 제안했다. 그러고서 자기가 너무 많이 협력하고 있다고 생각했다. "자동차 안에 병역수첩이 있습니다."

"훌륭하오, 좋소. 당신은 나의 기대를 저버리지 않았소." 대령이 말했다. 그러고는 호령했다. "젠장!"

여자는 구스만을 차가운 시선으로 뚫어지게 쳐다보고서 말했다.

"우리는 바보가 아니오. 우리의 승낙 없이는 아무도 도망칠 수 없소. 원하는 게 무엇이오?"

"나는 지금 구속된 건가요?" 그가 따졌다. "내가 갇힌 것인지 대답해 주세요."

"원하는 게 무엇이오?" 여자는 질문을 반복했다.

"라우치의 에스파냐 호텔에서 밤을 보내는 것입니다." 구스만이 설명했다. "길이 말랐으면, 내일 한 손님을 찾아가는 것입니다. 아야쿠초 마을의 엘페르디도강 너머에 사는 사람입니다."

"이제 그만하시오." 대령이 목소리를 높이면서 명령했다. "카델라고 감독관, 이 두 사람은 무엇을 원하는 것인가? 우리를 교란하려는 것인가? 우리를 도발하려는 것인가?"

그러자 여자 감독관이 조언했다.

"신경 쓰지 마십시오, 대령님. 이들이 과도하게 소란 피우는 겁니다."

"하지만 난 초조하고 불안하네. 알겠네. 내가 주관주의에 다시 빠지고 있군. 하지만 모든 게, 심지어 우리의 건강에도 한계가 있는 법이야."

"그렇습니다, 대령님." 여자 감독관이 짜증 내면서 말했다. "저는 이 두 사람을 고맙게 생각합니다. 이들 때문에 빨라지고 있습니다. 제 말이 무슨 뜻인지 아시겠죠? 촉진하고 있습니다. 내일 누군가가 와서 그들이 행동한 것을 확인하고 점검한다면······"

이제는 대령이 불평했다.

"그랬으면 좋으련만."

"그렇게 되지 말라는 법은 없습니다, 크루스 대령님. 누가 그걸 확신하겠습니까? 제 좌우명은 '후미를 엄호하라'입니다. 내일 누군가가 우리를 죽이려는 멋진 생각을 가지고 온다면, 대령님과 전 숨어 있을 겁니다. 함께 숨는 것, 그것은 다른 해석의 여지가 없는 일입니다. 그러니까 목숨을 부지하는 행위지요."

"그러나 그럴 때 처벌은 단 하나요."

"맞습니다. 게다가 우리는 이 동네 음식이건 우리의 개인 음식이건 하나도 횡령하지 않았습니다. 그런데 죽으면 아무 말도 못 하지 않습니까?"

"선고를 받소." 대령이 판결을 내렸다.

여자 감독관은 한 손을 들고서 그 손을 폈다. 책상 위로 열쇠고리가 떨어졌다.

대령이 지시했다.

"벤치로."

그는 천천히 걸어갔다. 자리에 앉자 그는 피로가 엄습해 오는 것을 깨달았다. 피로를 이겨 내려고 애썼다. 상황을 이해하고 어떻게 방어해야 할지, 심지어 도망쳐야 할지를 머릿속으로 구상하려고 노력했다. 그는 바틸라나를 쳐다보았다. 그는 피곤해 보이지도 않았고 기운이 빠지지도 않았다. 그는 여자 감독관을 뚫어지게 바라보고 있었다. 반면에 그의 눈은 감겨 왔다. 그는 생각을 더 잘하려면 눈을 감는 게 좋다고 생각했고, 희고 높은 기둥을 떠올렸다. 더 정확하게 말하자면, 그는 두 개의 아치 길로 갈라지는 어두운 거리를 보았는데, 그 거리 중앙에 그 기둥이 있었고, 그 끝에는 석상이 달려 있었다. 그는 어느 정도 불가사의하면서도 다정하게 환상놀이에 참여했는데, 그것은 그가 슬픔에 젖어 있었기 때문이다. 그는 기둥을 확인했다. 그것은 라바예*의 석상이었다. 그는 언제 자기가 라바예 광장에 있었는지, 어떤 기억이 나는지 마음속으로 질문했다. 그 질문에 대한 대답으

---

* 후안 라바예(1797~1841). 아르헨티나의 군인이자 정치인으로 아르헨티나 독립전쟁에서 두각을 나타낸 인물이다.

로 그는 생각했다. '오래전이었어. 아무 기억도 나지 않아.' 그는 그토록 생생한 모습이 기억이 아니라 꿈으로 도착했다는 것을 깨달았다. 그러자 다시 생각했다. '약하게 보이지 않겠어. 헛되이 낭비한 순간은……' 그는 이 문장을 마치지 못했다. 희미하게 늘어선 낡은 집들 앞에서 크고 비쩍 말랐으며 색 바랜, 두 그루의 유칼립투스를 보았기 때문이다. '그런데 이건 도대체 어디지?'라고 그는 생각했다. 마치 인생이 마음속으로 질문을 던지면서 흘러가는 것 같았다. 잠시 후 그는 그 장면을 알아냈다. '베르나르도 데 이리고옌 거리에서 바라본 콘셉시온 광장이야.' 그는 아주 짧게 또 다른 꿈이 그를 부에노스아이레스와 자유의 세계로 되돌려보냈다는 사실을 알았다. 꿈에서 깨어나면서 그는 일종의 찢어짐 혹은 터짐을 느꼈다. 이제 그는 눈을 떴고 가죽 혁대, 그리고 카키색 제복을 보았다. 그리고 위를 쳐다보았다. 대령이 내려다보면서 웃고 있었다.

"졸고 있었나? 괜찮네. 자네의 배짱이 부럽네. 부탁이 있는데, 나를 의심하지 말게. 우리는 남자 대 남자로 대화하게 될 것이네."

그는 다른 벤치로 가서 그곳에 앉았다. 구스만은 물었다.

"그런데 바틸라나는 어디에 있죠?"

"감독관이 방으로 데려갔네. 굶주린 여자거든."

"맨가슴에 셔츠를 걸친 것을 보았을 때 익히 짐작했습니다."

"하지만 차가운 성격이라서 잘 어울리지 못하네. 내 말을 믿게."

구스만은 생각했다. '이제 왕비의 총애를 받은 인물 역할을 맡으면서 바틸라나의 자리에 있을 수도 있어.' 그런 사람이 바로 그, 즉 게으름뱅이였다. 책임을 지거나 수고하지 않도록 그는 여자 감독관을 구슬리지 않았었다. 그러나 한 명 이상의 경찰관 아내들을 통해 러시아로 도망친 그 스페인 '농부'*를 완벽하게 기억했다.

"내가 진심으로 말한다는 것을 보여 주겠네." 대령이 말했다. "그 여자는 모든 걸 할 수 있네. 일종의 광신자네. 그러나 지금은 당신과 나만 있으니 말인데, 지나치게 시치미를 떼거나 위장했다고 인정하지 않소?"

"시치미라니요?"

"너무 지나쳤단 소리요. 당신들은 수상쩍은 용의자가 되었소."

"난 피곤합니다." 구스만이 투덜댔다.

"나도 알고 있소. 당신 직업을 가진 사람이라면 부인해야만 하오. 난 당신의 능력을 높이 평가하오. 그렇지만 내가 보기에 한 사람의 능력은 자백에 있소. 감독관이 열쇠고리를 책상 위에 놔둔 것을 보았소?"

구스만은 멀리서 열쇠고리를 보았다. 그리고 물었다.

"내가 도망치게 하고서 나를 총살하려는 건가요?"

"당신이 떠나지 않으면, 우리가 용서해야 할 것 같소? 이보게, 친구! 내 말을 잘 들으시오. 자네는 나를 의심하지만, 난 진심을 털어놓고 있소. 내가 말하는 걸 귀담아 들으시오. 나는 피로에 절어 있고, 숨도 제대로 못 쉬는 몸이오. 내가 당신 나이였을 때, 조국을 위해 무장 투쟁에 참여해서 싸웠소. 하지만 이제 나는 내 미래를 보살펴야 하오. 모험하기에는 아직 너무 젊거든."

구스만은 자기도 모르게 초조해하면서 물었다.

"내가 지금 가야 하나요?"

---

* 발렌틴 곤살레스(1904~1983). 스페인의 유명한 공산당 지도자. 1939년에 스페인 내전이 끝나자 소련으로 피신했지만, 스탈린 체제에 환멸을 느껴 1949년에 프랑스로 도주했다.

"내가 당신이라면, 사격 소리가 날 때까지 기다릴 것이오. 그러면 감독관이 모습을 보이지 않을 것이라고 확신해도 좋소. 처형 장면 볼 기회를 잃어버리지 마시오."

"누구를 총살합니까?"

"총소리가 들리면, 당신에게 3~4분 정도 시간이 있을 거요."

"도망칠 시간인가요? 누구를 총살하는 거죠?" 그는 믿을 수 없는 답이 무엇인지 알고 있었지만, 그래도 계속 물었다. "바틸라나를 죽이는 건가요?"

"우선 그 암캐가 그 작자를 먹을 것이고, 그런 다음 차분하게 그를 제거할 것이오. 그놈은 그 누구도 구할 수 없소. 그런데 내가 이해할 수 없는 게 있는데, 여기서 나가면 당신은 어디로 가오? 내가 알고 있는 바에 따르면, 이 나라에는 두 부류의 사람이 있소. 소수인 광신자들은 당신을 경찰에 인도할 것이고, 나머지 사람들은 자신들이 위험에 처하지 않도록 당신을 경찰에 넘길 것이오."

구스만은 빈정거리며 말했다.

"그리고 경찰은 날 풀어 주지요."

"한 사람을 죽이고 다른 사람을 풀어 주오. 그러면 모든 사람이 만족하오. 정부도 만족하고 혁명군도 만족하오."

"아니면 내게 희망을 주는 것입니까? 내가 다시 붙잡히도록 하는 건가요?"

"당신은 정말 힘든 사람이오. 하지만 다른 기회가 있다고 생각하시오? 우리가 말하지 않았다고 여기고서, 당신의 생각을 따르시오. 난 그만 가겠소. 행운을 빌겠소."

그의 생각이 정리되지도 않았는데, 총소리가 들렸다. 그는 일어나면서 "불쌍한 놈"이라고 중얼거렸다. 그리고 여러 개의 문을 주의하는 탓에 머뭇머뭇 비틀거리면서 그 끝없는 방을 가로질렀다. 그는 책상 옆에 멈추고서 귀를 기울였다. 그리고 재빠르게 열쇠를 집고서 말했다. "이게 음모는 아닐 거야." 그는 자기가 목소리를 높였다고 생각했고, 그러자 팔다리가 후들후들 떨렸다. 두려움이 엄습했던 것이다. 다시 그는 머뭇거렸다. 실수로 문을 잘못 선택할 수 있었기 때문이다. 그는 회색 복도에 도착했다. 출구 앞에서 그는 약간 절망적으로 '당신에게 3~4분 정도 시간이 있을 거요'라는 대령의 말을 떠올렸다. 열쇠가 많아서 어느 게 맞는지 시험해야만 했다. 어떤 열쇠들은 한쪽을 바라보고 있었고, 다른 열쇠들은 반대편을 바라보고 있었다. 그는 거듭해서 열쇠고리를 돌렸고, 그럴 때마다 새로운 열쇠 대신 이미 돌려 본 열쇠를 다시 돌리는 게 아닌지 걱정했다. 열두 번째 열쇠를 돌리자, 자물쇠가 열렸다. 그는 나가는 순간 분명히 얼굴에 시원한 느낌을 받게 될 것이라고 예상했다. 밤이 선선하다는 것을 알았기 때문이다. 그는 어둠을 유심히 바라보았다. 그리고 허드슨 자동차의 모습을 식별하려고 했으나 소용없는 일이었다. 거기서 자동차를 빼낸 것일까? 그는 탑에서 비추는 한 줄기 빛이 집 위를 비추기를 기다렸다. 그 순간 그는 길이 있는 방향으로 뛰어갔다. 물웅덩이를 피했고, 한 번 넘어졌다(빛은 상공으로 지나가더니 멈추지 않았다). 그는 어설프게 철조망을 넘어갔다. 물론 거기에 허드슨 자동차가 있었다. 그는 생각했다. '이제 바퀴가 헛돌지 않으면 좋겠어. 시원한 밤에는 잘 마르거든.' 그는 자동차에 타서 시동을 걸었다. 그러고서 생각했다. '엔진이 꺼지지 않으면 좋겠어.' 순간적으로 그는 엔진에 시동이 걸리지 않을 거라고 믿었다. '엔진이 너무 차가워.' 그런데 시동이 걸렸고, 배기통이 망가진 탓에 상당한 굉음이 났다. 구스만은 집 쪽을 바라보았다. 불은 꺼진 것 같았다. 당혹해하면서 그는 그것을 '암시적'이라고 해석했다. 허드슨 자동차는 조금 미끄러지더니, 타이어 접지면의 모서리가 바닥과 제대로 마찰하면서 길 위로 다시 올라섰다. 구스만은 가속 페달을 밟았다. 첫 번째 도랑을 지나자 차가 위험천만하게 마구 튀어 올랐다. 여명이 밝아 오는 그 순간에는 전조등을 켰어도 앞이 잘 보이지 않았다. 느린 속도로 그는 도망치면서 담력을 시험했다. 라디오를 켰다가 껐다. 그를 뒤쫓아 올지도 모르는 사람들의 소리를 들어야만 했기 때문이다. 그는 라우치로 들어가지 않았다. 천천히 속도를 높였다. 그렇게 가능한 한 빨리 포장도로로 들어갔다. 라디오를 켰다. 뉴스를 들었다. 그날 오후 통치권자는 레메디오스 에스칼라다 직업훈련학교에 참석할 예정이었다. 부에노스아이레스의 수돗물은 계속해서 나쁜 상태지만, 그건 잠깐이며 건강에 해롭지 않았다. 그리고 노동조합의 공격자와 경찰 사이에 총격전이 있었으며, 거기서 어느 노인이 죽었는데, 그는 그 사건과 전혀 관계가 없는 인물이었다. 구스만은 라디오를 끄고 뒤를 돌아보았다. 뒤창으로 희끄무레하고 아무것도 없는 길을 보았다. 뒷좌석에 바틸라나의 베레모가 있었다. 그는 '믿을 수 없는 일이야'라고 생각했다. 이제 상상 속에서 총천연색으로, 아주 생생하게, 그리고 세세한 것을 빠뜨리지 않은 채 카를로타(큰 점과 배의 상처)와 바틸라나를 보았다. 두 사람은 벌거벗은 채 생글거리며 상대방의 벌거벗은 몸을 만지고 더듬고 있었다. 구스만은 괴로워 경련을 일으키며 몸을 웅크리고서 눈을 감았다. 허드슨 자동차는 위험하게 깊은 도랑 모서리를 따라가고 있었다. 어떻게 해야 집으로 돌아갈까? 집으로 가지 않으면, 어디로 가야 할까? 아야쿠초 마을에서 처리해야 할 일을 처리하지 못한 것을 관리자에게 어떻게 설명해야 할까? 라스플로레스에서 병들었다고 해야 할까, 아니면 플로레스로 들어가 고객들을 만나서 건강에 문제가 있다고 말해야 할까…… 빌어먹을! 최악의 평계가 될 것이다. 관리자는 이 세상에서 무슨 일이 있어도 아야쿠초로 돌아가라고 할 것이기 때문이다. 라스플로레스로 들어가려면 그는 있는 힘을 다해야 했다. 그 순간 그의 소망은 딱 한 가지, 즉 집으로 가는 것뿐이었다. 집으로 돌아가서 카를로타와 다시 살아갈 수 있을까? 그는 바틸라나를 전화통에 붙잡아 놓은 밉살스러운 여자가 그녀였다고 확신하고 있었다. 포장도로로 올라가자마자 그는 차를 세웠다. 그리고 머리 냄새가 흠뻑 밴 바틸라나의 베레모를 집고서 중얼거렸다. "더럽고 추잡한 년 카를로타." 그는 베레모를 엉겅퀴 뒤로 던졌고, 그것을 숨기려고 했다. 그런데 계속 눈에 띄었다. '아직도 저걸 찾는 건 어렵지 않아.' 그는 그걸 어디에 숨겨야 할지 몰랐다. 그는 다시 가져와 역겨운 냄새를 참으며—동물처럼 심한 머리 냄새가 바로 거기에 있었기 때문에—주머니에 넣었다. 그는 손으로 여자 감독관의 열쇠들을 만졌다. '아직 나를 찾으려고 수색하고 있을 거야. 아직도 내가 바틸라나를 죽였다고 고발할 거야.' 만일 그의 죽음에 대해 심문하면, 그는 사실대로 말할 생각이었다. 그런데 누가 그 사실을 믿어 줄까? 누가 그날 밤의 이야기를 믿을까? 바틸라나가 사라진 것은 의심할 수 없는 일이었다. 그러나 그 사실에 대한 '그의' 설명은…… 오히려 '난 혼자 여행했다'라고 멋진 거짓말을 하는 게 더 믿을 만한 사실일 것이다. '젊은이'들과 점심을 먹은 후 바틸라나를 잃어버렸다고 말하는 편이 더 나을 것이었다. 카를로타 앞에서는 그녀의 부정을 모르는 것처럼 행동할 것이었다. 그렇다면 누가 그 이유를 그의 탓으로 돌릴 수 있을까? 아마도 위험에서 벗어나겠지만, 이상한 일들이 일어난다는 것은 알고 있을 것이다. 카를로타와 바틸라나의 부인은 바틸라나가 어느 여자와 몰래 틀어박혀 있으려고 출장을 핑계 댔으리라고 말할 것이다. 구스만은 어느 정도까지나 분노와 원한을 억누르고 숨겨야 할 것인지 생각했다. 그에 대한 대답으로 그는 그 사건이 불운이라기보다는 오히려 조그만 행복이라고 생각했다. 아야쿠초의 밤에서 그는 다른 교훈을 얻지 못했다. 불쌍한 바틸라나에 대해 말하자면, 그는 너무나 믿지 못할 방식으로 죽었고, 그래서 그의 죽음을 애도해야 할지 말아야 할지도 몰랐다.

일등실 여자 승객
La pasajera de primera clase

그 열대의 도시, 그러니까 담배공장에서 파견한 몇몇 구매자가 간헐적으로 들르는 조그만 중심지에서 삶은 단조롭게 흘러갔다. 어떤 배가 항구에 닻을 내리면, 우리 영사는 팔마스 호텔의 아랍식 홀에서 파티를 벌여 입항을 축하했다. 주빈은 항상 선장이었고, 영사관의 흑인 아이는 선상으로 초청장을 가져가서 선원들과 승객들을 선택해 데려오라고 부탁했다. 식탁 음식들은 나무랄 데 없이 훌륭했지만, 습하고 더운 날씨 탓에 제대로 맛을 느낄 수 없었고, 심지어 가장 까다롭고 세련된 조리법에 따라 만든 요리인지조차 의심스러워졌다. 거기서 매력을 유지하는 유일한 것은 과일이었다. 아니, 여행자들의 증언이 보여 주는 바에 따르면, 과일과 술뿐이었다. 그들은 훌륭한 화이트 와인의 맛뿐만 아니라, 와인이 야기하는 팽창력, 다시 말하면

재미있고 흥미로운 확장력을 결코 잊지 않았다. 언젠가 그런 점심 식사를 하는 동안, 우리 영사는 여자 관광객의 입술에서 이런 설명 혹은 이런 이야기를 들었다. 그 관광객은 이미 중년에 접어든 나이 지긋한 돈 많은 여인으로, 단호한 성격의 소유자였으며, 자신만만한 모습이었고, 편안한 영국제 옷을 입고 있었다.

"나는 일등실로 여행하지만, 오늘날에는 모든 게 이등실 승객을 위한 것임을 의심의 여지 없이 인정해요. 무엇보다 가장 중요한 뱃삯이 그렇지요. 또한 음식도 동일한 주방에서 나와요. 동일한 요리사가 일등실과 이등실 승객들을 위해 만든 것이지요. 그러나 대중적인 선실을 선호하는 승무원들의 취향 때문에, 가장 맛있는 음식과 가장 신선한 채소와 과일은 예외 없이 이등칸 주방으로 향해요. 여기서 잘못 생각하지 말아야 할 것이 있는데, 대중적인 선실을 선호한다는 건 전혀 자연스러운 게 아니에요. 그건 작가들과 기자들이 가르친 거예요. 모든 사람이 불신과 의심을 갖고 그 작자들의 말을 듣지만, 결국 그들의 집요함에 설득되고 말지요. 이등실은 거의 완전히 만석이고 일등실은 실질적으로 텅 비어 있기에, 일등실에서 승무원을 보기란 좀처럼 쉽지 않아요. 그래서 이등실의 서비스가 일등실보다 훨씬 더 좋아요.

내가 인생에서 바라는 것이 하나도 없다고 말한다면, 과연 당신이 내 말을 믿을까요? 어쨌거나 나는 기쁘고 활기찬 삶을 좋아하고, 근사하고 젊은 사람들을 좋아해요. 이제 당신에게 비밀을 하나 털어놓지요. 우리가 아무리 그렇지 않다고 우겨도, 아름다움과 젊음은 동일한 거예요. 나 같은 늙은 여자는 젊은 남자가 움직이기 시작하면 제정신을 잃어버려요. 다시 그 선실 등급의 문제로 돌아가겠어요. 젊은 사람들은 모두 이등실을 타고 여행해요. 일등실에서 무도회가 열릴 경우, 그건 부활한 시체들의 무도회 같아요. 그들은 최고의 옷을 입고 보석들로 치장하고서 올바르게 밤 행사를 치르지요. 아마도 밤 12시 정각이 되면, 거의 먼지가 되어 각자 무덤으로 되돌아가는 게 당연한 일일 거예요. 물론 우리들은 이등실의 파티에 참석할 수 있어요. 그러려면 모든 세련미를 떨쳐 버려야 해요. 저기 아래서 사는 사람들은 우리가 국왕이나 왕비라고 여기면서, 우리를 가난한 동네를 방문하는 사람처럼 쳐다보기 때문이지요. 이등실 사람들은 마음대로 일등실에 모습을 드러내지만, 아무도, 그 어떤 책임자도 그들에게 혐오스러운 장벽을 쳐서 가로막지 않아요. 이미 오래전에 사회는 만장일치로 그런 장벽을 거부했거든요. 우리, 그러니까 일등실 승객들은 이등실 사람들의 이런 방문을 기꺼이 받아들여요. 우리는 적절하게 환영하면서 우리의 감정을 조절하지요. 가끔씩 오는 손님들이 기분 상하지 않도록 말이에요. 우리는 그들이 즉시 다른 칸의 사람들, 그러니까 여행이 지속되는 동안 진정한 긍지를 갖게 되는 계급이라는 사실을 알지만, 그래야만 그들은 우리가 그들의 신원을 알고 있다는 사실을 깨닫지 못하거든요. 그들이 갑자기 들이닥치거나 난입하면서 찾아오는 경우, 우리는 그다지 기뻐하지 않지요. 그건 일반적으로 날이 밝기 전에 일어나지요. 정말이지 야만적인 행위예요. 침입자들은 무자비하게 승객을 찾아요. 우리들 중에서 그 누구도 될 수 있어요! 선실 문을 제대로 닫지 않은 사람이거나 밖에서, 그러니까 바에서나 서고, 혹은 음악실에서 시간을 보낸 사람이 될 수도 있어요. 맹세코 말하건대, 그 청년들은 그 승객을 마구 붙잡아서 함교로 데려가거나 일등실 전용 갑판으로 데려가서, 뱃전으로, 그러니까 검고 거대한 바다로 던져 버려요. 어느 위대한 시인이 말했듯이 무감각한 달빛만 비추는 바다지요. 또한 우리가 상상하는 무섭고 위협적인 괴물들이 가득한 곳이지요. 매일 아침 일등실 승객들은 공공연한 눈으로 쳐다보면서 말하지요. '그러니까 아직 당신은 건드리지 않았군요.' 체면상 그 누구도 실종된 사람들에 관해서는 말하지 않아요. 또한 그건 조심성 때문이기도 하지요. 아마도 근거 없는 이야기일지도 모르지만, 이등실 승객들이 우리들 사이에 스파이 조직을 운영한다는 소리가 있거든요. 그런 이야기에서는 적의 조직이 완벽하다는 것을 상정하면서 소스라치게 놀라는 잔인한 기쁨이 있어요. 내가 얼마 전에 이야기한 것처럼, 우리의 일등실은 모든 이점을 상실했어요. 심지어 금과 유사하게 그 가치만 보존하는 속물근성까지도 말이에요. 하지만 나는 결점 때문에, 그러니까 내 나이 때의 사람들에게서 발견되는 치유할 수 없는 흠 때문에 이등실 승객이 될 마음은 없답니다."

과학소설, 탐정소설, 형이상학과 사랑의 통합체

1. 아돌포 비오이 카사레스의 환상문학

아돌포 비오이 카사레스(1914~1999)는 오랫동안 친구 보르헤스의 그늘에 있어야만 했다. 그러나 그는 1940년대부터 자신만의 독특한 문학 세계를 발전시켰다. 보르헤스의 단편소설이 지적인 통찰력으로 우주론을 말하고 있다면, 비오이 카사레스의 작품들은 더 자연스러운 화자를 등장시키면서, 보르헤스가 해석하는 이 세상의 또 다른 세계에 함께 참여한다. 비오이 카사레스는 우주를 만들어 낼 뿐만 아니라, 우리의 일상적 삶에 무질서하게 섞여 있는 마술적 가능성에 매료된 사람이다. 이런 점 때문에 그는 아르헨티나의 기질과 세계주의적 성격을 지닌 웰스H. G. Wells 혹은 체스터턴G. K. Chesterton이라고 평가받는다.

여기에 수록된 비오이 카사레스의 작품을 읽다 보면, 과학소설인지 아니면 과학적인 환상소설인지 의문이 생긴다. 그는 과학을 공부한 사람이 아니었지만, 분명한 것은 과학 분야의 주제들이 1940년대부터 그의 관심을 불러일으켰다는 사실이다. 비오이 카사레스의 환상은 물리적 세계, 수학적 세계 혹은 철학적 세계에 기초하는 것이지, 유령이나 공포에 뿌리를 두고 있지 않다. 그의 작품은 환상이지만 사실적이다. 다시 말하면, 과학적 주제에 인간 조건의 문제를 덧붙이는데, 사실 문학에서 이 두 개의 흐름을 적절하게 조화시키기란 쉬운 일이 아니다.

이런 현상은 「지름길」에서 잘 드러난다. 여기서 구스만은 아내와 친구들과 헤어져서 알고 지내던 사람과 함께 출장을 떠난다. 이것은 완전히 사실주의적인 분위기를 띤다. 그러나 가는 도중에 믿을 수 없는 일이 일어나고, 그와 그의 동행인은 시간과 장소가 다른 지역으로 옮겨 가며, 나중에 다시 최초의 현실로 돌아온다. 또 「기적은 복구되지 않는다」에서는 평범하고 일상적인 현실에서 두 개의 믿을 수 없는 사실이 일어난다. 하나는 항해하는 동안 서머싯 몸과 꼭 닮은 사람을 우연히 만나는 것이고, 다른 하나는 공항에서 이미 오래전에 죽은 주인공의 애인과 순간적으로 만나는 것이다.

그의 문학은 환상문학에서 사실주의로 혹은 그 반대로 나아가는 것이 아니라, 작품을 발표하기 시작했을 때부터 이 두 흐름은 공존했다. 이것이 바로 이 단편선에 수록된 작품들이 보여 주는 일반적인 특징이다. 비오이 카사레스는 완전히 확실한 세상에서 믿을 수 없는 사실이 일어날 수 있다는 것이 환상문학의 사실주의 경향에 해당한다고 지적하면서, 환상문학의 서술 방식에 대해 이렇게 말한다. "우리가 이해하지 못하는 것들 앞에서 우리는 환상적인 이야기를 만들어 내서 추측에 도전하거나, 아니면 다른 사람들과 함께 당혹해서 혼란스러워하는 것들을 공유한다." 비오이 카사레스에게 환상문학이란 현실은 논리적이고 정돈되었다는 것을 의심하는 도구, 즉 의문을 던지면서 안정된 질서에 틈을 만들고 또 다른 통일성을 엿보게 하거나, 혹은 단순히 우리가 이해할 수 없는 것을 드러내면서, 우리를 혼란스러워하게 만드는 것으로 이루어진다.

이 환상문학 개념은 하이메 알라스라키Jaime Alazraki가 주조한 '신환상' 개념을 떠올리게 한다. 이 아르헨티나 문학 비평가는 20세기 환상문학을 새로운 관점으로 설명하면서, 19세기 환상문학이 합리주의에 대한 반작용이었다면, 새로운 환상문학은 현실을 이해하는 새로운 방법에서 탄생한다고 주장한다. 그것은 아방가르드까지 세상의 이미지를 지배하던 부동의 법칙, 즉 확실성의 상실이다. 그렇게 신환상은 열린 기호, 다시 말하면 자연적인 것과 초자연적인 것이 뒤섞이고 혼동되면서 같은 영역 안에서 공존하는 상상력을 분출하게 만든다. 알라스라키는 이런 환상을 현실에 대한 확실성 상실의 은유로 받아들인다. 신이나 아리스토텔레스적 논리, 혹은 거기에서 유래하는 합리주의나 전능한 이성의 마지막 보루인 과학조차도 이제는 세상에 대해 확실하게 설명하지 못한다는 것이다.

전통적인 환상문학과 새로운 환상문학의 차이는 비오이 카사레스의 단편소설을 이해하는 데 매우 중요하다. 새로운 환상문학은 전통적인 환상문학이 중점을 두었던 미지의 것에 대한 두려움과 공포를 이용하는 것이 아니라, 무의식의 벽장에 숨어 우리의 현실 감각을 교란할 수 있는 것을 꺼내서 현실 속에 통합한다. 비오이 카사레스의 대부분 환상 이야기는 현실뿐만 아니라 초현실도 의문시하는 새로운 환상문학의 양식을 사용한다. 분명한 것은 환상소설은 당시까지 현실 해석을 이루던 확고부동한 가치에 대한 확신이 상실되었음을 반영한다는 사실이다.

새로운 환상은 일상적 현실에서 모습을 드러내면서, 기준틀을 결정하는 문화 패러다임을 위반한다. 다시 말하면, 그런 세상의 문화를 지배하던 확실성이 죽었음을 구체적으로 표현하면서, 새로운 현실의 다양하고 정의하기 어려우며 모순적인 해석을 시도한다. 그는 가능한 다른 세계를 만들면서 지배적인 문화 사상의 자의성을 드러낸다. 이렇게 비오이 카사레스는 보르헤스처럼 새로운 문학 패러다임, 즉 '가상문학' 혹은 실제를 모방한 새로운 또 하나의 현실 위에 세워진 새로운 문학을 만든다. 그러면서 20세기의 다른 많은 작가처럼 현실을 결정적으로 이해하는 것이 불가능하다는 확신과 잃어버린 원래의 현실을 계속해서 찾을 필요가 있다는 것 사이에서 몸부림친다.

2. 비오이 카사레스 환상문학의 몇 가지 핵심

1944년부터 1967년까지 비오이 카사레스는 소설집 여덟 권을 출간했다. 그는 1972년에 그때까지 쓴 단편소설들을 『사랑 이야기』와 『환상 이야기』라는 제목으로 모아 놓았다. 이번 단편선에 수록된 작품은 모두 『환상 이야기』에 수록된 이야기들이다. 그렇다고 '환상'만 존재하는 것이 아니라, 사랑도 '환상'과 뒤섞여 빠질 수 없는 요소가 된다. 이 작품들에서 여자는 그에게 도달할 수 없는 정상과 같은 의미를 띤다. 그의 여성 인물들은 매력적이고 아름답지만, 불행하게도 단순하다. 그들은 지성과 문화와 재능의 소유자가 아니라 그저 아름답기만 하다. 여자들이 등장할 때면 "아르헨티나 공화국의 비유적 모습"의 냄새를 풍긴다. 그리고 모든 상징처럼 그 누구도 해석할 수 없는 미스터리를 대표한다. 그들은 속세의 존재가 아니라, 신화의 존재, 즉 일상의 삶과 초자연적 삶 사이에 있는 신화 속의 인물 같은 느낌을 준다.

이렇게 사랑을 말하는 이야기에서 여자들은 대부분 인간의 어리석음을 풍자한다. 그리고 환상은 미래의 기계 혹은 초자연적 사건을 서술하는데, 사랑과 환상이라는 두 주제는 그의 작품 대부분에 공존한다. 『환상 이야기』의 작품들은 시간 순서대로 수록되어 있다. 여기에는 라틴아메리카 문학의 애독자라면 반드시 읽어야 할 몇몇 이야기도 포함되어 있으며, '환상 이야기'라는 제목이 말하듯이, 모두가 환상문학 범주에 속한다. 대표적인 것이 「파울리나를 기리며」 「눈의 위증」 「하늘의 음모」이다. 그리고 「열망」 「오징어는 자기 먹물을 고른다」와 「하늘의 음모」 같은 작품은 과학소설로 분류되어도 모자람이 없다.

비오이 카사레스는 보르헤스와 더불어 환상 이야기를 만들어 내면서 과학소설의 변형 모델을 제공한 것으로 널리 알려져 있다. 그들의 유토피아 혹은 디스토피아에서 과학은 문학적 상상력과 혼합되어 인간 조건의 다양한 양상들을 서술한다. 그는 과학 지식에서 영감을 받아 세상에서 사물이 어떻게 작용하는지 이해하고자 한다. 여기서 '환상성'이란 용어는 신화와 미신과 꿈을 과학적 혹은 유사과학적 지식과 혼합한다. 영국과 미국에서 과학소설은 과학과 기술의 혁신으로 형성된 미래의 현실에 초점을 맞추지만, 아르헨티나의 환상문학은 20세기가 경제와 산업의 발전을 약속했지만 과학을 문화적으로 과

소평가하고 있다는 점을 반영한다. 그래서 비오이 카사레스는 인류를 점차 녹슬고 마모되는 자전거에 탄 기계 원숭이로 여긴다.

'환상 이야기'라는 제목이 보여 주듯이, 여기에 수록된 작품들의 주제는 합리주의와 근대과학과 경험주의 관점을 의문시하거나 부정하면서 전 논리前論理나 신화적 사고, 비교秘敎적 믿음을 가능한 것으로 제시하는 가정에 바탕을 둔다. 이 경우 현실은 시간의 순환성 혹은 동시적 시간과 평행 우주, 이 세계 속에 또 다른 세계의 존재, 역사적 사건과 개인의 삶의 가역성可逆性으로 파악한다. 이런 과학소설은 탐정소설 장르와 형이상학과 합쳐지면서 비오이 카사레스의 독특한 혼종 환상문학이 이루어진다. 그의 작품에서 과학소설은 환상적 발명품이나 사건을 제공한다. 그리고 탐정소설은 우아하고 세련되면서도 복잡한 구조를 만드는 데 이바지한다.

전반적으로 살펴보면 이번 단편선 앞부분에 수록된 작품들은 비교적 전통적인 구조를 띠고 전개되면서, 불가사의한 경이에 관해 설명한다. 그리고 나중에 수록된 작품들은 그런 설명을 이야기 속에 자연스럽게 녹이거나 생략하며 더욱 극적인 효과를 낸다. 예를 들어 「지름길」은 「하늘의 음모」의 바탕이 되는 평행 시간 이론에 기초하지만, 장황한 설명 없이 현실에서 다른 현실로 넘어가고, 미스터리를 간직하면서 이야기의 '다른 시간'과 아르헨티나 현실을 평행 관계로 설정하여 오싹한 효과를 자아낸다. 그리고 「하늘의 음모」에서 해결해야 할 수수께끼는 이 작품에서 삶과 죽음의 문제가 된다.

그런데 비오이 카사레스의 작품에서 경이로운 불가사의는 파괴적 성질을 지닌다. 그것은 다른 세계를 드러내면서, 우리 안의 확신, 즉 전통적으로 수용된 일상적인 장소를 폐기하고, 악몽의 색깔을 띠거나 아니면 방심한 주인공을 삼켜 버리는(「파리와 거미」) 경우가 종 종 있기 때문이다. 혹은 「오징어는 자기 먹물을 고른다」처럼 솔직하게 다른 세상에서 왔다는 것을 밝히면서 동시에 파멸을 경험한다. 그리고 「열망」은 이런 방법과 우화를 결합하여 웰스의 가장 훌륭한 작품의 수준에 이르는데, 아마도 이것은 세상 종말이라는 혼란의 빛 속에서 영웅성을 획득하는 가장 기억할 만한 작품 중의 하나일지도 모른다.

3. 비오이 카사레스의 환상 이야기 둘러보기

이번 단편선에는 모두 열네 편의 작품이 수록되어 있다. 이 중에서도 핵심적인 작품이라고 평가받는 몇몇 작품을 살펴보자. 우선 「하늘의 음모」「파울리나를 기리며」「눈의 위증」은 1940년대에 출간된 작품이며, 동시에 비오이 카사레스 환상문학의 전범을 이루는 단편소설이다. 이 작품들은 젊은 작가의 상상력과 독창성이 두드러진다는 사실을 보여 줄 뿐만 아니라, 그가 환상문학 전통과 단편소설에서 혁신적인 시학을 도입하고 있음을 드러낸다.

우선 「파울리나를 기리며」에서 화자는 파울리나의 출현에 놀라움을 금치 못한다. 마치 마법의 힘을 지닌 유령처럼 죽음에서 돌아와 주인공이 아직도 자기를 사랑하고 있는지 시험하기 때문이다. 그는 이런 현상을 믿을 수 없고, 그래서 잠시 후 다른 설명을 시도한다. 그것은 파울리나는 그가 생각한 환영이 아니며, 몇몇 세세한 사항으로 볼 때 몬테로의 질투로 만들어진 괴물 같은 유령이라는 것이다. 여기서는 사랑 이야기와 거의 멜로드라마와 같은 이야기 속에 환상이 들어온다는 점이 특이하다.

「하늘의 음모」는 사상가 루이 오귀스트 블랑키의 생각이라고 여겨지는 평행 세계 혹은 복수 세계의 이론에 대한 허구적 탐험이다. 이 작품은 그의 초기 환상문학 작품의 시학의 변별적 특징을 보여 준다. 여기서 비오이 카사레스는 주인공에 관한 증언 성격의 기록물을 옮겨 쓴다. 이 화자는 또한 탐정 역할도 맡는데, 이것은 탐정소설의 고전적 탐정의 기능과 유사하다. 이렇게 화자는 자기의 신분을 밝히지 않은 채, 탐정소설과 환상문학을 넘나든다.

「눈의 위증」은 비오이 카사레스의 시학을 가장 잘 보여 줄 뿐만 아니라 가장 뛰어나다는 평가를 받는 작품으로, 보르헤스의 「틀뢴, 우크바르, 오르비스 테르티우스」 혹은 「알레프」와 견주어진다. 비오이 카사레스가 증언하는 바에 따르면, 그는 상당한 시간을 걸려 이 작품을 완성한다. 그는 이 작품의 내용을 1932년, 그러니까 그가 보르헤스를 알게 되었을 당시 그에게 말해 주었다. 그러나 11년을 묵혀 두고 있다가 1943년, 잠 못 이루던 어느 밤에 이 작품을 완성했다. 이 작품의 독창성은 환상적 요소가 탐정문학과 형이상학과 합쳐진다는 점에 있다. 비오이 카사레스는 화자이자 등장인물인 알폰소 베르헤르 카르데나스를 통해 형이상학적 사고를 도입하면서, 환상소설을 혁신한다.

「이상하고 놀라운 이야기」와 「남의 여종」은 1956년에 멕시코에서 출간된 단편집 『이상하고 놀라운 이야기』에 수록된 작품이다. 「이상하고 놀라운 이야기」는 1인칭 화자로 서술한 냉소적인 이야기이다. 여기서도 1940년대 시작한 비오이 카사레스 환상문학의 특징은 화자-작가의 등장으로 계속되지만, 필사본이나 기록물, 그리고 서사 관점의 변화 등은 찾아볼 수 없다. 이 작품의 환상성은 작품의 끝부분에서 일어나는 사건에 있으며, 그래서 그 강도는 더욱 강해진다.

「남의 여종」은 이전의 작품과 분위기가 다소 다르다. 이 작품은 주로 부에노스아이레스와 티그레의 불가사의한 별장에서 일어난다. 이런 대도시와 관광지의 장소는 숨 막힐 것 같은 닫힌 공간이 된다. 이 작품은 1940년대 작품과 마찬가지로 증언자-화자가 등장하며, 그는 켈러라는 인물의 이야기로 우리를 이끈다. 여기서 환상적 사건은 불가사의함에 더 가깝다. 몇몇 대화에서 유머를 구사하면서, 이 작품은 루돌프라는 인물을 통해 초자연성을 제시한다. 그는 아프리카의 피그미 부족이 쥐 크기로 축소한 사냥꾼이며, 플로라 라르키에르가 손가방에 넣어 데려온 인물이다.

1960년대에 비오이 카사레스는 두 권의 단편집을 출간한다. 『그늘 쪽』(1962)과 『위대한 세라핌』(1967)이다. 「그늘 쪽」은 1인칭 화자를 등장시키면서, 관광객 신분으로 하선했던 어느 섬에서 만난 늙은 영국 친구에 관해 서술한다. 여기서 섬은 낙원이 아니라, 백만장자에서 알코올 중독자이자 귀신 같은 일꾼으로 전락한 영국인 친구 베블런의 지옥으로 제시된다. 이 작품은 좌절된 사랑 이야기인데, 여기서 환상성은 레다 신화와 혼합되며, 라비니아라는 암고양이의 부활과 연결된다. 니체의 '영원한 회귀'라는 이론 혹은 믿음으로 여겨지는 부활이 암고양이에게 일어나는 것이다. 따라서 아이러니와 패러디가 강조되며, 베블런에게 일어난 일이 실제인지, 아니면 가난과 알코올 중독에 빠진 사람의 망상인지에 대한 의심과 모호함으로 환상성은 더욱 강조된다.

환상성과 패러디는 「오징어는 자기 먹물을 고른다」와 「열망」에서도 잘 드러난다. 첫 번째 작품에서 패러디는 과학소설에서 자주 다루는 외계인을 중심으로 이루어진다. 작품 끝에 이르러서야 그 외계인은 메기의 모습을 하고 있으며 살아남지 못했다는 것이 드러난다. 두 번째 작품에서 패러디는 그의 환상문학에서 추구하던 강박적인 주제에 관해서 이루어진다. 그것은 한 인물의 사상을 불멸로 만들 수 있는 틀을 만드는 것인데, 이런 의미에서 『모렐의 발명』의 패러디라고 볼 수 있다.

「위대한 세라핌」은 네코체아 근처의 해변에 있는 '산호르헤델마르'라는 조그만 해수욕장에서 전개된다. 여기서 유머와 아이러니는 환상과 뒤섞인다. 특히 환상성은 이 지구의 마지막 재앙이라는 주제와 관련되는데, 이것은 과학소설에서 자주 등장하는 것이기도 하다. 그러나 여기에서는 유머와 패러디를 통해 매우 독창적인 작품이 된다. 한편 「지름길」은 자기 아내의 내연남인지도 모르는 사람과 함께 출장을 떠나는 내용을 아이러니하게 다루고 있으며, 「하늘의 음모」처럼 평행이며 동시적인 세계가 존재할 수 있다는 가능성을 탐구한다. 여기서 환상성은 닫힌 불길한 공간에서 일어난다.

4. 여행 : 환상의 세계로 가는 수단

비오이 카사레스의 가장 큰 독창성은 작중인물을 자연스럽게, 즉 사실적으로 환상세계로 이끄는 과정에 있다. 그렇게 독자를 부지불식중에 환상의 세계로 들어가게 만드는데, 그 수단이 바로 여행이다. 여행은 이번 단편선에서 아주 빈번하게 등장하는 요소이다. 비오이는 이렇게 말한다. "나는 여행에 대한 강박관념을 갖고 있었습니다. 떠나면 모든 걸 해결할 수 있으리라고 항상 생각했지요." 그의 작품에는 자발적으로, 혹은 어쩔 수 없이 자기가 살던 공간에서 나와 다른 곳에 가려는 사람들로 가득하다.

비오이 카사레스의 작품에서 대부분의 여행은 '알려진' 질서를 위반하는 것으로 이루어지고, 등장인물들은 다른 차원으로, 즉 세계를 해석하는 기존 요소들과 인식 범주가 유효성을 상실하는 곳으로 들어간다. 이 '다른' 영역은 현실과 흡사하지만, 알 수도 없고 설명할 수도 없는 법으로 지배된다. 이 책의 대부분 단편소설에서는 여행을 통해 환상의 세상으로 들어간다. 여행하는 과정에서 뜻하지 않은 것(환상성)이 일어나고, 거기서 사랑의 모험이 시작된다. 또는 다른 장소 혹은 다른 도시로 이동하고, 거기서 완전히 환상의 세계로 들어간다. 그래서 여행이 없으면 사건도 없으며, 여행은 이런 환상적 모험의 구성 장치라고 말할 수 있다.

이처럼 비오이 카사레스 단편소설의 작중인물들은 하나같이 여행을 떠나고, 그 여행은 그들의 의도와 관계없이 그들을 환상적인 것으로 이끈다. 때때로 그것은 일상적인 경로를 반복하는 평범한 여행인데, 갑자기 이상해지면서 불가사의한 세상으로 떨어진다. 다시 말하면, 잘 알고 있는 얼굴들, 혹은 수없이 반복된 것에서 주인공을 잠시 멀어지게 만들면서, 뜻하지 않은 곳으로 데려간다. 그런 여행 덕분에 주인공은 우연과 사고, 즉 위험과 미스터리로 가득한 어두운 지역을 엿본다. 예를 들어 「지름길」의 주인공인 구스만의 모험, 「하늘의 음모」에서 이레네오 모리스 대위의 시험 비행이 그런 경우이다. 때때로 주인공은 머나먼 나라로 가는 여행의 마지막에 초자연적인 것과 만나기도 하고(「그늘 쪽」 「기적은 복구되지 않는다」), 혹은 데이트가 끝날 때나 가까운 해변에서 짧은 휴가가 끝날 무렵, 또는 신문기자 통신원으로 조그만 마을에 따분하게 체류하다가(「남의 여종」 「위대한 세라핌」「눈의 위증」) 초자연적인 것과 마주친다.

　"거리를 건너자마자 너는 그늘 쪽에 있다"라고 「그늘 쪽」의 헌사는 말한다. 멀어지는 것이 필요하다면, 돌아오는 것은 부득이하다. 그래서 「지름길」에서 구스만은 자기의 낡은 자동차에 대해 말할 수 없는 애정을 느낀다. "멀리 떠나게 했다가 데려오는" 것이기 때문이다. 또 「그늘 쪽」은 극단적으로 위험한 지역을 언급하면서, 때때로 그 지역을 들여다보는 것이 건강에 좋다고, "모든 사람은 그런 땅을, 즉 운명의 땅을, 다시 말하면 행운과 불행의 땅을 들여다보는" 것이 바람직하다고 말한다. 중요한 것은 그런 환상에 굴복하지 않는 것이다.

　요란한 바다나 밀림, 혹은 믿을 수 없는 것이 있는 실험실로 들어가는 것은 우연이나 모험, 혹은 통제할 수 없는 미지의 힘에 달려 있다. 그래서 일상생활의 끈을 잃어버렸다고 느낄 때 주인공은 두려움과 언짢음을 느낀다. 돌아갈 수 없다는 의심이 들면 무서워 옴짝달싹하지 못한다. "그러자 갑자기 언짢아졌고…… 무언가가 우리를 붙잡아 여기에 있게 만든다는 생각만 해도 몸서리쳐져"라고 「그늘 쪽」의 여행자는 말한다. 그는 거리에서 택시를 발견하고 그 택시를 타고서 배로 돌아온다. 그러면서 "선상의 독특한 분위기의 냄새를 맡자 나는 편안해졌고, 안도와 기쁨을 느낀 나머지 엄청난 무력감이 밀려들었다"라면서 작품을 맺는다. 그리고 「지름길」에서 주인공의 동행인인 바틸라나는 "내 도시 부에노스아이레스가 그리워요. 내가 그곳에서 멀리 떨어진 느낌이에요. 아주 멀리, 그리고 다른 시대에 있는 것 같아요. 아주 끔찍한 느낌이에요. 마치 우리에게 절대 돌아가지 못할 것이라고 말하는 것 같아요"라고 고백한다.

　비오이의 등장인물들은 이러한 두 개의 현실, 즉 알고 있는 것과 모르는 것, 빛과 어둠 사이에서 움직인다. 방심하거나 조그만 실수로, 혹은 강박적인 탐색의 결과로, 대부분 여행을 하는 동안 '동요하지 않는 현실의 틈'이 발견되고, '다른 땅'과 연결된 비밀 통로가 모습을 보인다. 그리고 그 다른 세상에서는 무진장한 미스터리가 발견된다. 핵심은 그런 세계를 들여다보고 현실로 돌아오는 것이며, 현실이란 확실하고 분명한 것이 아니라 틈이 존재함을 인정하는 것이다.

1914   9월 15일 아르헨티나의 부에노스아이레스에서 아돌포 비오이와
마르타 카사레스의 외아들로 출생.

1925   사촌 넬리다를 사랑하게 되면서 마담 집Madame Gyp의 작품을 모방
하여 연애소설 『이리스와 마르가리타Iris y Margarita』를 쓰기 시작함.

1928   환상적 단편소설이자 탐정소설 성격을 띤 「허풍 혹은 끔찍한 모
험Vanidad o una aventura terrorífica」을 씀. 아서 코난 도일의 작품을 읽
음.

1929   아버지의 도움을 받아 첫 번째 책 『서문Prólogo』을 씀. 아버지가 교

정해 주고 출판을 제안하여 3백 부를 인쇄함. 미국으로 여행함.
성경과 스페인 황금시대 극작가들의 작품을 읽음.

1930   『미래를 향해 열일곱 발을 쏴라*17 disparos contra lo porvenir*』에 수록될 단
        편들을 씀.

1931   헤겔, 니체, 괴테, 레싱의 작품을 읽음.

1932   5월 빅토리아 오캄포의 집에서 호르헤 루이스 보르헤스를 알게
        됨. 이후 보르헤스가 사망할 때까지 둘도 없는 친구로 지냄. 부에
        노스아이레스 대학교의 법과대학에 입학함. 세르반테스, 단테, 괴
        테, 세네카, 마르쿠스 아우렐리우스의 작품을 읽음.

1933   토로 출판사에서 마르틴 사카스트루라는 필명으로 『미래를 향해
        열일곱 발을 쏴라』를 출간함. 법과대학을 그만두고 문과대학에
        들어가 문학을 공부함.

1934   후에 아내가 될 실비나 오캄포를 알게 됨. 단편집 『혼돈*Caos*』을 출
        간함. 보르헤스와 오캄포에게 설득되어 문과대학을 그만두고 글
        쓰기에 전념함.

1935   실비나 오캄포가 삽화를 그린 『새로운 불행 혹은 후안 루테노의
        다양한 삶*La nueva tormenta o La vida múltiple de Juan Ruteno*』을 출간함. 단편
        집 『혼돈』으로 《아메리카 잡지》 단편상 수상.

| 1936 | 아버지를 설득하여 '라스플로레스'의 별장을 관리하게 됨. 실비나 오캄포가 삽화를 그린 『집에서 만든 석상 La estatua casera』을 출간함. 보르헤스와 함께 잡지 《철 아닌 때》를 발간함. |

1937   『죽은 사람 루이스 그레베 Luis Greve, muerto』를 출간하여 호평을 받음. 《철 아닌 때》 제3호이자 마지막 호가 간행됨. 『모렐의 발명 La invención de Morel』을 집필하기 시작함.

1940   실비나 오캄포와 결혼함. 『모렐의 발명』을 출간함. 또한 실비나 오캄포와 보르헤스와 공동으로 『환상문학 선집 Antología de la literatura fantástica』을 출간함.

1941   『모렐의 발명』으로 제1회 부에노스아이레스시市 문학상 수상. (이 작품은 아르헨티나 작가들에게 극찬을 받고, 그의 이름이 아르헨티나 국경을 넘어 인정받는 계기가 된다. 1952년 이 작품이 프랑스어로 번역된 후, 알랭 로브그리예는 두 개의 상이한 시간 속에 공간적으로 공존하는 두 연인의 이야기에서 모티브를 따 알랭 레네 감독의 영화 〈지난해 마리앙바드에서 L'année dernière à Marienbad〉(1961)의 시나리오를 쓴다. 이후 『모렐의 발명』은 프랑스와 이탈리아에서 영화로 제작되었고, 1985년에는 아르헨티나 감독인 엑토르 수비엘라에 의해 〈남쪽을 바라보는 남자〉로 각색되기도 한다.) 실비나 오캄포와 보르헤스와 공동으로 『아르헨티나 시 선집 Antología poética argentina』을 출간함.

1942   보르헤스와 공동으로 창작한 『이시드로 파로디의 여섯 가지 사건*Seis problemas para don Isidro Parodi*』을 '오노리오 부스토스 도메크'라는 필명으로 출간함.

1944   중편소설 「눈의 위증」을 발표함. 문학지 《남쪽》에 단편 「하늘의 음모」를 게재함.

1945   『도주 계획*Plan de evasión*』을 출간함. '이달의 독서 클럽'에서 『도주 계획』이 10월의 최고 작품으로 선정됨. 에메세 출판사 자문위원을 맡으며, 보르헤스와 함께 에메세 출판사의 탐정소설 전집 〈일곱 번째 원El séptimo círculo〉을 기획함.

1946   실비나 오캄포와 함께 『사랑하는 사람들은 미워한다*Los que aman, odian*』를 출간함. 보르헤스와 함께 쓴 『죽음의 모델*Un modelo para la muerte*』을 '베니토 수아레스 린치'라는 필명으로 출간함. 또한 오노리오 부스토스 도메크라는 필명으로 『기억이 될 만한 두 유령*Dos fantasías memorables*』을 출간함.

1947   1955년에 출간될 「괴물의 축제La fiesta del monstruo」를 보르헤스와 함께 쓰기 시작함.

1948   단편집 『하늘의 음모』를 출간함. 윌리엄 포크너와 마르셀 프루스트의 작품을 읽음.

1949	『영웅들의 꿈El sueño de los héroes』을 쓰기 시작함. 파리에서 옥타비오 파스와 엘레나 가로와 만남.
1952	어머니 마르타 카사레스가 세상을 떠나고, 비오이는 '끔찍한 해'라고 평가함.
1953	프랑스에서 『모렐의 발명』이 출간됨. 「눈의 위증」이 영화로 제작됨.
1954	『영웅들의 꿈』이 출간됨. 외동딸 마르타가 태어남.
1955	보르헤스와 함께 영화 시나리오 〈노동자들Los orilleros〉과 〈믿는 자들의 천국El paraíso de los creyentes〉을 발표함. 또한, 보르헤스와 함께 편집한 『짧고도 특별한 이야기들Cuentos breves y extraordinarios』이 출간됨. 단편 「괴물의 축제」를 신문 《마르차》에 발표함.
1956	단편집 『이상하고 놀라운 이야기』가 멕시코에서 출간됨.
1958	이탈리아 작가 알베르토 모라비아와 만남.
1959	단편집 『사랑이 담긴 화관Guirnalda con amores』을 출간함. 단편 「파울리나를 기리며」가 텔레비전 드라마로 각색됨.
1962	단편집 『그늘 쪽』을 출간함. 아버지가 세상을 떠남. 사진 찍기에

몰두함.

1964 프랑스에서『영웅들의 꿈』이 출간되고, 미국에서『모렐의 발명』이
출간됨.

1965 독일에서『모렐의 발명』이 출간됨.

1966 이탈리아에서『모렐의 발명』이 출간됨.

1967 단편집『위대한 세라핌』이 출간됨. 보르헤스와 비오이 카사레
스가 최고의 공동 저작으로 평가한『부스토스 도메크의 연대
기 *Crónicas de Bustos Domecq*』가 출간됨. 프랑스에서『모렐의 발명』이 텔
레비전 드라마로 제작되어 12월에 방영됨.

1968 에세이 모음집『또 다른 모험 *La otra aventura*』을 출간함. 소설『돼지
전쟁 일기 *Diario de la guerra del cerdo*』를 쓰기 시작함.

1969 『돼지 전쟁 일기』가 출간됨. 보르헤스 및 우고 산티아고와 함께
영화 〈침략 Invasión〉의 시나리오를 씀.

1970 단편「위대한 세라핌」으로 국가문학상을 수상함. 프랑스 남서부
에 있는 포에서 오랫동안 머무름.

1971 '하비에르 미란다'라는 필명으로 에세이 모음집『고귀한 아르헨티

나 사람에 관한 간략한 사전*Breve diccionario del argentino exquisito*』을 출간함. 희곡「유리 동굴La cueva de vidrio」을 씀.

1972 단편집『환상 이야기*Historias fantásticas*』와『사랑 이야기*Historias de amor*』가 출간됨. 네덜란드와 브라질, 그리고 프랑스에서 비오이의 작품들이 번역되어 출간됨.

1973 소설『햇빛 받으며 잠자기*Dormir al sol*』가 출간됨. 이탈리아에서『모렐의 발명』을 영화로 제작.

1974 이탈리아에서『도주 계획』, 프랑스에서『햇빛 받으며 잠자기』, 네덜란드에서『돼지 전쟁 일기』, 브라질에서『모렐의 발명』, 폴란드에서『도주 계획』이 출간됨.

1975 아르헨티나 작가협회 대상을 수상함. 네덜란드에서『햇빛 받으며 잠자기』, 미국에서『도주 계획』, 루마니아에서『모렐의 발명』과『도주 계획』이 출간됨.『돼지 전쟁 일기』가 영화화되며, 보르헤스와 함께 시나리오를 썼던 〈노동자들〉이 텔레비전 드라마로 제작되고,「눈의 위증」이 텔레비전 드라마로 다시 촬영됨.

1977 보르헤스와 함께 쓴『부스토스 도메크의 새로운 이야기*Nuevos cuentos de Bustos Domecq*』를 출간함.

1978 단편집『여자들의 영웅*El héroe de las mujeres*』이 출간됨.

1979	이탈리아에서 『햇빛 받으며 잠자기』가 출간됨. 이탈리아에서 『이시드로 파로디의 여섯 가지 사건』이 텔레비전 드라마로 제작됨.
1981	프랑스의 레지옹 도뇌르 훈장을 받음. 단편 「지름길」이 텔레비전 드라마로 제작됨.
1982	『라플라타 어느 사진사의 모험 *La aventura de un fotógrafo en La Plata*』 집필을 시작함.
1984	에스테반 에체베리아 문인상 수상. 탐정소설 장르의 발전에 대한 공헌으로 연방경찰상을 받음. 단편집 『그늘 쪽과 환상 이야기 *Il lato dell'ombra e altre storie fantastiche*』로 최고의 외국 소설에 수여하는 이탈리아 몬델로상을 받음.
1985	『라플라타 어느 사진사의 모험』이 출간됨.
1986	단편집 『터무니없는 이야기 *Historias desaforadas*』가 출간됨. 부에노스아이레스 유명시민으로 임명됨. 국제 펜클럽 아르헨티나 본부 명예회원으로 임명됨. 보르헤스가 세상을 떠남.
1988	이탈리아의 페스카라에 있는 단눈치오 데 키에티 대학교에서 명예박사 학위를 받음.
1990	스페인의 세르반테스상을 수상함.

1991	단편집 『러시아 인형*Una muñeca rusa*』을 출간함. 『회고록*Memorias*』 집 필을 마침. 멕시코의 알폰소 레예스상을 수상함.

1991   단편집 『러시아 인형*Una muñeca rusa*』을 출간함. 『회고록*Memorias*』 집필을 마침. 멕시코의 알폰소 레예스상을 수상함.

1992   우루과이의 몬테비데오 로터리 클럽상을 수상함.

1993   프랑스의 그르노블 대학교에서 명예박사 학위를 받음. 아내 실비나 오캄포가 세상을 떠남.

1994   『회고록』이 출간됨. 딸 마르타가 사망.

1995   중국에서 『모렐의 발명』『영웅들의 꿈』『돼지 전쟁 일기』가 출간됨.

1998   소설 『한 세상에서 다른 세상으로*De un mundo a otro*』가 출간됨.

1999   3월 8일 부에노스아이레스에서 작고.

세계문학 단편선을 펴내며

세상의 모든 이야기는 단편으로 시작되었다. 성서와 그리스 신화를 비롯해 인류의 많은 신화와 설화는 단편의 형식으로 사물의 기원, 제도와 금기의 탄생, 운명이라는 이름의 삶의 보편적 형식을 설명했다.

〈세계문학 단편선〉은 모든 산문의 형식 중 가장 응축적이고 예술성이 높은 단편소설에 포커스를 맞추어 세계문학을 바라보는 새로운 관점을 제시하고자 한다. 단편소설을 언급할 때 빼놓을 수 없는 작가들의 작품들은 물론이고, 한두 편의 장편소설로만 우리에게 알려진 세계적 작가들이 남긴 주옥같은 단편들을 통해 대가의 진면모를 총체적으로 바라볼 수 있게 할 것이다. 또한 우리에게 문학의 변방으로 여겨져 왔던 나라들의 대표적 단편 작가들도 활발히 소개할 것이며 이미 순문학과의 경계가 불분명해진 장르문학의 형성과 발전에 크게 기여한 작가들의 작품 역시 새롭게 조명해 나갈 것이다.

에드거 앨런 포는 문학작품은 독자가 앉은자리에서 다 읽을 수 있을 정도로 짧아야 한다고 했다. 바쁜 일상의 삶을 사는 현대인들에게 〈세계문학 단편선〉은 삶과 사회, 나아가 세계를 바라볼 수 있게 하는 더할 나위 없이 좋은 친구가 될 것이라 확신한다.

21세기인 현재에 이르기까지 단편소설은 그리스 신화가 그러했듯이 삶의 불변하는 조건들을 응축된 예술적 형식으로 꾸준히 생산해 왔다. 그리고 새로운 문학적 기법과 실험적 시도를 통해 단편소설은 현재도 계속 진화, 확장되고 있다. 작가의 치열한 예술적 열정이 가장 뜨겁게 반영된 다양한 개성으로 빛나는 정교한 단편들을 통해 문학의 진정한 존재 이유를 독자들이 느낄 수 있기를 소망하며 이번 〈세계문학 단편선〉을 펴낸다.

현대문학 편집부

아돌포 비오이 카사레스

초판 1쇄 펴낸날 2019년 11월 27일

지은이 아돌포 비오이 카사레스
옮긴이 송병선
펴낸이 김영정

펴낸곳 (주)현대문학
등록번호 제1-452호
주소 06532 서울시 서초구 신반포로 321(잠원동, 미래엔)
전화 02-2017-0280
팩스 02-516-5433
홈페이지 www.hdmh.co.kr

ⓒ 2019, 현대문학

ISBN 978-89-7275-141-0 04870
세트 978-89-7275-672-9